台灣現代詩史

1950——1969 1980——1999

鄭慧如——著

目次

撰寫說明

一、**撰寫旨要**：描繪當代漢語詩重鎮——台灣，從一九二〇年至二〇一八年的歷史腳印與詩作軌跡。

二、**體例**：編年記事。詩人依出生時間先後，次第化入各章。

三、**本書特色**：

（一）彰顯詩人以詩藝為主而致的文學成就。詩人在本書中的位置，以詩作為最主要的考量。

（二）一切以詩文本為討論的起點、焦點與終點。

（三）詩作是詩史的主角，而不是歷史論述的點綴或附庸。

（四）除了詩質濃密外，有關詩人之重要性，本書判讀詩作的兩個基本觀念：長詩書寫、反散文化。長詩書寫，為區判焦點詩人與主要詩人之準繩。反散文化，為本書對所有詩作之基本態度。本書在這兩種個人詩觀之下，以文本細讀佐證。

1. 以長詩書寫作為對焦點詩人關鍵性的檢驗。

(1) 本書以百行以上、質量兼備、以歷史意識或生命哲思展現厚重感的長詩，檢驗詩人呈顯詩的格局，以及在不散文化的條件下展現的敘述能力。倘非焦點詩人，則不列專節討論其百行以上之長詩。

(2)以敘事、故事、情節牽連為核心，或吶喊、說教、控訴意味濃郁而詩質稀薄的長篇敘事詩，大都不符合本書對優秀長詩的認定。

2.反對過度的散文化。

(1)現當代詩都是用白話文書寫，但白話文完成的詩作，有的詩性濃密，有的散文化。散文化的關鍵是：作者心中意旨的呈現、事件的敘述，沒有經由意象、比喻或是戲劇性的情境布置，而是以類似報導的陳述，以概念化的文字說明，甚至是解釋，因而缺乏回味空間。

(2)本書認為，好的詩人應避免散文化，以呵護詩質或詩性。

（五）列入本書專節論述的詩人，以焦點詩人、主要詩人、學院詩人、其他詩人之稱謂，為詩人定位。

（六）詩人之個別篇幅在兩千字以上者，條列詩作特質，以精讀為底，以簡單句和判斷句為論述基調。

（七）詩社、詩刊、論戰、詩潮、文學獎，皆融入該年代，視為周邊背景。

四、詩人及詩作專節討論的原則：

（一）本書以至少在台灣出版一本個人詩集，作為詩人入選詩史的原則。

（二）對於跨年代或長期書寫的詩人，每位詩人在其歸屬的年代，其詩作及詩風一次論述完畢；詩論例外。

（三）詩人屬於哪個時期，原則上亦以該詩人在台灣出版的第一本詩集年代為準。以下除外：

1.因受制於政治環境，一九二〇—一九四九的台灣現代詩史，採取對語言權宜、妥協的方式，在學界的共識下介紹、論述；不以詩集初版時間為基準。

2.瘂弦，在台灣面世的詩集雖初版於一九七〇年代，但與洛夫、張默共創「創世紀詩社」，該詩社在台灣現代詩史上的開創性在一九五〇—一九六九年間，瘂弦的主要詩創作與活動亦於一九五〇—一九六九，故瘂弦挪到一九五〇—一九六九的詩史中討論。

3.李敏勇，在一九五〇—一九六九的詩史階段出版第一本詩集，而其他詩集絕大多數在一九八〇—一九九九年間出版，故在一九八〇—一九九九的詩史階段討論。

4.蘇紹連、陳黎、向陽，此三位詩人在一九七〇年代即出版個人的第一本詩集，但都只有一本；其他的詩集與詩活動以一九八〇—一九九九年間為多，故歸於一九八〇—一九九九年間的詩史討論。

5.林泠，其單篇詩作發表多半在一九五〇—一九六九年間。雖然遲至一九八〇年代方於台灣出版第一本個人詩集，仍歸入一九五〇—一九六九階段的詩史討論。

五、章節區畫：本書之章節規畫，突出台灣現代詩的兩個高峰期：一九五〇—一九六九、一九八〇—一九九九。

（一）一九二〇—一九四九：台灣現代詩的啟蒙期。此段時間大部分為日據時期。一九二〇年因《台灣青年》發行，學界已有共識此為台灣新文學的起點。一九四五年日本投降，台灣光復。一九四九年國共內戰了結，中華民國政府退敗於台灣，中國大陸陷於烽煙，促成一批文學青年來台。台灣現代詩史上的「前行代」，以及「跨越語言的一代」，皆因政治遞嬗而致。

（二）一九五〇—一九六九：台灣現代詩的經典形成期。這段期間，台灣從蒼白的反共文學時期邁入詩藝大幅躍進的現代主義時期。大陸來台的詩人，如洛夫、余光中等，在這段時期奠定穩定的詩風。在現代主義風潮的吹颳下，一九六〇年代的台灣現代詩，普遍在尚未十分工業化的悠閒生活節奏中，慨嘆大都會的孤絕與失落。那是現代詩社、藍星詩社、創世紀詩社、笠詩社成立與壯大的時期。以論戰掀起對現代詩相關議題的關注、引進新批評的細讀法以提供現代詩的詮釋與論述，都在此時期。

（三）一九七〇——一九七九：以戰後嬰兒潮為主體的新興詩社崛起，世代議題在新興詩社的集體意識運作下提出。一九七二年，以關傑明和唐文標為核心的現代詩論戰，帶出現代詩在民族性、社會性的意義。當時受到媒體注意的詩人，不似「前行代」在一九六〇年代著重強烈感性與驚人之句，而著力在結構、形式，以平淡而知性的語言、出人意表的意念取勝。在「關懷現實」和「回歸本土」的口號召喚下，一九七〇年代台灣現代詩的內涵，除了反映、批判社會的成分，餘下更多懷舊、懷古的情緒，傾向莫可奈何的回顧；而其語言，普遍表現為對一九六〇年代台灣現代詩語言風格的反動：如羅青、林彧、林煥彰。

（四）一九八〇——一九九九：現代詩專業化、正式學院化的時期。詩社的數量暴增而如潮起潮落；真正持續發行詩刊、舉辦詩活動者，與當時新成立的詩社數量不成正比。在世紀末的「眾聲喧譁」中，政治、都市、女性等多元主題書寫，成為解嚴後台灣現代詩的特質。詩社的宣言、詩人的提倡、文學獎權力結構的隱性偏好等主要因素，對這些題材起了推波助瀾的作用。台灣加速科技化，網路文學、後現代書寫亦為現代詩發展中的話題。多元的文化場域促使以戰後嬰兒潮為主的詩人名聲鵲起。「學院詩人」之稱，底定於此時期。

（五）二〇〇〇——二〇一八：二十一世紀開始，迄於二〇一八，為台灣現代詩史的觀察期。此段時期，一九七〇年代以後出生的詩人漸成主力。

六、詩人之位階與論述篇幅：本書對詩人的定位，由具體的論述內容、論述篇幅大小、詩人位列之處，作為詩藝、代表性、影響力的綜合評斷。

（一）焦點詩人：除了整體詩作質量均優以外，列於本書的焦點詩人，以深度、廣度、厚重感之百行以上長詩為入門條件。稱「焦點詩人」而非「重要詩人」，乃凸顯撰史者的個人價值判斷。

（二）主要詩人：「主要詩人」，在「焦點詩人」的相對下，指位居當時主流者；或未受與其詩藝相對的重視，但其作品質量都值得肯定的詩人。

（三）學院詩人：列於「學院詩人」，或因該詩人的創作方式別出手眼，不與時流爭鋒，感染力相對少於「主要詩人」；或因本書著意於彰顯該詩人在學院中的位置。

（四）在以下因素裡，詩人的論述篇幅較大：

1. 焦點詩人。

2. 詩質或創作量達到該時期「主要詩人」的均質，而遭媒體或市場長久忽視者，如張健、蘇白宇。

3. 詩質傑出或具相當影響力，且因研究或討論的文獻而凸顯時代品味或當時學術關注的詩人，如覃子豪、江自得。

4. 詩質佳、詩作少、討論文章卻很多的詩人，如瘂弦。

（五）若詩名響亮，而本書認為詩名和詩藝、詩作價值有落差的詩人，將以篇幅表現。

（六）各年代焦點詩人和主要詩人的論述篇幅，在該年代中才能比較。例如余光中和羅門在本書中的重要性，可以透過一九五〇—一九六九的篇幅與論述來檢視。不同年代的詩人，如張香華和尹玲在本書中的位階，不宜僅就篇幅多寡臆度。

七、文獻資料之運用：

（一）對於列入討論的詩人，其生平資料，本書之處理原則為：

1. 出生及去世：儘量查到西元年月日。

2.學歷：以最高學歷為主。
3.經歷：大致列出。
4.得獎：列出重要的、大型的文學獎。
5.出版品：以在台灣出版為主。詩集在書名後面列出第一版的西元年。其他文類大致列出，不列西元年。

（二）如何處理研究文獻

1.當研究文獻日多，而對名詩人的主要觀點又很一致，本書如何處理？例如：在龐大的瘂弦研究文獻中，本書要做的是：(1)突出對瘂弦的作品提出結構性看法和特色的文章；(2)向把這些材料整理好的文章致意；(3)補充既有研究的不足或缺漏。

2.在僧多粥少的極有限篇幅內，揀擇研究材料以表達對每一位論列詩人與其他詩人在本書中的相對比例，以及該詩人在詩史中的語言特質、場域位階、詩風遞嬗、流派情況、詩觀變異。

（三）背景材料來源及部分小節之改寫

1.詩史撰述所需的大量背景材料，如詩人的出生及去世時間、籍貫、出生地、學經歷、作品、被評論的文章資料，或大致的作品風格，透過資料庫已可參考。這些以作家生平為主的資料，本書所參考的網路資訊主要為：「台灣文學網」、「2007台灣作家作品目錄」、「詩路：台灣現代詩網路聯盟」、「台灣博碩士論文資料庫」、「CNKI中國知網」、「東華大學：詩路網站」、「科技部網站」、「百度百科」、「維基百科」、「教育百科」、「博客來」、「中時電子報」、「聯合新聞網」、「豆瓣讀書」、「晚安詩」、「每天為你讀一首詩」、「YouTube」等影音資料、「九歌文學網」等出版社網站、詩人各自建立的部落格或臉書或個人新聞台等等。對於詩人生平簡介或周邊背景這些大同小異的資料，本書參酌比對，濃縮呈現，並在「撰寫說明」一次敘清，不再於內文一一陳注出處。

2. 本書的各個完整章節從未發表。部分篇幅改寫或挪用自筆者曾發表於期刊或研討會而尚未集結的文章，如〈女性書寫的另一種定名：白雨及夐虹詩之釋放、錯失與解脫〉、〈形式與意蘊的織染：重讀洛夫《石室之死亡》〉、〈論楊牧〈十二星象練習曲〉，兼及現代性〉、〈台灣當代詩的後現代語言〉、〈詩歌意象書寫的兩個面向〉、〈不在場的鐐銬：許悔之〈遺失的哈達〉評點〉、〈台灣當代詩的命名效力與詮釋樣態：以「超現實」在台灣詩歌創作中的流變為例〉、〈數位語境下的台灣當代詩〉、〈從媒介轉換論白靈的詩〉、〈瞬間生滅的意象美學：簡政珍論〉、〈歷久彌新的觀念世界：從陳克華〈車站留言〉談詩語的演繹與飄移〉、〈原型、敘事、經典化：以大荒、羅智成、陳大為為例〉、〈論1980年代以降台灣現代詩的現實書寫〉等等，已於各處注明。

第一章

啟蒙期：一九二〇——一九四九

一、前言

從《台灣青年》發行的一九二〇年，到大陸詩人大舉來台的一九四九年，是台灣現代詩的啟蒙時期。

自一八九五年割讓台灣到一九四五年太平洋戰爭結束，台灣受日人統治，史稱日據時期或日治時期。一九二〇年七月，《台灣青年》發行，台灣的文化啟蒙運動於焉展開，為台灣新文學運動之起源。一九四九年國共內戰，多位一九二〇年代出生於大陸的詩人移居到台灣，大幅影響台灣現代詩的詩運。

這段時間，政治上的台灣從清代統御下的傳統漢文化轉向日本大和文化，在中／日語言文化與新／舊思潮的變異裡前進。

這段期間的台灣現代詩，指的是台灣人以日文在台灣發表的白話詩，或台灣人在台灣以中文發表的白話詩，也包括台灣人以日文書寫、在日本出版的白話詩。台灣人在這段期間的白話詩集，無論出版在日本或台灣，無論以日文書寫或中文書寫，數量都很少。一九二〇—一九四九這段期間討論到的詩作，大都出自詩人在一九三〇前後五年的報刊雜誌發表、而在一九七九年以後被翻譯成中文的作品。

當時的白話詩在語言文字的使用上，日、中、台灣話文，多音交響。其中，台灣話文有音無字，言文不合一；日文書寫的詩作，有「異文」的疑慮。台灣人創作、出版於台灣的中文白話詩，僅一九二五年張我軍《亂都之戀》。台灣人以日文書寫而出版於台灣的白話詩集，有一九三〇年陳奇雲的《熱流》、一九四三年楊雲萍的《山河》及張彥勳的《幻》、一九四五年張彥勳的《梧桐葉》、一九四九年林亨泰的《靈魂的初啼聲》。[1]台灣出現的白話詩以寫實主義為大宗，以反殖民與社會寫實為主題。

日本總督府統治台灣期間，對台灣實施日本語教育。從一八九五年至一九四五年間，日文是台灣的「國語」，聽說讀寫都以日文為官方語言。一八九五年設立第一所「國語」（即：日文）傳習所之後，一八九六年增為十六所，作為日語教育的主要機構。一八九八年發布〈台灣公學校令〉，以六年制的公學校速成科取代國語傳習所，利用夜間或假日教授台灣子弟學習日語，此後日人的國語政策正式確立。一九二二年頒布新的〈台灣教育令〉，日籍生與台籍生共學，抹除日人與台灣百姓表面上的不平等，於是台灣人經由公學校及高等教育而完成學業的人逐漸增多。日語近代化的教育改造了台灣百姓的語言習慣、生活習俗、思考方式、文化結構與價值認同，具有同化的作用。

一九二〇——一九四九這段期間的台灣現代詩史，與其他時期最大的不同，是原創詩作的文字被學界容許以翻譯後的中文呈現，納為台灣文學史的一部分。除了日據時期，其他時間點的台灣現代文學史，都需以中文的原創書寫作為進入文學史的基礎。這段台灣新文學啟蒙時期文字運用的殊異，使得「台灣文學」在相對於「日本文學」的立足點上，建立以台灣本土現實為本位的路線。一方面使用日文，一方面在相對於日本文學的基礎上建立台灣新文學。這看似矛盾的理路，與台灣在日本高壓統治下被逼著「現代化」的過程，關係密切；也與一九九〇年代以後，台灣學界所採用的視角有關。一九九〇年代以後，台灣學界回頭研究日據時期的文學，本土運動蔚為風潮，自由風氣大興。

（一）釋義：新詩、現代詩、當代詩

新詩、現代詩、當代詩，這幾個名詞都是相對的說法。新詩相對於舊詩；現代相對與古代；當代附屬於

1 張我軍《亂都之戀》，一九二五年十二月發行於台北太平町三丁目二十八番地；陳奇雲《熱流》，一九三〇年十一月十三日由台北南溟藝園社出版；楊雲萍《山河》，一九四三年十一月十三日由台北的清水書店出版；張彥勳的《幻》、《梧桐葉》，以及林亨泰《靈魂的初啼聲》，均由台中的銀鈴會出版。

現代。

這幾個名詞，除了當代詩的時間範疇較小以外，指的是同一種文類。一九一七年，中國五四運動，胡適在當年十月號的《新青年》發表〈談新詩〉，「新詩」一詞首次出現在文章裡。〈談新詩〉一文指的「新詩」，是以語體文寫成、別於舊詩的文學作品。「現代詩」所指亦同，但在發展上，更區別於文言，而不只是「舊」的往日之慼。「現代詩」和「當代詩」則是在時間斷限與範疇大小的區隔。主要出於台灣海峽兩岸政治體制之別，一九四九年以後以白話文寫成的詩，叫做當代詩；一九一七—一九四九年的叫做現代詩。亦可不如此細分，而一律名為現代詩。

經過將近一世紀的文體發展，新詩、現代詩、當代詩等稱謂，均已脈絡化。定名為「現代詩」，是否含有「現代性」的指涉？這個問題就像「當代詩」是否有「當代性」的指涉、「新詩」是否有「前衛性」的指涉一樣，已經不成問題。

（二）一九二〇—一九四九年間，台灣現代詩的體制化與接受史概述

礙於時代因素，日據時期詩人出版詩集不如其他時代便利，所以本書對此時期詩人的介紹與論定，標準有別於其他時代。「是否在日據時期出版至少一本詩集」，不能作為入選詩史的基本條件。

1. 三語交響下的白話詩創作

日據時期日文、台語、中文，三語交響。日本殖民地下的台灣，百姓的日常生活以日文和台語為主。當時以中文書寫的白話詩，在具備傳統中文根柢的賴和、楊守愚、楊華、陳虛谷等創作下粗具規模，但數量少；這幾位作家主要寫的是小說。一九三〇年代左右，追風、吳新榮、郭水潭、王白淵、陳奇雲、楊熾昌，

這幾位指標性的詩人，主要都用日文創作。鹽分地帶詩人群除吳新榮外，日文幾乎是詩作唯一的語言。楊熾昌的第一本詩集《熱帶魚》，全以日文寫成，初版於日本。[2]

一九二〇——九四九年間，唯一在台灣出版且以中文創作的詩集，是一九二五年張我軍的《亂都之戀》。日據時期的中文白話詩創作，集中在一九二三年十二月施文杞之作，到一九三七年六月一日報紙漢文欄被禁的十四年間。當時絕大多數詩人的白話詩創作，大半單篇發表在報刊，且多為日文。《台灣文藝》、《台灣新聞》、《台灣新報》、《台灣新民報》、《台灣新文學》、《台灣日日新報》、《華麗島詩刊》，是當時詩人發表作品的主要園地。[3]然而太平洋戰爭以前的這些報刊大量缺損、破敗、佚失，取得有限，難以完全作為第一手資料的依據。

2.文學史權力運作中的異文收編

異文下的作品判讀，是日據時期台灣現代詩史首需面對的課題。這牽涉到詩作的傳播、收編、體制化的運作、論述的視角。目前學界討論日據時期白話文學，是在對語言文字的妥協中進行。當讀者透過漢譯閱讀

2　今已不存。

3　在台灣現代詩的萌芽階段，《台灣民報》刊載了許多作品，介紹許多五四文學運動以降的白話文學作家作品與歐美新興的文學思潮，為重要的文學傳播媒介。《台灣民報》的前身是一九二〇年由台灣旅日學生蔡惠如等創刊於東京的《台灣青年》。《台灣青年》在一九二二年改名為《台灣》。一九二三年四月，《台灣》的分支《台灣民報》發行創刊號，此後直接提供台灣百姓以五四文學運動的訊息。例如：胡適的戲曲〈終身大事〉刊載於創刊號；秀湖的〈中國新文學運動的過去與未來〉刊登於第四期；陳獨秀的〈敬告青年〉刊載於第七期；張我軍一九二四年四月在北京寫的〈致台灣青年的一封信〉，刊載於第二卷第七期，後來引發新舊文學論爭的幾篇主要文章，如〈糟糕的台灣文學界〉、〈為台灣的文學界一哭〉、〈新文學運動的意義〉、〈請合力拆下這座敗草叢中的破舊殿堂〉，均發表於《台灣民報》。

原本以日文發表的白話詩，則譯詩與原詩之間，意義關係干擾的程度，包括語法節奏、文字背後的文化意涵等等，只能概括讀個輪廓。原本「異文」的詩作無法就語言的原貌討論詩藝；漢譯前的詩作與中文「不同文」，不該在中文的文化、文學脈絡裡討論。

一般而言，談詩論藝需在同一種文字裡；闡發是否幽微、詮釋是否精確，方能有效論斷。日據時期多數白話詩的原發語言為日文，而當今台灣對日據時期白話詩的理解與闡釋，大部分出自一九八〇年代之後的漢譯。迄今所見有關台灣白話詩的研究文獻，對於一九五〇年以降的時代，很明顯以中文寫作的詩為焦點，在「同文」的基礎上討論；卻將日據時代以日文為初次發表的詩作歸於台灣現代文學範疇，與一九五〇年代以降用中文創作的詩一併探討。目前討論日據時代的白話詩，不但納入日文書寫的詩，而且相當依賴漢譯，甚至有漢譯取代原詩的傾向。如此顯著的矛盾，學界仍相依成習；我們必須認知，這是文學史在權力運作下的遷就。

中文和日文語法有別，日文詩漢譯之後，意象出現的先後順序可能不同，被動語態可能翻成主動語態，長句可能變成短句，日本俳句慣用的語助詞及蝴蝶落葉等意象可能失去文化語境的暗示。凡此種種，都會左右對原詩的判讀。例如林修二〈鄉愁〉中的詩行：「貝殼は／海の響を／懷かしむ」，陳千武順應漢語的語序而譯為：「貝殼在／懷念／海灘」，與原詩的結構已經不同。楊雅惠對此有深入的論述。[4]

3. 啟蒙期的體制化與接受史略

一九二〇——一九四九年間，台灣現代詩的體制化與接受史，發端於一九七九年。[5]日據時期的白話詩，因為政治上的忌諱，一直乏人問津。詩人與詩作的大量出土及起伏的接受史，端賴約一九七九年以後，詩人的家人、晚輩、友朋等等，為散逸的作品編成全集或選集。以楊華為例，直到明潭出版社的《日據下台灣新文學・詩選集》及遠景出版社的《光復前台灣文學全集》，才將作品選入。在李南衡主編的《日據下台灣新文學・詩選集》中，楊華的作品選入一八七首，為數最多；而在陳千武編選的《光復前台灣文學全集・亂都之戀》中，楊華的詩作也達一一八首，篇幅遠超過其他作家。

李南衡主編、明潭出版社出版的《日據下台灣新文學明集4：詩選集》，及陳千武與羊子喬主編、遠景出版社出版的《光復前台灣文學全集9：亂都之戀》、《光復前台灣文學全集10：廣闊的海》、《光復前台灣文學全集11：森林的彼方》、《光復前台灣文學全集12：望鄉》，為輯錄日據時期台灣新詩的重要底本。

李南衡、陳千武編譯的這兩套集子裡，日據時期台灣人用日文寫作的白話詩首次以漢

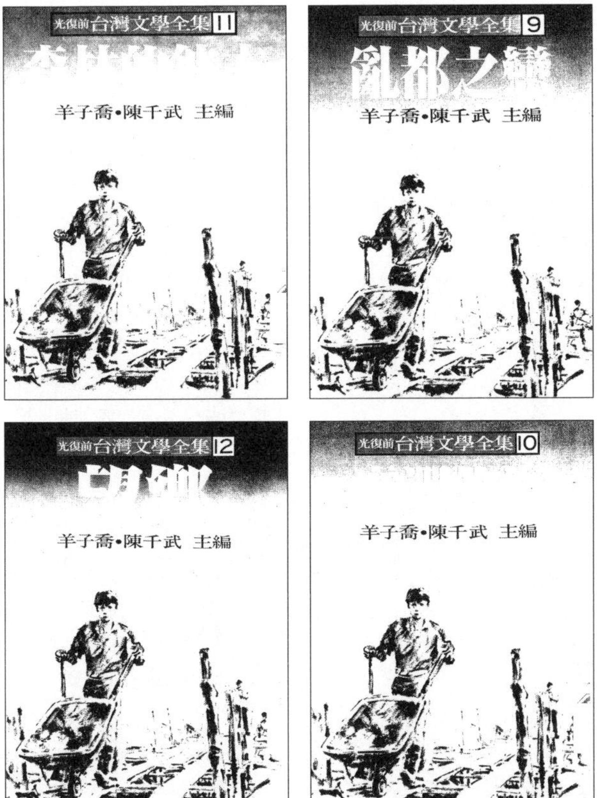

遠景出版的《光復前台灣文學全集》，新詩部分由羊子喬、陳千武主編。

4 研究參見楊雅惠：《現代性詩意啟蒙：日治時期台灣新詩的文化詮釋》（高雄：國立中山大學出版社，二〇〇七），頁二八九—二九九。

5 表製一九七九—二〇一八年間，首次出版於台灣、部分關於日據時期白話詩的主要書籍，附於此章末尾附表1。

譯面世。被翻譯的日文白話詩有兩種情況：他譯、作者自譯。陳千武、張良澤、月中泉，是第一批漢譯日據時代的日文白話詩的推手。[6]首批自譯詩作為中文的詩人，有詹冰、張彥勳、陳千武、龍瑛宗、蕭金堆。[7]

葉笛、陳才崑、陳千武、張良澤、月中泉、呂興昌、羊子喬，對日據時期台灣人在台灣發表的日文白話詩轉譯為中文，以及詩作的收集、編選、年表之編製，花了很多工夫。台灣今天所閱讀、漢譯後的日據時期日文白話詩，端賴其引介。楊熾昌、楊雲萍、追風、郭水潭、江文也的日文詩作，因此輯錄成專書。

從《日據下台灣新文學明集4：詩選集》初版的一九七九年開始，台灣的文化界、學界，逐步把日文寫作的原始作品收入台灣的白話文學，作為文學史、文學研究的資料。整編的過程，從編選時代總集、文學家全集、詩人別集，到翻譯詩人的日文詩為中文，到綜合各種新興文類的台灣文學史綱、史論，以迄突出研究者個別史觀的本土論述、文化符徵、左翼史觀、殖民地史觀，再到碩博士論文聚焦某問題意識的衍生與論證，日據時期以日文創作的「異文」書寫，乃體制化納入台灣文學史。

4.啟蒙期詮釋觀之定型

一九八〇年代末，林瑞明在成功大學歷史系開設台灣文學課程，為「台灣文學」一稱學院化之始。呂興昌與陳萬益於一九九一年起，持續三年推動「台灣文學研討會」。一九九〇年代，清華大學、成功大學、台灣師範大學、淡江大學、中央大學、中正大學、靜宜大學、政治大學、台灣大學、暨南大學、中興大學、輔仁大學、真理大學等校，各自開設台灣文學課程。同步，各種研究計畫、中小學課綱調整、文學館設置、紀錄片製作、研究風氣推升，逐漸促使台灣文學被視為重要的文化資產，進而溯源到日據時期，作為台灣新文學的源頭。

一九九〇年代以後，投入日據時代的研究文獻，較能回到以歷史或文學為本位的軌道。陳建忠指出，台灣的賴和研究大多出現於一九九〇年代，說明賴和的接受史與台灣本土意識的興起有關。[8]一九九〇年代以後的碩博士論文，如柳書琴之於王白淵、黃建銘之於楊熾昌，皆對詩人深入研究。而學者如陳芳明、陳萬益、趙天儀、龔顯宗、林瑞明、呂正惠、梁景峰等，皆得立足於詩作等一手材料，建立宏觀論述。

二〇一一年起，由台灣文學館召集諸多學者合編的「台灣現當代作家研究資料彙編」，蒐集照片、手稿、年表、研究概況、重要論文，每一作家匯為一本，是台灣文學館經營下，另一種以論帶史的「文學史長編」。屬於一九二〇——一九四九年間台灣現代詩的，有賴和、楊熾昌、張我軍、吳新榮、郭水潭、巫永福、詹冰、楊守愚。

一九九〇年代以降，主導台灣學界對日據時期，或一九二〇——一九四九這段期間台灣新文學論述的，是以陳芳明馬首是瞻的左翼文學史觀與殖民史觀。「殖民現代性」也在左翼和殖民史觀之下推演，[9]為陳芳明觀察日據時期台灣現代性的角度。

陳芳明以一九三〇年代全球性蔚起的左翼運動為視角，觀察受日本殖民統治的台灣，連結歷史學者擅長的年表思考，勾勒出一九二〇——一九四五年間台灣政治、社會、文化的重大事件，發現在一九三〇年代的亞

6 陳千武漢譯黃衍輝〈廢港〉、月中泉漢譯黃衍輝〈魔海之瞳〉，見《森林的彼方》。月中泉譯翁鬧〈故里山丘〉，以及陳千武漢譯失名式〈廢寺〉、徐清吉〈流浪者〉、林芳年〈月夜的墓丘與石獅子〉及〈在原野上看到的煙囪〉、李張瑞〈傳統〉、〈鏡子〉、〈輓歌〉、〈女王的夢〉、〈天空的婚禮〉等詩作、吳坤煌〈漂流曠野的人們〉、王登山〈樓上的女人：在夜街青樓生活的女人〉、陳周和〈走後街〉，見《廣闊的海》。陳千武翻丁天如〈鎮裡的流浪者〉，見《望鄉》。

7 如張彥勳自譯日文詩〈蟋蟀〉、詹冰〈有一天的日記〉、陳千武自譯〈月出的風景〉、龍瑛宗自譯〈花與痰盂〉、蕭金堆自譯〈鳳凰木的花〉，均見《望鄉》。

8 見陳建忠：〈賴和及其文學研究評述：一個接受史的視角〉，收於陳建忠編：《台灣現當代作家研究資料彙編‧01‧賴和》（台南：國立台灣文學館，二〇一一），頁六九—九二。

9 參閱陳芳明：《殖民地摩登：現代性與台灣史觀》（台北：麥田出版社，二〇一七），頁七八—八〇。

洲左翼中，台灣和日本左翼、中國左翼很大的分野，是台灣的左翼作家把資產階級與無產階級之間的衝突放到殖民的脈絡裡。陳芳明認為，台灣新文學在日據時期最重要的內涵是左翼而殖民，兩者並存。由此史觀出發，陳芳明解釋了台灣左翼文學的發展背景、三〇年代台灣作家對現代性的追求與抗拒，把一九三〇年視為白話詩成熟的起點；在現代詩方面，討論了賴和、吳新榮、楊華、王白淵、追風、郭水潭、林芳年、詹冰、巫永福。[10]陳芳明據以討論的文本，由文章後面的注釋，可看出相當依賴一九七九年李南衡主編的《日據下台灣新文學》、一九九三年張恆豪主編的《台灣作家全集・日據時代》，[11]以及一九九七年陳千武、羊子喬合編的《光復前台灣文學全集》之9、10、11、12的漢譯詩作，而非當初詩人發表的日文原作。讓陳芳明的左翼兼殖民史觀立於不敗之地的，是由歷史事件選擇穿織出來的左翼與殖民文學發展軸線。因為找出的這條軸線，陳芳明推論一九七〇年代末的鄉土文學運動在日據時期已發其端緒，在脈絡上或邏輯上都說得通。[12]

一九二〇—一九四九這段期間的台灣新文學，在陳芳明的左翼和殖民視角下，對「現代性」一詞的理解也很不同。陳芳明認為，日據時期台灣社會，對西方社會帶來幾乎等於「文明」、「人權」、「革新」的「現代性」會有急起直追的焦慮感，是因為當時現代性在全球的傳播主要為了資本主義的擴張，而非文明本身的養成；尤其當時「現代性」乃透過日本殖民體制的轉嫁，「摩登」（現代性）對於日據時代的台灣社會，是啟蒙與抵抗並存的價值。而因日本殖民者比台灣先抵達現代，再把現代性轉化為文化優越性然後嫁接給台灣，使得日本殖民下的台灣發生國族認同的混淆與困惑，對某些台灣百姓而言，已將現代化等於日本化，認為達到現代的捷徑就是當日本人。陳芳明對台灣歷史的同情，使得他看到政治與意識型態背後更複雜的層面。陳芳明對日據時代「現代性」的解釋，在諸多後設的詮釋脈絡中別具意義。[13]

一九九〇年代後的台灣現代詩選本，所選一九二〇—一九四九年間的詩作、史觀、代表詩人、對經典作品的看法、日文原作所據的漢譯版本，至此大抵定型。如一九九五年出版的《新詩三百首》，選賴和〈南國哀歌〉、張我軍〈亂都之戀〉、追風〈詩的模仿〉、楊守愚〈蕩漾中的一個農村〉、楊華〈燕子去了後的秋光〉

及〈小詩〉、水蔭萍〈茉莉花〉；二〇〇二年初版的《台灣現代文學教程：新詩讀本》，選賴和〈南國哀歌〉、張我軍〈亂都之戀〉、追風〈詩的模仿〉、楊守愚〈詩〉、楊華〈黑潮集〉之四首及〈小詩〉、水蔭萍〈茉莉花〉；二〇〇四年初版的《現代新詩讀本》，於此時期選賴和〈南國哀歌〉、追風〈詩的模仿〉、楊守愚〈蕩漾中的一個農村〉、楊華〈黑潮集〉之九、十五、二十、二五、三十、四七、五一，以及〈女工悲曲〉與〈燕子去了後的秋光〉、郭水潭〈村裡瑣事〉、吳新榮〈急馳的別墅〉、水蔭萍〈茉莉花〉、〈尼姑〉、〈靜脈和蝴蝶〉、〈秋之海〉、〈蒼白的歌〉、〈毀壞的城市〉，巫永福〈遺忘語言的鳥〉、林芳年〈在原野上看到煙囪〉、吳瀛濤〈空白〉、〈海流〉、詹冰〈Affair〉、〈五月〉、〈水牛圖〉、〈山路上的螞蟻〉；二〇〇五年初版的《台灣現代文選新詩卷》，選賴和〈南國哀歌〉、楊華〈黑潮集〉之六首詩作以及〈女工悲曲〉、水蔭萍〈尼姑〉。[14]

---

10 參見陳芳明：〈賴和與台灣左翼文學系譜〉、〈日據時期台灣新詩遺產的重估〉、〈吳新榮：左翼文學的旗手〉，收於陳芳明：《左翼台灣：殖民地文學運動史論》（台北：麥田出版社，一九九八），第三、七、八章；以及陳芳明：〈殖民地詩人的台灣意象：以鹽分地帶文學集團為中心〉，收於《殖民地摩登：現代性與台灣史觀》，頁一四一——一六四。

11 張恆豪主編的《台灣作家全集・日據時代》，共十冊，所收所論之創作不及白話詩，而以小說為主。編入選本的作家，包括賴和、張我軍、楊雲萍、蔡秋桐、王詩琅、朱點人、陳虛谷、張慶堂、林越峰、楊守愚、楊逵、呂赫若、龍瑛宗、張文環、翁鬧、巫永福、王昶雄，共十七位。一九九三年由台北前衛出版社出版。

12 請參見本章附表2。

13 參見陳芳明：〈摩登與後摩登台灣〉、〈現代性與日據台灣第一世代作家〉、〈三〇年代台灣作家對現代性的追求與抗拒〉，收於《殖民地摩登：現代性與台灣史觀》，頁一七—二九、三一—五三、五五。

14 參見方群、孟樊、須文蔚合編：《現代新詩讀本》（台北：揚智文化事業股份有限公司，二〇〇四）；蕭蕭、白靈編：《台灣現代文學教程：新詩讀本》（台北：二魚文化事業有限公司，二〇〇二）；張默、蕭蕭編：《新詩三百首》（台北：九歌出版社有限公司，一九九五）；向陽編：《台灣現代文選・新詩卷》（台北：三民書局股份有限公司，二〇〇五）。

（三）台灣現代詩的文學血緣

台灣現代詩有兩個語言血緣：日本、中國大陸。

台灣現代詩直接受中國文學與日本教育的影響。一方面經由私塾教育汲取中國古典詩傳統、經由日據時期具影響力的知識分子留學中國，帶回白話新詩的形式；一方面透過日本殖民教育與台灣留學日本的文學創作者，嫁接歐美文學思潮及日本文學形式中的俳句、短歌等等。因而台灣新詩起源凡四：1.中國古典詩傳統；2.中國五四時期的新文學運動；3.來自日本的俳句、短歌、古典詩、日本的新詩運動；4.透過日文教育所接受到的西方文學。[15]

1.中國古典詩傳統

日據時期的台灣百姓以務農為主，文盲很多，台灣子弟不大有機會進入日人辦的「公學校」；民間自辦、傳授中國科舉時代文言文的私塾，於是成為民眾教育的管道。家庭環境更容許的青年，因到中國內陸求學或工作，躬逢五四新文學運動後的文化氛圍，乃引進五四新文學運動的思想、相關刊物、思潮，倡議起台灣的新文學運動。當時台灣的中文白話詩，像賴和、張我軍、陳虛谷、楊華、楊守愚、林克夫、廖漢臣，若非浸潤於中國的古典漢文傳統，就是追摹五四新文學的白話小詩。

古漢語詞彙和語法滲透到以中文書寫的白話詩內，以致當時的中文白話詩雜用古漢語。例如：楊雲萍〈橘子花開〉全詩為中國古典詩詞的句法、〈這是什麼聲？〉由古今語素拼合而成；陳虛谷〈流水和青山：遊關子嶺〉以中文白話語法為主而兼採古漢語句法；楊守愚〈洗衣婦〉運用古今漢語融合的語彙。[16]

2. 五四新文學運動

一九二〇年代，台灣青年到上海、南京、廣東、廈門、北京等中國大陸的各地遊學，在各地成立青年會或同志會，其中以廈門的「廈門尚志社」人數最多。根據研究，一九二三年七月到廈門遊學的台灣學生，總數達一九五人。[17]

游勝冠認為，台灣新文學之誕生，係因一九二〇年台灣文化協會成立以後，知識分子眼見，一樣受帝國主義壓迫，中國卻能興發五四運動，掀起愛國自救的風潮，因而頗受激盪；陳端明與黃朝琴等鼓吹白話文，及一九二四年張我軍燃起新舊文學論爭之後，亟欲與外面的新世界連結，新文學應運而生。[18]

日據時期的白話文學提倡者，如施文杞、張我軍、賴和、黃朝琴、黃呈聰，皆在中國住過一段時間；張我軍且曾在北京讀書。《台灣民報》曾轉載張我軍引介的胡適、魯迅、冰心、陳獨秀、郭沫若、梁宗岱的作品。在北京求學的台灣青年蘇維霖，其〈二十年來中國古文學及文學革命的述略〉，取材於胡適〈五十年來的中國文學〉。[19]

日據時期的中文白話詩有北京話中輕重音的變化，也有儿話音的痕跡。如張我軍〈沉寂〉詩中的「月亮兒」、〈無情的雨〉詩中的「心兒」、「車兒」；一九二七年《台灣民報》所登，崇五〈旅愁〉詩中的「月

---

15 參見趙天儀：《台灣文學的週邊》（台北：富春文化事業股份有限公司，二〇〇〇），頁五九。
16 相關研究參見楊雅惠：《現代性詩意啟蒙：日治時期台灣新詩的文化詮釋》，頁二八四—二八九。
17 引自王乃信等譯：《台灣社會運動史》（台北：海峽學術出版社，二〇〇六），第一卷，頁六九—一三七。
18 游勝冠說：「一九二一年台灣文化協會成立之後，台灣知識分子眼見同樣遭受帝國主義壓迫的中國，經五四運動所掀起愛國自救的風潮，不但激盪、鼓舞了台灣人，進而也對台灣起著示範作用。」見游勝冠：《台灣文學本土論的興起與發展》（台北：前衛出版社，一九九六），頁一六—一七。
19 參見《台灣民報》，第二卷，第十號（一九二四年六月十一日）。

兒」，都是北京儿話音的餘緒。

3.日本的俳句、短歌、古典詩

日文為日據時期的「國語」。以日文為中心的教育，在日據時期的台灣兼具同化與現代化的功能；日本的文化與文學觀，直接透過日文分泌到創作。日據時期台灣的新文學作家，其創作多半以日文為基礎，輔以較生澀的白話中文，或大量音譯、自創的台文。

日據時代台灣的文學青年留學日本，加入台灣青年在日本的文學或社會團體，為台灣引入左翼的、前衛的思想。一九一五年的「台灣青年會」、一九二六年的「台灣青年會社會科學研究部」、一九二八年的「東京台灣學術研究會」、一九三〇年的「台灣左翼文化聯盟」，都是台灣留日學生的著稱組織。一九一八年由東京台灣留學生組成的「啟發會」，一九二〇年發展為「台灣新民會」，林獻堂、林呈祿、蔡培火、黃朝琴、陳火、吳三連、王敏川，均名列其中。[20]

4.透過日文教育的西方文學

日文為台灣的白話詩傳入新潮流。日語原有的詞彙，以及日文中的外來語，台灣當時以日文書寫的白話詩將之吸收消化，蔚然可觀。楊熾昌的詩就有許多片假名的外來語。

楊熾昌、王白淵、楊雲萍、巫永福等人均曾留學日本。郭水潭、徐清吉、王登山，皆加入日本人主持的文學集團：南溟樂園（後改名為南溟藝園）。楊熾昌留日期間投稿西川滿主辦的刊物，他對現代主義的理解，便從高橋新吉介紹的達達主義及《詩與詩論》的春山行夫、安西冬衛、西脇順三郎等譯介的超現實主義中，體會到前衛的藝術性，而以回台灣後可開創的新格局自許。[21]巫永福的〈歡喜〉一詩，受日本新感覺派感染而作；〈祖國〉一詩，激烈批判日本殖民統治。

（四）台灣最早的分行白話作品

一九二三年十月十三日，施文杞在《台灣民報》第一卷第十二號，以中文發表〈送林耕餘君隨江校長渡南洋〉。這是迄今可考文獻中，台灣最早以中文白話文發表的分行文學作品。該作共四節，以簡單直述句為主，就藝術而言是半生不熟的分行散文。例如前兩節：「我們的相識，／只有兩個多月。／在這短期中，／我也何嘗一日沒有見著面？／人家分別的情景，／我們覺得十分苦痛！／但你這回要和我分別，／我反抱著十分高興！／／考察民族，／調查僑情，／是你這一回南渡的動機。／你說你：「預定三個月，就要回來」／我說你能夠將我胞的抱負，／貢獻於親愛僑胞之前！／並可達了此行的目的，／那麼，延些時日也有何妨？」[22]施文杞之生平資料，僅知為彰化鹿港人，曾赴日求學，一九二三年到上海就讀南方大學，曾為上海的台灣青年會幹部。

以施文杞為名所發表的中文創作，另有一九二三年十二月二十一日發表在《台灣民報》的分行文字，題為「假面具」；以及小說〈台娘悲史〉。〈送林耕餘君隨江校長渡南洋〉和〈假面具〉，發表時並未確指為何種文體。

第一本由台灣土生土長的文人以中文寫成的白話詩集，是張我軍的《亂都之戀》。《亂都之戀》初版於

20　引自王乃信等譯：《台灣社會運動史》，第一卷，頁二〇—八一。

21　楊熾昌在〈《喬伊斯中心的文學運動》讀後〉對譯者春山行夫極度推崇，並將春山行夫比喻為西脇順三郎。在〈洋燈的思維〉中，讚美中村千尾詩集《薔薇夫人》的巧妙技法及奋也聖三詩集《假寐》的細緻形式。在〈詩的化妝法：百田宗治著《自由詩以後》〉一文中，則透露對日本詩壇與詩風的神往。可參閱楊熾昌著、葉笛漢譯、呂興昌編訂：《水蔭萍作品集》（台南：台南市立文化中心，一九九五），頁一五三—一五四、一六二—一六三、一九一—一九二。

22　〈送林耕餘君隨江校長渡南洋〉，參考以下網址：https://reurl.cc/5Mg9v。二〇一八、九、二十四覆按。

台北，初版時間為一九二五年，共收張我軍之中文白話詩作五十五首；創作時間集中於一九二四——一九二五年間。

若考慮詩人自署的創作日期，則早於施文杞的〈送林耕餘君隨江校長渡南洋〉者，尚有賴和的中文詩作：〈飼狗頷下的銅牌〉，標示為一九二三年十一月二十三日所作。因無出版證明，此說存而不論。

追風以日文發表的〈詩的模仿〉，[23]刊於一九二四年四月十日、五年一號的《台灣》，組合了〈讚美番王〉、〈稱讚煤炭〉、〈戀愛會茁壯〉、〈花開之前〉，作者自署之創作時間為一九二三年五月二十二日；為可考文獻中，最早之日文白話分行作品。

《台灣民報》持續刊登中文白話詩。楊雲萍與江夢筆於一九二五年三月創辦《人人》雜誌，當年二月的《人人》雜誌第二期，刊載張我軍《亂都之戀》的前半部。一九二六年，新竹青年會於《台灣民報》徵得白話詩五十餘首，選入崇五、楊華、黃石輝、黃得時、沈玉光、謝萬安等的詩作；《台灣民報》更於一九三〇年八月二日增闢「曙光」專欄，專門刊登白話詩。透過報刊登載與推廣，白話詩創作漸受重視，作者及作品漸多。

（五）一九二〇——一九四九年間的台灣現代詩團體

一九二〇——一九四九年間，台灣人成立於台灣、與現代詩相關的社團或群體有三個：鹽分地帶詩人群、《風車》、銀鈴會。

1. 鹽分地帶詩人群

「鹽分地帶詩人群」之稱謂，源於一九三六年二月發行的《台灣文藝》特輯。該特輯以「鹽分地帶詩人・文聯佳里支部作品集」為題，故而「鹽分地帶詩人」一詞，從此行世。該輯所稱「鹽分地帶詩人」，指日據時期出生於台南北門郡、由吳新榮號召、結盟於台南縣濱海鄉鎮的一批詩人；但是吳新榮等人結盟之時，並未自稱為鹽分地帶詩人群。

所謂鹽分地帶，指台南的七股、將軍、北門、佳里等地；因鹽分濃厚，土壤貧瘠，故有鹽分地帶之稱。鹽分地帶詩人群包括吳新榮、郭水潭、王登山、莊培初、葉向榮、王碧蕉、徐清吉、曾曉青、林精鏐、陳挑琴、黃炭、鄭國津、曾對、郭維鐘。鹽分地帶詩人群的作品普遍反帝國、反封建，傾向普羅文學，關注日常而透明的情感與社會現象。

鹽分地帶詩人群筆下的鄉情、友情、親情，釀造出一九三〇年代醇厚有味的詩作。如徐清吉（一九〇七—一九八二）發表於一九三五年的〈鄉愁〉、王登山（一九一三—一九八二）發表於一九三六年的〈中午的飯盒〉、林精鏐（一九一四—一九八九）在一九三六年發表的〈爸爸垂老〉、〈掃墓〉等等。

2.《風車》

《風車》集團，以楊熾昌為首，網羅同氣相求的台、日青年組成，發行了包括白話詩的綜合文學刊物：《風車》，引進超現實主義。成員六人：台籍的李張瑞、張良典、林永修；日籍的岸麗子、戶田房子、島原鐵平。《風車》共發行四期，創刊於一九三五年，停刊於一九三六年；每期發行七十五本；只刊登同仁的詩作。《風車》集團在一九三〇年代的台灣是異質的存在。《風車》成員的詩作，是當時台灣現代詩最接近詩

23 追風（一九〇二、十一、十八—一九六九、七、二十六），本名謝春木，後改名謝南光。生於彰化二林。東京高等師範學校畢業。曾任記者、編輯、《台灣民報》主筆。相關研究可參考賴婉蓉：〈謝春木及其作品研究〉（台北：國立台灣師範大學台灣文化及語言文學研究所碩士論文，二〇一〇）。

藝的證明。[24]

3.銀鈴會

銀鈴會，一九四二年，發起於台中一中三年級的同班同學：朱實、張彥勳、許世清、詹明星、謝維安。一九四四年，銀鈴會發行以日文書寫、傾向學生文藝性質的雙月刊《緣草》，刊登俳句、短歌、白話詩、隨筆、童謠。一九四七年初，《緣草》停刊。一九四七年冬復刊，改名為《潮流》，張彥勳主編，發行五期；成員加入林亨泰、詹冰、錦連、蕭翔文等。一九四九年戒嚴令頒布，風聲鶴唳，銀鈴會解散。[25]

這三個現代詩集團，《風車》和鹽分地帶詩人的背景諸多近似：都發跡於台南、有幾位成員曾留學日本、有幾位成員具備中國傳統文學背景，能寫漢詩。[26]至於銀鈴會，其中幾位成員後來共組笠詩社，論者因而認為銀鈴會為笠詩社的前身。這三個團體中，只有銀鈴會，在組成時就是這個名字；而只有鹽分地帶詩人群未發行共同的文學刊物。

（六）關於分期

一九二〇——一九四九這段期間的台灣現代詩不須分期。因為：1.這段期間的白話詩，除了《亂都之戀》，幾乎沒有當時在台灣出版的中文白話詩集，讀者憑藉的文本多半散佚不全、經過漢譯、在日本發表或出版，或為一九八〇年代以後才出土或整理重出、多次翻印的作品；且原始發表出處泰半未詳，作者自注的寫作時間缺乏出版證明，無法證實全為此時期的詩作。2.這段期間的白話詩創作沒有誕生專業詩人，沒有大量詩人；以寫小說為主、寫詩為輔的新文學創作者，多為間歇創作。詩人缺乏成長、培養的條件，整個日據時期的白話詩都沒有推進的動力。[27]

即使如此，一九二〇——一九四九，含括日據時期的這段台灣新文學發展，已有幾位學者試著為它分期。有關日據時代台灣新文學各種分期，本書僅摘數種供參，不置評論。

1.吳瀛濤的分期：[28]

(1)啟發期：一九二〇——一九三〇；

(2)全盛期：一九三〇——一九三七；

(3)戰爭期：一九三七——一九四五。

2.羊子喬的分期：[29]

(1)奠基期：一九二〇《台灣青年》創刊，至一九三二《台灣新民報》改為日刊。

(2)成熟期：一九三二《台灣新民報》改為日刊，至一九三七日本禁止台灣使用中文。

(3)決戰期：一九三七日本禁止台灣使用中文，至一九四五年台灣光復。

3.葉石濤的分期：[30]

---

24 有關《風車》，可參考陳允元、黃亞歷：《日曜日式散步者：風車詩社及其時代》（台北：目宿媒體股份有限公司，二〇一六）。

25 參考周華斌主編：《銀鈴會同人志》（台南：國立台灣文學館，二〇一三）。

26 相關資料可參考莊曉明：〈日治時期鹽分地帶詩人群和風車詩社詩風之比較研究〉（台北：國立台北教育大學台灣文化教學碩士學位班碩士論文，二〇〇八）。

27 類似意見可參考蕭蕭：〈海島之歌：「日據下台灣新文學詩選集」〉，收於李南衡編：《日據下台灣新文學・詩選集・4》（台北：明潭出版社，一九七九），頁四三三。

28 參見吳瀛濤：〈台灣新文學的第一階段〉，收於《台北文物》，第三卷，第二期（一九五四年八月、十二月）。

29 參見羊子喬：《蓬萊文章台灣詩》（台北：遠景出版事業有限公司，一九八三），頁八七—八九。

30 參見葉石濤：《台灣文學史綱》（高雄：春暉出版社，一九八七），頁二八—二九。

(1)搖籃期：一九二〇—一九二五，始於《台灣青年》創刊；
(2)成熟期：一九二六—一九三七；
(3)戰爭期：一九三七—一九四五。

4.孟樊、楊宗翰的分期：[31]

(1)冒現期：一九二四—
(2)承襲期：一九三三—

5.陳芳明的分期：[32]

(1)啟蒙實驗期：一九二一—一九三一；
(2)聯合陣線期：一九三一—一九三七；
(3)皇民運動期：一九三七—一九四五。

二、言文論題與民眾意識的興起：新舊文學論戰、鄉土文學論戰（台灣話文運動）

一九二〇—一九四五年間，台灣的文化界以論戰方式，思考文學的語言與題材，直接促進當時白話詩的發展。在題材上，趨向以無產階級大眾為關切核心的寫實文學；在語言上，朝向以言文一致為思考要點的文字改革。相關的論戰，包括新舊文學論戰，以及又稱鄉土文學論爭的台灣話文運動。論戰的結果，文學屬於民眾、反映民眾，且服務於民眾的想法，成為文學發展的共識。以大多數台灣百姓的處境與民族現實為考量的左翼文學論述，正當化為日據時期寫實文學的骨幹。對於文字改革的討論，則更清楚採用中文的白話或台灣話文創作的困境、優缺點、可能性，化之為文學創作的動力。

（一）新舊文學論戰

台灣在日據之下，日本總督府嚴密監視，民族矛盾與階級矛盾嚴重；以無產階級為考慮重點的文學論戰亦在此時期展開。按照葉榮鐘的研究，日據初期留學日本的台灣人，因厭惡與中國人同被戲稱為清國奴，而未將中國視為祖國；台灣人認同中國為祖國，辛亥革命為重要轉折。尤其《台灣民報》創刊後，中國新文化運動的理念才傳播到台灣，隨後更引發移植白話文運動的風潮。[33]橫路啟子即認為，一九二二年後，台灣的新知識分子接受了社會主義思想，意識到階級問題，故與奉承日本統治者的台灣人劃清界線，此界線更隨著社會主義思想之加深而逐漸轉移，於是漢語文化圈內部的「新舊」模式逐漸浮上枱面。[34]

新舊文學論戰是台灣新文學發展的樞紐。論戰過後，吸引了許多作家投入新文學創作。論戰的近因是追求現代化所需的新文化運動與文字改革，潛在因素是民族意識，與現代詩史最密切議題的則是對文字的討論。[35]新舊文學論戰之產生，與五四運動中的白話文運動直接相關，也打下之後台灣話文論戰的基礎。

31 參見孟樊：〈台灣新詩史如何可能〉，收於孟樊：《文學史如何可能：台灣新文學史論》（台北：揚智文化事業股份有限公司，二〇〇六），頁一一三。

32 參見陳芳明：《台灣新文學史》（台北：聯經出版事業股份有限公司，二〇一一）。

33 參閱葉榮鐘：《日據下台灣政治社會運動史（上）》（台中：晨星出版有限公司，二〇〇〇），頁九八。

34 參閱橫路啟子：《文學的流離與回歸：三〇年代鄉土文學論戰》（台北：聯合文學出版社股份有限公司，二〇〇九），頁一八〇。

35 關於新舊文學論戰的過程與分期，學者各有不同看法。可參見廖漢臣：〈新舊文學之爭：台灣文壇一筆流水帳〉，《台北文物》，第四卷，第二期（一九五五）；葉連鵬：〈重讀日據時期台灣新舊文學論戰：起因、過程與結果的再思考〉，《台灣文學學報》，第二期（二〇〇一），頁三三—六六；黃美玲：《連雅堂文學研究・連氏與台灣新文學運動》（台北：文津出版社有限公司，二〇〇〇）；施懿琳：〈日治時期新舊文學論戰的再觀察：兼論其對台灣古典詩壇的影響〉，收於《從沈光文到賴和：台灣古典文學的發展與特色》（高雄：春暉出版社，二〇〇〇），頁二二九—二六九；翁聖峰：〈日據時期台灣新舊文學論爭新探〉（台北：輔仁大學中國文學研究一九二〇年，《台灣青年》創刊，開始思考文學功能與文字使用等問題。在《台灣青年》上，陳炘一九二一年發表的〈文學與職務〉最早提出言文一致的問題。一九二二年，陳端明發表〈日用文鼓吹論〉亦觸及文字改革。

新舊文學論戰的引爆點是：留學北京的張我軍，於一九二四年四月，在《台灣民報》發表〈致台灣青年的一封信〉，批判自稱詩翁或詩伯的台灣知識分子。此後又有〈請合力拆掉這座敗草叢中的破舊殿堂〉以及〈新文學運動的意義〉二文。張我軍之文，引發台灣知識分子對書面語言、創作內涵和新舊文學的討論。新舊文學論爭因此而來。相對於張我軍、蔡效乾之高呼新文學的適用性，連橫、鄭坤五等人則強調古典文學對語言基礎的重要性。新舊文學論爭在日據時代起落凡三波，論戰火花延燒到一九四三年。

新舊文學論戰中的新舊兩方並不完全截然二分。其共同處在於：皆以各自摸索出的方法，試圖達成延續漢語的目的；對於重形式而輕內容的文體，論戰兩造的意見類似；而且傳統文人對舊文學的典律有一定的反省，對新文學的視野也不若張我軍筆下所說的那麼狹隘。當時台灣的舊文人，如連雅堂、魏清德、林石崖等，在論戰之前均已主張文學應在內容上改革，不宜以章句之美為務；一九一八年由櫟社同仁林幼春、蔡惠如、林獻堂、陳滄玉等人所倡立的台灣文社，在其刊物《台灣文藝叢誌》於一九一九年出版之後，也以新舊文明並陳的方式，介紹許多西方文明及國外文人的著作，較諸代表新文學的《台灣青年》，更早啟蒙台灣百姓。此外，連雅堂在《台灣詩薈》第十九號的「餘墨」專欄中，陳述對擊缽吟[36]的批判：「二十年前余曾以台灣詩界革新論，登諸南報，則反對擊缽吟之非詩也，中報記者陳枕山見而大憤，著論相駁，櫟社諸君子助之。」[37]可知張我軍和連雅堂均反對擊缽吟，觀念上有相通之處。新舊文學論戰的末期，賴和因《台灣日日新報》署名「一記者」的〈新舊文學之比較〉而加入論戰，發表〈讀台日紙的新舊文學之比較〉等文章。[38]賴和不屬於新舊文學陣營的任一邊，而是以文學觀查者與實踐者的角度檢視問題，強調不論新舊文學，最重要的就是以作品反應真實情感而不無病呻吟。賴和之後，當時對於新舊文學討論多為零星的發言，論戰漸告尾聲。

（二）鄉土文學論戰（台灣話文運動）

最早提到普羅文學的，是一九二二年林南陽以日文發表的〈近代文學之主潮〉。一九二三年，黃朝琴的〈漢文改革論〉提到漢文為貴族專有，阻礙知識傳播，主張把啟蒙的對象擴及占人口較大比例的無產階級民眾。一九二四年，張我軍發表〈致台灣青年的一封信〉、〈糟糕的台灣文學界〉，主張排除脫離現實的舊文學，積極提倡新文學；並主張以啟迪民眾作為新文學運動的核心精神。張我軍主張新文學運動在內容上要寫時代的脈動，寫時代的詩。一九二五年，蔡孝乾的〈新文學概觀〉將無產階級文學界定為「被壓迫階級——勞動者、婦女」的文學，預告文學之趨勢為「新社會的藝術」。蔣孝乾引介劉半農、胡適、康白情的觀點，認為新詩必須真誠而不虛偽、具體而不抽象，以及反映時代變遷。一九二五年左右，連被左翼人士指為反動

所博士論文，二〇〇二）；黃美娥：〈對立與協力：日治時期台灣新舊文學論戰中傳統文人的典律反省及文化思維〉，《台灣文學學報》，第四期（二〇〇三），頁三八—七一。

36 擊缽吟是古典詩社活動中，詩人彼此唱和的詩歌體裁，流行於清代道光到清代中葉。形式上，以七言絕句為主；題材上，主要為詠事、詠物、詠古。之所以叫做「擊缽吟」，來自南朝梁的蕭文琰擊銅缽立韻為詩的典故。參加聚會的詩人們燃香盈寸，擊缽吟詩；當寸香燃盡，缽聲遂止，詩章當成。擊缽助興，較量詩藝，增添酬酢唱和的趣味，故稱擊缽吟。參見詹雅能：〈從福建到台灣：擊缽吟的興起、發展與傳播〉，《台灣文學研究學報》，第十六期（二〇一三），頁一一一—一六六。

37 《連雅堂先生全集・台灣詩薈（下）》（南投：台灣省文獻委員會，一九九二），頁四六〇。

38 懶雲（賴和）：〈讀台日紙的新舊文學之比較〉，《台灣民報》，第八九號（一九二六年一月二十四日）、〈謹復某老先生〉，《台灣民報》，第九七號（一九二六年三月二十一日）。

的《台灣民報》，也一連刊載多篇宣導社會主義理念的文章；當時新文學運動的主導者，許多人參與了社會運動。於是原本民眾導向的文學內涵逐漸設定為以農民、婦女、勞動者為主的無產階級。其社會主義文藝理論，除了批判傳統漢文學的貴族傾向，更著力於提倡以無產階級為主的普羅文學。一九二七年，與台灣新文學發展密切相關的台灣文化協會分裂為左右兩派，階級意識滲入文學思想中，批判性的思維結合被殖民的情境，對帝國主義與資本主義的譴責、對勞工階級與弱勢族群的關懷及代言等議題，成為新的「文學現實性」。一九二八—一九三〇年之間，《明日》、《伍人報》、《洪水報》、《赤道報》、《台灣戰線》、《新台灣戰線》、《台灣大眾時報》等響應社會主義思想的報紙應運而生，文學創作與社會主義思潮合流的機會增多。一九三三年，吳坤煌的〈論台灣鄉土文學〉提出「民族的動向，地方的色彩」，作為提倡台灣鄉土文學的要件。一九三四年，郭秋生〈台灣新文學的出路〉提出台灣新文學應轉移普羅文學的方向，要以積極、熱烈的生命力，取代以往著重描寫不幸的一面。一九三五年，以賴和、吳新榮、楊守愚、郭水潭、王登山、葉榮鐘等為主要成員的「台灣新文學社」，發行中日文合刊的機關志：《台灣新文學》，主張以社會主義為基礎，積極把握台灣現實。[39]

一八九五—一九四五的日據時期，台灣百姓日常與家人親友說的是以閩漳泉為主的台灣話，正式的文字是日文，言文不一致。這段期間台灣文化界對於「言文合一」的討論，排除日文與中文的文言文。言，指的是以閩漳泉為主的台灣話文；文，指的是未規格化的台灣話文，以及五四新文學運動所提倡的白話中文。言文合一的重點是如何使「文」合於「言」，焦點在「文」而不在「言」。對文學創作的方向影響尤大。

一九二〇年，陳端明借鑑於中文白話文在五四新文學運動中發揮的作用，發表了〈日用文鼓吹論〉，首先提出「言文一致」之說。一九二三年，黃呈聰到中國內地，有感於白話文普及，發表〈論普及白話文的新使命〉，主張台灣也使用五四運動所提倡的白話文以促進社會進步；同時間，黃朝琴的〈漢文改革論〉，倡議台灣百姓使用中國文字，以保存中華文化，使日本對台灣的同化教育無法發揮預期效果。

一九三〇年，黃石輝以〈怎樣不提倡鄉土文學〉主張說出口的台灣話和筆下寫的文字應該合一，以便於農工等社會基層使用。一九三一年，黃石輝發表〈再談鄉土文學〉。黃石輝的這兩篇文章，從形式到內容，涉及當時台灣新文學的走向以及對傳統漢文的批判，因而引發台灣話文論爭、新舊文學論爭。文壇一致認同以無產大眾為對象，並落實在台灣經驗中，以「台灣人用台灣的語言寫台灣的事」定位台灣的鄉土文學；但是中文的白話文和以閩漳泉為主的台灣話文，哪一個才是「台灣的語言」，則兩派人馬各持己見。主張以閩漳泉等台灣話文為書寫的主要語言者，有郭秋生、賴和、李獻璋、葉榮鐘、黃純青等；主張以中文的白話文為書寫的主要語言者，有張我軍、廖毓文、朱點人、楊雲萍、王詩琅等。

一九三〇年代以後，台灣的新文學歷經新舊文學論戰、台灣話文論戰，建立紮實的寫實主義傳統，以無產階級為訴求的寫實表現因政治正確而成主流。對於創作而言，在內容上，日據時期對寫實與現實書寫的認知，是知識分子以俯瞰角度與憐憫情懷，貼近中下層社會，為社會的黑暗面及不公不義發聲，作為百姓的代言人。[40]

在語言文字的使用上，日據時期的台灣新文學，往往日文、文言文、中文的白話文、台灣話文交雜使用，實驗性格強烈。文化界真正留意到語言使用的問題，要在張我軍大力提倡中文的白話文之後。當時的白話詩作品，思想性普遍大於藝術性，抗爭與鬱悶則為其共相。

39 相關論述資料參考黃琪椿：〈日治時期台灣新文學運動與社會主義思潮之關係初探（一九二七—一九三七）〉，（新竹：清華大學文學研究所碩士論文，一九九四）；崔末順：〈日據時期台灣左翼文學運動的形成與發展〉，《台灣文學學報》，第七期（二〇〇五），頁一四九—一七二。

40 關於日據時期的新舊文學論爭與台灣話文論爭，相關論述參考葉連鵬：〈重讀日據時期台灣新舊文學論戰：起因、過程與結果的再思考〉，《台灣文學學報》，第二期（二〇〇一），頁三三—六六；翁聖峰：《日據時期台灣新舊文學論爭新探》（台北：國立編譯館，二〇〇七）；黃美娥：《重層現代性鏡像：日治時代台灣傳統文人的文化視域與文學想像》（台北：麥田出版社，二〇〇五）。

三、寫實主義與現代美學的交鋒：《風車》與鹽分地帶詩人群的詩觀對話及互動

日據時期的台灣現代詩，寫實精神是主流，超現實是偏鋒。主張寫實的鹽分地帶詩人群，與提倡超現實、為藝術而藝術的《風車》詩人，曾有交鋒。這是台灣現代詩史上，首次涉及美學的討論。

鹽分地帶詩人群「扣著正義的門扉」，[41]出於台灣性與殖民現代性之間的相互倚賴，著力於政治層面的批判；而《風車》的詩人幾乎完全規避政治議題，堅持摹仿日本的前衛詩學，提倡超現實主義、意象派、立體派等文學技巧，著重於文字藝術的美感，朝向內心的無意識世界，挖掘壓抑的想像與欲望。

鹽分地帶詩人群對於《風車》諸子的超現實風格多所批駁。例如吳新榮認為文學不能離開大眾及土地，且應批判、反抗任何形式的壓迫；林芳年則致力於反抗異族統治、關切下層階級的生活。[42]吳新榮的〈致吳天賞〉和〈象牙塔之鬼：主駁新垣氏〉強調文學的社會性與思想性，批判「為藝術而藝術」的主張，暗諷《風車》諸子信奉的美學觀；[43]而郭水潭〈寫在牆上〉一文，以「薔薇詩人」一詞抨擊《風車》的空洞與脫離現實：

> 啊，美麗的薔薇詩人，還有，偏愛附庸風雅的感想文作家，在你們一窩蜂推崇的那些詩的境界裡，壓根兒品嘗不出時代心聲和心靈的悸動，只能予人一種詞藻的堆砌，幻想美學的裝潢而已。換言之，沒有落實的時代背景，就是遠離這個活生生的現實。究竟，詩就應該是這樣的嗎？[44]

面對「空洞」、「脫離現實」、「堆砌詞藻」等強勢文學潮流的批判，無法自外於文壇而又背離詩潮的《風車》詩人，回應重點為：

1. 針對以普羅文學為主潮的態度，在審慎觀察中，夾雜對鹽分地帶詩人群文學觀的疑慮；
2. 認為所謂的普羅文學與寫實風潮缺乏創意與藝術性，乃慣性、制式化，甚至充滿迎合時代口味的直白陳訴與氾濫的悲情；
3. 認為寫實文學自命為普羅大眾代言人，其高姿態與貼近下層社會的普羅文學精神背道而馳；
4. 宣示超現實主義詩觀的創作手法：捕捉心靈現實以接觸現實。

以下為較具表性的言說。

李張瑞在一九三五年發表〈詩人的貧血：本島的文學〉，說道：

> 台灣文學——看到這個東西——見到至今的動向，幾乎模仿本國的普羅文學，台灣農民、民眾，且在殖民地上以痛切的文字——它們喜歡用悲淒的字——愚癡地書寫，絕不言過其實。
>
> 某種意味的英雄主義下選擇了普羅文學者輕率的文學態度，我絕對排斥。讀了普羅文學二、三個作品就自稱是農民的代言人，我不得不寒心。我覺得本島這種傾向濃厚，這是可悲的事實。
>
> 然而普羅列塔文學的隆盛是來自知識階級的支持，這是很諷刺的。又優秀的文學作品常常超越大眾，

---

41 見郭水潭：〈故鄉的書簡〉，《廣闊的海》，頁九。

42 參閱林芳年：《林芳年選集》（台北：中華日報社出版部，一九八三），頁四〇六。

43 參閱吳新榮著、呂興昌編：《吳新榮選集Ⅰ》（台南：台南縣立文化中心，一九九七），頁四〇六；及吳新榮著、張良澤編：《吳新榮全集・一・亡妻記》（台北：遠景出版事業有限公司，一九八一），頁二三一。

44 轉引自羊子喬編：《郭水潭集》（台南：台南縣立文化中心，一九九四），頁一六〇——一六一。

即是從大眾（同時代）的頭腦中飛離出來，楊逵為何沒有見到這個事實呢？[45]

楊熾昌在〈土人的嘴唇〉和〈燃燒的頭髮〉中，說道：

說是新的文學，像是要破壞直到現代的通俗性思考、而要創造修正它的思考的吧？然而其所結合的個人思考卻毫無新意。於此標榜新文學站起來的文學雜誌，至少一看到今天出現在雜誌上的作品大概都是陳腐的，尤其那無聊的、迎合的討人厭之味，可能稍加探視就會感覺肚子飽，而其饒舌作為一種文學運動到底有益或有害，是不言而喻的。[46]

詩的祭典之中有所謂超現實主義。我們在超現實中透視現實。捕住比現實還要現實的東西。那是黑手套的手。然而我們對這個「超越現實的現實」的東西，只能通過超現實主義者的作品才能接觸。[47]

立足於現實的美、感動、恐怖等等……，我認為這些火焰即為劣勢。我認為創造一個「紅氣球」被切斷絲線，離開地面上升時的精神變化便是文學的祭典之一。結果作品落入作者的告白文學的樸素性的浪漫主義，我認為是由於「作品和現實」混雜在一起使然的。[48]

林芳年在戰後回憶一九三〇年代的台灣詩壇，對當時寫實主義與現代主義的針鋒相對，看法已不同往日：

在文學圈裡，寫實與超現實派之間曾有段喋喋不休之爭，但所執之詞均有不同的價值，各有不同的人生觀。唯偶有派系間的歧見而起爭論，在那時候，往往為一些寫實主義論者占據優勢。因寫實主義派的論旨係置在維護天下蒼生的堡壘上，既堂之皇之名正言順，所以超現實主義派的論者常扮演著被打落水狗的角色。[49]

當時台灣文壇對現代主義詩作所進行的現實主義認同檢查，造成《風車》詩人的前衛詩與詩論被遮蓋。劉紀蕙說：

> 台灣文學史的論述場域中，似乎「台灣」等於「本土」，「本土」等於「鄉土」、「民族」與「社會寫實」，以致於以趨向異己而尋求變革的前衛藝術與文學時常被「台灣文學史」排除在正統之外。我們若要尋找前衛所揭開的縫隙，只有保守寫實陣營的抗拒前衛論調之中或可覓得一絲蹤跡。[50]

存在於一九三〇年代台灣文學中，《風車》的美學主張受到排斥，於是對文壇的回應便被看成異端異說。

45《台灣新聞》一九三五年二月二十日。轉引自黃建銘：〈日治時期楊熾昌及其文學研究〉（台南：國立成功大學歷史研究所碩士論文，二〇〇二），頁九一—九二。

46 楊熾昌：〈土人的嘴唇〉，葉笛漢譯、呂興昌編訂：《水蔭萍作品集》，頁一三七。

47 楊熾昌：〈燃燒的頭髮〉，葉笛漢譯、呂興昌編訂：《水蔭萍作品集》，頁一三〇。

48 楊熾昌：〈燃燒的頭髮〉，葉笛漢譯、呂興昌編訂：《水蔭萍作品集》，頁一三〇。

49 林芳年：〈燃紅的臉頰：楊熾昌的詩與人〉，葉笛漢譯、呂興昌編訂：《水蔭萍作品集》，頁二五八。

50 劉紀蕙：〈前衛的推離與淨化〉，收於周英雄、劉紀蕙編：《書寫台灣：文學史、後殖民、後現代》（台北：麥田出版社，二〇〇〇），頁一四三。

《風車》諸子，詩作以意象流轉與斷裂表現精神世界，體現自我在現代情境中的困惑、抗拒與騷動，與寫實主義者從批判社會黑暗面與關懷鄉土所體現的主體追尋，基本精神並無二致；然而日據時期的特殊政治情境與社會現實、知識分子的社會責任，使得現實主義與現代主義成為不相容的兩個面向。其實在觀看世界、解釋世界的時候，號稱現實主義的詩人也會使用現代主義的手法，運用意象而非直白的控訴，表現比較個人的、感官的想像。鹽分地帶詩人莊培初的〈有一天早晨的感情〉，即偏於個人感覺的釋放。

啟蒙期的白話詩在現實主義和現代主義上的創作實踐，都表現了對現實的不滿，只是手法不同。身為現代主義表徵的《風車》詩人，其作品多徘徊於個人經驗與片段的情境，選擇非常態的隱喻，表現幽微的潛意識；而賴和及鹽分地帶詩人群則以集體記憶為創作題材。

這段時期的詩作大多非常散文化，但鑑於這些作品踏出台灣新文學的第一步，讀者宜做諒解的閱讀。

四、一九二〇—一九四九的主要詩人：楊熾昌

楊熾昌（一九〇八、十一、二十九—一九九四、九、二十七），生於台灣台南。筆名水蔭萍、水蔭生、水蔭萍人、南潤、柳原喬、島亞夫、伊藤逸太郎、森村千二郎、山羊、山羊生、島田忠夫、柳澤昌男等。台南州立第二中學校畢業。一九三〇年留學日本，專攻日本文學。曾主編《台南新報》文藝欄。留日五年之中，於日本的前衛詩雜誌《詩學》、《椎の木》、《神戶詩人》發表詩作，受日人高橋新吉提倡的達達主義以及西脇順三郎提倡的超現實主義影響甚深。[51]一九三三年與李張瑞、林永修、張良典等共組《風車》，一九三一年出版超現實主義的日文詩集：《熱帶魚》，一九三二年出版日文詩集：《樹蘭》，一九三七年出版評論集《洋燈的思維》。其詩大多以日文書寫。除了詩以外，楊熾昌也寫論述和小說。目前台灣所見的楊熾昌創

作集，以葉笛翻譯、呂興昌編的《水蔭萍作品集》，及陳千武編的《光復前台灣文學全集‧10‧廣闊的海》兩種版本為主。[52]

楊熾昌受其父之庭訓，漢學根柢深厚，舊詩創作無礙。其文學觀主要有七點：（一）探求詩的本質與藝術之美；（二）以世界性的視野追求二十世紀的文學思潮；（三）從台灣的風土民情中找尋詩的靈感；（四）以主知的精神創作；（五）經營實驗性質強烈的作品；（六）捕捉具新鮮感的意象；（七）認為年輕人具備詩創作的優勢。[53]

楊熾昌的詩史位階，建立在以下要點：

1. 引進來自日本的超現實詩風

楊熾昌留日期間，對春山行夫和西脇順三郎主導的《詩與詩論》非常傾倒，從中吸收轉譯過的西方文學觀念及技法。其後更為台灣積極譯介西方各種現代主義流派及理論，與日本文壇對西方文藝思潮的接受現

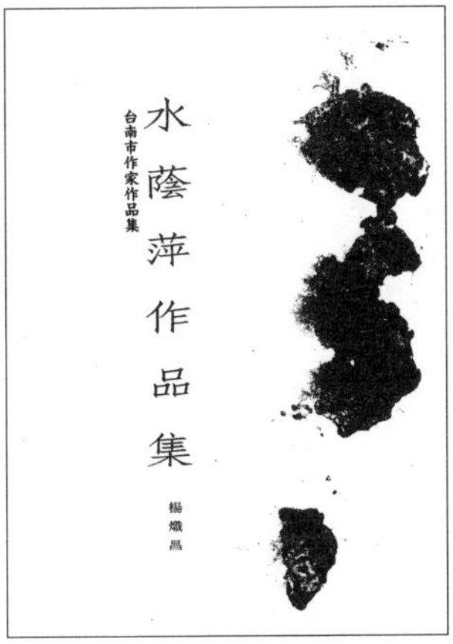

葉笛翻譯、呂興昌編的《水蔭萍作品集》，台南：台南市立文化中心，1995。

51 楊熾昌說：「與我有關的當時的日本詩壇就是潤辻、高橋新吉的達達主義，那是要破壞詩的形式，否定既成秩序的運動。在《詩與詩論》的春山行夫、安西冬衛、西脇順三郎等超現實主義系譜上開花的、在詩上打出新範疇的形象和造型的主知的現代主義詩風，可以說是以語言的躍動、敏銳的感覺、人生的野性等擁有共同性的。」見〈《燃燒的臉頰》後記〉，楊熾昌著、呂興昌編：《水蔭萍作品集》，頁二二八。

52 楊熾昌著、呂興昌編：《水蔭萍作品集》；羊子喬、陳千武合編：《廣闊的海》（台北：遠景出版事業有限公司，一九九七）。

53 參閱黃建銘：〈日治時期楊熾昌及其文學研究〉（台南：國立成功大學台灣文學研究所碩士論文，二〇〇二），頁一七八。

象，以未來派作為二十世紀新興藝術的前衛旗手，為台灣開啟認識現代主義的風潮。尤其透過評論、序跋等各種方式，大力推介超現實主義詩風。如一九三四年的〈燃燒的頭髮：為了詩的祭典〉、一九三六年的〈新精神和詩精神〉。[54]

楊熾昌崇尚法國詩人科克多作品中現實的透明性，而於〈土人的嘴脣〉中，認為詩創作對於秩序的調整與概念的散逸，需要更高明而有效的方法論。[55]

楊熾昌認為藝術應該獨立於政治之外，詩人應保持冷靜，控制情緒，為藝術而藝術，服膺現代主義的知性精神。在創作的實踐上，楊熾昌不直接暴露情感，不道德勸說，寧呈現以反諷。其詩展現密室閱讀的個人幻想，如〈洋燈的思維〉一詩中的「如肥皂泡般膨脹起來的風景戴著白色面紗彈動著」這樣的句子。

在一九三〇年代倡行現實書寫的台灣新文學中，超現實主義以楊熾昌為首，表現藝術上的反動。[56]楊熾昌自陳：「我所主張的聯想飛躍、意識的構圖、思考的音樂性，技法巧妙的運用和微細的迫力性等，對當時的我來說，追求藝術的意欲非常激烈，認為超現實是詩飛翔的異彩花苑。」[57]

2.形色具足的畫面感

楊熾昌獨步於日據時代詩人之處，在於形色具足的畫面。透過從容不迫的語調與設計過的意象，楊熾昌表現轉化過的情緒。像：「散步在白色凍了的影子裡」、「轉動的桃色的甘美」、「譏諷的天使不斷地舞蹈著／笑著我生鏽的無知」。又如〈幻影A〉的句子：「哄笑的節奏在我的頭腦裡塗抹音符」、〈手術室〉的句子：「最短時間的享樂／科學家浪費的料理場」。

楊熾昌的詩作在句法、意象、修辭等方面擬仿日本的詩人。陳明台說，楊熾昌的〈燃燒的臉頰〉和北園克衛的〈行人道〉、〈土人之脣〉與西脇順三郎的〈天氣〉，結構、斷句與節奏有異曲同工之妙。[58]

楊熾昌的白話詩習於使用蝴蝶、月光、夜色、鞦韆、秋天、少女、祭典等意象，再將兩個特質不相融的意象連結而造成詭奇之感。相對於同代詩人，楊熾昌特別擅長捕捉女性的幽微心緒，時而以女性之死為主題。例如〈靜脈和蝴蝶〉的第一節：

灰色的靜謐敲打春天的氣息
薔薇花落在薔薇圃裡
窗下有少女之戀、石英和剝製心臟的憂鬱……
彈著風琴我眼瞼的青淚掉了下來

54〈燃燒的頭髮：為了詩的祭典〉先刊於一九三四年三月《風車》第三輯，復刊於同年四月八日、四月十九日的《台南新報》，收於《水蔭萍作品集》，頁一三〇；〈新精神和詩精神〉收於《水蔭萍作品集》，頁一六八——一六九。在〈新精神和詩精神〉一文中，楊熾昌說：「二十世紀初葉約二十年間，尤其是自第一次世界大戰到俄國革命期間，差不多在世界藝術史上前所未有的新精神紛紛展開藝術革命運動，立體派、表現派、構成派、達達主義、超現實主義、新即物主義等……在日本平戶廉吉、神原太等，其方法論是盡可能破壞文章論、句法的規範，特別剔除形容詞、副詞的屍體，用動詞的不定法而進入不為任何東西所侵略的領域。於此可知關心未來派的問題及其波動如何強烈、而且積極地引進來的。」

55 參閱楊熾昌：〈土人的嘴唇〉，《水蔭萍作品集》，頁一四二、一四七。

56 楊熾昌以詩藝挑戰當時主流的叛逆精神，學界已達共識。相關論點可參見劉紀蕙：〈變異之惡的必要：楊熾昌的異常為書寫〉，收於劉紀蕙：《孤兒・女神・負面書寫：文化符號的徵狀式閱讀》（台北：立緒文化事業有限公司，二〇〇〇），頁一九〇——二二三；劉紀蕙：〈心的翻譯：自我擴張與自身陌生性的推離〉，收於劉紀蕙：《心的變異：現代性的精神形式》（台北：麥田出版社，二〇〇四），頁一二一——一五七；劉紀蕙：〈台灣三〇年代頹廢意識的可見與不可見：重探進步意識與陰翳觀看〉，《中外文學》，第三四卷，第三期（二〇〇五），頁一一三——一四五。

57 中村義一著、陳千武譯：〈台灣的超現實主義〉，收於葉笛漢譯、呂興昌編訂：《水蔭萍作品集》，頁二九二。

58 陳明台：〈楊熾昌・風車詩社・日本詩潮：戰前台灣新詩的考察〉，收於葉笛漢譯、呂興昌編訂：《水蔭萍作品集》，頁三二三——三二五。

首句運用視覺、聽覺、觸覺、嗅覺的感覺統合，描繪由冬入春的季節轉換。開篇詩境寥落，「灰色的靜謐」渲染萬籟俱寂的肅殺景象。一落而後一起，「敲打」連接兩個由介係詞串連而前後詞性不同的片語。「敲打」的輕快感破解「灰色的靜謐」的漫長與邈遠。一起而又一落，「薔薇花落在薔薇花圃裡」接續「春天的氣息」，對春天所隱喻的希望等期待因而落空，真正賦予詩境的是抽象的戀、質地堅硬的石英，以及憂鬱的情緒；更有「剝製」一詞，暗示低落的情緒已壯大且堅定如標本，與末句形容淚水的「青」字呼應。

3.以都會繁華凸顯陰鬱心象

楊熾昌擅長以繁華都市凸顯個人的陰鬱心緒。其〈毀壞的城市〉描寫台南，由時間、音樂、心態切入。如〈毀壞的城市・2・生活的表態〉：

太陽向群樹的樹梢吹著氣息
夜裡飛翔的月亮享受著不眠
從肉體和精神滑落下來的思維
越過海峽，向天空挑戰，在蒼白的
夜風中向青春的墓碑
飛去[59]

從睡著的城市寫不眠的詩中人。思維滑落，暗示腦力透支；向青春的墓碑飛去，隱喻體力不繼。「吹」、「享受」等輕快的字眼下，真正的意涵蘊藏在「思維從肉體和精神滑落下來」以及「不眠的思維向青春的墓碑飛去」這一氣不斷的長句。短短一詩中的兩個「飛」字，從負面透顯都市生活的重壓。

又如〈毀壞的城市・3・祭歌〉：

祭祀的樂器
眾星的素描加上花之舞的歌
灰色腦漿夢著癡呆國度的空地
濡濕於彩虹般的光脈[60]

此詩之前兩句與後兩句各為完整的意義單位。前兩句鋪陳，寫祭典的歡樂、熱鬧與對民眾對神明的仰望、祈求；後兩句集中筆力重擊，寫出慶賀的表象下，祭典的愚民與反智。「濡濕於彩虹般的光脈」為反筆，喻信眾之盲從猶如腦漿塗地，卻化猛烈的咒詛為五彩繽紛的意象。

楊熾昌反對以感傷的情緒入詩，在日據時期引發一些負面的聲音；但是如主張寫實主義的日人左藤生，後來也肯定楊熾昌的主知態度。

4.心理刻畫、內心獨白與跳躍技巧等現代主義手法之運用

一九三四年之後，楊熾昌以〈尼姑〉、〈茉莉花〉、〈無花果：童話式的鄉村詩〉三首散文詩作為對現實的投槍，從知性的抒情轉向知性的批判，以女性為故事的主角，連結冷靜觀察與意象書寫的特質，一反當時寫實主義吶喊式的書寫與自己純然超現實的飄忽詩風。楊熾昌先包裝詩作以如夢似幻的氛圍，再把典型人物

59　葉笛譯。轉引自方群、孟樊、須文蔚主編：《現代新詩讀本》，頁七六。
60　葉笛譯。轉引自方群、孟樊、須文蔚主編：《現代新詩讀本》，頁七六。

安置於典型環境，凸顯女性在性壓抑、傳統禮教、階級觀念中的各種問題，最後以交感手法收尾。尤其利用現實情境中的意象，將情緒具象化。

〈茉莉花〉的「歌曲跳躍在白色鍵盤上」，暗示初寡的詩中人內心情緒的騰躍湧動；「菊花的花瓣裡精靈在呼吸」，暗示表面死寂的靈堂潛藏的生機。末句「帶在耳邊髮上的茉莉花把白色清香拖向夜之中」，更具豐富的意涵，一則由夜色裡充滿茉莉香，隱喻死亡所象徵的黑暗世界中，清新的生意無所不在；而反面思維，又表現出薄弱而孤單的生機被死亡的巨大威脅所包圍。

再如〈尼姑〉一詩，以夜晚神壇前的尼姑心理為書寫對象，描繪年輕的尼姑：「端端」，在黏纏而磅礴的夜色裡，跪在佛像前，心緒隨著夜氣與燈光起伏搖曳。該詩的二、三、四節寫道：

> 在夜的秩序中驚駭的端端走向虛妄的性的小道。我底乳房何以不像別的女人一樣美呢。我的眼窩下何以僅只映照著被忘記的色彩……
>
> 紅玻璃的如意燈繼續燃燒著。青銅色的鐘漾著寒冷的心。尼姑庵的正廳像停車場一樣寒森森。
>
> 紅彩的影翳裡，神像動了。
> 韋陀的劍閃了光。十八羅漢跨上神虎。端端雙手合十，昏厥而倒下。[61]

此詩表現女性對欲望的掙扎。在詩境的鋪陳中，帶出文學的張力。佛堂為封閉而壓抑的規範空間。年輕女性活潑奔突的生命力與尼姑端端禁欲而嚴正的身分恰成對照。端端獨自一人，夜色中打開佛堂的窗戶，外界的自由空氣竄入而引發年輕尼姑蒙動的情欲。詩中安排的對比，包括動作上：慌張的端端與嚴肅微笑的神像；

光線上：夜色與端端白皙的手臂；物體上：徹夜燃燒的如意燈與青銅色的鐘。從中構設詩中人的性幻想：十八羅漢跨上神虎、韋陀的劍閃了光；以及情欲與道德的交戰：端端雙手合十、昏倒、端坐而哭、渴盼向母親傾訴等等。諷刺意味強烈。

又如〈無花果：童話式的鄉村詩〉，以全知觀點的敘事模式，帶出封閉社會下，因觀念僵化而導致的悲劇。「水」是焦點意象。該詩首先描繪連續大雨中的村公所前道路，再由雨霧迷濛的景致牽引到室內，「雪霏在鋪上稻草的爐灶前感到陣痛」，由物到人，「陣痛」暗示臨產者。第二節引開眼前的景致，推遠到「鴨子逐著水在叫」、「竹藪和蜜柑園漂漾著美妙的表現」，隱喻和雨過天青同樣「從深沉的倦怠醒來」的新生命。衝破禁忌之後，詩行急轉直下：

堯水！堯水！

兩個月都上田的父母不在的家堯水少年也不在

埤圳的水流嘟嘟　帶黃土色彩的水閘轟響著　水量增加

知道主人家的女兒生孩子的少年堯水　近黃昏時　投身埤圳的水閘……

黃昏儼然的肅穆裡雨下個不停　雪霏匍匐到窗邊眺望

61 葉笛譯。轉引自方群、孟樊、須文蔚主編：《現代新詩讀本》，頁七三—七四。

她呼喚堯水少年　窗下的無花果展開綠油油的葉子接雨滴
她閉上淚汪汪的眼睛

此詩以舒緩的語調反映當時女性普遍面臨的問題，控訴舊社會的陋習。大雨側寫詩中人產前的陣痛；樹葉接到的雨滴暗示萌發的新生；水閘下轟轟作響的埤圳水流烘托長工之死。景象描寫由周邊向主體集中，一路鋪墊景致，把故事的高潮放在「知道主人家的女兒生孩子的少年堯水　近黃昏時　投身埤圳的水閘……」一句，隨即急轉直下，加快節奏，導向終點，對於畏罪投水的長工堯水與村長之女雪霏不置一詞。

此詩一開始，藉著戶外滂沱的雨勢和雨後萬物復甦的自然景象，烘托戶內雪霏的生產經驗，暗示新生命誕生的歡愉。然而由「從可怕的緊張到疾激的肉體疲憊　雪霏用手掌摀住哭的嬰兒的嘴」，可知初為人母的女主角唯恐私生子曝光的焦慮。此詩以「窗下的無花果展開綠油油的葉子接雨滴」作結，暗示無辜的新生命仍然期待成長。

楊熾昌的文學想像立足於台灣。他受西協順三郎文學觀念中的「繪畫式的透明思考」影響，以台灣為二十世紀文學新精神的溫床，實踐為藝術而藝術的文學觀。[62]就楊熾昌嘗試過的長詩、短詩、組詩、散文詩、詩小說等各種形式，以及引進前衛的立體派、意象派、象徵主義、超現實主義等技法，楊熾昌以心理刻畫、內心獨白與跳躍技巧，追求獨特的詩藝，豐富了台灣白話詩的藝術內涵。

五、一九二〇——一九四九的其他詩人：賴和、楊華、張我軍、王白淵、楊守愚、楊雲萍、吳新榮、郭水潭、林精鏐、莊培初

台灣現代詩的啟蒙期，詩人約生於十九世紀前後十五年。他們的語文養成背景有兩種。其一，以日文為官方語言及書面語言，台灣話文為日常生活用語。如郭水潭、楊熾昌、林精鏐、莊培初、林修二、王白淵等等。其二，也講台灣話文，但平素以傳統中文教育為根基，再接受日本的新式教育。例如賴和、楊守愚、楊華、張我軍、楊雲萍等等。

其中，以傳統中文的私塾教育為文字根基的詩人，創作文體跨足新舊文學。[63]他們的共同處是：

（一）全方位作家，樂於嘗試舊體詩與新文學的小說、新詩、論述。最熟練的文體是舊詩。

（二）把強烈的社會責任灌輸到新文學創作中，或可說以新文學創作為表現社會責任的方式；而其舊體詩創作則在既有的文體窠臼中表現知識分子的落寞心境，內容上難出新意。

（三）從他們的中文白話詩創作中，可以發現以敘述為主、老練而古雅的文字運用。其每段句尾押韻與熟極而流的台灣話文，有時使得作品呈現民謠般的走唱風格，民間性格濃厚。

---

62 參閱呂興昌：〈走進歷史　還諸天地：記熾昌仙二三事〉，《聯合文學》，第十六卷，第八期（二〇〇〇），頁四三—四四。

63 林莊生嘗謂：「父親同輩的朋友，用北美慣用的稱呼來說，應屬於日本統治下的『二世』。因為他們都出生在日本領台之後，……這種人多半是少年時期受過漢文教育，他們漢文雖不如『一世』，如洪棄生、傅錫祺、林幼春、林獻堂，但足以作文議論、吟詩敘懷。」見林莊生：《懷樹又懷人》（台北：自立晚報社文化出版部，一九九二），頁二三八。施懿琳援引其說，於〈日治時期台灣古典文學的發展與特色〉一文中，首先以「二世文人」一詞稱呼具傳統漢文背景而跨足新文學創作的日據時期文學創作者。文收於施懿琳：《從沈光文到賴和：台灣古典文學的發展與特色》，頁二六二—二六三。

（四）其作品中的抵抗性與批判性，在小說裡取得較高的協調。其中文白話詩的社會影響與文學價值不如其小說。

賴和（一八九四、五、二十八—一九四三、一、三十一），本名賴河，另名賴癸河，筆名灰、懶雲、甫三、走街先等。生於台灣彰化。被尊稱為「詩醫」、「台灣新文學之父」。[64]台北醫學學校畢業。開設賴和醫院。曾在廈門博愛醫院工作。受到五四運動的影響，返台參加抗日活動。任台灣文化協會理事。三十二歲開始發表新文學作品。擔任《台灣民報》的文藝欄編輯，身兼文藝守門人與創作者。早年參加過具革命色彩的復元會、台灣文化協會。因涉入治警事件而入獄。一九三二年與葉榮鐘、郭秋生等創辦中文的文藝雜誌《南音》，在台灣話文運動中產生重大影響力。其作品均為後世學者代為編纂而成，如李南衡編：《賴和先生全集》（一九七九）、林瑞明編：《賴和漢詩初編》（一九九四）、張恆豪編：《賴和集》（一九九三）、施淑編：《賴和小說集》（一九九四）、林瑞明編的新版：《賴和全集》（二〇〇〇）等。

身為跨越新舊文學的創作者，賴和終其一生不用日文創作，對黃石輝的台灣話文改革也持保留。賴和對白話文的一貫態度，是在改革最小的幅度上，以平易的語言傳播文學與思想，實踐語言的在地化、生活化；以白話文為基調，再加上俗語、諧音、台灣話文，塑造台灣色彩，帶動台灣新文學風潮。[65]其新文學創作，以反殖民、反封建、寫實主義取向等特質著稱。

自一九二〇年代初期的台灣話文運動與新舊文學論爭以後，賴和創作與論述並重，運用中國白話文，全方位實踐新文學。尤其他在一九二六年發表的〈鬥鬧熱〉、〈一桿秤仔〉兩篇小說，文字功力遠遠超過同時代的作家。一九二八年在《台灣大眾時報》發表的散文〈前進〉，以隱喻法暗示對左翼運動的支持，並對抗日運動抱以高度期望，文字老練。

相對於小說甚至散文，白話詩不是賴和最成功的創作文體。[66]林瑞明編的《賴和全集》收賴和新詩六十首，主要的作品有：〈滅亡〉、〈流離曲〉、〈新樂府〉、〈農民謠〉、〈生與死〉、〈相思歌〉、〈呆囝仔〉、〈南國哀歌〉、〈低氣壓的山頂〉、〈覺悟下的犧牲〉等。

賴和的詩時而夾雜台灣話文，文氣活潑。[67]例如於副題標明「獻給我的小女阿玉」的〈呆囝仔〉一詩即是如此。其第一段為：「呆囝仔／不是物／一日食飽溜溜去／勿曉照顧恁小弟／只管自己去遊戲」，展現相當突出的民間性格。

在賴和的白話詩中，〈低氣壓的山頂〉較具藝術價值。該詩發表於一九三一年，以意象展現詩質，以具有暗示意味的空間感塑造作品的整體象徵。勾模苦悶時，〈低氣壓的山頂〉仍不忘挖掘生命的意義，貫串意

---

64 見王詩琅：〈賴懶雲論〉，收於李南衡編：《日據下台灣新文學・明集・I》（台北：明潭出版社，一九七九），頁四〇〇。王詩琅該文說賴和：「說他是培育了台灣新文學的父親或母親，恐怕更為恰當。」又說賴和：是「所謂良心的知識分子階級的典型人物」、「保有大量的封建文人的氣息」、「人道主義者」、「相信階級問題的必然性，也同情窮苦階級，但是他絕不會躍身其中，去領導運動。」又，見葉榮鐘：〈詩醫賴懶雲〉，收於陳建忠編：《台灣現當代作家研究資料彙編・01・賴和》，頁一四三—一四七。

65 賴和那一代的二世文人，運用中文的白話文寫作有相當的困難。賴和以些許中文正音的能力，並自修閱讀五四新文學作品，加上台灣俚語等，在辛苦的過程中創作。王詩琅在〈賴懶雲論〉中說：「他是一個極為認真的作家。每寫一篇作品，他總是先用文言文寫好，然後按照文言稿改文白話文，再改成接近台灣話的文章。據說也有時反其道而行的。然而也因之他的作品顯得十分工整。」收於李南衡編：《日據下台灣新文學・明集・I》，頁四〇〇。

66 陳建忠認為：「賴和的新詩如果放回賴和文學發展的整體脈絡來看，可以說除了能更有助於了解賴和在新文學運動發展過程中的軌跡，如習作階段（二〇年代）、發展階段（三〇年代）、提倡民間文學階段（三〇年代），以及具有強烈現實主義精神的『介入詩學』、民間性格之外，更值得注意的，其實是賴和詩作和他在其他文類上的表現之差異。」見陳建忠：〈書寫台灣，台灣書寫：賴和的文學與思想研究〉（新竹：國立清華大學中國文學系博士論文，二〇〇〇），頁二三一。

67 關於賴和在作品中表現的沉潛、保守、退縮的面向，可參考楊宗翰：〈典範的生成?：關於台灣文學史「再現賴和」之檢討〉，《國文天地》，第十六卷，第二期（二〇〇〇），頁三七—四三。

志以繼續文人抵抗的姿態，以靜默矗立的碑石挺身迎接漫天堆壘嘶吼的低氣壓，模擬萬化。[68]該詩有許多意象式的描繪，如：

霧霾充塞
有雞狗的聲息

又如：

雲似受到了命令
一層層地向空中囤積，
雲隙中幾縷光明，只剩些淡淡陰影；
日頭已失盡威光，天容變到可怕的濃黑

以及：

眼中一切都現著死的顏色

這些詩行以積雲鼓漲出的肅殺氛圍和抽象的陰鬱指涉並置，蘊蓄富含末日情調的奇景。在白話詩尚未樹立作品典範的當時，〈低氣壓的山頂〉在藝術性上不僅為賴和後期詩作的代表，放在啟蒙期的白話詩創作中，也是箇中翹楚。此詩之視角置於與蒼穹交接的山頂，烘托詩中人的毫末之微，筆力則著重於高峻山巔的低氣壓。

大致上，賴和詩作的思想重於藝術表現，[69]充滿磅礡的情緒、直白的敘述句，以振臂高呼的語氣召喚革命與戰鬥。在賴和以直述、吶喊、呼告、控訴為表現特質的詩作中，〈南國哀歌〉的名氣最響。〈南國哀歌〉使用果決而堅定的敘述，以肯定句、祈使句和感嘆句為主要句型，以憑弔者之姿進入歷史廢墟，確立並深化霧社事件中的原住民反抗殖民者的行動正義。此詩更用連串的簡潔質問強化語意，形成具力度感的音樂性；而從全知觀點到最後一段的敘述人稱轉換，使得詩行更有煽動力。

〈南國哀歌〉發表在一九三一年四月二十五日和五月二日，乃七十八行的敘事長詩，為霧社事件而作。[70]結構上概分兩大節，藉倒敘法以死亡破題而以抗爭作結。詩行以死亡景象開其端緒，漸漸揭露事件真相；結尾一面暗示泰雅族戰士的抗爭精神長存不死，一面激勵當時仍受壓迫的所有台灣百姓。〈南國哀歌〉在詩行間透出強大的民族情感與批判精神。如第一節：「所有的戰士已去，／只殘存些婦女小兒，／這天大的奇變！／誰敢說是起於一時。」其醞釀情境及以詰問句開端的技巧，在一九二〇年代從事新詩創作的文人中已屬罕見。此後以急促句推動詩行，藉著由慢而快的節奏變換，穩定長詩的閱讀效果。而在人稱的變化上，由第一節到第七節，都採如同上帝一般的全知觀點。第六節的文字技巧在現實層面的直接素描之外，以暗示手法把讀者帶離緊張的現場，如：「恍惚有這呼聲，這呼聲，／在無限空間發生響應，／一絲絲涼爽秋

68　參閱陳沛淇：〈從「文本的內部規律」論賴和新詩的現實性〉，《台灣詩學・學刊》，第十號（二〇〇七），頁五三—七六。

69　賴和詩作〈生活〉云：「說到人情，劍欲鳴。吾於此詩，不能不拍案叫絕。思絡不竭，末力不殆，以此方許作白話詩，方許作白話的長詩篇。」收於林瑞明編：《賴和全集》（彰化：賴和文教基金會，二〇〇〇），頁四三。

70　一九三〇年十月二十七日，三百多名泰雅族原住民因不堪長期受日人欺凌，在一年一度的公學校運動會上，利用日本官吏和警員齊聚校園之際，殺死一三六名日本人。台灣總督府為了報復，對霧社原住民進行滅種式的轟炸與屠殺。泰雅族在霧社的原住民原有一千二百多人，事件後剩下五百餘人。史稱霧社事件。

風，／忽又急疾地為它傳播，／好久已無聲響的雪，／也自隆隆地替它號令。」這樣冷靜探掘的語調，更為後面綿密緊湊的節奏作情調的鋪陳。最後一節：「兄弟們來！來！／捨此一身和他一拼，／我們處在這樣環境，／只是偷生有什麼路用，／眼前的幸福雖享不到，／也須為子孫鬥爭。」「我們」在結尾出現，視角由旁觀者變成霧社事件中原住民的一分子，凸顯同仇敵慨的氣勢。

楊華（一九〇〇—一九三六、五、三十），[71]原名楊顯達，字敬亭，筆名器人、楊花、楊華、楊也是。生於台灣屏東。曾任教於私塾。一九一七年加入屏東之傳統詩社「礪社」，多次參加礪社的擊缽吟。[72]隨礪社詩友黃石輝投入分裂後的台灣文化協會。一九二九年農民組合被捕，楊華回私塾持續漢文教學；日本政府於一九三〇年開始取締私塾，楊華生活維艱，終因肺疾無錢就醫，貧病交迫，自縊身亡。楊華橫跨新舊文學。其白話詩作以小詩為主。《心弦》、《晨光集》原以組詩分別發表於《南音》及《台灣文藝》；遺作《黑潮集》亦以組詩發表於《台灣新文學》。台灣桂冠圖書股份有限公司為楊華蒐編詩文，以同題組詩〈黑潮集〉為書名，於二〇〇一年出版。

楊華以兩行左右的小詩和敘事詩：〈女工悲曲〉聞名於世。原本學界對其小詩多所讚譽。[73]楊順明《黑潮輓歌：楊華及其作品研究》，統計楊華之中文白話詩現存三二〇首，在日據時期的詩人中產量第一。[74]楊順明書中引楊華自述，說明組詩〈黑潮集〉為其一九二七年違反《治安維持法》，被囚於台南監獄所作，原有五十餘首小詩，今存四六首。[75]另有《心弦》五十二首、《小詩十二首》、《山花》一二四首、《晨光集》五十九

楊華，《黑潮集》，台北：桂冠圖書股份有限公司，2001。

首，以及未結集的單篇詩作十餘首。

晚近對楊華白話詩的研究有爆破性的進展：許舜傑比對發現，楊華現存三二〇首白話詩，有一〇九首剽竊、仿擬、抄襲中國大陸的白話文學作品，比重約百分之三十五。此研究幾乎全面推翻了楊華的一世英名。許舜傑延續了少岳、毓文、秋吉久紀夫、林佳蕙、楊順明等前人「語帶保留」的觀察，對照詩行後明確指出，楊華如何襲用孫大雨、郭沫若、袁家驊、冰心、鄧均吾、洪為法、梁宗岱、高仰愈、成仿吾、徐翩翩等人的詩。[76]

在楊華的白話詩中，〈女工悲曲〉以台灣話文書寫，於一九三五年刊登於《台灣文藝》的二卷七號。此詩側面烘托，集中焦點於一個女工上工前的心情，如說故事般呈顯女工受剝削的慘澹生活：

---

71 楊華的出生年有一九〇〇與一九〇六兩種說法，此遵許俊雅之說。參閱許俊雅：〈「薄命詩人」楊華及其作品〉，收於許俊雅：《台灣文學散論》（台北：文史哲出版社，一九九四），頁一八〇。

72 蠣社成立於一九二四年，成員中有黃石輝、蘇德興、楊華等名列台灣總督府警察沿革誌的左翼人士。見王乃信等譯：《台灣社會運動史》（台北：創造出版社，一九八九），頁三三。

73 學界原本認為，楊華自學成家，受到冰心、梁宗岱、泰戈爾、日本俳句及短歌的啟迪，其兩行左右的小詩尤擅營造意象以浮現瞬間的感知，詩風兼清雅、機趣與哲思。如：「人們散了的鞦韆，／閒掛著一輪明月。」、「黃梅熟了，／看見她的人徒生不快之感。」

74 見楊順明：〈黑潮輓歌：楊華及其作品研究〉（台北：國立台灣師範大學台灣文學研究所碩士論文，二〇〇七），頁二五。

75 楊華的《黑潮集》自序署名為「器人」。在該篇自序文之後，楊華即未再以「器人」為筆名。

76 參見許舜傑：〈同文下的剽竊：中國新文學與楊華詩歌〉，《中外文學》，第四四卷，第一期（二〇一五），頁六三—一〇四。羅青討論日據時期新詩之文最早追溯楊華的文學血緣，認為楊華的新詩受到冰心和泰戈爾的影響，尤其是冰心詩作的語氣及比喻的手法。此說後來廣為援用。參閱羅青：〈稚嫩苦澀的萌芽：日據下的台灣新詩〉，收於羅青：《詩的風向球：從徐志摩到余光中・第三冊》（台北：爾雅出版社有限公司，一九九四），頁一二五。日本學者秋吉久紀夫則比較楊華的《心弦・二八》與梁宗岱的〈絮語・十九〉，認為楊華汲取並轉化了梁宗岱之詩。參見秋吉九紀夫著、桓夫譯：〈台灣孤魂的詩人楊華：一九三〇年代台灣文學的一個側面〉，收於《笠》，第一七四期（一九九三），頁一二一—一四二。

星稀稀，風絲絲，
淒清的月光照著伊，
搔搔面，拭開目睭，
疑是天光時。
天光時，正是上工時，
莫遲疑，趕緊穿寒衣。
走！走！走！
趕到紡織工場去。
鐵門鎖緊緊，不得入去，
才知受了月光欺。
想返去，月又斜西又驚來遲；
不返去，早飯未食腹裡空虛。
這時候，靜悄悄路上無人來去，
　冷清清荒草迷離，
　　風颼颼冷透四肢，
　　　樹疏疏月影掛在樹枝。
等了等鐵門又不開，
陣陣霜風較冷冰水，
冷呀！冷呀！
凍得伊腳縮手縮，難得支持，

等得伊身倦力疲，
　直等到月落，雞啼。[77]

〈女工悲曲〉表現台語句句押韻的排韻，很有語感，且形象生動。開篇即以台灣話文中的疊詞呈現時間，接著狀寫詩中人趕赴工作崗位而慌張奔忙的情態，以及發現鐵門上鎖後，才知道誤把月光當日光，因而返身尋思處境。詩行至此轉變描述焦點，鋪敘周遭氛圍以醞釀感染力；當主角處於孤單無援的困境時，再渲染其窘迫情狀。透過線性敘事，楊華以對偶句、歌謠體、一韻到底的形式，揭露階級意識，揣摩女工心境，為勞工發聲。

張我軍（一九〇二、十、七—一九五五、十一、三），本名張清榮。筆名憶、MS、野馬、迷生、以齊等。生於台北板橋。自學成家。板橋公學校畢業後，苦學中文及詩。在北京求學、教書、譯作。畢業於北京師範大學。一九二四年擔任《台灣民報》的漢文編輯，轉載各種體裁的大陸名家作品，並於文後附記該作者的生平與重要著作以助讀者了解，為台灣播下五四新文學的火種。一九二六年與洪炎秋等共創《少年台灣》。一九四六年返台定居，直至辭世。出版中文詩集：《亂都之戀》（一九二五）。其子張光直為張我軍作品編成合集，有《張我軍文集》（一九七九）、《張我軍詩文集》（一九八九）；張光正《張我軍全集》（二〇〇〇，北京出版）。

張光直編，《張我軍詩文集》，台北：純文學出版社，1989。

77 轉引自方群、孟樊、須文蔚主編：《現代新詩讀本》，頁六八。

台灣學界對張我軍的評價，較知名者，如秦賢次稱之為「台灣新文學運動的奠基者」；[78]葉笛引用張我軍〈絕無僅有的擊缽吟的意義〉，稱之為「日治時代文學道上的清道夫」。[79]

張我軍在文學史上的地位主要建立在文學運動，而非創作；其《亂都之戀》極度散文化，幾無詩質可言。正如呂興昌所見，描寫張我軍自己與其妻戀愛故事的《亂都之戀》，遠遜於他在推行新文學運動上的成績。[80]許俊雅也認為，張我軍在台灣現代詩史上的主要地位，建立在引起新舊文學論爭，而其詩集《亂都之戀》：「功在開創」。[81]

張我軍二十歲起即在《北京晨報》與《台灣民報》發表新詩及短評。[82]自一九二〇到一九四〇之間，張我軍翻譯並出版許多日本文人的著作，如西村真次的《人類學泛論》，致力於中日文學與文化的交流。

新文學運動時期，張我軍猛烈抨擊舊詩人，領頭寫作白話新詩。[83]在〈詩體的解放〉界定詩的本質：「高潮的感情＋醇直的表現＝緊迫的節奏＝詩」。他主張內容高於形式，反對因格律或形式而限制情感。其〈新文學運動的意義〉將台灣新文學的方向定為「白話文學的建設，台灣語言的改造」，頗有釐清台灣新文學觀念的鴻圖。

張我軍以密集而連續的評論與創作實踐，透過文學進化論與全盤否定傳統的姿態，揭穿意識型態的粉飾，領頭衝破當時台灣文壇在傳統文學中新亭對泣的窘境，為處於萌芽階段的台灣新文學建立起異於日本殖民與舊文學的典律。

王白淵（一九〇二、十一、三—一九六五、十、三），生於台灣彰化。台北師範畢業。曾赴東京美術學校求學。任教於公學校。青年時期即投入社會運動，曾因而被日軍逮捕，遣返台灣服刑，入獄六年。一九五〇年因「知匪不報」被判刑兩年。曾任《台灣文化》編輯、主編《台灣評論》。在一九三一年留日期間，出版日文詩文集《蕀の道》（荊棘之道）。彰化縣立文化中心收王白淵六十五首詩、一篇小說、其他論述，以及他人的追憶文，集結為《王白淵・荊棘的道路》，出版於一九九五年。此後，由巫永福漢譯，莫渝整編，加上學者的研究文章，仍名為《荊棘之道》，再由晨星出版有限公司於二〇〇八年出版。

王白淵的白話詩多以日文書寫。巫永福譯的《荊棘之道》收王白淵詩作六十六首。柳書琴研究王白淵，認為《荊棘之道》除了〈序詩〉以外，大致可區分為三大主題：最大的主題是對真理、生命、自然的探求與歌詠，第二種主題是現實關懷與淑世理想，第三種主題是有關詩與美術的發言。[84]

王白淵的〈鼬鼠〉、〈生命之道〉等詩，展現讀書人獨善其身的理想性格，以及在抉擇的路上徘徊難定之態。其作大致用詞淺顯，意涵明晰，前後句子的因果關係確切。如〈佇立揚子江〉第二節：「清朝惡政之後繼之列強榨取／桃花之夢華胥之國今何在？／然而你血液未冷之前／奮起的國民革命之聲／燃燒果敢鬥爭

---

78 參見秦賢次：〈台灣新文學運動的奠基者：張我軍〉，收於張恆豪編：《台灣作家全集・日據時代・楊雲萍、張我軍、蔡秋桐合集》（台北：前衛出版社，一九九三），頁一二九—一五三。

79 參見葉笛：〈張我軍及其詩集《亂都之戀》：日治時代文學道上的清道夫〉，收於葉笛：《台灣文學巡禮》（台南：台南市立文化中心，一九九五），頁二〇—三八。

80 參閱呂興昌：〈張我軍新詩創作的再探討〉，收於許俊雅編：《台灣現當代作家研究資料彙編・16・張我軍》（台南：國立台灣文學館，二〇一二），頁一四五—一五七。

81 參閱許俊雅：〈點燃火把・期待黎明：張我軍及其研究概況〉，收於許俊雅編：《台灣現當代作家研究資料彙編・16・張我軍》，頁六二—八二。

82 相關資料可參考翁聖峰：〈張我軍批判舊文學〉之節錄，收於許俊雅編：《台灣現當代作家研究資料彙編・16・張我軍》，頁一三七—一四二。

83 張我軍之長子張光正引述次子張光直的記憶，說在張我軍北京的書房中，有張我軍未發表的舊體詩手稿：《劍華詩稿》一冊，足知張我軍之舊體詩頗有根基。見張光正：〈父親遺作尋訪記略〉，收於《文訊》，革新號第四五期（一九九二），頁七八—八〇。

84 參見柳書琴：《荊棘之道：旅日青年的文學活動與文化抗爭》（台北：聯經出版事業股份有限公司，二〇一六），頁七七—一三六。

與犧牲／青年中國的普羅列塔利亞／從砲火和流血中對我們／訴說些什麼……？」[85]

目前台灣學界評論王白淵的詩作，大抵視王白淵為「拓荒者」，從寬認定其藝術成就。例如陳芳明即說王白淵：「追求純文學的藝術表現，開啟一九三〇年代的台灣新詩傳統。」[86]

楊守愚（一九〇五、三、九—一九五九、四、八），本名楊松茂。筆名有：守愚、村老、洋、翔、ㄚ生、瘦鶴、靜香軒主人。生於台灣彰化。僅具國小學歷，然國學根柢厚實。曾為彰化漢詩社「應社」成員。擔任台灣文化協進會的文學委員、中國國民黨彰化縣黨部文化委員。專職為彰化工業職業學校教師。十七歲投身教育界，長期擔任塾師，後又任教國文及歷史科目。楊守愚的文學創作未能在生前集結。目前台灣蒐集楊守愚作品的版本，有張恆豪編的《楊守愚集》（一九九〇）、施懿琳編的《楊守愚作品集：小說、民間文學、戲劇、隨筆》（一九九五）與《楊守愚作品選集：詩歌之部》（一九九六）、許俊雅編的《楊守愚詩集》（一九九六）及《楊守愚作品選集（補遺）》（一九九八）等等。[87]

楊守愚曾參與「彰化新劇社」，主張以接近民眾的文學形式作為人民的喉舌。其創作以短篇小說為主，旁及新詩與傳統詩文。楊守愚對舊詩比較有信心，但研究者更肯定其新文學創作。其新文學創作，數量超出其舊文學作品。[88]陳虛谷對他的文學評價是：「才調當年已不凡，書生骨相本寒酸。自從轉向新文學，更覺聲名滿人間。」

楊守愚的中文白話詩普遍呈現對工人、農民、婦女、車夫、孤兒的關注。如〈蕩盪中的一個農村〉前二節：

天上瀰漫著密密的烏雲
地面滾湧著茫茫的白浪

隆隆的雷聲，又在不斷地把傾盆大雨趕送
一分　一寸　漲漲漲
僅一霎時間
已把溪水漲得成尺、成丈
遼闊無垠的砂埔、田野
竟氾成了大海汪洋

綠油油的蕃薯甘蔗
絳梗般地漂流著
肥胖胖的牛羊牲畜
梟鳥般地沉浮著

---

85 見陳才崑、巫永福譯：《荊棘之道》，收於沈萌華編：《巫永福全集》，第五卷（台北：傳神福音文化事業有限公司，一九九六），頁一七二—一七三。

86 陳芳明：《台灣新文學史・上》，頁一一五—一一六。

87 張恆豪編：《楊守愚集》（台北：前衛出版社，一九九一）；施懿琳編：《楊守愚作品選集：小說、民間文學、戲劇、隨筆（上、下冊）》（彰化：彰化縣立文化中心，一九九五）；許俊雅編：《楊守愚詩集》（台北：師大書苑有限公司，一九九六）；施懿琳編：《楊守愚作品選集：詩歌之部》（彰化：彰化縣立文化中心，一九九六）；許俊雅編：《楊守愚作品選集（補遺）》（彰化：彰化縣立文化中心，一九九八）；許俊雅、楊洽人合編：《楊守愚日記：二十五年四月至二十六年二月》（彰化：彰化縣立文化中心，一九九八）。

88 若就新詩、小說與舊詩三種文類來看，楊守愚的小說作品最多，其次為新詩，傳統舊詩最少。參閱施懿琳：〈論日治時期楊守愚的新舊體詩〉，《中國學術年刊》，第二十期（一九九九），頁五〇五—五三五。

敧斜剝落的茅竹屋
船兒般地盪擺著
一些騎在屋脊的災民喲
戰戰地
像個船次漂海的旅客[89]

像這樣揭露現實問題的表現方式與面向，乃楊守愚詩作的普遍風貌。此外，勞資關係的矛盾、資本主義的狂潮、無產大眾的鬱悶、婦幼的不平待遇，是楊守愚新詩常見的主題。發表於一九三一年的〈貧婦吟〉用台語書寫，富於民歌情調。[90]〈無題〉亦模仿民歌，以淺白的口語入詩。[91]

楊雲萍（一九〇六、十、十七—二〇〇〇、八、六），本名楊友濂。筆名另有雲萍、雲萍生。籍貫福建漳州。生於台北士林。一九二四年即以筆名雲萍生發表〈一陳人之手記〉於《台灣民報》二卷三號，展開文學創作之旅。一九二五年與器人合辦純文藝雜誌的先聲：《人人》雜誌。一九二八年入日本文化學院文學部創作科就讀。曾任編輯。戰後任教於台灣大學歷史系直至退休，為著名之南明史及台灣史學家。楊雲萍以日文書寫的詩集：《山河》，出版於一九四三年，後由葉笛漢譯，收於《葉笛全集‧9‧翻譯卷二》，在二〇〇七年出版；以中文書寫的白話詩一首，名曰〈這是什麼聲音？〉，收於李南衡主編之《日據下台灣新文學‧詩選集》，出版於一九七九年；一九七五年出版第二部詩集《失落的海》，以中文寫就。學術論著有中文書寫的：《台灣史上的人物》、《台灣的文化與文獻》、《南明研究與台灣文化》等多部。

楊雲萍於一九三二年自東京束裝返台之後，即以日文為文學創作的主要語言。在新文學中擅長極短篇，技巧具實驗與先驅色彩；白話詩則有顯著的音樂特質。

楊雲萍的中文白話詩有舊詩詞的餘韻，如〈橘子花開〉前兩節：

徘徊——
清香和月撲面來，
心懷！

真耶夢？
橘子花又開，
明月團圓十二回，
人何在？
樓台？
花如舊，
月似昔，
杜牧尋春無分！
孤燈黯黯彼樓台。

---

89 轉引自方群、孟樊、須文蔚主編：《現代新詩讀本》，頁六五—六六。

90 如第一節：「出世作查某／實在真艱苦／天也未光就起來／梳頭煮飯洗洒衫褲／雙手拭乾極卜閒」。

91 楊守愚〈無題〉：「思君一日一日瘦，落倒棉床哼哼纏。都無天何來界線，相見那會許為難。郵差每次過門口，我都趕緊探床頭。……」不脫舊詩的閨怨色彩。

用典、遣詞、意象、押韻、情境，均源於中國傳統詩詞。

相較於以中文書寫的作品，楊雲萍以日文書寫的白話詩，長於以白描而略為抒情的語法，隱微地觸探社會議題。如〈陰天〉，以「他者」的旁觀角度，描述賣春婦如何在郵局職員與街上年輕人的態度中，顯現交換、物化、異化的人性黑暗面。

吳新榮（一九〇七、十、十二—一九六七、三、二十七），筆名有史式、兆行、琑琅山房主人等等。生於台南佳里。公學校畢業後，進入總督府商業學校就讀，其後赴笈日本，畢業於東京醫專。一九二九年參加台灣共產黨的外圍組織，曾遭日人逮捕，具左翼思想背景與社會主義經驗。留日期間創辦《里門會誌》，關懷台灣鄉土與文化。一九三三年與郭水潭等成立佳里青風會。自輯日據時期日文詩作六九首，名《震瀛詩稿》，凡三卷。

吳新榮以中文寫傳統舊詩、模擬台灣話文寫詩，以及寫中文的白話詩；也用日文寫詩，包括俳句、白話詩。一九二八年開始寫白話詩。

目前台灣學界對鹽分地帶詩人群的研究，以吳新榮的最多。就中很大的因素，出於吳新榮詩的特點：主題化。吳新榮的詩表現在「寫什麼」而非「怎麼寫」。其詩顯豁的主題論述，加上台灣新文學草創時期普遍貧弱的藝術表現，提供研究者便利的視角。例如陳芳明便讚譽吳新榮為左翼文學的旗手。陳芳明認為，從吳新榮的作品開始，台灣新詩才有正面而積極的土地歌頌；又說前於吳新榮的新詩創作者大多停留在情感或命運的感傷。[92]

吳新榮表達人道關懷與社會情感的詩不少，如〈題霧社暴動畫報〉出以山歌調的台灣話文，以一九三〇年被日本統治者視為暴動的霧社事件為背景，詩云：「雖然生番也是人／日日強迫無錢工／古早都敢反一遍／這時敢都去投降／搶我田地占我山／辱我子女做我官／高山草厝食不食／冬天雪夜叫我寒／我的一族有二千／雖然無刀也無槍／可是天地已寒冷／眼前何有警衛兵」。[93]此詩七字一句，以「五字＋二字」或「四字＋三字」為基本句型，局部尾韻，唱誦如歌；而究其內蘊則平鋪直敘，意涵上幾無空隙可茲轉化或回味。

「正義」與「階級」是吳新榮作品的主題，也常在詩行間強調抵抗、鬥爭、行動、實踐。〈某老人的回憶譚〉，寫抬轎者受配劍的蕃子欺負，抬轎者告官，卻因官商勾結挨了一身毆傷歸來。〈天文與人文〉反思資本主義社會，諷刺人文進步的結果只為了逐利。〈故鄉與春祭〉、〈村莊〉、〈疾馳的別墅〉很能反映他本於母土、反映社會、批判現實、歌頌家鄉的詩風。〈贈書〉及〈五月的回憶〉呈顯鮮明的政治立場。〈思想〉強調文學、思想與社會必須合而為一。〈思想〉一詩，呂興昌和陳芳明都曾援以為討論吳新榮詩創作的重要佐證；例如詩行中，「從思想逃避的詩人們喲／不要空論詩的本質」、「……問問我的心胸吧／熱血暢流的這個肉塊／落在地上的瞬間已經就是詩了」。此詩「為社會而文學」的精神內涵，是吳新榮一貫的論調。[94]

郭水潭（一九〇八、二、七—一九九五、三、九），字千尺。生於台南佳里。佳里公學校高等科畢業。曾入日本早稻田大學就讀。一九三三年與吳新榮、徐清吉、王登山、莊培初等共同成立「佳里青風會」。一九三四年加入由張深切發起的台灣文藝聯盟，並於次年與吳新榮等成立台灣文藝聯盟佳里支部。參加過華麗島、南溟藝園、南島文藝、新珠短歌社、台灣文藝家協會等文學社團。一九四三年因被懷疑思想有問題而入獄八個半月。曾任《台灣文學》編輯長。羊子喬編纂郭水潭之詩、小說、隨筆、論述，加上年表，都為《郭水潭集》（一九九四）。

92　陳芳明：《台灣新文學史・上》，頁一四六。
93　見呂興昌編：《吳新榮選集I》，頁四〇。
94　相關論述參考施懿琳編：《台灣現當代作家研究資料彙編・55・吳新榮》（台南：國立台灣文學館，二〇一四），頁一五九—一八七。

郭水潭嫻熟日文，崇尚寫實，提倡台灣文學的主體性。[95] 關懷鄉土與自然、批判資本主義，是其作品常見的主題。詩作在知性中抒情。根據陳瑜霞的研究，郭水潭在日據時期的詩作現存三十六首。[96]

郭水潭的詩常見樸素的親情歌頌、渾厚的友情與鄉情；敘事之作則夾敘夾議，寫出社會的縮影，表達對制度的不滿。典型的例子如一九三四年五月在《台灣新民報》發表的長詩〈故鄉的書簡：致獄中的S君〉，向獄中受苦的朋友傳達過往的記憶及對未來的憧憬；[97] 一九三七年寫給出嫁的妹妹兩首詩：發表在《南島文藝》的〈廣闊的海：給出嫁的妹妹〉及發表在《台灣新文學》的〈蓮霧之花〉；一九三九年發表於《台灣新民報》、寫給早夭的兒子的〈向棺木慟哭：給建南的墓〉等等。以組詩〈村裡瑣事〉的第二首〈季節的腳〉為例：

羊子喬編，《郭水潭集》，台南：台南縣立文化中心，1994。

陰慘的寒風跟著午後的驟雨消逝
廟簷下的蜂巢不知何時也破了
很快招來季節排起冰攤
巡迴鄉村可疑的江湖賣膏藥也趕到
給我們聽聽哭泣的小提琴旋律

這裡村子中心地帶的大榕樹下
那邊的努力日增旺盛

不久祭典的旗子就在季節裡飄盪[98]

由寒風、驟雨、蜂巢、江湖郎中、祭典的旗子等意象鋪陳的「季節的腳」，凸顯典型的台灣鄉村景致。作者對於季節更續似有若無的感情，融會在生活化的描寫裡，質地相當精純。

林精鏐（一九一四、四、一——一九八九、七、十二），筆名李秋華，終戰之後易名為林芳年。生於台南佳里，為抗日宿儒林芹春之後。一九二七年進入日據時代麻豆公學校高等科就讀。一九三三年即發表第一首白話詩詩〈早晨之歌〉於《台灣新民報》上。一九三五年加入台灣文藝聯盟佳里分部。同年與莊培初創刊《易多那》文學雜誌，內容有小說、詩、評論。林芳年去世前數年出版創作集：《林芳年選集》（一九八三）、《失落的日記》（一九八五）、《浪漫的腳印》（一九八七）。林芳年的白話詩集，在生前未能集結出版。葉笛為其日文作品譯為中文，出版：《曠野裡看得見煙囪：林芳年日文作品譯集》（二〇〇六）。其日文詩作尚散佚於漢譯者個人的譯著：如《陳千武譯詩選集》、《葉笛全集10・翻譯卷三》。

林精鏐是鹽分地帶詩人群裡最多產的作家。一九三五年至一九四三年間，林精鏐大量發表新詩、小說、文學評論。洪培修指出，排除重複收錄、存目而無文，以及遺失不存者，日據時期林精鏐的白話詩有七十五

95 一九三六年三月，郭水潭在該社的《新文學月報》第二號發表〈文學雜感〉，堅持台灣文學的主體性。

96 參見陳瑜霞：〈日治時期郭水潭詩歌：「融合」觀的形成軌跡〉，收於林淇瀁編：《台灣現當代作家研究資料彙編・56・郭水潭》（台南：國立台灣文學館，二〇一四），頁一八五—二一六。

97 此詩中的S，指來自佳里的共產黨員蘇新。蘇新於一九三一年因台共的大逮捕事件入獄，直至一九三三年，事件之始末才公諸於世。

98 陳千武譯。轉引自方群、孟樊、須文蔚主編：《現代新詩讀本》，頁七一。

首；另有小說四十七篇、散文三十八篇、評論三十六篇。[99]

鹽分地帶詩人中，林精鏐最注重修辭、風貌最多變。其〈月夜的墓丘與石獅子〉刻意經營陰森鬼魅的氣氛，在他自己的詩中，算是以修辭練習為主的實驗作品。[100]對於現實，林精鏐抓取身邊、日常的人事物，也以嘲諷筆觸寫對社會現象的不滿；如〈蒼蠅們大口爭食臭肉〉、〈王爺公敗北了〉等詩。[101]

〈想要石榴的弟弟〉是鹽分地帶詩人中難得的佳作：

露出紅寶石的齒列
石榴在笑著
弟弟閃著可愛的眼瞳
伸長了脖子

石榴樹長滿綠苔
弟弟躡手躡腳來到樹邊
蒼白著臉
邊滑著腳爬了上去

石榴和弟弟一起滾下來
發出異樣的叫聲
弟弟臉上織上綠色的花樣
小小的齒列

就像熟裂的石榴[102]

此詩的視點專注在一個情境上，將石榴內的果籽和弟弟的齒列呼應互喻，意象鮮明，有別於日據時期許多以社會事件為書寫題材而一味吶喊或呼告的詩。

又如〈母親的休憩地〉前兩節：

父親無力地眨著眼睛
站在我旁邊
望著開始老舊發禿的母親的墳墓
墳墓後面的林投裡
黃鶯寂寞地奏著小夜曲

年紀輕輕逝世的人的墓石
因牧童的鼻涕一行金字充滿著塵埃[103]

99 參見洪培修：〈林芳年及其作品研究〉（嘉義：國立中正大學台灣文學研究所碩士論文，二〇一一），頁六。
100 收於羊子喬、陳千武主編：《光復前台灣文學全集・10・廣闊的海》（台北：遠景出版事業有限公司，一九八二），頁二九九—三〇〇。
101 依序收於林芳年著、葉笛譯：《曠野裡看得見煙囪》（台南：台南縣政府，二〇〇六），頁二〇六、一三四—一三五。
102 此詩轉錄自洪培修：〈林芳年及其作品研究〉（嘉義：國立中正大學台灣文學研究所碩士論文，二〇一一），頁七一。
103 見林芳年著、葉笛譯：《曠野裡看得見煙囪》，頁一九四—一九五。

此二節詩行以畫面呈現取代抽象的情緒直陳，以黃鶯啼鳴側寫詩中人之父親的感情，這樣的技巧在一九二〇—一九四九的台灣白話詩中已經很令人驚豔。第二節以描寫墓石開頭，「因牧童的鼻涕一行金字充滿著塵埃」更是活靈活現，具有「後現代」的多重視野。「牧童」也者，是詩中人的揣想。一般人平時不會在人煙稀少的墓地出沒，「我」看到墓碑金字上已經黏上塵埃的鼻涕，想像牧童放牧至此休憩，隨手一抹，清除鼻涕。而書寫如此的現象，卻使得生死之間彷彿扯下重重黑幕，而有了一種啼笑皆非的輕盈。一行金字，書寫的當然是「母親」的名諱，「金色」，故示隆重。鼻涕塗抹上的厚度和光澤，加上黏附的塵埃，一方面顯得「金字」更「輝煌」，另一方面，鼻涕招惹來塵埃，好似在光線裡說著什麼。

陳千武譯的〈在原野上看到煙囪〉，[104]在葉笛筆下譯為〈曠野裡看得見煙囪〉，[105]是「鹽分地帶詩人＝社會寫實」觀念下的標籤作品。林精鏐以勞動階層的這些思慮寫出對殖民者的控訴，在陳千武的譯筆下，詩行如此展現：「不論怎樣勞累／我們的口袋都是空空／我是魔術師／克琳克琳進來了幾個錢／而這幾個錢又克琳克琳馬上消失了」、「每次出現了一個工廠／我就發抖／因為那是酷似我們的魔窟」。[106]林精鏐以代言體的他者視角，寫出有一餐沒一餐的勞動者，因家鄉蓋新工廠而興發的感觸。蓋新工廠，意謂著失業的工人有新工作，也意謂著家鄉清新的空氣被破壞，而勞動者薪資微薄，朝不保夕。

莊培初（一九一六—二〇〇九），筆名青陽哲、莊訊濃、嚴墨嘯。生於台南佳里。畢業於州立台南一中。台灣文藝聯盟成員。鹽分地帶詩人群之一。曾任《台灣新民報》、《台灣日日新報》記者。作品發表於《台灣文藝》、《台灣新文學》、《文藝台灣》、《台灣新民報》等。一九五〇年代之後未再發表詩作；日據時期的白話詩未曾結集出版。散逸的日文白話詩，在《光復前台灣文學全集・10・廣闊的海》和《陳千武譯詩選集》中，計有七首漢譯後的作品。

莊培初和林精鏐的詩，打破讀者對鹽分地帶詩人群的刻板印象。這兩位詩人在鹽分地帶詩人中，擅長以相對精巧富贍的技巧與修辭創作，題材也不避葷腥、不忌諱酒色財氣。

莊培初的詩風偏於描繪個人情緒，有時以買醉買春的肉欲處理內心風景。〈壺〉、〈冬晴〉、〈一個女性的畫像〉、〈有一天早晨的感情〉為其例證。例如〈壺〉：

在什麼時候變得很冰冷的這壺裡
有什麼戀情可以投下
來裝些酸棗吧
那是不管用的
這壺裡需要一些戀情[107]

此詩狀似寫物，實則寫人。敘述聲音以壺自喻，自覺冰冷。既然是物體的壺，所以想到用酸棗填補空間；可是畢竟不是物而是人，食物的溫度不夠，也因而以戀情增溫才有可能。自言自語的寫法，表現了詩中人的企盼。

又如〈有一天早晨的感情〉：

104 收於黃勁連主編：《南瀛文學選・詩卷・一》（台南：台南縣立文化中心，一九九一），頁七一—七三。
105 收於林芳年著、葉笛譯：《曠野裡看得見煙囪》，頁一一二—一一四。
106 收於黃勁連主編：《南瀛文學選・詩卷・一》，頁七一—七三。
107 收於羊子喬、陳千武主編：《光復前台灣文學全集・10・廣闊的海》，頁三三五。

乳白色的早晨悄悄來到玻璃窗
夜特有的溫暖
對女人的一根頭髮也漲起倦怠的神情
使男人睡醒時的嗅覺麻痺
真為了肉欲的快樂而疲憊
Matisse 的女人啊
為了不眠的夜
耽於獸欲快樂的夢
那麼使你疲憊了嗎
在空虛的胸脯擁抱男人
喝了酒　過著另一夜的愛戀[108]

詩行寫男主角在肉欲橫流之後，以疲憊慵懶的調性觀察一夜狂歡的女人。「對女人的一根頭髮也漲起倦怠的神情」，寫盡了心有餘而力不足之感，暗示濃郁。

六、結語

台灣新文學的濫觴與政治運動密切相關。一九二〇年代，在新文學的啟蒙與實驗時期，對於現實社會的關切遠勝於對文學創作的重視；一九三〇年代以迄太平洋戰爭爆發，台灣新文學逐漸發展出可觀的作家組織與集團陣容。

一九二〇——一九四九的台灣現代詩，以寫實主義為主流，現代主義為伏流。鹽分地帶詩人群與《風車》分別代表寫實主義與現代主義。兩種相異的美學走向，表面的齟齬出於對現實與普羅文學的態度，底層湧動著對文學藝術的相異觀念。

寫實主義文學在日據時期大致定調，題材則以控訴日本的殖民政治與反映工人、婦女、農民生活為大宗，中文詩的成就極為有限。

楊熾昌籌組《風車》，引進日本流行的超現實主義，試圖以另一種寫作方式刺激詩藝成長。楊熾昌及《風車》詩人，主張的超現實精神偏重技巧，閱讀群較少。當時台灣文學界對《風車》的作品及詩觀，批評多於鼓勵。

鹽分地帶詩人群和風車詩社詩人的交鋒，開啟了台灣文學史現實主義與現代主義的首次對話。《風車》和鹽分地帶詩人群互相交流滲透，彼此的詩觀與詩風也觀摩學習而有所變化，如一向被歸類於鹽分地帶詩人而「應該」拳拳服膺於左翼與殖民創作姿態的莊培初和林芳年，部分作品就透出後世對《風車》詩人批判的「耽美」、「頹廢」基調。這告訴讀者，詩人的風格應該透過詩作個別看待，集團的創作取向只能是參考。[109]

日據時代的台灣薈萃了多國的多種文化，也是不同文化背景的人士必爭的文藝地盤。一九二〇年代，張我軍認為台灣文學是中國文學的支流；一九三〇年代，台灣文藝作家協會以消除台灣百姓的民族意識為宗

108　收於羊子喬、陳千武主編：《光復前台灣文學全集・10・廣闊的海》，頁三二七——三二八。

109　離日據時代四十年後，楊熾昌接受林佩芬專訪，將自己當年在白話詩上被視為異己的優異表現，解釋成「避日人凶焰，將殖民文學以一種『隱喻』的方式寫出」。參見林佩芬：〈永不停息的風車：訪楊熾昌先生〉，收於呂興昌編：《水蔭萍作品集》，頁二七一——二七三。

旨，企圖領導台灣的普羅文藝運動；一九四〇年代，日本帝國大學在台灣的講師島田謹二，說台灣文學是外地文學、日本文學的一支。[110]凡此種種較勁中的文化權爭奪，以及一九二〇年代起的台灣話文運動、鄉土文學論戰等，為日後紛至沓來的台灣文學主體之說奠定相當的根基。

110　引自王乃信等譯：《台灣社會運動史》，第一卷，頁四〇八—四〇九、四一三—四一六。

附表1：一九七九—二〇一八年間，首次出版於台灣、部分關於啟蒙期白話詩的主要書籍

出版年	編者或譯者	書名	出版社
一九七九	李南衡（主編）	日據下台灣新文學・詩選集	台北：明潭出版社
一九八〇	張光直（編）	張我軍詩文集	台北：純文學出版社
一九八三	羊子喬（著）	蓬萊文章台灣詩	台北：遠景出版事業有限公司
一九八七	葉石濤（著）	台灣文學史綱	高雄：春暉出版社
一九八九	古繼堂（著）	台灣新詩發展史	台北：文史哲出版社
一九九三	林瑞明（著）	台灣文學與時代精神：賴和研究論文集	台北：允晨文化實業股份有限公司
一九九四	羊子喬（編）	郭水潭集	台南：台南縣立文化中心
一九九四	彭瑞金（著）	台灣新文學運動40年	台北：自立晚報社文化出版部
一九九五	陳才崑（編譯）	王白淵・荊棘的道路	彰化：彰化縣立文化中心
一九九五	葉笛（漢譯）、呂興昌（編）	水蔭萍作品集	台南：台南市立文化中心
一九九五	呂興昌（著）	台灣詩人研究論文集	台南：台南市立文化中心
一九九六	林瑞明	台灣文學的歷史考察	台北：允晨文化實業股份有限公司
一九九六	施懿琳	跨語・漂泊・釘根：台灣文學研究論集	高雄：春暉出版社
一九九六	游勝冠	台灣文學本土論的興起與發展	台北：前衛出版社
一九九七	陳千武（編）	光復前台灣文學全集・9・亂都之戀	台北：遠景出版事業有限公司
一九九七	陳千武（編）	光復前台灣文學全集・10・廣闊的海	台北：遠景出版事業有限公司

一九九七	陳千武（編）	光復前台灣文學全集・11・森林的彼方	台北：遠景出版事業有限公司
一九九七	陳千武（編）	光復前台灣文學全集・12・望鄉	台北：遠景出版事業有限公司
一九九七	陳逸雄（編）	陳虛谷作品集（上、下）	彰化：彰化縣立文化中心
一九九七	葉笛、張良澤（漢譯），呂興昌（編訂）	吳新榮選集I	台南：台南縣立文化中心
一九九七	陳千武（著）	台灣新詩論集	高雄：春暉出版社
一九九八	陳芳明（著）	左翼台灣：殖民地文學運動史論	台北：麥田出版社
一九九八	陳芳明（著）	殖民地台灣：左翼政治運動史論	台北：麥田出版社
二〇〇〇	林瑞明（編）	賴和全集	台北：前衛出版社
二〇〇〇	陳千武（漢譯）、呂興昌（編）	林修二集	台南：台南縣立文化局
二〇〇〇	劉紀蕙、周英雄（編）	書寫台灣：文學史、後殖民、後現代	台北：麥田出版社
二〇〇〇	劉紀蕙（著）	孤兒・女神・負面書寫：文化符號的徵狀式閱讀	台北：立緒文化事業有限公司
二〇〇二	張光正（編）	張我軍全集	台北：人間出版社
二〇〇二	葉笛（譯）	北京銘：江文也詩集	台北：台北縣立文化局
二〇〇二	陳芳明（著）	後殖民台灣：文學史論及其周邊	台北：麥田出版社
二〇〇三	葉笛（著）	台灣早期現代詩人論	高雄：春暉出版社

二〇〇四	陳芳明（著）	殖民地摩登：現代性與台灣史觀	台北：麥田出版社
二〇〇五	黃美娥（著）	重層現代性鏡像：日治時代台灣傳統文人的文化視域與文學想像	台北：麥田出版社
二〇〇六	許俊雅（編）	台灣文學家年表六種	台北：新北市政府文化局
二〇〇七	楊雅惠（著）	現代性詩意啟蒙：日治時期台灣新詩的文化詮釋	高雄：國立中山大學出版社
二〇一一	陳芳明（著）	台灣新文學史	台北：聯經出版事業股份有限公司
二〇一一	陳建忠（編選）	台灣現當代作家研究資料彙編1：賴和	台南：國立台灣文學館
二〇一一	林淇瀁（編選）	台灣現當代作家研究資料彙編5：楊熾昌	台南：國立台灣文學館
二〇一二	許俊雅（編選）	台灣現當代作家研究資料彙編16：張我軍	台南：國立台灣文學館
二〇一四	施懿琳（編選）	台灣現當代作家研究資料彙編55：吳新榮	台南：國立台灣文學館
二〇一四	林淇瀁（編選）	台灣現當代作家研究資料彙編56：郭水潭	台南：國立台灣文學館
二〇一四	許俊雅（編選）	台灣現當代作家研究資料彙編58：巫永福	台南：國立台灣文學館
二〇一五	莫渝（編選）	台灣現當代作家研究資料彙編65：詹冰	台南：國立台灣文學館
二〇一六	許俊雅（編選）	台灣現當代作家研究資料彙編81：楊守愚	台南：國立台灣文學館
二〇一六	陳允元、黃亞歷（編）	日曜日式散步者：風車詩社及其時代	台北：目宿媒體股份有限公司
二〇一七	陳芳明	殖民地摩登：現代性與台灣史觀（新版）	台北：麥田出版社
二〇一七	陳芳明	殖民地台灣：左翼政治運動史論（新版）	台北：麥田出版社
二〇一七	陳芳明	左翼台灣：殖民地文學運動史論（新版）	台北：麥田出版社

附表2：陳芳明之左翼史觀中，一八九五—一九四五年間的重大事件及意義[111]

西元年	事件	意義
一八九五	日本據台	日據時代開始
一九一八	第一次世界大戰	一八九五—一九一八年間，日本在台灣：確立現代的法權，使日本在台灣成為合法的地主 沒收土地山林，累積原始的資本
一九〇〇	台灣糖業株式會社成立	日本在台灣設立大規模近代產業的開端 壟斷台灣已有的糖業 剝削台灣的蔗農
一九二一	台灣文化協會組成	近代式台灣民族與民主運動的濫觴
一九二三	追風〈詩的模仿〉及小說〈她要往何處去〉發表	台灣新文學中，小說與詩的起點
一九二三	農民集體請願運動爆發	台灣重大農民運動之一
一九二五	二林蔗農事件爆發	台灣重大農民運動之一
一九二六	台灣農民組合誕生	台灣農民的大團結
一九二七	台灣文化協會分裂	文化協會的領導權落在連溫卿、王敏川等左翼青年手上 左翼文學誕生
一九二七	台灣機械工會成立	由連溫卿組織 台灣的第一個工人組織 促成一九二八年全島工友總聯盟的誕生

一九二七	台灣的政治運動蓬勃，普遍展開大規模的農民運動和工人運動。	一九二七—一九三一為台灣政治運動最鼎盛之時期
一九二八	日本陷入金融混亂	日本資本主義嚴重動搖
一九二八	台灣共產黨成立	台灣的左翼政治運動急遽發展
一九二九	世界經濟大恐慌爆發	日本加速對台灣的掠奪 台灣政治運動的左傾化加速
一九二九	台灣民眾黨再分裂	左翼運動更高昂
一九三〇	黃石輝發表〈怎樣不提倡鄉土文學〉	1.「鄉土文學」一詞正式提出 2. 鄉土文學論戰爆發 3. 台灣的左翼思想發展到最盛
一九三〇	霧社事件爆發	
一九三一	日本發動九一八事變	日本展開侵略中國的舉動
一九三一	台灣共產黨滅亡	日本強烈鎮壓台灣的左翼政治組織
一九三一	台灣民眾黨瓦解	日本強烈鎮壓台灣的左翼政治組織
一九三一	台灣農民組合癱瘓	日本強烈鎮壓台灣的左翼政治組織
一九三一	台灣文化協會停滯	日本強烈鎮壓台灣的左翼政治組織

111 此表依據陳芳明：《左翼台灣：殖民地文學運動史論》，整理製作而成。

一九三二	台灣文藝研究會組成	最早創立的成員王白淵、吳坤煌、劉捷等，都具備社會主義色彩 以《福爾摩沙》為機關誌 以建立「台灣人的文藝」自許 走寫實路線 左翼文化團體的脫胎 前身為王白淵籌組的「台灣人文化圈」，隸屬日本左翼文化聯盟
一九三四	台灣文藝協會（聯盟）組成	左右翼作家共同建立，跨越意識型態的聯合陣線 發行《先發部隊》 主要成員有郭秋生、黃得時、朱點人、王詩琅、廖毓文等 訴求文藝與社會的關係 編輯張深切，主張以台灣本土的現實環境為本位，確立台灣文學的特殊性
一九三五	台灣新文學集團組成	楊逵領導，結合社會主義信念堅定的王詩琅及鹽分地帶詩人群 一九三〇年代台灣社會較整齊的左翼作家集團 成立一年多即被迫解散
一九三五	台灣文藝聯盟分裂	台灣左翼知識分子被迫凋零
一九三七	台灣新文學集團解散	台灣左翼知識分子被迫凋零

第二章

經典之形成：一九五〇—一九六九

一、前言

一九五〇—一九六九的二十年之間，台灣現代詩在蜂擁而至的信條與口號中前進。一九五〇到一九六九之間，詩壇的主要議題以《新詩週刊》發端，接著是反共戰鬥文藝政策下的文化氛圍、紀弦主導的現代派六大信條，然後是現代、藍星、創世紀、笠詩社等社團聚落，以及一九五〇年代現代詩論戰的各階段討論等等。這二十年間的台灣現代詩史，借用瘂弦的詩句為喻，可說是「激流為倒影造像」的歷史。流亡、詩社、論戰、超現實、現代性、前行代、跨越語言的一代，是這二十年台灣現代詩史時代語境的關鍵詞。

一九四五戰後，中國大陸陷於內戰。一九四七，湖北發生六一慘案，台灣發生二二八事件。一九四九，大陸變色，兩岸切割，將近兩百萬軍民湧入台灣，更添台灣文學的憂患色彩。台灣政治史中被刻意淘空的人與事，使得一九五〇年代的詩作呈現揮之不去的幻滅感。一九六五年，文化大革命開始，長達十年之久。出生在一九三〇年代左右的兩岸華人，先經歷第二次世界大戰，未及從戰火中喘息，又陷於內戰，戰亂一場又一場，還鄉夢只成嗚咽。一九三〇年左右出生、從烽火連天的母土避難到台灣的詩人，回鄉不可能，在台灣又長年被當作「外省人」。以「鄉在哪裡？」為主軸的放逐或懷鄉作品，普遍成為時空背景下的焦點。而今，當「放逐」、「鄉愁」在政治泥沼或淺碟文化裡遭標籤化、單薄化，我們應更重視詩作中「絕望」的心象。

一九四九年，國民政府遷台。為免共產黨「滲透顛覆」，政府將文藝政策定調為「使用文學和藝術技巧，提升國家意識，傳達反共抗俄的主題」[1]。其後中華文藝獎金委員會設立，由獎金募集而來、保持中華固有文化的教忠教孝作品，成為當時文壇的重心，因而一九五〇年代有所謂「反共文學當道」的說法。[2]在中國共產黨移植蘇聯文化的一九五〇年代，失去中國統治權的國民政府，企圖以道統的合適性取代政統的合法性，無意間開啟創作者對作品內容與技巧的探索。在中國大陸因文化大革命而燒毀、踐踏文化的一九六〇年代，台灣立基於時代與民族論述，將西方的現代主義文學思潮，轉為超越時空的人性精神，進而追認詩藝自由的合理性。海峽兩岸的現代詩發展於焉分途步趨。

「反共文學」、「戰鬥文藝」的發展，一開始以粗糙的「反共抗俄」為訴求，接著轉而強調文學的藝術性與人性的積極面，促成一九五〇年代後期的文學現象。嚮往自由如紀弦者，因反共文藝的提倡而有很大的揮灑空間；另外一些創作者如夏濟安、周棄子，則以個人的創作抵禦集體的論述暴力，向純文學靠攏。[3]

（一）「前行代」、「跨越語言的一代」

台灣現代詩史中的「前行代」，指一九三〇左右出生的詩人。他們在一九五〇——一九六九年間詩名粗

1 參見趙友培：《文壇先進張道藩》（台北：重光文藝出版社，一九七五），頁二九五。

2 一九四二與一九四九年，張道藩身為中國文藝協會領導者，兩度以「三民主義的文藝政策」為文藝宣傳手法，以政策領導文藝；蔣介石在〈民生主義育樂兩篇補述〉更以「民族文化」取代「民族復興」的期待。但是在集體思想至上的一九五〇年代，仍有彭歌提出以作家個人生活為主、強調個人及生活經驗的創作觀念。彭歌的意見和紀弦對詩創作的想法接近。可見即使在戒嚴時期，國民政府仍未全面左右文藝走向。相關文獻參考張道藩：〈發刊辭〉，《文藝創作》，第一期（一九五一），頁一；彭歌：〈當前文藝發展方向的探討〉，《文藝創作》，第二二期（一九五三），頁一二四；紀弦：〈表現論〉，氏著：《新詩論集》（高雄：大業書店，一九五六），頁二〇；蔣介石：〈民生主義育樂兩篇補述〉（台北：中央文物供應社股份有限公司，一九五三），頁七二；鄭明娳：〈當代台灣文藝政策的發展、影響與檢討〉，鄭明娳編：《當代台灣政治文學論》（台北：時報文化出版企業股份有限公司，一九九四），頁二八。

3 參考陳芳明：〈台灣現代文學與五〇年代自由主義文學傳統的關係：以《文學雜誌》為中心〉，收於氏著：《後殖民台灣：文學史論及其周邊》（台北：麥田出版社，二〇〇二），頁一八九。

具。在這個特定的時間範圍之外，「前行代」在學術論述下發展出另一層隱喻：指向台灣現代詩史上，一個家國喪亂下的潛文本。「前行代」誕生在烈火燒遍的土地，見證了二十世紀血淚苦難的中國。前行代詩人以生命作為文學的獻祭。他們或者是抗戰兒女，或者被語言跨越，筆下的詩篇刻滿彈痕。

「跨越語言的一代」為林亨泰在一九六七年提出。原始出處是林亨泰〈跨越語言一代的詩人們：從「銀鈴會」談起〉一文。指的是一九二〇年前後出生、在台灣接受語言教育、以詩人為主的台灣文人。林亨泰認為，那一代的文人自幼受日本教育，聽說讀寫都用日文；一九四五年太平洋戰爭結束後，國民政府接收台灣，於一九四六年十月全面推動中文、禁用日文。一九二〇年前後出生的台灣本土文人，因而有一段很長的語言空窗期；想要在國民政府統治下發表文學作品，必須自己克服語言障礙，捨棄原本熟悉的日文，重新學習中文，否則作品無法發表。出於國家機器的強制而非個人自主意願，不得不跨越日文、中文這兩種語言，所以林亨泰自嘲而無奈地稱之為「跨越語言的一代」。日人高橋喜久晴認為，更精確的說法應該是「被語言跨越的一代」。[4]「跨越語言的一代」不只是時間上的代際劃分，更寓含對政治的嘲諷。一九五〇——一九六九的台灣詩壇，「跨越語言的一代」，包含於「前行代」；專指生於台灣、長於台灣，而已有名氣的本土詩人，如陳千武、林亨泰、詹冰、巫永福、陳秀喜、杜潘芳格、葉笛、黃騰輝、張彥勳等。

（二）「超現實」手法

「超現實」作為技巧，特別能呼應歷史的空虛與不足。正因其筆法背後，通常支撐以流亡者的熱淚，一九五〇——一九六九的「超現實」實在不必背負「晦澀」之罪。因為，當年因為現代主義文學作品與理論輸入，受到詩人一窩蜂、一知半解，拿來實驗的「超現實」，在反共抗俄、現代主義思潮等外緣的政治、文化因素激盪下，以隨著國民政府播遷來台的詩人為主，迎向時代的激流而建立了自己的詩藝。在台灣，「以超現實為技巧來遮掩與當政者相左的意見」，是個偽命題、不實的後設思考、廣告意味濃厚的宣示、誇大了目的論而忽視作品藝術性的成見。

當時優秀的「超現實」作品，詩人寫得不著情緒、冷靜而有情，多半出於作品表現出痛定思痛的豁然與自尊，而這經常源於每天呼吸的天空，其技巧乃用以彰顯而非遁逃。另外，「政治正確」與否，一旦與時俱往，皆是明日黃花；倘若以為超現實手法確實是對抗當局的手段，而詩人卻能全身而退，說明當時台灣的政治社會環境裡，當政者不把所謂的「超現實詩」當成必拔除而後快的眼中釘。現代詩對政治的「介入」，未曾改變政治或社會制度的現狀；由現代詩展開的議題，應該回到詩藝，檢討其成敗。

（三）「兩個根球」的滋長期

台灣現代詩的「兩個根球」：中國大陸及日本的現代詩，在一九五〇到一九六九的二十年之間發芽滋長，且以現代意象落實為自足的詩質，而迥異於日據時期普遍以直白吶喊為控訴的蒼白現象。[5]台灣本土現代詩特別汲取超現實手法以發揚蹈厲，形成書寫時代的最大特色。而一九六〇年代末，是前行代詩人風格基型的完成期，紀弦、瘂弦、商禽、洛夫、余光中等，都在這段時間完成他們的重要作品。

4 相關資料可參考阮美慧：〈笠詩社跨越語言一代詩人研究〉（台中：東海大學中國文學研究所碩士論文，一九九七）；林巾力：〈想像「現代詩」：以林亨泰一九五〇年代的「現代主義」建構為例〉，收於收於呂興昌編選：《台灣現當代作家研究資料彙編・22・林亨泰》（台南：國立台灣文學館，二〇一二），頁二七九—三一三。

5 參見葉石濤：〈五四與台灣新文學〉：「沒有五四就沒有台灣新文學運動的展開。」文收於《聯合文學》，第四三期（一九八八），頁三〇。

（四）新詩週刊、藍星詩社、現代詩社、創世紀詩社、笠詩社

「某某詩社的某某」。後世如此稱呼詩人，要上溯到一九五〇—一九六九年的詩壇。這二十年間的第一個現代詩刊物是葛賢寧、[6]鍾鼎文、[7]紀弦創辦的《新詩週刊》；一九五一年十一月五日第一期出刊，一九五三年九月十四日停刊，共出刊九十四期。蓉子、楊喚、[8]方思、郭楓、[9]林泠、李政乃，[10]詩作都曾刊在《新詩週刊》上。

藍星、現代、創世紀，[11]後來加上笠，這四個詩社壟斷了一九五〇—一九六九台灣現代詩壇的社群。成立於一九五三年的現代詩社、成立於一九五四年的藍星與創世紀詩社，及成立於一九六四年的笠詩社，推動並支持了一九五〇、一九六〇年代台灣現代詩的大部分活動。[12]許多詩人被認識，或被寫入詩史，因為他是這四個詩社的一分子；詩人的名字和成就掛在某個詩社名稱底下被詩史討論。因這種簡便的歸類法，有些詩史便帶出一九一〇—一九三〇年代出生、而在詩社成立的一九五〇或一九六〇年代成名的詩人。例如在藍星詩社底下，會帶出一九一〇—一九三〇年代出生的夏菁、[13]鍾鼎文、覃子豪、向明、余光中、周夢蝶、蓉子、羅門、敻虹、鄧禹平、[14]張健、楊牧、黃用、[15]吳望堯；[16]創世紀詩社底下，會出現洛夫、瘂弦、張默、

6 葛賢寧（一九〇八—一九六一、三、七），生於江蘇沭陽。一九四九年到台灣。出版詩集：《常住峯的青春》。論著：《中國詩史》、《中國小說史》等。曾與詩友合辦《新詩週刊》。

7 鍾鼎文（一九一四、四、二十九—二〇一二、八、十二），本名鍾國藩。生於安徽省舒城縣。一九三三年改名為鼎文。筆名蕃草。一九四九年到台灣。北京大學畢業、日本京都大學哲學系畢業。曾任教於復旦大學。曾任編輯於《廣西日報》、《天下日報》。曾為《聯合報》、《自立晚報》主筆。曾與詩友共創《新詩週刊》、成立藍星詩社。曾任國民大會代表、世界詩人大會會長、世界藝術文化學院主席。曾獲中山文藝獎、世界華文作家協會之華文文學獎終身成就獎、國際桂冠詩人聯盟之國際桂冠詩人獎等。在台灣出版詩集：《行吟者》（一九五一）、《山河詩抄》（一九五六）、《白色的花束》（一九五七）、《國旗頌》（一九六二）、《雨季》（一九六七）。

8 楊喚（一九三〇、九、七—一九五四、三、七），本名楊森。生於遼寧省興城市。另有筆名金馬、白鬱。農業職業學校畜牧科肄業。一九四九年到台灣。曾任陸軍上士文書。在台灣出版詩集：《風景》（一九五四）。詩友為楊喚結集的遺作有：《楊喚詩集》（一九六四）、《楊喚書簡集》（一九六九）、《夏夜》（一九七九）、《楊喚全集I》、《楊喚全集II》。另有童詩、散文的遺作集：《水果們的晚會》等。

9 郭楓（一九三三、十、十—），本名郭少銘。生於江蘇徐州。一九五〇年到台灣。《新地文學》季刊社社長兼總編輯。在台灣出版詩集：《郭楓詩集》（一九七一）、《第一次信仰》（一九八五）、《海之歌》（一九八五）、《攬翠樓新詩》（一九九八）、《郭楓詩選》（二〇〇六）。散文集：《早春花束》、《九月的眸光》、《老家的樹》等。小說：《老憨大傳》。文學評論：《知識份子的覺醒》、《獨醉集》、《美麗島文學評論集》等多部。

10 李政乃（一九三四、二、五—二〇一三、二、二十），筆名白珩。生於台灣新竹。省立台北師專畢業。曾任國小教師。覃子豪曾說李政乃是「台灣光復後第一位省籍女詩人」。曾為乾坤詩社社員。出版詩集：《千羽是詩》（一九八四）。

11 不論「鼎立」或「遞嬗」，學者一致認為：藍星、現代、創世紀，這三個詩社在一九五〇年代對台灣現代詩壇起了領頭的作用。

12 可參考古遠清：〈台灣三大詩社互動而衝突的關係：以笠、藍星及創世紀為例〉，《當代詩學》，第一期（二〇〇五），頁八六—一〇一。

13 夏菁（一九二五、十、六—），本名盛志澄。生於浙江省嘉興縣。美國科羅拉多州立大學碩士。曾任職於農復會、山林管理所、聯合國、美國科羅拉多州立大學。曾主編《藍星詩頁》、《文星雜誌》與《自由青年》的新詩專欄。在台灣出版詩集：《靜靜的林間》（一九五四）、《噴水池》（一九五七）、《少年游》（一九六四）、《山》（一九七七）、《澗水淙淙》（一九九八）、《雪嶺》（二〇〇三）、《折扇：一首自傳式抒情長詩》（二〇一〇）。散文集：《落磯山下》、〈悠悠藍山〉、《可臨視堡的風鈴》等。文學評論：《慾望與思考之旅：中國現代作家的南洋與英美遊記研究》、《窺豹集：夏菁談詩憶往》等。

14 鄧禹平（一九二五、十、五—一九八五、十二、二十一），筆名夏荻、雨萍。生於四川三台。一九四九年到台灣。四川省立藝術專科學校畢業、東北大學中文系畢業。曾任影劇編導等工作。與覃子豪、鍾鼎文、夏菁、余光中等人共創藍星詩社。曾獲國家文藝金鼎獎等。一九七〇年代流行歌曲〈高山青〉之作詞者。去世後，林海音編輯其詩歌遺作，出版《我存在，因為歌，因為愛》（一九八三）。

15 黃用（一九三六—），生於南京。籍貫福建海澄。一九四九年到台灣，入台灣大學外文系就讀，轉經濟系。台灣大學經濟系畢業後，赴美國深造，獲美國南伊利諾大學化學博士學位。藍星詩社成員。曾獲藍星詩獎。出版詩集：《無果花》（一九五九）。

16 吳望堯（一九三二—二〇〇八），筆名巴雷。生於上海。籍貫浙江東陽。一九四六年到台灣。淡江英專肄業。藍星詩社成員。二十八歲隻身闖蕩西貢，因研發洗衣粉而致富。出資在台灣設立現代詩獎。一九七五年越南易幟後，於一九七七年返台，後移居宏都拉斯終老。出版詩集：《巴雷詩集》（二〇〇〇）；文集：《越南淪亡瑣記》、《越共煉獄九百天》等。

朵思、商禽、羅英、大荒、管管、[17]辛鬱、碧果、[18]葉維廉；紀弦、鄭愁予、林泠、楊喚、方思、林亨泰、黃荷生，是現代詩社慣見的名字；吳瀛濤、[19]陳千武、陳秀喜、[20]杜潘芳格、[21]詹冰、[22]葉笛、[23]錦連、[24]白萩、趙天儀、[25]杜國清、李魁賢，則是笠詩社常被談到的詩人。

一九五四年初，鍾鼎文、覃子豪、余光中、夏菁、鄧禹平，發起成立藍星詩社，其後以公論報為園地，輪編出版《藍星週刊》，陸續加入成員蓉子、黃用、吳望堯、向明、阮囊、張健、葉珊、敻虹、周夢蝶。一九五九年吳望堯和夏菁創辦《藍星詩頁》，由夏菁主編，羅門、蓉子、王憲陽接力主編，加入曹介直、陳東陽、王憲陽、吳宏一、方莘、高準、曠中玉、劉延湘、周英雄、曹逢甫等。其後又加入趙衛民、苦苓、羅智成等。藍星詩刊的名目與種類特別繁多，甚至同時期有兩三種刊物發行的特例。今所知有《藍星週刊》、宜蘭青年月刊社發行的《藍星宜蘭分版》、瑩星資助的《藍星詩選》、夏菁創辦的《藍星詩頁》、覃子豪獨資經營的《藍星季刊》、九歌出版社支援的《藍星年刊》、《藍星季刊復刊號》、成文與林白出版社贊助的《藍星詩刊》、淡江大學中文系發行的《藍星詩學》。[26]藍星詩社的社性較弱，與詩壇時興的主張或運動關係均不大，詩刊純粹是發表詩作、挖掘新人、累積名聲與作品數量的園地。而藍星詩社開放、無為的特質，為詩社的存在提供一個服務詩壇、鼓勵創作、誠實批評、提拔後進的示範。

一九五四年十月，左營海軍基地的軍中詩人張默、洛夫、瘂弦，共同發起並成立創世紀詩社，同年出版

---

17 管管（一九二九、九、二十七—），本名管運龍。生於山東青島。青島紅十字會慈濟商職肄業。一九四一年到台灣。曾為演員、記者、軍中電台節目主任、創世紀詩社社長。曾與張默主編《水星詩刊》。出版詩集：《荒蕪之臉》（一九七二）、《管管詩選》（一九八六）、《管管世紀詩選》（二〇〇〇）、《燙一首詩送嘴，趁熱：管管百分百詩選》（二〇一九）。

18 碧果（一九三二、九、二十二—），本名姜海洲。另有筆名青圓。籍貫河北永清。河北永清縣立中學畢業。一九四九年到台灣。創世紀詩社成員。曾獲文復會金筆獎、國軍新文藝長詩獎等。出版詩集：《秋．看這個人》（一九五九）、《碧果自選集》（一九八一）、《碧果人生》（一九八八）、《一個心跳的午後》（一九九四）、《愛的語碼：我已把你讀成觀音》（一九九六）、《肉身意識》（二〇〇

七）；小說：《黑河》；散文：《知乎水月》等。

19 吳瀛濤（一九一六、七、十八—一九七一、十、六），籍貫台灣台北。台北商業學校畢業。曾任記者、編輯、圖書管理員等。台灣畫報社社員。笠詩社發起人之一。出版詩集：《生活詩集》（一九五三）、《瀛濤詩集》（一九五八）、《冥想詩集》（一九六〇）。另著：《台灣諺語》、《台灣民俗》等。

20 陳秀喜（一九二一、十二、十五—一九九一、二、二十五），生於台灣新竹。新竹女子公校畢業。笠詩社成員。在台灣出版詩集：《覆葉》（一九七一）、《樹的哀樂》（一九七四）、《灶》（一九八一）。李魁賢編《陳秀喜全集》，凡十冊，於一九九七年出版。

21 杜潘芳格（一九二七、三、九—二〇一六、三、十），生於台灣新竹。台北女子高等學院肄業。笠詩社成員。《台灣文藝》社長、女鯨詩社社長。客語詩的開創者。出版詩集：《慶壽》（一九七七）、《淮山完海》（一九八六）、《朝晴》（一九九〇）、《遠千湖》（一九九〇）；詩文合集：《青鳳藍波》、《芙蓉花的季節》。

22 詹冰（一九二一、七、八—二〇〇四、三、二十五），本名詹益川。另有筆名綠炎。生於台灣苗栗。日本明治藥專畢業。國中教師。銀鈴會社員、笠詩社創始者。曾創辦《綠草》詩刊。曾獲榮後台灣詩人獎等。出版詩集：《綠血球》（一九六五）、《詹冰詩集：實驗室》（一九八六）、《詹冰詩選集》（一九九三）、《銀髮詩集》（二〇〇三）；童詩集：《太陽、蝴蝶、花》；劇本：《日月潭的故事》等。

23 葉笛（一九三一、九、二十一—二〇〇六、五、九），本名葉寄民。生於台灣台南。台南師範學校畢業。笠詩社社員。曾編輯《笠》詩刊。曾任日本「台灣學術研究會」理事、主持東京「中國語言學院」。葉笛逝世後，戴文鋒主編之十八冊《葉笛全集》，由台灣文學館籌備處在二〇〇七年出版；其中有二冊新詩。

24 錦連（一九二八、十二、六—二〇一三、一、六），原名陳金連。生於台灣彰化。台灣鐵道協會講習所畢業。曾服務於火車站電信室。曾為笠詩社社員。曾獲榮後詩獎、真理大學台灣文學家牛津獎。在台灣出版詩集：《鄉愁》（一九五六）、《挖掘》（一九八六）、《錦連作品集》（一九九三）、《海的起源》（二〇〇三）、《支點》（二〇〇三）。

25 趙天儀（一九三五、九、十—），筆名柳文哲、梁小燕、殷鑑。生於台灣台中。台灣大學哲學系碩士。笠詩社社員。曾任教於台灣大學哲學系、靜宜大學中文系。曾獲行政院文建會文耕獎等多種獎項。在台灣出版詩集：《果園的造訪》（一九六二）、《大安溪畔》（一九六五）、《牯嶺街》（一九七八）、《壓歲錢》（一九八六）、《林間的水鄉》（一九九二）、《腳步的聲音》（一九九三）、《歲月是隱藏的魔術師》（二〇〇六）、《雛鳥試飛》（二〇〇七）、《趙天儀詩集》（二〇〇七）、《一棵永不凋謝的小樹》（二〇〇八）、《趙天儀集》（二〇〇八）、《荒野的擁抱》（二〇〇九）；散文集：《風雨樓隨筆》等；兒童文學：《變色鳥》等；文學評論：《詩意的與美感的》、《台灣文學的週邊》、《時間的對決》等。著作逾三十部。

26 參閱劉正偉：〈藍星各種詩刊的發行與傳播〉，《藍星詩學》，第二四期（二〇〇七），頁七八—一〇〇。

《創世紀》詩刊。前五年提倡現代詩的「新民族詩型」，主張：「形式第一，意境至上，認為詩即非純理性之闡發，又非純情緒之直陳；同時尋求詩的中國風的、東方味的——運用中國語文之特異性，來表現東方民族生活之特有情趣。」[27]意在糾正現代派「現代詩是橫的移植而非縱的繼承」的偏頗論調。然因未將抽象的主張具體化為詩作實踐，故而影響力不大。一九五九年四月，《創世紀》從第十一期開始擴充版面，刷新內容，吸收商禽、辛鬱、碧果、楚戈、管管、季紅、白萩、葉維廉等入社，並放棄「新民族詩型」，轉而提倡詩的世界性、詩的超現實性、詩的獨創性和詩的純粹性，於是聲勢迅速壯大。將近十年之內，創世紀詩社大量引進西方現代派詩歌的理論與詩作，亦大量刊登台灣現代派詩人的作品，以狂飆之姿取代現代詩社和藍星詩社，成為台灣現代派的大本營。一九六九年一月，《創世紀》出版第二十九期之後，因經濟困難暫時停刊；於一九七二年九月復刊，出版第三十期。此後出刊不輟。

創世紀詩社是一九六〇年代台灣聲勢最大的詩社。[28]創世紀詩社的詩人在一九六〇年代承擔了許多詩壇的盛事，如洛夫、瘂弦、張默主其事的《六十年代詩選》、《七十年代詩選》、《中國現代詩論選》分別於一九六一、一九六七及一九六九年出版；辛鬱於一九六六年策畫第一屆現代藝術季；洛夫於一九六五年出版現代詩史上具指標性的詩集：《石室之死亡》、一九六九年出版他個人的第一本詩論集：《詩人之境》；瘂弦影響力巨大的唯一詩集《深淵》亦完成於此時期。優秀的詩作之外，一九六〇年代的創世紀詩社更有葉維廉與李英豪二人為詩論定調。葉維廉於一九六〇年在《創世紀》第十六期全譯艾略特（T. S. Eliet）的《荒原》，第十七期發表〈詩的再認〉，提出「心象」及「矛盾語法的情境」；李英豪連續在《創世紀》第十七期到第二十一期譯介聖約翰・波斯（Saint-John Perse）、亨利・米修（Henri Michaux）的詩，翻譯德國現代詩選，發表〈論現代詩的張力〉及〈剖論中國現代詩的幾個問題〉兩篇文章；尤其以〈論現代詩的張力〉觀點全面而語調冷靜，言人所未言，是一九六〇年代現代詩被忽視的重要論述。例如提到詩的張力：「音義的複沓、語法相剋的變化、詩中一部分和另一部分或和整體的矛盾對比、感性意義交切相融、互為表裡等等，都是可以增強詩中張力的方法。」；「好詩，就是從『內涵』和『外延』這兩種極端的抗力中存在、成為一切感性意義的綜合和渾結。這綜合的感性意義，來自個人對自己內在深刻和忠實的認知；這認知又源自體驗：對文化的體驗，對現時代『人文主義』的體驗。」[29]

一九六四年三月，吳瀛濤、陳千武、錦連、古貝、詹冰、林亨泰，倡議共組笠詩社。剛開始的成員除創社者之外，猶包括趙天儀、白萩、黃荷生、杜國清、薛柏谷、王憲陽；以雙月刊形式發行《笠》詩刊。一九六四年六月，第一期的《笠》出版，刊出由林亨泰執筆的兩篇重要文章：〈古剎的竹掃〉類似社論，闡明詩與詩評的價值與意義；〈本社啟事〉勾勒笠詩社的立場與編輯方針。自創社以降，笠詩刊的篇幅逐步成長，數十年來從未脫期；且同仁漸次增加，詩社的力量不斷擴張，是台灣現代詩史上結構極為龐大、集團性格最為濃厚的本土型詩社。

「詩社屬性與個人風格的關係」，此議題在詩人被簡化為某某詩社旗幟下的附屬後，警鈴般地響起。余光中在最不以口號凸顯社性的藍星詩社裡，首先撰文提醒這個問題。余光中早已洞知：詩社是偶然，詩人是必然。一個秀異的詩人會光耀他所在的詩社；但該詩社昌言的主張、信條，未必代表其中詩人一致的認同。「某某詩社的某某詩人」只是方便的指稱。[30]

---

27 轉引自趙小琪：〈《創世紀》詩社詩學〉，《創世紀》，第一六一期（二〇〇九），頁六—八。

28 在一九八〇年代之前，《創世紀》由張默主其事，一九八〇年代之後，有杜十三、侯吉諒、簡政珍、李進文、須文蔚等接任主編，其後編務仍回到張默身上。二〇〇〇年之後，辛牧亦編過一段時間，二〇一二年起正式由方明接掌。創世紀詩社的主要詩人，除創社元老洛夫、瘂弦、張默之外，有管管、辛鬱、羅英、葉維廉、辛牧、季紅、李英豪、碧果、彩羽、朵思、羅門、蓉子、簡政珍、侯吉諒、須文蔚、李進文等等。

29 李英豪：〈論現代詩之張力〉，《創世紀》，第二一期（一九六四），頁一二—一四。

30 相關論述參見余光中：〈藍星詩社發展史〉，收於《藍星詩學》（二〇〇七），頁三—一三；白靈：〈九歌版《藍星詩刊》的歷史意義：

（五）現代主義論戰

台灣現代詩史的反動性格，在一九五〇—一九六九這二十年中的論戰可見一斑。論戰起因，一是紀弦籌組「現代派」、獨自倡議的「六大信條」，引發大規模的討論；另一因素是余光中的長詩〈天狼星〉引發，發生在余光中和洛夫兩人之間的「天狼星論戰」。兩次論戰掀起台灣現代詩壇對關注的議題，包括時代風潮、傳統與現代的關係、教條與政策、現代詩的語言問題等。論戰也顯示了當時文化界追求現代性的姿態、對執政者的拳拳服膺，以及對各種框架的反省。[31]

陳政彥的〈戰後台灣現代詩論戰史研究〉，將發生在一九五六至一九六一的論戰稱為「場域形成期」，含括了主題接近而在美援文化、冷戰局勢與西方文化大舉影響台灣的五場新詩論戰；並認為這五場論戰的共同處，在於以新詩存在的合法性為爭論核心，及尋找對新詩的文類共識。這五場論戰，包括一九五六—一九六一之間，覃子豪與文學雜誌作者群的文學雜誌新詩論戰、一九六一年洛夫與余光中的天狼星論戰、一九五七—一九五八之間，覃子豪與紀弦的現代派論戰、一九五九年覃子豪與蘇雪林的象徵主義論戰，以及一九五九—一九六〇年初，由言曦所引發的新詩閒話論戰。[32]

這幾次論戰圍繞著現代主義，黏附一系列相關思潮如超現實主義、象徵主義、達達主義、存在主義、立體主義、達達主義而各自表述，形成一九六〇年代台灣現代文學扣問現代性的標誌。除了較大規模的論戰為相異的詩觀互相指責叫陣之外，主要的爭議焦點與歷史意義如次：

1.詩的定位

一九五〇年代的文學討論中，首先聚焦於現代詩定位問題的是《文學雜誌》上的文論。論爭緣起於梁文星與周棄子因現代詩無格律而與古典詩相異，所造成的文類與文學史認同焦慮，進而擴及新詩形式與文學傳統的議題。覃子豪、夏濟安、勞榦，都加入這場討論。論爭圍繞的主題大抵為：現代詩是否需要依循古典詩的文學傳統、是否需要確立別於古典詩的形式與音韻等等。這場無結果的討論，牽引出對現代詩定位的關注，以及在初成形的現代主義之下，具備相當文學知識的讀者群對現代詩的迫切要求。

2. 詩的現代性

發生在一九五〇、一九六〇年代的論戰中，因為對現代主義的追索，使得「現代詩」以更先鋒、更前衛、更現代的稱呼與「新詩」一詞立異。一九五〇、一九六〇年代台灣「現代詩」的「現代」意義，在詩壇的幾次論戰後有了初步的共識，指向運用西方表現技巧、改革五四以降白話詩風格的詩觀。

一九六〇年代，台灣的文學創作者認為必須以台灣的在地社會素質醞釀出現代性，據以轉化西方的「現代」藝術形式。紀弦回應覃子豪的〈六點答覆〉一文，即為跨文化現代性的具體表達。[33]其後，有關現代主義的現代詩論戰，大致聚焦於如何綜合西方流派的技巧，發展出具備自己特色的現代中國白話詩。

論戰中有關現代性的文章，比如一九五九年，蘇雪林發表〈新詩壇象徵派創始者李金髮〉；覃子豪為澄

兼談「詩刊的迷思」〉，頁一〇一—一二〇；趙小琪：〈《創世紀》詩社詩學〉，《創世紀詩雜誌》，第一六一期（二〇〇九），頁六—八。

31 關於台灣歷次的現代詩論戰，學者探討已多。可參看陳建忠：〈尋找台灣詩的航向：試論戰後多次現代詩論戰的時代意義〉，收於《文學台灣》，第三六期（二〇〇〇），頁一七五—二一六；林巾力：〈「自我」與「大眾」的辯證：以現代詩論戰為觀察中心〉，《台灣學誌》，第六期（二〇一二），頁二七—五二；朱芳玲：〈論六〇年代台灣文學的現代性：以現代詩論戰為中心〉，《台灣文學學報》，第一一期（二〇〇七），頁一六一—一八二；李癸雲：〈詩和現實的理想距離：一九七二至一九七三年台灣現代詩論戰的再檢討〉，《台灣文學學報》，第七期（二〇〇五），頁四三—六五。

32 陳政彥：〈戰後台灣現代詩論戰史研究〉（中壢：中央大學中國文學研究所博士論文，二〇〇七），頁二二一—二二三。

33 紀弦：〈六點答覆〉，見紀弦：《紀弦論現代詩》（台中：藍燈出版社，一九七〇），頁九一—九四。

清而發表的〈論象徵派與中國新詩：兼致蘇雪林先生〉、〈現代中國新詩的特質〉；余光中〈文化沙漠中多刺的仙人掌：對於言曦先生「新詩閒話」的商榷〉、黃用〈從摸象說起〉、李素〈一個詩迷的外行話〉、陳慧〈有關新詩的一些意見〉等等。

在論戰中，紀弦創辦《現代詩》、鼓吹現代派運動；林亨泰以詩論及創作成為現代派運動最佳的推手；覃子豪領導藍星詩社，使得「橫的移植」放緩腳步，以穩健而篤定的態度實踐現代主義。誠如蕭蕭的觀察：「紀弦以詩言志，詩中都有生活中可以依循的本事；覃子豪則逐漸深化其詩，詩中的知性、思理愈增繁複而深濃。」[34]

3. 審美觀的革命

與紀弦同屬現代詩社的林亨泰，以〈符號論〉為主知而棄格律的現代派立說，運用中文字單音獨體的特質以及隱喻的手法，營造新詩的象徵性。在現代派論戰的時期，林亨泰是現代詩社中論述與創作兼顧的大將。藉由論戰，林亨泰尋思以漢字為符號世界的入口，展開自己的圖象詩實驗。

從五四文學到現代主義文學，審美觀之改變，紀弦和覃子豪極具關鍵。紀弦為現代派運動的首腦，覃子豪則溫和而堅定地為其文學觀立說。覃子豪在現代派運動中和紀弦唱反調、主張以「六大原則」修正紀弦的「六大信條」，寫了三篇文章為現代詩辯護，正面評價現代詩。[35]藍星詩社的成員如夏菁、葉珊、黃用、覃子豪、余光中等，皆加入這場詩運推廣的論戰。余光中〈新詩與傳統〉、〈摸象與畫虎〉、〈摸象與捫蝨〉等文章，一邊批評五四文學的淺白語言，一邊強化覃子豪的詩觀，為一九五〇年代折衷美學的表徵。[36]

4. 詩質與表現手法：天狼星論戰

在一九五〇、一九六〇年代的論戰中，發生在洛夫與余光中兩人之間的天狼星論戰，是唯一直接探入單首詩作的論戰；與詩的本質及美學問題關係最密切，也是兩造傾力投入、參與者和論戰篇數都最少的論戰。拋開文學觀念的歧異、詩的定位問題，或文學與社會、現代主義的解讀與在地化等外圍討論，天狼星論戰是當時極精彩、嚴肅、深入詩質與表現手法的論戰；其文學史上的意義與價值遠遠超過資料價值。

一九六一年，余光中在《現代文學》第八期發表長詩〈天狼星〉；而後在《現代文學》的第九期，洛夫發表一萬六千字的長文〈天狼星論〉，引來余光中在《藍星詩頁》發表〈再見，虛無！〉以表態。洛夫的〈天狼星論〉及余光中的〈再見，虛無！〉這兩篇一來一往的文章，即稱為天狼星論戰。

〈天狼星〉是余光中發表的第一首長詩，長六二六行。前此余光中在台灣已出版《舟子的悲歌》、《天國的夜市》、《藍色的羽毛》、《鐘乳石》、《萬聖節》等五本詩集，且為藍星詩社的創社元老，在創作上詩與散文並進，翻譯《梵谷傳》，文名正隆。當時洛夫亦為創世紀詩社創始者，出版詩集《靈河》，正著意於現代派技巧與存在主義思維在詩中的表現方式。

〈天狼星論〉全面剖析余光中的創作歷程及特色，對〈天狼星〉的闡釋也深刻而獨到。洛夫先以「〈天狼星〉是中國現代詩歷年來創作中一座最巨型的文學建築」為〈天狼星〉定位，接著筆鋒一轉，即探入作品內裡，認為〈天狼星〉就整體而言，顯而易見的情節與人物刻畫使得主題太過強調、語言明白如話而詩意稀薄；就細部而言，「天狼星的戶籍」一節對天文知識的刻意炫學而缺乏暗示性、「圓通寺」一節與全詩在結構上的貼合程度不足、「大武山」一節的首尾呼應稍嫌陳俗、「表弟們」一節的詩行過於概念化；這些論點

34 蕭蕭：〈五〇年代新詩論戰述評〉，《台灣現代詩史論》（台北：文訊雜誌社，一九九六），頁一一六。

35 這三篇文章是〈論象徵派與中國新詩兼致蘇雪林先生〉、〈簡論馬拉美、李金髮及其他：再致蘇雪林先生〉及〈論詩的創作與欣賞〉。

36 余光中：〈文化沙漠中多刺的仙人掌〉，《文學雜誌》，第七卷，第四期（一九五九），頁二六—三二；〈新詩與傳統〉，《文星》，第二七期（一九六〇），頁四—五；〈摸象與畫虎〉，《文星》，第二八期（一九六〇），頁八—九；〈摸象與捫蝨〉，《文星》，第三十期（一九六〇），頁一五—一六。

均犀利而精準地切中〈天狼星〉的要害。然而洛夫亦不吝褒獎〈天狼星〉的優點，如氣勢磅礴、音韻鏗鏘、意象豐美、技巧圓熟、聲色兼備等等，尤其指出〈天狼星〉將抽象概念具象化。

洛夫的評論基於細讀，即使對〈天狼星〉褒中帶貶，對於被批評的作者卻是最根本的尊重，在一九六〇年代的台灣詩壇尤其是一項創舉。誠如余光中在〈再見，虛無！〉說的，在〈天狼星論〉之前，似乎缺少如此嚴肅而大規模的批評。余光中以「再見，虛無！」為題，把討論的焦點從作品本身轉到現代主義的弊病，更轉到洛夫寫詩的偏執上。單就題目而言，不似〈天狼星論〉不帶情緒字眼的表象，〈再見，虛無！〉以決絕的語調和被害人的姿態鄭重回應洛夫之文，卻由於洛夫的〈天狼星論〉並未批評〈天狼星〉「虛無」，使得余光中文裡的「虛無」，在題意上具備了轉義與借代的作用。作為「再見」的受詞，「虛無」若非指向論戰的對手，就是把對手的話當作提醒或警示，指向自己可能或已然的寫作歷程。事實上，〈再見，虛無！〉非常看重洛夫對〈天狼星〉的意見。余光中一反在其他論戰中表現的調侃、幽默、游刃有餘之姿，而正色、凝重地以「虛無」一詞概括現代主義之弊。雖然對於洛夫〈天狼星論〉批判的幾個缺點並不迎面回擊，卻借力使力，一邊反擊洛夫〈石室之死亡〉過於晦澀，點出〈天狼星論〉的「某些學問上的疏忽」，一邊以「走回傳統」作為創作上的實踐，從挑戰六百行長詩的前衛戰士重回古典主義的創作路徑；而事過境遷之後，仍接受洛夫的許多建議，修改〈天狼星〉。

〈再見，虛無！〉認為，洛夫在〈天狼星論〉表現了以存在主義為內容、以直覺創作為形式的基本藝術觀。余光中以為，洛夫的藝術觀中，「一切道德價值都是穢褻的、抽象的」，「詩中的意象應該力求避免明朗和清晰」，〈天狼星〉在洛夫文中卻「過於可解」；而與直覺創作相依的「自動語言」表現的是「無意識心理世界」而非〈天狼星〉的「意識心理世界」，而潛意識心理世界極為混亂，不可能像〈天狼星〉在洛夫文中的「工整而準確」。綜合這兩項因素，余光中認為，本來就見仁見智的作品評斷，在洛夫的認知中，〈天狼星〉注定失敗。〈再見，虛無！〉從洛夫的基本藝術觀著手，拈出以達達主義、存在主義和超現實主義為宗的台灣現代主義的危機：一是虛無，一是破碎。於是幾番演繹，論戰對手成了虛無和破碎的實踐者、信仰者；更一再藉洛夫之文強調〈天狼星〉的意象「透明可解」、「面目爽朗」，適足以滿足一些「被選擇的心靈」，不若對手：「亦步亦趨於超現實主義的理論之後，要使完整的破碎，和諧的孤立，透明的混濁」。余光中在文末為〈再見，虛無！〉點題，以回歸中國傳統文學與唾棄認知中的現代主義作結，與洛夫寫〈天狼星論〉所針對的〈天狼星〉文本已經同源而異向：「如果說，只有達達主義與超現實主義才是現代詩的指南針，與此背向而馳的皆是傳統的路程；如果說，必須承認人是空虛而無意義才能寫現代詩，只有破碎的意象才是現代詩的意象，則我樂於向這種『現代詩』說再見。」

假如天狼星論戰果真加速余光中回歸中國文學傳統，而促使他寫出新古典主義時期的代表詩集《蓮的聯想》，則其影響只是一時；因為余光中很快創作了藝術評價遠高於《蓮的聯想》、而手法仍偏向現代主義的《敲打樂》和《在冷戰的年代》。何況就「麻疹」的短暫性質來看，在余光中的創作歷程中，「新古典主義時期」唯一的一本詩集：《蓮的聯想》才是「麻疹」。〈再見，虛無！〉一文中所謂的「現代主義的滾滾濁流」，終究帶領余光中跨越古典與浪漫的過渡時期，步向詩藝的高峰。

〈天狼星論〉在洛夫的詩論中分量極重。其抽絲剝繭、犀利而精到的閱讀，在一九六〇年代的詩人中，是很難得的不憑藉理論或學院派而深入詩核的評論。然而即使該文以縝密的觀察及褒貶兼備的行文方式，對余光中篇幅最長的〈天狼星〉予以痛擊，仍無法抹煞〈天狼星〉在台灣現代詩史上，無論開創性或美學貢獻的位階。就算以未修改的原貌面世，〈天狼星〉在余光中自己的詩創作歷程中，重要性與藝術價值亦皆名列前茅；其中具備現代感與生命力的許多詩行，憑著〈天狼星論〉舉的幾個例子，已足夠證明〈天狼星〉以堅實的實力與洛夫一萬六千字評文的相濡以沫。如：「我們把這枚銅幣賄賂夜色／買一些傾斜到四十度的斷續的夢／或者失眠，聽五千公尺下／海底電纜奏水族的狂想曲」、「嗟呼，時空交架的網上／我的翅膀透明而且麻痺／我是蜻蜓，我咀嚼自己的尾巴成藝術」、「若一隻鷹躍起，自這塊禿岩之頂／換雨就是另外一種雲」。〈天狼星〉之詩藝在一九六〇年代的台灣現代詩中，罕有作品能出其右。

余光中和洛夫基於〈天狼星〉的論戰，開啟一九五〇及一九六〇年代台灣現代詩對於詩質與表現手法的深度思索。顏元叔於一九七〇年代，因討論洛夫〈手術台上的男子〉，而以新批評為台灣現代詩展開新頁；然而前於此，天狼星論戰在一九六〇年代已超越當時評論界的表面運作，而以探照燈般的細讀模式在詩美學與主義論述間滑動。諸如新詩的音樂性、史詩與敘事詩之區別、敘述如何不過度明確而損傷詩素、具體意象如何化為抽象情思、意象的完整與否與「現代性」的關係、一首詩在結構上的一貫性與「主題」的關連、詩作應以主題還是感受去滿足「被選擇的心靈」、推展中的長詩如何以跳躍聯想避免邏輯上的必然而保持含蓄等等。這些本於詩作的論題，在天狼星論戰中均已初步觸及。在台灣現代詩史上，余光中的〈天狼星〉和洛夫的〈天狼星論〉共負一軛，完成了好詩和好評論的任務。

二、現代意識的奠基

台灣現代詩真正進入「現代」的精神層次，始於一九五〇年代。

對於現代詩而言，一九六〇年代之所以被定位為現代主義時期，有兩個主要因素。第一，出於一九六〇年代崛起的現代畫、現代舞、現代音樂、現代劇場等等，其藝術思考幾乎全面據美國的標準，從而與「現代」一詞產生連繫。第二，由紀弦創辦的《現代詩》及其鼓吹的現代派運動，在衝撞官方文藝政策的各種力量中，為文壇帶來波瀾壯闊的挑戰，而在幾次的論戰中確立了現代主義的路線。中國文學傳統與西方文學概念之間的對話與協商，在一九五〇年代的現代派論戰中清楚顯現。

現代意識的奠基，現代詩論戰起了興風作浪的效用。習於以詩社發展、詩壇論戰作為探入台灣現代詩史的大陸學者劉登翰，曾就指標意義的詩人為觀察對象，得出深具洞燭力的結論：台灣現代詩運動雖發端於紀弦創刊《現代詩》的一九五二年，但是具代表性的詩人，如覃子豪、余光中、洛夫、紀弦、瘂弦等人，都在一九五〇年代末期才進入個人創作生命中的「現代」時期，故詩運的落潮期反而是詩風成熟的開始。[37]

現代派於一九五六年一月十五日宣告成立。以紀弦為首，號召的「現代派詩人群」，在一九五六年第十三期的《現代詩》上，共八十三人；到第十四期更擴大為一〇二人。紀弦在一九五六年第十四期的《現代詩》，揭示〈現代派六大信條〉，掀起一九五〇年代台灣現代詩的第一波論戰。歷來學者、詩人，對此六大信條批謬甚力。引起騷動、具備史料價值的「現代派六大信條」，除了釋義以外的主要內容為：

> 第一條，我們是有所揚棄並發揚光大地繼承了自波特萊爾以降一切新興詩派之精神與要素的一群。
>
> 第二條，我們認為新詩乃是橫的移植，而非縱的繼承。
>
> 第三條，詩的新大陸之探險，詩的處女地之開拓。新的內容之表現，新的形式之創作，新的工具之發

37　該段文字為：「台灣的現代詩運動雖然號稱發端於紀弦《現代詩》創刊的一九五二年，但真正進入『現代』這一精神層次的，卻在五十年代後期。限於資料，我們無法對五〇年代的所有現代詩刊進行量性分析，但如果將有代表性的現代詩人藝術發展作一歷史性的展示，也可以獲得對這一論斷的支持。紀弦離開他主觀情緒極度張揚的浪漫世界，進入靜觀、知性的現代領域，是在五〇年代中後期〈存在主義〉、〈阿富羅底之死〉那一批剖析現代工業都市的作品出現以後。覃子豪一九五六年出版的《向日葵》還未擺脫以抒情為正宗的、既重象徵表現又交織著古典的浪漫矜持，只有《畫廊》（一九六二）那些作品出現，才標誌他作為現代詩人的成熟。余光中浪遊『現代』的時間並不長，他聲稱自己『現代』時期的作品大多集中在一九六〇出版的《鐘乳石》中。瘂弦也不例外，他甚至不把二十五歲（一九五七）以前，以〈我是一勺靜美的花朵〉為代表而名噪一時的作品，收入他詩集的正編。同樣，洛夫也自稱，一九五八年三月寫〈投影〉等，是第一次風格的變化，六月完成〈我的獸〉，才開始進入現代詩創作時期。這就出現一個有趣的現象，表面上現代詩的落潮期，卻是現代詩風格成熟的真正開始。」見劉登翰：〈洛夫詩歌藝術初探〉，收於蕭蕭主編：《詩魔的蛻變》（台北：詩之華出版社，一九九一），頁二九三—三〇〇。

現，新的手法之發明。

第四條，知性之強調。……重知性，而排斥情緒之告白。

第五條，追求詩的純粹性。……排斥一切「非詩的」雜質，……每一詩行，甚至每一個字，都必須是純粹「詩的」而非「散文的」。

第六條，愛國，反共，追求自由與民主。[38]

這六大信條並未在看似聲勢浩大的現代派結盟者中形成共識。它毫無盟綱之作用，乃紀弦一人起草的文學理念。其中，「愛國，反共，追求自由與民主」背對而不反對官方體制，向繆斯匍匐前進；而紀弦完全撇除中國詩歌傳統，直指詩形、詩風與個性，宣稱：「我們認為新詩乃是橫的移植，而非縱的繼承」，也逐漸成為台灣現代詩發展的主要走向。

紀弦公布「六大信條」之後，覃子豪、黃用、余光中、羅門等以藍星詩社為主的詩人，針對「橫的移植」、「詩的知性」、「現代主義」等議題，多次撰文與現代詩社以紀弦、林亨泰為主的詩人展開論辯。這是第一波論戰，主要是對「現代詩六大信條」的反動。而餘波蕩漾，引起言曦、蘇雪林與余光中、覃子豪之間，針對「晦澀」、「象徵」等現代詩傳播問題、語言特質的討論。第二波重要論戰，時間在一九六一年。起因於洛夫在《現代文學》發表〈天狼星論〉，火力全開細讀並批判余光中的長詩〈天狼星〉，引發余光中在《藍星詩頁》發表〈再見，虛無！〉回應。[39]論戰情況如前節所述。

另一方面，創世紀詩社宣揚的「新民族詩型」，將台灣現代詩帶入探索的實驗期；當時詩人慣於援用的修辭技巧，如自動書寫、注重潛意識等等，正是背對「反共文學」的意識型態。甚至以文藝沙龍為特質、不標榜任何主義的藍星詩社，對現代派六大信條也群起抵抗。可看出紀弦的登高一呼，的確平地一聲雷，引發同行相當高的警戒。事實上，一九六一年展開現代與傳統、前輩作家與青年作家交鋒的中西文化論戰，應從紀弦對現代派的宣言開始算，且應留意到它連帶引發之現代詩、現代畫、現代音樂所醞釀的強大文化力量。[40]

所謂「現代」、「橫的移植」，依據眾多對一九五〇、一九六〇年代台灣現代詩的研究成果，已有較明晰的認定：認為現代詩的「現代主義」化，是透過一九五〇年代一連串論戰形塑而成的。較著名者，例如由余光中製作、刊發在《文星》的「詩的問題研究專號」。[41]

一九五〇至一九六九這二十年，是台灣現代詩「現代意識」的奠基期。學者據以論證、辯詰的基本材料，主要來自余光中、陳千武、張默、紀弦等前行代詩人，在一九七〇年代初期省視剛剛過去的一九五〇與一九六〇年代，就標誌意義的文章所提對「現代」的定調意見。重點如下：

1. 關於台灣現代詩的發展背景：陳千武的「兩個根球」與林亨泰的「跨越語言的一代」，為理解台灣現代詩起源的重要依據。[42]一九七一年，余光中在《中國現代文學大系》的〈總序〉裡，分析台灣現代文學興起的原因、軍中作家與女作家的特殊性，以及因省籍差異而導致的不同文學風格；[43]在一九七

---

38 見《現代詩》，復刊第二十期（一九九三），頁二一—二二。

39 洛夫〈天狼星論〉原刊於《現代文學》第九期（一九六一）；余光中〈再見，虛無！〉原刊於《藍星詩頁》（一九六一）。

40 一九五七年開始前衛畫運動，一九五九年又加入現代音樂，與以紀弦為首的現代派匯集成轉向現代主義的文藝思潮。

41 見《文星》，第二七期。該刊前後半年內陸續刊發相關文章，使得那一場從新舊詩體衍生的討論，囊括當時所有的現代詩問題，成為一九六〇年代伊始最重要的現代詩論戰。台灣現代詩的現代化由此宣示，現代詩在台灣文壇的地位由此確立，余光中透過論戰表現的「不薄今人愛古人」，由此漸露端倪。

42 參見陳千武：〈光復前後台灣新詩的演變〉，《笠》，第一三〇期（一九八五），頁八—二六。

43 余氏該文對於省籍與文學風格的關連有精簡而獨到的體會，他說：「本省作家的題材，相對之下，比較屬於鄉土，呈地域性，而風格比較樸拙。」、「外省小說家，尤其是軍中的一些，常常要依賴對大陸的回憶來創作，久而久之，似乎有題材難以為繼的現象，而且有令人遠離現實的感覺。本省小說家沒有這種問題，因為此時此地便是他們的現實。」見余光中：〈總序〉，《中國現代文學大系》（台北：巨人出版社，一九七二）。

二年的〈第十七個誕辰〉裡，余光中從對立的視角，解釋藍星詩社的組社成因與整體風格走向。[44]

2. 對於「現代」的認定：張默在〈「創世紀」的發展路線及其檢討〉，以歸納各家意見的語調描述紀弦發起的現代派。張默認為，紀弦創立的現代派有兩個歷史意義：一是加速中國白話詩的現代化；二是強調知性，排斥發展過量的抒情。[45]

這些源自詩社之焦點人物回顧一九五〇、一九六〇年代台灣現代詩脈絡的言論，成為一九八〇年代以後，詩人為「晦澀」與「脫離現實」自我辯護的基礎；也是一九九〇年代之後，多數學者藉以檢討文學史現代化脈絡的準據。呂正惠〈一九五〇年代的現代詩運動〉一文，即認為當時詩壇內部對於使台灣成為現代社會的現代詩論述：「充分表現出台灣現代詩人『求新』的本質——這種『新』，這種『現代化』，全都是以『向外（西方）看』來比誰高誰低的。」[46]多年來學府文壇針對一九五〇年代現代詩發端的「現代」意涵，不論是現代詩與現代性、現代詩與現代主義，均已展開論述。[47]回到原始資料上，考察台灣現代詩史的「現代性」時間點，可發現一九五〇年代具有關鍵性的位置。從「求新」理解當時台灣現代詩普遍表現出的反動特質與高階文化態勢，也才能切入議題核心：包括鍾鼎文以降，對「現代主義的知性傾向」的說法，[48]以及一九五〇年代官方文藝與現代主義思潮的齟齬等等。[49]

相對於日據時代，在政局上呈顯「偏安」的一九五〇年代，既湧入了來自法國等外來的文藝思潮而有相應的創作表現，也在詩社與詩人的多重相吸或相斥下，發展出台灣在地性的「現代」走向。台灣對「現代」一詞的理解與反芻，源自一九五〇年代而延展於一九六〇年代。就現代詩的表現而言，詩作反映的個人主義色彩不但直接證實了它，而且肯定這個「苦悶」，認定為現代生活的普遍狀態、進步的動力。[50]

44 余光中說藍星詩社的結合：「是針對紀弦的一的『反動』」、「紀弦要打倒抒情，而以主知為創作的原則，我們的作風則傾向抒情。」見余光中：〈第十七個誕辰〉，《現代文學》，第四六期（一九七二），頁一三—二四。

45 見張默：〈「創世紀」的發展路線及其檢討〉，《現代文學》，第四六期（一九七二），頁一二一—一二二。

46 見呂正惠：〈一九五〇年代的現代詩運動〉，聯合報副刊編：《台灣新文學發展重大事件論文集》（台南：國家台灣文學館籌備處，二〇〇四），頁四一五—四二八。

47 具代表性的文章，如一九八八年，向明：〈五〇年代現代詩的回顧與省思〉從詩社著眼；一九九五年，蕭蕭：〈五〇年代新詩論戰述評〉解釋了一九五〇年代後期新詩論戰的轉向；以及二〇〇〇年，奚密：〈在我們貧瘠的餐桌上：五〇年代的《現代詩》季刊〉、二〇〇二年，楊宗翰：〈中化「現代」：紀弦、現代詩與現代性〉、二〇〇三年陳芳明：〈現代詩與早期現代詩學的引進：紀弦詩論的再閱讀〉、二〇〇四年蔡明諺：〈「現代」的用法及其相對意義：以五、六〇年代詩論為考察〉等。

48 一九五一年，鍾鼎文發表在《新詩週刊》的〈詩的淵源〉，可能是一九五〇年代詩人對現代主義或現代性的最早觀點。鍾鼎文認為：「現代『理性的』實驗主義者的理智活動，並不滿足於客觀之主觀的反映這種哲學上的成就，他需要更進一步的，透過這一反映再返回到客觀（即客觀—主觀—客觀），完成科學上的實證。同樣地，現代「靈性的」人文主義者的情感活動，也並不滿足於主觀之客觀的表現這種現實的描繪，他需要更進一步的，透過這一表現返回到主觀（即主觀—客觀—主觀），以達成靈性上的昇華。詩——真正純粹的詩，應該是這種性靈底昇華之最高的境界。」鍾鼎文的這種「純粹」論述，比起紀弦對於「知性」的呼喊，顯然更為完整而有層次。該文收於《新詩週刊》，第五期（一九五一年十二月三日）。

49 有關一九五〇年代官方文藝與現代主義的緊張關係，一九六五年由葛賢寧、上官予合編的：《五十年來的中國詩歌》為較早從官方思考模式展開論述的專著。其後許多學位論文對於一九五〇年代台灣文藝體制的全貌，在基本資料的掌握與整理上甚花工夫，可資來者卓參。例如蔡其昌：〈戰後（1945-1959）台灣文學發展與國家角色〉、簡弘毅：〈陳紀瀅文學與〈五〇年代反共文藝體制〉、胡芳琪：〈一九五〇年代台灣反共文藝論述研究〉、王梅香：〈肅殺歲月的美麗／美力？：戰後美援文化與五、六〇年代反共文學、現代主義思潮發展之關係〉等等。

50 此說法主要參考蔡明諺的研究。蔡明諺：〈一九五〇年代台灣現代詩的淵源與發展〉（新竹：清華大學中國文學研究所博士論文，二〇〇八），頁一二一。

三、抒情的變革

台灣現代詩相對經得起講究或討論詩藝的時期，應上溯到一九五〇年代。

一九五〇年代伊始，以大陸遷台的詩人為主，突破了日據時期台灣現代詩吶喊、控訴、抽象的情緒語言等主要的情感表現模式，跨向知性的文學觀念，又援取西方的修辭技巧，嘗試吸收或轉化中國古典文學，以感覺統合、意象並置、幽默諷刺等手法，大舉改變了一九二〇年以降的台灣現代詩面貌。

台灣現代詩從一九五〇——一九六九年間表現出的抒情轉向，可留意三點。第一，中國古典文學在現代詩作品中的旋轉分裂；第二，西方現代主義思潮，以及里爾克、梵樂希、波特萊爾等人的詩風，與台灣生存時空的對話；第三，詩藝的大幅躍進。

「縱的繼承」在一九五〇——一九六九的台灣現代詩書寫實踐中，呈現如影隨形的「影響焦慮」。當時在台北名校成功中學擔任國文教師的紀弦，[51]在「現代派信條」宣告：「現代詩是橫的移植，不是縱的繼承。」紀弦認為，以中國古典為焦點的「縱的繼承」，在「現代派」崛起的一九五〇年代初期，有如魅影般揮之不去，扞格於「現代派」的橫空出世之姿。國文科教師以中國文學為傳道授業，紀弦擔任高中國文教師的禁閉年代，於首善之都的高中名校，擔負升學重任的國文科老師卻以「不是縱的繼承」推展自己的文學版圖，在當時很可駭怪。可是紀弦自己能在創作中對中國古典文學除魅嗎？並不。紀弦的名作〈戀人之目〉就是文白相濟。而「現代派」的加盟者，如蓉子、林泠、辛鬱、葉珊、鄭愁予、羊令野等，其抒情方式不但未如現代派六大信條中的否定「縱的繼承」、「排斥情緒告白」，而且精神意旨、題材元素、語言文字，各方面往往乞援於中國古典文學或文化。[52]

中國古典文學的成分在台灣現代詩作尋常可見；尤其剛從日據時期伸展手腳的台灣現代詩，中西方的文學傳統都成為詩人的資糧。如余光中、方旗的詩，對意象、聲調、語法、詞彙、結構的處理方式，即見與中國古典文學相通的脈息。方旗詩的筆觸延續中國古典文學的血脈；《蓮的聯想》被視為「現代中國詞」以前，「民族性」更是余光中詩論的重點。而瘂弦〈下午〉的句子：「我等或將不致太輝煌亦未可知」，也以文白調劑的語法寫下文意不斷轉折迂迴的多重否定句，在低調落寞中，表現掩飾不住的得意。除了某些中國古典抒情的既定餘緒，一九五〇——一九六九的台灣現代詩，從語勢和語調轉化了中國古典抒情傳統；文言的語法經常發揮了與口語互相調節的作用。

台灣現代詩從一九五〇年代開始的這種抒情轉向，與當時許多雜誌一系列翻譯西方的文藝作品與論述有相當關連。洛夫讀到里爾克的《時間之書》，因緣湊泊而創作了〈石室之死亡〉；方思翻譯的里爾克詩作，曾經使瘂弦在譯筆的溫暖語調中感受到前所未有的「現代」體驗，找到可資發展的全新意象與聲調，寫下〈春日〉、〈羅馬〉、〈秋歌〉、〈山神〉、〈印度〉、〈耶路撒冷〉、〈野荸薺〉、〈戰神〉、〈斑鳩〉等十七首詩，在學習里爾克的三個月仿作期間裡創意噴發，奠定無論在主題或聲調上的「瘂弦風格」。[53]

一九五〇——一九六九之間，台灣現代詩相對於日據時期，詩藝大幅度跨越。這段時間的台灣現代詩，在情感的表現上終於可以談得上以技巧而非單以主題進入詩史。形象比喻、戲劇張力、虛實交感、敘事鋪張、夸飾諷喻、文白交錯、連鎖呼應等等，都使得現代詩的抒情表現臻於藝術層次。藉著意象和節奏表現內心獨

51 成功中學，前身為日據時期的「北二中」，一九四六年改名。紀弦於一九四八年到台灣，在成功中學擔任國文科教師，直到一九七四年因病退休。紀弦在成功中學教過的學生，包括一九五三年高中部的楊允達、一九五〇年初中部及一九五三年高中部的羅行、一九五一年初中部及一九五五年高中部的薛柏谷；皆一時俊彥。

52 相關資料可參考渡也：〈五十年代現代派中的古典〉，收於封德屏主編：《台灣現代詩史論》，頁一二三——一四七。

53 在《瘂弦詩集》的〈序〉裡，瘂弦說：「早年我崇拜德國詩人里爾克，讀者不難從我的少數作品裡找到他的影子，譬如〈春日〉等詩，在形式、意象和音節上，即承襲里爾克。」見《瘂弦詩集》（台北：洪範書店有限公司，一九八一），頁四。

白是其中一種處理方式，例如方莘。張健譽之以「孕熱於冷」的方莘，[54]〈夜的變奏二〉部分詩行是一明證：「夜在黑暗裡繁殖／堆起多角的泡沫／我仰臥在覆巢之下／混沌以微涼的睡意孵我／撫我以大熊星絲絨的觸覺」[55]。觀照市井小民的日常生活，以凌厲的視角表現內涵的現代，在當時獨樹一幟，如白萩。以詩行的排列、幾何的安排、文字以外的符號，展現「前衛」的抒情性，發展出圖象詩、符號詩或具體詩，也出現在一九五〇——一九六九的二十年之間。著名的例子如詹冰的〈三角形〉、〈Affair〉，林亨泰的〈風景・No2〉，白萩的〈流浪者〉。〈風景・No2〉的第二節，以文字排列寫大海的波浪規律湧至，發表在一九五九年；〈三角形〉詩作寫成一個三角形，內容寫由三角形、三稜鏡想像女體，發表在一九六六年；〈Affair〉以「男」「女」兩字的正反相背，配合數字1到7，寫男女的情愛故事，發表在一九六五年；〈流浪者〉整首詩的結構表現遠方地平線上一棵絲杉與人影的對應，發表於一九五九年。[56]

四、晦澀詩風與超現實書寫

超現實書寫是台灣現代詩史在一九五〇——一九六九年間重要的論述資產。因為提倡「超現實」，一九五〇年代中後期的台灣現代詩，從昌言反共文藝思潮轉向詩藝之講求。

超現實主義一詞最早出現於第一次世界大戰後、約一九二〇年代的法國；較確切的起迄年代為一九一九——一九六九的五十年；理論根源來自佛洛伊德的潛意識理論以及對夢的闡釋。「超」，有「在……之上」的意味。還原法文本意，「超現實」應為「更現實」、「非常現實」，而非「超出現實之外」。一言以蔽之，超現實是「最現實」，不是「最夢幻」。譯為中文的「超現實」，意涵為「在現實之上」；「之上」是「覆蓋」、「籠罩」、「收編」之意，而非「凌駕」、「隔離」、「之外」。最原始的法國超現實主義關切人的自我和感知問題，強調直覺、向內、走向生命深處；在文學藝術的表現上以詩為主。在精神上，超現實主義主張向內貼近心理，著重人性本質的描摩或探索，體現人之所以為人的價值；而非向外擴張一己的私我、變成一切唯我。在表現上，超現實主義提倡記錄夢境及潛意識，以趨近事物的本真。簡而言之，超現實主義在法國文藝上的表現，主要是一股反逆精神。

台灣現代詩的超現實書寫，源於一九三〇年代。當時《風車》的楊熾昌等人，曾在美學技巧上實踐從日本學習的「超現實主義」。一九五〇年代，「超現實」這個詞彙成為文學論辯的關鍵。一九六〇年代，「超現實」以手法結合「存在主義」的精神，成為詩人解放心靈的出口。

從法國到台灣的「超現實主義」，在理解上最關鍵之處，是對「超」這個譯詞輾轉、反覆、搖擺、無限上綱的認知與詮釋；一九五〇年代的台灣詩壇承襲法國超現實文學的手法，但是相較於法國的「超現實」，台灣著重在語言的革新，而非如法國的超現實主義：以文學推動社會革命的內涵。

一九五〇—一九六〇的台灣現代詩壇，與「超現實」一詞掛鉤過的觀念，包括：潛意識、自動書寫、非邏輯。當時對「超現實」曾下過的定義或認知，包括：把超現實精神注入世界性的現代詩運動、比外在現實更為真實的新現實、非現實、把尚未過渡到理性的世界傳真到詩中、超現實主義的詩進一步勢必發展到純詩

54 張健：〈一幢輝煌的沉默：評方莘《膜拜》〉，《藍星詩學》，第十一輯（二〇〇一），頁一六—二三。

55 方莘：《膜拜》（台北：現代文學社，一九六三），頁五四—五六。

56 參見張漢良：〈論台灣的具體詩〉，收於張漢良：《現代詩論衡》（台北：幼獅文化事業股份有限公司，一九七七），頁一〇三—一二六；蕭蕭：〈台灣圖象詩繪聲繪影的特技〉，收於中興大學：《第五屆通俗文學與雅正文學：文學與圖象研討會論文集》（二〇〇五），頁一〇一—一四八；〈作家年表・白萩〉，詩路，網址：http://faculty.ndhu.edu.tw/~e-poem/poemroad/bai-di/category/chronology/。二〇一八、八、十六查閱。

等等。[57]當年詩人及論者對超現實主義的「超現實解釋」，可謂萬派具備，口中筆下翻覆無定。

一九五〇—一九六〇年間，台灣現代詩界有關「超現實主義」的主要環節為：

一九五七年十月，黃用〈從現代主義到新現代主義〉，否定超現實主義的技巧，提出超現實主義技巧上依賴的自動寫作：「可望不可即」。[58]

一九五七年十一月，覃子豪在《詩的解剖》的序文中，說超現實主義「已經沒落」、「非初學者的正道」。[59]

一九五八年二月，商禽的〈致詩人瘂弦〉，說起台灣詩壇對超現實主義的理解僅憑一鱗半爪，淪於皮毛，恐怕是「非現實主義」。[60]對於「現實」和「超現實」，當時的商禽全都否定。

一九五九年四月，《創世紀》第十一期提倡「超現實性」，刊登洛夫詩作〈我的獸〉、瘂弦〈從感覺出發〉。

一九五九年七月，《創世紀》第十二期，開始連載洛夫〈石室之死亡〉、瘂弦〈深淵〉，刊登商禽的散文詩：〈長頸鹿〉、〈滅火機〉、〈創世紀〉。「台灣的超現實詩」儼然正式展開。

一九五九年十二月，余光中在〈文化沙漠中多刺的仙人掌〉說起：「瘂弦先生及洛夫先生發揚超現實主義」。[61]

一九六〇年二月，黃用發表〈從摸象說起〉，說：「藝術上的超現實所企圖表現的是『現實的最深處』，是『超級的現實』。」[62]

一九六〇年五月，瘂弦在〈詩人手札〉清楚界定「超現實主義」為：「一種較之任何前輩詩人所發現或表現過的更為原始的真實」，並以「自動語言」展現潛意識世界，作為超現實主義的創作方法。[63]

一九六一年七月，覃子豪〈中國現代詩的分析〉說：「中國的現代詩在超現實主義中獲得了極大的啟示。」[64]

一九六四年十二月，洛夫在〈詩人之鏡〉中，將存在主義與超現實主義的結合視為「現代文學藝術真貌」。洛夫認為存在主義偏於精神之啟發，超現實主義著重技巧之創新。只要自詡為現代詩人或畫家，「就無法擺脫超現實主義的影響而或多或少在作品中反射出那種來自潛意識似幻似真的還不從理路但極迷人的微妙境界」。更進一步，洛夫擴大解釋「超現實主義」，一則強調超現實「古已有之」，再則認為超現實主義在藝術上能產生更大的純粹性。[65] 洛夫的說法開啟戰後嬰兒潮世代詩人對「純詩」與「超現實」之間的討論。

超現實書寫風潮由創世紀詩社的詩人發其端；多所實驗之後，其成敗得失由洛夫概括承受。其實洛夫看重存在主義的精神啟發和超現實主義的技巧創新，但是對於任何主義，皆未拳拳服膺。即使如此，一九六〇年代初期，創世紀詩社編選、製作《七十年代詩選》，大幅收錄以超現實手法創作的詩；一九六九年，洛夫

57 參見張漢良：〈中國現代詩的「超現實主義風潮」：一個影響研究的傚作〉，《中外文學》，第十卷，第一期（一九八一），頁一四八—一六一；陳瀅州：〈一九六〇年代初期創世紀詩社之「超現實」詩論〉，《台灣文學研究》，第十期（二〇一六），頁八一、八三—一三三。

58 參見黃用：〈從現代主義到新現代主義〉，《藍星詩選》，第二期（一九五七）。

59 參見覃子豪：〈自序〉，收於覃子豪：《詩的解剖》，見《覃子豪全集》（台北：覃子豪全集出版委員會、藍星詩社，一九六八），第二卷，頁六六。

60 參見商禽：〈致詩人瘂弦〉，《創世紀》，第十三期（一九五九），頁三六。

61 參見余光中：〈文化沙漠中多刺的仙人掌〉，《文學雜誌》，第七卷，第四期（一九五九）。

62 參見黃用：〈從摸象說起〉，《文星》，第二八期（一九六〇），頁一二。

63 參見瘂弦：〈詩人手札〉，《創世紀》，第一五期（一九六〇），頁三八。

64 參見覃子豪：〈中國現代詩的分析〉，收於《覃子豪全集》，第二卷，頁四九〇。

65 參見洛夫：〈詩人之鏡〉，《創世紀》，第二一期（一九六四）；該文收於費勇：《洛夫與中國現代詩》（台北：東大圖書股份有限公司，一九九四），頁二一八—二四六。

在瘂弦負責的《幼獅文藝》「詩專號」發表〈超現實主義和中國現代詩〉，再以詩史的評論角度「發現」，判斷並解釋《七十年代詩選》的編選原則，等於創世紀詩人共謀、鞏固一個詩美學典律對詩史的介入效力，並收編了一個還未解釋清楚的文學思潮。所以洛夫因超現實主義而背黑鍋其來有自。雖感啼笑皆非但很少為自己及超現實辯白的洛夫，[66]一度搭上「超現實主義」的浪頭，但有時散淡，有時隨興，有時不夠及時，有時持論太過，有時乾脆以自我解嘲取代論戰，以致騎虎難下，裡外非人。[67]

一九六〇年代，提到超現實主義，大致以洛夫、瘂弦、商禽、碧果、季紅、[68]管管、葉維廉為代表。其中，洛夫、瘂弦、商禽，從一九五〇到一九六〇，詩風有顯著的轉變：一九五〇年代，以小我的浪漫抒情為重心；一九六〇年代的詩作則朝向揭露生命的苦澀與荒謬。

一九六〇年代台灣現代詩壇對「超現實主義」的認知含混而籠統。經由創世紀引進的超現實主義，實際上廣含象徵主義、存在主義等西方現代主義流派的藝術精神與表現方法，廣義指向心靈絕對自由的藝術創造。當時創世紀詩社引進超現實主義，表現了走出既定格局的藝術覺知，故詩歌同好如斯響應；但並未進到理論的核心，討論或闡述「超現實主義」的精神要素、寫作技法的精髓。

「超現實」的寫作效應是陌生化。當詩的語言恆常出以比喻，藉以迴避陳腔濫調的現實。透過比喻的語言，轉換習慣認知與固定觀察，或用喻在不同的客體上顯現相似，就會超過約定俗成的現實。「黃昏的天空，龐大莫名的笑靨啊」（方莘〈月升〉詩行），重整、並置多重現實，是一種「超」現實；「子夜的燈／是一條未穿衣裳的／小河」（洛夫〈子夜讀信〉詩行），組合室內與室外、回憶與當下、明亮與黑暗、燈光與時光、河流與光流等更多空間的現實，在閱讀上越見繁複，越「超現實」。然而另一方面，相對於開挖內心世界，超現實主義的作品對外在世界表現了陌生化的視角；又因意象濃密、比喻複雜、想像離奇瑰怪，令讀者難以親近，因此，「晦澀」，成為超現實書寫不受理解的口實。

五、一九五〇——一九六九的焦點詩人：洛夫、余光中、羅門、楊牧

（一）台灣現代詩史最重要的詩人：洛夫

洛夫是最重要、最有才氣的漢語當代詩人、漢語詩的奇蹟、一九六〇年代台灣詩壇現代主義的代表、台灣十大詩人之首。[69]其豐沛的創作量、磅礴而恢弘的氣勢與自我挑戰的探索精神，縱橫現當代漢語詩壇，無出其右。洛夫全面而深刻，將富含當代性的當代漢語意象運用到極致。洛夫對語言極敏感，下筆精準而獨創，筆端所開創的超現實語言、以「純粹」自許的民族詩風、長達三千行而高密度的長詩創作，不斷改寫當代漢詩的標竿。

---

66 洛夫在《釀酒的石頭‧後記》感嘆：「某些平調子詩評者，對我作品中凡插上想像翅膀的詩句，一概視為『超現實』；凡談到我以間接暗示手法處理的詩句，一概視為『自動語言』。你問他如何『超現實』，如何『自動語言』時，他又瞠目以對，不甚了了。情形亦如二十多年前不懂現代繪畫的人，把所有的抽象畫都稱之為『印象派』一樣，令人啼笑皆非。」見洛夫：《釀酒的石頭》（台北：九歌出版社有限公司，一九八三），頁一六六。

67 例如陳芳明在《大地詩刊》第二期（一九七二、一、一）〈鏡中鏡〉說：「在洛夫的言論中，喜歡把一些詩人關入超現實主義，甚至在最近的文章裡連葉珊的作品也被他認為有『超現實主義』的傾向。」

68 季紅（一九二七—二〇〇七、十二、二十五），本名齊道旁。籍貫河南。美國康乃狄克州立大學語言所碩士。創世紀詩社社員。出版詩集：《鷺鷥》、《蘆葦花》、《錯車道上的指示燈》、《請別哭》、《台北之秋》、《鄉野小輯》、《短歌行》、《淡水鎮‧水筆仔》、《山之詠》。

69 台灣現代詩史上的十大詩人選拔舉行過兩次。一次在一九八二年，由《陽光小集》推動；一次在二〇〇五年，由台北教育大學推動。兩次選拔，洛夫的票數都高居第一位。

洛夫（一九二八、五、十一—二〇一八、三、十九），本名莫運端，生於湖南衡陽，一九四九年七月隨軍來台。畢業於淡江大學英文系，曾任教於東吳大學英文系，亦曾於中國大陸之北京師範大學、廣西民族大學等校客座。一九五二年在《寶島文藝》發表在台灣的第一首詩：〈火焰之歌〉。一九五四年，洛夫、瘂弦、張默共組創世紀詩社，發行《創世紀》詩刊。一九五八年十月，洛夫發表〈我的獸〉，邁入現代主義精神下的詩創作時期。一九六九年一月發起組成「詩宗社」，任首任主編。一九九六年移民加拿大。

洛夫著作豐富，出版散文集、詩集、詩論集、翻譯等。詩作被譯為英、法、荷、日、韓、瑞典等語文，詩名遠播。在台灣先後出版個人詩集：《靈河》（一九五七）、《石室之死亡》（一九六五）、《外外集》（一九六七）、《無岸之河》（一九七〇）、《魔歌》（一九七四）、《眾荷喧嘩》（一九七六）、《時間之傷》（一九八一）、《釀酒的石頭》（一九八三）、《月光房子》（一九九〇）、《天使的涅槃》（一九九〇）、《隱題詩》（一九九三）、《夢的圖解》（一九九三）、《雪落無聲》（一九九六）、《形而上的遊戲》（一九九九）、《漂木》（二〇〇一）、《唐詩解構》（二〇一四）；個人詩選集：《因為風的緣故》（一九八八）、《雪崩：洛夫詩選》（一九九三）、《洛夫小詩選》（一九九八）、《洛夫詩歌全集》（二〇〇九）、《洛夫世紀詩選》（二〇〇〇）、《洛夫詩抄：手抄本》（二〇〇三）《如此歲月》（二〇一三）、《昨日之蛇——洛夫動物詩集》（二〇一七）等；論集：《詩人之鏡》、《詩的探險》、《孤寂中的

洛夫，《夢的圖解》，台北：書林出版有限公司，1993。

洛夫，《洛夫詩歌全集》，台北：普音文化事業股份有限公司，2009。

迴響》、《詩的邊緣》等。散文集：《一朵午荷》；翻譯：《雨果傳》等。

一九四九年，洛夫隨身帶著艾青和馮至的詩集，在散落的一頁歷史裡登陸台灣，二〇一八年去世前數日舉行《昨日之蛇：洛夫動物詩集》發表會，因肺疾而逝世於台北榮民總醫院。洛夫九十年的一生，在台灣現代詩史上締造許多輝煌紀錄。

洛夫，《洛夫世紀詩選》，台北：爾雅出版社有限公司，2000。

1. 質量俱豐，佳作甚多，影響深遠

洛夫寫詩超過六十年，畢生發表現代詩創作約一千兩百首。其中超過百行的長詩，包括〈石室之死亡〉、〈血的再版〉、〈長恨歌〉、〈漂木〉，均曾引起詩壇和學界的矚目。洛夫經多次詮釋或舉例過的詩作，至少有：〈沙包刑場〉、〈石室之死亡〉、〈煙之外〉、〈湯姆之歌〉、〈西貢夜市〉、〈隨雨聲入山而不見雨〉、〈有鳥飛過〉、〈金龍禪寺〉、〈長恨歌〉、〈子夜讀信〉、〈巨石之變・三〉、〈三張犁靶場〉、〈午夜削梨〉、〈愛的辯證〉、〈邊界望鄉〉、〈雨中過辛亥隧道〉、〈清明四句〉、〈因為風的緣故〉等等。

台灣海峽兩岸研究洛夫詩作的學位論文，數量已相當可觀。在台灣的電子資料庫：「台灣博碩士論文知識加值系統」的關鍵詞和論文名稱輸入「洛夫」，排除不相干者，得篇數二十；研究範圍如其《唐詩解構》、《漂木》、「廢墟詩境」、「異端性格」、放逐題材、古典情思與鄉愁、傳統回歸、詞彙風格、用字與句式、空間書寫、身體書寫、不相稱的美學、自我與外在世界、美學意識。在「台灣期刊論文索引系統」的篇名與關鍵詞輸入「洛夫」，排除不相干者，得篇數九十四；研究範疇如洛夫的禪意走向、風格遞變、《石室之死亡》、雪的意象、火的意象、長詩書寫，以及訪談紀錄等。根據《台灣現當代作家研究資料彙編・33・

洛夫》蒐集的「研究評論資料目錄」，台灣海峽兩岸以洛夫為討論對象的專書有十種；倘若加上學位論文、作家生平資料篇目、作品評論篇目，則台灣海峽兩岸的洛夫研究資料共一四一五筆。[70]

洛夫詩作長年選入國、高中、大學的國文教材，高中與大學的入學考試也常常考到洛夫的詩。洛夫詩作對於青年學子而言，同時具有啟蒙和實惠的功能。〈金龍禪寺〉、〈因為風的緣故〉因升學考試而規範化，成為台灣現代詩的經典作品，每年至少影響二十萬大學入學考試的考生；〈愛的辯證〉入選某些大學一年級全校必修的國文教材，數千名繳交該校學雜費的大一學生都必須研讀洛夫。在中國大陸，洛夫的〈邊界望鄉〉多年來是高中語文教本的教材，因為就讀高中而接近洛夫作品的人數，更是台灣的數倍。

洛夫，《唐詩解構》，台北：遠景出版事業有限公司，2014。

洛夫，《漂木》，台北：聯合文學出版社股份有限公司，2004。

2. 意象運用傑出

洛夫的語言活潑，形式變化多端，有如文字的魔術師，有「詩魔」之稱。簡政珍深研洛夫詩，在〈洛夫作品的意象世界〉劈頭就斷定：「以意象的經營來說，洛夫是中國白話文學史上最有成就的詩人。」[71]簡政珍在一九八七年的這個斷言，到二〇一八年仍然有效；當代漢語詩壇無人可超越洛夫的意象經營。如今，洛夫的〈邊界望鄉〉在中國大陸的高中語文教材裡，被以主題「鄉愁」壟斷詮釋；然而數十年前，簡政珍在文章裡早就明白點出：「若以主題研究為職志，洛夫的〈邊界望鄉〉和任何猛喊故國爹娘的文字都可以等而視之。洛夫詩作的精華在於其語言經營意象的能力，捨此不論，一切就顯得避重就輕了。」[72]

洛夫的意象塑造普遍具有直覺、突發、矛盾、鮮活、豐富的特質。例如：「當距離調整到令人心跳的程度／一座遠山迎面飛來／把我撞成／嚴重的內傷」（〈邊界望鄉〉）、「澗水邊／一朵山花／在一瓣瓣地剝自己的臉」（〈秋日偶興〉）。

主客易位、意象疊景、隱喻或換喻的運用，是洛夫詩作中經常使用的技法。洛夫詩中鏡的意象、火的意象、雪的意象、禁錮意象、疾病意象、身體意象、視象的戲劇化等，學者均撰文討論過。[73]洛夫詩作在意象上的傑出表現，映證了現代詩與其他文類的最大區別。「詩是最精練的語言」、「詩是語言的藝術」，也在洛夫的精彩詩作裡不言而喻。

一九五〇——一九六九這二十年間，洛夫出版了《靈河》、《石室之死亡》、《外外集》，共三部詩集。《外外集》是《石室之死亡》後，洛夫另一部重要詩集。《外外集》之取題頗富塵外之思：外於世塵，更外於「外於世塵」；於沖淡清遠處眺望明霞散綺，撿拾一絲絲自得與調利的口吻，謂之「外外」。

70　見劉正忠編選：《台灣現當代作家研究資料彙編・33・洛夫》（台南：國立台灣文學館，二〇一三），頁四二七—五四八。該資料統計至二〇一三年，且包括疑似同一文章的不同發表處。

71　簡政珍：〈洛夫作品的意象世界〉，見劉正忠編選：《台灣現當代作家研究資料彙編・33・洛夫》，頁二六一—二九〇。

72　同前注，頁二七三。

73　例如史言：〈論洛夫詩的疾病意象與疾病隱喻〉，收於《大河的雄辯：洛夫詩作評論集・第二部》（台北：創世紀詩雜誌社，二〇〇八），頁四一六—四四四；李翠瑛：〈洛夫詩中「雪的意象」之意義及其情感表現〉，《台北教育大學語文集刊》，第十五期（二〇〇九），頁一六七—二〇六；陳政彥：〈洛夫詩中「火」意象研究〉，《國文學誌》，第二三期（二〇一一），頁一二七—一四八；李瑞騰：〈說鏡：現代詩中一個原型意象的試探〉，收於《詩的詮釋》（台北：時報文化出版企業股份有限公司，一九八二），頁一五三—一五七；趙衛民：〈洛夫的視象戲劇化：從洛夫詩選《因為風的緣故》談起〉，收於洛夫：《因為風的緣故》（台北：九歌出版社有限公司，二〇〇八），頁三七三—三七八。

《石室之死亡》與《外外集》中，洛夫經常把血腥不安之氣勻開成廣闊的感性，每當氣氛凝聚到一個臨界點，就蕩漾出原本貼戀著的意象與情境，在嘲諷與無奈裡快意為詩。相對於《石室之死亡》，《外外集》已闢新境。假如《石室之死亡》傾向以刺以激，則《外外集》傾向以薰以浸；《石室之死亡》許多意蘊使人駭覺，忽起異感，《外外集》意隨筆至，使人入之而俱化。以《外外集》的名篇〈霧之外〉第一節為例：

一隻鷺鷥
在水中讀著「地糧」
且繞著某一定點，旋走如霧
偶然垂首
便啣住水面的一片雲

鷺鷥是這節詩行的主要意象，水、「地糧」、雲，彼此牽連互文，共為次要意象。詩題為「霧之外」，然而詩行逕以清晰的圖景開端，自始至終沒有任何朦朧、縹緲的意旨。晨霧中，鷺鷥循著定點繞行，啄食水田裡的生命，彷如文人讀書的姿態；而鷺鷥來回踱步，不時點頭，偶有所得，則如啣住水面雲朵的倒影。「偶然垂首／便啣住水面的一片雲」，此句以空茫感描寫鷺鷥垂首的定格畫面。當鷺鷥低頭碰觸水面時，投影在水面的雲朵就被牠「啣」住。

「一隻鷺鷥／在水中讀著「地糧」／且繞著某一定點，旋走如霧」。「讀」寫活了鷺鷥在水田中時而抬頭、時而垂首的動作，也將此詩由鳥的姿態導入人的形貌，好像文人一邊讀書一邊思考。鷺鷥優雅悠然，啣雲讀糧而不作他想。如果不加引號，「地糧」可能真的是鷺鷥的食物，也可能只是鷺鷥在水中的倒影；加了引號，「地糧」自然別有所指，不再單指地上的糧食；由「讀」和「鷺鷥垂頸」的形象牽連，「地糧」或可與紀德的散文詩《地糧》做一聯想。紀德這本引誘出走、鼓吹解放、讚頌生命、極端追求個人自由的著作，在〈霧之外〉的第一段就成了「之內」的「霧」。「霧」可見可感而又可穿越、無實體，連結引號「地糧」作為精神糧食可興發而無法飽食的特質，似有若無地對鷺鷥「偶然垂首」、「旋走如霧」，起了極高明又無可指實的嘲謔。

3.其詩論聚焦在以超現實技巧為主的現代精神，帶頭促使一九五〇年代以降的台灣現代詩壇思索詩藝

從一九五〇年代中期到一九八〇年代，洛夫是台灣現代詩壇的領銜者。洛夫的領軍方式不是透過互相吹捧、媒體炒作、詩友集會，而是以詩作、詩論、編選詩集那種書面的、靜態的方式，所以真積力久，水滴石穿，形成不敗的風景。

洛夫對一九五〇、一九六〇年代席捲文苑學府的前衛精神，曾發如下言論與提問：

> 那時我正研讀並試驗超現實主義表現手法，觀念上比較前衛是實，倒未高深到虛無的境界。[74]超現實主義的詩與那些不可理喻的幻想或神話，其妙趣異香，其神祕與本質上的真實感，如出一轍。[75]作者在意象上作有意的切斷，但如何使讀者在聯想上加以銜接？在作者的感覺經驗傳達出來之後如何使讀者在欣賞上還原？作者為了表現上的需要而作有意的晦澀時，如何使讀者不加質難而認為是一種藝術效果的要求而加以欣然接受？[76]

74 見洛夫：〈詩壇春秋三十年〉，《中外文學》，第十卷，第十二期（一九八二），頁六—三一。
75 見洛夫：〈詩人之鏡〉，收於費勇：《洛夫與中國現代詩》，頁二一八—二四六。
76 見洛夫：〈六十年代詩選・緒言〉，收於張默、瘂弦主編：《六十年代詩選》（高雄：大業書店，一九六一），頁一—一六。

以上三則，第一則是天狼星論戰後，洛夫的回顧與檢討；第二則是《石室之死亡》序言的一小段，可視為自我的封印；第三則是洛夫作為《六十年代詩選》的主編，對現代主義本質的殷殷探索與體認。[77]

洛夫被認為是廣義的超現實主義者。[78]在西方各種現代主義挾泥沙以俱下的一九五〇年代，洛夫以《創世紀》主編的身分，對於包括超現實主義在內的現代主義廣泛思考、學習、檢討，出入自如，所作詩文鏗鏘有力。一九五四年十月，《創世紀》創刊，洛夫擔任主編二十四年，任內推動詩潮，對台灣現代詩起到舉旗掀浪的作用。一九五六年，洛夫在《創世紀》第五期草擬社論〈建立新民族詩型之芻議〉。一九六一年，洛夫發表〈天狼星論〉，與余光中交鋒。一九六四年，洛夫在《創世紀》第二十一期發表他所翻譯、華勒士・福里的〈超現實主義之淵源〉。一九六五年，出版《石室之死亡》。一九六九年，出版詩論集《詩人之鏡》，收〈超現實主義與中國現代詩〉一文。一九七一年編選《中國現代文學大系・詩卷》。一九七九年九月，洛夫首次擔任中國時報文學獎詩組決審委員；此後多次擔任對詩壇文壇具領航作用的中國時報文學獎新詩組評審委員。當時中國時報文學獎的決審會議都在報上大幅刊載，決審委員的美學觀念、文學判斷，對有心問鼎文學獎的文藝青年影響極大。

陳芳明在《台灣新文學史》中，稱一九五〇年代的台灣文學進入「高速現代化時期」。[79]現代詩在技巧上，對超現實手法的大量琢磨與操練，是這「高速現代化」的關鍵；而洛夫，正是以身試法的旗手。一九五〇—一九六九時期的洛夫，對於自己帶頭航向的台灣現代詩，頗似秉燭夜遊。引用洛夫《漂木・致時間》的一段詩行：「舉起燈籠，就是看不見自己」。當時台灣現代詩的詩藝在對現代主義的猶疑與不信任中，全面促刺前進。就洛夫的詩論、詩作、主編《六十年代詩選》的姿態、評審多屆主流報紙文學獎的紀錄，可知固然洛夫出於藝術的自覺而選擇超現實手法，但是更精確地說，毋寧是超現實選擇了洛夫作為台灣的代言人。

4. 形式多所創發，內涵富饒深廣

洛夫多次調整語言，嘗試漢語的各種可能性。在形式上，洛夫嘗試過像《石室之死亡》那樣以十行組詩串起的長詩、像《漂木》那樣在整齊中求變化的巨製，也有小詩及隱題詩的實驗。

二〇一三年底，洛夫接受台灣「人間衛視」的「知道」節目專訪，自我總結創作成績，提出《石室之死亡》、《魔歌》與《漂木》三部詩集，作為詩創作的三個轉型關鍵。洛夫回首前塵，自認《石室之死亡》以超現實書寫創下向法國詩人取火的實驗基礎；《魔歌》回歸清朗的語言與文化中國的諸多典故；《漂木》則以《石室之死亡》的局部意象為根基而將語言更淺白化，扣問歷史與人生，為晚年力作。依循洛夫的說法，《石室之死亡》在洛夫創作生命的初期即拓下極成熟而具個人色彩的輪廓；深具洛夫風的意象、造語、意蘊，幾乎在此詩集醞釀完成。《魔歌》出版於一九七四年，既是洛夫取徑於時代風潮、扣問「新古典」的山頭，在題材上也較集中；許多詩選偏好擇取的洛夫詩作，如〈金龍禪寺〉、〈有鳥飛過〉、〈雨中過辛亥隧道〉皆出於此。〈漂木〉則是洛夫問鼎現代史詩、體現批判力道之成果。

《魔歌》之後，洛夫暫時擺落「晦澀的超現實」，邁向「文化鄉愁的超現實」，例如〈隨雨聲入山而不見雨〉、〈長恨歌〉、〈李白傳奇〉、〈車上讀杜甫〉、〈走向王維〉、〈水祭〉等，[80]均是洛夫在飛

77 相關論述可參考陳義芝：〈《創世紀》與超現實主義〉，《創世紀》，第一四六期（二〇〇六），頁一五七—一六三。

78 學者專文探討洛夫與超現實主義之關係者，如孟樊：〈洛夫超現實主義論〉，《台灣詩學・學刊》，第十一號（二〇〇八），頁七—三四；趙小琪：〈洛夫對超現實主義的認同與修正〉，《鹽城師範學院學報》，第二八卷，第五期（二〇〇八），頁二五—三〇；古遠清：〈洛夫的超現實主義詩論〉，古遠清：《台灣當代新詩史》（台北：文津出版社有限公司，二〇〇八），頁三二〇—三二七。

79 見陳芳明：《台灣新文學史》。

80 〈隨雨聲入山而不見雨〉、〈長恨歌〉、〈與李賀共飲〉、〈李白傳奇〉、〈車上讀杜甫〉，依序收於洛夫《因為風的緣故》，頁七〇—七一、八五—九六、一七五—一七八、一九二—一九九、二九六—三〇一。

越的時間裡壓縮景物以虛實相繼，從容承接並轉化中國古典詩的名作。除了向文化歷史的內蘊取材，洛夫對於當下的時空也更多著墨，如〈與衡陽賓館的蟋蟀對話〉、〈三張犁靶場〉、〈郵票〉、〈子夜讀信〉等膾炙人口的詩章。[81]此時期詩作的語氣仍然精悍，但較常以暈染取代工筆，在相仿而不犯重的詩語中回頭召喚現實：時而轉化古典詩語而展現當代感，如〈疊景〉：「一隻寒鴉／從皚皚白雪的屋頂／似有若無地／飛／了／過／來／我的窗口／驟然黑了一下／電視裡閃出一把鋒利的劍／在我粗礪的額角／擊出一星火花／窗口／又亮了起來」；[82]時而借重單一的敘事聲音表現多層次的意涵，如〈莫斯科紅場：蘇聯詩抄之一〉：「一位遊客高舉雙手／大聲說：我佔領了莫斯科紅場／照相機喀擦一聲／他立刻被囚進了黑房」；[83]時而主客易位以表現遠征或遙想的心境，如〈絕句十三帖．第十帖〉：「雨停了／電視裡一場大火燒死了幾個聖人」等。[84]

洛夫出版的多部詩集裡，新出、改名重出、新舊作匯集整合再出的狀況很多。其中一個因素，是洛夫喜歡修改舊稿。迄二〇一五年五月為止，洛夫在台灣出版詩集二十一本，在台首發而全屬新作的共十二本，為：《靈河》、《石室之死亡》、《外外集》、《魔歌》、《時間之傷》、《釀酒的石頭》、《月光房子》、《天使的涅槃》、《隱題詩》、《雪落無聲》、《漂木》、《唐詩解構》；其他或在書名即以副標題顯示詩選集，或書名未標示為詩選集而改編潤改後的舊作以新舊雜陳。[85]在這些首發的詩集中，《隱題詩》和《唐詩解構》可歸為一類，對洛夫

洛夫，《釀酒的石頭》，台北：九歌出版社有限公司，1983。

洛夫，《月光房子》，台北：九歌出版社有限公司，1990。

而言相當於造句練習。《魔歌》、《時間之傷》、《釀酒的石頭》、《月光房子》、《天使的涅槃》、《雪落無聲》在語言上同屬一類，形式上乞靈於中國古典文學。《靈河》、《石室之死亡》、《漂木》為另一類，表現出一個卓越詩人對詩的完全托命。

洛夫，《天使的涅槃》，台北：尚書文化出版社，1990。

5. 金句甚多而充滿創意

洛夫詩作的名句俯拾皆是，其數量與對台灣現當代詩人的影響力可謂首屈一指。其佳言雋語，很多出於《石室之死亡》；而整本《隱題詩》，每一首詩的題目都是洛夫的名句，都提煉自洛夫發表過的作品。即使晚年所作的長詩《漂木》，充滿智慧的意象語言仍如不時起落的風。「金句們」，如：

81 〈與衡陽賓館的蟋蟀對話〉、〈三張犁靶場〉、〈郵票〉、〈子夜讀信〉，依序見洛夫：《洛夫詩歌全集・III》（台北：普音文化事業股份有限公司，二〇〇九），頁二二八—二三三；《洛夫詩歌全集・II》（台北：普音文化事業股份有限公司，二〇〇九），頁一一四—一一五；《月光房子》（台北：九歌出版社有限公司，一九九〇），頁一八八—一八九；《洛夫詩歌全集・I》（台北：普音文化事業股份有限公司，二〇〇九），頁三六六。

82 〈疊景〉，見洛夫：《洛夫詩歌全集・III》，頁五四四—五四五。

83 〈莫斯科紅場：蘇聯詩抄之一〉，見洛夫：《洛夫詩歌全集・III》，頁四三九—四四一。

84 〈絕句十三帖・第十帖〉，見洛夫：《洛夫詩歌全集・III》，頁四七六。

85 例如《無岸之河》收錄了改寫後的《靈河》、《石室之死亡》、《外外集》。

一隻空了的酒瓶迎風而歌[86]

我的面容展開如一株樹，樹在火中成長[87]

我以目光掃過那座石壁／上面即鑿成兩道血槽[88]

棺材以虎虎的步子踢翻了滿街燈火[89]

從灰燼中摸出千種冷千種白的那隻手／舉起便成為一炸裂的太陽[90]

落日如鞭，在被抽紅的海面上／我是一隻舉螯而怒的蟹[91]

在濤聲中呼喚你的名字而你的名字／已在千帆之外[92]

取暖的最好方式就是回家[93]

我們的血在霧起時尚未凝結[94]

好怕走在你的背後／當你沉默如一枚地雷[95]

瘦得猶如一枝精緻的狼毫[96]

酒是黃昏時回家唯一的路[97]

昨夜拒絕有砲聲的夢／卻無法拒絕隔壁的鼾聲[98]

英雄嘛／死第二次就不怎麼好玩了[99]

使我驚心的不是它的枯槁／不是它的老／而是高度／曾經占領唐朝半邊天空的／高度[100]

這些詩行飽含感悟與自信，且充滿洛夫個人的獨創。

長詩《漂木》中，也常見由殊相到共相的句子，如：

把麻木說成嚴肅，把嘔吐視為歌唱，任何鏡子裡也找不到這種塗滿了油漆的謊言。[101]

我們的言語／卻卡在喉嚨深處，動彈不得／那是一把被鏽了的鐵絲捆住的／火／目的不在燃燒／而在
／熄滅／化灰，一個冷冷的結局／當我們浮沉於／某種語言的控制與壓迫中／我們就什麼也不想說了[102]

只見遠處一隻土撥鼠踮起後腳／向一片廢墟／致敬[103]

我的詩在冷雨中浸泡得太久[104]

86 〈暮色〉，見洛夫：《因為風的緣故》，頁二一。
87 〈石室之死亡・1〉，見洛夫：《因為風的緣故》，頁二九。
88 〈石室之死亡・1〉，見洛夫：《因為風的緣故》，頁二九。
89 〈石室之死亡・11〉，見洛夫：《因為風的緣故》，頁三一。
90 〈石室之死亡・57〉，見洛夫：《因為風的緣故》，頁三三。
91 〈石室之死亡・59〉，見洛夫：《因為風的緣故》，頁三四—三五。
92 〈煙之外〉，見洛夫：《因為風的緣故》，頁三九。
93 〈血的再版〉，見《洛夫詩歌全集・IV》（台北：普音文化事業股份有限公司，二〇〇九），頁一〇七。
94 〈夜飲溪頭公園〉，見洛夫：《因為風的緣故》，頁一六一—一六三。
95 〈當你沉默如一枚地雷〉，見洛夫：《因為風的緣故》，頁一七三—一七四。
96 〈與李賀共飲〉，見洛夫：《因為風的緣故》，頁一七五—一七八。
97 〈大悲咒〉，見《洛夫詩歌全集・IV》，頁四六八—四七〇。
98 〈再回金門〉，見《洛夫詩歌全集・IV》，頁四七一—四七三。
99 〈銅像之崩〉，見《洛夫詩歌全集・IV》，頁四七七—四七九。
100 〈唐槐〉，見《洛夫詩歌全集・IV》，頁四八八—四八九。
101 見《洛夫詩歌全集・IV》，頁一八〇。
102 見《洛夫詩歌全集・IV》，頁二五二—二五三。
103 見《洛夫詩歌全集・IV》，頁三九五。
104 見《洛夫詩歌全集・IV》，頁三九八。

我們常從那人滔滔不絕的演講中／發現幾顆粗礪的鵝卵石滾滾而下／大海靠浪花發言／大海靠浪花找到魚的葬地／而他的言說充其量是一堆好看的浪花[105]
鐘聲急速衰老／回音，如我掌中飛出的紙鶴／再也無力飛回／／峰頂，山鷹盤旋／夕陽貼在一個孤寂英雄的背上美得何其驚心／我卻寧願擁抱一場虛構的雪[106]
其實口號不需發聲／就能把一個人震撼成一雙破鞋／張開嘴只為證明裡面的確含著一聲萬歲／／一直不停地革命那年很冷／冬夜他從她枯槁的身體上走過／他說多少有點長征的滋味[107]
多欲者習於嘮叨／言語是生性激情的硝酸／三言兩語便把你熔成一堆沉默的鐵漿／／沉默／是金，是一種在內部造反的病毒／水蛭除了埋頭吸血從不多言[108]
我來／主要是向時間致敬／它使我自覺地存在自覺地消亡／／我很滿意我井裡滴水不剩的現狀／即使淪為廢墟／也不會顛覆我那溫馴的夢[109]

長詩，容易暴顯詩人之短，可是洛夫在《漂木》中，透過這麼大的篇幅展現的，不是隱私或癖好，不是情緒的徒然宣洩，也不是灌水稀釋了的詩意，而經常從個別場景幻化為哲思，在不同時空來回穿梭，跳脫定點，轉化情緒，轉成智慧。

抄錄這些詩行，是台灣現代詩史向傑出詩人致敬的最高規格。在留給洛夫的篇幅中，必須保留相當比例給洛夫原詩，讓讀者直接看到洛夫詩的優點。

6. 能以淡淡的語言表現濃烈的詩質

文學史上的常態，詩人的語言密度、詩質密度，經常隨著年齡增長而疏鬆，文字逐漸散文化，詩質也一併鬆垮。洛夫的詩創作摜破此種常態，再創奇蹟。洛夫的年紀越長，語言越淡，而詩質越濃。

若以《石室之死亡》為早期洛夫最具獨創性的語言，以之與約從一九八〇年代後期，就詩集而言約為《時間之傷》以降的文字風格比較，則《石室之死亡》時期的洛夫擅長爆破，火旺煙濃味嗆，猶如地雷爆炸，猶如在鍋裡爆香而無香氣可言。一九八〇年代以後的洛夫好作冷鍋冷油、清蒸水煮，解放苦痛的點題先鋒部隊由火爆性格改成微香暗送。局部詩行如〈月光房子〉：「最後又將我／還原為一張空白的紙／回首環顧，只見／一屋子／易燃的舊事／／一點火便把我燒了」；[110]〈禪味〉：「說是鳥語／它又過分沉默／說是花香／它又帶點舊袈裟的腐朽味」；[111]〈如此歲月・五〉：「鼓破了／心跳仍在／弦斷了／歌聲仍在／舞台空了／掌聲仍在／房子塌了／寂寞仍在／茶涼了／沸騰仍在／船開了／風中的手絹仍在／嘴冷了／初吻仍在／啊，多麼致命的毒菌／幸好，遺忘仍在」；[112]〈如此歲月・七〉：「蟬的沉默與戰爭無關／仗早就不打了／這個夏天牠把話都說完了／只是一些帶秋意的葉子／還有點牢騷」。[113]這些詩句仍保有《石室之死亡》的硝煙味，但在詩行中呈現的卻是更深遠的浮生若夢、鏡花水月。「幸好，遺忘仍在」，「遺忘」仍在，表示忘不了；但若連「遺忘」都不在，也就沒有「心跳」、「歌聲」、「掌聲」、「房間中的寂寞」、「風中的手絹」，就

105 見《洛夫詩歌全集・IV》，頁四〇五—四〇六。
106 見《洛夫詩歌全集・IV》，頁四二〇。
107 見《洛夫詩歌全集・IV》，頁四二三。
108 見《洛夫詩歌全集・IV》，頁四二八。
109 見《洛夫詩歌全集・IV》，頁四四一。
110 見洛夫：《如此歲月》（台北：九歌出版社有限公司，二〇一五），頁七八。
111 見洛夫：《如此歲月》，頁七九。
112 見洛夫：《如此歲月》，頁一三九—一四〇。
113 見洛夫：《如此歲月》，頁一四一。

沒有詩。洛夫這種表面上看起來淡淡的文字，更能挑逗讀者抽絲剝繭的癮頭。

洛夫整理一九八八年之後的詩作，把這類仍由意象串接、而意象之間的敘述句稍微拉鬆的文字統整為一本詩選集：《如此歲月》，更能看出他如何儲備整生的能量，只為了寫出讓人寂寞的詩。例如〈風雨窗前〉：

風雨是不能細究的東西

窗前
一盆水仙
開始把粉臉
一層層
剝下來洗

然後就打起瞌睡來
頭
擱在
心情不濕，也不乾的
三月裡[114]

此詩狀似平淡，波瀾暗生。首先從字面來讀，它描寫詩中人百無聊賴，在三月下著雨的窗前，望著垂著頭、滴著水滴的水仙，若有所思。水仙和風雨，在此詩中未構成主客關係；可是此詩一開頭，作者就用否定句連

洛夫，《如此歲月》，台北：九歌出版社有限公司，2015。

繫了本來沒有的關係，平添讀者玄想。假如兩者完全無關，根本提都不必提。「風雨不能細究」，然而又說「水仙洗臉」、「水仙把頭擱在雨霖霖的三月」，詩行在敘述中已將「水仙將萎」和「風雨將至」以虛線相連。這是詩中人藉著水仙，和時間對話、和解的方式。再就隱喻的解讀，「風雨」除了颳風下雨的字面意義，亦可引申為生命的困境或危難。詩中的水仙因此可以是詩中人的自喻，或詩中人選取以為對鏡自照般的意象。「打起瞌睡來」，透出淡淡的無奈、傷感、韌性；順著語境詮解，也就是遭遇危機者，以沉靜澄明的造境重整現實、對抗風雨的方式。「風雨是不能細究的東西」，「的東西」，透出了語言和態度的不馴服，有種兩手一攤的味道。

再如〈汽車後視鏡裡所見〉：

透過一個鎖匙孔
我看到一個城市在後退
　一群猶太人在前進
我看到一條河在後退
　岸在前進
水在後退
　泡沫在前進
船在後退
　釘子在前進

114 見洛夫：《如此歲月》，頁一六六。

魚在後退
　鱗在前進
我看到滿街的醉鬼在後退
　酒瓶在前進
娘兒們在後退
　奶子在前進
和尚在後退
　戒疤在前進
糧食在後退
　耗子們在前進
大爺的骨骼在後退
　一身肥肉在前進
我還看見
一排長長的嬰兒在後退
　墓碑在前進

鏡子裡
我看見一團黃塵在滾動
灰塵裡，一串串
發亮而帶血腥味的銅錢

在滾動
好多好多的
銅錢
只有它娘的銅錢
在滾動[115]

〈汽車後視鏡裡所見〉是洛夫和現實的捉迷藏。從後視鏡看到的事物和一般的鏡子看到的不一樣。洛夫藉著「後視鏡所見」，寫出表象結構崩潰下的價值觀崩解。

此詩以第一節的相似句型帶領：「〇〇在後退（或前進），●●在前進（或後退）」，虛實相映，進入對人生與價值的判斷及隱喻。「船在後退／釘子在前進」及其之前的詩行，「後退」、「前進」保留原意；此句之後的「前進」兼有「進步」的意謂，「後退」兼有「退步」的指涉。於是詩的意涵由實入虛，以虛領實或以實領虛。比如「和尚在後退／戒疤在前進」，在意象上指詩中人透過後視鏡凝視後造成的視覺暫留；在意涵上，指「戒疤」代表的「戒律」，形式漸重，而「和尚」本義指向的「隨師受經以生智慧功德」已然削弱，重點在虛指。「糧食在後退／耗子們在前進」，隱喻糧食越來越短缺而貪得無饜的人越來越多，但是這兩行詩的妙處卻更在「糧食後退、耗子前進」的驚悚畫面，重點在實境。第二節整節，由「滾滾黃塵」到「滾滾銅錢」，基本上為洛夫草莽加調皮的風格演練模式。整首詩以兩兩相生相剋的意象寫成，猶如撒豆成兵，彼此抵消又互相揭竿而起；看似火光四射，剖開來內部似乎又一無所有：以為「它娘的銅錢在滾動」，其實是詩中人眼花繚亂的「滾滾黃塵」。此詩語言寥落，在諷刺裡夾帶潛在的關懷，在遊戲中寄寓嚴肅的意

115 見洛夫：《如此歲月》，頁一〇四—一〇六。

旨。洛夫的晚年詩作裡，這類作品不在少數。

7. 破除我執，反躬自笑，老而愈醇

詩人寫詩，詩中總有一個「我」。詩中的「我」表現詩人的主體性，同時暴顯「我執」。主體性可據以為該詩人的風格、凸顯詩人的抱負；當詩藝到達相當高度，「我執」卻會成為往上衝拔的阻礙。不到那個高度，不會有「我執」的問題；即使接近那個高度，因呈現主體性已經如呼吸般的習慣而必要，也不會感覺「去除我執」是個問題。因為，假如主體性與我執二而為一，如何去彼而留此？留與不留又有何區別？「那個高度」，又是怎樣的高度？

反躬自笑是洛夫獨門的幽默。「反躬自笑」，源自錢鍾書〈說笑〉一文：「真正的幽默是能反躬自笑的。它不但對於人生是幽默的看法，它對於幽默本身也是幽默的看法。提倡幽默作一個口號，一種標準，正是缺乏幽默的舉動；這不是幽默，這是一本正經的宣傳幽默，板了面孔的勸笑。」[116]反躬自笑，不只是四字成語：「自我解嘲」的直接套用；而更是觀察生活周遭、社會人情，見得可憫、可嘆，人皆如此，習以為常，而「我」獨不以為然，自知號喊抵抗、徒呼負負之必定無效，於是藉外界被合理化之不合理物事返身照鏡，自我嘲弄。

洛夫離世前最後一本統合性的詩選集：《如此歲月》，自選一九八八—二〇一二的詩作，彰顯一個詩藝到達顛峰的詩人，如何突破我執、反躬自笑，而轉化煩惱、看清世象，進而自我精進，把一向骨髓裡帶刺的孤獨裊裊昇華為煙再化灰，或把濃密而強大的自我稀釋如水中的微生物而在模擬的空無中尋找本真。洛夫的幾本詩選集，就屬《如此歲月》最耐讀，所選的詩作最具靈動的宗教感與生命力。這部詩選共收八十一首作品，其文學性、思想性、宗教感、生命力，再度抵達漢語詩人自選集的峰頂。與洛夫的其他詩選相較，《如此歲月》亦側面顯示洛夫對於詩美學看法的微妙改變。

《如此歲月》筆觸淡淡，在柴米油鹽的日常生活中，仍以洛夫招牌的意象敘述展開與存在的對話。「存在」，講來易流於高談闊論；以日常入詩，易流於瑣碎渙散。洛夫浮沉於歲月日常，別有會心而貼近存在，將逼近死亡的沉默化為喚醒滿山花朵的鳥鳴，令人讚嘆。例如〈秋之死〉第一節：

日落前
最不能忍受身邊有人打鼾
嘮嘮叨叨，言不及義
便策杖登山
天涼了，右手緊緊握住
口袋裡一把微溫的鑰匙[117]

此節最引人注意的是「口袋裡一把微溫的鑰匙」。連結到開章第一行「日落前」和題目「秋之死」，一日將暮、歲時之暮與人生之暮引起聯想，「策杖登山」於是不僅為了走山路所需，也隱約暗示詩中人的年紀。那麼，「口袋裡一把微溫的鑰匙」，在實境和隱喻上都發揮了作用。溫度陌生化了鑰匙在生活裡的實際作用，「微溫」呼應暮年的詩中人，讀者不難設想此處「鑰匙」作為意象，輕諷詩中人肉身的硬體設備不再精良、從「中鋼」到「微軟」的浩嘆。然而同時，「鑰匙」一句仍在敘述中拓展，延續前一行的「天涼」，使得此節在實存裡就是一個事實。「右手緊緊握住」，主要因為口袋裡「鑰匙」的「微溫」，給了詩中人一點點暖

116 見錢鍾書：〈說笑〉，收於錢鍾書：《寫在人生邊上・人獸鬼》（台北：書林出版有限公司，一九八九），頁二二——二五。
117 見洛夫：《如此歲月》，頁五九。

意。可能稍有洩漏天機嫌疑的就在「緊緊握住」四字：它透露「時不我予」、「稍縱即逝」之感；即使如此，連繫前後的語境，這四字仍非常自然。從「天涼了」到「口袋裡一把微溫的鑰匙」的兩行，表面上是意象牽引敘述，深一層閱讀，敘述牽引出意象。

讀者容易忽略的是此節前三行。這三行作為鋪陳，「打鼾者」促使詩中人不堪其擾而外出；洩漏消息的「身邊」一詞，卻告訴讀者：詩中人可能也在打盹或午睡，只是沒打鼾或沒聽到自己的鼾聲。兩人都在午休，何其有幸，鼾聲吵得詩中人出門登山去，得以在日落前欣賞秋景，更賣乖地取笑別人的鼾聲有如午後昏昧的獨語。「日落前最不能忍受」，對照後面的詩行，顯得戲劇化。再往後閱讀，「策杖登山」何嘗不是對山的不信任、與大自然無法完全融合的暗示。乃知此節所寫，點染出顫巍巍的人生之秋；則「嘮嘮叨叨，言不及義」，何必一定出自打鼾的身邊人呢。

反躬自笑以狀寫獨對落日的老境，〈花事〉是另一顯例：

前院的芙蓉花提前笑了
是不是有點青樓女子的媚態
妻問

這個問題……很抱歉
我已脫了衣衫
等洗完澡再說
等清除了體內那位佛洛伊德
再說

浴缸的熱氣一直往上升
及至
花
謝了[118]

此詩布局的現實很家常：妻在浴室外看到花開，與脫了衣服要洗澡的詩中人閒聊，詩中人落下「等洗完澡再說」一句，逕自沐浴。一、二節寫如此平凡的日子，卻藉著花開花謝呼應欲望的起落。閃電般透著幽默的語調，盡顯洛夫金字招牌的曠放與調皮。「清除體內的佛洛伊德」，比喻欲望像灰塵，水可以清除；也寫出詩中人認為：回答妻的問題無法避開欲望；而妻提問的方式，已顯示她自認為是詩中人法定、獨占的欲望對象，可是妻已無法激起詩中人對她猶如對芙蓉花的興趣卻不自知。第二節的前三行：「這個問題……很抱歉／我已脫了衣衫／等洗完澡再說」。這三行可連綿解讀，也可一分為二：一、二行作為一個理解段落，二、三行作為另一個理解段落。若是後者，一、二行單獨看，夫妻之間一人衣衫已脫，另一人猶貪看院中花開，似乎詩中人對於發問的妻子已啟動情欲而迫不及待；再讀第三行，意涵馬上翻轉，原來詩中人想借題開溜。最後一節以虛寫為主。「花／謝了」，花暗示欲望，水蒸氣淨化欲望。欲望已凋零，院子裡的花笑不笑也就與「我」無干，於是妻子的提問，自刃自笑而解。

類似〈花事〉、〈秋之死〉，詩中的「我」認清必須和常人一樣吃喝拉撒、飲食男女、生老病死，很清醒地嘲弄世俗標準中過日子的自己，但未曾因為「寫詩」、「當詩人」而瞧不起肉身趨向敗壞、不可逆的

118 見洛夫：《如此歲月》，頁一三三。

「我」，故而不唱高調而調更高，表現了幾乎不可能的瀟灑與淡然。「我執」如此自破，還有誰能攻而克之？洛夫老年的詩作如此安然自在，醇鬱蒼茫，越寫越好，開墾出的格局和境界難以攀比。

以《如此歲月》為例，〈泥鰍十九行〉、〈習慣〉、〈灰面鷲〉、〈鳥語〉等多篇詩作，均表現晚年洛夫「因無所住而生其心」、「反躬自笑」的趣味，展現幽默。如〈習慣〉的詩行：「習慣在雷聲中解讀明天／春終於有了消息／我想飛，但看到孔雀開屏的樣子就想笑」、「習慣守著一盞卑微的油燈／從那朵小小的冷焰中／我看到油盡燈熄後的一道霞光」；〈鳥語〉的詩行：「突然牠們全都啞了／怔怔地望著／一隻毛毛蟲／緩緩地爬進了花蕊」；〈灰面鷲〉第一節：「我們的臉竟然如此重要／世界／因它而灰／更重要的是／這副臉有時被解讀為／死亡的符號／一種蜥蜴裸屍的冷漠」、〈泥鰍十九行〉第一節：「頻頻製造騷動／卻無／任何事件發生／牠安靜地藏身在／一口又黑又深的陶甕中／無須為／終究未能進化為一條蛇而自傷」。[119]這些詩行探討錯綜複雜的人生，兼具哲學的深度、意象的觀照，想像力非凡，得因文字而見因緣所生，替沉悶的人生透一口氣，從呆板固定的事物裡寫出靈活流動，無不引人會心一笑。

8. 融天真與深廣為一體，隱約、溫厚、銳利

洛夫的語言魔術爐火純青，既可落筆如風雨，亦可戲作一夜星空，尤其令人詫異的，是晚年的洛夫光芒收斂，如蒼蒼巨木上的騷蟬，在四季風雨中，只要動念搜尋，瞬間光芒萬丈。

洛夫創造語言，同時創造價值，一派天真自然，溫厚而銳利，難以追摩。〈潮落無聲〉：「午夜的潮聲／最好從很遠的地方聽／太近了／你聽見的只是腳趾頭內部／關節炎的呻吟」、〈紙鶴〉：「她是傳言中／一匹不可解讀的葉子／在高處，她常常忘了自己的名字／卻牢牢記住被剪裁，被摧折，被碎成紙屑／而又重構為一隻鳥的過程」，俱為其例。[120]又如〈無題〉：

打鼓的
鼓槌請借我一下
掘墓的
燈火請借我一下
放風箏的
天空請借我一下
寫詩的
帶骨頭的句子請借我一下
吹嗩吶的
小小的悲涼請借我一下[121]

詩中這個「我」，究竟想做什麼呢？順著詩行排列，讀者可想像此人無目的地沿路前行，一路看到打鼓的、放風箏的、吹嗩吶的，引起「我」的好奇。這些意象均熱鬧繽紛而有顯著動作。寫詩的相對靜態，而且按照常理，不會有人在馬路上寫詩。就邏輯推演，「我」想跟寫詩的借帶骨頭的句子，表示「我」需要帶骨頭的句子；在「我」的認知中，這種句子寫詩的應該有。骨頭、掘墓、嗩吶，三個同質的意象隱約指向送葬隊伍。「打鼓」和「放風箏」放在這裡，挑戰了讀者以目的論找「主題」的僵化閱讀習性。與送葬隊伍並置的

119 見洛夫：《如此歲月》，頁一三五、一三六、一三二、一六七、六六。
120 見洛夫：《如此歲月》，頁一五六、一六四。
121 見洛夫：《如此歲月》，頁六〇。

「打鼓」、「放風箏」，在雜遝多彩的生命情境或現實生活中本來尋常可見：比如同一條巷弄內，可能有人正辦著喪事，左鄰大唱生日快樂歌，右鄰出門倒垃圾，垃圾袋中的一個空塑膠袋飛出去，飄過隔壁院子裡的遺照，對門的下班回來。詩中的這個「我」，選擇了「打鼓」與「放風箏」，穿插在狀寫死亡的三個意象語，看起來此人不過走走看看，借這借那，似無特定目的，顯得漫不經心。然而果真如此嗎？假如去掉「打鼓」與「放風箏」的四行，此詩將僅是缺乏丰姿的「醒世恆言」。「我」假借「打鼓」和「放風箏」，呈現人間的悲喜交錯——然而這麼一寫，馬上顯出洛夫的幽默：因為讀者把他的「偶然」讀成了「必然」，把詩行的「若無」說成了「似有」。

又如〈城市悲風〉的部分詩行：

電力公司的人爬到屋頂去修理老舊的太陽
而落日
照例按時墜地，鏗然有聲
此刻，不知你注意沒有
最為壯觀的
是一群盲了的蝙蝠
從天堂大廈的頂樓旋舞而出
作
死亡之
編隊飛行[122]

屋頂、落日、大廈頂樓，都是詩中人仰望所見。黃昏時刻，城市熙來攘往，車陣裡穿梭的人群大都留意路上的狀況；抬頭仰望的詩中人在詩行中頗「眾人皆醉我獨醒」。然而洛夫並不強調詩中人的「醒」，觀照的依然是尋常景象，只是從每天例行的自然律動裡托出詩中人心裡的震撼。「落日照例按時墜地，鏗然有聲」，「鏗然有聲」與「照例按時」形成意指上的反差，暗示每到夕陽宣告一日將盡，詩中人內心無不一陣翻騰；而對於多數人，夕陽既然每天必落，也就視而不見，無關痛癢。「此刻，不知你注意沒有」，沿著這樣的理路而來，看似淡淡的招呼。一群蝙蝠撲翅旋舞過大廈屋頂，並非平常可見，夕陽餘暉中忽然飛過一片黑色，照理應該會引起注意，可是，「不知你注意沒有」。意謂「你」就算視而不見也很正常。彩霞每天很快被星夜沒收；詩中人就算每天獨對落日，夕陽中蝙蝠舞過天堂大廈的頂空猶如初醒的死亡，都很正常。

再如〈寄遠戍東引島的莫凡〉末節：

秋涼了，你說：
燈火中的家更形遙遠
我匆匆由房間取來一件紅夾克
從五樓陽台
向你扔去
接著：
這是我從身上摘下的

122 見洛夫：《如此歲月》，頁七五。

此詩的意象全是虛寫，但仍以具體的象寫抽象的意。「秋涼」、「燈火中的家」、「你說」、「匆匆」、「紅夾克」、「扔」、「身上摘下的最後一片葉子」，在詩行中勾勒出閱讀的虛線。

莫凡是洛夫的公子。此詩後記說，莫凡的兵簽抽到東引，洛夫之妻心疼兒子，洛夫安慰其妻，認為遠戍外島正可磨練孩子心志，訓練其獨立。詩因此而寫。開篇推想莫凡在秋涼的遙遠異地思家，於是作者予以安慰。這設想可以完全是洛夫自己的感受。關鍵在「你說」二字。因為「你說」，「你」要，才順理成章開展出後文的「匆匆」。倘若去除「你說」，全由第一人稱的父親角度著墨，此詩少了父對子的設想，詩行裡拐彎抹角的父愛將無所依附。

「燈火中的家」，源自燈火給人的暖意與家的聯想。詩中人在溫暖燈火的家中思念兒子，反過來卻想像在東引當兵的兒子想家。「更形遙遠」，寫出時間增加了的空間距離：天冷時一片寂天寞地，與回憶裡一向溫暖的家對比。

「我」自比為樹，把紅夾克比為「身上摘下的最後一片葉子」，紅葉呼應詩章一開始的「秋涼」，大自然的節令與詩中父親的人生互文，亦暗示霜紅的這棵樹曾經的壯觀，如今只剩終將萎落的一片紅葉，但到底還是一片紅葉，這棵樹在寒冬迫近的時節，摘下而非落下，親自摘除身上唯一的遮蔽，扔，而不是拋，向遠方的血脈。彩雲易散琉璃碎，好物不堅牢，對此樹而言，深秋一棵樹上最後一片紅葉再怎麼珍貴，焉知如何能長征過海而抵達目的？難測。

以上釋例，透露洛夫詩作中詩性的奧祕，很大的成分在於把生存當下的荒謬與永恆平等化、具象化、戲劇化。晚年洛夫的作品尤其如此。頗令人讚嘆之餘深覺無從著力。洛夫不多言，而作品篩下難以覺察的光影，卻每每見證詩人對語言微妙意涵的掌握、運用與翻新。

9. 灑脫自然的風骨

骨氣、風骨這類詞彙，洛夫的詩裡有時化成「骨頭」，或投胎轉世變成另一種可能洛夫自己都未必覺察到的意象、意涵，表現中國文化在形式、文字、格調上的自覺，它使詩人將自己融入傳統，又能從傳統探出頭來，獨樹一格，低調而自然地反映出對當代、現實的洞見與悲憫。這不只是文字上的耍弄機巧，而是滴水穿石，長時間累積的詩風。

洛夫這類作品很多；共同的特質是不為某種理念或訴求而寫，而是寫著寫著，就把詩行導到一個「掏空自己」的收尾，使得沿路的鋪陳化成空茫。讀者應該將此比附為哪種令人尷尬的學派如佛道儒，或哪位文學史上的大詩人如李杜蘇白嗎？恐怕就要找也沒有。例如〈石濤寫意〉：「他畫了一個月亮／又在下面／畫了一株老松／再加上一筆越遠越淡的／鐘聲／／可是他就不知道／家該畫在何處」；[124]〈布袋蓮的下午〉：「下午。池水中／擁擠著一叢懷孕的布袋蓮／這個夏天很寂寞／要生，就生一池青蛙吧／／唉，問題是／我們只是虛胖」。[125]又如〈甘蔗〉：

被腰斬的
說是最挺拔的
被剝削的
說是最甜美的

123 見洛夫：《如此歲月》，頁九〇。
124 〈石濤寫意〉，《洛夫詩歌全集・IV》，頁四六〇。
125 〈布袋蓮的下午〉，見洛夫：《如此歲月》，頁六二。

被壓榨的
說是最多汁的

解剖學原本是
建立在理性而精確的刀法上
呸，呸，呸
吸盡精血，吐出渣滓
幸好
痛，越啃越短

再也沒有什麼可傷害的了
當手中只剩下
一顆鬚眉不全的
粗鄙的頭[126]

「挺拔」、「甜美」、「多汁」，寫甘蔗的本貌；「腰斬」、「剝削」、「壓榨」，寫詩中人與甘蔗易位所呈現的心靈世界。至此，吃甘蔗的人變成「腰斬」、「剝削」、「壓榨」的受詞：一邊啃甘蔗，一邊感覺自己就是甘蔗。如此重整感官經驗之後，第二節在寫實與非寫實之間。「幸好／痛，越啃越短」，這是由矛盾語製造出的趣味。在實境上，甘蔗越啃越短，吃甘蔗的人壓榨越多甘蔗的甜美汁液，可是甘蔗沒有痛覺；那麼，就逗號前後為同位格的常規，痛的主詞不是甘蔗，而是通過物我合一的手法暗指的敘述者，因此，「痛，越啃越短」，因為語法而延伸的語意，說的是如甘蔗被「理性而精確的刀法」傷害的敘述者，隨著生命凋零，痛苦就要告終，最後猶如被吃乾抹淨、吐出渣滓的甘蔗，只剩下「一顆鬚眉不全的／粗鄙的頭」。

洛夫一貫的詩風剛正、端直、駿爽，其風力骨氣難以望其項背。他對中華文化的承繼、吸收、轉化，以詩藝默默實踐了詩人和知識分子的承擔；而不僅以運用文化與文學典故、寫「禪詩」、重構唐詩，或以書寫歷史人物來表現。

寫詩數十年，洛夫如何看待寫詩這件事？如何看待聲名？以下詩行有跡可循：

我和魚群／除了一身鱗／便再也沒有什麼可剃度的了[127]

整個航程中只惦著一件事／我能通過上升的鳥道／找到屬於自己的星座？／我痴痴望著／船尾載浮載沉的的童年／及至一個浪頭撲向舷側的倒影[128]

次晨，幸好又恢復了秩序／於是他開始／理性地梳洗，看報，如廁／非理性地／把壁鐘撥回到去年那個難忘的雨天／然後細數鏡子裡的魚尾紋／然後苦思／下一句該怎麼寫[129]

126〈甘蔗〉，見洛夫：《如此歲月》，頁五〇—五一。
127 見洛夫：《背向大海》（台北：爾雅出版社有限公司，二〇〇七），頁一八七—一九五。
128〈出三峽記〉詩行，見洛夫：《如此歲月》，頁七一。
129〈斯人〉詩行，見洛夫：《如此歲月》，頁一二七。

從龍門／一躍而下掉在餐桌上，貶為／一盤豆瓣魚／這是我另一次輪迴的開始／水並不知道[130]

洛夫「一路都是詩」，[131]寫詩與日常生活、自我實踐、生命事業，已然完全融合為一。詩中人回味往事，細數歲月的痕跡之後，回到現實，苦思的是「下一句該怎麼寫」，如此寫實。寫詩的生命如同航海，航程中洛夫藉詩中人之口，說最掛念的事就是「找到屬於自己的星座」，找到自己的路子和位置。洛夫把對詩的發心比喻成剃度，而看待剃度如同刮除魚鱗，那是把全部的自己與生死交出去給詩而俯仰自得的泰然；成語：「魚躍龍門」，與準備下箸的詩中人互為轉喻：美食當前，吃魚者耽想「躍門為龍」超過想像魚的滋味，繼而轉念自己下輩子可能就是越過龍門的盤中飧，那麼，努力追求的飛黃騰達又有什麼好放不下。詩中人正視、想望事功，講得如此坦然凜然。

對於家國認同、民族大義、歷史創痛，洛夫不刻意就某個題材或主題書寫，經常在詩行中就能自然展現自己如何承擔時代的恩賜與劫難。對於一九四九年左右橫渡海峽到台灣的詩人而言，「鄉愁」或「放逐」這兩個主題，恆被研究者取以放大檢視其詩作；而這兩個主題在一九二〇—一九三〇左右出生、一九四九左右來台的詩人裡，似乎具有創作時期的集中性：比如某些詩人特別集中在某一段時間內，大量寫「鄉愁」或「放逐」，過了那段時間，這些詩人就改碰其他的書寫題材。但對於洛夫，「鄉愁」或「放逐」老了以後卻更滲入骨髓，如影隨形。它們曾化為〈清明：西貢詩抄〉、〈海之外〉；曾以〈再回金門〉引領洛夫重回「用火思考」的歲月，「砲聲來自深沉的內部」；[132]曾是〈異域〉中的「隔壁一句低音大提琴從左耳擦過雨便停了」、「唐人街是雲是風雨是遍地垃圾是一塊老得走不動的碑」；[133]演為〈絕句十三帖・第二帖〉的：「擦槍擦了四十年的老班長／於今坐在搖椅上／輕輕刮著滿身的鐵鏽」；[134]蛻變為〈香港的月光〉：「香港的月光比貓輕／比蛇冷／比隔壁自來水管的漏滴／還要虛無／／過海底隧道時盡想這些／而且／牙痛」；[135]轉化為〈杜甫草堂〉：「我們拚命寫詩，一種／死亡的演習／寫秋風中的寒衣如鐵／寫雪地上一行白白的屣齒／寫戰場上的骸骨／爆裂如熟透的石榴」；[136]隱入世界因它們的臉而灰的〈灰面鷲〉被誤讀成「蜥蜴裸屍的冷漠」，而：「故鄉，只是秋風中／一聲聽不清楚的呼喚／過客。過客。過客。／被瞄準，被誘捕／被視為「非我族類」的過客／槍聲乍響／便全身委頓如泥／如一首沒有骨頭的詩」。[137]這些詩行都是洛夫一九八八年以後的作品，早已遠離台灣現代詩壇及學界高舉「鄉愁」以對照「本土」的一九七〇年代。在洛夫的詩裡，所謂放逐，所謂鄉愁，來自有家歸不得，也來自被當成「外省人」而非自己人的幽憤與委屈。洛夫透過詩中人的聲音，把離「家」找「家」、在「家」想「家」的心情，加以意象化的細緻毀損，見證心中一段又一段不設防的歷史。

10. 長詩

洛夫創作百行以上的長詩，除去一四〇行的詩劇〈借問酒家何處有〉及因散文化而詩質稀薄的〈血的再版〉以外，尚計十五首；[138]包括分行體與散文詩並用的〈雪崩〉、〈非政治性的圖騰〉、〈長恨歌〉。表列如次：

---

130 〈魚之大夢〉詩行，見洛夫：《如此歲月》，頁一五九。
131 「一路都是詩」是洛夫去世，其好友瘂弦在二〇一八、三、十九臉書上貼文的用詞。網址：https://reurl.cc/lvLxY。
132 〈再回金門〉，見洛夫：《如此歲月》，頁一〇八—一〇九。
133 〈異域〉，見洛夫：《如此歲月》，頁一一八—一一九。
134 〈絕句十三帖・第二帖〉，見洛夫：《如此歲月》，頁九六。
135 〈香港的月光〉，見洛夫：《如此歲月》，頁八二。
136 〈杜甫草堂〉，見洛夫：《如此歲月》，頁二三九。
137 〈灰面鷲〉，見洛夫：《如此歲月》，頁一六七—一六九。
138 〈血的再版〉，四三〇行，發表於一九八三年，收入《釀酒的石頭》。

序次	詩題	行數	發表年	收錄之詩集
一	石室之死亡	六四〇	一九六五	《石室之死亡》
二	雪崩	一二八	作者未注明發表時間。但此詩最早見於一九六七年初版之《外外集》，故推算應在一九六七年以前所作	《外外集》
三	月問：為阿姆斯壯登陸月球而作	一〇四	一九七〇	《魔歌》
四	致詩人金斯堡	一四一	一九七一	《魔歌》
五	黑色的循環	一二六	一九七一	《魔歌》
六	清苦十三峯	一七二	一九七二	《魔歌》
七	長恨歌	一三四	一九七二	《魔歌》
八	書蠹之間	一〇〇	一九八五	《月光房子》
九	湖南大雪：贈長沙李元洛	一一七	一九八八	《天使的涅槃》
十	初臨天安門廣場	一一七	一九八八	《天使的涅槃》
十一	非政治性的圖騰：謁中山先生故居	二〇六	一九八九	《天使的涅槃》
十二	天使的涅槃	二九一	一九八九	《天使的涅槃》
十三	杜甫草堂	二八三	一九九三	《雪落無聲》
十四	漂木	三二〇〇	二〇〇一	《漂木》
十五	背向大海	一六一	作者未注明發表時間	《背向大海》

這十五首百行以上的長詩，有的是組詩，如〈石室之死亡〉、〈清苦十三峯〉；有的是對古典文學的再詮釋，如〈長恨歌〉；有的是酬酢性質的作品，如〈湖南大雪〉、〈致詩人金斯堡〉。大致都詩質濃郁、內涵厚重、氣魄雄渾、視野深廣。

無論質或量，洛夫的百行以上長詩創作都榮登台灣現代詩人之榜首。限於詩史篇幅，只提兩點：

(1)《石室之死亡》為台灣現代詩史上，創作技巧與觀物方式的重大突破。

洛夫所有詩創作中，最具現代感、獨創力，穩坐台灣現代詩史核心的作品，是《石室之死亡》。《石室之死亡》陸續創作於一九五九——一九六三年，正式成書於一九六五年，共六十四首，每首十行。洛夫以自身在戰地金門的所見所思扣問生死；「石室」已然成為時代與社會的鮮明象徵。[139]《石室之死亡》打破讀者的閱讀習慣，招致許多駭異的眼光，原因多半如葉維廉說的，來自詩中所散發的死氣、凌遲般的戰慄、近乎野蠻的怪異與迷惑，或鬼靈似的橫空驚呼。[140]「生死同衾」是此部組詩最重要的主題。如《石室之死亡》的第一首：

只偶然昂首向鄰居的甬道，我便怔住
在清晨，那人以裸體去背叛死
任一條黑色支流咆哮橫過他的脈管

139　例如侯吉諒即說：「在《石室之死亡》創作的年代，即民國四十八年至五十二年（一九五九——一九六三年），是我國現代詩最為內憂外患的時代，各種主義並陳對立，勢同水火，而《石》詩的出現，使原已激烈的局面更見火爆，但也因此加速了爭論的結果，並使現代詩得以較『平順』地成長。」見侯吉諒：〈大師的雛型：編者序〉，收於侯吉諒主編：《洛夫「石室之死亡」及其相關重要評論》（台北：漢光文化事業股份有限公司，一九八八），頁三——五。

140　見葉維廉：〈洛夫論〉，收於蕭蕭主編：《詩魔的蛻變》，頁一——五九。

我便怔住，我以目光掃過那座石壁
上面即鑿成兩道血槽

我的面容展開如一株樹，樹在火中成長
一切靜止，唯眸子在眼瞼後面移動
移向許多人都怕談及的方向
而我確是那株被鋸斷的苦梨
在年輪上，你仍可聽清楚風聲、蟬聲[141]

詩中人從戰壕中探頭張望，兩句「我便怔住」寫出不同程度的怔忡和始終如一的憤怒。指點「那人」，「以裸體去背叛死」，「那人」無意識睥睨身後的世界，在萬物為生的清晨，對衣冠整齊的文明之死進行了悖逆、反抗，而無言的羞辱透過詩中人流洩。由此展開的第一段想像「那人」死亡的過程。「我以目光掃過那座石壁／上面即鑿成兩道血槽」，亟寫怒火。賁張的血流凝成黑色，瀝青一般膠著，「任一條黑色支流咆哮橫過他的脈管」，「咆哮」既是「他」撕裂般的痛感，也是造成「黑色支流」的主體狂暴肆虐的結果。此段第一個「我便怔住」是因為不經意看到裸屍，第二個「我便怔住」是凝視屍體後的遐想。第二段伊始，「我」的面容在火中展開如一株苦梨，「被鋸斷」、「在火中成長」，對死亡與戰爭的態度從慨嘆、挑弄到靜默、堅守。「一切靜止，唯眸子在眼瞼後面移動」，則死亡與不安猶如羽絨被，將「我」覆蓋。萬物皆靜止，唯詩中人的思緒不畏不懼，仍在轉動；眼珠子在動的這個動作，看出「我」的無能為力。除了延續第一段「掃過石壁的目光」之灼烈，更增添非比尋常的詭異氣氛。在色調上，第二段的畫面瞬間從晦暗而逼仄的石室中，轉移到風聲蟬聲交響的廣闊大自然裡。

《石室之死亡》是洛夫創作生涯中的觸媒，更是台灣現代詩史上的突破。在台灣現代詩史上，迄今無人在創作生涯一開始就開創出貫串且確立個人創作史的語言價值，洛夫是唯一的例外。彷彿《石室之死亡》由神祕的文字鱗片組成時光巨蟒，一路齧咬握筆不放的詩人。在《時間之傷》出版以前，洛夫筆下慣使的誇張動詞、獨創的意象、雄渾感，都脫胎自《石室之死亡》。洛夫自己很確信，其詩歌王朝早在創作《石室之死亡》就已建成；日後若干重要作品可說都是《石室之死亡》的詮釋、辯證、轉化和延伸。歷來學者對洛夫作品的研究，也屬針對《石室之死亡》的篇章特具靈視。[142]

(2)高齡七十二還發表長達三千兩百行、詩質稠密而理路清晰的長詩《漂木》，創下現當代漢語詩人唯一的紀錄。

《漂木》初版於二〇〇一年，長達三千兩百行，堪稱漢語現代詩有史以來篇幅最長的一首。洛夫於七十二歲，在溫哥華的旅居歲月中開筆，一年後完成。這是洛夫「老當益壯」、「晚節漸於詩律細」的有力明證。《漂木》再創漢語現代詩的高峰，且為洛夫獲得諾貝爾文學獎提名。綜觀古今漢語詩人，七十高齡之後還能挑戰千行以上長詩的，洛夫是唯一的一位。

不單寫長詩的創作年齡令人不可思議，《漂木》本身的藝術成就同樣引人驚嘆。假如以長詩作為詩人成就的指標，則《漂木》繽紛的意象、稠密的詩質、清晰的理路、不言而喻的宗教感，在在體現了傑出詩人的

141　見洛夫：《洛夫詩歌全集・IV》，頁二六──二七。

142　海峽兩岸討論《石室之死亡》的文章約五十餘篇，如翁文嫻：〈台灣現代詩在白話結構上的貢獻〉，《創世紀》，第一四〇、一四一期合刊（二〇〇四），頁一〇四──一〇五；林亨泰：〈現實觀的探求〉，《創世紀》，第六五期（一九八四），頁二一──二二；林亨泰：〈大乘的寫法：論《石室之死亡》〉，收於侯吉諒編：《洛夫《石室之死亡》及其相關重要評論》，頁九二──一〇三；李英豪：〈論洛夫《石室之死亡》〉，收於李英豪：《批評的視覺》（台北：文星書店，一九六六），頁一四七──一六三。

縱深與寬廣。[143]

在結構上，《漂木》凡四章。第一章〈漂木〉；第二章〈鮭，垂死的逼視〉；第三章〈浮萍中的書札〉，下轄四部分：〈之一：致母親〉、〈之二：致詩人〉、〈之三：致時間〉、〈之四：致諸神〉；全書以〈向廢墟致敬〉終章。

《漂木》穿透二十世紀台灣海峽兩岸的現實，也以意象提煉了自傳色彩相當濃厚的個人漂泊史。在理念及意象的迂迴逸走、曲折辯證中，洛夫釋放了《石室之死亡》有如吐血烏賊般的猛烈用詞，以過濾後的心安理得帶領讀者感受與《石室之死亡》同質異構的《漂木》，重新體會「被鋸斷的苦梨」的絕望，而多了一份壯烈與坦然。

《漂木》的語言與意象很多承襲或變造自《石室之死亡》，但題材更貼近台灣的政治社會現實，因而更嗆辣；以第一人稱對自我的審視更不留情面，因而氣魄更足。例如這樣的詩行：

> 綠燈戶送客。最短期的政黨輪替[144]
> 肩上的扁擔久而久之肯定會向／某個方向傾斜[145]
> 老鼠，陰溝裡的資本家。蟑螂，廚房的修正主義者。[146]
> 銀行的數鈔機。毛澤東迅速翻臉。[147]
> 茅台。黃河之水天上來[148]
> 黨書記兼總經理。一把鑰匙天堂與地獄共用。[149]
> 螳臂擋坦克。魯智深的超現實主義。[150]

此節句型以「句號兩端的同位語」為主體，指向海峽兩岸的政治局面。「毛澤東迅速翻臉」，形象化了數鈔機快速翻檢的人民幣；但「毛澤東翻臉」，亦暗示中國大陸經濟崛起，假如毛澤東還在世，可能神色有異。「綠燈戶送客。最短期的政黨輪替」，句號兩側的子句至少可解釋為敘述聲音的期盼。這些詩行的比喻獨創、可解、敢言而不必說破，堅實動人。

又如以下詩行：

波特萊爾的夢有時高過埃菲爾鐵塔／有時又低過／巴黎的陰溝[151]

對於詩人／最不朦朧的物質是／霧[152]

用那麼多字記述一塊冰融化的過程／你可曾聽到歷史家擲筆的聲音[153]

143 討論《漂木》的主要文章，如葉櫓：〈《漂木》的結構與意象〉，《創世紀》，第一五三期（二〇〇七），頁六六—七五；簡政珍：〈在空境的蒼穹眺望永恆的向度：簡評《漂木》〉，《創世紀》，第一二八期（二〇〇一），頁四二—四三。

144 見《漂木》（台北：聯合文學出版社股份有限公司，二〇〇四），頁四一。

145 見《漂木》，頁四八。

146 見《漂木》，頁五〇。

147 見《漂木》，頁五三。

148 見《漂木》，頁五四。

149 見《漂木》，頁五五。

150 見《漂木》，頁五五。

151 見《漂木》，頁一三九。

152 見《漂木》，頁一三九。

153 見《漂木》，頁一七七。

我從來不奢望自己的影子重於煙／可是有時只有在煙中才能看到赤裸的自己[154]

把自己倒掛起來，輕輕一抖／剛發芽的夢便如銅錢般滾落一地[155]

這些詩行揭出思想的纖維。洛夫諷刺詩人與詩潮，並不排除自己。「對於詩人／最不朦朧的物質是／霧」、「我從來不奢望自己的影子重於煙／可是有時只有在煙中才能看到赤裸的自己」，因為畫鬼最易，寫切身的最難。洛夫的詩，最清晰的形象是霧，是煙；最模糊的，是母親的容顏。〈煙之外〉、〈霧之外〉感染力那麼強，但是那些「之外」的「煙」、「霧」，本來就朦朧而易塑。另一方面，瀰漫的煙霧營造出保護感，適度遮掩了自以為敞開一切的書寫者；創作者一邊書寫，一邊亦知未必青史留名。這些詩行的敘述與意象環環相扣，既弔詭（倒掛自己／滾落夢想），又深邃（絞盡腦汁錘鍊出的夢如銅錢，聲音響亮，價格不高，價值不低），又令人苦笑（不倒掛自己的話，口袋裡一點點的夢想還掉不出來，無人知曉）。

很多詩人即使終其一生勤勉創作，年紀大了，思路不免蹇澀，語言不免散文化，格局因而受限。這是正常現象。洛夫太反常。為什麼能有人直接用意象思考、寫作，格局越來越大，越寫越自然、深刻、清澈？三千兩百行那麼巨大的篇幅騙不了人，唯一的解釋：洛夫是絕無僅有的傳奇。

葉子說落就落。二〇一八年三月十九日，讀者從此只能探望洛夫於歷史的峰頂。

從《靈河》中〈我是一隻想飛的煙囪〉透顯的禁錮與騰躍情結，穿過《石室之死亡》「我只是在歷史中流浪了許久的那滴淚」的孤絕理路，到《魔歌》以下、《漂木》之前的高度意象語言，從內在空間移向外在空間，落實於事件，洛夫往來於主客觀之間，以羅列的意象放射氛圍，在真幻之中構築情境。發跡於一九五〇年代、長達六十餘年的創作生涯，洛夫已卓然樹立獨與天地往來的精神向度。

論語言之錘鍊、意象之塑造、從現實中抉發超現實的詩情，洛夫的許多詩作早已成為台灣現代詩中的經典；尤其長於以超現實手法造成猛烈的視覺感受，蕭散冷肅中泛著不在乎，張力極強。洛夫的詩用字經濟，句構簡短，許多篇什渾然天成，有無法模仿的妙手偶得之致，個人風格極為強烈，如〈華西街某巷〉、〈剔牙〉、〈馬雅可夫斯基銅像與鳥糞〉、〈午夜削梨〉等等。洛夫超乎尋常的大家氣象尤其表現在無可取代的命名性上；一如沈奇所說，經由洛夫處理過的素材，很難有別的說法可以超乎其上。[156]

單單洛夫詩中的繽紛意象，對別的詩人來說可能已經是艱難的造句。在莊嚴而又危險的意象遊戲裡，即使有些以為經典化的，也因裹入新事件與新說法而有了新的記憶長度，例如《隱題詩》、《唐詩解構》。《唐詩解構》，對其他詩人而言可能是創作生命中極重要的里程碑；放到洛夫所有的詩作裡，只是聊備一格。雖然洛夫說的是：「盡可能保留原作的情感與意境，而把它原有的格律形式予以徹底解構，重新賦予現代的意象和語言節奏。」[157]

洛夫的詩作是否看得到其他現當代漢語詩人的影子？有。如〈豐年祭的午後〉有一點詹澈、余光中；〈朗誦一首關於燈塔的詩〉和楊牧的名作〈讓風朗誦〉有點唱和的味道。然而洛夫與別人作品的互文，還是留給讀者靈視才能指認的風景。就連洛夫晚年整理自己的腳印，想寫點雲淡風輕的自己時，他落葉紛飛的額頭上仍充滿著淘空自己的微醺之美。洛夫與余光中，兩位一九二八龍年誕生的詩人，余光中的敘事格局宜於數算芝麻粒換成多少綠豆粒；洛夫的意象格局宜於管理風暴，修復神性，把文字江山治理成步向豐饒的國度。

---

154 見《漂木》，頁一七九—一八〇。
155 見《漂木》，頁一八一。
156 參見沈奇：〈現代詩的美學史：重讀洛夫〉，收於張默主編：《大河的雄辯：洛夫詩作評論集（第二部）》，頁七〇—七八。
157 見洛夫：〈小序〉，收於洛夫：《如此歲月》，頁一九六—一九九。

（二）一九五〇——一九六九的其他焦點詩人：余光中、羅門、楊牧

二〇一七年，台灣現代詩史折損極大；一年之中，兩位一九二八年誕生的龍種溘然長逝。二月十九日，在羅門的告別式上，與他同齡的《藍星》夥伴專程北上送別故友；二〇一七年十二月十四日，羅門的這位昔日詩友也被永恆拔過河去。二〇一七年，詩史一下子翻過好幾頁，掀得好艱難。

余光中（一九二八、十、二十一—二〇一七、十二、十四），原籍福建永春，生於南京。曾就讀金陵大學、廈門大學，一九五〇年到台灣，在台灣大學外文系獲取學位。一九五八年到美國愛奧華大學進修，取得藝術碩士學位。歷任台灣大學、台灣師範大學、政治大學、香港中文大學、台灣中山大學、東海大學、東吳大學、淡江大學等校教授，及美國多所大學客座教授。曾任中華民國筆會會長、中華語文教育促進協會理事長。一九五四年，余光中與夏菁、覃子豪、鍾鼎文等合組藍星詩社。曾為《藍星》、《文星》、《現代文學》、《中外文學》、《中華現代文學大系》等重要書刊的編輯。歷獲國家文藝獎、金鼎獎等重要文學獎項。

余光中，在台灣出版詩集：《舟子的悲歌》（一九五二）、《藍色的羽毛》（一九五四）、《鐘乳石》（一九六〇）、《萬聖節》（一九六〇）、《蓮的聯想》（一九六四）、《五陵少年》（一九六七）、《天國的夜市》（一九六九）、《敲打樂》（一九六九）、《在冷戰的年代》（一九六九）、《白玉苦瓜》（一九七四）、《天狼星》（一九七六）、《與永恆拔河》（一九七九）、《隔水觀音》（一九八三）、《紫荊賦》（一九八六）、《夢與地理》（一九九〇）、《安石榴》（一九九六）、《五行無阻》（一

余光中，《安石榴》，台北：洪範書店有限公司，1996。

九九八）、《高樓對海》（二〇〇六）、《藕神》（二〇〇八）、《太陽點名》（二〇一五）；散文與評論文集：《左手的繆思》、《掌上雨》、《逍遙遊》、《望鄉的牧神》、《焚鶴人》、《聽聽那冷雨》、《青青邊愁》、《分水嶺上：余光中評論文集》、《記憶像鐵軌一樣長》、《憑一張地圖》、《隔水呼渡》、《從徐霞客到梵谷》、《井然有序》、《日不落家》、《藍墨水的下游》、《舉杯向天笑》；翻譯：《梵谷傳》、《英詩譯注》、《美國詩選》、《英美現代詩選》、《不可兒戲》、《土耳其現代詩選》、《溫夫人的扇子》、《理想丈夫》、《不要緊的女人》等等；遺作：《從杜甫到達利》。

余光中在世八十九年，寫詩六十多年，成詩一千多首，[158]風格多變。[159]其詩風遞嬗可概分為六個時期：[160]

1.格律詩時期（一九四九—一九五六），以《舟子的悲歌》、《藍色的羽毛》、《天國的夜市》為代表。多數詩作為

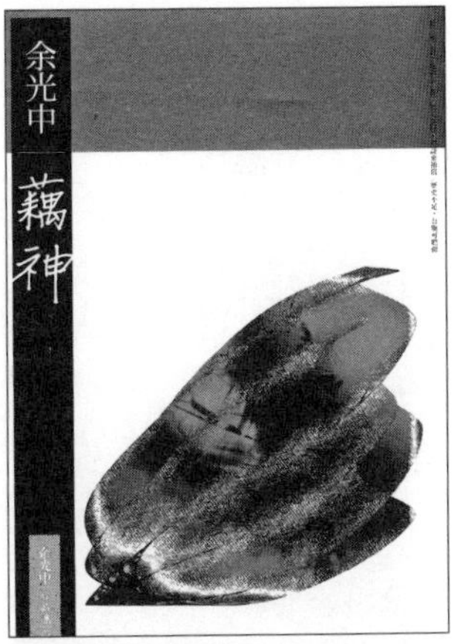

余光中，《藕神》，台北：九歌出版社有限公司，2008。

余光中，《余光中六十年詩選》，台北：印刻文學生活雜誌出版股份有限公司，2008。

158 依余光中在《守夜人・自序》所言（台北：九歌出版社有限公司，二〇一七），頁一三。

159 余光中的詩作分期，學界看法不一。如陳芳明就以余光中的主要居住地點，為余光中的詩作分為三期：台北時期、香港時期、高雄時期。見陳芳明選編：《余光中六十年詩選》（台北：印刻文學生活雜誌出版股份有限公司，二〇〇八）。

160 一九九四年，劉裘蒂〈論余光中詩風的演變〉曾止於《隔水觀音》，討論余光中的創作風格。參見劉裘蒂：〈論余光中詩風的演變〉，收於黃維樑編：《璀璨的五采筆：余光中作品評論集（一九七九—一九九三）》（台北：九歌出版社有限公司，一九九四），頁四五—八七。

二段或三段，每段四行，每段的第二和第四句押韻。

2.現代化時期（一九五七—一九六一）：《鐘乳石》後半和〈西螺大橋〉出現長短錯落的句子；《萬聖節》融會西洋音樂與現代藝術，作品趨於抽象；《天狼星》、《五陵少年》的前半，在憂鬱和蒼白中創造英雄式的幻覺，透露濃厚的懷疑思想與末世情調。

3.新古典主義時期（一九六一—一九六三）：以《五陵少年》後半、《蓮的聯想》為代表。無論文白的相互浮雕、單軌句法或雙軌句法的對比、工整的分段和不規則的分行變化上，《蓮的聯想》都以二元手法重寫了中國的傳統抒情模式。

4.走回現代中國時期（一九六五—一九七四）：《敲打樂》、《在冷戰的年代》，技巧與思想趨於高峰；對自我的剖析、形而上的主題、同一主題的兩面探索、性與戰爭的交相對映，均承載深刻。《白玉苦瓜》吸收搖滾樂的浪漫精神，以回歸故土的民族意識面對眼前的現實，以第一人稱發聲，期待詩中人經由生命的苦楚，臻於永恆的詩藝。

5.探古傷今、印證生命的時期（一九七四—一九九六）：《與永恆拔河》、《隔水觀音》，知性多於感性，字句較自然。《紫荊賦》、《夢與地理》、《安石榴》，是余光中的「香港時期」。余光中說自己「舉家連根拔起」，到香港中文大學安身立命達十一年。此時期旅遊、地理方面的書寫增加，時間意識與空間情懷相互運作深化至相當高度。詰問的句型增多。[161]

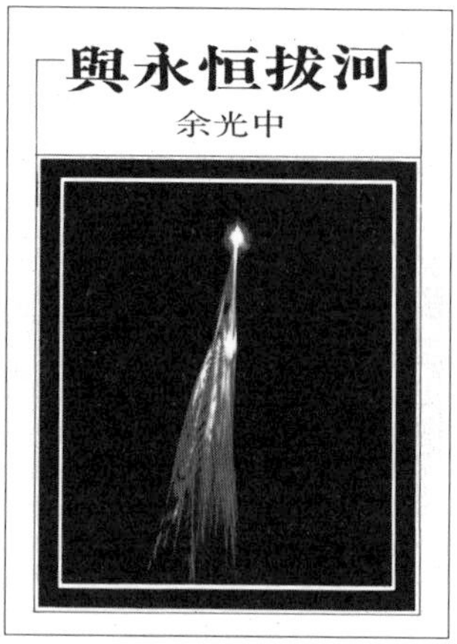

余光中，《與永恆拔河》，台北：洪範書店有限公司，1979。

余光中，《五行無阻》，台北：九歌出版社有限公司，1998。

6.回望人生、耿耿孺慕的時期（一九九八—二〇一七）：以《五行無阻》、《高樓對海》、《藕神》、《太陽點名》，及自譯的中英雙語版詩選集《守夜人》為代表。這段時間是余光中生活上的「高雄時期」，與中山大學、西子灣朝夕共處。詩作的密度較以往小，更為敘述性；狀物寫人之作傾向工筆，如〈大衛雕像〉。

一九五〇——一九六九這段期間，余光中詩藝最大的轉折是《蓮的聯想》，最具爆破力的是《敲打樂》與《在冷戰的年代》，最圓熟而飽滿的是《白玉苦瓜》。

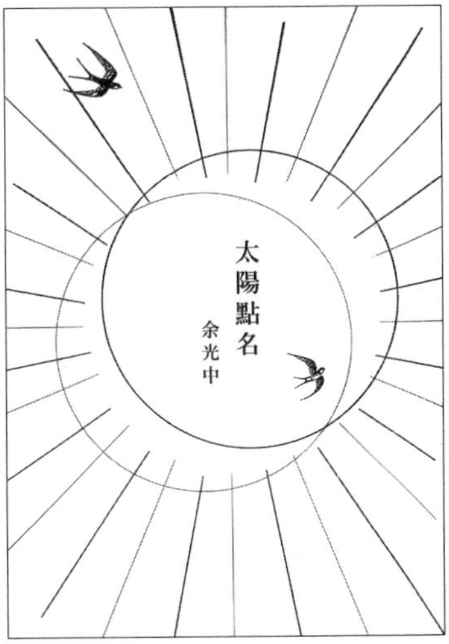

余光中，《太陽點名》，台北：九歌出版社有限公司，2015。

出版於一九六四年的《蓮的聯想》是余光中唯一單一主題的詩集，該詩集的焦點在整本詩集情感投注的「蓮」意象。當時余光中三十六歲，在「古董店與委託行之間」，[162]自陳當年「於靈於欲，生命已抵達高潮」，[163]乃委身古典文學的清芬，以「三聯句」的節制形式作為情感的棲息與心靈的安頓，並先以〈再見！虛無〉一文為之鋪陳、造勢。[164]在《蓮的聯想》的灌注與傾倒之後，經過《五陵少年》的自惕，很快，余光中擴大文化面向，撲攫不隨幻象俱逝的書寫自我，在「高速而暈眩」的美國完成《敲打樂》和《在冷戰的年

161 如〈夜深似井〉：「夜深似井／盡我的繩長探下去／怎麼還不到水聲？／蠢蠢的星子群／沿著苔壁爬上來／好慢啊／只怕還不到半路／井口就一聲叫／天亮了」。見《余光中詩選・第二卷：一九八二——一九九八》（台北：洪範書店有限公司，一九九八），頁二六—二七。

162 借用余光中散文題目。

163 參考余光中：《逍遙遊・序》（台北：九歌出版社有限公司，二〇〇〇），頁六。

164 余光中：〈再見！虛無〉發表於一九六二年。

代》，衝向個人詩創作的高峰。《敲打樂》與《在冷戰的年代》的許多詩篇，像〈雙人床〉、〈如果遠方有戰爭〉等，將切膚情欲投射到時事，張力十足。

以下概論余光中在詩史上的重要性：

1. 萌播向晚意識的詩壇祭酒

顏元叔因余光中詩中的文化鄉愁與憂國意識而尊他為「詩壇祭酒」。羅青稱其「對詩壇文壇藝壇及中國語文的發展，至為關心保衛」、「一心維護『文化中國』之傳承，劍及履及，不尚空談；指斥時弊，鐵面無私」。[165]

號稱余光中創作過程的波峯之作〈白玉苦瓜〉如此借物自塑：「一首歌，詠生命曾經是瓜而苦／被永恆引渡，成果而甘」、「猶帶著后土依依的祝福／在時光以外奇異的光中／熟著，一個自足的宇宙」、「不幸呢還是大幸這嬰孩／鍾整個大陸的愛在一隻苦瓜／皮靴踩過，馬蹄踩過／重噸戰車的履帶踩過／一絲傷痕也不曾留下」。余詩自塑的形象恆有戰火、夜燈、朝暾、晚霞、月華……這些人為或自然的亮光，輝映詩行裡歷歷或渺渺的往事。中年以前，余光中的詩寫入鄉愁，淚水與墨水共流；亦召喚歷史，以守夜人與鳳凰浴火自喻。進入晚境的余光中，水與火的雙重意象變形後在詩中呈現，清詞麗句之外透著清甘，更令人回味，如〈客從蒙古來〉。[166]

「守夜人」是余光中終其一生塑造且堅持的形象。〈守夜人〉寫出了頑強精警的筆耕者，民族意識強烈，常懷捨我其誰的文學使命感。「五千年的這一頭還亮著一盞燈／四十歲後還挺著一枝筆／已經，這是最後的武器／即使圍我三重／困我在墨黑無光的核心／繳械，那絕不可能」、「最後的守夜人守最後一盞燈／只為撐一幢傾斜的巨影／作夢，我沒有空／更沒有酣睡的權利」。[167]這形象與余光中一向捍衛中華文化的行動、言語一致。[168]寫於一九七〇年代的〈守夜人〉，詩中人守的是民族文學的漫漫長夜，是在台灣海峽的此岸遙想甫經文化大革命踐踏的母土。二〇一七年三版的〈守夜人〉，時移世易，兩岸逆轉，詩中人在兩岸交流早已開放的海峽此岸重刊舊作，當年的故土已整飭強大，而自己所在的此岸卻困於政治形勢，使得文化中國灰敗不振，因此詩中人依然必須「守夜」。只是，究竟何時才天亮，而苦守黑夜的白頭人已等不下去了。余光中的多首詩作如〈夜開北門〉、〈不寐之犬〉、〈老詩人之死〉、〈安全感〉、〈九命貓〉亦突出深夜讀書創作、吞吐中西文學、奮力與未來的歷史搏鬥，那是如余光中曾引用的歌德之語：「在一切的絕頂」的樣貌[169]。那背後支撐的，是把自律練成本能的意志。

萌播永恆意識的作品從余光中四十歲以後較顯著，筆觸時而冷峻，時而惆悵，時而展現看淡世情的曠達之致。如〈與永恆拔河〉、〈獨白〉、〈火浴〉、〈死亡，你不是一切〉、〈七十歲以後〉、〈夸父〉、〈蒼茫來

165 見羅青：〈詩人余光中教授生平事略〉，在余光中的告別式發放。

166 〈客從蒙古來〉，收於余光中《太陽點名》（台北：九歌出版社有限公司，二〇一五），頁五三—五五。

167 〈守夜人〉，收於余光中《守夜人》，頁一四一。

168 余光中曾比喻中華文化是一個大圓，圓心無所不在，圓周無處可尋，而中文就是半徑；說自己能做的，就是把這半徑拉長一點，也希望自己離世時，比來時的半徑加長一些。此話在余光中的告別式上，由黃碧端提出。

169 例如〈九命貓〉：「我的敵人是夜，不是任一隻鼠」；〈安全感〉：「土地蒼老，氣候猶多變而年輕／直徑五千年的大颱風／沒有一個角落是安全／除了危險的中心」、「在我們這時代／每一枝筆是一個例外／每一枝避雷針都相信／敢於應戰的，不死於戰爭」；〈老詩人之死〉：「所謂生存不過是最前線的一面旗」、「敢探向虛空的就不怕空虛」、「最安全的地帶是戰爭的地帶」；〈夜開北門〉：「所謂夜，不過是邊陲的城堡／夜讀人是孤獨的堡主／一彎燈光流過來／倚著雉堞的花邊／堡主是寂寞而多思的」；〈不寐之犬〉：「往往，末班車過後／天地之大也不過剩下／一里半里路外／遠屋的犬吠，三聲兩聲／只有燈能體會／這時辰，燈下的白頭人／也是一頭無寐之犬／但守的是另一種夜／吠的，是另一種黑影／只要遠一點聽／——譬如在一百年外／就聽得清清楚楚」。上引詩作均收於余光中《守夜人》，個別見頁七七、九四、一一一、一九五、一九七。

時〉、〈不忍開燈的緣故〉、〈所謂永恆〉、〈第幾類接觸〉、〈廈門街的巷子〉等等。[170]

2.冠絕台灣現代文學界的名氣

余光中自謂詩、散文、評論、翻譯等四種文類為其「四度空間」；且對搖滾樂、現代繪畫亦多所推介，自稱「藝術的多妻主義者」。梁實秋稱其：「右手寫詩，左手寫散文。」黃維樑稱譽余光中手握五彩筆。余光中的詩、散文、翻譯、評論，四馬並轡，作品總量與名氣冠絕台灣現代文壇。

余光中名滿華夏，在世界各地出版專書逾七十種，著作堆疊起來比他的身高還高。他是台灣海峽兩岸正規教育體制下必讀的現代文學作家。二〇一八年元月，大考中心的資訊顯示，在台灣歷屆的大專入學考試國文科試題中，現當代文學家之作品被選為考題，次數最多的是余光中。余光中是現當代文學研究主要的範疇，其文學表現灌溉出許多研究成果，是許多現當代文學名家筆下學習、仰望、研究的對象；「余學」的成績極可觀。[171]

在同代的詩人裡，余光中詩作的接受程度很高；《台灣現當代作家研究資料彙編》所收錄之近三千筆研究評論資料即為明證。[172]這顯示，余光中的文學創作是非常多專業讀者的研究光源。借用張曉風說過的，余光中是眾人汲水的井。許多饕餮文學的舌頭，飲水思源，卻來不及向余光中道謝。余光中作品所帶來的閱讀經驗，陪伴過許多人的成長；其強悍的啟蒙力量，曾是許多文學人靈魂深處的支撐。二十一世紀之後，因應中國大陸經濟與國力的崛起，余光中早年的〈鄉愁〉一詩在許多政治性、大眾化的場面中屢屢被使用或鋪陳。[173]

3.學府文壇的一代意見領袖

一九五〇—一九六九的二十年之間，余光中在台灣已出版八部個人詩集、四部文集、三本翻譯集，身兼多所大學教授，兼藍星詩社和《文星》的編務，承擔現代詩論戰的主筆，發聲場域廣博，創作題材多元，嘗試各種文類，作品產量大而出版時間持續，是當時台灣文學界最耀眼的明星。

澎湃奔放的創作生命力與時代的氛圍融合加乘，成就余光中為時代文化漩渦的中心。在一九五〇年代的肅殺政治氣氛中揮舞詩筆與論劍，余光中總是積極投入、正向迎戰、不屈不撓、勇於自惕、樂當意見領袖，氣魄雄渾，淋漓盡致地表現，或表演；一邊拓寬文學王國的版圖，一邊隨時不畏於以今日之我向昨之我挑戰。一九六七年，余光中在〈現代詩的名與實〉表達文學理念，語氣一貫滔滔凜然，而對白話詩、自由詩，尤其是散文詩的貶抑，已迥然不同於一九五〇年代的自己。[174]看似前後矛盾的意見，對應的不是余光中曾經

170 〈與永恆拔河〉、〈獨白〉、〈蒼茫來時〉，見余光中：《與永恆拔河》（台北：洪範書店有限公司，一九七九），頁一三三—一三四、三六—三七、一六四—一六六；〈火浴〉、〈死亡，你不是一切〉、〈七十歲以後〉，見余光中：《在冷戰的年代》（台北：純文學出版社，一九八四），頁三四—三六、六二、六〇—六一；〈夸父〉、〈不忍開燈的緣故〉、〈所謂永恆〉，余光中：《紫荊賦》（台北：洪範書店有限公司，一九八六），頁一六—一七、一二九—一三〇、一七五—一七六；〈第幾類接觸〉、〈廈門街的巷子〉，見余光中：《隔水觀音》（台北：洪範書店有限公司，一九八三），頁三六—四三、八七—九一。

171 例如「台灣博碩士論文知識加值系統」以「余光中」為關鍵詞，可查得博碩士學位論文三四筆；「台灣期刊論文索引系統」以「余光中」為關鍵詞，可查得文章二四七筆。此為二〇一八年二月二十日查詢所得。

172 單就陳芳明編選的《台灣現當代作家研究資料彙編・34・余光中》（台南：國立台灣文學館，二〇一三）的「研究評論資料目錄」，篇幅就占了二五五頁，共收二九三六條的資料，每條或為一本書，或為一篇文章。二〇一四年以後的研究均未計入。此外，台灣的國立中山大學成立全球共享的「余光中數位文學館」，資料豐沛。網址：http://dayu.lis.nsysu.edu.tw/news.php。

173 當論者將現代詩共識為「小眾的藝術」時，「大眾詩人」、「紅頂詩人」、「鄉愁詩人」等帽子不由分說地當頂扣下，這對余光中的詩藝而言，不但是化約了的貶抑，而且是非常粗礪的評價。在汗牛充棟的「余學」資料中，本書特別要凸顯的是作為一個詩史撰寫者對余光中的看法；完全不打算、更不可能、也沒必要將所有評論意見「一網打盡」。

174 余光中說：「五四初期的新詩，在文字上每每淺顯、單調，而無韻味，便是因為胡適、冰心等作者過分迷信白話萬能。」、「所謂『自由詩』的特質，都是消極的：不要韻，不要音律，不必講究行與節的多寡與長短。」、「散文的反義字有時是韻文，而不是

汲取的新月詩風或曾經孺慕的自由詩派，更證明了對曾經拉拔他的老師梁實秋的仰慕。[175]看似拿石頭砸自己腳的表面矛盾，為了對抗紀弦而促使自己「現代化」是另一個例子；[176]最著名的則是余光中完全接納死對頭洛夫的意見，放下詩壇領導位置的矜持，從爭鋒相對打筆仗到反躬自省、承認缺失，回頭改寫長詩〈天狼星〉。

在以語體文創作現代詩、且仍與政府主要的文藝政策拉扯的一九五〇年代，余光中首先以清澈的文字、明晰的主題、悅耳的節奏，穩定了台灣現代詩的發展，將現代詩導向較精緻的敘述語言。經歷《文星》時期的現代詩論戰後，余光中的詩路正式邁向現代化。展現在詩行中的，是燃燒在詩中人呼吸裡的時間感，一種鬚髮奮張、依循艾略特意見而實際操作的時空意識。[177]

在台灣現代詩批評尚未形成氣候的一九六〇年代，余光中一邊寫詩，一邊讀詩、評詩、為人作序，建立起現代詩評論的範式。一本《井然有序》，大抵以評為序，有褒有貶，充分展現學者的嚴謹一面。余光中寫詩評不囿於規範或形式，又很能畫龍點睛，指出作品的精髓或奧妙。他為向明詩作〈私心〉寫的讀後感：〈奔向永恆〉，用極短篇、寓言的手法寫成；該文既妙做解人，亦作為與好友公開的悄悄話，也等於以他種文類改寫向明詩作，誠為詩評的夢幻逸品。[178]

4.重視文學傳承

余光中深諳傳統，強調文學史的傳承，從不趨新排故。對於自己繼承的文學養分，余光中不但從不隱諱，而且在詩文裡一再強調、敘寫。余光中承認，自己的「少作」，得益於在四川讀中學時的學長臧克家《烙印》之啟發。此外，梵谷、王爾德、披頭四、華茲華斯、濟慈、葉慈、李賀、龔自珍、李白、杜甫、李商隱、蘇軾，這些古今中外的名士、名詩人，經常出現在余光中的筆下。梵谷經由余光中的創作而獲得新生。除了翻譯《梵谷傳》，余光中詩寫梵谷，就有〈向日葵〉、〈星光夜〉、〈荷蘭吊橋〉等多篇，[179]寫活了赤髮獅鬣、橘面斷耳、手中亮著帶血的剃刀、走向瘋人院長廊的的梵谷，同時幻想著一向燒灼在藝術烈焰中的自己。

詩。」、「在一切文體之中，最可厭的莫過於所謂『散文詩』了。」見〈現代詩的名與實〉，收於余光中：《望鄉的牧神》（台北：九歌出版社有限公司，二〇〇八），頁一四六—一四七。

175 相關資料可參考、對照梁實秋：〈文學講話〉，收於氏著：《文學因緣》（台北：時報文化出版企業股份有限公司，一九八六），頁一〇六—一〇七；梁實秋：〈現代文學論〉，收於氏著：《梁實秋論文學》（台北：時報文化出版企業股份有限公司，一九七八），頁三四七—三四九。

176 余光中和紀弦的交鋒始於一九五三年。起因是余光中發表了〈給某詩人〉，諷刺該詩人獨唱般的作品猶如青蛙的聒噪、蒼蠅的喧囂。當時紀弦對現代詩現代化的訴求已影響余光中。參見余光中：〈從古典詩到現代詩〉，收於氏著：《掌上雨》（台北：大林出版社，一九七二），頁一八〇—一八一。

177 參見余光中：〈艾略特：夢遊荒原的華胄〉，氏著：《英美現代詩選》（台北：時報文化出版企業股份有限公司，一九八三），頁一一四。

178 向明的〈私心〉，原詩為：「那座走了近百年的老掛鐘／突然敲著我說：／「老兄，我要小解。」／對於，他這隱忍夠久罕有之舉／我感到赧然／然而，我沒有理他／必得自私／因為，我不能沒有時間」。余光中的〈奔向永恆：向明〈私心〉讀後〉這樣寫：「哲學家虛子一連三天登壇講學，題目是〈奔向永恆〉。時間被得罪了。第四天清晨他醒來，家裡的鐘錶全罷了工。長針，短針都指向天頂，那姿態不像是祈禱，卻像是指控。他必須搭火車去遠方，好在趕到火車站，還有幾分鐘才開車。但火車開動後，全世界的鐘錶都接着罷了工。他發現從此火車不再停站，只顧向前衝，衝，衝。而車輪寂寂無聲，在虛空中奔馳。司機廣播說『末站已經過了，誰也不能下車』。虛子惶然四顧，發現車上乘客全是三天來他台下的聽眾，而坐得越近他的，正是拍掌最熱烈的那些。他再看上車時帶來的報紙，上端竟已失去日期，車窗上的日影始終沒有移動。終於他發現『永恆的價值』，只有在時間裡才懂得。他站了起來，準備向他的聽眾宣布新的結論。但似乎太遲了，滿車聽眾，不，奔向永恆的乘客，已決定將他推下車去。」

179 其中主標題相同的〈向日葵〉就有二篇。〈星光夜〉、〈荷蘭吊橋〉、〈向日葵〉原收於《安石榴》，三詩成一系列，紀念梵谷過世百年；復編入陳芳明選編：《余光中六十年詩選》，頁碼分別為二八三—二八五、二八六—二八八、二八九—二九一。收於《安石榴》的〈向日葵〉以「梵谷百年祭之三」為副標題。另一首〈向日葵〉原收於《夢與地理》，復編入陳芳明選編：《余光中六十年詩選》，頁二六三—二六五。

一九八〇年代之後，余光中詩時常在歷史文化中借古諷今，或自嘲，或自勵。〈湘逝〉、〈水仙操〉、〈念李白〉、〈尋李白〉、〈戲李白〉、〈刺秦王〉、〈夜讀東坡〉、〈橄欖核舟〉，[180]余光中寫這些詩，用典渾不費力。

余光中，這位生肖屬龍、誕生在重九佳節的「茱萸的孩子」，在《舟子的悲歌》階段，沉浸在中國古典詩的抒情傳統和十九世紀以拜倫、雪萊、濟慈為主的浪漫主義氛圍；[181]到了《藍色的羽毛》出版時，對英詩的偏好轉向歐文、狄瑾蓀、佛洛斯特、魏里夫人，並以〈詩人之歌〉向胡適深切致意，進而自許：「我與其做一隻討好的喜鵲，不如做一隻告警的烏鴉。」[182]

5.名句甚多

余光中說過：「所謂傳後，最簡單的考驗就是作家能否『留言』。一位作家一生究竟出過多少書，百年後並不重要，只要有一句話令人不忘，也就算不虛此行了。」[183]余光中令人留下印象的詩句不少，正出於其文字絕不拖泥帶水，「清澈」之餘頗見巧思。隨手舉例，如：

黃昏在遠方伸淡漠的懶腰（〈炊煙〉）

露出瘦瘦的靈魂和淨骨／被旋風磨成一架珊瑚（〈自塑〉）

將你對偶像過分的崇拜／留一份下來尊敬你自己。／與其多一個虛偽的權威，不如多一個人瞥見真理。（〈偶像〉）

落日說黑皤皤的松樹林背後／那一截斷霞是他的簽名／從焰紅到燼紫／有效期間是黃昏（〈山中傳奇〉）

暮色是一隻詭異的蜘蛛／躡水而來襲／複足暗暗地起落／平靜的海面卻不見蹤跡（〈蛛網〉）

月是盲人的一隻眼睛／怒瞰著夜，透過篷鬆的雲（〈單人床〉）

夜空下，如果有誰呼喚／上面，有一種光／下面，有一隻蟋蟀／隱隱像要回答（〈狗尾草〉）

酒入豪腸，七分釀成了月光／餘下的三分嘯成劍氣／繡口一吐就半個盛唐（〈尋李白〉）

燈塔是海上的一盞桌燈／桌燈，是桌上的一座燈塔／照著白髮的心事在燈下／起伏如滿滿一海峽風浪／一波接一波來撼晚年（〈高樓對海〉）

在我們這時代／每一枝筆是一個例外／每一枝避雷針都相信／敢於應戰的，不死於戰爭（〈安全感〉）

6. 節奏與華藻

聲音及美辭始終是余光中寫詩的堅持。從《舟子的悲歌》、《藍色的羽毛》到《天國的夜市》，剛開始現代詩創作的余光中，詩風承繼新月餘緒而呈格律體，然後逐漸採行西洋歌謠詩體而運用較從容的格律。[184]夏菁說余光中的首部詩集《舟子的悲歌》：「那個政治掛帥、戰鬥文藝盛行的時代，讀來特別清新。」[185]

180 〈湘逝〉、〈念李白〉、〈尋李白〉、〈戲李白〉、〈刺秦王〉、〈夜讀東坡〉，依序見余光中：《隔水觀音》，頁一—一〇、五九—六一、五四—五八、五一—五三、一四三—一四八、一一—一四；〈橄欖核舟〉，見余光中：《紫荊賦》，頁四八—五一；〈水仙操〉，余光中：《白玉苦瓜》（台北：大地出版社有限公司，一九七四），頁一一七—一一八。

181 梁實秋當年推薦余光中的時候，便說余光中：「師承囿於浪漫主義」，見余光中：〈序詩〉，氏著：《舟子的悲歌》（台北：野風出版社，一九五二），頁四一。

182 〈詩人之歌〉，見余光中：《藍色的羽毛》（台北：藍星詩社，一九五四），頁一三—一五。

183 見余光中：〈心猿意馬，意識亂流〉，原發表於《中國時報・人間副刊》（二〇〇九年七月一日）；收入余光中：《粉絲與知音》（台北：九歌出版社有限公司，二〇一五）。

184 許倬雲批評余光中第一本詩集《舟子的悲歌》：「是一本兼容舊詩與西洋詩的新詩集。」見傅孟麗：《茱萸的孩子：余光中傳》（台北：遠見天下文化出版股份有限公司，一九九九），頁三三。

185 見夏菁：〈完全是為了取勝〉，收於蘇其康編：《詩歌天保：余光中教授八十壽慶專集》（台北：九歌出版社有限公司，二〇〇八），頁二九一。

余光中非常講究音韻、節奏，而且做得很好。其詩一經朗讀，就不容易忘記。[186]重視音樂性和簡潔了當，使得余光中以深入淺出、雅俗共賞的文字贏得讀者，而終將傳後。

余光中曾經純為譜歌而寫詩，如〈兩相惜〉、〈踢踢踏：木屐懷古組曲之二〉。[187]單向的意圖投射加上清朗的節奏，使讀者更容易親近；《夢與地理》中的〈向日葵〉藉拍賣成交時的吆喝：「going, going, gone」作為語氣的過段，重整梵谷的形象，充滿由聲音而來的張力和戲劇感。最後幾行的氣氛達到高潮，幾令人喘不過氣：「木槌舉起，對著熱烈的會場／手槍舉起，對著寂寞的心臟／斷耳，going／赤髮，going／壞牙，going／惡夢，going／羊癲瘋，going／日記和信，going／醫師和病床，going／親愛的弟弟啊，going／砰然的一聲，gone／一顆慷慨的心臟／迸成滿地的向日葵滿天的太陽」。[188]

余光中，《夢與地理》，台北：洪範書店有限公司，1990。

即使在余光中早年向西方取火的現代化時期，以及一九六〇年代台灣一片晦澀詩風的感染裡，余光中的詩作詞采豐美，清朗如故。片段的詩句如：「當一排木麻黃的背後／一列火車／蜿蜒一種向北的蜿蜒／曳著煙／曳著一縷灰色的溫柔」、「鐵絲上，一節破血衣猶在掙扎」[189]、「無所謂戶籍確鑿吧現在／日落時／風把一炷香靜靜接去」[190]、「一架七四七的呼嘯遠後／落日淡下去，如一方古印／低低蓋在／一幅佚名氏的畫上」[191]。

7.以敘述取勝

相對於同年出生的詩人洛夫，余光中許多好詩以敘述取勝而非意象。即使早年意象稠密的〈野砲〉、〈九命貓〉，仍端賴邏輯性強的敘述鏈接全詩；而如〈聽瓶記〉、〈一枚銅幣〉則敘述顯占上風。其詩從一九七〇年代掀起民歌潮的作品之後，敘述重於意象的表現越見昭顯。余光中這項特質的詩語表徵，比如理順了的倒裝句型（如〈大白斑蝶〉：「多自由啊，唯美的信徒」）、以助詞調節語氣以強調或讚嘆，或切成上下各半的句子（如〈灰面鷲〉：「高高的緯度啊長長的風」、「我到過一個，哦，可愛的島嶼」、〈後半夜〉：「有什麼岸呢是可以回頭的嗎？」）、以記憶或想像承接斷處的穿插句式（如〈夢與膀胱〉夾於午夜夢迴與起身小便的想像：「當靈魂升向星際／或是在月光裡仰泳／只要有四百西西／向膨脹的膀胱／施這麼一點壓力」）、具備一錘定音之效的陳述句（如〈壁虎〉：「你的坦途是我的險路／卻不妨寂寞相對的主客／結為垂直相交的伴侶」）、詩行結構錯落疊置的迴旋體（如〈雨聲說些什麼〉、〈在多風的夜晚〉）等等。[192]

余光中以這些深具個人特色的敘述樣態，寫出許多讓讀者印象深刻而不專以意象勝出的作品。如：

---

186 簡政珍在〈余光中：放逐的現象世界〉開章明義，說余光中的詩：「所展現的是一個清澈的語音，而不是語意的迴盪。明晰的主題和悅人的音樂感才是他詩的重點。」收於陳芳明編：《台灣現當代作家研究資料彙編・34・余光中》，頁一七一—一九三。簡政珍此文表達對語意餘韻的在意。所謂「清澈的語音」，指的是去除雕章麗句、清辭美文等等專屬於中文方塊字的優勢，剩下寥寥無幾的思想內涵。「清澈」，對照此文提到的「語意的迴盪」、「明晰的主題」、「悅人的音樂感」，意在批判余光中的詩因銳意追求音樂感而犧牲語意。

187 余光中謂〈兩相惜〉歌詞工整，遙攀古典，招惹樂府，純為譜歌而作，通篇每句八字三節，句末三字自成一節。

188 原收於《夢與地理》，復編入陳芳明選編：《余光中六十年詩選》，頁二六三—二六五。

189 截自〈忘川〉，《余光中詩選：一九四九—一九八一》（台北：洪範書店有限公司，一九八一），頁二五六—二六〇。

190 截自〈慈雲寺俯眺台北〉，《余光中詩選：一九四九—一九八一》，頁二七二—二七三。

191 截自〈樓頭〉，《余光中詩選：一九四九—一九八一》，頁二八〇—二八一。

192 〈壁虎〉、〈大白斑蝶〉、〈灰面鷲〉、〈夢與膀胱〉、〈雨聲說些什麼〉，見余光中：《夢與地理》（台北：洪範書店有限公司，一九九〇），頁一五二—一五四、一〇八、一〇九—一一〇、一三四—一三五、六七—六八；〈在多風的夜晚〉，見余光中：《五行無阻》（台北：九歌出版社有限公司，一九九八），頁一三九—一四二；〈野砲〉、〈九命貓〉、〈一枚銅幣〉，見余光中：《在冷戰的年代》，頁二二一—二二三、十九、八四—八五；〈聽瓶記〉，見余光中：《與永恆拔河》，頁一一九；〈後半夜〉，見余光中：《安石榴》（台北：洪範書店有限公司，一九九六），頁八四—八七。

可以想見晚年／太陽下山，汗已吹冷／五千年深的古屋裡／就亮起一盞燈／就傳來一聲呼叫／比小時更安慰，動人／遠遠，喊我回家去（〈呼喚〉）

再長的江河終必要入海／河水不回頭，而河常在（〈七十自喻〉）

知了越譟越顯得寧靜／此生倒數，該是第幾個夏天／蟬聲再長，也只像尾聲了（〈半途〉）

所謂妻，曾是新娘／所謂新娘，曾是女友／所謂女友，曾非常害羞（〈或者所謂春天〉）

最後的一陣黑風吹過／哪一根會先熄呢，曳著白煙？／剩下另一根流著熱淚／獨自去抵抗四周的夜寒（〈三生石・紅燭〉）

矛盾的世界啊／不論初見或永別／我總是對你大哭／哭世界始於你一笑／而幸福終於你閉目（〈矛盾世界：母難日之二〉）193

這些零星詩行，許多片段即使獨立於上下文之外，仍自有其生命。其共同的特色是一口咬定的余式語言。〈炊煙〉中的「黃昏在遠方伸淡漠的懶腰」，羽化了「曖曖遠行人，依依墟里煙」。〈偶像〉、〈安全感〉所引詩行，表現出孤注一擲、勇往直前、猶如熊熊火焰般，孤獨而燃燒的形象，正是余光中在文壇形象的標記。〈呼喚〉、〈半途〉、〈七十自喻〉，猶如胡桃挑仁，苦盡甘來，在苦澀或孤寂中透出清甘。〈三生石・紅燭〉、〈矛盾世界：母難日之二〉，敘寫鶼鰈情深與孺慕耿耿，直白而素樸，卻很動人。這些詩行都以清澈的語音帶動延伸的語意，以音樂性強大的敘事方式補足意象缺口，貼心而饜耳。又如寫於一九六六年的〈灰鴿子〉取材日常生活，而從詩行折射出時代風雲，個人的情思與歷史的烽煙藉著糙地上散步的灰鴿子勾勒出來，淡淡的戲謔裡結合了嘲他與自嘲，營造出溫暖親切而又沉痛抑鬱的氣氛。兼具擬聲與意涵指涉的「嘀咕嘀咕嘀咕」，及與其調配變化的「含含糊糊的訴苦」成就此詩的節奏與趣味；「廢炮怔怔望著遠方」化抽象而繁複的時間淤積為具象的沉吟。

8.兩個關鍵詞：「自」與「家」

余光中的詩作皆透顯雄放的父性呼求，較少從受觀察者的位階去體察。讀余詩，「自」是非常明顯的關鍵詞：自塑、自期、自傷、自問、自尊、自豪、自幸、自大。詩中總有一個強大的「我」。所以余光中的詩大抵主題明確。顯例像〈火浴〉、〈當我死時〉、〈自塑〉、〈有一隻死鳥〉。

「家」在「自」之上，更是余光中詩最關鍵的軟肋。且不說余光中寫家人的作品數量不少，即余光中向八荒九陔前朝遠代致敬，或在詩文中與古人同暢逍遙之遊，也經常緬懷年幼時江南那一盞伴他讀書的桐油燈，或展現年少在四川讀中學時期校園、家園周邊大自然的依依之情，或表達年邁時對海角天涯那「日不落家」乾幽默的想念：如〈抱孫〉、〈抱孫女〉、〈圓通寺〉、〈削蘋果〉、〈黑雲母〉、〈神經網〉、〈故鄉的來信〉、〈面紗如霧〉、〈珍珠項鍊〉、〈私語〉、〈悲來日〉、〈東京新宿驛〉等等。[194]

來台後的余光中，以各種面貌或想像的「家」為背景，寫下詩中才氣、豪氣、脾氣並駕齊驅的自己，寫出了飄蓬斷梗中躍躍的童心，寫出別人寫不出的痛與暖，這是余光中詩作很大的特質。〈今生今世〉、〈三生石〉、〈時常，我發現〉、〈蒼茫來時〉、〈七十自喻〉，均是結合「家」與「自」這兩個余詩關鍵詞的好詩。[195]

---

193 〈呼喚〉，余光中：《白玉苦瓜》（台北：九歌出版社有限公司，二〇〇八），頁一一八、；〈七十自喻〉，余光中：《高樓對海》（台北：九歌出版社有限公司，二〇〇〇），頁一五八—一五九；〈半途〉，見余光中：《太陽點名》，頁一五五—一五七；〈或者所謂春天〉，見余光中：《在冷戰的年代》，頁四二—四四；〈三生石〉，見余光中：《五行無阻》，頁四二—五〇；〈母難日〉，見余光中：《高樓對海》，頁五七—六二。

194 相關資料可參見鄭慧如：〈余光中的親性歌吟及其文學史意義〉，收於陳芳明編：《台灣現當代作家研究資料彙編・34・余光中》，頁二二一—二四〇。

195 〈三生石〉、〈蒼茫來時〉，依序見余光中：《五行無阻》，頁四二—四九；《與永恆拔河》，頁一六四—一六六；〈母難日・今生今世〉、〈七十自喻〉，見余光中：《余光中詩選・第二卷：一九八二—一九九八》，頁二四七、二九七—二九八；〈時常，我發現〉，見余光中：《在冷戰的年代》，頁七四—七五。

9.長詩

余光中百行以上的長詩有七首：〈天狼星〉、〈敲打樂〉、〈海祭〉、〈禱女媧〉、〈花國之旅〉、〈大衛雕像〉、〈盧舍那〉。表列如次：

序次	詩題	行數	發表年	收錄之詩集
一	天狼星	六二六	一九六一	《天狼星》
二	敲打樂	一五二	一九六六	《敲打樂》
三	海祭	一三〇	一九七五	《與永恆拔河》
四	禱女媧	一一〇	一九九二	《五行無阻》
五	花國之旅	一〇六	二〇一一	《太陽點名》
六	大衛雕像	二〇五	二〇一三	《太陽點名》
七	盧舍那	一二七	二〇一四	《太陽點名》

這七首百行以上的長詩，〈天狼星〉發表於一九六一年，最早；且篇幅最長，六二六行。洛夫的〈天狼星論〉命中此詩心脈，然而〈天狼星〉仍是余光中詩質極濃密的長詩；它在多主題的非線性敘述裡進行，以多元思維呈輻射狀，即使節與節之間沒有必然的次第和連繫。

敘述和節奏的結合是余光中長詩的特質。如此手法使得長詩的背景故事覆蓋於強烈的聲音，讀誦起來，詩行中的時間感高過空間感。重複字句是其中的方式。例如〈敲打樂〉：「風信子和蒲公英／國殤日後仍然不快樂／不快樂，不快樂，不快樂，不快樂」、「步下自由的台階／你是猶太你是吉普賽吉普賽啊吉普賽」、「菌子們圍著石碑要考證些什麼／考證些什麼／考證些什麼」。[196]詠歎中的相對描寫是另一常見的方式。如〈海祭〉：「浪花四濺，啊少年，亦如淚花四濺／長泳選手四肢撥水似奮鰭／一個胸膛挺向一整幅海／肺的風箱對潮水的風箱／赤血沸對碧海的挑戰」。[197]

余光中挑戰自我，不存僥倖。從〈天狼星〉之後，不再以個別短詩的物象或意象集合而為一首長詩。〈天狼星〉以外的六首長詩，在結構上都是一氣呵成，不假名目安排形式以規畫章節。「詩系」、「組詩」，從不是余光中寫百行以上長詩的心態。在台灣現代詩史上，如此寫長詩非常罕見。收在《太陽點名》的三首百行以上長詩：〈花國之旅〉、〈大衛雕像〉、〈盧舍那〉，發表於余光中八十三到八十六歲之間，窮盡刻畫之能事，完全是長壽、腦力、意志力的明證。就算放眼世界文學史，八十歲以後還能寫數首百行以上的詩，且文氣連貫布局緊湊、思緒清晰，即使文學家嘔心瀝血，未必如願。僅此一樁，已是文學史上的稀有事件。

發表於一九九〇年代的〈海祭〉和〈禱女媧〉，運用神話傳說、古典文學，與寫作當下的現實時空對話。〈海祭〉因報紙的報導而起，敘寫一百多位從廣東泳向香港的難民受鯊魚襲擊而葬身海底。余光中拿韓愈的〈祭鱷魚文〉以為映照，既哀死者，復斥冥頑。〈禱女媧〉由詩中人仰望晚霞麗天迸發奇想，由顏彩交錯的天邊聯想到女媧補天。空間軸上遙思動心駭目的極光，時間軸上從女媧補天想到共工怒觸不周山以致天傾地缺之神話，再回到現實，想到地球生態失衡，空氣汙染、三峽建壩種種，猶如共工之禍。中西古今穿梭交織，始於仰禱，繼於俯視，敘述從容。以現實事件為串接敘述的主軸，虛實交錯，想像力噴發，謔而不虐，趣味橫生。如這樣的「禱詞」：

196 〈敲打樂〉，見余光中：《敲打樂》（台北：九歌出版社有限公司，一九八六），頁七七—八九。
197 〈海祭〉，見余光中：《與永恆拔河》，頁一九〇—二〇〇。

請煉最純潔的青釉
來補南極的屋頂
直到謳頌的上層
請煉最乾淨的紅磚
來補晚霞和朝暾
恢復白晝的英名
請煉最透明的水晶
來補溪澗和江海
恢復波濤的天性
請煉最高貴的感情
來補伏羲的後裔
來補內陸的封閉
還有島嶼的貪心[198]

〈聽瓶記〉描寫詩中人某天俯耳向瓶口，聽到瓶中迴盪的妙響，頓悟今是而昨非；說，以往認為「全世界所有的瓶都是空的，無所用心」而並非如此，一時彷彿全世界所有的聲音都在那個瓶底迴盪。驚疑之間，瓶中的迴響與聽瓶者夙昔向世界發聲的因緣融合，噪音或妙響在該詩的收尾蕩漾成趣：「亦如我心底澄澈的寧靜／原是舉世滔滔／逆耳旋來的千般噪音」。[199]斯人已遠，繚繞的餘音終究值得多年苦等，值得遠逝之後長久的回味。

一九六六年，余光中在〈大詩人的條件〉一文中，列舉「多產、影響力、獨創性、普遍性、持久性、博大性、深度、超越性」為衡量大詩人的準繩，並以此自我勉勵。顯然他已多項達標。倘若余光中的作品不這麼普及，或許能在深度和超越性上更賦予期待；身為余光中的讀者，寧願相信這出於余光中猶如面對魚與熊掌的選擇。

綜觀之，余光中的詩作提振人心，吸引大量模仿與追隨者，形成不言而明的余氏流派。身為台灣文壇與詩壇最強悍的發光體，一九五〇年代到一九七〇年代末期，余光中都是眾多眼睛的焦點。從主題到文字，余光中的詩作都顯出優雅趣味，給人正面的價值觀，播散文學芬芳。

羅門（一九二八、十一、二十—二〇一七、一、十八），本名韓仁存。生於海南省文昌縣。羅為母姓；門，取自美國詩人桑德堡名言：「詩是一扇門一開一闔間之所見」。[200]空軍飛行官校肄業。一九四九年來台。曾於民航局任職。歷任藍星詩社社長、中國文藝協會詩創作班主任；世界華文詩人協會會長等。在台灣出版的詩集、詩選集有：《曙光》（一九五八）、《第九日的底流》（一九六三）、《死亡之塔》（一九六九）、《羅門自選集》（一九七五）、《隱形的椅子》（一九七六）、《曠野》（一九八〇）、《羅門詩選》（一九八

198 〈禱女媧〉，見余光中：《五行無阻》，頁六八—七七。

199 〈聽瓶記〉，收於余光中：《守夜人》，頁一六三。

200 見陳大為：〈小傳〉，陳大為編選：《台灣現當代作家研究資料彙編・35・羅門》（台南：國立台灣文學館，二〇一三），頁五一—五二。

羅門，《第九日的底流》，台北：藍星詩社，1963。

羅門，《死亡之塔》，台北：藍星詩社，1969。

四）、《日月的行蹤》（一九八四）、《整個世界停止呼吸在起跑線上》（一九八八）、《有一條永遠的路》（一九九〇）、《誰能買下這條天地線》（一九九三）、《在詩中飛行：羅門詩選半世紀》（一九九九）、《全人類都在流浪》（二〇〇二）、《我的詩國》（二〇一〇）等多部；散文：《羅門散文精選》；論述：《現代人的悲劇精神與現代詩人》、《心靈訪問記》、《長期受著審判的人》、《時空的回聲》、《詩眼看世界》、《存在終極價值的追索》等。一九九五年由林燿德策畫、文史哲出版社編《羅門創作大系》，凡十卷。[201]

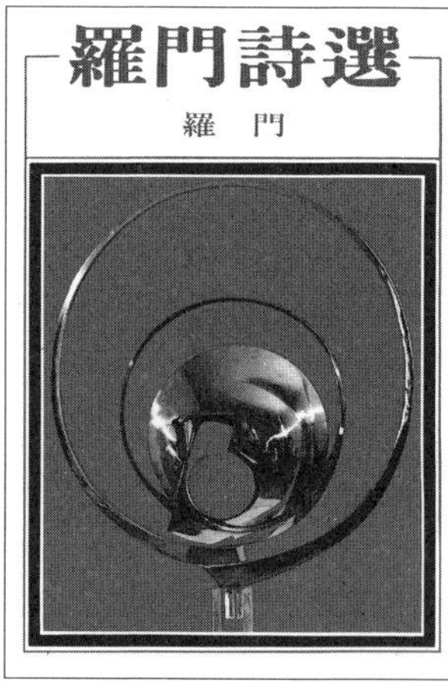

羅門，《羅門詩選》，台北：洪範書店有限公司，1984。

扣除重複選錄，羅門在台灣出版的個人詩集中，詩作共三八二首。一九五四年在《現代詩季刊》發表第一首詩〈加力布露斯〉[202]，開始現代詩創作，寫詩逾一甲子。

羅門以創新、前衛、震顫的現代感飲譽詩壇。在〈我的詩觀：兼談我的創作歷程〉裡，羅門說，學界分了六個時期討論他的詩；這六個時期中，一九五四—一九五七的《曙光》時期以「熱情奔放的浪漫色彩」見稱，而一九六三年〈死亡之塔〉發表後，為詩藝的成熟期，詩想與詩質奔赴高度知性。[203]

羅門在台灣現代詩史上有幾個重點：

1.以玄想拓展當代人的悲劇意識

源自沙特與尼采思想的悲劇精神，在羅門的文學王國裡，從灌溉的養料，成為演講的主題，再變成創作的伏流。

詩作或詩觀，羅門皆長於從玄想發端，表現對藝術境界的高蹈追求。最著稱的是羅門自創的「第三自然」之說；羅門以此批判有形有限的生存結構。為達到「第三自然」，羅門想出了「第三自然螺旋型架構」。[204]針對「第三自然」，羅門寫了〈詩人創造人類存在的第三自然〉（一九七四）、〈從我詩的「第三自然」螺旋型架構看後現代情況〉（一九八八）、〈「第三自然螺旋型架構」的創作理念〉（一九九一）、〈從我「第三自然螺旋型架構」世界對後現代的省思〉（一九九二）等。[205]

「第三自然」是精神上的超越、解脫之道、永恆的生命結構與型態，是羅門冥想而來的藝術境界。它構築在所謂的「第一自然」——大自然、日月星辰，與「第二自然」——現代性所造成的人類生存空間——之上。當詩人和藝術家超越了自然界的「第一自然」和承載現代人生存悲劇與文明饗宴的「第二自然」，就會透過靈視而昇華，到達天國一般完美而純粹的「第三自然」。基於第一自然與第二自然的衝突，或第一自然被第二自然挫敗與傷害，羅門創造出超越第一自然和第二自然的新秩序：「第三自然」。梯子、燈屋、螺旋錐，是羅門詩作「第三自然」的圖象或意象。

羅門以實際的詩歌創作實踐他的「第三自然螺旋型架構」，寫下〈窗〉、〈燈屋〉、〈螺〉、〈孤煙〉等作品。例如〈窗〉，共三節，第一節以「推窗」的順暢動作連結流水意象，再聯想到千山萬水的漫漫長路，聚焦於望向窗外的眼睛；第二節以「遙望」出發，再由視覺寫到聽覺，由地面追到天空，並透過人稱變換，將

201　各卷主題為戰爭詩、都市詩、自然詩、自我、時空、死亡詩、素描與抒情詩、題外詩、麥堅利堡特輯、羅門論文集、論視覺藝術、燈屋生活影象。
202　羅門：《羅門詩選》（台北：洪範書店有限公司，一九八四），頁三—五。
203　參見羅門：〈我的詩觀：兼談我的創作歷程〉，收於羅門：《羅門詩選》，頁一—二一。
204　關於羅門對「第三自然」的說法，參考林燿德策畫：《羅門創作大系・8・羅門論文集》（台北：文史哲出版社有限公司，一九九五），頁一一五。
205　資料參考陳大為：〈小傳〉，見陳大為編選：《台灣現當代作家研究資料彙編・35・羅門》，頁五一—五二。

推窗的「我」和被遙望的「你」二而為一，暗示「我」受眾人引領期待，在遙望中想像的遠征；第三節收尾為：「你被聽成千孔之笛／音道深如望向往昔的凝目／猛力一推　竟被反鎖在走不出去／的透明裡」。[206]此詩一開始，自然景致的山水與流暢推窗的雙手成為實際和隱喻的兩道「流」。「猛力」、「如流」、「回不來」，暗示迫切渴盼窗外的風光。因望向「千山萬水」而「回不來」的「眼睛」，指向空間，由語義演繹漸漸轉向時間。第二節由反義及矛盾語展開主角冥思蛻變的過程。蔡源煌認為，「反鎖在走不出去的透明裡」，語氣和拉金〈上教堂〉的前兩行不謀而合，也說明了無限空間的吸引力。[207]

羅門的文學觀，著重在闡釋現代人的悲劇意識。羅門大聲疾呼的姿態與高調談玄的身影皆由此展開。往前追溯，可上推至一九六〇年代籠罩台灣文化語境的存在主義；往後延展，支撐了台灣一九八〇年代以後，因林燿德大力推行而風靡一時的都市文學。羅門長於扣問生命的難處，關注人類在都市與大自然中的對應；長時間注入筆下的題材，以生死、戰爭、自我、性、永恆、寂寞為主。[208]時空或死亡題材如：〈死亡之塔〉、〈流浪人〉、〈隱形的椅子〉；人與自然題材如：〈窗〉、〈曠野〉、〈樹鳥二重唱〉；經常由「性交易」觸動的都市題材如：〈都市的落幕式〉、〈迷你裙〉、〈露背裝〉、〈都市之死〉、〈咖啡廳〉、〈都市的旋律〉；戰爭題材如：〈板門店三八度線〉、〈彈片•TRON的斷腿〉、〈遙望故鄉〉、〈月思〉、〈火車牌手錶的幻影〉、〈自焚者的告白〉。〈麥堅利堡〉概括了戰爭與死亡兩個主題；〈第九日的底流〉囊括了死亡和寂寞兩個主題。這些作品多已成為論者筆下的經典。

由玄思延展的異位觀照，使得羅門的詩格外具宗教狂熱。沉思猶如雙面刃，擴張的詩行因之恢弘神祕，也因而游移在靈視與空談的邊緣。[209]

2. 都市書寫的先導

都市題材是羅門詩廣受矚目的焦點。陳煌譽羅門為「都市詩國的發言人」，[210]鄭明娳推尊林燿德的說法，也在都市這一題材上掘發羅門的特色。以都市的黑暗面為書寫題材，羅門發展在論者的發現以前，復在論者指點之下持續發揮。在一九八〇年代「都市詩」成為台灣當代文學主流之前，羅門就已投入並表現在都市題材方面相當的成果。[211]陳煌指出，從一九五七年發表的〈城市的人〉、一九六一年的〈都市之死〉、一九七二年〈都市的落幕式〉、一九七六年〈都市的旋律〉、一九八三〈都市・方形的存在〉，羅門的詩冠以「都市」為題，至少長達二十五年；足見羅門經營都市題材，並非一時興起。[212]而早在一九五八年的〈光　穿著黑色的睡衣〉，羅門即以「春日獵場」比喻少女旋動的圓裙、以「圓形的墳蓋」比喻教堂、以「天堂支柱」比喻牧師，為日後自己都市書寫的風格打下基礎。[213]一九七〇年代後，羅門以批判現代都市文明為主題的詩

206 羅門：《羅門詩選》，頁一三八—一三九。
207 參見蔡源煌：〈從顯型到原始基型：論羅門的詩〉，原刊於《中外文學》，第五卷，第九期（一九七七），頁四—二四。
208 羅門：〈我的詩觀：兼談我的創作歷程〉，羅門：《羅門詩選》，頁一—二一。
209 參見張漢良：〈分析羅門的一首都市詩〉，收於張漢良、蔡源煌、鄭明娳、林燿德等著：《門羅天下：當代名家論羅門》（台北：文史哲出版社有限公司，一九九一），頁二三—三五。以「靈視」讚譽詩人並非獨出機杼，不是什麼特別，而用來評價獨好玄思的羅門，某個層面上反而奇怪：左看右看都難免被評者解讀為等同「卡到陰」。
210 參見陳煌：〈都市詩國的發言人：讀「羅門詩選」〉，收於張漢良、蔡源煌、鄭明娳、林燿德等著：《門羅天下：當代名家論羅門》，頁二一九—二三二。
211 陳大為寫於一九九七年的碩士論文裡，說羅門：「雖然羅門對九〇年代的世紀末都市景象的刻畫與挖掘不盡理想，但其餘同輩詩人或新世代詩人在這方面並沒有大規模的經營，……（中略）相較之下，羅門三十多年來在都市詩方面所投注的創作心力與成果，在台灣現代詩發展史上，確實無出其右者。從這個角度來看，他不負『城市詩國的發言人』之譽，而『都市詩』也儼然成為台灣詩史上的一個重要詩類。」見陳大為：〈羅門都市詩研究〉，轉引自羅門：《在詩中飛行：羅門詩選半世紀》（台北：文史哲出版社有限公司，一九九九），頁四三一。
212 同前注。
213 〈光　穿著黑色的睡衣〉，參見《在詩中飛行：羅門詩選半世紀》，頁六〇。

越來越多，終於被定位為台灣現代詩都市書寫的先河。[214]

羅門的都市書寫有既定模式：所謂都市，首先必定汙穢敗壞，惡流奔進；其次，詩中人往往洞察秋毫，迭見無所依止的各類謬種。

羅門對被自己和論者狹隘化的「都市詩」不夠警覺，當然也許還出於羅門個性中率真順性而無法飾偽到底的一面。對於日漸情境化的現代都市，羅門從不吝將好奇、張顧而犀利的眼光投向酒吧、咖啡廳等放逸休閒之處，也習於將筆尖探向歌女、報伕、擦鞋匠、拾荒者等各色邊緣人物，取得對台灣都市獨具隻眼的「廢墟化」判定。在長詩〈都市之死〉裡，巴黎被劃定為腐敗與墮落的典型，急步於其中的楚楚衣冠總是悽悽惶惶：「人們藏住自己如藏住口袋裡的票根／再也長不出昨日的枝葉嚮不起逝去的風聲」[215]。而書寫當時的美國都市，羅門則改採新鮮而寬容的視角；「旅美詩抄」的系列詩作，寫紐約、夏威夷、奧克拉荷馬，充溢著讚頌的文字，透露詩中人的放鬆自在。

「性」與「紊亂」的連結，是羅門在都市書寫中擅長使用的手法。[216]〈咖啡廳〉、〈禮拜堂內外〉、〈都市的五角亭〉都出現類似嘗試；如〈都市的五角亭・歌女〉：「在那一擊便著火的空氣裡／她是一隻RONSON牌打火機」[217]、〈咖啡廳〉：「一排乳房／排好一排浪／夜　便波動起來了」[218]、〈禮拜堂內外〉：「迷你裙短得像一朵火花／一閃／整條街便燒了起來／行人發呆成風中的樹／而打對街過來的柯神父／誰知道祂雙目提著兩桶水／還是兩桶汽油」[219]。典型的羅門都市書寫，如〈流浪人〉，「性」和「寂寞」是「主旨」上的關鍵。〈流浪人〉先以船隻依偎港灣比喻流浪人與夜店的棲止關係，再以「用燈拴自己的影子」、「隨身帶的一條動物」，寫浪人與其影子的形影相弔：「被海的遼闊整得好累的一條船在港裡／他用燈拴自己的影子在咖啡桌的旁邊／那是他隨身帶的一條動物」。第二節將流浪人的孤單與漂泊具象化。最後四行這麼寫：

帶著隨身帶的那條動物
讓整條街只在他的腳下走著
一顆星也在很遠很遠裡
帶著天空在走[220]

以往這首詩的詮釋者將重點擺在第一節，用來照顧或引證羅門的都市書寫，但更可注意結尾的兩句：「一顆星也在很遠很遠裡／帶著天空在走」，寫活了走出夜店的浪人醉眼迷茫、步履踉蹌；在延伸的語意中，遠方天邊一顆搖曳的孤星和浪跡天涯的流浪人也構成隱約的呼應。依照語境判斷，羅門的本意是一顆星星拖曳著整片天空，成為黑暗中的唯一亮點，既令人無法忽視，又令人不捨；而在實際上，「一顆星也在很遠很遠裡／帶著天空在走」，是喝醉的流浪人眼入虛妄加上移情作用的結果，是語境和實際狀況的對照映襯。

214 參見林燿德：〈在文明的塔尖造塔：羅門都市主題初探〉，收於陳大為編選：《台灣現當代作家研究資料彙編・35・羅門》，頁二八四—三二〇。又可參見張漢良：〈分析羅門的一首都市詩〉，收於陳大為編選：《台灣現當代作家研究資料彙編・35・羅門》，頁三一三—三二〇；張之維：〈台灣現代詩中的廢墟詩境：以商禽、羅門、林燿德為例〉（桃園：元智大學中國語文學系碩士論文，二〇一二）。

215 羅門：《羅門詩選》，頁五一—五八。

216 參見蔡源煌：〈從顯型到原始基型：論羅門的詩〉，原刊於《中外文學》，第五卷，第九期（一九七七），頁四—二四。

217 羅門：《羅門詩選》，頁一一六—一一七。

218 羅門：《羅門詩選》，頁二一一—二一二。

219 羅門：《羅門詩選》，頁一一二。

220 羅門：《羅門詩選》，頁九三—九四。

3.倒置的句法與醒神的句子

陳仲義曾點出，倒置、錯位是羅門的獨門招式：「他善於在時空、物我、因果諸方面採取顛覆性動作，頻頻瓦解常態世界固有的秩序，以全然逆反的方式歪曲事物之間的關聯，利用錯幻覺、聯覺、聯想，調度常規語法，從而教日常的經驗世界發生錯位，教空間透視關係發生倒置。」[221]精闢指出羅門詩藝的特質。

倒置、錯位的句型演繹出不少羅門的經典詩行。比如運用主客顛倒的：「他不走了／路反過來走他」（〈車禍〉）；客體之間顛倒的：「明天，當第一扇百葉窗／將太陽拉成一把梯子」（〈流浪人〉）；違背空間原則的：「天空不穿衣服在雲上／海不穿衣服在風浪裡」（〈逃〉）。這些句子因離奇而情趣平添，與羅門二元顛倒的造句方式密切關聯。〈逃〉的句子，原來的意思很單純：天空包容雲、海包容浪；經羅門一寫，變成雲接納天空、浪接納海，大小的空間關係倒錯。〈流浪人〉的句子，主體是太陽，客體是受太陽照射的百葉窗。按照主客關係，句子原本為：「太陽將百葉窗拉成一把梯子」；羅門易動主客，意思更雋永，寫出陽光穿透百葉窗，照在地上的光影如同梯子，也暗示時間已經不早。

以倒錯的句型為主，羅門寫下獨造的詩句，如：

車疾馳／太陽左車窗敲敲／右車窗敲敲／敲得樹林東奔西跑（〈車入自然〉）
誰也不知道太陽在哪一天會死去／人們伏在重疊的底片上再也叫不出自己（〈都市之死〉）
他向樓梯取回鞋聲（〈流浪人〉）
咖啡把你沖入最疲憊的下午（〈曠野〉）
裁紙刀般刷地一聲將夜裁成兩半（〈迷你裙〉）
猛力一推／雙手如流（〈窗〉）
除了那種抱摟，誰能進入火的三圍（〈夏威夷〉）

一把刀／從鳥的兩翅間通過（〈板門店〉）
一叉上來　若是魚／必有歲月游過來／如果雙筷是猛奔的腿／必有飢渴的嗥叫（〈餐廳〉）
我們從一雙破靴中將路放走　讓荒野獨自回去／當背後像遠去了的步音／我們如何使跨前的腳向後復合／如何使陳列的花籃還原為春天（〈死亡之塔〉）

羅門的詩不在遣詞造句上追求精練或圓潤，而著重在大刀闊斧的格局和對自己心靈內象徵系統的演練。駢植與倒錯的修辭，釀造羅門層疊羅列的比喻。

中文詩作往往借重修辭表現美感。許多詩人的詩翻譯成外文之後，因運用中文而留存的修辭之美，隨之變調或消失。倘若詩是跨越國界和語言文字的藝術載體，比起中文書寫裡以修辭見長的現代詩人，詩作翻譯為外文之後，羅門很可能是少數仍保留作品原汁原味、藝術價值不變調者。

就另一角度而言，羅門使用中文書寫現代詩，而對兼顧形、音、義的中文，其駕馭能力始終未臻至境。如修辭與擇字上的差錯時而條理欠通；依賴疊句、排比句或條件句，常見節外生枝地衍生；偶見通俗而破壞整體莊嚴氣象的字眼等等。然而這些都屬修辭的細節。基本上，羅門對待文字語言的態度很嚴肅，不太耍多詩人都玩上一兩手的遊戲。在「詩言志」的結構問題上，羅門總是以赤子之誠投入時空交錯中對靈魂的震撼，語言甚具爆發力和哲思。[222]

221 見陳仲義：〈台灣詩歌的「前探照」〉，收於陳仲義：《蛙泳教練在前妻的面前似醉非醉：現代詩形式論美學》（北京：作家出版社，二〇一三），頁三二二—三四四。

222 鄭明娳說羅門：「語言有相當的哲思性」、「許多句子已具有警句功能」、「擅長對偶句型」、「通常在一連串對偶句型之後，會凸出一兩行非對偶句為締結。」張健說，羅門有時會在一首氣象莊嚴的詩中以通俗的字詞破壞統整的情調，如〈麥堅利堡〉的：「眼睛常去玩的地方」、「這裡比陰暗的天地線還少說話」、「太平洋的浪被砲火煮開也冷了」。見鄭明娳：〈比日月走得更遠〉；張健：〈評三首

4.長詩

羅門的長詩著重思考性，堅實矗立，寓批判於感受。其主題聚焦在死亡、寂寞、都市，而最顯著的特質是悲劇感的高度意象化。

在一九五〇—一九六九的焦點詩人裡，羅門的長詩最不具敘事性，詩質亦稠密。羅門對抽象思維予以意象化的能力，使得某些長詩幾乎每一行都是以意象寫成的自足句，完全不摻水、不以跨行的圖象形式或連續的名詞充數成行。

羅門百行以上的長詩共有十首：〈板門店・三八度線〉、〈時空奏鳴曲〉、〈九二一號悲愴奏鳴曲〉、〈都市之死〉、〈都市，你要到哪裡去〉、〈觀海〉、〈曠野〉、〈大峽谷奏鳴曲〉、〈第九日的底流〉、〈死亡之塔〉。這十首百行以上的詩作，創作時期橫渡一九六〇—一九九〇年代。大致以創作於一九六〇年代為多，文字的密度較高；一九七〇年代有〈曠野〉、〈觀海〉、〈板門店・三八度線〉；一九八〇年代有〈時空奏鳴曲〉、〈都市，你要到哪裡去〉；一九九〇年代以降有〈大峽谷奏鳴曲〉、〈九二一號悲愴奏鳴曲〉。表列於次：

序次	詩題	行數	發表年	收錄之詩集
一	板門店・三八度線	一〇二	一九七六	《羅門詩選》
二	時空奏鳴曲	一八八	一九八四	《整個世界停止呼吸在起跑線上》
三	九二一號悲愴奏鳴曲	一〇八	未注明發表時間	《在詩中飛行：羅門詩選半世紀》
四	都市之死	一〇四	一九六一	《羅門詩選》
五	都市，你要到哪裡去	一六三	一九八六	《整個世界停止呼吸在起跑線上》
六	觀海	一〇六	一九七八	《羅門詩選》

七	曠野	一一五	一九七九	《羅門詩選》
八	大峽谷奏鳴曲	二一八	一九九三	《在詩中飛行：羅門詩選半世紀》
九	第九日的底流	一四二	一九六〇	《羅門詩選》
十	死亡之塔	二五五	一九六三	《羅門詩選》

羅門的長詩書寫以事物的現象面為過渡，事件與比喻服務於玄想，日常經驗昇華為對生命意義的逼問。如〈都市之死〉表現精神的枯竭，諷世意涵顯著；〈曠野〉天風野馬般的雄健氣象使得李瑞騰稱之為「曠野精神」；[223]林燿德說，〈時空奏鳴曲〉中，「那個賣花盆的老人／仍在街口望著老家的花與土」，「老家」和「在地」兩種花土的疊合，表現出被時空凝凍的哀傷。[224]

羅門的十首長詩中，〈第九日的底流〉和〈死亡之塔〉藝術成就很高。〈死亡之塔〉的「圓」、「塔」和〈第九日的底流〉的「圓」、「塔」、「河流」，締造了羅門自己獨創、多重複合的暗示系統。兩首詩皆有所本，而其「本事」在詩作中僅作為穿針引線之用，是詩作的背景而非主軸；詩行的前進仍以敘述者對抽象思維的認知為脈絡。〈第九日的底流〉由貝多芬的〈第九交響曲〉以及貝多芬之死發想，綿亙至對永恆的勘測、對精神深度的掘發，以及對存在的省思；[225]〈死亡之塔〉從「覃子豪之死」出發，以上帝退隱、童年消

「麥堅利堡」〉。分別收於張漢良、蔡源煌、鄭明娳、林燿德等著：《門羅天下：當代名家論羅門》，頁三七—三九、一一三—一一五。

223 參見李瑞騰：〈「曠野」精神〉，收於張漢良、蔡源煌、鄭明娳、林燿德等著：《門羅天下：當代名家論羅門》，頁三六五—三六六。

224 參見林燿德：〈火焚乾坤獵：讀羅門的時空奏鳴曲〉，收於張漢良、蔡源煌、鄭明娳、林燿德等著：《門羅天下：當代名家論羅門》，頁四一—五三。

225 蕭蕭說：「〈第九日的底流〉前五節，對永恆的探討只做了消極性的比較。……真正探索人類精神和心靈的某些動向，期使音樂及詩

逝等故實強調人之無助，凝視死亡。此二詩皆透過書寫死亡以省思永恆，文字鏗鏘有力。

〈死亡之塔〉發表於一九六三年，是羅門最長的詩作。二五五行的篇幅，以五節組詩構成。作為核心意旨「死亡」的借代意象，從詩題的「塔」，到詩行隨處點染的「落日」、「海」、「打穀場」、「收割機」、「月台」、「磨坊」、「絕崖」、「花瓶」、「燈」、「玻璃」、「窗」，都是從想像拾掇的比喻，而非流洩於詩行中的實存，與聯想所興的「覃子豪」關係亦微薄；它們的效用是探索主旨，與「死亡」對話。季紅說羅門「感多悟少」；陳瑞山、顏元叔批評〈死亡之塔〉「意象失控」，說多組意象無法與整體結合為統一體。這的確道出羅門耽思務玄的弊病。[226]然以〈死亡之塔〉為例，羅門的長詩經常與現實以比喻為隔，直接切入觀念本質，這特質一方面指向意義的延遲，一方面因為缺少「意」的轉折，而以絡繹卻不相屬的意象直接傳動，不免予人以窒息感。例如：

你的不安早已成為嚴重的風季
在尼古丁燃燒著那種醒的夜裡
你的面逃不出燈的瞭望
便被光埋在紙上
成為遼闊的風景　成為睡著的火焰
在雲層之上　在岩層之下[227]

此節狀寫「你」在夜裡一邊抽菸一邊書寫的情景。一、二句的「早已」、「風季」、「燃燒著那種醒」，寫出「你」經常深夜尋思、勤奮刻苦之態。三、四句寫燈下埋首寫字。五、六句讚嘆「你」的成果。然而「雲層」、「岩層」、「風季」、「燈」，這幾個意象既擁擠又缺乏語意的推展，繁衍之際，實需更緊密的牽連。

又如：

當焚屍爐較郵筒還穩妥
一封信在火途上快遞
我們便清楚地讀到　主啊
你在用骨灰修補天國[228]

「用骨灰修補天國」的比方很精彩。此喻以「一封信在火途上快遞」為前提，描寫屍身推進焚化爐。一般人理想或來生所寄的天國破損待補，而「主」唯以信眾肉身的灰燼補天。在語境中，「骨灰」是「主」所認定、信眾和祂對話的憑藉，所以也是填補天裂的可靠材料。但是人和「主」傳訊的想望，不但是怕死，更出於貪生，斷不願以肉身為信。此小節充斥著譏刺與批判；不過文字內的符號關係從「當焚屍爐較郵筒還穩妥」，就不是一對一的明確指涉，必須逐行閱讀，方知羅門以「焚屍爐」比喻郵筒，以「屍身」比喻信件，以「主」為投遞對象。羅門讓作為符徵的「這一封信」自我遊戲，從而「主用骨灰修補天國」。

作本身能因精神深度的勘測以臻於永恆，則有待後來的四節操作。」、「第六節以後，意象的紛呈較前為甚……意象的突起以『爆破』的方式，保持遙遠的呼應，意象採跳動性的轉移」、「最後一節，採取一種『渾和』與『圓熟』的表現」。見蕭蕭：〈論羅門的意象世界〉，收於張漢良、蔡源煌、鄭明娳、林燿德等著：《門羅天下：當代名家論羅門》，頁八八—九〇。

226 參見陳瑞山：〈意象層次剖析法：試解羅門的超現實詩之謎〉、季紅：〈詩人羅門：他的詩觀、表現觀與他的語言〉，收於張漢良、蔡源煌、鄭明娳、林燿德等著：《門羅天下：當代名家論羅門》，頁九九—一一七、一三三—一五七。

227 見羅門：《在詩中飛行：羅門詩選半世紀》，頁三三八。

228 前揭書，頁三四〇。

以〈死亡之塔〉為例，羅門透過長詩展現的技藝，不但不把現實與文學創作之間畫上等號，反而恆常讓語言文字從中作梗，使得作為符號的語言文字不在確指外物上鍛鍊，而只是符號的符號。

羅門的長詩作品特別顯示，詩語言之於羅門，作用是給人架構性的質感；它無力指涉別的，充其量只能指涉語言自己，詩在自己語言的山谷中殘存而不能使任何事發生。正如林亨泰說的，羅門經常藉由發語的姿態和速度，讓意象逐漸展現，似乎意味什麼，而又隨著語言的脈絡改變，意象一出現在語意中，即又隱入語意。[229]另值得一提的是，羅門的長詩很凝聚，詩長而不紊亂，較諸一九六〇年代由「國軍文藝獎」重金招徠而致的長詩，更見證其詩藝之壯美。

羅門耕耘現代詩，其成就獲得詩壇與學界相當穩定的評價。大致上，羅門的詩展現野心、規模，開風氣之先，勢如潑墨，風格朗然。羅門的詩反映矯枉過正後的社會與人生黑暗面、病態面；對於人與自然以及人性的離異、人的異化、宗教與物欲的交織，羅門以相當機敏的異位觀照走在時代前端。他留下多首多次被評論的佳作：以串聯句名噪一時的〈咖啡廳〉亦為一例。即使不免比喻擁擠生硬或文字有待錘鍊而遭詬病，其猶如風吹水上的玄想風景、結合想像與事義旁證時代苦難的詩章、隨著生命推移而不斷變異與超昇之終極追尋，都使得羅門的詩在一個創造起點上，朝抵達的前方，受思索、受界定。

楊牧（一九四〇、九、六—），本名王靖獻。生於台灣花蓮。台灣東海大學外文系學士、美國加州柏克萊分校比較文學碩士、博士。三十二歲之前，多以葉珊為筆名；其他筆名有：王萍、蕭條、焦囂；一九七二年改以「楊牧」為筆名行世。曾任教於華盛頓大學等多所大學。曾獲紐曼文學獎、瑞典蟬文學獎、星雲文學獎貢獻獎等重要獎項。創作文類以詩與散文為主，旁及戲劇，亦出版評論、翻譯，編纂多種刊物。詩與散文被譯為英、法、德、日、韓、瑞典、荷蘭等語文。著有詩集：《水之湄》（一九六〇）、《花季》（一九六三）、《燈船》（一九六六）、《非渡集》（一九六九）、《傳說》（一九七一）、《瓶中稿》（一九七五）、《北斗行》（一九七八）、《楊牧詩集I》、《吳鳳》（一九八〇）、《禁忌的遊戲》（一九八〇）、《海岸七疊》（一九八〇）、《有人》（一九八六）、《完整的寓言》（一九九一）、《楊牧詩集II》（一九九五）、《時光命題》（一九九七）、《涉事》（二〇〇一）、《介殼蟲》（二〇〇六）、《楊牧詩集III》（二〇一〇）、《長短歌行》（二〇一三）；另有論述：《傳統的與現代的》等多部、散文：《年輪》等多部。

楊牧詩文雙美，學貫中西，文學之路開始得很早，創作力豐沛而不輟。一九五五年，楊牧已在當時台灣的重要詩刊：如《藍星》、《創世紀》發表詩作。出版第一本詩集《水之湄》時，當時以「葉珊」為筆名的楊牧才二十歲。從一九六〇年代開始，平均每個十年，楊牧出版的詩集大致為三至四部，還不包括散文、評論、翻譯、學術論著。

楊牧在各種文章中披露了自己的文學因緣、創作心境、藝術理念，提供研究者觀察其作品與文學觀念的入口。

在文學因緣上，楊牧服膺濟慈，推崇葉慈，授業於徐復觀、陳世驤等國際知名漢學家。在漢語現代詩的前輩和詩友中，楊牧鍾愛徐志摩，認同覃子豪。徐復觀強調的憂患意識、陳世驤對抒情傳統的見解，與西洋音樂、《詩經》傳統、唐詩意象、漢魏六朝詩文、駢文的文字之美、西方浪漫主義和現代主義的詩歌等等，都深入楊牧的創作中，成為詩思運轉的養料。

在文學觀念上，楊牧對於創作的技術層面特別強調聲音和色彩；對於文化層面，主張美學層次和道德旨歸。[230]楊牧談詩與倫理、抽象疏離、敘事形式、抒情言志，對於「詩」，有深重的人文期待，經常反問自己

229 轉引自羅門：〈詩與我〉，收於羅門：《在詩中飛行：羅門詩選半世紀》，頁四六。

230 參見楊牧：〈音樂性〉，收於楊牧：《一首詩的完成》（台北：洪範書店有限公司，一九八九），頁一四三—一五六；〈詩關涉與翻譯

「什麼是詩」。他說，「詩的功能就是為了起悲劇事件於虛無決絕，賦予莊嚴回生，洗滌之效，以自覺、謹慎的文字。」[231]對於詩之所以為詩，楊牧以崇高和厚重為價值判斷；認為文學必須節度以理性，以「偉大的文學」為創作的終極目標。[232]

就詩集區畫楊牧的書寫風格，可分為四個階段：

1.《水之湄》時期：包括《水之湄》（一九六〇）、《花季》（一九六三）、《燈船》（一九六六）、《非渡集》（一九六九），四部詩集。

此時期的作品強調源於閱讀的默想與抽象主題，其想像力遁向古代文學或文化。相較於其他處於一九六〇年代現代主義狂飆期的詩人，葉珊對於源自玄想的「虛構」有深刻的自覺，不將之混同於現實。讀者也可發現，一九六〇年代的葉珊，已建立自己詩作的特質：精美的辭藻、出塵的氛圍、沉思的語境、反覆扣問的筆法、安排聲音的方式。

一九六〇年代的十年間，正是葉珊從東海大學、金門，到愛荷華大學的時期。此時期的葉珊詩作以愛情、美、永恆為主，從自我追尋出發，著重聽覺意象與視覺意象。從《水之湄》的輕緩掙扎、《花季》如沾染暗墨的凝慮、《燈船》開始的語言實驗，到《非渡集》的浮光掠影，葉珊樹立了以浪漫精神為主、冷靜憂鬱為輔的詩風。

一九六〇年代，葉珊出於主觀需要而選擇性地吸納或揚棄現代主義和浪漫主義，游離在兩者邊緣。奚密說，此時期的楊牧詩作，意象具有強烈張力與自覺的抽離，像〈夾蝴蝶的書〉：「你的眼遍布翅膀」、〈星河渡〉：「讓我割裂臂膀灌溉你七月的芙蓉」，已超越傳統古典詩詞的抒情，使得詩境在粗暴和奇詭中擴張。[233]

2.《傳說》時期：包括《傳說》（一九七一）、《瓶中稿》（一九七五）、《北斗行》（一九七八）、《吳鳳》（一九八〇）、《禁忌的遊戲》（一九八〇），五部詩集。

一九七〇年代是楊牧文學生命的突破時期，是楊牧從抒情向敘事借火的關鍵；在楊牧個人的生命歷程中，也是從葉珊到楊牧的岔口。

一九七〇年代的楊牧在當時台灣的文化脈絡中，氣象大開大闔，一新眾人耳目，是文學界極耀眼的星星。一九七〇年代的楊牧，詩風已完全成熟，力作迭出，關懷層面從小我伸向歷史與社會的廣大脈絡，人文色彩愈加濃厚。

在這段時間裡，楊牧轉化、反思、表演、改編中國古典文學的資源及題材；同時在幾篇文章裡表達了對現代詩的初步意見。《傳說》的〈將進酒〉、〈暗香十行〉、〈武宿夜組曲〉、〈延陵季子掛劍〉，《瓶中稿》裡的〈經學〉、〈鷓鴣天〉、〈秋祭杜甫〉、〈林沖夜奔〉，取題或意象來自中國古典文學。楊牧在一九七二年《現代文學》的序文：〈寫在「回顧」專號的前面〉，肯定一九五〇和一九六〇年代因藍星詩社和現代詩社而促成的詩藝躍進；在一九七六年發表〈現代的中國詩〉，批判紀弦主導的「橫的移植」，倡議重拾「縱的繼承」。[234]

問題〉，楊牧：《隱喻與實現》（台北：洪範書店有限公司，二〇〇一），頁二三—三九；〈詩的端倪〉，楊牧：《奇萊前書》（台北：洪範書店有限公司，二〇〇三），頁一二五—一四五；〈複合式開啟〉，楊牧：《奇萊後書》（台北：洪範書店有限公司，二〇〇九），頁一一一—一三三。

231 見楊牧：〈抽象疏離〉，《奇萊後書》，頁二一五—二二七。

232 例如楊牧在〈文學與理性〉提到：「文學固然是想像力的發揮，文學仍有待理性的指引。藝術想像力不受理性規範之前，僅僅是幽邃的幻想，不著邊際，瀰漫氾濫，很難產生偉大的文學。真正接受理性修正導引的藝術想像力乃演化為有機的詩思。唯當有機的詩思規則地運作的時候，文學才告成立。」收於楊牧：《失去的樂土》（台北：洪範書店有限公司，二〇〇二），頁六五—七〇。

233 參見奚密：〈楊牧：台灣現代詩的Game-Changer〉，收於陳芳明主編：《練習曲的演奏與變奏：詩人楊牧》（台北：聯經出版事業股份有限公司，二〇一二），頁一—四二。

234 自「現代派」以〈現代派信條〉揭竿而起，到一九七二年現代詩論戰之後、一九七八年鄉土文學論戰之前，〈現代的中國詩〉的著墨點觸碰到論戰口水罕能及義的「現代性」。楊牧在該文中，主張發揚漢語因素、文化傳統、在地情境，強調「中國」的質地、性格和精神，取代富於砥礪與挑逗、「以現代技巧表現現代精神」的「中國的現代詩」。見楊牧：〈現代的中國詩〉，楊牧：《文學知識》（台北：洪範書店有限公司，一九八六），頁三—一〇。

《瓶中稿》收楊牧三十歲以後的詩作。楊牧在《瓶中稿》的〈自序〉說此詩集：「總結了我一九七〇年到一九七四年間的睥睨和猶疑。」[235]對照楊牧的文學年表，一九七〇年到一九七四年間，在空間上，楊牧從加州到麻州，到西雅圖，到台灣，又赴歐洲；在個人的學經歷與文學事業上，楊牧獲得加州大學柏克萊本校的比較文學博士，歷任麻州大學、華盛頓大學等校的教職，與余光中合編《中外文學．詩專號》，詩集之外又出版散文集：《傳統的與現代的》。[236]

《瓶中稿》是楊牧個人生命和創作歷程的分水嶺。陳義芝、陳芳明都提出《瓶中稿》在楊牧生命中的重要性。陳義芝說：「瓶中稿階段是楊牧創作生涯中非常重要的一個高峰。」[237]陳芳明說：「《瓶中稿》是他（指楊牧）詩藝營造過程中的一個斷裂。……（中略）所謂斷裂，應該是指他的風格更加沉穩渾厚。早期的怔忡惶惑，至此似乎都已滌蕩清楚。」[238]

3.《海岸七疊》時期：包括《海岸七疊》（一九八〇）、《有人》（一九八六）、《完整的寓言》（一九九一），三部詩集。此時期的楊牧詩作，節奏漸趨明快，憂傷的基調裡增添了柔和、溫暖，如同沐浴於午後冬陽中的幸福感滲透詩行，為楊牧詩作之前所未見。

楊牧於一九七九年再婚，接著兒子出生，一九八一年在華

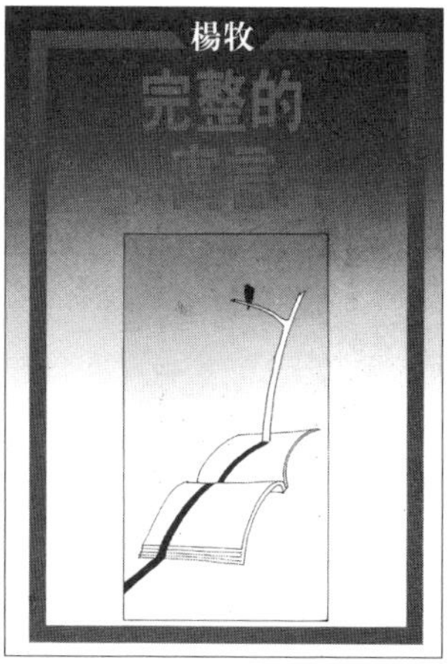

楊牧，《完整的寓言》，台北：洪範書店有限公司，1991。

楊牧，《有人》，台北：洪範書店有限公司，1986。

楊牧，《海岸七疊》，台北：洪範書店有限公司，1984。

盛頓大學升任教授，一九八三—一九八四年在台灣大學外文系擔任客座教授。在世俗的眼光裡，這段時期也是個人感情、名望相對豐盈穩定的時期。

這段時期的楊牧詩作有了較明顯「介入詩學」的體現，如《北斗行》的〈熱蘭遮城〉、《有人》的〈悲歌為林義雄作〉。楊牧在這類作品中，表現了對事物在狀態、性質、關係上的判斷。

4.《涉事》時期：包括《時光命題》（一九九七）、《涉事》（二〇〇一）、《介殼蟲》（二〇〇六）、《長短歌行》（二〇一三），四部詩集。這段時間的作品，詩境頗有撥雲見日之感。[239]

235 見楊牧：〈瓶中稿自序〉，收於楊牧：《楊牧詩集I》（台北：洪範書店有限公司，一九九四），頁六一六—六一九。

236 楊牧文學年表，參見須文蔚編：《台灣現當代作家研究資料彙編・50・楊牧》（台南：國立台灣文學館，二〇一三），頁六三—八六。

237 見陳義芝：《不盡長江滾滾來：中國新詩選注》（台北：幼獅文化事業股份有限公司，一九九三），頁二六九。

238 見陳芳明：《台灣新文學史・下》（台北：聯經出版事業股份有限公司，二〇一一），頁四四二。

239 參見張期達：〈楊牧的涉事，疑神及其他〉（中壢：國立中央大學中國文學系博士論文，二〇一六）。

楊牧，《介殼蟲》，台北：洪範書店有限公司，2006。

楊牧，《涉事》，台北：洪範書店有限公司，2001。

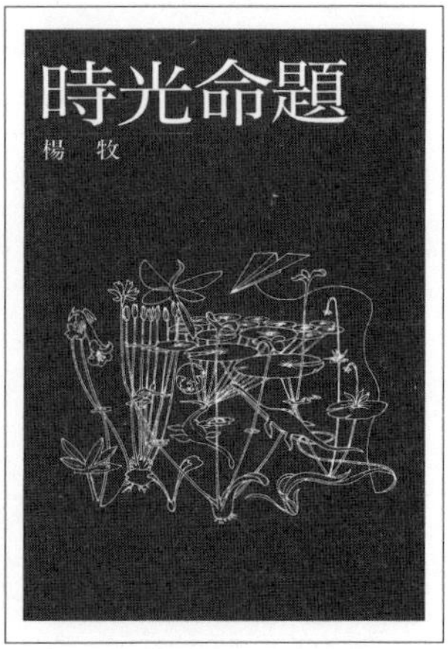

楊牧，《時光命題》，台北：洪範書店有限公司，1997。

葉維廉說過楊牧：「我們的詩人始終是這個『無上的美』的服膺者：古典的驚悸，自然的悸動，童稚眼中雲的倒影。」[240]楊牧自己則說，創作〈給憂鬱〉、〈給智慧〉、〈給時間〉、〈給雅典娜〉、〈給死亡〉、〈給寂寞〉、〈給命運〉等一系列富含哲學思考的詩作，是他真正自覺開始寫詩的時候。[241]這些訴諸形上思考的作品，楊牧自己偏愛的是〈給時間〉。〈給時間〉可以看到楊牧對分行、聲音、意象、詩境的擘畫與成效，很能代表楊牧詩風的概約樣貌。如該詩的局部詩行：

當花香埋入叢草，如星殞
鐘乳石沉沉垂下，接住上生的石筍
又如一個陌生者的腳步
穿過紅漆的圓門，穿過細雨
在噴水池畔凝注
而凝成一百座虛無的雕像
它就是遺忘，在你我的
雙眉間踩出深谷
如沒有回音的山林
擁抱著一個原始的憂慮
告訴我，什麼叫做記憶

楊牧，《長短歌行》，台北：洪範書店有限公司，2013。

如果你曾在死亡的甜蜜中迷失自己
什麼叫記憶——如你熄去一盞燈[242]

一如〈給時間〉，楊牧引人沉吟再三的作品，詩中的第一人稱不但不是以先知先覺的姿態出現，反而是以一個疲憊、倦怠、傷痛、在滾滾紅塵中追尋安身立命的提問者存在。這首詩傳達的是對客體入迷的感覺，而非清醒的體悟；一如楊牧許多詩的特質，在把握詩中人情思轉折的過程中，令人感覺敘述者身陷其中的惘然。假如遺忘是時間留下的烙印，那麼什麼叫做遺忘？既然已遺忘又如何體會時間？假如記憶和遺忘是一個觀念的正反面向，那麼在這全然指向過往的追悼聲中，「告訴我」的客體在哪裡？

〈給時間〉的喻旨和喻依之間既互相依傍，又牽引前面的詩行，彼此黏妄發光，構成多重語意的可能。〈給時間〉穿梭在詩行的幾個比喻，虛實之間的轉換很精彩。詩中以「如」展開的四個明喻：「如星

240　參見葉維廉：〈葉珊的《傳說》〉，收於葉維廉：《中國現代作家論》（台北：聯經出版事業股份有限公司，一九七九），頁二五九—二七六。

241　楊牧說過：「有一天，我開始寫〈給憂鬱〉，一首遵循著某種特定規矩的詩，（中略）……就在同一年同一個月裡，相去不過幾天，開始寫〈給智慧〉，也是一首形式有條不紊的詩，（中略）……那是我真正自覺開始寫詩，當我有意，立志放棄一些熟悉的見聞，一些無重力的感嘆類的辭藻或句式的時候，我當然是在私自執行著個人的砥礪，練習，期待能朝向更深更遠，更超越的領域從事創作。……這系列的下一首是〈給命運〉，（中略）……同年寫〈給寂寞〉，（中略）……第五首〈給時間〉，（中略）……第六首〈給雅典娜〉。這是一個追求的過程。」見楊牧：〈抽象距離——那裡時間將把我們遺忘（中）〉，網址：http://cstone.idv.tw/?p=845。二〇一六、十一、二十九查閱。

242　見楊牧：《楊牧詩集 I》（台北：洪範書店有限公司，一九七八），頁三〇六—三〇七。

隕」、「如一個陌生者的腳步」、「如沒有回音的山林」、「如你熄去一盞燈」，喻依之後各以形容詞子句為之命題，呈現喻旨。這四個「如」是對時間的具象化；接在「如」之後的形容詞子句則是對喻依經過包裝的抽象化：包括「虛無」（「虛無的雕像」）、「憂鬱」（「原始的憂鬱」）、「黑暗」（「永恆的黑暗」）。

在幾乎成為模式的「形容詞＋的＋抽象名詞」中間，「鐘乳石沉沉垂下，接住上生的石筍」適度「陌生化」，在聲音和意涵上都有稍做停頓的效果。

連綿的語意由「花香」、「星隕」、「鐘乳石」、「陌生腳步」可窺見。「花香」延續前面詩行對「瓜熟蒂落」的鋪陳而來，而「枯木」、「熟果」是詩中人對「什麼叫遺忘」的回答，所以「果子熟了」猶如「花香」、「星隕」，釋放香氣的同時殞落告終，詩行到此為線性思考。接著，「鐘乳石沉沉垂下，接住上生的石筍」，從自然景觀延續詩人對時間的發想，卻打破既定的線性思緒，使得詩行到此跳脫，發展成似斷未斷的懸絲；再接下來的「又如一個陌生者的腳步」別開另一生面又和前面詩行銜接，但思考的趣味已經不同。「又如一個陌生者的腳步」仍是貫串對時間的比喻式定義；不過更有趣的是，這「陌生腳步」就句構而言同時比喻「花香埋入叢草」和「鐘乳石沉沉墜下」。想像詩行構築的畫面裡，「花香埋入叢草」之前，如何經過光影、雨季、風力的催化，「鐘乳石沉沉墜下」之前，得以如何的地質條件，經過多漫長的化學平衡，因而藉以比喻的「陌生腳步」其實由來已久，如「花香」、「鐘乳石」之醞釀或沉積，特具溫度而被發問者忽略。

因此，由「陌生者的腳步」凝注成的「一百座虛無的雕像」，從語境上應該理解為「為虛無做的雕像」，而非「為陌生者做的雕像」；也就是，經由詩行前前後後的閱讀，看似為形容詞的「虛無」原來是名詞。把「虛無」當成名詞，接下來那句：「它就是遺忘」斬釘截鐵的語氣就有更合理的解釋。

首尾未分段、一氣到底的〈給時間〉，以連綿的韻律和汲汲求索的語氣營造頌詩的氛圍。陳芳明說，此詩所謂的時間，擺盪在記憶和遺忘之間，「隱隱透出楊牧少壯時期的憂鬱與迷失」；[243]張芬齡、陳黎說這首詩：「從在枯木上的青苔、爛熟的果實、落花、殞星、虛無的雕像，聽見了時間流動的聲音，看到了遺忘的色澤」。[244]這幾位評論者的說法透出〈給時間〉的魅力：詩人寫詩向時間致意，而對自己深深致意的對象卻未說清楚它的輪廓。

楊牧研究在台灣學界已成顯學，已經典律化。[245]其詩之特質與重要性為：

1. 連結敘事和戲劇獨白體的長篇敘事詩

楊牧在紀錄片《朝向一首詩的完成》中，自陳以「人名＋動作」作為詩題，開展成一系列，已逾五十年。[246]

以「人名＋動作」寫敘事詩，自一九六九年開始，主題從演繹古典文學逐漸轉向重寫當代社會或政治事件，如〈延陵季子掛劍〉、〈妙玉坐禪〉、〈鄭玄寤夢〉、〈林沖夜奔〉、〈馬羅飲酒〉、〈喇嘛轉世〉、〈以撒斥

243 參見陳芳明：《美與殉美》（台北：聯經出版事業股份有限公司，二〇一五），頁二八四—二八六。

244 參見張芬齡、陳黎：〈楊牧詩藝備忘錄〉，收入林明德編：《台灣現代詩經緯》（台北：聯合文學出版社股份有限公司，二〇〇一），頁二三九—二七〇。

245 有關楊牧的研究文獻非常多。以楊牧的詩研究為主，概舉其要，比如：陳芳明主編：《練習曲的演奏與變奏：詩人楊牧》；孫偉迪：〈楊牧詩的音樂性研究〉（台南：國立成功大學中國文學系碩士論文，二〇〇七）；劉正忠：〈楊牧的戲劇獨白體〉，《台大中文學報》，第三五期（二〇一一），頁二八九—三二八；張健：〈楊牧情詩十二式〉，收於張健：《情與韻：兩岸現代詩集錦》（台北：釀出版，二〇一一），頁一四四—一七五；葉維廉：〈葉珊的《傳說》〉，收於葉維廉：《中國現代作家論》，頁二五九—二七六；賴芳伶：〈孤傲深隱與曖昧激情：試論《紅樓夢》和楊牧的〈妙玉坐禪〉〉，《東華漢學》，第三期（二〇〇五），頁二八三—三一六；張芬齡、陳黎：〈楊牧詩藝備忘錄〉，收於須文蔚編：《台灣現當代作家研究資料彙編・50・楊牧》，頁二三五—二五七；奚密：〈抒情的雙簧管：讀楊牧近作《涉事》〉，收於須文蔚編：《台灣現當代作家研究資料彙編・50・楊牧》，頁一五九—一六七；東華大學編：《二〇一五楊牧研究國際研討會論文集》（花蓮：國立東華大學，二〇一五），等等。

246 參考目宿媒體：《朝向一首詩的完成》（台北：目宿媒體股份有限公司，二〇一二）。

堠〉、〈平達耳作誦〉、〈十二星象練習曲〉等。[247]

一九五七年的〈傳統〉一詩，就可以看到當時的葉珊經營具有敘事意味的抒情詩。當時常用的手法是對話體的形式和故事性的架構。一九五六年的〈漂流〉亦具戲劇形式。發表在一九六〇年代的作品，如〈入山〉、〈異鄉〉、〈寒天的日記〉，已可看到戲劇感濃厚的唱腔和自傷的情懷。[248]

一九七〇年代的楊牧開拓了連結敘事和戲劇獨白體的長篇詩作。葉維廉說楊牧這是「透過面具發言」。[249]楊牧的敘事書寫不散文化，不流於說故事，而在精練、優美的詞藻中，藉著文學文化常識蘊蓄歷史意識與人文關懷，不受一九七〇年代時興的敘事詩「寫實」風潮所囿。

一九七一年初版的《傳說》，以敘事的氣味開展介於史實與虛構之間的詩作。《傳說》有七首長篇敘事詩，均開風氣之先。收於《傳說》的〈續韓愈七言古詩「山石」〉、〈延陵季子掛劍〉、〈第二次的空門〉從古典文學取材，連續幾首長詩藉古寓今，為台灣一九七〇年代敘事詩書寫風潮的先驅。

2.以描摩感覺與情緒為主的抒情詩

楊牧的詩風兼含「浪漫」與「現代」，但主要仍歸於「浪漫」。閱讀楊牧的詩，可以發現楊牧的多數作品有「跟著感覺走」的素質，尤其較早期的詩。楊牧的詩不像許多詩人有特定的主題、明確的方向、聚焦的主旨，而經常訴諸於莫知所萌的直覺、想像、感覺，對於生命狀態的沉思也經常顯現飄移、陰鬱的情緒，像〈孤獨〉一詩說的：「亂石磊磊」。[250]

《瓶中稿》出版之前，楊牧詩作慣有的遲疑、惶惑、憂傷、疏離，其探看世界的不安成為個人詩風的顯著特質。如《水之湄》描寫陌生而又如真似幻的情緒；《花季》增益古典的色澤，更顯夢幻。

楊牧詩中常見刪節號、破折號、跨行句，對來去無常的情緒予以暫時安頓，但這類情緒仍會在之後的詩行如伏流般竄出，無所棲止。雖然少數作品仍有書寫對象、題旨或特定目標，然而綜觀楊牧詩作，感覺、情境的鋪陳更是重點。追逐自己一向索求、描摩、想像、難以確切捕捉中的真善美，即是楊牧詩的抒情特質。

3.規律的形式與聲音布置

論者多謂鍾鍊聲調和語態、把握高低交錯的聲音，是楊牧很明顯的詩藝。楊牧的詩，音樂成分重於繪畫成分；詩行中營造出來的聲調感，重於文字的指涉。在楊牧的詩藝進程裡，反覆探詢並追求屬於自己「聲音」的形式意義，大過詩作的主題或意象。也有學者認為，瘂弦和鄭愁予對楊牧詩中的音樂性啟迪甚大。[251]

蔡明諺發現，楊牧詩的音樂性有四個特點：跨行句、「二字組」、數字入詩、感嘆詞入詩。蔡明諺說，以「葉珊」為筆名的階段，詩句以完整的單行收束為常態；改筆名為「楊牧」之後，跨行句越來越多。一九七〇年代末以降，像「一顆心在高溫裡熔化／透明，流動，虛無」、「搜索人間的公理，正義，同情」這樣的「二字組」，在楊牧詩中越來越顯而易見。以感嘆詞入詩尤見於一九七二年以前的「葉珊」時期，語言因而也較為鬆散。楊牧以數字入詩多保留於表示時間或方位的題材，如〈冬至〉、〈帶你回花蓮〉、〈開闢一個蘋果園〉。[252]

---

247 〈延陵季子掛劍〉、〈林沖夜奔〉、〈十二星象練習曲〉，依序見楊牧：《楊牧詩集Ｉ》，頁三六六—三六八、五八八—六〇二、四三三—四四二。〈妙玉坐禪〉、〈鄭玄寤夢〉，依序見楊牧：《楊牧詩集Ⅱ》（台北：洪範書店有限公司，一九九五），頁四八二—四九七、二二六—二三〇。

248 更詳盡的論述參見蔡明諺：〈論葉珊的詩〉，收於陳芳明主編：《練習曲的演奏與變奏：詩人楊牧》，頁一六三—一八八。

249 參見葉維廉：〈葉珊的《傳說》〉，收於葉維廉：《中國現代作家論》，頁二五九—二七六。

250 〈孤獨〉，楊牧：《楊牧詩集Ⅱ》，頁一九—二〇。

251 參見張依蘋：〈一首詩如何完成：楊牧文學的三一律〉，收於陳芳明主編：《練習曲的演奏與變奏：詩人楊牧》，頁二一三—二四三。

252 參見蔡明諺：〈論葉珊的詩〉，收於陳芳明主編：《練習曲的演奏與變奏：詩人楊牧》，頁一六三—一八八。

楊牧借重規律的布局思索世界，以聲韻的布置和意象的複沓打造迴旋的詩行，釋放對存在、時空、生命的沉思，表現為踽踽獨行、自我完足的氣質。如《燈船》集合了台灣方言的語法，協奏曲似的節奏；〈日暖〉融入台灣方言；〈微雨牧馬場〉整飭的結構與聲音布局。

楊牧大多數的詩透著安靜，彷彿在午後悠閒而肅穆的長廊盡頭、樹蔭濃密的學院深處探出的一枝筆。其詩很喜歡探索時間，然而詩行中的時間彷彿靜止；時間的動靜恆如〈給時間〉寫的：「鐘乳石沉沉墜下，接著上升的石筍」，封閉、細密、永恆。

楊牧的詩偏好規律的架構，他自己曾在文章中多所闡釋發明，[253]這特質在《水之湄》時期就隱隱浮現；而《瓶中稿》收的十行詩和十四行詩更是有力的證明。[254]《瓶中稿》的十四行詩發表於一九七四年，台灣文壇正值大力提倡社會性，舉世滔滔，楊牧卻反其道而行，以十四行詩探索生死賡續。[255]另外，利用參差有致的斷句結構調控律動，也是楊牧布置聲音的常見手眼。

4.長詩

除了詩劇〈吳鳳〉三千多行之外，楊牧收於個人詩集裡的百行以上分行長詩，共計二十首。表列如次：

序次	詩題	行數	發表年	收錄之詩集
一	異鄉	一三七	一九六二	《花季》
二	傳說	一一二	一九六七	《傳說》
三	山洪	二九三	一九六九	《傳說》
四	十二星象練習曲	一〇〇	一九七〇	《傳說》
五	十四行詩十四首	一九六	一九七三	《瓶中稿》

六	林沖夜奔	一八六	一九七四	《瓶中稿》
七	北斗行	二五六	一九七四	《北斗行》
八	雷池	一一四	一九七五	《北斗行》
九	輓歌一二〇行	一二〇	一九七七	《禁忌的遊戲》
十	九辯	二三一	一九七八	《禁忌的遊戲》
十一	盈盈草木疏	一四〇	一九八〇	《海岸七疊》
十二	出發（又名：給名名的十四行詩）	一九六	一九八〇	《海岸七疊》
十三	子午協奏曲	一五七	一九八〇	《海岸七疊》
十四	行路難	一二八	一九八二	《有人》
十五	巫山高	一三一	一九八三	《有人》
十六	有人問我正義與公理的問題	一二九	一九八四	《有人》
十七	狼	一一七	一九八四	《有人》
十八	妙玉坐禪	二〇六	一九八五	《有人》
十九	失落的指環	一二八	二〇〇〇	《涉事》
二十	以撒斥堠	一八〇	二〇〇一	《介殼蟲》

253 例如〈音樂性〉，楊牧：《一首詩的完成》（台北：洪範書店有限公司，二〇〇四），頁一四六—一四九；〈出發〉，楊牧：《搜索者》（台北：洪範書店有限公司，一九八二），頁一四—一五；〈詩的自由與限制〉，楊牧：《楊牧詩集II》，頁五一四—五一五。

254 《瓶中稿》有兩個現象特別值得留意，一個是十行詩、十四行詩等組詩，一個是詩劇；兩者都顯示楊牧詩對結構的突破。

255 除了詩作的主題逆風而行，由十四首作品組成的〈十四行詩十四首〉並非每首都剛好十四行，其中有兩首十五行、一首十三行。以〈十四行詩十四首〉為題的這組詩作，只在西方十四行詩的背景架構中揮灑，寫成符應十四行詩的各式作品。

這些長詩中，〈輓歌一二〇行〉、〈異鄉〉、〈行路難〉，是一氣貫串的作品；其他為組詩。以組詩為主的這些長詩，絕大多數結構井然；母題以累積之功與綜合之美，下轄出類拔萃、各有佳勝的子題。如〈九辯〉、〈巫山高〉、〈妙玉坐禪〉、〈十二星象練習曲〉。

楊牧的長詩，其形式往往從曲式或文類中擷取靈感；題材經常汲取中西文學與文化，或以客觀、疏離的筆觸，對照、映現現實世界。這兩個特質是楊牧寫詩的習慣。[256]前者如〈十二星象練習曲〉、〈子午協奏曲〉、〈十四行詩十四首〉；後者如〈林沖夜奔〉、〈吳鳳〉、〈九辯〉、〈巫山高〉、〈行路難〉、〈妙玉坐禪〉。〈妙玉坐禪〉從《紅樓夢》借火，以「魚目」、「紅梅」、「月葬」、「斷絃」、「劫數」五節寫妙玉的心路歷程，意涵在重出、對照、並置、轉換的句型層層推進。〈出發〉以十四行詩的形式，寫出父親對兒子的期許和等待。〈以撒斥堠〉寫猶太友人的故事。〈失落的指環〉描寫車臣獨立。

楊牧的長詩不同於一九七〇年代因文學獎而風行一時的長篇敘事詩。其長詩具有構築神話的特性，它們的創作不僅僅為了講一個故事或議論一件事，而是以「英雄精神」為基本視角，以崇高的風格為創作判準。透過長詩書寫，楊牧試圖表現正面的文化價值。如《吳鳳》的「前言」說的，「這詩的目的在洗滌困惑和黑暗。我想通過文學的形式來讚誦仁愛和理性，揣摩英雄的神情和風貌，檢討勇氣和信仰的本質，以及參與，奉獻，犧牲，和永恆的問題。」[257]楊牧對文學的這個基本理念，也許間接左右了他的長詩面對人生各種「戰鬥場面」的處理方式：例如〈妙玉坐禪〉的妙玉被縛、〈失落的指環〉的機槍掃射、〈十二星象練習曲〉的性愛摩寫。楊牧經常以今昔對照暗示變化無常，或以此地與他方排比，托出生命的飄忽不定；帶給讀者的閱讀感受經常是事件過後的落寞與無奈。

一如楊牧的其他詩作，這些長詩大多婉轉、靦腆、哀沉、低調，敘說幾無時代感的情懷雜思，處理「心的廢墟」。回憶的湧現，或意識、冥想之彰顯，貫串成楊牧的詩風。「無中生有」、「於無聲處聽驚雷」，因幽深意象與敘述結構帶來的這類想像效能，因而得見。如〈狼〉：「冷凍的湖面寂寂寞然／遂於無聲中聽見／

我久違的族類單純的／脈搏在跳動，寧靜地／訴說暴力和美，和嚮往／如風起自遠洋，石英在海底自動粉碎」；〈雷池〉：「濡濕是分離的色調：／但我們還未曾相會／如何分離？」。[258]

在這些長詩中的鳥獸草木，與詩作的內容意義牽涉不大，主要的作用是引發聯想或製造韻律。它們是美化詩的表相，也是楊牧操控文字或召喚記憶的手段。山川風雷、蟲魚草木，在楊牧的詩裡恆非前後呼應的有機意象，而多為可變、隨機的物象元素。如〈盈盈草木疏〉，原本收在《海岸七疊》時，是「草木疏」一輯的十四首結構一致、以植物取題的詩；《楊牧詩集II》改題為「盈盈草木疏」，十四首短詩變成組詩。改題後聚攏了這十四首短詩的中心主旨：幸福的沉醉，然而各小題之為主要意象，以及節與節之間的連繫，顯得缺乏組織上的必然性。如〈山楂〉：「巨木依於門庭，入夜擁立／一盞燈：那是雀鳥搶飛的／客舍，盛夏裡青青集止／綿蠻啁啾，談論著翅膀／唯獨秋來默默，商略黃昏雨／／我曾糾工伐柯，斧斤裡／留下拳拳的兩節樹瘤。來年／慫恿孩子們喧譁攀登如新葉／到巔頂上探訪試飛的鳥／風，雨，陽光，白雲」。[259]主意象「山楂」，在詩行中乃作為「孩子的媽」以及想像中的「孩子們」之陪襯，不似一般詩作中的主意象具有決定性的作用。換言之，楊牧長詩中的動植物意象經常以「格式化」的功能，視詩意所需而用以加強美感體會，所引發的讀者反應可能也偏向制約式的聯想聚合。

楊牧詩的聲音基調：慢，在長詩中依然如故。楊牧表現音色樣態的情緒，大多數是與「慢速」相關、醞釀或浸淫而得的沉靜、安定、自在、閒適等正面情緒，或愁悶、彷徨、憂苦、煩心等負面情緒；而不是爆發

256 《有人》的〈旅人十四行〉、〈再見十四行〉、〈大子夜歌〉、〈未完成三重奏〉亦是著例。
257 楊牧：〈前言〉，參見楊牧：《吳鳳》（台北：洪範書店有限公司，一九七九），頁一—四。
258 〈狼〉、〈雷池〉，見《楊牧詩集II》，頁三九一—四〇〇、一〇〇—一〇九。
259 見《海岸七疊》（台北：洪範書店有限公司，一九八四），頁三九；《楊牧詩集II》，頁二八七。

性的狂喜、亢奮等正面情緒，或震怒、崩潰等負面情緒。慢速的音色適合楊牧為人熟知的遲疑、擺盪、略帶憂傷的筆路；但是有時跨行太多，連續跨行加上慢速音色，有昏沉失念之虞。例如〈北斗行〉多處連續十一行的跨行句，如：「一種和風麗日欺凌著／急速洶湧的血脈，在／細密而真實的血脈間／孕育著。我讀著手紋／卜算生命的成形，我了然／作為一朵不枯的花，象徵的／水源，孢子在我的體溫裡／膨脹，轉變，雖然眼不能／視，耳不能聽，舌不能知味／鼻不能嗅香，你在我的／體溫裡不懈地躍動——」，[260]不免囁嚅破碎。

《瓶中稿》的〈林沖夜奔〉膾炙人口；副標題「聲音的戲劇」展現楊牧的企圖心。此詩以「林教頭風雪山神廟」為骨幹，錯織以林沖、風、雪、山神、小鬼、判官的聲音，凸顯林充的勇敢、厚道、英雄末路。此詩詮解者眾，亦屢為台灣的大專必修課國文教材，已形成固定的閱讀模式；大抵一致肯定其以分折模擬元雜劇結構，而以旁白、詠歎、預示、倒敘、內心獨白等手法開展情節脈絡的方法。[261]在融合獨白和混聲合唱的聲音形式中，此詩以明快的節奏對照林沖奔向梁山的落寞心情。

收在《傳說》的長詩〈山洪〉和〈十二星象練習曲〉，創意濃郁。[262]其中，〈十二星象練習曲〉援用越戰為部分意象之背景，以一對男女的性愛過程為主要題材，借用中國十二地支、西方黃道各宮、羅盤上的方位等標示時間的方法結構為詩，建立各子詩類別與順序上的關連。「練習曲」為曲式的一種，指的是為訓練特定的演奏或演唱技巧而作的曲子。〈十二星象練習曲〉以「練習曲」取題，從精神上轉嫁技巧演練的意涵。[263]在形式上，〈十二星象練習曲〉特別值得留意之處有三：其一，第六首的地支，只有一行，位居〈十二星象練習曲〉正中，是整首組詩一百行中的第五十一行。[264]其二，以十二地支為段落布局，敷演而成的組詩，只有十一首，詩章數不等於地支數，因為其中〈申〉、〈酉〉合為第九首。其三，〈十二星象練習曲〉大致上每一首都有兩節，但是第十首詩〈戌〉只有一節，第六首〈巳〉則只有一行。位居一百行正中的第五十一行：「或者把你上午多露水的花留給我」獨立成節，特具「醒」的作用；「多露水的花」具有陰陽兩面的影射，陽面呼應〈十二星象練習曲〉唯一未在字面上提到的星象：處女座，陰面投向與「巳」對應而特有陽具暗示的生肖：蛇。〈申〉、〈酉〉合為一首，如「升起，升起，請如猿猴升起／我是江邊一棵哭泣的樹」，「猿猴」和「哭泣的樹」嘲諷、暗示詩中主角心有餘而力不足，詩之尾聲將至。〈戌〉以四行煞尾句組成，虛指的方位開篇後，焦點集中在「初更的市聲伏擊一片方場／細雨落在我們的槍桿上」，特寫津液洋溢中的幻麗潔淨。第六首〈巳〉及第十首詩〈戌〉，以形式的偏離暗示內涵的逸走，詩意因此偏移，情節縫隙加大，尖銳而隱晦之感更凸顯。

楊牧的詩風在台灣頗有仰慕者，效仿者眾，其中不乏知名作家，已成「楊派詩流」。「楊派」之成形，從楊澤、哲明、羅智成、陳育虹、羅毓嘉、奎澤石頭的詩作，以及楊牧寫給青年詩人的序文中，得見一斑。可歸結為二個要點：1.楊牧一九七五年第一次到台灣大學教書，當時「台大現代詩社」的成員，如楊澤、苦苓、廖咸浩、羅智成，都追隨楊牧習詩；2.楊牧在一九七〇年代中期，為「中國時報・人間副刊」薦選詩

260　見《楊牧詩集II》，頁一三五。

261　如劉龍勳：〈林沖夜奔：聲音的戲劇〉，收於呂正惠等：《中國新詩賞析・二》（台北：長安出版社，一九八一），頁二一八—二三〇、謝材俊：〈讀楊牧的〈林沖夜奔〉〉，謝材俊：《守著陽光守著你》（台北：皇冠文化出版有限公司，一九七八），頁一三四—一五六；等等。

262　今日讀來，〈山洪〉的意象枝節過多而未能有效集中成為焦點，不如〈十二星象練習曲〉光彩奪目。楊牧自己說，〈山洪〉費時一年且七易其稿，〈十二星象練習曲〉用了一上午即遽爾成章，但是寫詩的朋友在〈山洪〉和〈十二星象練習曲〉之間都選後者，因為「航海的人大都只熟悉舟楫而茫然於海水」。以舟楫之一偏相對於海水之博大比喻〈山洪〉和〈十二星象練習曲〉，略言詩之品味強迫不得。

263　參見鄭慧如：〈論楊牧〈十二星象練習曲〉，兼及現代性〉，《新詩評論》，二〇一七（總二一輯），頁一五四—一七六。

264　見馬蘇菲（Silvia Marijnissen）著，李家沂譯：〈「造物」：台灣現代詩的序列形式——以楊牧〈十二星象練習曲〉為例〉，《中外文學》，三六八期（二〇〇三），頁一九二—二〇七。該文所謂「異素」，定義為規律系統中不安定的逸走元素。「異素」的作用可使系統與自身都受到注意。

作。當時受楊牧鼓勵、發掘的詩壇新秀，包括向陽、焦桐、陳義芝等，皆已成為戰後嬰兒潮世代的中堅。[265]

六、一九五〇—一九六九的主要詩人：覃子豪、紀弦、周夢蝶、陳千武、蓉子、林亨泰、方思、向明、大荒、商禽、張默、瘂弦、辛鬱、方旗、鄭愁予、白萩、葉維廉、李魁賢、林泠、朵思、林煥彰、方莘、張健、敻虹

覃子豪（一九一二、一、十二—一九六三、十、十），譜名天才，學名基。生於四川廣漢。曾就讀北京中法大學、日本東京中央大學。一九四七年到台灣定居。創作的文類有詩、散文、論述，也譯詩。在台灣出版詩集：《海洋詩抄》（一九五三）、《向日葵》（一九五五）、《畫廊》（一九六二）；詩論集：《詩的解剖》、《論現代詩》。覃子豪去世後，台灣的詩友首先合組出版委員會，合編《覃子豪全集》。

覃子豪一九三三年開始發表詩作。一九三七年從日本返回上海，此後輾轉在漢口、上饒、重慶金華等地鼓吹抗戰，倡導詩歌運動。在救亡圖存的激情裡，覃子豪開始了報人和詩人的志業，確定文學運動家和詩歌教育家的初衷。[266]到台灣之後，一九五二年，接編《自立晚報》的《新詩週刊》、《青年戰士報》的「詩葉」；一九五四年與夏菁、鍾鼎文、鄧禹平、余光中等合辦「藍星詩社」，任社長，又陸續創辦《藍星週刊》、《藍星季刊》、《藍星詩選》，擔任主編。

覃子豪的詩史地位建立在：

1.詩壇領袖形象

在隨國民政府渡海來台的詩人中，覃子豪樹立了現代詩傳道者、精神導師、意見領袖的形象。陳義芝認

為，覃子豪當時的詩壇領袖地位，和他擔任報刊主編、出任「中華文藝函授學校」詩歌班主任息息相關。[267]

覃子豪的詩壇領袖形象表現在他在大陸和曹聚仁的筆戰；到台灣以後，為了李金髮詩的價值問題與蘇雪林的筆戰、為了現代詩各種問題和紀弦的爭辯；和對詩壇新秀的獎掖、扶持、提點等各方面。度人金針的襟抱使得後來成名的詩人對覃子豪深深感念，因而推進了覃子豪的詩譽。例如洛夫就說過，覃子豪不僅是藍星詩社的領導者，而且在國民政府遷台初期，對台灣現代詩的成長貢獻厥偉。在台灣尚無人傳授現代詩的一九五〇年代，覃子豪開風氣之先，將批改詩的原理撰寫成《詩的解剖》，將對現代詩的想法細述成《論現代詩》。這兩本書，洛夫說，曾是一九六〇年代初期，初學新詩的青年學子捧讀的入門書籍。[268]

覃子豪對現代詩的態度與意見理性平和、包容力強；儘管可能因為理想性而流於高蹈，但大致如同楊牧說的：冷靜、文明、健康。[269]劉登翰、陳芳明，都高度肯定覃子豪〈新詩向何處去？〉的長文，認為減緩了台灣詩壇向「橫的移植」的傾斜；而現代主義詩潮的引介，也因為覃子豪而加速深化。

265 參見奚密：〈楊牧：台灣現代詩的Game-Changer〉，收於陳芳明主編：《練習曲的演奏與變奏：詩人楊牧》，頁一—四二。

266 一九三七—一九四七年間，在漢口參加「中華全國文藝界抗敵協會」，籌組「詩時代社」，主編《詩時代》雙週刊共百餘期；在浙江前線編輯《掃蕩簡報》，創辦《東方週報》；在江西上饒《前線日報》主編《詩時代》週刊，闢創新詩批改與解說專欄；在福建漳州任《閩南新報》主筆，兼編副刊《海防》，又創辦「南風文藝社」，主編福建龍溪《警報》的副刊《鐘聲》；在廈門辦《太平洋晚報》。

267 見陳義芝：〈為一個時代抒情立法〉，陳義芝編：《台灣現當代作家研究資料彙編・8・覃子豪》（台南：國立台灣文學館，二〇一一），頁六七—八〇。

268 參見洛夫：《覃子豪的世界》，收於向明、劉正偉合編：《新詩播種者：覃子豪詩文選》（台北：爾雅出版社有限公司，二〇〇五），頁二三三—二五三。

269 參見楊牧：〈詩人覃子豪〉，楊牧：《掠影急流》（台北：洪範書店有限公司，二〇〇五），頁一六—一七。

2.抽象化的情思

覃子豪的詩集，《自由的旗》、《永安劫後》、《海洋詩抄》的風格較一致：音樂性、整飭的藝術效果；以排比句和「〇〇是〇〇」為常見的句型；常有「時代旗手」一般的吶喊，像：「快給我一桿來福槍／一套戎裝，一匹戰馬」（〈給我一桿來福槍〉）；或是意念透過意象的鋪張化，像：「火跳舞著／在每一條窄狹的街上／在接連著的屋頂上／在坍塌下來的門窗上」（〈火的跳舞〉）。[270]風格明朗而內蘊顯豁。

概念鋪陳是覃子豪詩的特色。他的詩作主題明確，描述或刻畫的焦點集中，透過詩作投射出的理想人格強烈；大部分的詩都很抽象化，很少有場景。詩藝的進路以《畫廊》為分水嶺。《畫廊》以前的詩集，語言質樸曉暢，詩風熱誠懇切、穩實練達。作為覃子豪畢生詩藝登頂之作的《畫廊》，加入了更多玄想和騷動的靈魂，意象更紛繁，文字較糾結，更顯用力。

覃子豪有他的意象和話語系統。《畫廊》中的「金色面具」和「吹簫者」就是獨步詩壇的意象。在傳播的過程裡，這兩個意象已形成固定的指涉：「金色面具」象徵追逐生命奧義的過程中遭遇的種種誘惑；「吹簫者」寫出了處於燈紅酒綠中的藝術家身姿。

《畫廊》是覃子豪詩藝突飛猛進的證明，它以當時看來大膽、實驗的手法，表現情思的抽象，或人事的堅實。如張健說的，這本詩集顯現了內在的動亂，戮力於生命奧義的探求。[271]《畫廊》以〈構成〉、〈域外〉、〈瓶之存在〉、〈金色面具〉、〈吹簫者〉為代表作，以內外交感、夢的捕捉、物性與自我的溝通等特質，呈現詩人對純粹與永恆的追求。《畫廊》的藝術表現轉向現代主義的精神和技巧，不同於覃子豪的前幾本詩集；其中許多詩作，彷彿黑暗角落透出的森森幽光，在幽約要眇中顯現超拔的修養與心性，是覃子豪私人隱喻系統中作為精神依托的隱密世界與靈魂依靠。《六十年代詩選》說覃子豪：「其詩風以深沉精細見稱」、「流露出一種極為富麗的人性，莊嚴，雋永，而又充溢著親切和力量。」[272]，「深沉精細」、「富麗的人性」這些贊詞仍傾向對《畫廊》的評論，而非所有覃子豪的詩。

作為詩藝的嘗試與實驗，《畫廊》成功而可貴；論及撼動人心的感染力，《畫廊》則未從象徵或暗示的手法往前跨一步。長達七十行的〈瓶之存在〉，以近於白描的方式表現詩中人豪闊的徹悟。名句如：

挺圓圓的腹
清醒於假寐，假寐於清醒
自我的靜中之動，無我的無動無靜
存在於肯定之中，亦存在於否定中

這幾句以觀念的陳述語表達詩中人的覺察，但對於「瓶」的描述只有「挺圓圓的腹」一句，瓶肚為什麼會突出，和動靜、寤寐、肯定或否定的關連在哪裡？詩行未留下線索，以致詩題「瓶之存在」無必然性，「瓶」可以其他東西取代：物質或非物質的。

類似這種訴諸概念、發揮玄想的詩，是《畫廊》的一大特點。《畫廊》著意於以靈魂的假想擴展自我心境，以冥思和呢喃探索事物內在的奧祕，相對於前此詩集的製作，確實別開生面。然而就像宋詩，以意為詩、以議論為詩的結果，使得宋詩多涉理路而少情致；《畫廊》刻抉入裡，談玄精密，自有近於哲學或神學的生命力，然而也使得說明多於表現。

〈吹簫者〉是《畫廊》極具畫面、場景、戲劇性、整體構成的傑作。詩行如：

270 〈給我一桿來福槍〉、〈火的跳舞〉，依序見向明、劉正偉合編：《新詩播種者：覃子豪詩文選》，頁四七—四九、五九—六〇。
271 參見張健：〈評《畫廊》〉，氏著：《中國現代詩論評》（台北：藍星詩社，一九六七），頁一二六—一三六。
272 轉引自洛夫：〈覃子豪的世界〉，收於向明、劉正偉合編：《新詩播種者：覃子豪詩文選》，頁二三三—二五三。

踩自己從不呻吟的影子於水門汀上
像一顆釘，把自己釘牢於十字架上
以七蛇吞噬要吞噬他靈魂的欲望
且欲飲盡酒肆欲埋葬他的喧譁[273]

通篇以詩中人片刻心境的素描為主要造境，在《畫廊》中特別顯出詞語、意象、節奏之間的凝聚力。

對覃子豪投入相當研究精力的劉正偉，以「詩的播種者」作為與向明合編的《覃子豪詩文選》書名的主標題，向覃子豪致意。覃子豪這首與詩題同名的十行詩，每兩行一節，以整飭形式寫下對終生志業的期許。其中獻身詩教和吹響時代號角的姿態，正是後來世人眼中的覃子豪：「把理想投影於白色的紙上／在方塊的格子裡播著火的種子」、「當火的種子燃亮人類的心頭／他將微笑而去，與世長辭」。[274]儘管從二十一世紀往回看，〈詩的播種者〉技巧不免稚嫩，但其中投射出來的理想人格、奉獻色彩，當今許多詩家卻很難企及。在向明、洛夫的文章裡，都談到覃子豪鼓勵後進、刻苦勤勉、熱血正義的一面。覃子豪的〈構成〉、〈向日葵〉、〈水手的哲學〉等作品也投影出類似的人格。[275]

紀弦（一九一三、四、二十七─二〇一三、七、二十二），本名路逾，另有筆名路易士、章容、葦西、青空律、路越公。生於河北。蘇州美術專科學校畢業。一九四八年來台，任教於台北市成功中學。一九七六年赴美定居。著有詩集、詩選集包括：《易士詩集》（一九三四）、《行過之生命》（一九三五）、《紀弦詩甲集》（一九五二）、《紀弦詩乙集》（一九五二）、《摘星的少年》（一九五四）、《無人島》（一九五六）、《飲者詩抄》（一九六三）等三十四本，其中到台灣後出版的詩集、詩選集有：《在飛揚的時代》（一九五一）、《摘星的少年》（一九五四）、《無人島》（一九五六）等二十六本；另有詩論集：《紀弦詩論》、《新詩論集》、《紀弦論現代詩》；散文：《小園小品》、《終南山下》等四本；傳記：《紀弦回憶錄：第一部——二分明月下》《紀弦回憶錄：第二部——在頂點與高潮》、《紀弦回憶錄：第三部——半島春秋》。

紀弦在台灣現代詩史的關鍵地位，在於他籌組現代派、自創六大信條所掀起的話題性。一九五三年，紀弦創辦《現代詩》季刊，一九六五年號召近百位詩人籌組現代派，提出六大信條作為現代派的宣言，掀起一九五〇年代台灣現代詩的論戰。[276]此話題受矚目的原因，一是因為當時還沒有人為了現代詩登高一呼，自立一派，自為宣言，所以令人瞠目；一是因為紀弦提出來的六大信條中，多處矛盾而脆弱，漏洞容易遭識破，所以引發的討論聲浪大。例如其中第二條：「我們認為新詩乃是橫的移植，而非縱的繼承。」斷然宣布創作切斷與中國傳統的關係，可視為當時反傳統的代表。第四條：「知性之強調」，則在啟蒙意義之外，與紀弦自己創作中透顯的情感取向相左，也與六大信條中的「一切新興詩派之精神與要素」衝突。[277]

紀弦從一九二九年開始詩創作，詩齡超過七十年，詩作約有一千多首。相較於他在現代詩活動翻江倒海的身姿，高達三十四本詩集的創作數量反而較不被提及。但無論詩作或詩論，紀弦都相當一致性地呈現了充

273 〈吹簫者〉，向明、劉正偉合編：《新詩播種者：覃子豪詩文選》，頁一二九—一三二。

274 見向明、劉正偉合編：《新詩播種者：覃子豪詩文選》，頁九五—九六。

275 〈構成〉、〈向日葵之一〉、〈水手的哲學〉，依序見向明、劉正偉合編：《新詩播種者：覃子豪詩文選》，頁一一八—一一九、八七—八九、一三五—一三九。

276 相關資料可參見楊牧：〈關於紀弦的現代詩社與現代派〉，《現代文學》，第四六期（一九七二），頁八六—一〇三；蕭蕭：〈紀弦與現代詩運動〉，氏著：《燈下燈》（台北：東大圖書股份有限公司，一九八〇），頁六五—八二；洛夫：〈詩壇春秋三十年：詩壇雜憶與省思——現代派的幾件公案〉，《中外文學》，第十卷，第十二期（一九八二），頁九—一〇。

277 相關討論可參見柯慶明：〈六十年代現代主義文學〉，收於氏著：《四十年來中國文學》（台北：聯合文學出版社股份有限公司，一九九五），頁九三—九五；陳義芝：〈紀弦與新現代主義〉，收於氏著：《聲納：台灣現代主義詩學流變》（台北：九歌出版社有限公司，二〇〇六），頁四一—四二。

沛的氣勢、仰首伸眉的自得、不受意識型態挾持的性情。

紀弦的第一本現代詩創作是《易士詩集》，一九三三年在上海出版，使用路易士為筆名，時年二十歲。一九三六年，卞之琳、戴望舒發起《新詩》月刊，仍叫做路易士的紀弦為其中一員。在以紀弦為筆名的一九四五年以前，他已經在大陸出版了四本個人詩集，且詩風始終一致：明快、長於戲謔與嘲諷。張愛玲在〈詩與胡說〉中，以感性而敏銳的筆觸說他「眼界小，然而沒有時間性、地方性」，的確命中要害。但是更值得留意的是，紀弦一方面在詩的口號中提倡知性、追求詩的純粹性、強調橫的移植，一方面在詩的實踐上有強烈的感性、抒情意味，在表現上擅長捕捉瞬間的情緒噴發，句子短，文字俐落，節奏熱烈緊促，意象鮮明。〈狼之獨步〉、〈戀人之目〉、〈七與六〉、〈吠月的犬〉等詩，是紀弦常被收入各種詩選的名篇。[278]例如〈戀人之目〉，[279]以三十三年才一週期的極大期「獅子座流星雨」和「戀人之目」並置，「獅子座流星雨」和「戀人之目」在語境中的關連同時具有隱喻和轉喻的功能。在現實上，「獅子座流星雨」於詩行描述的語境可能虛擬也可能湊巧存在。敘述者斬釘截鐵斷定「黑而且美」的戀人之目，一陣神往，望向天際，剛好獅子座流星雨劈頭劈臉傾洩而下，前後對應，「獅子座流星雨」和「戀人之目」彼此烘托投射，那麼流星雨也像無數黑而且美的戀人之目，滿天戀人之目般的流星體碎片，從宇宙中的一個輻射點發射出去，以極高的速度投入大氣層，氣勢直截、強悍而磅礴，寫出了愛戀的震撼。

羅青在〈俳諧論紀弦〉，討論紀弦〈我來自橋那邊〉、〈七與六〉、〈飛的意志〉、〈理想〉、〈蒼蠅〉、〈六十自壽〉等各時期的多首詩，認為紀弦的詩風有相當濃厚的俳諧性，尤其：「早期多有向『命運開玩笑』的雅量，有『滑稽玩世』的遁逃，也有『豁達超世』的征服」。[280]陳義芝在〈紀弦與現代主義〉一文中，舉〈火災的城〉、〈致秋空〉等詩作，論證紀弦：「有象徵主義詩人追求的神祕想像邏輯（非概念邏輯），也有意象主義詩人講究的不用平庸、冗贅、模糊詞語的旨趣。」[281]整體而言，紀弦的詩風透明清澈，個性鮮明，頗富諧趣，但批判時偶流於激憤而缺乏餘韻。

周夢蝶（一九二一、二、六—二〇一四、五、一），本名周起述，生於河南淅川。河南開封師範、宛西鄉村師範肄業。一九五四年加入藍星詩社。一九五九年取得營業許可，在台北市武昌街一段騎樓下擺攤賣書，一九八〇年結束營業。一九九七年應聘為中山大學駐校藝術家。著有詩集：《孤獨國》（一九五九）、《還魂草》（一九六五）、《周夢蝶世紀詩選》（二〇〇〇）、《約會》（二〇〇二）、《十三朵白菊花》（二〇〇二）；散文：《不負如來不負卿：《石頭記》百二十回初探》；合集：《周夢蝶詩文集：孤獨國／還魂草／風耳樓逸稿》（二〇〇九）、《周夢蝶詩文集：風耳樓墜簡》（二〇〇九）、《周夢蝶詩文集：有一種鳥或人》（二〇〇九）。周夢蝶逝世後，由曾進豐等合編《夢蝶草》（二〇一六），精選周夢蝶詩作、聲音、手稿，總為一集以表緬懷。

周夢蝶早歲從軍，一九四八年隨軍來台，孑然一身，於《孤獨國》卷首引奈都夫人之言：「以詩的悲哀征服生命的悲哀」，作為自己的生命誓詞。

周夢蝶一生發表詩作約四百首；[282]大多注重平仄，專寫為情所困的心靈世界，擅於用佛教或古典文學典

278 〈狼之獨步〉、〈七與六〉，見楊牧、鄭樹森編：《現代中國詩選I》（台北：洪範書店有限公司，一九九四），頁二七五、二六六；〈戀人之目〉、〈吠月的犬〉，依序見丁旭輝編：《台灣詩人選集・3・紀弦集》（台南：國立台灣文學館，二〇〇八），頁一一、一五一一六。

279 紀弦〈戀人之目〉，見丁旭輝編：《台灣詩人選集・3・紀弦集》，頁一一。

280 見羅青：〈俳諧論紀弦〉，氏著：《詩的風向球》，頁七九—一一六。

281 見陳義芝：〈紀弦與新現代主義〉，收於氏著：《聲納：台灣現代主義詩學流變》，頁四一—四二。

282 見曾進豐：〈小傳〉，收於曾進豐選編：《台灣現當代作家研究資料彙編・18・周夢蝶》（台南：國立台灣文學館，二〇一二），頁四〇。

故。人稱「詩僧」。[283]《孤獨國》與《還魂草》出版時，正值台灣詩壇處於爭辯口號與主義的口水戰時期，這兩部詩集：「體現東方文化精髓」，相對獨特，[284]周夢蝶在台灣現代詩史上的位階於焉建立。[285]

周夢蝶，《還魂草》，台北：領導出版社，1981。

葉嘉瑩為《還魂草》作序之後，周夢蝶的詩較受重視。在周夢蝶的四本個人詩集中，《孤獨國》和《還魂草》的相關評論文章遠多於《約會》和《十三朵白菊花》。〈菩提樹下〉的名句：「所有的眼都給蒙住了／誰能於雪中取火，而鑄火為雪？」葉嘉瑩詮釋「鑄火為雪」，雪與火所暗示與象徵的情感交融，及冷熱交迫中往上追求的和諧、包裹生命崢嶸處的圓熟，成為周夢蝶詩格的標記。夏菁閱讀《孤獨國》，認為周夢蝶的詩有高風亮節、守正不阿、自信樂觀的氣質。[286]

早年的周夢蝶好用矛盾語入詩；亦常懷情投影於無情之物，觀點轉移或漂移之後，形成特有的情調或氣氛。例如〈孤峰頂上〉的部分詩行：

一番花謝又是一番花開。
想六十年之後你自孤峰頂上坐起
看峰下，之上之前之左右
簇擁著一片燈海——每盞燈裡有你。[287]

又如〈囚〉的部分詩行：

早知相遇底另一必然是相離
在月已暈而風未起時

便應勒令江流回首向西
便應將嘔在紫帕上的
那些愚癡付火。自灰燼走出
看身外身內，煙飛湮滅[288]

前例對於現象世界，詩中人無意正面迎戰，卻想幻化為燈，回到輪迴的想像裡。人間真正超越或逍遙者幾希，但周夢蝶仍說「月已暈而風未起時」，憨真多情。

周夢蝶詩的文字，《還魂草》和《孤獨國》仍有綢繆的半文言掩蓋；到了《約會》和《十三朵白菊花》，

283 參見蘇其康：〈情采傳統・低調現代的周夢蝶〉，收於曾進豐編：《娑婆詩人周夢蝶》（台北：九歌出版社有限公司，二〇〇五），頁三六—四五。

284 翁文嫻就說《還魂草》：「緊緊扎根在中國文學的土壤裡，開出了這麼一朵純中國韻味的花，在煙霧中獨放嫣紅，使我感動。」見翁文嫻：〈看那手持五朵蓮花的童子：讀周夢蝶詩集《還魂草》〉，收於曾進豐編：《娑婆詩人周夢蝶》，頁八九—一〇五。

285 包括一九六七年中國文藝協會新詩特別獎、一九六九年笠詩社第一屆詩創作獎、一九九〇年中央日報文學成就獎、一九九七年第一屆國家文化藝術基金會文藝獎、一九九九年中國詩歌藝術學會第四屆詩歌藝術貢獻獎、一九九九年《孤獨國》獲選為「台灣文學經典」等。

286 見夏菁：〈詩的悲哀：《孤獨國》及《雨天書》讀後感〉，收於曾進豐編：《娑婆詩人周夢蝶》，頁二一一—二一九。

287 周夢蝶：〈孤峰頂上〉，收於曾進豐編：《台灣詩人選集・6・周夢蝶集》（台南：國立台灣文學館，二〇〇八），頁三五—三八。

288 周夢蝶：〈囚〉，收於周夢蝶：《還魂草》（台北：領導出版社，一九八一），頁一一八—一二〇。

文字較口語化之後，折射的感情挺身到凝鑄悲苦的創作者形象之前，暴顯了部分詩作悖離於「佛理禪思」的「空性」，給人「把話說盡」之感；於是，再回頭檢視論者所指周夢蝶詩「最大特色」的：「一直閃爍著禪理和哲思」，[289]就能發覺，讀者應重新省思既定論述框架了的周夢蝶詩，把公道還給所謂的「禪詩」和「詩僧」。

假如以貼近詩人襟懷的程度作為檢驗這些詩評的參考指標，那麼余光中的〈一塊彩石就能補天嗎？：周夢蝶詩境初窺〉和翁文嫻〈看那手持五朵蓮花的童子〉對周夢蝶的評論極耐尋味。余光中和翁文嫻以同情的理解看出周夢蝶的情執、自苦、自鑑、自愛。

台灣現代詩史「以佛典、禪語入詩」的詩人中，周夢蝶的創作之路開始得早且具相當詩名。但就內涵而言，佛、禪的精神是「空」、「無」，而周夢蝶詩的「佛典禪語」指向的是情愛、我執；佛禪講超脫、出離，周夢蝶講忍情、投入；佛、禪以無言為旨歸，而穿過佛典及禪語的周夢蝶卻經常「言無不盡」。例如〈四行一輯六題•火與雪〉：「急驟而幽微的剝啄聲／自夏徂冬，惱斷人腸子的／我欲奪門而出，閃避／這孿生的兩姊妹！」、〈不怕冷的冷：答陳媛兼示李文〉：「據說：嚴寒地帶的橘柑最甜／而南北極冰雪的心跳／更猛於歡悅」、〈除夜衡陽路雨中候車久不至〉：「雨落著／有一滴沒一滴／不動心／的落著」，[290]這些詩行的說明性，即使在優美而半文言的修辭覆蓋下，仍極顯著。

陳千武（一九二二、五、一─二〇一二、四、三十），本名陳武雄，另有筆名桓夫。生於南投名間。台中一中畢業。笠詩社發起人。曾任台灣筆會會長、台中市文化中心主任。曾任教於靜宜大學。曾獲國家文藝獎（舊制及新制）、台灣文藝作家協會文化獎等。在台灣著有中文詩集：《密林詩抄》

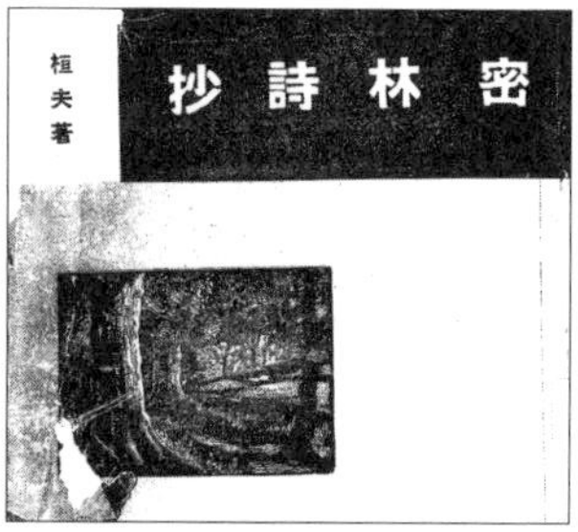

陳千武，《密林詩抄》，台北：現代文學雜誌社，1963。

（一九六三）、《不眠的眼》（一九六五）、《野鹿》（一九六九）、《媽祖的纏足》（一九七四）、《剖伊詩稿》（一九七四）、《安全島》（一九八六）、《愛的書籤：詩畫集》（一九八八）、《寫詩有什麼用》（一九九〇）、《陳千武作品選集》（一九九〇）、《禱告：詩與族譜》（一九九三）、《陳千武精選詩集》（二〇〇一）、《拾翠逸詩文集》（二〇〇一）、《透明相思》（二〇〇一）、《繽紛即興詩集》（二〇〇一）、《吾鄉詩畫集》（二〇〇一）、《暗幕的形象》（二〇〇一、《陳千武集》（莫渝編，二〇〇八）。陳明台主編之《陳千武全集》十二冊，為迄今所見最完整的陳千武作品集。

陳千武的文字作品涵蓋詩、小說、隨筆、評論、翻譯、兒童文學。「跨越語言的一代」是陳千武身世背景與詩史最相關的認知。陳千武因語言問題而停止寫作十餘年，從一九五八年開始，方以「桓夫」為筆名，以中文恢復文學上的創作與發表。

陳千武，《媽祖的纏足》，台北：笠詩刊社，1974。

在台灣的前行代詩人中，陳千武詩作的本土精神很搶眼。在現代詩的批評、賞鑑、發展史上，陳千武有明確的主張和論述；最著名的是「兩個根球」之說。[291]此說為台灣現代詩的本土論述奠定基調。此外，陳千武一向積極推動台灣詩人和日本、韓國及亞洲地區其他國家的詩人交流，致力於文學教育，大量譯介日本的

289 見葉嘉瑩：〈葉序〉，收於周夢蝶：《還魂草》，頁三—七。

290 見周夢蝶：《十三朵白菊花》（台北：洪範書店有限公司，二〇〇二），頁九二、一一八—一二〇、一五四—一六三。

291 見陳千武：〈台灣現代詩的歷史和詩人們〉，收於阮美慧編：《台灣現當代作家研究資料彙編・20・陳千武》（台南：國立台灣文學館，二〇一二），頁二〇三—二〇七。

現代詩與詩論。

1.以抽象論述為基型的反抗性格

依據陳千武之子陳明台編的《陳千武全集》，陳千武最早發表的第一首詩作是一九三九年以日文寫成的〈夏深夜之一刻〉；而收在《密林詩抄》的〈鼓手之歌〉：「時間，遴選我作為一個鼓手！我不得不，又拚命地打鼓」，則為陳千武的抱負宣言。[292]綜觀陳千武的文學生命，確乎陣陣擂鼓聲不斷：從《密林詩抄》的自然書寫，到《不眠的眼》的殖民控訴與本土意識，到《野路》的社會觀察、《剖伊詩稿》的情欲敘寫、《安全島》的內省沉思、《禱告》的家譜印記，陳千武詩作中充滿現實與歷史的對話、凝視與批判的交鋒、冷靜理性與濃烈感性的共存，主題則圍繞在生、死、愛、欲。

閱讀台中文化局編印的九大冊《陳千武詩全集》，可發現陳千武詩作以化約的想法、概念化的思維，開展他個人不妥協於現狀的性格。這是陳千武詩藝很顯著的特徵。對於「現實」、「現狀」，陳千武經常沒有具體的事件與對象，而是以某種理念鋪陳為詩，或「製造」某個觀念的借代名詞，在固定甚至幾近僵化的抽象論述中發揮成詩。所以陳千武的詩，經常主題清晰、論旨明確、下筆銳利，而缺乏詩之所以為詩所要求的文字密度。

建立在「反抗」的異端性格，使得陳千武的詩從不欠缺反思。處處可見的驚嘆號和表達質疑的問號，令陳千武的詩「旗正飄飄」。陳千武的詩幾乎未曾犯下某些唯美詩作軟趴趴而使人昏沉的缺點。但他的詩，很少描繪由意象牽連而具論述基柢的視覺畫面；另外，陳千武筆下的許多名詞，經常以「們」的複數呈現共相，只有特性而無面貌，缺少具體輪廓：例如「少女」、「故鄉」、「民族」、「國家」、「媽祖」，這些陳千武筆下的名詞皆是如此。雖然就架構上不難看出該詩的命意，陳千武詩作抽象的後設系統卻常未能落實為動人的景致。

2.以嘲弄為批判的詩風

古添洪小心而準確地探討陳千武的詩，不無深意地提示，陳千武不免被詮釋為「政治性」的優秀詩作經常是「嘲弄式」，但是卻被粗糙地認定為「導向式」。古添洪以「『泛』政治詩」切入，從陳千武詩創作的歷程中檢點出「泛」政治詩的原鄉意識、喻況詞、基型、終結、母題進行的模式等等。[293]

陳千武詩中的社會批判建立在道德、文化的層面，一如他以諷刺的口氣寫下「媽祖」系列；〈魂〉、〈隱身術〉、〈屋頂下〉等詩作的創作基調也如出一轍。[294]在這類詩作中，陳千武經常操作某些上下文互相齟齬的語彙，讓它們辯證互動，然後在二元對立的語意中，凸顯因逆反思考而來的批判性。例如〈魂〉的局部詩行：「沒有誇耀正氣那種靈魂／也無所謂的自由的椅子／有權力的，頭目的權力」、「面向媽祖，一張有權力的椅子」[295]，作為陳千武詩中恆常具有嘲諷意謂的意象：「媽祖」，在〈魂〉的詩行裡和「頭目」意象牽連。從「靈魂」到「椅子」，反映出來的思想，和由詩題「魂」帶出來的批判，若即若離而隱隱辯證。「沒有……也無所謂」，這種以否定語氣開端的批判，也是陳千武詩作的獨特處。

控訴不義、論說政治、書寫原鄉，是陳千武詩的特質。趙天儀、鄭炯明、阮美慧、呂興昌等學者，都提到猛烈的社會批判是陳千武詩作很大的特色。[296]《媽祖的纏足》更發揮了此特質。在陳千武的「媽祖」系列

292 參見陳明台編：《陳千武全集・2》（台中：台中市文化局，二〇〇三），頁一一〇—一一一。
293 參見古添洪：〈論桓夫的『泛』政治詩〉，收於阮美慧編選：《台灣現當代作家研究資料彙編・20・陳千武》，頁二九〇—三一四。
294 〈魂〉、〈隱身術〉、〈屋頂下〉，依序見陳千武：《陳千武詩全集・4》（台中：台中市文化局，二〇〇三），頁七六—七七、七二—七三、一〇二—一〇六。
295 〈魂〉，見陳千武：《陳千武詩全集・4》，頁七六—七七。
296 參見呂興昌：〈桓夫生平及其日據時期新詩研究〉、趙天儀：〈桓夫詩中的殖民統治與太平洋戰爭經驗〉、鄭炯明：〈桓夫詩中的歷史意識和現實批判〉、阮美慧：〈陳千武在《笠》發展史上的地位〉，俱收於阮美慧編選：《台灣現當代作家研究資料彙編・20・陳千

裡，「媽祖」是政治母題下的代罪羔羊，幾乎無罪不歸。試舉二例為證。其一，〈花〉的詩行：

蠻橫的毛蟲們爬上來啃花兒的時候
花兒對著悲慘的命運皺起眉頭的時候
媽祖卻默默無言
聽著無依無靠不眠不休的禱告
也是默默無言[297]

其二，〈恕我冒昧〉的第一節：

媽祖喲
坐了那麼久　妳的腳
在歷史的檀木座上早已麻木了吧[298]

以上兩節詩行，「媽祖」和「非媽祖」處於兩極的語意世界，「媽祖」完全脫離民間信仰中受託付、指望的崇高位階，暗示政治干預下的黑子。其中不乏字裡行間的文化關切，如：「無依無靠不眠不休的禱告」；對暴力的指控，如：「蠻橫的毛蟲們爬上來啃花兒」；對權力的嘲諷，如：「在歷史的檀木座上早已麻木」。在陳千武的論述內，「媽祖」長久霸占一個位置，乖離了原有文化裡的宗教雛形。

蓉子（一九二二、五、四—），本名王蓉芷。生於江蘇吳縣，南京金陵女子大學服務部實驗科畢業。一九四九年來台灣。政治大學公共行政企業管理教育中心結業。一九七五年於交通部國際電信管理局退休。曾為藍星詩社成員，主編藍星詩社的刊物。曾獲菲律賓總統馬可仕金牌獎、國際婦女桂冠獎、國家文藝獎、詩歌藝術貢獻獎、亞洲華文作家終身成就獎等重要獎項。詩作收入英、法、德、日、韓、南斯拉夫、羅馬尼亞等外文翻譯詩選。在台灣出版的詩集有：《青鳥集》（一九五三）、《七月的南方》（一九六一）、《蓉子詩抄》（一九六五）、《維納麗莎組曲》（一九六九）、《橫笛與豎琴的晌午》（一九七四）、《天堂鳥》（一九七七）、《蓉子自選集》（一九七八）、《這一站不到神話》（一九八六）、《只要我們有根》（一九八九）、《千曲之聲》（一九九五）、《黑海上的晨曦》（一九九七）、《眾樹歌唱：蓉子人文山水詩粹》（二〇〇六）。

蓉子的詩創作集中於一九五〇到一九七四年之間；一九七四年之後，詩集絕大部分是前此作品的重組結集或異名重出，再加上少數新作。扣除詩集中重出的詩作，就台灣已出版、以蓉子為編者的蓉子個人詩集檢視，蓉子的詩創作約一六〇首，主要集結在《青鳥集》、《七月的南方》、《維納麗莎組曲》、《橫笛與豎琴的晌午》。

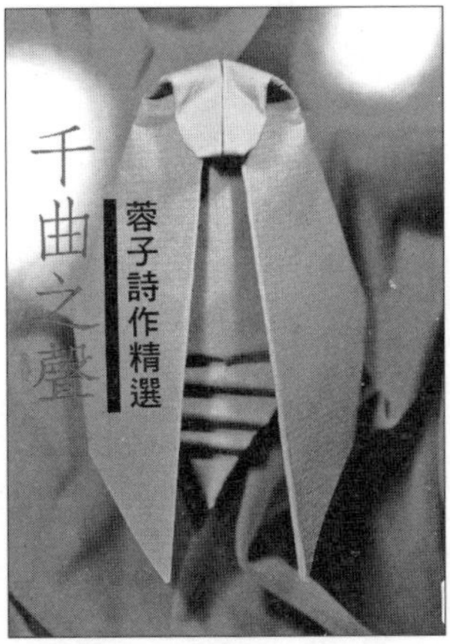

蓉子，《千曲之聲》，台北：文史哲出版社有限公司，1995。

蓉子的詩風獨特而較一貫，長年的詩歌創作透顯始終對生命真善美的信仰、溫婉純潔的形象，[299]以及輕柔的語調、內斂

武》，頁次依序為二一七—二四五、二六三—二七四、二七五—二八七、三五九—三八八。

297〈花〉，見陳千武：《陳千武詩全集・4》，頁三五—三六。

298〈恕我冒昧〉，見方群、孟樊、須文蔚主編：《現代新詩讀本》，頁一一三。

299 見林燿德：〈向她索取形象：論蓉子的詩〉，《藍星詩刊》，第一一期（一九八七），頁九一—九七。

的情緒、清淡中的韻味。[300]蓉子之所以能在早期的台灣女詩人中凸顯，主要因為她特別擅長以意象把握到感覺的強度。余光中觀察蓉子的《青鳥集》而討論其中〈寂寞的歌〉，提及這一點。[301]

在台灣現代詩史中，蓉子有幾項「第一」：

1. **蓉子是「來台第一代」詩人中年紀最長的女詩人；**
2. **《青鳥集》是戰後第一本女詩人出版的詩集；**
3. **以女性自我的省視為長期詩作的題材，蓉子的性別意識很早就萌芽；**
4. **連結「都市女性與大地之母」，在現代詩論戰後的台灣詩壇樹立起溫和而理性的現代女性生活感觸，蓉子是女性詩人的前導。**[302]

沈奇在一九七七年發表之文，對蓉子詩的意見迄今有效而精準。沈奇認為蓉子的詩可分為兩類，一類是如〈青鳥〉那樣的抒情之作，一類是如〈一朵青蓮〉那樣的自我探索之作。前者呈現蓉子詩人魂靈的顯像：德全神盈、自然生發、和諧醇厚、專純自足、聖潔寧靜、澄明通透；後者詩想自明、主體深隱、理趣與情韻並重。沈奇認為蓉子的詩創作以前者為主要比重，並因而拓植出不凡的氣象；後者所占比例不高，卻代表蓉子個人最高的藝術成就。而貫串所有作品、從未扭曲的氣韻，則是蓉子無可取代、和諧純正的聲音。[303]

整體觀察蓉子的詩，有兩個焦點：

1.端淑形象

大多時候，蓉子詩作給人的感染力是沈奇說的第一種：從容、達觀、澄明、高貴的氣息、淡彩的描繪、悠緩的剖示、細緻的感受。如〈一朵青蓮〉的：「一朵靜觀天宇而不事喧嚷的蓮」……「從澹澹的寒波　擎起」；〈維納麗莎組曲〉的：「你不是一株喧譁的樹」、「你完成自己於無邊的寂靜之中」；〈七月的南方〉的：「椰子樹的巨幹靜靜地支撐南方無柱的蒼穹」；〈白色的睡〉的：「密葉灑落很多影子／很多影子　很多

萎謝 很多喧嚷／我柔和的心難以承當！」；〈夢的荒原〉的：「我織長的手指不為誰而彈奏」……「因為我是端淑的神」。[304]即使觸探到自我主體的幾首詩作，蓉子亦從未刻意隨潮流俯仰而「建構」些什麼。

蓉子受評論家青睞的作品高度集中於少數幾首詩，如〈傘〉、〈青鳥〉、〈一朵青蓮〉、〈白色的睡〉、〈七月的南方〉、〈維納麗莎組曲〉、〈只要我們有根〉、〈我的妝鏡是一隻弓背的貓〉。[305]其中，以形象、幻象、鏡像等觀念或技巧，在詩作中的持續自我探求，頗受研究者重視。例如〈我的妝鏡是一隻弓背的貓〉，以「貓」

---

300 見余光中：〈女詩人王蓉芷〉，《婦友月刊》，第八三期（一九六一），頁一二；洪淑苓：〈蓉子詩的時間觀〉，收於《台大文史哲學報》第五六期（二〇〇二），頁三五五—三九一。

301 見余光中：〈女詩人王蓉芷〉，《婦友月刊》，第八三期，頁一二—一三。

302 相關評論參見覃子豪：〈評《青鳥集》〉，收入《覃子豪全集》，頁三九一—三九四；沈奇：〈青蓮之美：詩人蓉子散論〉，《幼獅文藝》，第五二二期（一九九七），頁三八；鍾玲：〈都市女性與大地之母：論蓉子的詩歌〉，《中外文學》，第十七卷，第三期（一九八八），頁四—五。

303 見沈奇：〈青蓮之美：詩人蓉子散論〉，《幼獅文藝》，第五二二期，頁三八。

304 〈一朵青蓮〉，見蓉子：《橫笛與豎琴的下午》（台北：三民書局股份有限公司，一九七四），頁四〇。〈維納麗莎組曲〉、〈七月的南方〉，序見蓉子：《蓉子自選集》（台北：黎明文化事業股份有限公司，一九七八），頁二四—二六、二〇九—二一六；〈白色的睡〉，見蓉子：《七月的南方》（台北：藍星詩社，一九六一），頁一五。〈夢的荒原〉，見吳達芸編：《台灣詩人選集‧11‧蓉子集》（台南：國立台灣文學館，二〇〇八），頁五二—五八。

305 相關評論如周伯乃：〈論詩的具象與抽象〉，《新文藝》，第一四二期（一九六八），頁一〇四；蕭蕭：〈〈我的妝鏡是一隻弓背的貓〉導讀〉，氏著：《現代詩導讀》（台北：故鄉出版股份有限公司，一九七九），頁八五—八六；李元貞：〈自由的女靈：談台灣現代女詩人的突破〉，氏著：《解放愛與美》（台北：婦女新知基金會，一九九〇），頁一七五—一七六；何金蘭：〈女性自我意識：主體／幻象／意象／主體——剖析蓉子〈我的妝鏡是一隻弓背的貓〉〉，《台灣詩學季刊》，第二九期（一九九九），頁一五七；李癸雲：〈女人，你的名字？：蓉子詩作之「維納麗莎」意象研究〉，氏著：《結構與符號之間：台灣現代女性詩作之意象研究》（台北：里仁書局，二〇〇八），頁一四六。

替詩中人的妝鏡賦形；此貓：「弓背」、「無語」、「寂寞」、「命運」、「蹲踞」，猶如「迷離的夢」，遂由貓，而鏡，而人，透顯對鏡自照者對自我形象的感受，那是遭封鎖、受到囚禁、自我困居，而又「變異如水流」：「睜圓驚異的眼是一鏡不醒的夢」、「慵困如長夏」、「捨棄它有韻律的步伐」，而「從未正確的反映我的形象」。[306]在鍾玲和林綠的研究基礎上，何金蘭以發生論結構主義為視角，追溯〈為什麼向我索取形象〉的主體建構，逐行細讀此詩，認為蓉子逐步建立起清楚而飛揚的女性自主意識。[307]

2. 感於歲月流逝，貞定而靜默的書寫主體

因時間流轉而產生的感悟是蓉子詩常見的命題，〈日月往來〉、〈時間的旋律〉、〈歲月流水〉、〈當眾生走過〉、〈時間列車〉都是此類。蓉子此類作品呈現睿智而貞定的觀察、對死亡的理性認知、自我完成的靜默與堅持。[308]如發表於一九五三年的〈生命〉：

生命如手搖紡車的輪子
不停地旋轉於日子底輪軸
有朝這輪子不再旋轉
人們將丈量你織就的布幅[309]

林燿德認為此詩：「以輪轉看生命」、「亮麗的聲口，精巧的意象，一種開豁、達觀，透視歷史而不流於尖銳的觀照」、「無私無我的全知觀點，在一般女性詩人的抒情作品中極為難得。」[310]

在氛圍、題材、節奏上，蓉子傾向閨秀女子關注的心靈小圈。〈肖像〉中的：「你在雛菊與檀香木之間打著鞦韆／在過往與未來間緩緩形成自己」，正是蓉子自己的詩人形象。蓉子在詩壇上的各種雅稱：「永遠

的青鳥」、「不凋的青蓮」、「開得最久的菊花」，與詩作的自我形象很有關係。311

林亨泰（一九二四、十二、十一—），筆名亨人、恆太，生於彰化北斗，省立台灣師範學院教育系畢業。曾任教於田尾國小、北斗國小、彰化高工、北斗中學、台中商專、東海大學等校。一九四七年加入銀鈴會；一九五六年加入紀弦所創之現代派；一九六四年與詩友創立笠詩社，擔任首任主編。二〇〇四年獲國家文藝獎。在台灣出版的詩集有：《長的咽喉》（一九五五）、《林亨泰詩集》（一九八四）、《林亨泰詩集：爪痕集》（一九八六）、《跨不過的歷史》（一九九〇）、《林亨泰詩集》（二〇〇七）、《生命之詩：林亨泰中日文詩集》（林巾力譯，二〇〇九）；評論集有《現代詩的基本精神：論真摯性》、《找尋現代詩的原點》。譯有《保羅・梵樂希的方法序說》等。呂興昌編的《林亨泰全集》（一九九八）十冊，是台灣最完整的林亨泰

---

306 〈我的妝鏡是一隻弓背的貓〉，見蓉子：《蓉子自選集》，頁一七九—一八〇。

307 何金蘭說：「『妝鏡』所映照全為『幻象』。『貓』從騷動轉為『靜止』，而『我』則從『形象變異』到『從未正確反映』，這種進展讓原本『自我意識』明顯的『自我』或『主體』，經由『妝鏡』的映照而成為『似實實虛』的『幻象』，再加上『單調』、『粗糙』的價值下，『主體』最終變成『捨棄』『有韻律的步履』的父權『鏡像』而已。全詩即建立在『主體／幻象』、『主體／鏡像』的總意涵結構，同時也藉由文字明確地表達急欲掙扎擺脫此『鎖』而未得的無可奈何。」見何金蘭：〈女性自我意識：主體／幻象／意象／主體——剖析蓉子〈我的妝鏡是一隻弓背的貓〉〉，《台灣詩學季刊》，第二九期，頁一五七。

308 參見洪淑苓：〈蓉子詩的時間觀〉，收於《台大文史哲學報》第五六期（二〇〇二），頁三五五—三九一。

309 〈生命〉，見吳達芸編：《台灣詩人選集・11・蓉子集》，頁一四。

310 見林燿德：〈向她索取形象：論蓉子的詩〉，《藍星詩刊》，第十一期（一九八七），頁九一—九七。

311 有關蓉子的研究論述，另可見周偉民、唐玲玲：《日月的雙軌：羅門、蓉子文學世界學術研討會論文集》（台北：文史哲出版社有限公司，一九九四）；蕭蕭主編：《永遠的青鳥：蓉子詩作評論集》（台北：文史哲出版社有限公司，一九九五）；謝冕等著：《從詩中走來：論羅門蓉子》（台北：文史哲出版社有限公司，一九九七）等專論。

作品合集。林巾力的《福爾摩沙詩哲林亨泰》，是以第一人稱寫成的林亨泰傳記。[312]
林亨泰是他自稱的「跨越語言的一代」主要代表，也是同代作家中最著稱的現代主義詩人；其創作與論述均為台灣本土詩人之前驅。

在一九五〇年代的第一場現代詩論戰中，林亨泰是現代派最重要的戰將，論筆清澈鋒利。在詩創作上，林亨泰以符號詩闖出當時對前衛形式的實驗；以現實題材試探人生和政治的水溫，深具知性與批判性。

林亨泰自一九四二年開始寫詩；自陳詩創作的數量為二百餘首。[313]根據林亨泰的自述，參酌林燿德、呂興昌、趙天儀等學者的研究，林亨泰的詩創作可區分為四階段：「銀鈴會時期」（一九四二—一九四九）、「現代派時期」（一九五三—一九六四）、「笠詩社時期」（一九六四—一九七〇）、「後笠詩社時期」（一九七一迄今）。代表林亨泰詩創作兩個端點的書寫方向，在「現代派時期」已完全確立；社會關懷與批判現實之作，興於「銀鈴會時期」；引發眾多討論的圖象詩創作，主要發表於「現代派時期」。[314]

林亨泰優異的現代感表現在省思台灣歷史時空而出以微微諷刺的短詩；作於一九八二年、《爪痕集》系列的八首詩即為著例。例如〈爪痕集之二〉：

許多故事糾纏在那裡
形似樹根
盤錯在

與地平線所成的銳角
拖著陰影
夕陽在

常斜著眼睛窺伺人間
掩著半羞
歷史在[315]

又如〈晚秋〉：

雞，
縮著一腳在思索著
而又紅透了雞冠
所以，
秋已深了……[316]

312《福爾摩沙詩哲林亨泰》由林亨泰口述，林巾力代筆（台北：印刻文學生活雜誌出版股份有限公司，二〇〇七）。

313 參見林亨泰：〈五十年的「詩」生活：「榮後台灣詩獎」得獎感言〉，收於呂興昌編選：《台灣現當代作家研究資料彙編‧22‧林亨泰》，頁一一九—一二二。

314 參見林亨泰：〈走過現代‧定位鄉土：我的文學生活〉、趙天儀：〈知性思考的冥想者：論林亨泰的詩〉、林燿德：〈疾射之劍，每一剎那皆靜止〉、呂興昌：〈走向自主性的時代：林亨泰詩路歷程簡述〉，分別收於呂興昌編選：《台灣現當代作家研究資料彙編‧22‧林亨泰》，頁一一一—一一五、一八五—一九一、一九三—一九七、一九九—二〇七。

315 見陳昌明編：《台灣詩人選集‧9‧林亨泰集》（台南：國立台灣文學館，二〇〇八），頁五三。

316 見陳昌明編：《台灣詩人選集‧9‧林亨泰集》，頁二七。

〈爪痕集之二〉以倒裝句法表達詩中人面對歷史的感受。倒裝後的詞句稍顯齟齬，正是「跨越語言的一代」「被語言跨越」的普遍現象。該詩比喻歷史為盤錯的樹根，接著以夕陽貼近地面形成的陰影銳角，比喻虛空中窺看人世的眼睛。詩行間有隱約的控訴而未說白，益顯力道。〈晚秋〉，以台灣鄉下極普遍的家禽為主要意象，將理性的條理賦予獨特的美感經驗。首句勾勒出思考形象，「縮著一腳」，令人聯想到羅丹的著名雕塑：〈沉思者〉。「紅透了雞冠」，兼指思索之用力、旺盛之生命，亦點染出節令。

一九六〇年代的林亨泰，在詩壇上的主要位階是站在紀弦立場，替「現代派」發聲，以及他自己「符號論」的提出；但是他的詩真正受到矚目，江萌的文章極具關鍵。江萌以〈一首現代詩的分析〉對〈風景NO.2〉展開精彩的細讀，指出該詩是「實驗性質的現代主義詩」，[317]促使詩壇與評論界留意林亨泰的符號詩或圖象詩，認定林亨泰開風氣之先，然後在備受爭論中塑造成頭角崢嶸的詩人，並將林亨泰推向經典；〈風景NO.2〉也因而成為林亨泰被選入各類詩選頻率極高的一首詩。該詩如下：

防風林 的
外邊 還有
防風林 的
外邊 還有
防風林 的
外邊 還有
然而海 以及波的羅列
然而海 以及波的羅列[318]

江萌從詞彙、語法、音樂性、前後段的對照，以一萬兩千字的長文精讀〈風景NO.2〉，照亮一九六〇年代台灣現代詩的評論界。但回歸詩之所以為詩的本質，此類曾經前衛、大量運用複沓修辭的詩作，並非林亨泰最好的作品。

迄今所見的林亨泰研究中，趙天儀的〈知性思考的冥想者：論林亨泰的詩〉，頗能在全面而平衡的討論中顯出見地。趙天儀舉〈鞦韆〉、〈生活〉、〈農舍〉、〈書籍〉、〈弄髒了的臉〉等五首詩為證，討論林亨泰如何以鄉土與現實為素材，而又如何以現代手法來表現；趙天儀該文最後總結：林亨泰的詩簡練而樸實、評論銳利而強勁。[319]

方思（一九二五—二〇一八），本名黃時樞。本籍湖南長沙。在上海接受大學教育，一九四八年到台灣。曾任職於台灣的中央圖書館、美國的迪瑾遜大學圖書館。長年旅居美國。在台灣出版詩集：《時間》（一九五三）、《夜》（一九五五）、《豎琴與長笛》（一九五八）；收錄《時間》等三部詩集的詩選：《方思詩集》（一九八〇）。

方思在台灣詩壇的名氣奠定於一九五〇年代出版的三部個人詩集。寫詩之外，當時的方思以本名發表他對外國詩作的翻譯，其中最專心致志的是對里爾克《時間之書》的譯介。

方思的詩，代表一九五〇年代台灣現代詩處理「意象」和「知性」較早的、較明顯的過程。[320]《六十年

317 參見江萌（熊秉明，一九二二—二〇〇二）：〈一首現代詩的分析〉，收於熊秉明：《詩三篇》（台北：允晨文化實業股份有限公司，一九八六），頁三一—七四。

318 見陳昌明編：《台灣詩人選集・9・林亨泰集》，頁三七。

319 參見呂興昌編選：《台灣現當代作家研究資料彙編・22・林亨泰》，頁一八五—一九一。

320 專門研究方思的文章，可參考林柏宜：〈五〇年代台灣現代詩的知性追求：以方思、黃荷生、黃用為研究對象〉（台北：國立政治大

代詩選》評介方思，說《時間》以略帶哲學意味的思考觀照事物，表現對宇宙與生命之穎悟、心對物的感應、時空之錯綜、自我與對象之默契。[321]一九五〇年代的台灣現代詩壇，普遍浸淫在「自由詩」抒情而兼浪漫的情調；而方思之詩風迥異，其三部詩集相當一致地摒棄情緒之鋪陳，以素樸、純正而深邃的思維，探索生命本質。

一九五〇年代的方思，詩藝之特點為：

1. 捕捉抽象概念

方思擅長以意象冥想生死、捕捉時間概念、追求事物本質、探索自我形象，呈現知性的現代精神。夜、黑色、水晶，是方思較常使用的意象，藉以寓抽象思想於感性物象，賦予玄想。方思的代表作：〈豎琴與長笛〉，摒棄一九五〇年代台灣現代詩壇多數詩作對愛情的多方詠歎，直取對宇宙、生命的思索，邁向理性。又如的〈夜歌〉前兩行：「夜性急地落下來了／你不要唱哀悼的歌」。[322]再如〈黑色〉，寫詩中人在水中看見自己的影子。四周黑暗而波光蕩漾，更清楚看到水中自己的影子輕輕擺盪猶如黑水晶。〈黑色〉的詩行以「這是好的：我是千年熾火凝成的一顆黑水晶」作結。[323]在方思的個人意象系統裡，「黑水晶」暗示長時期吸納天地能量、透亮、低抑、神祕的凝結體。此詩共四行，就有三處「黑」：黑蔭影、黑水、黑水晶，唯一沒有「黑」字的第三行使用矛盾修辭，凸顯「黑水晶」在閃爍黑色的光影裡更誘人定睛細看。[324]

2. 內向性的話語修辭

一九五〇年代的方思詩作中，經常有一個隱含的缺席聽者：「你」，作為話語內向性的修辭；「我」以傾訴的口吻向「你」獨白。此現象在《夜》詩集中尤顯。「你」有時是神，有時是戀人，有時是自己。神、「你」、「我」的共同內在本質是孤高。詩例如：〈島〉、〈你我〉、〈生長〉、〈棲留〉、〈少婦〉、〈長廊〉。[325]在這些詩中，方思藉著「我」對「你」的呼求，以對詩的熱情呼喊出隱藏於現實世界的焦慮和無望。

方思詩作中的「你」、「我」，經常表現為：兩個單數人稱保持於一定距離、不斷趨同而難成一體。「你」和「我」維持在傾訴與聆聽、懇求與默許、追隨與引導的張力之間。

3. 抑制與肅穆之美

方思在一九五〇年代出版的三本詩集，恆展現克制的抒情，調性肅穆。〈落〉、〈重量〉、〈美德〉均是如此。[326]再如〈聲音〉，寫挑燈夜讀，意旨單純。一開始寫詩中人冬夜挑燈讀書，「忍對一天地間的黑暗／／僅僅隔一層窗，薄薄的紙」，情緒抑制。全詩的高潮在最後：「在沉寂如死的夜心，我聽到一個聲音／呼喚我的名字：我欲／推窗出去」。[327]詩中人恍惚聽見有人呼喚其名，而欲「推窗出去」。「推窗而出」之喻，寫出詩中人寒夜讀書而有所得的高亢情緒。

放回一九五〇年代，方思的詩在歷史情境下有如上的成績與特點。然而在二十一世紀回顧，不得不說，一九五〇年代的方思，詩作極顯著的特點是：以攀緣心追摩生命本質而我執堅固，因此詩中直覺熱切的情

學台灣文學研究所碩士學位論文，二〇一四）。

321 參閱瘂弦、張默主編：《六十年代詩選》。

322 〈夜歌〉，見《方思詩集》（台北：洪範書店有限公司，一九八〇），頁一二九—一三一。

323 〈黑色〉，見《方思詩集》，頁七一。

324 相關論點可參考李瑞騰：〈釋方思的「黑色」與「夜」〉，收於李瑞騰：《詩的詮釋》，頁二九。

325 〈島〉、〈你我〉、〈生長〉、〈棲留〉、〈少婦〉、〈長廊〉，依序見方思：《方思詩集》，頁六七—六八、七三—七四、七五—七七、七九—八〇、一〇三—一〇四、一〇五—一〇八。

326 〈落〉、〈重量〉、〈美德〉，依次見方思：《方思詩集》，頁一九—二二、四三—四四、四九—五〇。

327 〈聲音〉，見方思：《方思詩集》，頁一三三—一三四。

思、口吻，與淡漠冷肅的情境、意象強力拉鋸，閱讀起來頗詭異；就像煮沙而欲為飯的後果：縱經千劫，仍為熱沙，終不成飯。

向明（一九二八、六、四—），本名仲元，另名董平，筆名另有仲弟、仲哥、冬也。生於湖南長沙。一九四九年來台。空軍通信電子學校、美國空軍電子研究所中心畢業。空軍上校退伍。為藍星詩社及台灣詩學季刊雜誌社成員。曾任《中華日報》副刊編輯、爾雅年度詩選主編、《藍星詩頁》、《藍星詩刊》主編、台灣詩學季刊雜誌社社長。曾獲中國文藝獎章、國家文藝獎、中山文藝新詩獎等。在台灣出版個人詩集：《雨天書》（一九五九）、《狼煙》（一九六九）、《青春的臉》（一九八二）、《水的回想》（一九八八）、《隨身的糾纏》（一九九四）、《碎葉聲聲》（一九九七）、《向明世紀詩選》（二〇〇〇）、《陽光顆粒》（二〇〇四）、《地水火風》（二〇〇七）、《向明集》（丁旭輝主編，二〇〇八）、《生態靜觀》（二〇〇八）、《閒愁：向明詩集》（二〇一一）、《低調之歌》（二〇一二）、《早起的頭髮》（二〇一四）；個人詩話與散文集：《客子光陰詩卷裡》、《甜鹹酸梅》、《新詩五十問》、《新詩後五十問》、《走在詩國邊緣》、《窺詩手記》、《詩來詩往》、《三情隨筆》、《我為詩狂》、《詩中天地寬》、《新詩百問》、《無邊光景在詩中：向明談詩》、《尋詩V.S.尋思・向明談詩》等；兒童文學：《香味口袋》、

向明，《向明世紀詩選》，台北：爾雅出版社有限公司，2000。

向明，《閒愁：向明詩集》，台北：釀出版，2011。

《糖果樹》、《螢火蟲》等。與詩友合編多種詩文集。

白靈將向明的詩分為四期：(1)一九五一—一九六九，詩中充滿時代苦悶與厭戰情緒，作品多體現離鄉背井的孤獨感；(2)一九七〇—一九八七，詩風更趨練達圓熟，表現生活的安頓與反戰思維；(3)一九八八—一九九四，表現自我追尋中的閒情與省思；(4)一九九五迄今，展露現實批判與社會關懷。[328]

向明的整體詩風為：

1.話家常般的言志書寫

向明的第一本詩集《雨天書》出版後，覃子豪首先看出向明的路數：「發掘了生活的本質而訴之於經驗的直覺」；[329]但向明之所以是生活詩的踐履者，除了見證於詩作，亦證諸自己的詩觀。向明主張從自身出發、以生活為寫詩的泉源。

洛夫說向明的詩「大多在言志」。[330]「言志」，在洛夫該文的語境裡，有「話家常」的意謂。向明以筆為劍，逼顯大環境的現實，表現清明的精神力。其清，一清見底；其辣，展現「豁出去」的釋然。越到近期，向明的詩越概念化、說明化。《隨身的糾纏》之後，主旨和敘述性漸趨顯著，結句

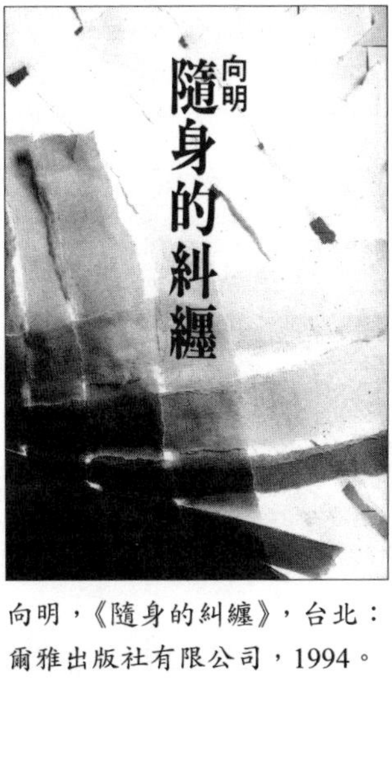

向明，《隨身的糾纏》，台北：爾雅出版社有限公司，1994。

328 見白靈：〈小傳〉，收於白靈編選：《台灣現當代作家研究資料彙編‧75‧向明》（台南：台灣文學館，二〇一六），頁三九—四〇。

329 見覃子豪：〈現代中國新詩的特質〉，《文學雜誌》，第七卷，第二期（一九五九），頁三五。

330 洛夫：〈試論向明的詩〉，收於白靈編選：《台灣現當代作家研究資料彙編‧75‧向明》，頁二五五—二七四。

亦常以斷然的收束代替自在的搖曳，時而從警句向箴言和規訓傾斜。[331]

2.清醒而健朗

余光中曾以「向晚越明」比喻向明的詩，說向明老而彌健。[332]向明雖早在一九五〇年代就出版個人詩集，但是他在台灣詩壇獲取詩名卻在一九八〇年代以後。極特別的是，《生態靜觀》出版之後的向明，發表力較諸年輕時更銳不可擋。鴻鴻討論二〇一二年出版的《低調之歌》說，「全書恐怕只有書名『低調』，內容實在尖銳得不得了。而『低調』其實也是一種語帶雙關的反諷，詩人願意和世上最低卑的生命站在一起，唱出『無力者』的曲調。」[333]

3.形製短小，感世憂時

向明擅長運用短小的形製，感世憂時，意象精準，機心獨運，寫出個體對理想和初心的仰望。尹玲曾連用幾個「不」字，表達對向明詩藝的肯定：「不詭譎、不賣弄、不矯揉、不造作、不投機、不取巧、不囉唆、不嘮叨，然而其深度卻是一樣的不可思議，尤其是詩中最關鍵的那一句詩眼，往往是一針見血」。[334]〈瘤〉、〈巍峨〉、〈煙囪〉、〈蔦蘿〉、〈出恭〉、〈捉迷藏〉、〈妻的手〉、〈吊籃植物〉、〈午夜聽蛙〉、〈水的回想〉、〈湘繡被面〉、〈富貴角之晨〉、〈隔海捎來一隻風箏〉等詩作，都是向明常被論述、引用，或選入詩選的作品。[335]

迄今對向明的訪談及討論中，張默的〈好空白的一方方陷阱：向明的詩生活〉具取暖的溫度；洛夫的〈試論向明的詩〉在悠然自在的隨興論述中很有見地；[336]白靈的〈生活詩風的拓荒者：向明研究綜述〉認為，向明在台灣詩壇「邊緣了很久」，卻是台灣詩壇老當益壯的行動者。[337]

大荒（一九三〇、一、二—二〇〇三、八、一），本名伍鳴皋。另有筆名伍厚枝、虛谷等。生於安徽蕪為。蕪湖初中肄業。一九四九年隨軍來台。一九六八年退伍後，在台灣師範大學修習兩年，轉任國中教師以迄退休。先後加入現代詩社及創世紀詩社。出版詩集：《存愁》（一九七三）、《雷峰塔》、《台北之楓》（一九九〇）、《第一張犁》（一九九六）、《剪取富春半江水》（一九九八）；散文：《春華秋葉》、《山水大地》、

---

331 參見鄭慧如：〈論向明的〈生態靜觀〉：兼及小詩的問題〉，收於白靈編選：《台灣現當代作家研究資料彙編・75・向明》，頁四四一—四五三。

332 作品時常扣問時代和社會議題，或亦出於向明對自己的惕勵：「我尊敬每一位從事詩的創作者，我主張我們只在詩藝上競爭。」、「在我而言，一首詩即使不能觸到別人痛處，必要抓到別人癢處，讓人感覺不關痛癢就是失敗。」見向明：〈平淡後面的執著〉，收於氏著：《向明自選集》（台北：黎明文化事業股份有限公司，一九八八），頁五。

333 見鴻鴻：〈棒棒糖的盡頭：讀向明的《低調之歌》〉，收於白靈編選：《台灣現當代作家研究資料彙編・75・向明》，頁四一一—四一三。

334 見尹玲：〈「家鄉／異地」之「內／外」糾葛——剖析向明〈樓外樓〉〉，收於白靈編選：《台灣現當代作家研究資料彙編・75・向明》，頁四一九—四二七。

335 向明：〈午夜聽蛙〉、〈巍峨〉、〈湘繡被面〉，張默、蕭蕭編：《新詩三百首・下》（台北：九歌出版社有限公司，一九九五），頁三七一—三七九；〈午夜聽蛙〉、〈隔海捎來一隻風箏〉、〈捉迷藏〉，蕭蕭、白靈編：《台灣現代文學教程・新詩讀本》，頁一〇八—一一〇、一一一—一一三、一一四—一一五；〈瘤〉，方群、孟樊、須文蔚合編：《現代新詩讀本》，頁一六八；〈吊籃植物〉，唐捐、陳大為編：《台灣現代文學教程・當代文學讀本》（台北：二魚文化事業有限公司，二〇〇二），頁二七—二八；〈煙囪〉、〈蔦蘿〉、〈出恭〉、〈妻的手〉、〈水的回想〉、〈富貴角之晨〉，依序見向明：《向明世紀詩選》（台北：爾雅出版社有限公司，二〇〇〇），頁四〇—四一、四七—四八、八〇—八一、六四—六五、七四—七五、二六—二七。

336 參見張默：〈好空白的一方方陷阱：向明的詩生活〉，收於白靈編選：《台灣現當代作家研究資料彙編・75・向明》，頁二七五—二八三；洛夫：〈試論向明的詩〉，收於白靈編選：《台灣現當代作家研究資料彙編・75・向明》，頁二五五—二七四。

337 參見白靈：〈生活詩風的拓荒者：向明研究綜述〉，收於白靈編選：《台灣現當代作家研究資料彙編・75・向明》，頁一五一—一七五。

《巨人的行李》；小說：《有影子的人》、《火鳥》、《無言的輓歌》、《夕陽船》。

大荒以小說創作進入文壇，其後致力於詩。大荒的創作意識極警覺，個人色彩濃厚，不太受潮流左右而能穩定自己對文字與生活周遭美感的覺知。在超現實主義甚囂塵上的一九六〇年代，大荒對歷史材料好發感興，對現實環境與生存時空相當敏銳。大荒透過詩作碰撞現實，保持和超現實主義若即若離的距離。其詩以事件為骨幹，主張「長詩追求氣勢，短詩追求氣韻」，是前行代詩人中的史詩高手。

〈存愁〉發表於一九六〇年，共十一章，每章五節，每節四行，篇幅長二二〇行，氣象雄奇。在創作時間上，〈存愁〉早於洛夫的〈石室之死亡〉和余光中的〈天狼星〉；在台灣的一九六〇年代，大荒的〈存愁〉是百行以上具歷史感的厚重長詩之濫觴。大荒審視時局，扣緊時代背景，貼近社會現實，將澎湃的詩情寄寓於歷史與神話，體現人在亂世，對己身存在與社會局勢的觀察、思考。以具現代感的意象書寫透露詩中人重思社會價值的不安，而不淪為口號或吶喊；不僅著墨於個人情愁與歷史煙雲而富於對存在的種種思索，更穿行於詩與史，交相辯證。如：

常是悚然，常被一羽毛擊倒
常是迷失於幽暗的死獄
許多氣息擠不出喉管
許多骯髒的影子踐踏我的眼珠[338]

頂著青色頭巾
日子是以淚替人洗腳而揩以秀髮的女人
她的淚已枯竭，髮已脫落

大荒，《存愁》，台北：十月出版社，1973。

她要我替她找一項所謂妻子的職業[339]

誰的靈魂呼喊沒有水洗臉
誰的臉孔流亡，誰的姓氏倒閉
誰的手抓不住泥土，誰的鞋子沒有乘客[340]

猛然一擊，負痛從鑼面拋出
發現自己是一失去居所的蝸牛
赤身而臥，哭泣著
不知如何挽住那苦楚[341]

「常是」，強化控訴的內容，而以之為首的三組序列句子，其語意可隨時翻轉、互相詮釋，氣氛冷峭低迷。「被羽毛擊倒」轉折文氣，突出尖銳感，由此堆疊的情緒帶領全詩十一節進入陰冷灰暗的詩境，又逐節往內在心靈探索。日子猶如身分卑微的女子一無所有而渴盼救贖，「妻子的職業」在詩行中成為強有力的諷刺。「誰的」，連續五次提問均指向存在，問句的形式代替呼之欲出、無可奈何的答案：沒有歸屬感。敲鑼通常為

338《存愁》（台北：十月出版社，一九七三），頁一九。
339《存愁》，頁二二。
340《存愁》，頁四〇。
341《存愁》，頁九八。

了慶賀，但詩行中的鑼聲敲出的竟是詩中人的痛楚與無依；生存價值與生命意義受到強烈質疑。

商禽（一九三〇、三、十一—二〇一〇、六、二十七），本名羅顯昌。又名羅燕、羅顯烆。另有筆名羅硯、羅馬、壬癸等。生於四川珙縣。中學肄業。一九四六從軍。一九五〇年隨部隊到台灣。一九六八年陸軍士官退伍。一九五六年加入紀弦所創之「現代派」；一九五九年加入創世紀詩社。曾任雜誌社、報社編輯。其妻曾為詩人羅英。在台灣出版詩集：《夢或者黎明》（一九六九）、《用腳思想：詩及素描》（一九八八）；個人之詩選集：《夢或者黎明及其他》（一九八八）、《商禽世紀詩選》（二〇〇〇）、《商禽詩全集》（二〇〇九）。

台灣學界的商禽詩研究，經常聚焦在「軍旅詩人」、「超現實」、「散文詩」，對商禽定位明確。342

商禽的詩史位置，主要建立在以下三點：

1. 散文詩

一九五〇、一九六〇年代的台灣，詩人罕以散文詩寫成系列作品；商禽以散文詩異軍突起，脫穎而出。343 所謂「散文詩」，一九五〇、一九六〇年代台灣的學府文壇，對此稱謂語多保留。商禽在一九九五年發

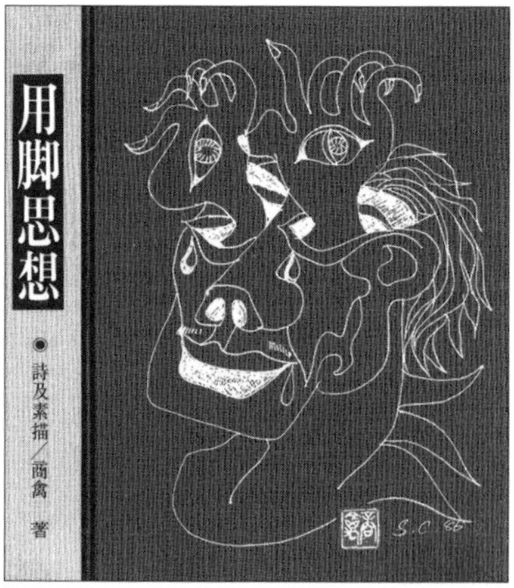

商禽，《用腳思想》，台北：漢光文化事業股份限公司，1988。

商禽，《商禽詩全集》，台北：印刻文學生活雜誌出版股份有限公司，2009。

表短文〈何謂散文詩？〉，亦未界定「散文詩」；主要解釋自己：「要求的是本質的詩的充盈。用散文來寫詩，別人怎麼叫與我無關。」[344]商禽該文未解答文類本質中，散文之「散」和詩之「凝練」融於「散文詩」一詞的疑惑；藉由商禽此文，讀者對「散文詩」的理解是：本質上的詩裝在形式上的散文內。

商禽的多首散文詩久已成為台灣大專院校現代詩課程的經典，如〈滅火機〉、〈長頸鹿〉、〈鴿子〉、〈電鎖〉、〈手套〉、〈躍場〉等等。部分詩作一再經反覆解讀，很受看重。這些詩作的共相在：(1)創傷書寫，寄寓囚居或逃離的思維；(2)游離、竄出、分裂的意識；(3)具備情節的戲劇手法。

在《夢或者黎明》共五十八首詩中，散文詩有四十一首，占該詩集詩體比重的七成，非常醒目。白靈說，商禽的散文詩，場景或色澤大都遠離白天，敘事者喜歡隱身在黑暗處說話；其藝術特色為：詩中人出入於黃昏、黎明、窗、門、手套、影子、沼澤等邊界，以虛實猶疑的物象變妝。[345]

2.以暗示手法諷喻現實與社會

商禽嘲諷現實，關懷弱勢，揭露社會黑暗，呈露撞擊下的生命，在隱喻、歧義、錯置等外爍的語言中，

342 在「台灣期刊論文索引系統」於篇名、關鍵詞輸入「商禽」，可得文章七十四筆；在「台灣博碩士論文知識加值系統」於論文名稱、關鍵詞輸入「商禽」，可得學位論文十二筆。此數據為二〇一八年三月八日查詢所得。

343 在一九五〇—一九六九那個舉世滔滔以戰鬥為務的時代，以商禽的背景：學業中輟、顛沛流離、久沉下僚、「差點便兵此一生」、為了活下去不得不投身軍旅，生活艱難困頓，商禽為何會選擇散文詩當作書寫的主要文體？文獻顯示，商禽在大陸當軍伕，被關在祠堂的藏書室，因緣際會讀到魯迅的《野草》，視若珍寶。參見商禽：〈台北・一九六〇年〉，收於商禽：《夢或者黎明及其他》（台北：書林出版有限公司，一九八八），頁五七；尉天驄：〈那個時代，那樣的生活，那些人〉，《文訊》，第二九八期（二〇一〇），頁四〇—五〇；瘂弦：〈他的詩・他的人・他的時代：論商禽《夢或者黎明》〉，《創世紀》，第一一九期（一九九九），頁二二—二三。

344 商禽此文收於《商禽詩全集》（台北：印刻文學生活雜誌出版股份有限公司，二〇一六），頁四三八。

345 參見白靈：〈約束與湧現：商禽詩的形式與精神意涵〉，《台灣詩學・學刊》，第十六號（二〇一〇），頁七—二八。

是極少數詩人中批判當時社會的低音。陳芳明為《商禽詩全集》寫序，提到出於時代性，商禽必須訴諸語言變革才能達到被扭曲與被綁架的靈魂深處。[346]瘂弦曾讚譽商禽為「廣義的左派」，是「社會的良心」、「群眾的代言人」。[347]郭楓評價：「商禽的散文詩含有泥土本質，在西化的台灣泛現代詩派，在合唱整齊的主流詩壇，成為一個聲調不同的異端詩人。」[348]

商禽的詩時見新奇的比喻。商瑜容特別發現商禽以擬判斷突出的強烈暗示，如〈事件〉的：「整個太陽的行為都是對蜘蛛的模仿」、〈透支的足印〉的：「陰影是可觸的藻草」。[349]以意象諷喻現實，商禽締造過許多妙喻。如：「揭開你的心胸，發現一支冷藏的火把」、「一盞從古佛殿前逃亡的明燈」、「用我不曾流出的淚，將香檳酒色的星子們擊得粉碎」、「孩子們玩具旅行車在剛剛揚花的高梁林中碰笑發光的葉片。一大群沒有主人的夢在冒黑泡的水溝中飄流」、「我也才終於將插在我心臟中的鑰匙輕輕的轉動了一下『咔』，隨即把／這段靈巧的金屬從心中拔出來順勢一推斷然地走了進去。／沒多久我便習慣了其中的黑暗。」[350]

3.超現實

「超現實」之於商禽，關鍵在創作手法。商禽被與「超現實」連結，許多舉證出於散文詩。分行詩如〈醒〉、〈門或者天空〉、〈遙遠的催眠〉、〈逃亡的天空〉、〈逢單日的夜歌〉等，[351]也在論證之列。

觀察商禽詩的類比建立、意象組織、情境塑造，可發現商禽擅長轉換感官意象、用形象化的摹寫及鮮明的對比，強化或夸飾修辭情境。如〈鴿子〉的部分詩行：

在失血的天空中，一隻雀鳥也沒有。相互倚靠而顫抖著的，工作過仍要工作，殺戮過終於也要被殺戮的，無辜的手啊，現在，我將你們高舉，我是多麼想——如同放掉一對傷癒的雀鳥一樣——將你們從我雙臂釋放啊！[352]

因為自我做戲，放掉影像幻化後的「鴿子」，猶如將自己的一對手掌拆卸下來，詩的趣味畢竟主要來自說說演演，幻化影像，表演故事。敘述者的十指借光弄影，逞其詼諧，盡在掌握。主要意象：「一對鴿子」之所以「成對」、「相互倚靠」，因為外於詩行的現實背景是敘述者的一對手掌。「手掌」和「鴿子」的辯證因此而來。「天空失血」，因為手影戲需要黑暗的背景；至於「工作」、「殺戮」，前後文之間沒有相關的敘述或意象支撐，是架空的詞彙。

有關商禽詩的「超現實」，較早的說法來自瘂弦。瘂弦以傳記的角度梳理商禽的創作史，說商禽在陽明山總統官邸值勤，有機會閱讀官邸附近圖書館內的眾多禁書，對法國超現實主義者布魯東特別感興趣，進而研究多時，衍為自己的創作泉源。[353]但是成名後的商禽，受訪內容與瘂弦此說乖離。提到「超現實主義」，商禽重新詮釋已被認定為「超於現實之上」的「超現實主義」精神，說自己詩作中的「超現實」是「超級現實」、「非常現實」，而非「游離於現實」、「不現實」；焦點已不在當年如何著迷於布魯東、如何與詩友熱烈

346 參見陳芳明：〈快樂貧乏者患者：《商禽詩全集》序〉，收於商禽：《商禽詩全集》，頁三〇。

347 參見瘂弦：〈他的詩・他的人・他的時代：論商禽《夢或者黎明》〉，《創世紀》，第一一九期（一九九九），頁二二—二三。

348 見郭楓：〈悲鳴鳥巧囀異調的多重心曲：商禽：台灣泛現代詩派的「超級現實主義者」？〉，《新地文學》（二〇一四），頁三八—五六。

349 參見商瑜容：〈商禽詩作的意象表現〉，《台灣詩學・學刊》，第二號（二〇〇三），頁四一—六〇。

350 詩句依序來自商禽之〈冷藏的火把〉、〈火焰〉、〈海拔以上的情感〉、〈玩具旅行車：給夭亡在皺皺的粉紅色的天空中的諸子姪〉、〈電鎖〉，見商禽：《商禽詩全集》，頁一六六、二二一、七三、九四、一九二。

351 〈醒〉，《商禽詩全集》，頁一六一—一六二；〈門或者天空〉，《商禽詩全集》，頁一五三—一五六；〈遙遠的催眠〉，《商禽詩全集》，頁一一三；〈逃亡的天空〉，《商禽詩全集》，頁一〇八；〈逢單日的夜歌〉，《商禽詩全集》，頁一二七—一二九。

352 〈鴿子〉，見商禽：《商禽詩全集》，頁七八—七九。

353 參見瘂弦：〈他的詩・他的人・他的時代：論商禽《夢或者黎明》〉，《創世紀》，第一一九期（一九九九），頁二二—二三。

討論。[354]當學者正正經經隨之起舞，眾口爍金之際，「超現實」之於商禽，猶如一頂已不合宜的高帽。儘管如此，「超現實」這標籤，仍為商禽取得惹眼的聲名。

回到語言上，商禽詩研究在二十世紀末以降的高度擴張，可發現評論文章這個「血庫」「應聲輸血／書寫」的現象。尤其是，假如沒有「散文詩」當作包裝的殼子，商禽的分行詩時常顯得鬆散。例如〈卡特・花生〉前兩節：「卡特，花生／平原鎮的吉米・卡特／是一個勤奮的好農夫／別人在沙土中／他卻可以在石頭上／種花生／／種花生的吉米・卡特／是一個和善的好農夫／他不但常以笑臉迎人／還微笑著種他的花生」、〈溫水烏龍〉前兩節：「下班回家的路上／遇見失散多年的戰友／竟然住在附近的社區／邀他去家中話舊／／老妻用溫水泡茶／話題也不太熱絡／從解嚴談到戒嚴／烏龍還浮在水面」、〈出峽而去〉部分詩行：「人家說『少不入川　老不出川』／十五歲離你而去該正是時候／洋船上的少年／灩澦堆前一點猶豫都沒有／你不是說『對我來』嗎／何況掌舵的又不是我自己／便對著你　對著不可知的未來／入峽而去／穿峽而去」、〈我聽到你底心跳〉前兩節：「『我聽到你底心跳／咚咚嘟嘟咚……』／／當你把寬厚的手掌／伸開／撫著身前尖底的小鼓／當你的短粗的手指／七根　八根／漫步輕踏於鼓沿鼓面／你充滿血絲的眼球／開始閃爍在你黝黑的臉上」。[355]這些鬆垮的句子，在分行詩的形式下無所遁形。《商禽詩全集》中，這類詩作更普遍；比起散文詩，它們更是商禽詩的常態。

張默（一九三一、二、七—），本名張德中，生於安徽無為。一九四九年來台。一九五〇年參加海軍。一九五四年與洛夫、瘂弦共同發起創世紀詩社。長年為《創世紀》詩刊主編。亦曾主編《中華文藝》、《水星》等文學刊物，及《中華現代文學大系・詩卷》、《新詩三百首》等。策畫爾雅版《年度詩選》的六人編輯小組。在台灣出版詩集有：《紫的邊陲》（一九六四）、《上昇的風景》（一九七〇）、《無調之歌》（一九七五）、《張默自選集》（一九七八）、《陋室賦》（一九八〇）、《愛詩：張默詩選》（一九八八）、《光陰・梯子》

（一九九〇）、《落葉滿階》（一九九四）、《遠近高低：張默手抄詩集》（一九九八）、《張默世紀詩選》（二〇〇〇）、《無為詩帖》（二〇〇五）、《獨釣空濛》（二〇〇七）、《張默集》（丁旭輝編，二〇〇八）、《張默小詩帖（1954-2010）》（二〇一〇）、《戲仿現代名詩百帖》（二〇一四）、《水汪汪的晚霞》（二〇一五）。

張默的詩史位階決定於：

1. 詩活動、詩刊與詩選主編、詩資料彙編

張默以詩活動、詩刊與詩選主編、詩資料彙編，最為人稱道。《創世紀》數十年來的編輯工作，超過三十年落在張默一人身上。瘂弦稱張默：「渾身帶電的人物」；洛夫稱張默傾其一生，推動詩運，且不遺餘力，培養許多作家。[356]張默所編各種詩刊詩選叢書，其數量罕有人能望其項背。迄今張默在台灣編有多年的爾雅版年度詩選，以及《六十年代詩選》（一九六一）、《七十年代詩選》（一九六九）、《新銳的聲音：當代青年詩人選集》（一九七五）、《中國當代十大詩人選集》（一九七七）、《剪成碧玉葉層層：現代女詩人選

354 相關討論可參見金尚浩：〈存在和時空的意象：論商禽五〇、六〇年代超現實主義的詩〉，《台灣詩學．學刊》，第十六號（二〇一〇），頁一七一—一九一；翁文嫻：〈商禽：包裹奇思的現實性份量〉，《當代詩學》，第二期（二〇〇六），頁一一六—一二八；余欣娟：〈一九六〇年代台灣超現實詩：以洛夫、瘂弦、商禽為主〉（台中：東海大學中國文學研究所碩士論文，二〇〇三）。

355 所引各詩行，見《商禽詩全集》，頁三一三—三一四、二六四—二六五、二五九—二六〇、二八四—二八五。

356 相關資料參見洛夫：〈無調的歌者：張默其人其詩〉，收於渡也編選：《台灣現當代作家研究資料彙編．76．張默》（台南：國立台灣文學館，二〇一五），頁一三五—一四三；瘂弦：〈為永恆服役：張默的詩與人〉，收於渡也編選：《台灣現當代作家研究資料彙編．76．張默》，頁二五九—二六七；紫鵑：〈開著動力火戰車的詩人：專訪詩人張默〉，收於渡也編選：《台灣現當代作家研究資料彙編．76．張默》，頁一〇七—一一三；陳文發：〈承先啟後，再「創世紀」〉，收於渡也編選：《台灣現當代作家研究資料彙編．76．張默》，頁一一五—一二三。

集》（一九八二）、《感月吟風多少事：現代百家詩選》（一九八二）、《小詩選讀》（一九八七）、《中華現代文學大系・1970-1979・台灣》（一九八九）、《台灣現代詩編目・1949-1991》（一九九二）、《當代台灣作家編目・1949-1993・爾雅篇》、《創世紀四十年總目》（一九九四）、《台灣現代詩集編目・1949-2000》等。

在詩運的推動方面，張默出版個人的小詩創作，編小詩選，撰文論述小詩，推廣小詩相當引人矚目。在現代詩史料的彙整方面，張默的《台灣現代詩概觀》（一九九七）、《夢從樺樹上跌下來：詩壇鉤沉筆記》（一九九八）、《台灣現代詩筆記》（二〇〇四）等書，描繪台灣現代詩發展的歷史縱面、個別詩人詩生活的面貌。尤其《台灣現代詩編目・1949-1995》（一九九五），出版的當時，台灣的大數據資料庫遠不如今，張默上窮碧落下黃泉的資料彙整，對許多現代詩的讀者、研究者，助益頗多。

2.富於動感的表態句式

張默在一九五〇年代初期展開以海洋書寫為主的詩創作；一九五四年《創世紀》創刊後，配合「新民族詩型」口號，張默在詩中加入中國意境的元素。[357]與張默同為「創世紀三巨頭」的瘂弦和洛夫，對於張默的詩曾有精簡扼要的論述。瘂弦說張默偏重氣氛的經營，其語言操作偏好流動的類音樂形式，如賦格般由點而

張默，《台灣現代詩編目・1949-1991》，台北：爾雅出版社有限公司，1992。

張默，《台灣現代詩編目・1949-1995修訂篇》，台北：爾雅出版社有限公司，1995。

線而球面的擴張，或複疊的句式。洛夫說張默的詩富於動感，一九七二年以後的張默詩，意象較準確而明晰，詩境相對淨化。[358]洛夫舉例論析〈露水以及〉，認為此詩之「表態句法」、動詞「橫過」，與獨立句在此詩中的意義，可代表張默之詩風。[359]

《無調之歌》以降，張默的小詩作品漸多，大部分在三行到十行之間。身為一九七〇年創立的「詩宗社」靈魂人物，張默認為現代詩應歸向中國傳統文化。他發表於一九七〇年代末、一九八〇年代初的〈尋〉、〈遠方〉、〈家信〉、〈白髮吟〉、〈包穀上的眼睛〉、〈長城，長城，我要用閃閃的金屬敲醒你〉，均可視為此一理念的實踐。瘂弦、熊國華皆以為，此一階段是張默詩創作的顛峰。[360]如〈尋〉：

從狼煙四起的山海經裡
追蹤跑得老遠老遠駱駝的影子
從雁陣驚寒十一月多皺紋的天空
撲捉那些濕濕黏黏的
北方搖曳而來的秋雨

357 張默也曾為自己的詩創作分期，但後來張默自己質疑那分期是「機械式的界定」，故本書不援引。

358 見瘂弦：〈為永恆服役：張默的詩與人〉，收於渡也編選：《台灣現當代作家研究資料彙編・76・張默》，頁二五九—二六七；洛夫：〈無調的歌者：張默其人其詩〉，收於渡也編選：《台灣現當代作家研究資料彙編・76・張默》，頁一三五—一四三。

359 參見洛夫：〈無調的歌者：張默其人其詩〉，收於渡也編選：《台灣現當代作家研究資料彙編・76・張默》，頁一三五—一四三。

360 參見熊國華：〈回歸傳統，融匯中西：論張默的詩路歷程〉，收於渡也編選：《台灣現當代作家研究資料彙編・76・張默》，頁一二六—一三四；瘂弦：〈為永恆服役：張默的詩與人〉，收於渡也編選：《台灣現當代作家研究資料彙編・76・張默》，頁二五九—二六七。

縱使你在千山千水之外
迢迢亦如望不斷的鄉關
我那耽擱了三十年滿布塵埃的翅膀
還是要鼓起餘勇
一頭闖進你疙疙瘩瘩的丘壑[361]

此詩融時光滄桑、鄉關景致與情色祕趣，兼具宛轉與奔放之致。

論者對張默的討論，集中在小詩、詩的音樂性、贈答詩、旅遊詩。張默經討論的篇章，至少包括長達二四〇行的組詩：〈時間，我繾綣你〉，及短詩：〈窗〉、〈槓〉、〈狗〉、〈面顏〉、〈寒枝〉、〈私章〉、〈鴕鳥〉、〈驚晤〉、〈陽關〉、〈圖釘〉、〈鈕釦〉、〈米達尺〉、〈生日卡〉、〈無調之歌〉、〈長安三帖〉、〈黃山四詠〉、〈溪頭拾碎〉、〈未來四姿〉、〈夜宴王勃〉、〈削荸薺十行〉、〈欣見蒼坡村〉、〈杜甫銅像偶拾〉、〈蒼茫的影像〉、〈巴黎街頭小誌〉、〈我，躑躅在大膽島上〉等。

瘂弦（一九三二、九、二十九—），本名王慶麟。生於河南南陽。一九四九年隨軍來台。政治作戰學校影劇系學士，美國威斯康辛大學東亞研究所文學碩士。在台灣出版詩集《深淵》（一九七〇）；詩論集：《中國新詩研究》；序跋文論：《聚繖花序》；散文集：《記哈客詩想》；有聲書：《弦外之音：瘂弦詩稿、朗誦、手跡、歲月留影》等。

一九五七到一九六〇年間，瘂弦詩的產量與品質均呈高密度。《瘂弦詩集》「卷之四：斷柱集」，以〈在中國街上〉為開篇的遠征情境系列，共十三首詩。這些被視為一九六〇年代台灣現代詩現代主義異國情調的標竿，皆寫於一九五七年。「卷之五：側面」，系列以人物為素材的詩共十首。收攏和寄託北地風光的「卷之二：戰時」系列，八首詩中有七首為一九五七、一九五八所作。一九五七年，瘂弦二十五歲，正是一九五四年結識洛夫與張默而創立《創世紀》的三年後。

〈深淵〉和〈印度〉是《瘂弦詩集》的兩首佳構。〈印度〉詩長五十二行，作於一九五七年；〈深淵〉詩長九十八行，作於一九五九年。兩首詩展現不同的基調。〈深淵〉反映當時台灣在存在主義高溫烘烤下，文藝青年的思考心態；〈印度〉以濃厚的宗教感和歌謠風、祈禱詞，向聖雄甘地致敬，透出心靈貼近本真的省思。〈印度〉是瘂弦的登頂之作；余光中和白靈均曾論贊此詩。[362]

一九八一年洪範出版社出的《瘂弦詩集》，是迄今收錄瘂弦詩作最多、最近的瘂弦個人詩集。它最初叫做《苦苓林的一夜》（一九五九，香港），後來幾度改版、易名、編修、增加篇幅。曾有過《瘂弦詩抄》（一九五九，香港）、《深淵》（一九七〇）、《瘂弦自選集》（一九七七）等不同書名。

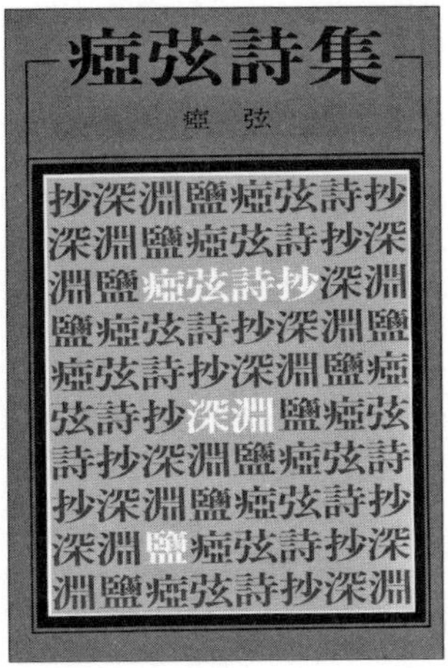

瘂弦，《瘂弦詩集》，台北：洪範書店有限公司，1981。

壯士無暮年，瘂弦於一九六五年即不再寫詩，經歷詩潮沖刷，而從之者眾，享譽詩壇長達數十年，迄今影響深遠。這是台灣現代詩史上極特殊的事件。龍彼德的《瘂弦評傳》就提到這一點。[363]

瘂弦僅以一本詩集共八十七首詩，而能在一九五〇年代渡海來台的詩人中脫穎而出，被視為一代大家，

---

361 見張默：《張默小詩帖》（台北：創世紀詩雜誌社，二〇一〇），頁一一。

362 參見白靈：〈宇宙大腦的一點燐火：瘂弦詩中的神性與魔性〉，收於陳義芝編：《台灣現當代作家研究資料彙編・37・瘂弦》（台南：國立台灣文學館，二〇一三），頁二三三—二六六。

363 龍彼德說：「瘂弦是驚人的。他以一本《深淵》享譽詩壇三、四十年，至今仍然具有廣泛而深遠的影響力，在五四以來的新文學史上，一時似乎尚無他例。」見龍彼德：《瘂弦評傳》（台北：三民書局股份有限公司，二〇〇六），頁三七四。

與詩集裡高比例的好詩以及他在台灣主要傳播媒體的表現有密切關連。瘂弦筆下之異域、人物、大陸北方風光等書寫素材，為現代詩開拓出一片疆域。〈鹽〉、〈乞丐〉、〈坤伶〉、〈上校〉、〈給橋〉、〈紅玉米〉、〈倫敦〉、〈印度〉、〈巴黎〉、〈深淵〉、〈一般之歌〉、〈如歌的行板〉，都是傑作。[364]瘂弦早年主編《創世紀》、《幼獅文藝》，又長年任職《聯合報》，擔任副總編輯兼副刊主任。他認為自己是「探索真理、反映真相、交流真情」等「三真」的文學薪傳者。擔任編輯期間，瘂弦大力提攜後進，廣結善緣，歷抵當時的文化環境，天下談士依以揚聲，而享高名碩望。

對瘂弦的詩提出關鍵看法，引起後學追摩討論的詩人或學者，主要有余光中、覃子豪、楊牧、葉維廉、張默。余光中捻出「戲劇性」、「句法重疊」、「異域精神」。[365]「句法重疊」這一點，學者尤有共識，只是用詞不同：如覃子豪就說瘂弦的詩有「歌謠風格」，[366]而更多人直指「音樂性」。葉維廉論瘂弦記憶塑像一文，首先留意到瘂弦系列呈現的人物詩，認為瘂弦以壓縮故事細節和省略的方式，在兒歌一般的氛圍中跳接不同時空，自創一種傷痛、自嘲、反諷的抒情聲音。[367]楊牧以「基礎音色」論述瘂弦詩的語調，指出其詩：「背後有一種極廣闊深入的同情」，[368]尤其看出瘂弦建構在形式中，如同陳義芝說的「詩人批評家」的特質；[369]這也就是張默說的「甜的語言」和「苦的精神」。[370]「甜」一字道盡了瘂弦詩中透出的祝福、溫馨、清澈、優雅、風度翩翩、明白事理。

在眾多的瘂弦研究資料中，陳義芝的〈恆久的美學影響：瘂弦研究資料綜述〉極動人，極具火候。這篇文章以一個公事的下屬、詩藝的追隨者、學術的研究者、文學品賞的知音，探勘瘂弦研究資料，提出綜合評述，而把自己退居介紹者的位置。陳義芝過篩文獻，借重高全之的演講錄音和瘂弦自己的文章，勾勒瘂弦的性情，使得瘂弦的聲音笑貌歷歷在目；又突出張默、楊牧、余光中等對瘂弦詩風的幾筆素描，使得瘂弦的詩精神全出。

瘂弦詩的特質為：**戲劇性**、**音樂性**、**異域性**、**思想性**。戲劇性與思想性的配合，是瘂弦詩極大的特色，也是瘂弦詩張力的來由。瘂弦擅長以戲劇手法保持靜觀，猶如藏身於幕後的導演，藉著鏡頭播放時代的圖象，襯托生命的無奈，凸顯時代投影下的創傷。

1. 戲劇性／思想性

所謂戲劇性，在瘂弦的詩裡經常以化虛為實，表現為電影鏡頭般的對列，產生某種意涵或暗示而吸引讀者。在重疊句法的前後包夾裡，意象或鏡頭快速轉變，生動、誘人，令人感覺異常、離奇或牴觸了什麼。戲劇性帶來的陌生化足以激動人心，而在不夠真實與過度誇張處，瘂弦則彌縫以甜美的節奏與冷肅的思想，造成如陳義芝說的：「人世風霜雨雪後的深沉感、哲理性」。[371]因為戲劇性，顯得瘂弦的詩涵融了崇高的道德而又免於說教，一如《瘂弦詩集》的序詩：〈剖〉的詩行：「有荊冠——那怕是用紙糊成——／落在他為市囂

364 〈鹽〉、〈乞丐〉、〈坤伶〉、〈上校〉、〈給橋〉、〈紅玉米〉、〈倫敦〉、〈印度〉、〈巴黎〉、〈深淵〉、〈一般之歌〉、〈如歌的行板〉，見瘂弦：《瘂弦詩集》，頁六三—六四、五一—五四、一四九—一五〇、一四五—一四六、一六七—一七〇、五九—六二、一一七—一二〇、一三四—一四〇、一一四—一一六、二三九—二四七、二一九—二二〇、二〇〇—二〇一。

365 見余光中：〈簡介四位詩人〉，收於氏著：《左手的繆思》（台北：時報文化出版企業股份有限公司，一九八〇），頁六五—七八。

366 見覃子豪：〈三詩人作品評，瘂弦的歌謠風格和現代趣味〉，《覃子豪全集II》（台北：覃子豪全集出版委員會，一九六八），頁四一七—四一八。

367 見葉維廉：〈在記憶離散的文化空間裡歌唱：論瘂弦記憶塑像的藝術〉，收於蕭蕭主編：《詩儒的創造》（台北：文史哲出版社有限公司，一九九四），頁三三三—三三四。

368 見楊牧：〈瘂弦的《深淵》〉，氏著：《傳統的與現代的》（台北：志文出版社有限公司，一九七四），頁一六〇。

369 見陳義芝：〈恆久的美學影響：瘂弦研究資料綜述〉，陳義芝主編：《台灣現當代作家研究資料彙編•37•瘂弦》，頁九二—一〇四。

370 見張默等編：《中國當大十大詩人選集》（台北：源成文化圖書供應社，一九七七），頁二六一。

371 見陳義芝：《不盡長江滾滾來：中國新詩選注》，頁二〇九。

狎戲過的／傖俗的額上。／但白楊的價格昂貴起來了！」[372]出於戲感，瘂弦的詩以廣闊而深遠的同情，又結合敘寫題材的特質與用事的精義。

播映一幕幕時代現象，瘂弦像一個富含人道精神的電影導演。他的掌鏡方式是輻射以歌謠般的韻律，安撫人間苦難，例如〈如歌的行板〉參差錯落連續十九句的「……之必要」，以舒緩而擴散的世間情狀穩定該詩的節奏。陽台、看海、散步、遛狗、懶洋洋、正正經經看女子走過，與暗殺、戰爭、馬票、盤尼西林、遺產繼承等正負兩面的各種人生境遇，匯聚成擬真、無奈、不斷往前而不相為謀的人生實象，如大川流過，自然無痕，卻已改變地貌。

2.戲劇性／異域性

瘂弦速寫各行各業的人物，詩作短小精警，描摹想像中富於異域情調的都會，則很有臨場感。他寫〈坤伶〉、〈復活節〉，女主角如滄桑而美麗的拓印，在曾經熱鬧的戲園和街上漸漸成為背景；寫〈上校〉，似有若無的倥傯戰事和現實裡的困窘生活攪成無理而有機的一片。如〈上校〉的最後一節：

什麼是不朽呢
咳嗽藥刮鬍刀上月房租如此等等
而在妻的縫紉機的零星戰鬥下
他覺得唯一能俘虜他的
便是太陽[373]

詩行以生活細節拼成，凸顯退伍後的斷腿上校咳嗽、無聊、自棄的心情。戰場上曾經光輝燦爛的「不朽」讓他斷了腿，「不朽」成了生活中左支右絀而無法逃避的譏刺。「妻的縫紉機的零星戰鬥」寫出交織在上校腦中，當年機關槍與當下縫紉機聲音重疊的畫面。「零星戰鬥」，一則暗示妻子的裁縫生意不興旺，一則暗示縫紉機的聲音太吵。上校風光不再，靠妻子掙錢養家，雖然煩悶卻無法發火，只好到室外曬太陽。「他覺得唯一能俘虜他的／便是太陽」，「俘虜」呼應「妻的縫紉機的零星戰鬥」，以敘述者的口吻把上校寫成妻的戰鬥對象，戲感十足。

3.音樂性／思想性

瘂弦詩中的呼告語和重疊句令人印象深刻；而聲音背後的冷肅批判和悲憫情懷，一如余光中說的，「不以力取，而以韻勝」。語言揉合了俚語、文言、譯文，兼具宣敘與詠歎，[374]就像〈鹽〉的詩句，「很多聲音傷逝在風中」。

〈鹽〉以清末大陸北方的荒年為背景，焦點集中在一個盲眼婦女：「二嬤嬤」朝著虛空呼求鹽的聲音，而以不在場的「天使」和「退斯妥也夫斯基」作為映襯與對比。「春天她只叫著一句話：鹽呀，鹽呀，給我一把鹽呀！」此詩三節，每一節都重複了二嬤嬤如此的呼告。長期沒有鹽吃會瞎眼；這就是為什麼，「二嬤嬤的盲瞳裡一束藻草也沒有過」。最後一節如此寫道：

---

372 見瘂弦：《瘂弦詩集》，頁一—二。

373 〈上校〉，《瘂弦詩集》，頁一四五—一四六。

374 參見余光中：〈天鵝上岸，選手改行：淺析瘂弦的詩藝〉，收於陳義芝主編：《台灣現當代作家研究資料彙編・37・瘂弦》，三六〇—三六五。

> 一九一一年黨人們到了武昌。而二嬤嬤卻從吊在榆樹上的裹腳帶上，走進了野狗的呼吸中，禿鷲的翅膀裡；且很多聲音傷逝在風中，鹽呀，鹽呀，給我一把鹽呀！那年豌豆差不多全開了白花。退斯妥也夫斯基壓根兒也沒有見過二嬤嬤。[375]

俯瞰人間的「天使」無視於二嬤嬤的哀告；以悲苦人間為寫作素材的退斯妥也夫斯基末關切命在旦夕的二嬤嬤。詩行讀下來像是清代末年的窮人塑像，也可詮釋為無告的大時代。讀者很可以說這首詩充滿了控訴和諷刺，但是瘂弦對此淡淡帶過，寧說〈鹽〉一詩是他對家鄉的懷念。[376]

此詩中的鹽，更代表廣義的食物。連鹽都沒得吃，表示嚴重而普遍的饑荒。詩中的二嬤嬤就因眼瞎之後，受不住饑餓，以裹腳帶在榆樹上吊。[377]該詩的最後一節，「很多聲音」，指的主要是二嬤嬤的呼求：「鹽呀，鹽呀，給我一把鹽呀！」，也包括暗示死神的野狗的呼吸聲、禿鷲揮動翅膀的聲音、榆樹上的裹腳帶和樹葉被風吹動的聲音，以及前兩段袖手旁觀的天使的笑聲和歌聲。黨人成功起義，但是為時已晚，無數像二嬤嬤那樣的窮人已經等不及。

顧左右而言他，如歌謠般，時而自我調侃，時而甜美柔麗，時而沉鬱頓錯，時而兩者兼融的語言風格，使得《瘂弦詩集》以許多意象鮮明而音樂性強烈的警句成為一時絕唱。〈倫敦〉的句子：「乞丐在廊下，星星在天外／菊在窗口，劍在古代」，虛實相映，乞丐與星星、菊與劍互相浮雕，當下之菊與古代之劍並置，菊有代劍之義而無舉劍之實。廊下之乞丐與天外之星星亦如是，星星常比為詩人，則本應為天下謫仙之星星如今只淪為落拓的乞丐，兩行之間自我安慰又自我嘲弄。〈如歌的行板〉：「君非海明威此一起碼認識之必要」，也有異曲同工之妙，「非」，否定詞，但以大文豪海明威接在否定詞的後面，自得與自諷的雙重意謂就在「起碼認識」中平添了許多變數。〈深淵〉的詩句：「今天的雲抄襲昨天的雲」、「歲月，貓臉的歲月」、「而我們為去年的燈蛾立碑。我們活著。／我們用鐵絲網煮熟麥子。我們活著」，都是膾炙人口的名句。歲月與貓臉的輪廓、鐵絲網與麥子，這些表面看起來不相干的事物並列，在讀者情動於中之時，即收過目難忘之效。

辛鬱（一九三三、六、十三—二〇一五、四、二十九），本名宓世森。生於浙江杭州。初中肄業。一九四八年投身軍旅。[378]一九五〇年起定居於台灣。一九五一年認識軍中同袍沙牧，互相切磋，開始寫詩。一九五五年加入現代派與創世紀詩社。曾為多家雜誌社的編輯，兼為多項文藝活動之發起人。出版詩集：《軍曹手記》（一九六〇）、《豹》（一九八八）、《在那張冷臉背後》（一九九五）、《辛鬱世紀詩選》（二〇〇〇）、《演出的我》（詩選集，二〇〇三）、《輕裝詩集》（二〇一八）；短篇小說：《我給那白癡一塊錢》、《鏡子》、《地下火》；散文集：《找鑰匙》等。參與編輯《九十年代詩選》等。

辛鬱的詩，產量不多，鳴而有節，[379]情感化為意象，詩筆確切而質樸，節奏從容有致，關注社會現實，具思想深度。也追求生命的真境，從真實的生活裡提煉詩的想像，恆展現亂離之世的清朗、沉痛、自抑。張默曾以「踽踽緩緩的腳印」形容辛鬱詩的產量；章亞昕認為，辛鬱詩的語境可歸結為人與命運的對話。[380]辛

375 〈鹽〉，《瘂弦詩集》，頁六三—六四。

376 見瘂弦主講、高全之整理：〈詩是一種生命：瘂弦談詩〉，收於陳義芝主編：《台灣現當代作家研究資料彙編·37·瘂弦》，頁一三八—一四九。

377 同前注。

378 辛鬱生在亂離之世，非常反對共產主義；數篇散文均說到對共產主義的反感。如：〈悼西隆奈〉、〈史班德的諍言〉、〈路易·費雪的指控〉、〈寇斯脫拉的覺醒〉、〈紀德的指證〉，《辛鬱自選集》（台北：黎明文化事業股份有限公司，一九八〇），頁一七〇—一七一、一七二—一七三、一七四—一七五、一七六—一七七、一七八—一七九。

379 參見辛鬱：〈鳴〉，《辛鬱自選集》，頁一六六—一六七。

380 參見張默：〈評〈金甲蟲〉〉、章亞昕：〈辛鬱：詩人的良知與夢想〉。收於辛鬱：《辛鬱世紀詩選》（台北：爾雅出版社有限公司，二〇〇〇），頁一四九—一五四、一五五—一六八。

鬱之詩，無論警句，或令人眼睛一亮、顯露創作企圖的作品，都不多；可貴之處亦由此而來：他依循自己的生命脈絡，調節情感與意識，讓詩作不流於情緒氾濫或放大的自我主體，[381]而煥發出人道的氣質。

〈豹〉和〈順興茶館所見〉是辛鬱最常引人談論及肯定的詩。這兩首作品相當一致地表現出自我探詢、省思存在、壓抑克制的精神內涵。洛夫說此二詩：「所寫的都是由盛而衰，由絢爛而平靜，由當年的勇猛而至目前的孤獨寂寞」。[382]發表於一九七七年的〈順興茶館所見〉採全知觀點，從生活和文化的氛圍著墨，寫戒嚴時期獨身退役的老兵無可言喻的落拓。該詩的末節如此收束：

溢出來霜壓風欺的臉上
偶或橫眉為劍
一聲厲斥　招來些落塵

他是知道的　寂寞是
時過午夜
這茶館的三十個座位
一個挨一個……[383]

詩行透出漂泊的心緒、強烈的無依感。該詩塑造出的形象，與另一首成名作：〈豹〉一樣，有一種「老夫聊發少年狂」的理想色彩。

辛鬱的詩，生命感旺盛，詩行常見堅忍的自期、對躁動靈魂的安排。如：

我願在人們的孳殖與營築中／像天空一般地放鬆自己[384]

我敞開我的心胸／吸納空氣中的甜香／然後我隨風飄落／讓位給我的子嗣[385]

此刻我欲借月光／洗清我一張／多血筋的臉[386]

哈啾！／一聲弱質的雷鳴／茫茫然垂向落日[387]

秋／豐腴過後你瘦削的身影／是一件衫上掉落的／一粒鈕釦[388]

他的眼睛是一枚軟木釘／再也釘不住／水的腳程／這麼著就闔了眼／收起了一個接一個／念頭的翼[389]

你能回答我一個問題嗎／碑面如鏡／你讓我看見了／生命　一個溶雪的過程[390]

這些詩行以意象化的文字融化身世之感與家國之思，表現詩中人的不屈姿態，人格力量鮮明。從這些詩行

381 辛鬱說過：「最完美的作品必須是最人性的，因為只有最人性的才能對大眾最有用。一個作家，如果缺乏律己精神，他便難以與樸實的人性接近。嚴格的律己精神，在於趨向平凡，因為唯有在平凡中，才能確見人性的普遍與真實。這也意指作家必須含蓄與質樸，具有批判的議事與追求真實的精神。」見辛鬱：〈作家的自律〉《辛鬱自選集》，頁一八三—一八四。

382 見洛夫：〈冰河下的暖流：序辛鬱詩集《豹》〉，收於辛鬱：《豹》（台北：漢光文化事業股份有限公司，一九八八），頁三—一四。

383 辛鬱：〈順興茶館所見〉，收於辛鬱：《豹》，頁九四—九五。

384 辛鬱：〈土壤的歌〉，收於辛鬱：《豹》，頁五二—五四。

385 辛鬱：〈樹葉的歌〉，收於辛鬱：《豹》，頁五九—六〇。

386 辛鬱：〈訪嚴子陵釣台有歌〉，辛鬱：《辛鬱世紀詩選》，頁一〇〇—一〇三。

387 辛鬱：〈茫茫然垂向落日的臉：念沙牧〉，收於辛鬱：《在那張冷臉背後》（台北：爾雅出版社有限公司，一九九五），頁三三—三五。

388 辛鬱：〈秋歌〉，收於辛鬱：《在那張冷臉背後》，頁五九—六〇。

389 辛鬱：〈江雨〉，收於辛鬱：《在那張冷臉背後》，頁一二九—一三〇。

390 見辛鬱：〈謁泰山無字碑〉，收於辛鬱：《在那張冷臉背後》，頁八〇—八一。

中，亦可見辛鬱常抱持相對的觀點，探向事物之間的相互依存、轉化、推移，很少採取絕對、獨斷的視角。

辛鬱常以鏡中疊影般的筆法處理詩作中被書寫的主體，兼具抒情性和現實性，又能在背景之外的距離觀看。如〈海岸線〉，寫一位黃昏在岸邊靜立的懷孕女子；第一節以「歸入時間秩序中的失蹤漁船」暗示女子到海岸邊的原因，第二節形容海岸線為「伸著長長的含蓄的臂」；[391]發表於一九七二年的名作〈豹〉，著重在蹲在曠野盡頭而後消失的靜態畫面：「不知為什麼的／蹲著　一匹豹／蒼穹默默／花樹寂寂」，「豹」的內在精神，與書寫者渾然一體；[392]又如〈在那張冷臉背後〉的自畫像，詩中的「他」在暮色降臨的窗前讀報抽煙，「想著該找些什麼話題／端上晚餐桌」，末了，「他抖落身上的菸灰／輕聲哼出／一首老掉牙的歌／將自己／定調為大提琴的／一個低音」。[393]這些詩行顯示，辛鬱詩觀中，簡潔、含蓄、化繁為簡以展現語言的力量、去蕪存菁以呈現情致等要求，[394]在他自己的創作裡已充分實踐。

方旗（一九三三—），本名黃哲彥。台灣大學物理系畢業。美國馬里蘭大學物理學博士。曾任教於馬里蘭大學。在台灣自費出版詩集：《哀歌二三》（一九六六）、《端午》（一九七二）。《哀歌二三》收六十首詩作，《端午》收三十六首詩作。總共出版不到一百首詩，且多為十行以內的短詩，然而方旗在台灣現代詩史上卻非常獨特。其格局大，不易擬仿；其思考、內涵，具備理趣、哲思、邏輯思考、文學的跳躍性。其詩洞燭人情，悲欣交集。[395]

《端午》和《哀歌二三》詩質濃密、意象精確、思維深刻，高出一九六〇年代的許多出名詩人。方旗獨步詩壇的是句子與意義之間的連綿回應，以及從詩思和語言的飛躍性中，展現抒情主體對瞬間感知的客觀化。

1. 客觀化的存在感知

方旗對時間、存在，非常敏感，常以第一人稱營造詩中人入神的語氣；以扣問生命的宗教感創造出悠悠淡淡、兼顧透明與厚實、彷彿暮鼓晨鐘的小品。詩行如：

何必耽心時間會傷害你／倘若你像石頭只有形狀（〈噴泉〉）

燈火乍明／孔雀悉悉索索展開／舞台宮殿的布景／而雀屏背光的另一面／恰如戲子悲哀的後台（〈孔雀〉）

汝其知否我使眼睛閉攏雨聲停止／汝其知否神在壁上呵氣取暖／汝其知否每張床上升起愛情的旗／汝其知否枕是擺向夢的渡船／汝其知否我的夢是一床舊被遮蓋你（〈汝其知否〉）

又如〈小舟〉，喻「小舟」為歪斜的頭，歪斜地擱在沙灘上，又想像「頭」裡充滿悲哀，如同「小舟」。小舟的悲哀是人所賦予；「歪斜的頭」連結歷盡滄桑的小舟，發人深思。「歪斜」一詞重複，為此詩之眼。以小舟比人，寫到人生的悲哀，在當時可謂錚錚獨造。

391 辛鬱：〈海岸線〉，收於辛鬱：《辛鬱世紀詩選》，頁五—六。

392 辛鬱：〈豹〉，收於辛鬱：《辛鬱世紀詩選》，頁四八—四九。

393 辛鬱：〈在那張冷臉的背後：給自己畫像〉，收於辛鬱：《辛鬱世紀詩選》，頁八六—八八。

394 參見辛鬱：〈作家的自律〉，《辛鬱自選集》，頁一八三—一八四。

395 《哀歌二三》和《端午》早已絕版，坊間搜索無門；方旗又幾乎絕跡於文人之間的聚會酬酢。一般讀者不知方旗，不足為怪。蒐得方旗詩，只能由早年作為大專院校教科書的長安版《中國新詩賞析》讀到〈小舟〉，然後經過多年，按圖索驥，輾轉尋覓，終於找到兩本殘破不堪的《哀歌二三》和《端午》。

2. 詩句與意義連綿呼應

方旗常以重複的修辭推展詩思，如〈後院〉的每行，以「設使」鋪展，其意象的承轉，紙屑——蝴蝶——衣服——雲彩（彤雲、載雨的雲）——游魚——我們為一組，曬衣竿——煙囪——涸池為一組，兩組纏綿支應，虛（蝴蝶、酒旗、游魚）實（紙屑、衣服、雲彩、我們）呼應，語詞擴散暈染，富於變奏之趣。

方旗的詩，句子與意義在連鎖的語勢中蔓延，瞬間感知則在語言與心靈的相互尋找中成色，例如〈我的子夜歌〉第二段：

從地獄寄回的明信片
夢如破枕散落在床第
時鐘延續可憐的呼吸
針臂有時指向愛
有時指向死

此詩由詩中人收到明信片後展開內心感覺的外化。「地獄」、「破枕」以虛有之景寫沉重、失望而寥落的心境。「時鐘」以下，指向詩中人的精神意志。結句：「針臂有時指向愛／有時指向死」，是詩人對現實的追問，表現出對存在的全然敞開；詩句猶如閃電劃亮夜空。

又如〈一九七〇年中秋〉之詩行：

簷滴最後的淅瀝
路燈下

癡肥的黑貓轉入巷子
一星燦然
在屋頂與天線之間
又白又圓的
當然是月

此詩藉景寫情而不說白，前後兩節由地上及天上的對照，將空間時間化，語調帶領詩境，在動靜與明暗之間遊移。開篇「簷滴最後的淅瀝」，寫雨將停而未停的瞬間，為視覺之聽覺化，全詩的視角亦凝注在幽暗屋簷落下的透明雨滴。從這個句子的安穩調性拓展，「癡肥的黑貓轉入巷子」是全詩之眼，在感知上，此句不停頓而稍輕快的節奏否定了貓之癡肥，與黑貓轉入巷子的實際速度悖逆，而有種意義上的潛伏或暗示。第二節由「一星燦然」開始，顯知雨停。「又白又圓」對照「癡肥的黑貓」，製造語境上的幽默感，所以「當然是月」。此詩的兩節，第一節的「路燈下」和第二節的「在屋頂與天線之間」作為調節主客的橋段。第一節以簷滴為客，黑貓為主；第二節以燦星為客，明月為主。簷滴與燦星、黑貓與明月，互相映照、對襯。

3.轉化自古典文學的視覺意象

方旗的詩，語調凝練沉穩，意象不即不離，古典文學的血脈若斷若續。例如〈秋〉的末三句：

疏林外，那亂山後的太陽
浮動在太陽後的亂山

不知將升或者將落

「不知將升或將落」藉太陽的升沉描寫交融在情感與沉思中的抒情主體；「亂山後的太陽」和「浮動在太陽後的亂山」則是詩思的視覺化。一絲惘然與惆悵，收束得乾淨俐落。

又例如〈端午〉詩行：

穿起古時的衣裳
遂有遠戍人的心情
江南的每條河上都有船隻
各自向上游或下游尋去
呼喚魂隨水散的故人

「古時」、「遠戍」、「江南」，製造時空的煙幕彈，虛起的詩行隱隱展示緬懷之外的嘉年華意味。節日的紀念意義在以「穿起古時的衣裳」為條件下開展，引發虛接的三行。「遠戍人」與「魂隨水散的故人」，語意上既呼應又擴散，既可同時為屈原的代稱，又可詮釋為每條船隻各自逡巡的目標。看似由兩個意義單位連接的這首詩，在末三行形成瀰天漫地的招魂形象；剎那逸出詩題「端午」的情味，亦由此衍生。

方旗的詩兼具雋美與雄渾，透出不言而喻的人生況味，很耐咀嚼，是一九五〇—一九六九台灣現代詩的逸品。溫任平說他：「古典與現代交融」、「因句生句，因意生意」、「意象精確、細緻、生動，不落陳俗」、「對時間、生命、存在有特殊的敏感，常發為縈繞迴盪、發人深省的冥思或問句」；張梅芳則從起伏迴環的纏綿路線、語境縮放的自由變化、字詞擴散暈染的效果、重迭的虛境與實境等方面討論方旗的詩。[396]方旗的小品詩作喚起了一九六〇年代現代主義盛行、超現實詩風喧囂之時，某種高華、省思的品質。在設事、遣詞、神韻、意境等方面，方旗均值得留意。

鄭愁予（一九三三、十二、四—），本名鄭文韜，生於山東濟南。一九四九年來台定居。中興大學法商學院統計系畢業。獲美國愛荷華大學英文系創作坊寫作美術碩士、新聞學院博士。曾任基隆港務局管理員、美國愛荷華大學東方語言學系講師、美國耶魯大學東亞語言文學系教授及終身榮休教授。現為金門大學講座教授。歷獲國家文藝獎新詩獎、香港大學文學終身成就獎、國際詩人筆會終身成就詩魂獎、周大觀文教基金會全球生命文學創作獎章等重要獎項。曾是「現代派」一分子。曾為創世紀詩社之一員，也曾支援羊令野籌辦南北笛詩社。在台灣出版詩集：《夢土上》（一九五五）、《衣缽》（一九六六）、《窗外的女奴》（一九六七）、《燕人行》（一九八〇）、《雪的可能》（一九八五）、《刺繡的歌謠》（一九八七）、《寂寞的人坐著看花》（一九九三）；個人之詩選集：《鄭愁予詩選集》（一九七四）、《鄭愁予詩集Ⅰ》（一九七九）、《夢土上》（一九九六）[397]、《鄭愁予詩集Ⅱ》（二〇〇四）；個人之詩文合集：《和平的衣缽：百年詩歌萬載承平》（二〇一一）。

一九四七年，鄭愁予在北京讀中學，發表第一首詩：〈礦工〉。一九五三年，鄭愁予在《野風》發表〈老水手〉，展開他以台灣為主要發表園地的創作生命。觀察詩集出版，鄭愁予的詩創作生涯起於一九四〇年

396 參見溫任平：〈論析方旗的詩集《端午》〉，《幼獅文藝》，第四八卷，第六期（一九七八），頁四八—六五；張梅芳：〈方旗的花霧迭嶂之境〉，《創世紀詩雜誌》，第一三七期（二〇〇三），頁一四二—一五二。

397 一九九六由洪範出版社出版的《夢土上》與一九五五年由現代詩社出版的《夢土上》內容不盡相同。洪範版收錄鄭愁予早年詩作如〈殘堡〉等，共二十六首；現代詩社版的《夢土上》收詩作五十四首。

代末期，迄於一九九〇年代初期。

鄭愁予的詩受重視，始於楊牧的〈鄭愁予傳奇〉。此文為鄭愁予的詩名寫下傳奇式的預言。論者對鄭愁予之研究與拓展，諸如古典情韻、形象意象、音響節奏、浪子意識之變奏等等，大抵不出楊牧此文的意見領導。[398]〈鄭愁予傳奇〉提及的詩例，後來也都揚眉吐氣，成為鄭愁予的名篇：如〈賦別〉、〈錯誤〉、〈天窗〉、〈情婦〉、〈殘堡〉、〈野店〉、〈旅程〉、〈客來小城〉、〈小小的島〉、〈如霧起時〉、〈邊界酒店〉、〈窗外的女奴〉、〈船長的獨步〉。鄭愁予說，在研究他的論述中，一些「因循的詩評家」「拾綴或引薦」最多的，就是楊牧的〈鄭愁予傳奇〉。[399]

《鄭愁予詩集I》含括了一九六八年以前鄭愁予的主要詩作。學界對鄭愁予的認定也主要集中在鄭愁予一九六八年以前的作品；其中特別凸顯的是浪遊題材和音響節奏。楊牧首先指出的這兩點，確立並貫串為鄭愁予的詩風。

在聲音韻律方面，延續楊牧的觀察，研究指出，鄭愁予詩作入歌之數，為台灣現代詩人之最。[400]〈偈〉、〈錯誤〉、〈情婦〉、〈旅程〉、〈牧羊女〉，都曾譜成歌。鄭愁予對自己詩作的這一特質頗自豪，且直接以「歌謠」題為詩集的書名。《刺繡的歌謠》的文字風格傾向說唱；〈送花大盜〉、〈心上秋〉、〈茶花落〉、〈次天窗〉、〈美的競爭〉皆為此類。[401]

至於「浪旅題材」，鄭愁予常藉水手、邊塞旅人、異鄉遊子、登山高手、瀟灑情人、薄倖男子、落拓男人、血性青年等等，表現詩中人的無名悵惘和自我陶醉。[402]發表於一九七九年以前的〈偈〉、〈錯誤〉、〈情婦〉、〈衣缽〉、〈水手刀〉、〈客來小城〉等詩作，皆以浪遊或漂泊為素材。詩句如：「不再流浪了，我不願做空間的歌者，／寧願是時間的石人。／然而，我又是宇宙的遊子」、「客來小城／巷閭寂靜／客來門下，銅環的輕扣如鐘／滿天飄飛的雪絮與一階落花」、「近鄉總是情怯的／而草履已自解　長髮也已散就／啊水酒漾漾的月下／大風動著北海岸／於火或星的閃爍／參差著諸神與我的龕席……」、「穿上滿鞋家園的荒涼／開始走著　走著　悟著宇宙悟著死／然而　所有的橋梁都跨過了／從這一異端　渡向　彼一異端」。[403]《鄭愁予詩集II》的部分詩作延展了《鄭愁予詩集I》的流浪與惆悵感，衍為調笑戲謔而無深致之作；例如〈讀信〉、〈佛外緣〉、〈談禪與微雨〉、〈初月〉。[404]像〈讀信〉的前兩節：「開那封處子的函哪！／塵埃是水漬了的哩。／十七年身世已林林總總了，／怎麼三言兩語就落了款呢？／／此際連心跳都縷成紅花啦。／想把手從素絹上抽回麼？／官人哪，畫了押就扯賴不得嗟！」[405]

以下為論者較未提出的鄭愁予詩之特質：

398 如張梅芳說：「鄭愁予將語言輕輕推出，聲音柔緩而從容、意象精細凝注，語法的調動亦不張揚高調，若遇見緊張沉重或難解紛擾的情緒，詩人有時以探詢的問句、猶疑的設想（『也許』）、或者回到自身的感喟、主體的退讓、詩境的虛化或安然復返至現實，輕巧地卸去詩裡的重量，甚或提升至美學的境界而不過分褻玩。」見張梅芳：〈鄭愁予詩語言的構成物件及其技法〉，收於丁旭輝編選：《台灣現當代作家研究資料彙編・40・鄭愁予》（台南：國立台灣文學館，二〇一三），頁二三三。

399 參見鄭愁予：〈借序〉，收於鄭愁予：《鄭愁予詩集II》（台北：洪範書店有限公司，二〇〇四），頁i—ix。

400 參考丁旭輝的研究。見丁旭輝：〈小傳〉，收於丁旭輝編選：《台灣現當代作家研究資料彙編・40・鄭愁予》，頁三六。

401 參見鄭愁予：《刺繡的歌謠》（台北：聯合文學出版社股份有限公司，一九八七），頁五四—五五、二一、二〇、三〇、六四—六五。

402 參見楊牧：〈鄭愁予傳奇〉，鄭愁予：《鄭愁予詩集I》（台北：洪範書店有限公司，二〇〇三），頁三九；翁文嫻：〈鄭愁予詩中轉動「文化」的能力〉，收於《台灣前行代詩家論：第六屆現代詩學研討會論文集》（台北：萬卷樓圖書股份有限公司，二〇〇三），頁八七—九三；白靈：〈遊與俠：鄭愁予詩中的遊俠精神與時空轉折〉，收於丁旭輝編選：《台灣現當代作家研究資料彙編・40・鄭愁予》，頁一三一—一八六。

403 詩作分別為〈偈〉、〈客來小城〉、〈野柳岬歸省〉、〈衣缽〉。見鄭愁予：《鄭愁予詩集I》，頁六、九、二八二、二九四。

404 參見《鄭愁予詩集II》，頁一四—一五、一二—一三、一六—一八、三二—三三。

405 見《鄭愁予詩集II》，頁一四。

1.淺白的說明性

出於因果關連緊密條貫的說明性，鄭愁予的詩以清淺的表象描繪為常態，罕有靈視或洞見。不論偏好古典情韻的《鄭愁予詩集I》，或較傾向語體的《鄭愁予詩集II》，說明性都是鄭愁予顯著而一貫的通例。鄭愁予的詩，建立在概念、物象、事件、句子之間的因果連繫，以及連繫後造成的主旨、題意，然後以認知式的文字向讀者表述。其詩除了修辭上的倒裝，罕見跳躍式的思考，很少因語意空隙而促使讀者興發聯想。

梵樂希有名言曰：「詩是跳舞，散文是走路」，鄭愁予的詩多半是素裝款步。例如〈土地公公，請讓我們躲一躲〉的部分詩行：「讓我們躲一躲吧，在這小小的土地祠／土地公公，讓我們躲一躲吧，在這小小的土地祠／外面有追趕我們的暴風雨／讓我們躲一躲吧，在這小小的土地祠」、「土地公公，可憐我們又冷又餓／讓我們躲一躲吧，兩個顫抖濕透的身體」。[406]又如〈八月夜飲〉末節：「忽然，我的同伴提議／咱們想法子再弄一瓶酒吧／那也不行／那要開很長的車到安氏農莊去偷去／而我們，又是這樣的懶，何況／書包中還有一些儒家思想呢」、〈蹬音橋〉末節：「哎，誰能忍得踏過這樣的身體只為了造出一點聲音呢？／是呀，沒人忍得踏過這樣的身體只為了造出一點聲音哪！」、〈山路〉第一節：「我們穿越森林數著樹，／我們露宿仰臥數著葉子，／我們掏出水壺來喝水，而且／一手一手地傳下去……／傳給花鹿　傳給黑熊　傳給／貓頭鷹的時候，／天空就暗暗的像熄燈後的兵營了」。[407]

2.夢幻的時空

節奏感、古典感，締造了鄭愁予詩的時間特色；異國情調、仿古氛圍、海天之際、邊塞情境等等，構成鄭愁予多數詩作的空間特質。

入耳即化、節奏輕緩、不需深度咀嚼的文字，再飾以遠離塵囂的修辭，如：「清響」、「輕輕」、「小小」、「緩緩」、「桃花」、「漁郎」、「倩女」，一九五〇、一九六〇年代的鄭愁予，塑造了聲音效果上溫溫潤潤、起落有致的抒情詩風，讀者因似曾相識而可不費力地進入詩境。

鄭愁予大部分的詩充滿柴米油鹽醬醋茶以外的遙想。[408]多次入選國、高中教材的〈錯誤〉即是例子。〈錯誤〉第一節以「小小的寂寞的城」、「小小的窗扉緊掩」比喻「你的心」；第二節兩行，鄭愁予個人認為是此詩的「戲劇化」，也是許多人對此詩深刻的印象：「我達達的馬蹄是美麗的錯誤／我不是歸人，是個過客……」。[409]詮釋者相沿成習，殆無疑義，卻似乎未曾發現，這是以春天江南水鄉為背景的現代詩，[410]而，馬，並非現代社會普及的交通工具；假如換成腳踏車或摩托車，無寧更有「此在感」。二十世紀中期的三月江南，再如何古意盎然，一個人昂首騎馬走過人家的窗前可稱奇觀；然而詩中人還想像著窗扉中的「你」對門前經過的馬蹄聲有所待。如果這叫「美」，這是夢幻的「美」，幾乎與現實人生脫節。

3.文言的樣板化

鄭愁予翻化古典詩詞的用詞、意境或意象，使其詩之文字優美而精緻，多為論者稱道。[411]調度文言與白

406 見鄭愁予：《刺繡的歌謠》，頁七八—七九。

407 參見《鄭愁予詩集II》，頁一六九—一七〇、一五七、二〇三。

408 翁文嫻曾讚譽鄭愁予的詩具有文化力量，並以〈青空〉為例，說鄭愁予：「令這些畫面的真實與非真實保持均衡，讀者情緒永不會被扯得太激烈太極端。」見翁文嫻：〈鄭愁予詩中轉動「文化」的能力〉，收於《台灣前行代詩家論：第六屆現代詩學研討會論文集》，頁八七—九三。但所謂「畫面均衡感」，主要原因來自鄭愁予詩的「去當下」，而非翁文嫻指稱的「文化力量」。

409 〈錯誤〉，收於鄭愁予：《鄭愁予詩集I》，頁八。

410 詩中有「柳絮」、「青石街道」、「我打江南走過」等字眼。

411 例如張梅芳即認為，鄭愁予對文言與白話的鬆緊調度，促成語言伸縮之效。參見張梅芳：〈鄭愁予詩語言的構成物件及其技法〉，收於丁旭輝編選：《台灣現當代作家研究資料彙編・40・鄭愁予》，頁二二三—二四四。張梅芳說，鄭愁予的詩作時常文白雜揉，使得文字緊嚴而又不過度散文化。然而「散文化」與否，關鍵應該在於敘事的方式而不是文言或白話的使用；即使全用文言，也可能讓

話確實是鄭愁予的文字特色。不過，在既定論述之上，尚可留意：鄭愁予詩運用文言的時候，經常把文言樣板化；當整首詩以語體文為基調的時候，則經常把局部的語彙文言化。

古典情調或文言的樣板化，多存在於《鄭愁予詩集Ⅰ》。其共相是朝向缺乏張力與緊張感的非現代性。例如「隱宮的重幃」、「春天日深，眉叢也更濃」、「以同樣如玉之身，共游於清冥之上」、「孤飛的雁是愛情的殞星」。[412]《鄭愁予詩集Ⅱ》的〈遠道〉，全詩以淺顯的文言文寫成，共兩節：「終不敢修書遺你／胡馬豈敢放羈向北／只怕這信使飽飲窟泉／一直耽到風迴年轉／／又恐射雕者引弓平向／關塞黑阻牙石如戟／終不敢修書遺你／「思得瓊樹枝，以解長渴飢」。[413]

相較於《鄭愁予詩集Ⅰ》，以語體為主的作品在《鄭愁予詩集Ⅱ》比較多。以語體為主而調以局部文言的詩作，占該詩選半數以上。隨手舉例，如〈七夕〉前兩節：「鳥棲止／柳枝臨水／／如是／婦人跪著／長髮垂垂／濯洗」、〈旋轉椽木〉詩行：「又來細雨／是長帶窸窣／如束髮那樣／把扶疏／束起」。[414]

從鄭愁予調度白話和文言的習慣，讀者不妨培養判斷詩質的方法：面對一首以古典情調為主的詩，試著將它翻成白話，看它是否仍然有想像的餘韻；而對於以白話為主的詩，試著穿過表面的口語，透入內裡找尋思考和想像的空隙。則詩質大致無所遮掩。

白萩（一九三七、六、八—），本名何錦榮。生於台中。台中商職畢業。曾任職於台中農學院。曾開設裝潢公司、平面設計公司、美術設計公司。曾加盟現代派，曾為《創世紀》編委，為笠詩社發起人。著有詩集：《蛾之死》（一九五八）、《風的薔薇》（一九六五）、《天空象徵》（一九六九）、《香頌》（一九七二）、《詩廣場》（一九八四）；詩選集：《白萩詩選》（一九七一）、《風吹才感到樹的存在》（一九八九）、《自愛》（一九九〇）；詩與評論合集：《觀測意象》（一九九一）；詩論集：《現代詩散論》。一九九〇年代中期之後，因舊作而數次獲得重要的文學獎項。

白萩主張日常而清晰的語言，重視寫詩的方法，實驗精神充沛；文學觀發人深省。例如：「為了思考的完整，需要連；為了思考的飛躍，需要斷。」[415]、「詩的語言有切斷、飛躍性之故，它必會留下思想的空間，而不是說明性的。……（中略）至於所謂詩的現實性、批判性，這只是詩人因生活態度所採取的立場，和詩的本質無關。」[416]、「我認為以日常性的語言來思考我們的詩，將輕易的得到東方的芬芳與現代體驗。」[417]白萩的詩融合現代與寫實、本土與國際。十九歲即以〈羅盤〉一詩獲獎，十七歲至二十一歲之間即寫就四百多首詩。他的詩出版於一九五八至一九七二年間，正是台灣現代主義的狂飆期；而「現代主義」亦為白萩一向所繫念。[418]

白萩在《現代詩散論》中的〈由詩的繪畫性談起〉提倡圖象詩，詩觀與林亨泰的〈符號詩論〉頗相呼應。具體的實驗表現在《蛾之死》後半部的四首圖象詩；其中〈流浪者〉和〈蛾之死〉更經常被視為圖象詩發展中的力作。〈流浪者〉以一株絲杉比喻流浪者，藉文字安排達到圖象效果，後來被論者上綱為當時知識分子苦悶與焦慮的象徵。

作品散文化。
412 見《鄭愁予詩集I》，頁九〇、八二、六一、四八。
413 參見《鄭愁予詩集II》，頁四五。
414 見《鄭愁予詩集II》，頁一四六、一〇六—一〇七。
415 見白萩：《觀測意象》（台中：台中市立文化中心，一九九一），頁九五—一一三。
416 見白萩：《觀測意象》，頁一四三。
417 見白萩：《觀測意象》，頁一五四。
418 參見蕭蕭：〈閉鎖式的現代主義：白萩與台灣的焦急〉，《當代詩學》，第二期（二〇〇六），頁一二九—一五六。

白萩的詩依詩集出版而展現不同階段的焦點命題。[419]例如《香頌》表現情欲與家庭倫理；《詩廣場》有鮮明的政治呼求；《天空象徵》傾向鄉土視角。在一九五〇與一九六〇年代的台灣現代詩壇，白萩的詩風特殊而銳利，主張本土化的現代精神，樂於嘗試、改變、實驗、鍛鍊技巧，以現代、現實、前衛示人，並為人所識。

林燿德評論《詩廣場》出版以前的白萩詩作，其見解很值得參考。林燿德認為白萩的詩經過多重典範摹習而有「集大成」的性質。觀察白萩對詩的意見，可以看出其思想性和闖出一番天地的旺盛企圖心。林燿德舉《蛾之死》前半部的佳作如〈羅盤〉、〈瀑布〉，是出自函授班的習作題目；《天空象徵》的〈雁〉、「阿火世界」系列：「率先將生活化的粗俚語言置放在詩的結構裡」；《香頌》：「以性愛、婚姻、都市等題材構成『準自傳』的個人詩集」；《詩廣場》以〈火雞〉、〈鸚鵡〉、〈暗夜事件〉等詩：「開一九八〇年代所謂『政治詩』的先河」。[420]

白萩觀察物象細緻凌厲，往往在一兩節分行如散文、如「散步的姿態」的鋪排或陳述後，以鮮活而具透視力的喻象映入讀者眼簾，達到諷喻之效。例如〈教堂〉的部分詩行：

一隻灰色的老鼠咬受難耶穌的足跟於
星期日的十二時。[421]

基督教視星期天為安息日，基督徒經常於星期天在教堂聚會禮拜。星期天中午的教堂，信眾通常比平常日多。老鼠在星期天正午恣意啃齧耶穌雕像而不被驚走，暗示教堂平時就人煙稀少，以致「鼠輩橫行」；而老鼠咬耶穌足跟的畫面，未嘗不可解讀成微不足道如灰鼠者對殉道者的膜拜。

又如〈新美街〉前兩段的詩行：

陽光曬著檸檬枝
在這小小的新美街
生活是辛酸的
讓我們做愛
給酸澀的一生加一點兒甜味

短短一小截的路
沒有遠方亦無地平線
活成一段盲腸
是世界的累贅[422]

在白萩的詩裡，《香頌》中的新美街一如《天空象徵》中的「阿火世界」，是存在於現實而又瑣碎而邊緣的時代影像。白萩把「阿火世界」裡的「阿火」塑造成卑微求生的「一條蛆蟲」；「新美街」則在更平淡的街

419 顧蕙倩在〈白萩小傳〉轉引白萩之自述，區分其創作歷程為四階段：(1)《蛾之死》；(2)《風之薔薇》；(3)《天空象徵》、《香頌》、《詩廣場》；(4)《觀測意象》。參見顧蕙倩：《詩領空：典藏白萩的詩／生活》（台中：台中市政府文化局，二〇一五），頁二六—三一。

420 參見林燿德：〈訪白萩：片片語言滴滴血〉，《自由青年》，第七九卷，第一期（一九八八），頁六四—六九。

421 白萩〈教堂〉，轉引自李魁賢：〈七面鳥的變奏：白萩論〉，見林淇瀁編：《台灣現當代作家研究資料彙編‧44‧白萩》（台南：國立台灣文學館，二〇一三），頁一四四。

422 白萩〈新美街〉前兩節。原詩共四節，收於白萩：《香頌》（台北：石頭出版股份有限公司，一九九一）。轉引自顧蕙倩：《詩領空：典藏白萩的詩／生活》，頁八一—八二。

頭巷尾中尋找詩意，因此更具體可感。敘述者的視角由上往下敘寫新美街。在這兩節裡，「陽光曬著檸檬枝」仍有寒流中的太陽之感；但此節的詩眼在末兩行。「一小截」稱呼路的單位，已為「盲腸」鋪陳。盲腸對於人體沒有功能，形同累贅。「盲腸」象形兼取意，比喻新美街的形狀、特質：生活在新美街的人，相對於大千世界，可有可無。

《詩廣場》之後，白萩的詩創作幾乎停滯。他在台灣現代詩史上的位置，誠如陳芳明說的，「白萩的傑出身段，就在毫不出奇的生活中表現出來。」、「如果台灣戰後新詩發展，抒情傳統是一個主流的話，白萩無疑是在這個傳統之外另闢蹊徑的知性詩人。如果近半世紀的台灣新詩都在追求偉大的主題的話，白萩便是一位朝向邊緣文化營造主體的本土詩人。」[423]

葉維廉（一九三七、六、二十——），生於廣東中山。早年曾以藍菱為筆名。一九四八年至香港，一九五五年到台灣。台灣大學外文系畢業。一九六一年取得台灣師範大學英語研究所碩士。一九六三年赴美國愛荷華大學攻讀美學碩士。一九六七年獲美國普林斯頓學比較文學哲學博士。曾任教於台灣大學、美國加州大學、香港大學、香港中文大學、北京大學等校。一九六一年加入《創世紀》，一九七五年與侯健、楊牧、姚一葦創辦《文學評論》；亦曾協助創辦《現代文學》。曾獲《創世紀》十週年紀念獎、教育部文藝獎、入選「中國當代十大詩人」。在台灣出版的詩集有：《賦格》（一九六三）、《愁渡》（一九六九）、《醒之邊緣》（一九七一）、《葉維廉自選集》（一九七五）、《野花的故事》（一九七五）、《花開的聲音》（一九七七）、《松鳥的傳說》（一九八二）、《驚馳》（一九八二）、《三十年

葉維廉，《驚馳》，台北：遠景出版事業有限公司，1982。

詩》（一九八七）、《留不住的航渡》（一九八七）、《雨的味道》（二〇〇六）、《葉維廉五十年詩選（上下冊）》（二〇一三）。文學論著有：《秩序的生長》、《飲之太和：葉維廉文學論文二集》、《比較詩學》、《歷史、傳釋與美學》、《解讀現代・後現代：生活空間與文化空間的思索》、《從現象到表現：葉維廉早期文集》、《龐德與瀟湘八景》、《中國詩學》。

一九五五—一九六一年，葉維廉在台灣求學的時候，即開始中文現代詩創作，在《創世紀》、《現代文學》等期刊發表。

葉維廉在台灣現代詩史上的關鍵位置和詩作特質為：

1. 關鍵位置：詩學體系之樹立

在台灣前行代的詩人裡，葉維廉是極少數長期、有意識建構自己詩學體系的一位。葉維廉在英美現代詩研究、比較詩學、中國山水詩與道家美學、中國現代詩翻譯上，貢獻良多。其創作、翻譯、學術研究的成果，數度成為兩岸三地的研討會主題，深受學界肯定。[424]

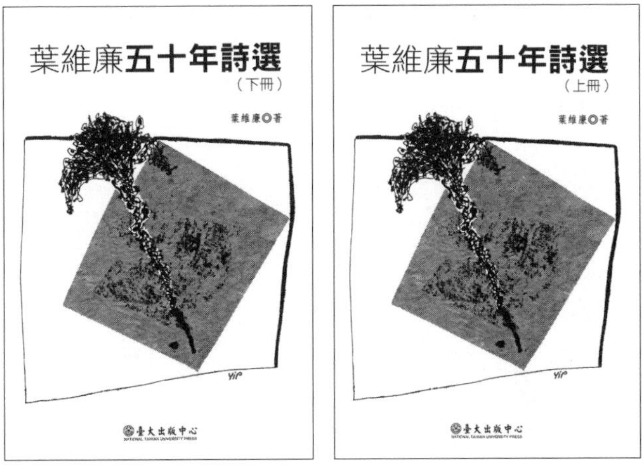

葉維廉，《葉維廉五十年詩選（上下冊）》，台北：國立臺灣大學出版中心，2013。

423 見陳芳明：〈人間白萩〉，收於《中國時報》，第十九版（一九九六年十月五日）。

424 可參見如廖棟樑、周志煌編：《人文風景的鐫刻者：葉維廉作品評論集》（台北：文史哲出版社有限公司，一九九七）；徐放鳴、王光利：〈文化身分與學術個性：論留美學者葉維廉關於中西詩學的匯通性研究〉，《徐州師範大學學報（哲學社會科學版）》，第三三卷，第四期（二〇〇七），頁一—一二。

葉維廉於一九八〇年、一九八二年，兩度赴港講學；於一九八一、一九九八，兩度赴北京大學講學；被讚譽為「比較文學在中國成果豐碩的播種」。[425]他活躍於中美兩洲與港台大陸，長期融合一九三〇、一九四〇年代的現代文學遺產，從詩學及美學與翻譯中，匯通現代主義與中國傳統詩藝、道家美學，開發中西語言特質，極受推崇。一九五〇、一九六〇年代，葉維廉為台灣和香港引進新批評，參與《創世紀》詩刊編輯，為創世紀詩社引進超現實主義詩學，又推動現代主義的文藝思潮，並穿針引線，引介港台的作家、畫家，使跨海成為文藝社群。具體的事例，如葉維廉將自己於一九五八年至一九六〇年間翻譯的艾略特〈荒原〉發表於一九六一年的《創世紀》；一九六二年，葉維廉復以新批評的觀點，在《創世紀》發表〈詩的再認〉，援引「矛盾語法的情境」以揭示形式批評的要旨等等。

葉維廉強調語言的自覺與凝注的藝術。從一九五九年的〈論現階段中國現代詩〉、一九六〇年〈靜止的中國花瓶〉、一九六一年的〈詩的再認〉、一九六九年與創世紀詩社詩人群合著的〈中國現代詩的語言問題〉、其補述：〈視境與表現〉，以及一九八九年的〈洛夫論〉，到一九九一年的〈語言與風格的自覺〉，可以看出葉維廉著重從人生的瑣碎物事中找到敘述的抒情形式，賦予不易納入「純詩」的事件一種平等而莊嚴的存在。《飲之太和》中的數篇文章，採取電影鏡頭的原理，解說中國詩的水銀燈效果，得出中國詩表現的視境：偏於視覺性、並置性，羅列句式，自然演出，自身具足的意象而無時態與主詞、少跨行句、非知性、非指導性、非分析性。[426]葉維廉長年積學著力所致的語言之匯通，將現代詩的評論提高到哲學的層次。

2.詩作特質：包裝以神祕經驗或純粹感受的內心風景

就學者對葉維廉詩的討論，可以歸納出較具共識的三點：其一，因葉維廉困於時代的類失語情結，反而引發討論的興致；其二，葉維廉的詩具有強烈的內省特質；其三，對葉維廉詩風之討論，傾向將一九六〇年代的《賦格》與《愁渡》視為一組，認為這兩本詩集映射出早年葉維廉身心的放逐模式；一九七〇年代的

《醒之邊緣》、《野花的故事》視為一組，認為此二詩集逸入玄想與冥思，在語言上陷入古典時空，為葉氏在加州大學聖地牙哥分校任教後、生活逐漸安頓的創作實證；一九八〇年代的《松鳥的傳說》、《驚馳》，及其以後的詩集視為一組，對超越的嚮往與對現象世界的留戀，構成此時期詩作的主要課題。本書劃為兩期：

(1)《賦格》、《愁渡》的詩風：

葉維廉一出手寫詩就很快走出具有個人特色的詩路；其詩創作的頂峰出現在《醒之邊緣》出版之前。一九六三年第一本個人詩集《賦格》出版後，葉維廉引起詩壇關注。一九七〇年代以降，葉維廉的詩維持住他個人特質的表現樣態，包括：內涵上的概念、判斷、推理；修辭上的排比、對襯、辭賦化；結構上，名詞子句或形容詞子句羅列、單一抽象觀念或單一名詞的自行成句、以「的」串接形容詞和名詞的連續句型、以「在」為前置詞，連綿推演不斷替換的主詞。

王建元認為，《賦格》與《愁渡》滲透出「發出時代呼聲」的放逐意識；印證此後的葉氏其他詩集，也具備懷國、漂泊、失落、隔絕的方向。[427]的確。在《賦格》和《愁渡》裡，〈城望〉和〈愁渡五曲〉是具指標意義的佳作。葉維廉從中國大陸棄家，渡海到香港，再從香港到台灣，又從台灣遠渡美國，然後安頓在加州，[428]家鄉越渡越遠，歸期無止境拉長；發表於一九五六年〈城望〉和發表於一九六七年底的〈愁渡五曲〉，描繪了冥想中的放逐旅程。

---

425 參見樂黛雲：〈為了活潑潑的整體生命：《葉維廉文集》序〉，《廣東社會科學》，二〇〇三年第四期（二〇〇三），頁一四〇。

426 參見葉維廉：〈洛夫論〉、〈論中國詩的語言問題〉，及〈語言與風格的自覺〉，收於《香港文學》，第三二四期（二〇一一），頁四—八；又，如〈詩的再認〉，收於葉維廉：《秩序的生長》（台北：志文出版社有限公司，一九七一），頁一三一；其他文章可見於葉維廉：《飲之太和》（台北：時報文化出版企業股份有限公司，一九八〇），等等。

427 參見王建元：〈戰勝隔絕：葉維廉的放逐詩〉，《創世紀》，第一〇七期（一九九六），頁九五—一一七。

428 參見葉維廉：〈走過沉重的年代〉，收於葉維廉：《雨的味道》（台北：爾雅出版社有限公司，二〇〇六），頁五—六八。

以「賦格」為題，葉維廉為該詩集嵌入了詩化後的歷史脈絡。其作品主題呈現如複音樂曲Fugue一般的重複，也含遁走之意，暗示抒情主體個人的隔絕與被放逐，以及現實政治的所指、價值觀念的轉變。[429]〈城望〉是該詩集的第一首詩。第一節的部分詩行：

我們從不曾細心去分析
那些來自不同遠處的侵襲；
那些穿過窗隙、牆壁，穿過懶散的氣息，
穿過微弱燭光搖曳下的長廊，
而降落在我們心間的事物。
在許多預知或未知的騷動中，
使我們忘記了不少遠去的塵埃，忘記
我們走過的山野、幽谷、陰徑
和聲息花繁生的地方。

由「窗隙」、「牆壁」、「燭光」、「長廊」組成的日常城居，及由「山野」、「幽谷」、「陰徑」、「繁花」連結成的內心世界，鋪陳出抒情主體深埋於記憶中的養分。這種「反覆折射」的意識樣貌，既是翁文嫻據以論述葉氏詩作「擾動已故事物」的意象線索，也是顏元叔以「定向疊景」試圖為葉維廉定位的基調。[430]由「窗隙」、「牆壁」、「燭光」、「長廊」組成的日常城居主要的作用，在於襯顯由「山野」、「幽谷」、「陰徑」、「繁花」連結成的內心世界。這首詩的趣味，在文字點逗的律動，與經由抒情主體思考的流動所透出、往上提升的秩序感。

即使如此，冥想式的旅程幾乎貫串了葉維廉的詩。〈愁渡五曲〉依然將繽紛的意象組成缺乏故事線索的詩作，但敘事線索比〈城望〉明晰；其中湧動的意象隱約透露詩中人鬱結的心境。摘句如：「白色的醉漢一個個從杯沿逸走」（《愁渡》五二）、「彷彿是戰爭湧破房舍」（《愁渡》四六）。這些空間意象中的內在動力，呼應了葉維廉後來在〈走過沉重的年代〉說的，充滿：「過去與未來之間感到文化凝融喪失的猶疑不安的意象」。[431]

(2)《醒之邊緣》、《野花的故事》以後的詩風：

梁秉鈞在〈葉維廉詩中的超越與現象世界〉一文裡認為，出於「詩人對自我要求一個可以匹配這個世界的完整綜悟」而幾乎不可能，許多時候，葉維廉的詩作：「被主觀的幻象和解釋所滲透，現實變成內心的風景。」[432]

李豐楙、須文蔚等學者認為，隨著創作生命的積累，葉維廉在句法上轉化中國古典文學的成分逐漸加重，也逐漸朝向口語化；又認為，葉維廉在千禧年之後出版的《雨的味道》，以更貼近生活情感的語調，探問人文與自然、夢想與現實、文化與歷史，題材較諸早年詩作更加寬泛，風格日趨淡遠。[433]但論者所謂「口

429 梁秉鈞：〈葉維廉詩中的超越與現象世界〉，《創世紀》，第一〇七期（一九九六），頁八一—九四。
430 參見顏元叔：〈葉維廉的「定向疊景」〉，《中外文學》，第一卷，第七期（一九七二），頁七二—八七；翁文嫻：〈「定向疊景」時期的爆發能量：早期葉維廉詩的突破與困境〉，《台灣文學研究叢刊》，第五期（二〇〇九），頁五九—八四。
431 該文見葉維廉：《雨的味道》；收於須文蔚編：《台灣現當代作家研究資料彙編・79・葉維廉》（台南：國立台灣文學館，二〇一五），頁一四〇—一八五。
432 見梁秉鈞：〈葉維廉詩中的超越與現象世界〉，《創世紀》，第一〇七期（一九九六），頁八一—九四。
433 參見須文蔚：〈當代華文現代詩、散文、翻譯與文學傳播的先鋒：葉維廉的研究與評論綜述〉、李豐楙：〈山水・逍遙・夢：葉維廉後期詩及其詩學〉。各收於須文蔚編：《台灣現當代作家研究資料彙編・79・葉維廉》，頁一〇八—一三六；三〇一—三二五。

語化」，未真正探觸到葉維廉千禧年之後的詩質。千禧之後的葉維廉詩，實質問題是破碎的句子以及三彎四拐卻總到不了目的地的敘述模式；而這類詩作，早在一九七〇年代，已逐漸成為葉維廉詩的常態。例如〈東京速寫・新幹線上〉：「新幹線依著計畫／一秒不差地超速飛馳／農夫們依著／稻綠／稻黃／去忙碌／去製造生活／和被生活製造」、〈行馳〉：「一切未曾改變過嗎？／其實／一切確曾／在你我不注意的時候／改變／彷彿永久不變地／改變」、〈詩的聲音〉：「你聽到過靜止的聲音嗎？／好細微好細微的湧動／在寂然的藍天裡／在橫臥在天邊的雲層間／在遠處／鎮坐了萬萬年的山群／細微的活動／在海邊的沙丘上／在草葉的茁長中」；諸如此類句子。[434]

長年關注道家美學，葉維廉的詩中時而夾雜道禪詞彙。翁文嫻爬梳葉維廉的詩，儘量找優點下筆，結論說葉維廉的詩有三點特色：題材取向抽象、遙遠的意象線索、數理結構加抒情的謀篇。[435]儘管如此，葉維廉的詩仍顯然缺少情感色澤與魅力，不像其學術成就受到青睞。顏元叔評論葉維廉詩，說他缺乏執著的題旨，已管窺一二。[436]

葉維廉將中國詩的觀念與理解浸潤到他的詩作，然後抽象呈現，使得他的詩滯留在不道、不名的「無語界」，或成為以神祕經驗或純粹感受包裝的「純」詩。[437]對於大多數讀者而言，這樣的作品逸離當代社會；而以「名詞羅列」或「形容詞加名詞」為短句、慣於缺乏動詞或弱化動詞的對偶句型，無異於日記中的喃喃獨語。[438]

李魁賢（一九三七、六、十九—），生於台灣台北。台北工專化工科畢業。曾專職於台肥公司，後跨足發明界專利代辦業務。為名流企業公司之創始人。通曉英、日、德、法等多種外語。曾為《笠》詩刊同仁、《台灣筆會》成員、原英國劍橋國際詩人學會會員。李魁賢桂冠加身，曾獲行政院文化獎等多項國內重要獎項，亦三度獲國際詩人學會提名為諾貝爾文學獎候選人。詩作被譯為日、韓、加、紐、荷、印、西、希臘、羅馬尼亞等語言。在台灣出版的詩集有：《靈骨塔及其他》（一九六三）、《枇杷樹》（一九六四）、《南港詩抄》（一九六六）、《赤裸的薔薇》（一九七六）、《水晶的形成》（一九八六）、《永久的版圖》（一九九〇）、《黃昏的意象》（一九九三）、《祈禱》（一九九三）、《溫柔的美感》（二〇〇一）、《安魂曲》（二〇〇七）、《秋天還是會回頭》（二〇一〇）、《我不是一座死火山》（二〇一〇）、《我的庭院》（二〇一〇）、《千禧年詩集》（二〇一〇）、《台灣意象集》（二〇一〇）、《輪盤》（二〇一〇）、《天地之間》（二〇一四）；評論集：《台灣詩人作品論》、《詩的反抗》、《詩的見證》；翻譯：《里爾克詩集》等。行政院文建會於二〇〇一年出版全六冊的《李魁賢詩集》，收其詩作七七三首、《李魁賢文集》全十冊，收文章七一三篇；台灣文學館於二〇〇八年由莊金國編《台灣詩人選集25：李魁賢集》。[439]

集詩人與發明家、企業家於一身的李魁賢，自一九五三年發表第一首詩迄今，半世紀來譯詩、寫詩、編詩、評詩未斷。據李魁賢自己架設的個人網站：「名流書房」估計，他已發表的現代詩創作為一〇三八首。[440] 在李魁賢的創作量裡，透顯廣泛的題材、強壯的心靈、正向的思考、博大的胸懷、宏觀的視野、積極

---

434 見葉維廉：《移向成熟的年齡：1987-1992詩》（台北：東大圖書股份有限公司，一九九二），頁九八、一三六、一四九—一五〇。

435 參見翁文嫻：〈「定向疊景」時期的爆發能量：早期葉維廉詩的突破與困境〉，《台灣文學研究叢刊》，第五期（二〇〇九），頁五九—八四。

436 參見顏元叔：〈葉維廉的「定向疊景」〉，《中外文學》，第一卷，第七期（一九七二），頁七二—八七。

437 相關觀念參見葉維廉：〈中國古典和英美詩中山水美感意識意識的演變〉，收於葉維廉：《比較詩學》（台北：東大圖書股份有限公司，一九八三），頁八七—一三三。

438 相關意見可參考李豐楙：〈山水・逍遙・夢：葉維廉後期詩及其詩學〉，《創世紀》，第一〇七期（一九九六），頁七三—八〇。

439 有關李魁賢詩作的研究，張貴松的論文是目前所見較全面而深入者。可參閱張貴松：〈李魁賢詩研究〉（台南：國立成功大學中國文學研究所碩士論文，二〇〇六）。

440 見「名流書房：李魁賢檔案」。網址：http://kslee-poetinfo.blogspot.com/。二〇一六、十一、三十查閱。

的人生態度、對現實的觀察與指摘。

一九五九年，李魁賢在散文詩〈秋與死之憶〉裡，把「死」當成物理世界的客觀認知，帶著濃厚的興致和熱情，以富含想像與洞察力的筆觸，寫下當時二十四歲的年輕人對生死的認識：「你在秋天的果樹園裡徘徊時，你會看到那些靜靜地躺著仰望月亮和星星的成熟的果實。你曉得那不安的波動嗎？」、「死，只是像細菌那樣的微體罷了。它在我的神經裡徜徉著，在我的血液裡泅泳著。」、「多麼使人安慰的一件事啊！倘若，死，也像百葉窗那樣可以自由地摺疊起來。那樣，我們可以任意地旅行了。我們不會受到無重力感的空間的壓力，我們把它摺疊起來，做成任何可愛的形狀」[441]。如此正向、無畏、磊落、獨到的言語，出自一個二十出頭的詩人筆下，讓人感到生命充滿希望。

李魁賢在台灣詩史上的位階，主要在於其詩耿介的質地、強調言之有物及直搗物象核心的詩觀、結合個人性與社會性的詩作精神、對詩鍥而不舍的續航力、在台灣與國際文學界的活動力，以及豐沛的創作量。其詩作特色為：

1.現實經驗的藝術功用導向

李魁賢「關心自己的格調／在迷信流行名牌的時代裡」。[442]他不贊成現代主義的搬弄造作、反對後現代主義的文字遊戲；而在現代主義方興未艾、本土意識尚未全面勃興的一九七〇年代初期，李魁賢詩中的社會批評已經很清晰明確，而且在意象和敘事之間賦予較多的藝術性，乃間接開啟笠詩社對「新即物主義」的思索。旅人就稱李魁賢是「現實經驗論的藝術功用導向者」。[443]

如〈鸚鵡〉，發表於一九七二年，曾被譯為數十種語文，是李魁賢詩作外譯極多的一首，反諷意味強烈。詩由鸚鵡發聲，以第一人稱敘寫主人花了一整天教會了鸚鵡「主人對我好」這句話。每當客人來，鸚鵡就大聲說：「主人對我好」，從而賓主盡歡，鸚鵡也得到好吃好喝；之後鸚鵡就只重複這句話，即使主人一得意也會對鸚鵡說：「有什麼你儘管說」。[444]一如李魁賢的其他詩作，此詩文字淺白，意思明朗。鸚鵡本有自主學習與思考的能力，學舌的鸚鵡最後從主人學到兩句話，但是年深日久，安於被豢養的舒適，已失去判斷力。這首詩對「主人」和「鸚鵡」都是明顯的譏諷。

李魁賢對自己作品在「美辭」上的缺乏鍛造，態度非常自在、大器。他認為詩以內涵為主，簡單的語言反而可以彰顯深厚的內容，未必要著重高深的修辭。

李魁賢的詩在淺顯的文字之外，往往蘊含耐人尋味的道理。如發表於一九七九年的〈故鄉〉，描寫詩中人每次出遠門之前對回家的想像：「要是在空中失散了／就變成一片楓葉飄盪回到故鄉／故鄉有濕潤的泥土／／要是在海裡沉沒了／就變成一尾香魚浪游回到故鄉／故鄉有潺潺的溪流」[445]接近口語的呈現，使得此詩透露的心靈飄盪感格外自然。詩題「故鄉」在詩中不是歸趨或終點，而僅是各種旅途暫時的驛站、重新打點行李的地方。前後兩節的「每次」，說明了旅程之頻繁，習慣中透著無奈、依賴、疲憊。被包夾的兩節以同樣的句式和結構出現，暗示詩中人每次準備回來的姿態都聯想到死亡：飛機失事或沉船。最後，每次回來平添白髮，然而一回到故鄉，又開始算計遠行。故鄉有「濕潤的泥土」、「潺潺的溪流」，而他鄉呢？但詩人點到為止。此詩淡淡的，不流於目的論或道德評判。

441 見台北縣文化局編：《李魁賢詩集・第六冊》（台北：行政院文化建設委員會，二〇〇一），頁三九—四三。

442 引自李魁賢：〈流行名牌的時代〉。該詩收於台北縣文化局編：《李魁賢詩集・第三冊》（台北：行政院文化建設委員會，二〇〇一），頁一一四—一一五。

443 參見旅人：〈現實經驗論的藝術功用導向者：李魁賢〉，《中國新詩論史》（台中：縣立文化中心，一九九一），頁二一四—二二二。另可參見李魁賢：〈詩人在社會中的角色〉，收於李魁賢：《詩的越境》（台北：台北縣政府文化局，二〇〇四），頁一七八。

444 錄自李魁賢「名流書房」。網址：https://reurl.cc/Nqaep。二〇一六、十一、三十查閱。

445 錄自李魁賢「名流書房」。網址：https://reurl.cc/kl5An。二〇一六、十一、三十查閱。

2.重視「台灣特質」與「民族性」之呈現

一九八〇年代以降的李魁賢題材更寬廣，語言更直白，更重視社會公共性，氣魄很強，主張：把心靈獻給土地，把文學獻給人民。但有時散文化的言說遮蔽了俯仰掩抑之姿。「台灣特質」和「民族性」尤其是一九八〇年代以後的李魁賢縈繞於心者。換言之，李魁賢正視並實踐「成為話題」的傳播關鍵。[446]

在這樣的創作導向裡，李魁賢產出引起共鳴的詩作，如一九八三年發表的〈輸血〉選入國民義務教育中的國中國文教材，比喻輸血如鮮花開放，並以輸血一事強調人與人之間不分種族、國家、階級的愛與扶持，呈現人道關懷：「從亞洲、中東、非洲到中南美／一滴迸濺的血跡／就是一葉隨風飄零的花瓣」。[447]又如發表於一九八四年的〈留鳥〉，乃有感於朋友參與政治活動而入獄所作，呈現知識份子的抵抗精神；詩行重複「我的朋友還在監獄裡」的呼告，主旨朗朗可知。[448]但就詩藝而論，素材相近的另一首詩〈我寫了一首留鳥的詩〉更值得注意。該詩發表於一九九四年，一節到底，共二十九行，詩末幾行富饒意趣：「詩沒有人閱讀的時候我沉默／詩有人閱讀而巧取豪奪的時候我沉默／因為我寫詩／本來就是為了保持我的沉默／正如我的留鳥一樣」。[449]如果生命值得為價值抵抗，也就值得為聲名放手；名聞利養、時代風潮本是過眼雲煙。此詩於不平之鳴以外，探觸了詩的本質。

林泠（一九三八—），本名胡雲裳。生於廣東開平縣。筆名另有若瀾、雲子、李薺。美國弗吉尼亞大學化學博士。曾任職於美國化學界，主持過藥物合成研究。一九五三加入現代詩社。在台灣出版詩集：《林泠詩集》（一九八二）、《在植物與幽靈之間》（二〇〇三）。

一九五〇、一九六〇年代，以男詩人為多數的台灣現代詩界，林泠以早慧的抒情少女形象開步。[450]《林泠詩集》所收，為當今學界和文府所熟知的林泠詩風，即以一九五〇年代的作品較具代表性。[451]林泠常以藤蔓、花園、阡陌、城垛、門牆等意象，創造神諭般的世界，賦予詩中初開眼的女主角以善感、被動、幽閉、溫馴、等待、撒嬌、憧憬愛情的形象，如〈紫色與紫色的〉、〈阡陌〉、〈叩關的人〉、〈一張明信片・一九五五年〉。[452]即使不無討論，少女形象，而非書寫方式，幾乎籠罩了評論界對林泠早年詩作的印象。[453]在台灣的國民義務教育中，林泠以〈不繫之舟〉、〈阡陌〉、〈微悟：為一個賭徒而寫〉等詩作進入教科書，寫活了一九五〇、一九六〇年代，在台灣禁閉的氛圍裡，渴盼走出自己一片天、知性充溢而在象牙塔內探看紅塵的女性。

---

446 李魁賢受訪時曾說：「台灣文學的外譯主要在於沒有選擇呈現台灣特質的作品。在台灣成為話題或引人注意的作品，在國外不一定受到重視，重點在於台灣特質的分量。文學雖然具有國際的通性，但民族性恐怕才是更能引起外國讀者或評論者、評選者興趣的內質。」見水筆仔：〈理性與感性相擁共舞：浪漫科技人李魁賢〉，網址：http://www.tri.org.tw/per/74/P32.PDF。二〇一六、十一、三十查閱。

447 李魁賢〈輸血〉，見莊金國編：《台灣詩人選集・25・李魁賢集》（台南：國立台灣文學館，二〇〇八），頁三九—四〇。

448 李魁賢〈留鳥〉，轉引自李魁賢：「名流書房」中〈詩的社會意識和批判〉一文。網址：https://reurl.cc/Nqa7p。二〇一八、九、六查閱。

449 李魁賢〈我寫了一首留鳥的詩〉，見李魁賢：「名流書房」。網址：https://reurl.cc/1eQRV。二〇一八、九、六查閱。

450 因大學畢業後赴美深造，從此忙於學術研究，直至一九八〇年代，林泠才出版第一本紀念青春似的個人詩集；第二本詩集與之相隔二十一年之久，仍因忙碌之故。

451 吳姵萱統整林泠在一九五〇年代發表的詩作，發現一九五三和一九五六這兩年是其創作高峰。參見吳姵萱：〈林泠詩研究〉（台灣：國立清華大學中國文學研究所碩士論文，一九九九），頁二〇。吳姵萱認為，從《林泠詩集》和《在植物與幽靈之間》觀察林泠詩風的演變，可發現其抒情模式有幾點轉變：詞語由曖昧轉向清晰、音響由激越轉為緩慢、篇幅由短小變為悠長。見該論，頁一六九—一七〇。

452 各詩依序參見林泠：《林泠詩集》（台北：洪範書店有限公司，二〇〇一），頁三〇、四四—四五、三四—三五、三二。

453 較具代表性的論述，可參考例如張健：〈林泠情詩九式〉，《台灣前行代詩家論》，頁一〇一—一二一；楊牧：〈林泠的詩〉，收於《林泠詩集》；楊照：〈傷心書寫：讀林泠詩集《在植物與幽靈之間》〉，收於《與頑石鑄情：林泠詩選》（北京：生活・讀書・新知三聯書店有限公司，二〇〇五），頁二〇五—二一一；以及前引鍾玲之論，還有多篇針對〈阡陌〉、〈不繫之舟〉的細讀文章等等。

在林泠的兩本詩集內，更有意思的作品，毋寧是帶著批判思考觀察人生與社會的題材，而不是以故事作為煙幕彈、欲言又止而喃喃不已的私我情懷。例如〈夜市〉，以一個盲老者的樂音出發，描寫紛擾的世界；或是〈狸奴物語〉，借位於狸貓作換位思考，嘲諷人類看待事情的態度。[454]《在植物與幽靈之間》對照《林泠詩集》，詩末加注增多、語言較明朗、邏輯性較強，開啟了以知識寫情、抒情之餘寄寓人文關懷的視角，以及對生命的反思。〈春日修葺二、三事〉詩寫西方國家對一九九四年非洲中部國族大屠殺之視若無睹，以強大的感官書寫和連續的迴行句式，反映敘述者猛烈的情感波瀾：

那忍不住的春日
在梢間；三月的櫻蕊
為它們落華的迅急
作某種悠忽的生之伏筆？

要不　即是草坡上
不安的芬芳；一卷跌落的詩集
潑濺的油漆　那褐色
滴入胡圖少女被剖的胸臆：
一九九四的舊聞　九八的新痕
焚黃的報紮幽幽地風化
在草上　受魂給動情的雛菊和山茱萸[455]

林泠，《在植物與幽靈之間》，台北：洪範書店有限公司，2003。

在「形容詞＋名詞」或「動作＋副詞」構成的述語模式中，林泠以「落華的迅急」、「跌落的詩集」、「潑濺的油漆」、「焚黃的報紮」，經營出死亡、戰爭意象，暗示草賤的生命、不受重視的重大舊聞。對比被當作基本教材的〈不繫之舟〉，格局與視野開闊許多。

朵思（一九三九、八、四—），本名周翠卿。生於台灣嘉義。另有筆名韻茹、紀清、周炎錚。別號光子。嘉義女中肄業。曾加入「創世紀詩社」。曾獲中華日報小說獎、新文藝詩獎等。出版詩集：《側影》（一九六三）、《窗的感覺》（一九九〇）、《心痕索驥》（一九九四）、《飛翔咖啡屋》（一九九七）、《從池塘出發》（一九九九）、《曦日》（二〇〇四）、《凝睇》（二〇一四）；小說：《紫紗巾和花》、《不是荒徑》、《一般暮色》；散文：《斜月遲遲》、《驚悟》；童詩：《夢中音樂會》。

朵思十四歲就在《公論報》發表第一篇小說；十六歲在《野風》發表第一首詩：〈路燈〉。對於寫作，朵思早慧、熱忱，深具自我省察與覺知。其詩素材廣泛，探入心神內核與社會寫實的書寫更具特色。朵思的詩有以傳統形式寫的分行詩，

朵思，《心痕索驥》，台北：創世紀詩雜誌社，1994。

朵思，《飛翔咖啡屋》，台北：爾雅出版社有限公司，1997。

454 〈夜市〉，《林泠詩集》，頁一六八；〈狸奴物語〉，《在植物與幽靈之間》（台北：洪範書店有限公司，二〇〇三），頁一四八—一五〇。

455 見林泠：《在植物與幽靈之間》，頁一一四—一一六。

也有散文詩；篇幅多以二十行以內的短詩為主。《曦日》是以大主題籠罩各組詩的巨製，長達一千四百行。

朵思的〈影子〉、〈沙漏〉、〈面對一屋子沉默的家具〉、〈嘉義共和路印象〉等詩作，多次入選各種教科書、詩選集。[456]

朵思詩的特點為：

朵思，《曦日》，台北：爾雅出版社有限公司，2004。

1. 深入探索激情中的女性心理

鍾玲說，台灣女詩人能以寫實筆觸深入探索激情中的女性心理，當以朵思為最。[457]相對於一九五〇、一九六〇年代出版詩集的女性詩人，朵思的詩特別背骨。雖然朵思詩中的愛情有溫婉的一面，也透過情感刻畫自我形象，但她更進一步，碰觸性別意識與現實題材。[458]〈詩句發芽：觀賞羅丹的《吻》衍生的詩〉寫出女性沉醉在愛情裡的欲念；〈陰陽同體：看《美麗佳人歐蘭朵》衍生的詩〉觸及性別換裝的議題。[459]在台灣的同輩女詩人裡，朵思的這類嘗試當是開創。

2. 運用感官意象以烘托特殊情境

運用感官意象來烘托特殊情境是朵思為人稱道的手法，〈咀嚼〉、〈夜曲〉、〈影子〉、〈畫框〉、〈面對一屋子沉默的家具〉都是例子；尤以〈幻聽者之歌〉最為經典：

我聽到刺鳥復活撲翅的聲音
聽到門把旋轉古董傾斜花香推開枝梗
泥土遠離根葉鳥翼停泊懸崖游魚歇於行雲

以及船隻被波浪抓住拖曳回航的聲音
我聽到鞋子被門階彈打
沒有拿起的話筒發出歡呼，以及
興奮的欄杆和盆栽和鋁門混音合唱
醫生說我預備出走的聽覺，正在蛻化[460]

此詩論者已多。讀者主要可留意詩行對聽覺意象的捕捉：其構設與鋪排都彷彿返視內聽。另外可留意，詩中這位幻聽者，因聽覺「蛻化」而聽到的聲音大致由小到大、由微細到嘈雜到刺耳，但都是上天入地、室內戶外、天涯海角，無所不聽。而且此「幻聽」還混雜了視覺（「泥土遠離根葉鳥翼停泊懸崖游魚歇於行雲」）、嗅覺（「花香推開枝梗」）等其他感官。以如此豐沛的意象，狀寫精神失常的案例，朵思為同代女詩人之最。

3.開啟以解放心智為訴求的敘事詩境界

一九九〇年代的朵思，融合感官意象和特殊情境，發展出獨特的詩風。在二十一世紀初十幾年的台灣學

456 以上資料見朵思：〈寫作年表〉，收於《凝睇》（台北：釀出版，二〇一四），頁二二三—二三〇。

457 鍾玲：《現代中國繆司：台灣女詩人作品析論》（台北：聯經出版事業股份有限公司，一九八九），頁二五〇—二五八。

458 參見洪淑苓：〈一株傾斜的櫻樹：朵思詩中的自我追尋及女性審美經驗〉，收於洪淑苓：《思想的裙角：台灣現代女詩人的自我銘刻與時空書寫》（台北：國立台灣大學出版中心，二〇一四），頁八一—一一四。

459 〈詩句發芽：觀賞羅丹的〈吻〉衍生的詩〉、〈陰陽同體：看〈美麗佳人歐蘭朵〉衍生的詩〉，見莫渝編：《台灣詩人選集・27・朵思集》（台南：國立台灣文學館，二〇〇八），頁五三—五四、五七—五八。

460 見莫渝編：《台灣詩人選集・27・朵思集》，頁二二一。

界，所謂「精神分析」、「精神醫學」，朵思亦引以為自己詩作的養料。在《凝睇》的自序中，朵思連結招魂術、自動書寫、人腦海馬迴轉區內瞬間的自我凝視等觀念，闡釋自己一貫的風格。她認為這種自我選擇的藝術表現方式，「亦自有耽溺某種流露的承擔」。[461]莫渝所集的《朵思集》第一卷「臨境與幻聽」，以這種「催眠」式的書寫方式，選錄多首游離在現實與幻境、釋出潛意識線索的幻咒之作：如〈夜曲〉、〈妄想症〉、〈憂鬱症〉、〈感覺夢正腐蝕〉、〈躁鬱症患者之歌〉、〈第六感〉、〈精神症醫病關係〉、〈我收集夢，夢也收集我〉等等。[462]

二〇〇四年出版的《曦日》，副標題為「眺望深層記憶峽灣」。以《曦日》、《滄海》、《漂泊、流浪》、《牽繫：母親》、《奔波》、《歲月的節奏》、《N度空間》、《小詩集粹》糾集短詩，共八輯組成。除了《小詩集粹》，大致上是以有機結構為片段，為回憶續命。

就個人的創作生命而言，《曦日》是朵思首度以長詩展開對詩密度和意象敘述能力的自我挑戰。除了〈牽繫：母親〉這一輯的文字較缺乏回味而流於散文化之外，《曦日》大致是成功之作。多數著眼於大敘述的長篇敘事詩，引導讀者注視大環境中的斷垣敗柱，而《曦日》引導讀者欣賞小我的西風殘照。朵思以解放心智為訴求，遁入表象的私我敘事，開創敘事詩的新境界。

《曦日》不時以故示溫馴的筆調，呈現敘事聲音「她」所處環境中一些不容異己或專橫霸道的行為。朵思多半把滔滔不絕的反覆收在靜默的標點裡，在意象的內嵌和延宕中，把真實時間和虛擬時間、已發生的事件和該發生而未發生的事件融於一爐而治，構建出一種昇華的時間。例如：

風刮她一巴掌
她的左臉剛好和朔日的月光擦撞
有人把她的側影扳倒

她忽然想起小時候和小朋友在街上啃著
一串串烤鳥
想起要趕走亂大便的鴨子
無意中，擊中鴨頭顛簸倒地的那隻公鴨[463]

敘述者在月亮的清輝中顧影自憐，一陣風吹來，光影交錯中，她的側影「被扳倒」，引起她回想小時候的往事。詩行中有兩個未來：月光和敘述者的。「朔日的月光」有迎向前的意味，同時也牽引「扳倒的側影」和「顛簸倒地的公鴨」，連繫了現在和過去，暗示敘述者成長過程中某些不愉快的經驗。「風刮她一巴掌」，表現非自願的、不得不的回憶捕捉。敘述者在風的強制下，把本來可望安詳的月下沉吟和對未來的想望拉回剎那的回憶片段，「朔日的月光」、「扳倒的側影」、「一串串烤鳥」、「擊中鴨頭顛簸倒地的公鴨」，製造了紛呈的時間景致。語法和時間，既有搶先（她的左臉剛好和朔日的月光擦撞），又有延遲（「側影扳倒」以下的兩個慢動作畫面）。如果修枝剪蔓，以直接了當的主謂語表達，略去中間的形容子句，詩行亦不妨演為：「風刮她一巴掌／無意中，那隻公鴨被擊中鴨頭，顛簸倒地」，幾乎就是一個表現心理渦流的原型意象。[464]

461　參見朵思：〈自序〉，《凝睇》，頁三——四。
462　各詩依序見莫渝編：《台灣詩人選集·27·朵思集》，頁三五、二四、二七、二八——二九、三〇——三一、四四——四五、六三——六四、四〇——四一。
463　朵思：〈滄海〉，《曦日》（台北：爾雅出版社有限公司，二〇〇四），頁二七——二八。
464　關於朵思《曦日》的論述，改寫自本人（鄭慧如）：〈論朵思《曦日》的時間意象〉（靜宜大學台灣文學系女性文學學術研討會，二〇〇六）。

林煥彰（一九三九、八、十六—），生於宜蘭礁溪。曾以牧雲、方白、方克白為筆名。國小畢業。中華文藝函授學校詩歌組、中國文藝協會文藝創作研究班詩歌組結業。曾與詩友聯合創辦《龍族》詩刊，為龍族詩社成員。《布穀鳥兒童詩學》創辦人兼總編輯、《兒童文學家》創辦人、《全國兒童》總編輯、《聯合報》編輯、《亞洲華文作家》主編、安徒生在台灣研究中心創辦人、《乾坤》詩刊發行人兼總編輯。曾任香港大學首任駐校作家。曾獲中山文藝獎、青年文學獎、優秀青年詩人獎等獎項。在台灣出版詩集：《牧雲初集》（一九六七）、《斑鳩與陷阱》（一九六九）、《歷程》（一九七二）、《公路邊的樹》（一九八三）、《心燈》（一九八三）、《現實的告白》（一九八五）、《無心論》（一九八六）、《林煥彰詩選》（一九八六）、《飛翔之歌》（一九八六）、《孤獨的時刻》（一九八八）、《愛情的流派及其他》（一九九一）、《林煥彰短詩選》（二〇〇二）、《詩六十》（二〇〇五）、《分享・孤獨》（二〇〇七）、《翅膀的煩惱》（二〇〇八）、《台灣，我的血點：林煥彰詩集》（二〇一三）；論述：《善良的語言》、《詩、評介和解說》等；散文：《做些小夢》、《詩情・友情》等；兒童文學：《童年的夢》、《妹妹的紅雨鞋》、《小河有一首歌》、《咪咪貓》等；編撰：《近三十年新詩書目》、《中國新詩集編目》等。出版品逾八十部。作品被譯為十餘種外文；被編入兩岸四地及新加坡的中小學語文課本。

林煥彰在文學上的耕耘有兩個重點，先是起於一九六〇年代的現代詩創作，接著是一九七四年開始的童詩創作與推廣。

台灣現代詩史上，林煥彰在史料編纂和創作的成績顯著。一九七六年林煥彰編輯出版的《近三十年新詩書目》，是台灣第一本現代詩的史料。

林煥彰的詩語言有三個明顯的時期：

(1)一九六〇年代的《牧雲初集》、《斑鳩與陷阱》有現代派的風味。

(2)一九七二年的《歷程》以後，口語轉向和題材的現實關注日漸顯著，此後成為林煥彰受認定的主要風格。[465]其語言清清淡淡、明朗可解，以生活化、口語化的文字入詩，講究結構的對稱，著重鄉土意識，關懷社會的弱勢，厭惡裝腔作勢的社會寫實。[466]

(3)一九九〇年代後期開始，提倡「玩遊戲、玩心情、玩寫詩、玩創意」，傾向以遊戲的心情與態度對待寫詩，認為「玩」給人生帶來光明燦爛的一面，「玩」的輕鬆心態、對於詩的創作與推廣，將產生正向效益。二〇〇三年起，林煥彰在泰國、印尼的《世界日報》推動六行以內的小詩運動；二〇〇六年在曼谷設立「小詩磨坊」，探討小詩寫作。

參照風格變化，林煥彰的詩可留意以下特色：

1.要言不煩的意識流變造

林煥彰在一九六〇年代出版的兩本詩集，其現代風格經常展現在感知擴張後，對具體人事物的意識流變造。[467]例如〈十五・月蝕〉：「八點鐘。月在我二樓／企圖穿牆而過／／十五那個晚上／我捉住了她／所以，

465 白靈認為，林煥彰走在機先，自我挑戰，是現代主義過渡到現實主義、以口語扭轉詩語言的先行者。參見白靈：〈站在蝕隱與圓顯之間：林煥彰詩中的「半半」美學〉，收於白靈：《新詩十家論》（台北：秀威資訊科技股份有限公司，二〇一六），頁二〇九—二三四。

466 見林煥彰：〈愛情的流派〉，收於林煥彰：《愛情的流派及其他》（台北：石頭出版股份有限公司，一九九一），頁一九—二一。討論林煥彰鄉土書寫的文章，可參考楊宗翰：〈詩如何詮釋鄉土？：以林煥彰、吳晟、向陽為例〉，《台灣詩學・學刊》，第三十號（二〇一七），頁一〇五—一三〇。

467 林煥彰說紀弦是他寫詩的啟蒙老師。參見宋雅姿：〈開在生活瘠土上的晶亮詩花：專訪詩人林煥彰〉，《文訊》，第二六一期（二〇〇七），頁二〇—二九。

你們／就有了一次月蝕／／而午夜／她將衣裳留在我床上／所以，她特別明亮」。[468]此詩以月喻人，以致人月意象疊合互文。寫情欲的流動，把「來如春夢不多時，去似朝雲無覓處」的惝恍之感，寫得要言不繁，形象盡出。

2.帶著詭辯意味與人生旨趣的極短句

林煥彰的詩越寫越短；篇幅、詩行長度都是如此。其第一本短詩集是一九八八年出版的《孤獨的時刻》。二〇〇七年出版《分享・孤獨》時，林煥彰的自序說，寫六行以內的短詩已達三十年以上。[469]在六行以內、每行十字以下的篇幅中，益以排比或重複的語詞，又是表達觀念、出以口語的直述句，很容易讀。例如〈如此如此〉：「放開，放開；／／詩，如此／文學，如此／藝術，如此／人生也／／如此，如此，如此」。[470]主旨在最後的「如此，如此」一句，但與前幾句的「如此」，意謂有別。末句的「如此，如此」，指的是人生不過爾爾；前幾句的「如此」，則呼應第一句的「放開」之意。這種帶著詭辯意味與人生旨趣的極短句，多半以第一人稱經驗者的感喟發言，帶給讀者分享而非壓迫之感。《分享・孤獨》中的〈行道樹〉、〈我只要睡眠〉、〈愛的觀點〉，都是這類作品。[471]

林煥彰的詩真誠、曠達、寬厚，易讀易感，充滿人道關懷，容易引起共鳴。謝輝煌、陳義芝等討論〈雨中〉、〈雨天〉諸作，即認為林煥彰的短詩通感性高，語言樸實。[472]例如〈讓我停止流浪吧〉的末節：「讓我回到你的體內吧！／讓我停止流浪，但不是凝固成／一個瘡疤」，[473]即為明證。

3.「玩」詩

林煥彰的「玩」詩，表現在語詞重組及排列、修辭上的排比或類疊、詭辯般的趣味、詩畫同框而無必然關連的版面構圖。《愛情的流派及其他》、《分享・孤獨》，幾乎每一頁都搭配林煥彰的抽象線條畫作。〈我居住的地方〉、〈思念〉、〈有一個人〉等詩，[474]字句與節奏在形式上的連綿方式頗具歌謠風。詭辯之趣如〈一九七〇年的無心論〉：「兩個人／一顆心／不是你帶走，就是／我／／所以，兩個人經常／有一個／無心」。[475]詩中人自我揶揄。兩人本來被視為應該同心，卻有人另有所思。詩人倒過來寬解，說此「無心」之人，是因為那另一個帶走了唯一的「心」。如此淡然或慘然的一笑，世間難堪之事也就雲淡風輕。

方莘（一九三九、八、二十四—），本名方新。生於四川金堂。一九四九年前後到台灣。淡江大學外文系學士、加拿大蒙特利爾大學英國文學系博士。曾任教於輔仁大學、擔任《藍星》主編、《現代文學》編輯、從事翻譯。只出版過一本詩集：《膜拜》（一九六三），早已絕版；台灣之國家圖書館製成電子書，提供線上閱覽。

《膜拜》收詩作二十四首，數量雖少，在一九六〇年代的台灣現代詩中卻有精品的位階。主要的關鍵在於匠心之外，半世紀後仍讓讀者感受到的創造力：尤其感官意象之運用、氣氛之捕捉、用詞之新銳。

468　〈十五・月蝕〉，收於林煥彰：《斑鳩與陷阱》（台北：田園出版社，一九六九），頁七六—七七。
469　見林煥彰：〈孤獨與分享，是必要的〉，收於林煥彰：《分享・孤獨》（台北：唐山出版社，二〇〇七），頁四—五。
470　收於林煥彰：《分享・孤獨》，頁一一。
471　各詩依序參見林煥彰：《分享・孤獨》，頁二五、三一、七四。
472　參見陳義芝、謝輝煌等：〈林煥彰短詩賞析〉，收於林煥彰：《翅膀的煩惱》（台北：爾雅出版社有限公司，二〇〇八），頁二一二—二一七。
473　〈讓我停止流浪吧〉，收於林煥彰：《愛情的流派及其他》，頁二七—二八。
474　各詩依序參見林煥彰：《愛情的流派及其他》，頁七一—七二、六九—七〇、七九—八〇。
475　見林煥彰：《愛情的流派及其他》，六五—六六。

上，有〈籐籮架〉平實映現如傳統的詩行、〈雨〉鑄造特殊的韻律感、〈去年夏天〉運鏡似地表現超現實技巧、治文字圖象與音樂為一爐的〈夜的變奏〉、使氣逞辭雜揉而顯然不協調的〈咆哮的輓歌〉等等。《膜拜》以富於張力與彈性、放射性的語言，為詩壇所認知，展現青年方莘多方面的文字實驗。在手法

張健曾說，《膜拜》的意象都有一種銳利感。[476]的確如此。雖然在整首詩中，有時候獨創的意象未必充分開展，但是方莘探索文字，融聚異彩異聲的意象為一詩，已頗見鶴立之態。如：

> 鼓聲鼕鼕，鼓聲鼕鼕。風箱在腹，鎔鑪在胸。[477]
>
> 欲暮的天空是杯溶化的草莓冰淇淋／霓虹塔以初熟的絳色一遍遍地偷舔／睏倦的落日在灰堇的堆雲後緩緩入座／這震耳欲聾的寂靜啊！[478]

〈月升〉、〈開著門的電話亭〉選入一度是大學中文系新詩課程教本的《中國新詩賞析》，較為讀者熟知。〈開著門的電話亭〉整首詩建立在一個新鮮而渾成的比喻：將一個渴盼得到特定對象愛情的少年比喻為「電話亭」；而此喻來自於開篇的：「她的笑聲是一把閃亮亮的銀角子／撒得滿地叮噹叮噹作響。」[479]〈月升〉刻畫大自然循環不已的日落月升。「黃昏的天空，龐大莫名的笑靨啊」，逗號兩邊為同位格，「龐大莫名的笑靨」是詩人心眼中的黃昏映象；「啊」，帶著激越的狂喜。第二句：「在奔跑著紅髮雀斑頑童的屋頂上」，「奔跑著紅髮雀斑頑童」動態而高彩度，狀寫火輪下山的落日。最特別的是對月升的形容。「被踢起來的月亮／是一隻剛吃光的鳳梨罐頭／鏗然作響」。[480]月亮從屋頂上「被踢起來」，「鏗然作響」如「一隻剛吃光的鳳梨罐頭」，聽覺代替視覺，自然界日月更迭的尋常景象頓時鮮活起來。寥寥數筆，簡練而輕靈。

張健（一九三九、十二、十五—二〇一八、十二、十六），字行健，筆名汶津、張虔、嘉山、吳生。生

於浙江嘉善。一九四八年秋季隨父母至台灣。台灣大學中文系碩士。曾任教於台灣大學、中山大學、香港新亞研究所、珠海書院等校。曾任《藍星詩刊》主編、中華民國比較學會理監事。曾獲教育部四維獎章、詩教獎、新聞處優良著作獎，以及長年的國科會研究獎助等等。

張健著述極豐，文類廣泛，蓋括文學理論、文學評論、現代詩、現代小說、現代散文。在台灣出版之詩集包括：《鞦韆上的假期》（一九五九）、《春安・大地》（一九六六）、《畫中的霧季》（一九六八）、《四季人》（一九七三）、《白色的紫蘇》（一九七八）、《屋裡的雪花》（一九七八）、《夜空舞》（一九八一）、《水晶國》（一九八一）、《聖誕紅》（一九八二）、《藍眼睛》（一九八二）、《雨花臺》（一九八二）、《草原上的流星》（一九八三）、《微笑的秋荷》（一九八四）、《張健詩選》（一九八四）、《敲門的月光》（一九八五）、《百人圖》（一九八六）、《山中的菊神》（一九八七）、《世紀的長巷》（一九八九）、《春夏秋冬》（一九九六）、《今晚有盛宴》（一九九七）等，逾二十部；一九七四年完成長詩《雷峰塔下》，為其力作。另有學術專書：《滄浪詩話研究》、《中國現代詩論評》、《朱羲的文學批評研究》、《讀書與品書》、《宋金四家文學批評研究》、《中國文學批評》、《明清文學批評》、《文學概

張健，《夜空舞》，台北：藍星詩社，1981。

476 參見張健：〈一幢輝煌的沉默：評方莘的《膜拜》〉，《藍星詩學》（二〇〇一），頁一六——二三。
477 〈咆哮的輓歌〉，方莘：《膜拜》，頁五八——六二。
478 〈黃昏以前〉，方莘：《膜拜》，頁一一。
479 〈開著門的電話亭〉，方莘：《膜拜》，頁四。
480 〈月升〉，方莘：《膜拜》，頁三。

論》、《袁枚詩新論》、《情與韻：兩岸現代詩集錦》等；散文集：《年輕的鼓聲》、《無限的陽傘》、《天才的宴會》、《早晨的夢境》、《春風與寒泉》、《鎏金歲月》、《幽思與獨白》等；小說：《朝陽中的遠山》、《評鬼傳》。與羅門合編《藍星詩選》。翻譯：《聖馬》、《普立茲》、《蘋果樹》、《畫家的奇遇》、《憤怒的回顧》、《少女與吉普賽人》。傳記：《陸游》、《于右任傳》。

以下是張健在台灣現代詩史中留下的殊異風景：

1. 就張健在台灣已出版之詩集估計，詩作數量為台灣現當代詩人之冠

扣除組詩底下的作品，以及收於《張健詩選》中、與其已出版詩集重複之作，算到一九九七年出版的《今晚有盛宴》為止，張健收在個人詩集中的詩作超過二五〇〇首，詩作之紙本出版量為台灣現當代詩人之冠。創作量驚人。

張健的詩作篇幅短、中、長都有。才高熱誠、認真勤奮、精力旺盛——而非主打短詩——是張健詩作數量這麼多的主因。

張健的個人詩集所收詩作數量，動輒上百首。《山中的橘神》多達三〇三首；《今晚有盛宴》更高達三四九首。張健經常以一年當作一本詩集的寫作期程。從《屋裡的雪花》以降，建立屬於張健的「日記詩型」：即習慣在詩末注明日期；從中可知張健常一日數首。張健亦數度寫詩自壽。[481]

張健二十歲出版第一本個人詩集《鞦韆上的假期》，時為一九五九年；一九六〇年代出版兩本詩集；一九七〇年代四本；一九八〇年代為詩作出版的全盛期，有十二本詩集；一九九〇年代兩本。除了《張健詩選》，作品在各詩集裡極少重複。即使在一九八四年出版個人詩選之前，張健出版的詩集已累積超過一千首詩，收在《張健詩選》卻只有六十二首；可見張健創作的熱情與自我評價的高標準。

2. 短詩風潮的先行者、貫徹始終的實踐者

大致從一九八二年出版《雨花臺》之後，張健詩集裡的短詩比例大幅增加。《雨花臺》所收一百首詩作中，大多是十行以內的短詩，每行都在十字以下。同一年出版的《藍眼睛》七十六首作品，全為四至十六行之間的短詩，每首約二至五節，每節二至六行，每行十字以內。張健的短詩書寫風格，在出版三本個人詩集的一九八二年完熟，此後日益精進。一九八六年的《山中的橘神》和一九九七年的《今晚有盛宴》兩本詩集，十六行以下的短詩比重占該詩集的百分之九十以上。

小詩雖從五四運動以來就斷續有詩人書寫，但在台灣蔚為詩運，乃在一九九〇年代。張健在此之前默默實踐短詩，未曾參與其後所謂的小詩運動，未曾有詩友吹捧，然無論質或量皆極可觀。

3. 宛如匕首

張健的詩以簡潔的直述句為主，意象精確、富創造力、言簡意賅、乾淨俐落、視角特殊、直捅核心，不造作、不忌諱、不囉唆、不糾纏，有時帶著一股童心未泯的傻氣卻又一針見血。此風尤凸顯於短詩。如〈給張艾嘉〉第一節前面二行：「眼睛跟嘴唇之間／一塊隱形的磁鐵」。[482]寫著名影星眼脣給人的形象感和吸引力，非常準確；〈舟子〉第一節：「一甲板的再見／一岸的花生殼」，[483]以剝花生道別描寫依依不捨的臨別場景，生動感人；以去除修飾的語言狀寫移去國畫的牆壁，張健說：「移去那幅石竹／便蒼老了／猶

---

481 例如〈獨白：廿五足歲自壽〉，收於張健：《春安・大地》（台北：藍星詩社，一九九六），頁二九—三〇；〈生日〉，收於張健：《聖誕紅》（台北：藍星詩社，一九八二），頁一一四—一一五。

482 〈給張艾嘉〉，張健：《雨花臺》（台北：藍星詩社，一九八二），頁一一二—一一三。

483 〈舟子〉，張健：《藍眼睛》（台北：藍星詩社，一九八二），頁四七。

如卸妝後的／語言」；[484]也不乏藉排比句型與名詩對話，如〈人間〉：「太陽猛撞石室／鐘鳴十響／／新月輕撼松窗／水波低唱」。[485]以浴室的板凳入詩，寫法不俗：「浴室裡一張小板凳／每夜迎受蒸氣的沐浴／／再過三十年他會得道／因為他跟看遍烏雲的／原野／一樣清潔」。[486]以原野比喻板凳，烏雲比喻浴室裡的蒸氣，頗得陌生化之旨歸；但此詩之妙不僅於此，更在於「看遍烏雲的原野」看似悖謬的辯證。現實中的情景是：烏雲變成雨水，雨水下在原野上，使原野清潔；而作者偏要說原野看遍烏雲，孕「髒」的指涉於「烏」的諧音「汙」，暗示「天下烏鴉一般黑」、「見怪不怪」、看慣了「烏雲」，再也沒有不乾淨的原野之意。於是回頭閱讀，「浴室裡的小板凳終有一天得道」，原來並非蒸氣將它（他）洗淨，而是託寓嘲諷：板凳每天不得不忍受來自汗水髒汙的晦氣（穢氣）。

張健的短詩很能展現即興感時的慧見與敏捷的才思。而且很特殊的是，張健的書寫幾乎不太受所謂詩潮或流行的影響。張健的短詩既表現理趣又語言明朗。舉一九八七年出版的《山中的橘神》為例，如〈蛋糕〉：「人生是一塊蛋糕／切成八片十片／分給貪婪眾口／／間或有一根蠟燭插著／燦亮五分鐘／也就熄了」，[487]「蠟燭」當然是為慶祝而設；慶祝本非常態，蠟燭燦亮一下就熄滅也才能保持「非常」的本質，詩止於口語般的「也就熄了」，絕不唉聲嘆氣，這就是張健。又如描寫〈歲月〉：「一個推著垃圾車的人／一路撿著垃圾／慢慢地／遠去了」；描寫〈詩集〉：「帶蒼苔的紅磚罷了／摩挲片刻／也就撒手了／／千萬千萬別嚥下去／嚥下去你就成了石穴」；〈牙〉：「搗，搗碎它／搗碎它。／／和平就是舌頭／真正孤獨的境界」、〈母校〉首節：「撲上去重沾一身黃土／這就是了／也非母親，也非姐姐」。[488]這些詩作的意象都很具生命感和獨創力。以「帶蒼苔的紅磚」比喻詩人心血的結晶、「推著垃圾車遠去」暗示人在歲月中的行止、「和平是舌頭孤獨的境界」寫由舌頭延伸的人生戰場、「撲上去重沾一身黃土」寫對母校的孺慕；無不內涵深邃而語言朗暢。

4. 狂狷的創作精神

「狂者進取，狷者有所不為」，張健的詩同時具備狂與狷的創作精神。這裡的狂，指意象的大膽尖新、命意的直指本心、詩集出版的隨興隨機、湧泉般的創作速度；所謂狷，指張健在語言、思想上的悖於時俗、對體制或習慣的不馴服。

(1)狂

在數十年的寫詩歷程裡，張健固然題材多元、手法多方，但是極其與眾不同之處，仍是在明快中見精義的風格。其好詩下語日常，命意精深，清晰而有味。張健就自評《屋裡的雪花》：「觀照自我，也關懷大我。今中映古，近中蘊遠。論風格，則是在平淡中帶瑰麗，偶出奇譎幻異之筆。」[489]《屋裡的雪花》、《白色的紫蘇》多首描寫性事，造語和意象都偏直覺，逕寫感官、器官、動作，豔異非常；如〈新夜〉、〈田園曲〉、〈碑與花環〉，其中的

張健，《白色的紫蘇》，台北：天華出版事業股份有限公司，1978。

484 見〈牆〉，張健：《藍眼睛》，頁七〇—七一。
485 〈人間〉，張健：《藍眼睛》，頁三七。
486 見〈板凳〉，張健：《微笑的秋荷》（台北：中國文化大學出版部，一九八四），頁一八六。
487 見張健：《山中的橘神》（台北：文史哲出版社有限公司，一九八七），頁五。
488 依序見張健：《山中的橘神》，頁七二、二六六、三三五、三〇五。
489 見張健：〈自序〉，收於張健：《屋裡的雪花》（高雄：德馨室出版社，一九七八），頁一—二。

比喻均明示其應然。[490]又如〈月亮〉詩行：

把月亮塞在褲袋裡
旅行非洲

歸途中，右手
下意識地摸到
一枚小小的煤球[491]

「煤球」暗示其物之高溫與易燃，順著語境，為「旅行非洲」而導致伴遊解除寂寞的「月亮」增溫所致。「月亮塞進褲袋」富於表現力與嬉戲性。這是作者的狂野想像。其實可能是詩中人從褲袋裡的高溫球狀物發揮剎那隨想，從而以「把月亮塞在褲袋裡旅行非洲」作為此詩的開頭；或是作者在形狀（月亮到煤球）、空間（此地到他方）、時間（溫度變化）上的聯想。這是一首著重剎那感發的作品。張健以感官和文字觸發的感覺，讓讀者實踐了肉感的閱讀。

張健在他好詩比重最高的詩集：《草原上的流星》裡，有不少以瞬間跳脫的狂野姿勢面對現實誤謬的作品，其特質是：它們可以引起遊戲一般的快意，使讀者感受到其中的機智，而在新鮮感消失之後，還能留下反思。《草原上的流星》對宇宙人生發為無奈的咀嚼或反顧。手法有委婉抒情、幽默、嘲諷。這是張健詩藝的顛峰、詩創作的黃金收成期。詩集中的一九三首作品，均成於一九八二、一九八三兩年。如〈預驗〉、〈午夜〉、〈面具〉、〈友誼〉、〈雨・窗〉、〈志向〉、〈健婦〉、〈別人的天空〉、〈某人〉，[492]都下筆明快而又耐人尋味。張健曾引馬拉美之說，認為：「一首成功的詩是對我們熟悉的一些事物所作嶄新的觀察及了解之接觸方式」，[493]證諸他自己的詩，的確常能以語言的跳躍性切入日常事物，表現活潑的思維。例如〈養老〉：

豢一匹駑馬
頤養自己的天年
鞭打畜生也是
一種逍遙

回首江山濃郁處
佳人都成敗草
登高
飲一口嵐

---

490 〈新夜〉：「雞冠花開在磁盆裡／啊，美麗的彩雨／／簾外的夜色吶喊著／（童時的營火燃在眉梢）／燈熄了」，《屋裡的雪花》，開卷詩。〈田園曲〉末節：「除非太陽綻為石榴／我必伸展如紫藤／紫藤蔓向你的石榴裙／唔，石榴裙中的永恆太陽！」，《白色的紫蘇》（台北：天華出版事業股份有限公司，一九七八），頁三一—三三。〈碑與花環〉：「所有女子的溫柔結成花環／所有男子的剛毅一塊紀念碑／紀念碑上的花環」、「古戰場的冷冷的炊煙／訴說著一段黃粱夢境／一碑一禪定／一環一茫然」，《白色的紫蘇》，頁三八—三九。

491 〈月亮〉，張健：《藍眼睛》，頁一〇一。

492 〈預驗〉、〈午夜〉、〈面具〉、〈友誼〉、〈雨‧窗〉、〈志向〉、〈健婦〉、〈別人的天空〉、〈某人〉，依序見張健：《草原上的流星》（台南：鳳凰城，一九八三），頁五二—五三、一四八—一四九、一七五、二一一、二四五、六六、八四、一三八、二三六。

493 見張健：〈自序〉，收於張健：《白色的紫蘇》，頁一—二。

憶起十九歲的秋天
紅裙掩蓋了良夜
三十九歲落魄過
翻一個身又鷹揚

明天該養鴿了
下午先去問問市價[494]

此詩喚起「終老」議題，顛覆了一般人對老者的既定認知。詩中人從「養馬」到「養鴿」的心態轉變，是此詩最有意思的地方。寧可豢駑馬而不養良駒，一開端就埋下「養老」的伏筆。當然，駑馬比良駒便宜，而且詩中人的目的，養馬竟是為了鞭打之以頤養自己的天年，那麼，駑馬和詩中人是否有對位的關係？耐人尋思的問題點到為止。二、三節「想當年」之後，終篇急轉彎，原來詩中人真正的決定是養鴿。「該養鴿」的商量語氣，透露一開始「豢一匹駑馬」的一整節，焦點在凸顯詩中人的憤世嫉俗；養不養或養什麼，只是排遣的手段。於是讀者發現，「養老」之「養」，在此詩中不是第一節所謂的「頤養天年」，也不是好好地豢養動物，而是假借「養」別的生物來陪伴第一人稱的「老」。

又如〈魔戲〉：

一位狼目的魔術師
手持蛇形的魔杖
向天空畫一個圈

在地面鑿一個洞
洞裡埋去一人的名聲
回音中有猿猴數滴。
他左旋右轉
贏得影子的喝采

最後撒一張巨網
向全世界吶喊：
我是清高的
我只喝一點點米酒

被活埋的聲音
左掙右扎
才出了洞穴
向前向後一望
已無絲縷人煙——
遂將自己化為

494〈養老〉，張健：《草原上的流星》，頁六二—六三。

一襲灰色的
雨衣[495]

作者在詩末加注：「此詩曲寫某氏多年來不斷誣謗我。」故而張健＝「我」＝多年來被誣謗的詩中人。透過詩作一抒多年被謗的不平是人之常情，然而許多被視之為「高等知識分子」的高教界學者，未必能坦然公開這類冤屈，而社會期待也不太容許「詩人」寫這類題材去「暴顯」自己的「小心眼」，但職場中的爾虞我詐卻是每個人極切身的問題。以此題材入詩，張健的文字和語調分寸掌握得宜，不戴面具而仍能跳出顧影自憐的「我」，寫「我」卻像在寫「他」，通過「小我」寫出人性，點染眾生相。「猿啼數滴」、「向前向後一望／已無絲縷人煙——／遂將自己化為／一襲灰色的／雨衣」，戲劇性地表現出「我」欲求去而不能、欲留下而無所逃於槍林彈雨的自我幽默。

(2)狷

從第一本詩集出版的一九五九年，到第二十一本詩集出版的一九九七年，長達三十八年，從未看到張健寫過任何一首拼貼、圖象、連連看的詩。當台灣的文學界、文化界，在二十世紀末走向所謂的「跨文類」、「後現代」風潮，張健以傳統的詩行寫貼近生活、思想的作品，洞穿人生的謬誤。對於自己寫那麼多詩而未得到等量的重視，張健的詩或許越寫越短或甚至停筆，但是從未俯首向潮流就範。這是張健在現代詩方面的「狷」。高大鵬說張健派頭洗練、風度穩健、沉著諦觀人生；又說張健對於宇宙人生，有如貝多芬般孤絕、憂懼地傾耳於黑暗的喧譁，繼而有省有懷，仰首清歌。[496]這種「有所不為」的情操，在二十一世紀回首張健的創作歷程，更顯其珍貴。

一九六六年出版《春安‧大地》時，張健就說過，「我是一個廣義的載道主義者。也許我的信心和困惑都與此息息相關。當然，我不希望一個二十世紀的文化人，還要為『載道』一詞加上任何的桎梏。我也不希望個人在藝術方面的展進因此而受損。」、「我是一個開明的傳統主義者。儘管我也曾對所謂的『反傳統』寄予知性的同情。」、「為生命、為靈魂、為理想而寫，已逐漸成為我作為一個文學建設者的座右銘」。[497]

張健的詩與其他詩人不同之處，在於「詩中人」幾乎完全等於「張健我」，自傳性很強。其一切情思，不論良莠，光明與否，在詩中大多揮發了以邊緣質疑中心的精神，而這種懷疑精神，正是後現代精神的核心。張健的詩不在形式上跟流行耍弄表面的技巧，而早在後現代流行以前，就以精神內核貫徹後現代。多首張健自我素描的詩，頗能看出對自己的設定，或自詡，或自期，或自嘲。如〈張健〉：「長弓不發／孕藏在滿腔熱淚裡／／筆在劍中／埋伏得不落痕跡」、[498]〈我是〉：「我是槍膛中的一點汙／二十世紀的一粒／頑銹」、[499]〈疾行〉一、二節：「因為少穿了一件背心／我必須疾行／下一站不知有無風雨／明年不知誰伴我同臨／／孤寒的山林從不訴苦／已為我們樹立典型／大風大雨誰都驚懼／有的脖子偏不萎縮」、[500]〈四十二歲〉三、四節：「不戴帽子／卻沉重如盔／我的頭顱／是上帝的鐵餅／／我的胸腔裡／有一座司令台／青山一鳴／旗便升起」、[501]〈祖宗〉：「一顆流彈嵌在肉裡／一句話埋在土中／西風永遠不相信／我是外星人祖宗」。[502]

495 〈魔戲〉，收於張健：《草原上的流星》，頁一五六—一五七。
496 參見高大鵬：〈傾耳於黑暗的喧譁〉，收於《百人圖》（台北：文史哲出版社有限公司，一九八六），頁一一〇—一一一。
497 參見張健：〈自序〉，收於張健：《春安‧大地》，頁一—四。
498 〈張健〉一詩，收於張健：《百人圖》終章，頁一〇四。
499 〈我是〉，收於張健：《夜空舞》（台北：藍星詩社，一九八一），頁八九。
500 〈疾行〉，收於張健：《山中的橘神》，頁二一五。
501 〈四十二歲〉，收於張健：《微笑的秋荷》，頁二二〇—二二一。
502 〈祖宗〉，收於張健：《敲門的月光》（台北：文史哲出版社有限公司，一九八五），頁五。

5. 以中、長篇幅書寫對時代、社會、人類未來的關懷

張健《四季人》收十二首詩，每首以四十九至九十二行的篇幅，以整本詩集、大型組詩的寫法，關注都市人、知識青年、記者、礦工、舞孃、漁夫、新婚夫妻、叛逆的少年，提問顛倒非黑白是非的現實世界，省思真理、正義、仕與隱、因戰爭而遭放逐的苦痛。這十二首詩以幾乎同類型的題目串連：〈孤獨人〉、〈潮汐人〉、〈晴雨人〉、〈四季人〉、〈山水人〉、〈俯仰人〉、〈左右人〉、〈黑白人〉、〈顯隱人〉、〈晝夜人〉、〈陽陰人〉、〈迷失者〉。在《四季人》出版的一九七三年，如此的寫法對應當時《中國時報》發起的敘事詩獎風潮，更富於歷史的縱深而仍保持文字一定的稠密。例如〈晝夜人〉九十二行中的部分詩行：

他不是他
是鎂光燈中的一個手勢
猛然遇見自己
在晨報的標題裡

幾度踏破朝曦的祕密
幾度為房東太太的失眠症
寫生。寫生一個新官：第五版
眼鏡在凌晨三時的鼠鳴中
閃爍一拍紙簿的機智[503]

這一小節寫晝夜顛倒的記者。整部《四季人》均採類似如此、以意象牽動敘述的方式來重整現實。

張健，《四季人》，台北：藍星詩社，1973。

6.與詩作成就遠不相稱的詩名

這裡指的是，張健沒有得到和他詩作質量稍微相稱的詩友或學界的撰文肯定、評論。在台灣現當代詩壇中，詩人張健長年被冷凍、忽視。

張健曾為一九五〇——一九六〇年代重要詩社「藍星」的成員，若包括已出版的詩集，發表了三千首以上的詩，出版詩集超過二十本；又在入學分數最高的台灣大學長期任教。然而除了余光中、向明、張漢良、俞大綱、高大鵬、唐捐，極少人寫文章談論張健的詩。

張健的詩應該受重視、被談論、被研究。張健的詩題材多方，形式不拘。張健因朋友而寫的詩深富情味，如〈訪〉、〈昨夜〉、〈左邊的人〉、〈林口之夜〉，淡然而雋永，令人回味久之，值得細細品賞。世間的亂麻經張健快刀一斬，經緯立即分明，如〈黯星〉：「英雄不怕出身低／星星們最懂此語／／高處不勝寒／低一點，更黯」、[504]〈三輪車夫〉、〈生活〉、〈疾行〉、〈退隱〉等，許多一針見血的作品，值得研究者發掘、討論。張健嚮往建立在公是公非上的客觀文學批評，也體認到華人社會不適於此類批評的發展；也曾指出，現代主義詩作之所以被認為晦澀，其中一個原因是作者故意標新立異，要明朗得好更難，才華、氣質、修養，缺一不可。[505]這些對文學的矜持，值得讀者深思。

張漢良說張健的詩「幾乎不戴面具」。[506]向明說張健寫作勤奮、治學嚴謹、敢於批評，寫即興感時之作的手法、速度、所見之微、才思之敏，為箇中能手。[507]數十年筆耕的張健，長於以短小的詩行表現麻利的詩

503 〈晝夜人〉，收於張健：《四季人》（台北：藍星詩社，一九七三），頁七五—八〇。
504 〈黯星〉，張健：《敲門的月光》，頁二一四。
505 見張健：《山中的橘神》，頁三七四—三七五。
506 參見張漢良：〈評張健的「比較文學的帳幕下：給英雄兄」〉，《敲門的月光》，頁二二二—二二六。
507 參見向明：〈冷靜清醒話張健：並淺析張健的「十二月十六日」〉，《敲門的月光》，頁二一六—二二一。

思、精練的文字及暗示強烈的意象，下筆斬釘截鐵、直接了當，不避我手寫我口，不假粉飾，不作迂迴糾纏的形式遊戲，時見機智與巧思。在一九五〇—一九六九的台灣現代詩史中，張健是最待掘發的礦藏。但願藉由本書，張健的詩得以重見天日。

敻虹（一九四〇、十二、一—），本名胡梅子，生於台灣台東。東海大學哲學博士。曾從事室內設計，曾任職於國小及東海大學等大專院校。曾為藍星詩社同仁。曾獲中山文藝創作獎。出版詩集有：《金蛹》（一九六八）、《敻虹詩集》（一九七六）、《紅珊瑚》（一九八三）、《愛結》（一九九一）、《觀音菩薩摩訶薩》（一九九七）、《向寧靜的心河出航》（一九九九）；童詩《稻草人》。

敻虹的詩，研究者日眾，但比較有代表性，或較常被引用的討論篇章，仍為余光中、張默、鍾玲、張健、瘂弦，這些寫在二〇〇〇年以前的文章；其後如陳芳明、洪淑苓，及碩博士論文討論敻虹詩，大抵據之定調。學界對敻虹詩的共識，是敻虹以唯情、唯美、纖柔婉約、寧靜祥和的生命情調入詩，營造了現代詩的抒情傳統。508

敻虹詩的特色為：

1.筆輕句短、語調沉靜、圓融內斂

精練警策、筆輕句短、意味深長、圓融深婉、內斂平

敻虹，《敻虹詩集》，台北：大地出版社有限公司，1976。

敻虹，《愛結》，台北：大地出版社有限公司，1990。

抑、語調沉靜自然，是公認的敻虹詩風。這樣的詩風貫串敻虹所有的詩集。

敻虹早年以情詩著稱；中年以後發表數首詩以媽媽、兒子為對象；也寫過以夫妻情感或故鄉台東為題材的作品。無論愛情、親情、鄉情，敻虹都寫得文字樸實而用情深刻。多首膾炙人口的詩，例如〈夢〉、〈淚〉、〈生〉、〈水紋〉、〈記得〉、〈媽媽〉、〈詩末〉、〈寫在黃昏〉、〈白色的歌〉、〈我已經走向你了〉，風格很一貫。例如〈記得〉之二的部分詩行：

倘或一無消息
如沉船後靜靜的
海面，其實也是

508 可參見余光中：〈穿過一叢珊瑚礁：我看敻虹的詩〉，收於敻虹：《紅珊瑚》（台北：大地出版社有限公司，一九八三），頁一—二七；鐘玲：《現代中國繆司：台灣女詩人作品析論》，頁一六七—一八一；瘂弦：〈河的兩岸：敻虹詩小記〉，收於敻虹：《愛結》（台北：大地出版社有限公司，一九九〇），頁三；《張健：〈藍星詩人的成就〉，中國詩歌藝術學會編：《兩岸詩刊學術研討會論文集》（台北：中國詩歌藝術學會，一九九八），頁一三；張默：《夢從樺樹上跌下來：詩壇鉤沉筆記》（台北：爾雅出版社有限公司，一九九八），頁二五六；何金蘭：〈眾弦俱寂裡之唯一高音：剖析敻虹「我已經走向你了」一詩〉，收於彰化師範大學國文系編：《台灣前行代詩家論：第六屆現代詩學研討會論文集》，頁四三；陳芳明：《台灣新文學史》，頁四五七—四六〇；洪淑苓：〈詩心、佛心、童心：敻虹的創作歷程及其心靈模式〉，收於洪淑苓：《思想的裙角：台灣現代女詩人的自我銘刻與時空書寫》，頁一一六—一五二。張健為敻虹詩作分期，首先拈出頌佛詩，作為敻虹詩創作的第三階段。陳芳明提出敻虹詩「幾乎篇篇都可朗誦」的音樂性特質。何金蘭更特別運用理論細讀敻虹的詩。對敻虹詩的不同意見，是從主題上，對「頌佛詩」的看法：陳芳明認為《愛結》以後，敻虹的心逐漸偏向出世，其詩「留在塵間成為傳說」，道出他認為敻虹的「頌佛詩」不屬於「塵間傳說的一部分」；但如洪淑苓，則以論文中的一整節論述敻虹的佛贊和頌佛詩，肯定她的詩藝。

靜靜的記得[509]

〈詩末〉第一節：

愛是血寫的詩
喜悅的血和自虐的血都一樣誠意
刀痕和吻痕一樣
悲慼或快樂
寬容或恨
因為在愛中，你都得原諒[510]

〈我已經走向你了〉末節：

而燈暈不移，我走向你
我已經走向你了
眾弦俱寂
我是唯一的高音[511]

這幾首詩顯示敻虹相當一致的詩品。詩中人、敘述者，以及詩作的風格，都無染少欲，死心塌地，表現愛與寧靜中的內在旅程。

2.敘述性、宗教性

敘述性、宗教性，為敻虹尚待發掘的特質。在《觀音菩薩摩訶薩》以前，敻虹的詩已呈現相當一貫的宗教性與敘述性。若就詩集區分，《金蛹》之後的所有詩集，詩中那位常以「蛹」或「蝶」自喻、以蘆葦為主要意象、頌讚愛戀的女性，從《紅珊瑚》以後就完全蛻變，[512]褪去《金蛹》時期的視覺意象外衣，平抑寫下性情中的人生哲學與美感經驗。

宗教性，而非宗教，才是敻虹詩的重點。從一開始發表詩作，敻虹的詩就一直是避難的、融入的、臣服的、放鬆的、祈禱的，同時也是敞開與關閉的。瘂弦和余光中喚她「繆司最鍾愛的女兒」，當非浪得虛名。借用〈紅珊瑚〉的詩語，敻虹體現了「堅貞深切，晶瑩不摧」的文字品格。[513]對於詩創作，敻虹以一種沒有藍圖、不具意志力、不具方向性的態度在寫，或是以一種沒有條件、不依賴習慣、不強迫自己下決定的態度在寫。

《金蛹》中的抒情者習於透過意象顯現追尋與仰望的過程，彰顯抒情聲音的內在生命美感；《紅珊瑚》以後，詩中的視覺意象大規模被白描與直述取代，邏輯感增強，跳躍感減弱，經常藉著娓娓道來的語調維持文字的表面張力。就句勢來看，《紅珊瑚》以後，迴行的比例較《金蛹》高出許多；比起《金蛹》決斷流暢的句法，《紅珊瑚》、《愛結》、《觀音菩薩摩訶薩》、《向寧靜的心河出航》幾部詩集的段法與句式相對吞

509 敻虹：〈記得〉，收於敻虹：《紅珊瑚》，頁一〇六—一〇八。
510 敻虹：〈詩末〉，收於敻虹：《敻虹詩集》（台北：大地出版社有限公司，一九七六），頁一三一。
511 敻虹：〈我已經走向你了〉，收於敻虹：《敻虹詩集》，頁五一。
512 《敻虹詩集》中，多首作品與《金蛹》和《紅珊瑚》所收重疊，如〈我已經走向你了〉即屬《金蛹》之舊作，故就創作時間區畫，以《紅珊瑚》為準。
513 見敻虹：〈紅珊瑚〉，收於敻虹：《紅珊瑚》，頁一三二。

吐，往往綿綿喃喃，猶如頌讚、歌偈。

敻虹的詩從視覺與聽覺並重走向聽覺，從意象走向直陳，從愛情詠歌走向佛法讚頌，對於某些讀者而言，大概也就意謂著敻虹從詩歌走向宗教，以及詩語越來越散文化的傾向。敻虹發揚了扎根在靈魂裡的宗教性，從文字和意象的紛擾、糾纏中醒悟，逐漸拋棄所累積、所聚斂，以一種減法的詩性，進入幾乎泯除界限的純粹感。對於詩與佛法，敻虹表現出來的心態都有如「稚青的愛戀，用詩傳遞／易葬而不易死」。[514]從〈說法二帖〉、〈只有晚風與空無〉、〈是故空中無色〉等詩，[515]可見敻虹對空性的演繹，更可見一個處於處於此岸的寧靜身影，在彼岸的邊緣中沸騰、蒸發。

七、結語

一九五〇——一九六九的二十年間，台灣是當時全球漢語詩創作最有生機、詩藝表現最突飛猛進之處。對於整個台灣現代詩史而言，那也是經典作品首度的生成期。那是一個可歌可泣的時代。它純淨、奔放而充滿理想，為詩史留下許多重要作品。

從一九五〇到一九六九的二十年間，台灣文學的世代差距，因美學思想與對現實環境的不同因應而逐漸拉大；與現代主義有關的文學運動，在一九五〇年代末期開發，在一九六〇年代持續成長、轉型、擴張及暈染，而成為文學創作者對治政治教條的基本態度。

從一九五〇到一九六〇年代，台灣現代詩的現代主義文學發展，遵循的是由傳統到現代，然後反思現代、再造傳統的迂迴路徑，形成屬於台灣的「現代」樣貌。一方面透過「橫的移植」以揚棄不合時宜的傳統，一方面高唱愛國宣言而實踐迷離語言與主知詩風，實驗並實踐了在台灣的現代主義。在幾次論戰裡，因勢利導而又峰迴路轉，將台版的現代主義詩學向前推移。而這些史識是風潮、詩文本與論戰文本飄撒下的落塵。在史料裡，讀者尤應鑽入文本，留意這批前行代詩人在那二十年中如何揮灑：例如「信條」背後的主體姿態、個人詩風的形成、屬於時代的普遍修辭；尤其，如何寫下超越時代的作品。

現代主義籠罩下的一九五〇、一九六〇年代現代詩，詩壇籠罩在官方國語政策與戰鬥文藝政策下，主力在大陸來台的詩人。其詩文本中呈現普遍的政治拘閉感與對中國的懷鄉意識，其前衛形象乃在中國本位的政治前提下發展而來。當時的台灣現代詩，以流亡、放逐、幻滅來投射思想與精神，體現現代主義的手法。[516]一九五〇年代，「戰鬥詩」、「反共詩」潮起潮落，迎合文藝政策的作品亦終埋入歷史的塵埃。當時台灣的現代詩湧動一股生機，望向惶惶不可知的未來，促使許多詩人包辦了詩的作者、讀者、評論者、傳播者。從一九五〇年代「反共文藝」政策下的掩面噤聲，到一九六〇年代「現代主義」迴流下的假面高蹈，一九五〇——一九六九的台灣現代詩，普遍趨向外在現實的內在化。[517]詩人在個人意識的象牙塔中構築精神堡壘，遁為高姿態的文學書寫。

對許多讀者而言，一九五〇年代的台灣現代詩已經是上一代的故事，讀者在歷史之外羨慕著、張望著，因為戰亂是巨大的經驗資料庫，題材無窮無盡。但是讀者不能為了過癮而經驗痛苦，因為放逐並不浪漫。凋

---

514 借用敻虹〈秋箋・二〉詩句。見敻虹：《紅珊瑚》，頁一〇四。

515 敻虹：〈說法二帖〉，收於敻虹：《觀音菩薩摩訶薩》（台北：大地出版社有限公司，一九九七），頁七五—七八；〈只有晚風與空無〉，收於敻虹：《愛結》，頁二六；〈是故空中無色〉，收於敻虹：《向寧靜的心河出航》（台北：佛光文化事業公司，一九九九），頁七二—七三。

516 陳芳明：《台灣新文學史》，頁三四六—三六〇。

517 參見簡政珍：〈百年現代詩發展與自我身分的探求〉，收於陳芳明、林惺嶽等著：《中華民國發展史・文學與藝術・上冊》（台北：聯經出版事業股份有限公司，二〇一一），頁一二三—一四六。

零泰半的「泰斗」、「魔」、「鬼」、「耆宿」、「巨擘」、「祭酒」，他們擁有的智勇純真，今日的讀者不知其可貴；今日的讀者擁有的平安順遂，當年的他們也都沒有。今日台灣讀者習以為常的幸福、安樂，對照他們的戰爭、流離，許多填上了問號，留下了空白。

為一九五〇——一九六九的台灣現代詩史別開生面的詩人，和其他時間段限的詩人有很大不同，即是他們的詩作共具濃厚的敬業獻身之感。他們即使發表於其他年代的作品，仍普遍具備「捨我其誰」的情操。那是從不得已到捨我其誰的獻身故事，而不是標舉什麼口號或旗幟那麼片面。

一九五〇年代展開論戰烽火，各面旗幟在以亂戰為論戰的細故與縫隙中迎風招展。翻開當時論爭的文獻，眾說紛紜莫衷一是，充滿著各種顛倒夢想。詩人嘴裡彷彿含著鞭炮而無法戒斷，自詡肩負歷史使命，未得天下而先分天下。在台灣現代詩史上留下的灰燼告訴讀者，幸好當年的多戰少論仍為後世開啟詩學的思索路徑；詩史未擱淺在橫飛的口沫中。

從新世紀回首一九五〇——一九六九的二十年，讀者更能理解，對於台灣現代詩的前行代詩人而言，二十世紀的風暴吹得台灣海峽兩岸滿目瘡痍，他們必須學會如何在歷史的洶湧波濤中努力掙扎，方不致滅頂。台灣現代詩的鄉愁書寫由茲而始。洛夫、羅門、余光中、辛鬱等大陸渡海來台的詩人，鄉愁書寫和他們經戰火錘鍊而具備鋼筋鐵骨的生命體驗密切鏈結。他們內化後的詩作仍然輝耀著血淚斑斑而從容不迫的情懷。

一九五〇——一九六九的台灣現代詩壇，詩人輩出，其發展態勢為：在現代主義和反共文學之間，一邊向外迂迴前進，一邊內部自我檢視辯證，在古典文學的庇蔭裡休息省思，在超現實手法中處理內心繽紛意象。在政治局勢鼎沸喧囂之際，台灣現代詩壇的蛻變，為漢語現代詩播下了現代化的扎實種子。

第三章

現代主義到現實主義的轉折：一九七〇—一九七九

一、前言

一九七〇年代是台灣現代詩的自覺期：從現代主義到現實主義；從抒情邁向敘事；從「縱的繼承」和「橫的移植」中找出「回歸傳統」、「關懷現實」的路徑；戰後嬰兒潮詩人共組詩社打擂台，「世代」議題正式出現。

一九七〇年代局勢轉變，外交挫敗、政治改革、國族認同抬頭，[1]在當時現代詩的圈圈裡，反映在詩社的運動、[2]詩人來往的筆談、詩觀的更易。當時的詩潮或論述焦點經常表現在國族認同或家國主體性的彰顯，[3]或編詩選展現的詩美學，或詩壇筆戰所顯現的取暖或交鋒。文化圈的這些舉動也浸潤為一九八〇以降台灣文學的背景。

一九七〇年代的台灣，始於動盪不安的外交關係，終於一九七九年代表台灣內部民主運動的美麗島事件。在政治、經濟、社會方面，一九七〇年爆發以台灣獨立為目標的台東泰源監獄事件；一九七一年十月二十五日，中華民國退出聯合國；一九七二年開始，日本、美國等多國陸續與中華民國斷交；一九七三年，包括台中港、蘇澳港、北迴鐵路、中船造船廠、桃園國際機場、中山高速公路、縱貫鐵路電氣化、中鋼煉鋼廠、三輕石油裂解廠等的十大建設計畫全面展開；一九七五年，統治台灣近三十年的蔣中正逝世；一九七八年，中山高速公路全面通車；一九七九年，發生以美麗島雜誌社人士為核心、以終結黨禁與戒嚴為訴求的美麗島事件。其中有兩次全球性的石油危機：一九七四年、一九七九年，全球經濟衰退。在這十年之間，台灣的出口經濟取向確立，農業社會性格隱退，本土精神與寫實主張抬頭，民主思潮發展帶出文學活動和時興的話題。[4]

一九七〇年代的台灣處於戒嚴體制下，在國際舞台上節節敗退，而社會力左衝右突，出版業及傳播媒介日漸蓬勃，文化觀念的分歧日益擴大，各自表述的聲音雜遝而交替；一九七〇年代的現代詩論戰與鄉土文學論戰即在如此的社會文化環境中應運而生。[5]呂正惠曾認為釣魚台事件喚起百姓的愛國心，促使鄉土文學蔚然成風；[6]而更細微的原因，是伴隨國際局勢，如：一九七〇年代的台灣在外交上的迭遭失敗、經濟上開始起飛、中華民族意識與台灣在地意識的同時高張，以及民間社會的政治、經濟改革運動。[7]

1　相關論述可參考鄭欽仁：〈民族主義與國家認同：保釣之後的種種危機看國家再造運動〉，收入鄭欽仁：《生死存亡年代的台灣》（台北：稻鄉出版社，一九八九），頁一九七；陳正醍：〈台灣的鄉土文學論戰〉，收入陳映真等編：《清理與批判》（台北：人間出版社，一九九八），頁一三四。

2　參見李豐楙：〈民國六十年（一九七一）前後新詩社的興起及其意義〉，收入林燿德編：《當代台灣文學評論大系：文學現象》（台北：正中書局股份有限公司，一九九三），頁二九八。

3　例如林淇瀁：〈微弱但是有力的堅持：七〇年代台灣現代詩本土論述初探〉，收於文訊雜誌社編：《台灣現代詩史論》，頁三六三──三七五。

4　相關論點參見陳芳明：〈七〇年代台灣文學史導論：一個史觀的問題〉，收於陳芳明：《典範的追求》（台北：聯合文學出版社股份有限公司，一九九四），頁二二二──二三四。

5　參見王拓：〈是「現實主義」文學，不是「鄉土文學」：有關「鄉土文學」的史的分析〉，《仙人掌》，第一卷，第二期（一九七七），頁五五──七三；焦桐：〈意識型態拼圖：兩報副刊在鄉土文學論戰中的權力操作〉，《國文天地》，第十三卷，第七期（一九九七），頁四八──五八。

6　見呂正惠：〈現代文學與鄉土文學〉，《幼獅文藝》，第四九九期（一九九五），頁一四──一六。

7　例如一九七〇年台灣獨立聯盟在美國成立。一九七一年保釣運動；台灣與智利、科威特等多國斷交及退出聯合國。一九七二年雷震建議成立中華台灣民主國；台灣與希臘、日本、澳大利亞等多國斷交；蔣中正連任第五任總統；台大哲學系事件；南橫通車。一九七三年美國在北京設立辦事處；台灣與西班牙等國斷交；石油戰爭；「客廳即工廠」運動；大學聯招採用電腦閱卷。一九七四年中日航線停飛；台灣與馬來西亞、巴西、委內瑞拉等斷交；立法院首次審查中央政府總預算；高速公路三重至中壢段通車。一九七五年蔣中正去世；台灣與泰國、菲律賓斷交；中日航線恢復。一九七六年台中港、蘇澳港啟用；蔣經國任國民黨主席；李天祿率「亦宛然」巡迴歐洲公演十週。一九七七年台灣基督長老教會提出「台灣人民自決」、建立「新而獨立的」國家；核一廠正式發電；中鋼一九七〇年代台灣的文化環境，聚焦在具有傳播效力的文學活動，如現代詩論戰、鄉土文學論戰、方言詩等。而某些論者認為不可忽略的這些背景陳述，在一九七〇年代的十年中，就具體的詩作表現而言，最多只是探探水溫：曾在詩集的蝴蝶頁自稱是下鄉躬耕的「田園詩人」吳晟，就是顯例。[8]許多當時夸夸其談的宏大時代效應，要到一九八〇年代之後，方以詩集呈現。不斷變動的政治、社會、經濟環境，固然是所有文學史必須交代的周邊環節，然而回到詩人的創作因素或詩作本身，那些風雲變幻未必立即反映在詩人外顯的心境或優秀的詩文本中，而常常要沉潛一段時間才轉化而透顯。

鄉土文學與現代主義文學真正反對的都是官方的文藝政策。而在詩美學的位階上，鄉土文學似針對現代主義之弊而發，更可視為：台灣在地的戰後嬰兒潮世代詩人，在詩藝與詩觀上，對大陸來台的前行代詩人的反動。這其中的絲絲縷縷，一方面可從作家的影響焦慮著眼，一方面仍與社會環境、官方政策環環相扣。鄭明娳在〈當代台灣文藝政策的發展、影響與檢討〉中認為，本土主義的鄉土文學起於一九七〇年代中後期，乃接續且為反動一九七〇年代前期粗具規模的現代主義文學而來。[9]隨國民政府播遷來台的所謂「外省作家」，深沉思考中有一個回不去的母土：中國大陸，以之為思考對象寫出的作品，被命名為「孤臣文學」；與在台灣歷經日據時期和國民政府統治的前行代本省籍作家，因迭經政權變更與不同的文藝政策，深沉思考中受苦受難的本土：台灣歷史，所寫出的「孤兒文學」，精神上同樣地漂泊流亡。陳芳明在《台灣新文學史》中說，一九七〇年代被定位為鄉土文學運動時期，乃因台灣意識與台灣認同首度破土而出，而又結合當時正要展開的黨外民主運動，因而鄉土文學與寫實主義綁在一起，發展出籠罩性而未必概括歷史真相的解釋。[10]

（一）世代議題

「世代」之稱，按出生先後，大致的說法是：

1.跨越語言的一代：指一九二〇年前後，在台灣出生，受日語教育，因抗戰勝利後國民政府禁用日語，需自修習得中文方能發表作品者。

2.前行代：泛指一九二〇—一九四〇年左右出生，包括國共戰爭後從大陸渡海來台，以及「跨越語言一代」。

3.戰後嬰兒潮世代：指出生於一九四五—一九六〇年之間者。他們是一九八〇年代自稱的「新生代」，也是隨時間遞進而在二十一世紀初的「中生代」。「新生代」和「中生代」都是對戰後嬰兒潮世代的權宜稱謂。

4.X世代：指出生於一九六一—一九八一年間者。

5.千禧世代：又稱回聲潮世代、Y世代、N世代、網際世代。指出生於一九八二—二〇〇〇年間者。他們是目前台灣現代詩史上最新興的世代。

6.Z世代：指出生於二〇〇一年以後者。或稱為「天然數位化的一代」。

一九七〇年代是戰後嬰兒潮世代冒出頭的開始。他們在一九七〇年代處於大學階段，正是此呼彼應、成

公司開爐運轉。一九七八年蔣經國以百分之九十八點三四的得票率當選第六任總統；台灣與利比亞斷交；中美雙邊貿易談判；美國宣布與中共建交；高速公路全線通車。在一九七九年與美國斷交之前，台灣終止外交關係的友邦國至少三十二個。

8 吳晟（一九四四、九、八—），本名吳勝雄。生於台灣彰化。畢業於屏東農專。曾任教於北斗國中。曾任總統府資政。在台灣出版的詩集有：《飄搖裡》（一九六六）、《吾鄉印象》（一九七六）、《泥土》（一九七九）、《向孩子說》（一九八五）、《吳晟詩集》（一九九四）、《吳晟詩選：1965-1999》（二〇〇〇）、《他還年輕》（二〇一四）。散文集：《農婦》、《店仔頭》、《無悔》、《不如相忘》、《筆記濁水溪》等。編有：《吃豬皮的日子》、《遊戲開始》等。

9 鄭明娳：〈當代台灣文藝政策的發展、影響與檢討〉，鄭明娳編：《當代台灣政治文學論》，頁一三—六八。

10 陳芳明：《台灣新文學史》，頁五五六。

立學院詩社的時期。較早成熟的詩人，如羅青、蘇紹連、鄭炯明、楊澤、羅智成、向陽，在一九七〇年代已出版第一本個人詩集。

檢視一九七〇年代首次出版的個人詩集，如一九七〇年洛夫《無岸之河》、一九七一年葉珊《傳說》、一九七二年羅青《吃西瓜的方法》、一九七三年大荒《存愁》、一九七四年余光中《白玉苦瓜》、一九七四年洛夫《魔歌》、一九七四年陳千武《媽祖的纏足》、一九七五年羅智成《畫冊》、一九七五年張默《無調之歌》、一九七五年楊牧《瓶中稿》、一九七六年余光中《天狼星》、一九七八年楊牧《北斗行》、一九七八年蘇紹連《茫茫集》、一九七八年杜國清《望月》、一九七九羅智成年《光之書》、一九七九年余光中《與永恆拔河》等等。一九七〇年代的十年之間，個人詩集之出版，明顯集中在一九四〇年以前出生的前行代詩人。

相對於拓荒型的一九五〇—一九六〇年代詩社，一九七〇年代新興詩社的集團性格特別顯著。它們襯托了一批出生於一九五〇年前後、成熟於一九八〇或一九九〇年代的詩人，並提供這些詩人表現的機會。新興詩社中的知識青年開創了聯絡舊信念與新現實的論述，以群體意識結構對應了局部的大環境。[11]「新一代的誕生，並非端賴時間的轉換」，一九七二年，《創世紀》的復刊詞如此說。[12]本章論述詩刊與詩社，重點將放在詩社與論戰資料之外的觀念澄清。

（二）顏元叔與新批評閱讀法

新批評是台灣現代詩評論最早引進而為詩壇普遍使用的文學研究法；將之引進詩壇的學者是顏元叔（一九三三、七、三—二〇一二、十二、二十六）。一九七二年，顏元叔在《中外文學》發表系列詩評，引發針對現代詩閱讀與詮釋的討論。

在一九七〇年代之前，現代詩的批評與教學多由非學院出身的詩人擔任；落實在實際的批評上時，多以描述直觀的閱讀感受為主，時而在與作品無關的議題上夾纏，時而流於因人廢詩或派別論爭。[13]一九五六年十月的《文學雜誌》上，夏濟安〈評彭歌的《落月》兼論現代小說〉已經使用新批評處理現代文學，但是要到一九六九年，顏元叔在《幼獅文藝》發表的〈新批評學派的文學理論與手法〉，台灣才系統地介紹新批評。隨後顏元叔連續在《中外文學》發表評論洛夫、羅門、葉維廉詩作的文章，引起洛夫、羅門與其他詩人、學者的回應。出於顏元叔以《中外文學》創辦人及台大外文系教授的身分，大力推廣新批評，以及現代詩研究與教學因應時代需要而準備進入教育體制的考量，新批評應運而生，成為一九七〇年代新詩學院化、學術化過程中的理論範式。

一九七〇年代，任教於台灣大學外文系的顏元叔以大器、自信、雄辯的學霸姿態，鼓吹精讀。一九七五年，顏元叔出版《談民族文學》，除了〈細讀洛夫的兩首詩〉，另收評論現代詩的文章，如：〈梅新的風景〉、〈羅門的死亡詩〉、〈葉維廉的「定向疊景」〉、〈余光中的現代中國意識〉、〈對中國現代詩的幾點淺見〉。[14]顏元叔的現代詩評論，在一九七〇年代即引起相當迴響，如陳芳明便撰文抨擊〈葉維廉的「定向疊

11　相關論述參見楊照：〈發現「中國」：台灣的七〇年代〉，收入楊澤編：《七〇年代理想繼續燃燒》（台北：時報文化出版企業股份有限公司，一九九四），頁一三三；阮美慧：〈台灣精神的回歸：六〇、七〇年代台灣現代詩風的轉折〉（台南：國立成功大學中國文學研究所博士論文，二〇〇二）。

12　見《創世紀》復刊詞：〈一顆不死的麥子〉，《創世紀》（一九七二），頁五。

13　顏元叔在〈颱風季〉中就說：「要求嚴正的文學評論，替二十年來的文學創作，做一番有價值有意義的評估，已是近年來台灣文壇的口頭禪。這類的呢喃出現在會場，亦出現在促膝之閒談；出現在長篇大論，亦出現在副刊之豆腐乾；而總以為台灣既有之文評，大抵皆吹捧咒罵者流感慨繫之。」見《中外文學》，第一卷，第二期（一九七二），頁四。

14　俱見顏元叔：《談民族文學》（台北：台灣學生書局有限公司，一九七五）。

景」〉寫得雜亂無章，而認為〈梅新的風景〉寫得較為用心。[15]不過這正說明陳芳明對顏元叔的另一種「風行草偃」。行文銳利而不計細節的顏元叔，對〈手術台上的男子〉固不免誤讀，然而文中所沿用，如重視意象、主張結構統一、矛盾語的提出等等，都是新批評的主要觀念；一時其門生故舊相衍成風，新批評的閱讀方式，幾乎成為一九七〇年代中晚期之後，台灣現代詩嚴謹批評的試金石。

藉由新批評，顏元叔展開對中國古典文學與台灣新詩的實際討論，特別強調就作品的前後文尋找詩的意義與藝術性，即所謂脈絡閱讀。在台灣新詩評論的理論建構與實際操作裡，由顏元叔高舉新批評，訴諸精讀細品以貼近字質結構與文學本體，著重詩的文本語境與內在研究，注重意象和結構，要求文字的密度，關注作品的自主精神，適度矯正了長期以來與作品不直接相關的社會環境或歷史條件等外圍研究。在顏元叔撰寫的幾篇現代詩評論中，〈新批評學派的文學理論與手法〉從新批評的成員藍孫等出發，介紹聖像主義、結構與字質、詩的本體性等理論重點，強調詩的延展性與稠密度，以及聯想與藝術深度對於詩的重要性；在詩的實際分析上，著重矛盾語法，提醒「雜質」融入詩的結構有助於提高藝術張力。〈細讀洛夫的兩首詩〉討論了〈手術台上的男子〉及〈太陽手札〉二詩，既肯定洛夫意象語之豐富、奇特與魄力，亦質疑內在結構與外在世界的連貫性。〈羅門的死亡詩〉點出羅門常以死亡為詩作主題的特質，接著評論〈死亡之塔〉、〈都市之死〉、〈麥堅利堡〉三首詩；透過細讀，顏元叔認為此三詩意象結構紛亂而缺乏思想深度。〈葉維廉的「定向疊景」〉則以用語精確及結構謹嚴為「定向疊景」界義，並援以為葉維廉詩作的特質，認為葉維廉的詩有一定的發展或投射方向。

顏元叔通過實際的詩作闡釋，把新批評的觀念與操作方法演示給台灣的現代詩評論界後，唐文標、洛夫和羅門的文章是當時特別值得留意的反響。唐文標拈出顏元叔展現具學術意義、為藝術而藝術的詩評方式；[16]洛夫〈與顏元叔談詩的結構與批評〉提出「情感結構」以回應顏元叔的「有機結構」，再以「用抽象語表示普遍狀況，以誇張語強調藝術效果」回應顏元叔對〈太陽手札〉和〈手術台上的男子〉二詩的意見；

羅門〈一個作者自我世界的開放：與顏元叔教授談我的三首死亡詩〉則以「現代詩語言轉化後的延伸之境」反駁顏元叔對〈麥堅利堡〉的批評。從洛夫和羅門的文章，可看出顏元叔以新批評從事現代詩研究時的侷限：對結構與意象的認知因過於機械化而導致誤讀。其實意象與結構的關係並不遵循既定的規則，而生發在隨詩行進行中的語境。顏元叔以「結構崩潰」批評〈手術台上的男子〉：「手掌推向下午三點鐘的位置」的必然性，以及「十九級上升的梯子／十九隻奮飛的翅膀／十九雙怒目／十九次舉槍」的「十九」，認為運用自動語言而有湊合之嫌；批評〈麥堅利堡〉開端：「七萬個靈魂」及「戰爭坐在此哭誰」的不夠具象。這些評析，的確如羅門所言：「困於常識的分析與推理，所以對現代詩的語言缺乏追隨力」。

即使不免強作解人，顏元叔以歸國的英美文學博士，身先士卒、諄諄善誘，引進新批評，鼓吹基於文本細讀的評論，帶領就詩論詩的風氣，導正台灣文學界對傳記文學研究方式的過度重視，開啟學院的現代詩研究。其魄力、勇氣與器識，允為一代導師。

（三）關唐論戰

關唐事件的關和唐，指的是唐文標、關傑明。

一九七二、一九七三年間，台灣現代詩發生了圍繞著關傑明和唐文標的文學批評，論者或稱關唐事件，或籠統稱為現代詩論戰。這場論戰是台灣現代詩發展過程中的重要轉捩點，上承一九五〇年代以降未完成的

15　見陳芳明：〈細讀顏元叔的詩評〉，收於陳芳明：《詩和現實》（台北：洪範書店有限公司，一九七七），頁九—三九。

16　唐文標認為顏元叔：「他的『細讀』的評文，不過是用『新批評法』對一首詩的文字分析，而並非通過批評文字來響應他的社會文學見解。……批評是為藝術而藝術的。」見唐文標：《天國不是我們的》（台北：聯經出版事業股份有限公司，一九七六），頁二四九。

論戰議題，下啟一九七八年的鄉土文學論戰，旁接一九七〇年代釐起的大學新興詩社與詩人群，尤其凸顯詩的社會使命。[17]論戰的重點，一是賡續中國文化的傳統，一是關懷台灣本地的現實。而更在傳播媒介的權力操作中，發展成以本土意識為中心的現實論述。

關傑明，劍橋大學文學博士，當時為新加坡大學英文系教授。一九七二年在《中國時報》發表〈中國現代詩人的困境〉、〈中國現代詩人的幻境〉；一九七三年，《龍族評論專號》收錄他的〈再談中國現代詩〉。[18]關傑明的基本意見是：期許台灣的現代詩發掘中國文化遺產以再造傳統，進而著眼於當下的現實，寫出兼具身分、當代、含融社會文化或生活趣味的詩作。當時關傑明援以為批判的對象，包括洛夫、張默、葉維廉編選的三部詩選，[19]以及洛夫、羅門、方莘、鄭愁予的個人詩作；推崇的則是周夢蝶、余光中。關傑明批判的核心，出於他看到的台灣現代詩普遍有盲目西化的弊病。

唐文標當時在台灣大學數學系擔任客座教授。他在短時間內，發表了五篇批判台灣現代詩的文章：先是以史君美為筆名，聲援關傑明的〈先檢討我們自己吧〉，接著是〈什麼時候什麼地方什麼人：論傳統詩與現代詩〉、〈詩的沒落〉、〈僵斃的現代詩〉、〈日之夕矣〉。[20]發表時間集中在一九七三年。唐文標主張寫實的、平民化的詩創作，反對當時延續詩壇主要為人認知的一九五〇、一九六〇年代的現代主義手法。他認為一九七〇年代初期的台灣現代詩創作，普遍「僵斃頹廢」、「逃避現實」；譏諷余光中的詩是「傳統詩的液體化」、周夢蝶的詩是「傳統詩的固體化」、葉珊的詩是「傳統詩的氣體化」。

關傑明、唐文標的觀點不相同，但不約而同在相近的時間內撰文批判台灣現代詩。起初顏元叔針對砲火較猛烈的唐文標，稱之為「唐文標事件」；[21]年深日久，關傑明和唐文標在一九七〇年代初期對台灣現代詩的批判被合為一談，於是合稱為「關唐事件」。許多論者認為，關傑明和唐文標這幾篇文章，點燃台灣現代詩壇對現代詩全面而大規模的反省，因而史稱「現代詩論戰」，時間從一九七二年延續到一九七四年。迄今台灣學界仍普遍認定：起自一九七二年的「現代詩論戰」，是「鄉土文學論戰」的先聲。關於這場「現代詩論戰」，研究文獻甚夥。[22]

關傑明和唐文標在幾篇文章中所重視不同意義上的現實，引發台灣現代詩壇對這一命題規模甚大的回應。在論戰當時，周鼎、傅禺、余光中、顏元叔，均曾撰文為現代詩辯護，例如顏元叔在〈唐文標事件〉中，就認為現代詩是否脫離時空，應從詩人的筆端看個真切。[23]而在論戰之後的兩三年內，詩壇仍持續展開

---

17 這場論戰在台灣文學史上的關鍵性，已有多位學者投入研究並發表類似的意見。例如奚密在〈台灣現代詩論戰：再論「一場未完成的革命」〉中說：「一九七二─一九七三年的現代詩論戰不僅深刻地影響了此後現代詩的發展方向，它更為鄉土文學運動吹響號角，鋪路造勢，是整個台灣文壇七十年代轉向的主要因素之一。」見《國文天地》，第十三卷第十期（一九七四），頁三一─五三。又如向陽〈微弱但是有力的堅持：七〇年代台灣現代詩本土論述初探〉說：「在政治威權宰制下，『新階級』試探性地由反西化的『民族性』論述，逐步轉移到反霸權的『現實的』論述，最後辯證地形成了反中國的『本土的』論述之出現。」見文訊雜誌社主編：《台灣現代詩史論》，頁三六五─三七五。

18 關傑明：〈中國現代詩人的困境〉，《中國時報・人間副刊》，一九七二年二月二十八日、二十九日；〈中國現代詩的幻境〉，《中國時報・人間副刊》，一九七二年九月十一日、十二日；〈再談中國現代詩〉，《龍族・評論專號》，第九期（一九七三），頁五五─五六。

19 包括洛夫主編的《中國現代文學大系・詩》、張默主編的：《中國現代詩論選》、葉維廉編譯的：《中國現代詩選（1955-1965）》。

20 見史君美（唐文標）：〈先檢討我們自己吧〉，《中外文學》，第一卷，第六期（一九七二），頁四─七；〈什麼時候什麼地方什麼人：論傳統詩與現代詩〉，《龍族評論專號》（一九七三），頁一一七─一一八；〈僵斃的現代詩〉，《中外文學》，第二卷，第三期（一九七三），頁一八─二〇；〈詩的沒落〉，《文季》，第一期（一九七三），頁一二─四二；〈日之夕矣〉，《中外文學》，第二卷，第四期（一九七三），頁八六─九九。

21 參見顏元叔：〈唐文標事件〉，《中外文學》，第二卷，第一期（一九七三），頁六。

22 可參見蔡明諺：〈龍族詩刊研究：兼論七〇年代台灣現代詩論戰〉（新竹：國立清華大學中國文學研究所碩士論文，二〇〇二）；陳政彥：〈戰後台灣現代詩論戰史研究〉（中壢：國立中央大學中國文學研究所碩士論文，二〇〇七）；陳瀅州：〈七〇年代以降現代詩論戰之化與運作〉（台南：國立成功大學台灣文學系碩士論文，二〇〇六）。

23 見顏元叔：〈唐文標事件〉，《中外文學》，第二卷，第五期（一九七三），頁四─八。

檢討，撰文討論者如陳芳明、余光中、楊牧等。[24]

當時不在歷史現場的研究者，回頭從文獻資料檢視這場論戰，已能了解當時論戰兩造對現代主義手法與所謂現實之間的辯證性。奚密即認為台灣現代詩中的現代主義和社會寫實恰為現代性表現之兩端，可說是現代主義演變過程中的兩股潮流；而「詩中對現代文明的物化異化與道德虛偽的諷刺，對心靈與想像力自由的追求，又何嘗不是對當時現實的回應？」[25]李癸雲則以詩和現實的理想距離為角度，以為一九七二年的現代詩論戰緣起於失衡的個人獨白和語言實驗，而大力補強社會意識與貼切的表達訴求。[26]

（四）回歸浪潮下的民族與鄉土

有別於前行代詩人，一九七〇年代時，約為二十歲左右的戰後嬰兒潮世代詩人，在台灣社會開始迎向挑戰的階段，從大學詩社集結，帶動詩壇的生態調整，關注立即而顯著的社會議題，如城鄉差距、勞工問題、農村問題等等，並以較透明的語言，釀造全新的文化認同。[27]

不同於前行詩人在文字上的濃縮、切斷、跳躍等技巧或心靈世界的營造，除了關唐事件而引起的爭論之外，一九七〇年代詩壇對包括超現實主義在內的現代主義展開的論戰文字，最具代表性的是一九七三年七月龍族詩社《龍族詩刊》第九期的評論專號、大地詩社一系列前行代詩人論，以及一九七四年四月主流詩社《主流詩刊》第十期的評論專號。[28]在典範更替的驅動中，《龍族評論專號》拈舉的現代詩兩大主題：「回歸傳統」與「關懷現實」，大致偏重本土意識的發揚，而且「本土」隱身於「中國」的符號之下，形成如蕭新煌所說，「既是中國，又是台灣」的認同觀點。[29]整體而言，一九七〇年代詩壇的「關懷現實」與「回歸傳統」兩大焦點，「關懷現實」指向台灣在地的社會現實，「回歸傳統」指向中國文化傳統。

從一九七八年的鄉土文學論戰向前追溯，可知整個一九七〇年代台灣的政治、經濟、國際關係、文化生

24 可參見余光中：〈詩運小卜〉，《中外文學》，第三卷，第一期（一九七四），頁二二六—二三二；陳芳明：〈檢討民國六十二年的詩評〉，《中外文學》，第三卷，第一期（一九七四），頁二一—五；楊牧：〈致余光中書〉，《中外文學》，第三卷，第二期（一九七三），頁一七九。

25 奚密：〈台灣現代詩論戰：再論「一場未完成的革命」〉，《國文天地》，第十三卷，第十期（一九九八），頁七六。

26 對於唐文標事件，李癸雲有持平的看法：「『唐文標事件』在此次論戰中，代表著一種意識型態而非文學內涵的批評視角，無助於釐清或闡述詩的美學觀點，因為其完全否定現代詩的成長，認為二十世紀不是詩的世紀，詩是休閒階級的產物，詩是不需要存在的。但是，唐文標的極端論述卻讓站在兩邊的批評者，一面倒的為文學辯護、捍衛現代詩的存在價值。從批判到辯護，我們可以說這場論戰的諸多觀點，不僅是檢討過去二十多年的創作，也是鋪設未來詩觀的理想大道，創作者應該如何寫詩，批評者應該如何看詩，在論戰中彼此修正，逐漸成形。」見李癸雲：〈詩和現實的理想距離：一九七二至一九七三年台灣現代詩論戰的再檢討〉，《台灣文學學報》，第七期（二〇〇五），頁四三—六六。

27 陳芳明的《台灣新文學史》認為新詩在一九七〇年代的新世代，顯露出時代的審美取向。重點有三：其一，對於前世代在現代詩的美學感到不耐，要求文學應該具有歷史使命感，伸出觸鬚探索社會政治的劇烈變化，因此在客觀形勢的要求下，其文學實踐便以較具功利性、實用性的現實主義取代難以銜接台灣在國際上處境的現代主義。其二，新世代不再囚禁於心靈世界的營造，而容許一些社會議題納入詩行，如勞工問題、農村問題、政治問題、環保問題等等。其三，在文字上，新世代詩人選擇通順易懂的文字，出入於藝術與社會，與讀者大眾展開對話。見陳芳明：《台灣新文學史》，頁五二八。

28 論者或以為，引發一九七〇年代台灣現代詩壇新舊世代交替的烽火，關鍵在於洛夫在一九七二年《中國現代文學大系・詩》序文的一段話：「雖然我們也曾發現若干年輕詩人對前輩詩人顯示出強烈的反叛意識，但遺憾的是，他們一面反抗，一面卻又在創作上或多或少受到前輩詩人的影響。……然而，除非社會性質與型態起了遽變，我想即使再過二三十年，我們詩壇恐怕仍難有新的一代出現。」見中國現代文學大系編輯委員會：《中國現代文學大系・詩》（台北：巨人出版社，一九七二）。這段充滿情緒性的話，所引爆的論爭亦多為夾槍帶棒的聲望與地位之爭，罕見針對作品或詩本質的討論。傅敏於《笠》第四三期（一九七一）發表〈招魂祭：從所謂《1970詩選》談洛夫的詩之認識〉一文後，引發創世紀與笠詩社兩集團詩人的交戰，即是一例。

29 蕭新煌：〈當代知識份子的鄉土意識〉，收於中國論壇編輯委員會主編：《知識份子與台灣發展》（台北：聯經出版事業股份有限公司，一九八九），頁一七九—二一四。

態、教育普及等客觀形勢，已為文學界對現實的全面回應陸續拼圖，而一九七二年開始的現代詩論戰為其前導。處於戒嚴體制下，在國際舞台上節節敗退，而社會力左衝右突，出版業及傳播媒介日漸蓬勃，文化觀念的分歧日益擴大，各自表述的聲音於是雜遝而交替地出現，一九七〇年代的現代詩論戰與鄉土文學論戰即在如此的社會文化環境中應運而生。[30]

一九七〇年代浮現的戰後嬰兒潮世代作家，已大別於戰爭世代的受教方式，普遍接受完整、成體系的黨國教育，能純熟操作白話文，亦較無「本省」、「外省」的意識型態之分；他們以當時「高級知識分子」的身影，用文字介入生機勃勃的台灣現實，在資本主義持續發展的經濟環境中俯視社會變化，關懷工人或農民等弱勢，尤其欲以生之養之的台灣鄉土取代中國鄉土，成為一九七〇年代台灣現代詩呼息繫之的命題。

二、長篇敘事詩風潮

一九七〇年代初期，領一時風騷的詩人，有幾位致力於長篇敘事詩。如洛夫〈長恨歌〉發表於一九七二、大荒〈存愁〉發表於一九七三；整個一九七〇年代更是楊牧長篇敘事詩的豐收期。

長篇敘事詩衍為風潮，主要來自名利的誘因。一九七〇年代末，由《中國時報‧人間副刊》發起的長篇敘事詩獎，以優渥的獎金和數百萬的報紙發行量吸引角逐者。根據文獻，單是第一年的參賽作品就有四六六件。[31]在為期四年、每年一次的徵稿比賽裡，長篇敘事詩成為詩壇新秀的競技場。

「中國時報文學獎‧敘事詩獎」起於鄉土文學論爭戰火方歇的翌年：一九七九，止於一九八二。當時擔任《中國時報》副刊總編輯的高信疆是敘事詩獎的推手。歷屆的決審委員有：洛夫、余光中、鍾鼎文、齊邦媛、黃永武、林亨泰、張健、杜國清、白萩、顏元叔、鄭愁予、楊牧、葉維廉。獲獎者有：洛夫、楊牧、張錯、蔣勳、白靈、李弦、渡也、向陽、陳黎、楊澤、焦桐、管管、汪啟疆、高大鵬、趙衛民、劉克襄、羅智成、陳克華、吳德亮、侯吉諒、蘇紹連、施善繼。可看出決審委員與得獎者名單的部分重疊。其中，陳克華、蘇紹連、羅智成，皆在四年中獲獎兩次。[32]

「反映社會現代化面貌」是一九七九年「中國時報文學獎‧敘事詩獎」的徵稿宗旨。此後四年，敘事詩獎的得獎作品，在現實題材的強化、本土經驗的浮現、民族情懷的追求上多所表現。參賽者就「介入社會」這個命題，在詩藝和詩旨之間尋找平衡點；「題材正確」在敘事詩獎上占了很關鍵的位置。具有廣大發行量的《中國時報》會刊載「時報文學獎」的評審過程，有意獵獎者不難從報紙中，琢磨歷屆評審的喜好。林秋芳的研究發現，多位評審以敘寫是否符合徵稿宗旨、內容是否真實、是否偏重現實生活、題材是否純正等角度，作為裁奪一首詩入選的指標。[33]而得獎的作品中，多半具備「反映現實，記錄時事」的內涵：如蘇紹連〈雨中的廟〉以美術家李梅樹修建三峽祖師廟為敘事背景、汪啟疆〈染血的天空〉寫林覺民起義、吳德亮〈國四英雄傳〉寫升學壓力和填鴨教育下在補習班苦讀的重考生、施善繼〈小耕入學〉反映孩童初入小學的天下父母心、楊澤〈蔗田間的旅程〉敘述藝人家庭的奮鬥歷程、陳黎〈最後的王木七〉以瑞芳永安煤礦災變

30　參見王拓：〈是「現實主義」文學，不是「鄉土文學」：有關「鄉土文學」的史的分析〉，《仙人掌》，第一卷，第二期（一九七七），頁五五—七三；焦桐：〈意識型態拼圖：兩報副刊在鄉土文學論戰中的權力操作〉，《國文天地》，第十三卷，第七期（一九九七），頁四八—五八。

31　參見劉心皇編選：《當代中國新文學大系‧史料與索引》（台北：天視出版事業有限公司，一九八一），頁六〇七。

32　參考季季編：《時報文學獎史料索引》（台北：時報文化出版企業股份有限公司，一九九〇）；王榮：《詩性敘事與敘事的詩：中國現代敘事詩史簡編》（台北：秀威資訊科技股份有限公司，二〇〇六），頁二七五。

33　參見林秋芳：〈現實與美學的交錯：《中國時報》敘事詩文學獎的美感建構〉，《中國現代文學》，第十四期（二〇〇八），頁八五—一〇〇。

為題材等等。

「中國時報文學獎‧敘事詩獎」掀起的長篇敘事詩風潮來得急也去得快；一九八三年之後，中國時報文學獎以新詩獎取代敘事詩獎，從此兩百行以上的長篇敘事詩創作風潮幾乎緊急煞車似地戛然停止。不再受限於敘事詩的徵稿規則後，比較同一位獲獎者參加敘事詩獎和新詩獎的得獎作品，即可發現敘事詩獎以兩百至四百行的篇幅規定，為了符應故事性與行數限制，文字經常一再稀釋，使得原本應當更稠密的詩質因而散文化。

一九七〇和一九八〇之交的長篇敘事詩風潮，是台灣現代詩史上的特殊事件。從連續四年的「中國時報文學獎‧敘事詩獎」得獎作品，可以發現，脫穎而出的作品放到後來已成氣候的詩人作品中，不但無法作為個人的代表作，反而普遍呈現敘事詩獎對詩密度的反噬。一個可能的因素是，當參賽作品以強烈的得獎目的而貼近社會脈動，往往忽略了詩之所以為詩其本質上的曖昧性，於是越要投射或記錄什麼，就越遠離詩。即使當年的楊牧，拿獲得敘事詩推薦獎的〈吳鳳〉和楊牧處在敘事詩鼎盛創作期的作品比較，〈吳鳳〉的藝術價值明顯遜於他自己未參賽的詩；然而在一九七〇年代「中國時報文學獎‧敘事詩獎」的得獎詩作中，楊牧的〈吳鳳〉卻相對厚重而詩質稠密。

一九七〇年代與一九八〇年代之交，由文學獎興起的長篇敘事詩創作風潮，它的意義主要體現在：接續鄉土文學論戰，以現代詩這個文類呼應社會脈動，帶領台灣現代詩的書寫方向，從一九六〇年代盛行的現代主義，演變到重視大我、當下、社會的現實主義。曾經大規模投入長篇敘事詩書寫的現象，表現了一九七〇年代末台灣主流媒體所主導，對在地色彩和現實經驗的重視、對語言和文學的省思。這批詩人的投注使得台灣現代詩產生了模式變異：從觀念先行到關注實存時空，從文史典故和修辭轉向生活經驗的思考。

三、新興詩社、詩刊，與典範更替

台灣現代詩發展中，詩社的集體效應和文化號召力以一九五〇、一九六〇年代為最，其次為一九七〇的大學詩社；一九八〇年代以後，詩社更多，但興滅也更迅速。台灣現代詩的詩人結社始於一九三〇年代。一九三三年，以楊熾昌為首，籌辦了《風車》詩刊。一九五〇、一九六〇年代，現代、藍星、創世紀、笠，四大詩社主盟詩壇，鳥瞰其他未加入詩社者，大有「一覽眾山小」之勢。一九七〇年代，以大專院校學生為主的青年詩社大量冒現。一九八〇年代續承此勢，興起的青年詩社不下五十個，[34]可稱現代詩發展上的繁花盛景。一九九〇年代之後，新興詩社仍多，然因傳播方式更多元、社會的文化價值取向轉變，詩社星羅棋布，此起彼落，影響力也分散，遠不如一九五〇——一九七〇年代的詩社。

在詩人結社這個議題上，林燿德的看法很中肯：

> 詩社往往只是一群風格各異的詩人，在情感的凝結下組合而成的散漫組織；當詩社和文學運動結合時，或者形成師徒傳承的流派時，才能顯現其文學史中的背景性。[35]

是的，詩社在文學史中應該視為背景；但是在台灣現代詩史上，詩社卻走到幕前變成主角。為什麼？莫非出

34 參見張默：《台灣現代詩編目》（台北：爾雅出版社有限公司，一九九二），頁一三九——一五七。
35 見林燿德：〈環繞台灣詩史的若干意見〉，收於《台灣詩學季刊》，第三期（一九九三），頁一五。

於論述者的惰性？

在台灣，因現代詩而組合的詩社並未形成師徒傳承的流派；尤其在一九七〇年代，實因詩社本身的文學運動或結合了社團之外的文學運動，詩社或詩刊才在話題性上凸顯。當時的詩社主要成員，數十年後也承認了這一點。[36]

相對於迄今所見古今中外的詩史或文學史，已經出版的台灣新詩史或台灣現代詩史有一個非常特別之處，就是以詩社史寫詩史，把詩人或詩作放在詩社或詩刊底下來論述。「詩史就是詩社史或詩刊史」的觀念，相沿成習之後自縛手腳，阻礙史識。尤其僅以斷代的詩社史區分詩史的章節，便於論述歸屬於某某詩社的詩人，更是個笑話；難怪在資料價值之外，猶能稍具史觀的台灣現代詩史，老是寫不出來。

研究詩社與詩刊的文獻已多。若就台灣現代詩史中的詩刊、詩社史而言，一九七〇年代創刊的詩刊因具詩史發展上的要素，宜稍作介紹。一九七〇年代的新興詩刊涉及幾個台灣現代詩史上的關鍵詞：世代、群性、典範更替。

世代。一九七〇年的創刊的新興詩社，成員大多生於一九四五年以後的台灣。他們是台灣現代詩史上首批未經戰火、土生土長、通過升學壓力後從學院探頭、有文學上的「弒父情結」可供學習與超越的一代。相較於一九五〇年代的藍星、現代、創世紀和笠，與其說一九七〇年代大學新興詩社創辦的動力是推進共同的愛好，不如說其動力出於推倒共同的高牆。[37]他們摩拳擦掌，集結竄起，主要認為團結力量大，便於扭轉詩運；[38]於是以「戰後嬰兒潮世代」為名，撐起台灣現代詩有史以來最長的一代：當時的「新世代」和長久的「中生代」。

群性。一九五〇——一九六〇年代引領風騷的四大詩社，固然於成立之時各有對外共同的宣言或號召，然而社員自己的風格與取向儘可自行發揮，詩的交流端賴同仁之間的情感凝聚。一九七〇年代的詩社，集團內的組成分子在價值觀上往往有相當一致的對外性，形成各種類型化的觀念整合。林燿德因而以「文學集團」

和「集團文學」區分一九五〇——一九六〇年代與一九七〇年代台灣現代詩壇的詩社，認為一九七〇年代的詩社屬於「集團文學」。李豐楙也曾提出類似的意見：「集團性格」。[39]由詩刊的創刊號宣言為主所表現的詩社群性，在一九七〇年代的新興詩社成員中，以「共體時艱」或「共同作戰」的默契存在，而在各種論文裡從未質疑地經一再引用。

然而這種貌似堅強的集團性格，卻在這群受過良好學院教育、具有獨立思考能力而且批判性格強烈的新興世代裡，和他們所屬詩社、所發行詩刊的支持度、耐久力形成反比。一九七〇年代的諸多新興詩刊多半短命；而一九五〇——一九六〇年代的詩刊，即使淒風苦雨，也轉化形式或出版方式硬撐。這是很有趣的現象，值得讀者思考一九七〇年代詩社「因時制宜」的群性，以及一九五〇年代老詩社打落牙齒和血吞的狼性。

典範更替。一九七〇年代新興詩社以世代性和集團性突顯的兩個特色，很快在一九七二年一月，由「看在眼裡」的洛夫，以《中國現代文學大系・詩卷》的序文掀開底牌。[40]洛夫清澈的觀察和強悍的措辭使得李

---

36 如大地詩社陳鵬翔就就說：「我們顯然是在挑戰既得利益者和主流論述。用現在的話來說，我們是在搞詩壇革命，創造新典範。」見陳鵬翔：〈歸返抑或離散〉，收於林明德編：《台灣現代詩經緯》，頁一〇三。

37 一九七〇年代的新興詩社成員對前輩詩人與詩風的景仰、批判，可從發表於詩刊的文章窺得。參見陳芳明：〈序〉，《龍族詩選》（台北：林白出版社有限公司，一九七三），頁一。

38 參見〈大地詩社大事記〉，《大地》，第十五期（一九七五），頁四二。

39 參見林燿德：〈不安海域：八〇年代前期台灣現代詩風潮試論〉，收於林燿德：《重組的星空》（台北：業強出版社，一九九一），頁一七——一九；李豐楙：〈七十年代新詩社的集團性格及其城鄉意識〉，收於文訊雜誌社主編：《台灣現代詩史論》，頁三二六。

40 洛夫在那篇文章裡說：「領中國未來詩壇『風騷』的自然有待另一批新的詩人，他們將以全新的美學觀點與形式來取代我們今天流行的詩。他們是誰？我們不得而知，他們絕不是今天詩壇上年輕的一代。固然，今天我們詩壇上青年詩人輩出，新的詩社詩刊紛紛出現，但這並不足以證明在觀念上與技巧上他們與前一輩的詩人處於對立的地位，他們的努力仍然只是前輩詩人事功的延續，他們的創作無疑的將使我們詩壇既有的成就更為充實。雖然我們也曾發現若干年輕詩人對前輩詩人顯示出強烈的反叛意識，但遺憾的

敏勇「挺身而出」，以同樣強硬的措辭單挑洛夫，[41]引發一片嘩然。雖然洛夫那篇文章掃射的對象，應該不包括李敏勇。洛夫不但點明當時「初生之犢」欲取而代之的野心，又戳破其中有些人過河拆橋、急於聲名而拿不出好作品的脾性，絲毫不留餘地。這篇文章如觸媒，激盪新興詩社加速「詩革命」的企圖。以龍族詩社為首、在一九七一年成立的幾個詩社，紛紛改弦易轍，調整編輯方針、轉變風格，[42]打算以行動證明「年輕一代的崛起」是為了「驅除過去詩壇的敗壞」。[43]發生於一九七二年二月之後，詩壇因關傑明〈中國現代詩人的困境〉、〈中國現代詩的幻境〉兩篇文章帶來的衝擊，則是當時新興詩人革命行動的臨門一腳。[44]詩壇內外對現代詩的反省於焉產生，如龍族詩刊啟動現代詩的批判、詩壇內外激烈對話而致的現代詩論戰，都與當時林立的詩刊、詩社的

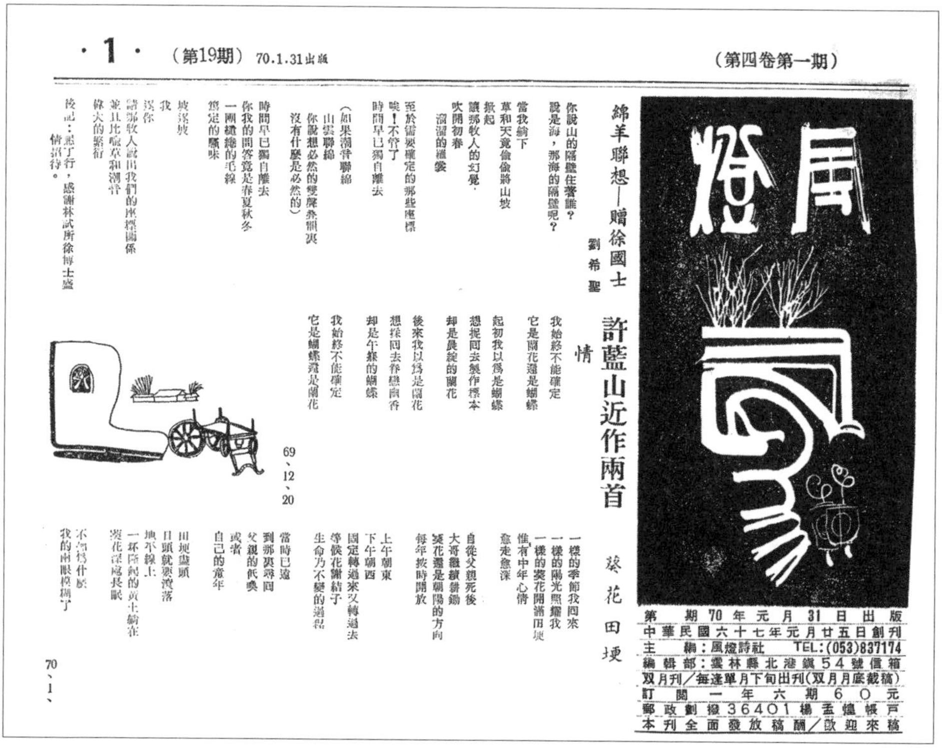
·1·　（第19期）　70.1.31出版　　（第四卷第一期）

綿羊聯想—贈徐國士
劉希聖

你說山的隔壁住著誰？
說是海，那海的隔壁呢？
當我躺下
草和天竟偷偷將山坡
掀起
讓那牧人的幻覺，
吹開初春
溜溜的[illegible]
至於需要確定的那些座標
唉！不管了
時間早已獨自離去
（如果[illegible]骨聯綿
山雲聯綿
你說想必然的[illegible]
沒有什麼是必然的）
時間早已獨自離去
你我的問答竟是春夏秋冬
一團纏綣的毛線
篤定的[illegible]味
坡[illegible]坡
我
沒你
請那牧人說出我們的座標關係
並且比喻草和[illegible]
偉大的繁衍
後記：[illegible]行，感謝林試所徐博士盛情招待。
69、12、20

許藍山近作兩首

情

我始終不能確定
它是蘭花還是蝴蝶
起初我以為是蝴蝶
想捉回去製作標本
卻是晨綻的蘭花
後來我以為是蘭花
想採回去眷戀幽香
卻是午寐的蝴蝶
我始終不能確定
它是蝴蝶還是蘭花

葵花田埂

一樣的季節我回來
一樣的陽光照耀我
一樣的葵花開滿田埂
惟有中年心情
愈走愈深
自從父親死後
大哥繼續耕鋤
葵花還是朝陽的方向
每年按時開放
上午朝東
下午朝西
固定轉過來又轉過去
等候花謝結子
生命乃不變的過程
當時已遠
到那裏尋回
父親的低喚
或者
自己的童年
田埂盡頭
日頭就要滑落
地平線上
一坏隆起的黃土躺在
葵花深處長眠
不知為什麼
我的兩眼模糊了
70、1、

第　期　70年元月31日出版
中華民國六十七年元月廿五日創刊
主　編：風燈詩社　TEL:(053)837174
編輯部：雲林縣北港鎮54號信箱
双月刊／每逢單月下旬出刊(双月月底截稿)
訂閱　一年六期60元
郵政劃撥36401楊孟煌帳戶
本刊全面發放稿酬／歡迎來稿

《風燈》詩刊校外版在雲林創辦，1978年1月創刊，1990年5月停刊。

覺醒有關。

一九七〇年代是校園詩社開始變多的年代。[45]當時的新興詩社中，大地詩社以台灣師範大學、輔仁大學、文化大學為主；風燈詩社以高雄師範大學為主；後浪詩社以台中師專為主。[46]

一九七〇年代的十年之間成立的新興詩社，計有暴風雨、後浪、也許、詩人季刊、草根、消息、天狼星、綠地、詩脈、洛神、掌門、陽光小集等等。今以出版詩刊為要件，挑出一九七〇年代較重要的詩社，表列如次：

是，他們一面反抗（這種反抗並非表現在作品的超越上，而只表現在惡意的攻訐上），一面卻又在創作上或多或少受到前輩詩人的影響。換言之，他們僅為反叛而反叛，並非為實現自己某種理想而反叛。」見洛夫：〈詩卷序〉，收於洛夫編：《中國現代文學大系・詩卷》，頁七。

41 參見傅敏：〈招魂祭：從所謂的1970詩選談洛夫的詩選之認識〉，《笠》，第四三期（一九七一），頁五五。

42 例如龍族詩刊增設專欄：「鑼鼓陣」、籌備《龍族評論專號》、出版《龍族詩選》；主流詩社在《主流》詩刊的第十期推出評論專輯（一九七四）；大地詩社第八期提出詩的大眾化（一九七四）。

43 見陳芳明：〈檢討詩的晦澀性與時空性〉，《主流詩刊》，第八期（一九七三），頁八六。

44 關傑明：〈現代詩人的困境〉，收於趙知悌編：《現代文學的考察》（台北：遠景出版事業有限公司，一九七八），頁一三九；關傑明：〈現代詩的幻境〉，原刊於《中國時報・人間副刊》，一九七二年九月十一日、十二日。

45 校園詩社是台灣校園文學的花圃。隨手可舉的例子：台灣大學曾有過青潮、海洋詩社、現代詩社；台灣師範大學有噴泉詩社；政治大學有長廊詩社；台北醫學大學有北極星詩社；台中師範學院有後浪詩社；高雄師範大學有風燈詩社；高雄醫學大學有阿米巴詩社；東吳大學有白開水詩社；文化大學有華岡詩社；靜宜大學有彩虹居詩社。

46 一九六〇——一九七〇年代校園詩社培養出的詩人，如出自政大長廊詩社的孟樊、游喚、李弦、陳強華、陳家帶；台大現代詩社或台大詩文學社的羅智成、楊澤、詹宏志、廖咸浩、苦苓；高師大風燈詩社的楊子潤、歐團圓；高醫阿米巴詩社的王浩威、曾貴海、江自得等。

刊名	創立時間	當時主要成員及其出生年（或生卒年）	詩刊起迄時間	發行期數
龍族[47]	一九七一	蕭蕭（一九四七）、辛牧（一九四三）、施善繼（一九四五）、林煥彰（一九三九）、陳芳明（一九四七）、高信疆（一九四四）、林佛兒（一九四一—二〇一七）、蘇紹連（一九四九）、黃榮村（一九四七）、陳庭詩（一九一三—二〇〇二）	一九七一、三—一九七六、五	十六
主流	一九七一	李男（一九五二）、黃勁連（一九四七）、羊子喬（一九五一—二〇一九）、龔顯宗（一九四三）、杜皓暉（一九四七）、吳德亮（一九五二）、莊金國（一九四八）	一九七一、七—一九七六、一	十三
大地[48]	一九七二	林鋒雄（一九四七）、陳慧樺（一九四二）、李豐楙（一九四七）、翔翎（一九四八）、古添洪（一九四五）、藍影（一九三六）、陳芳明（一九四七）	一九七二、九—一九七七、一	十九[49]
暴風雨	一九七一	沙穗（一九四八）、張堃（一九四八）、連水淼（一九四九）、鄧育昆（一九四六—二〇一一）	一九七一、七—一九七三、七	十三
風燈[50]	一九七三	江聰平（一九三八）、寒林（李東慶，一九五〇）、楊子澗（一九五三）、歐團圓（一九五六）	一九七一、八—二〇一〇、九	校內版二八期；校外版三九期
後浪[51]	一九七二	蘇紹連（一九四九）、洪醒夫（一九四九）、莫渝（一九四八）、蕭蕭（一九四七）、陳義芝（一九五三）	一九七二、九—一九七四、七	十二
阿米巴	一九七二	江自得（一九四八）、曾貴海（一九四六）、蔡豐吉（一九四四）、王永哲、吳重慶	一九七二—	（不定期出刊）

秋水	一九七四	綠蒂（一九四二）、古丁（一九二八—一九八一）、涂靜怡（一九四一）	一九七四、一—[52]	一六一[53]
詩人季刊	一九七四	莫渝（一九四八）、蕭蕭（一九四七）、掌杉（一九五六）、蘇紹連（一九四九）、陳義芝（一九五三）、李勤岸（一九五一）、廖莫白（一九五六）	一九七四、十一—一九八四、八	十八
草根	一九七五	張香華（一九三九）、羅青（一九四八）、白靈（一九五一）、詹澈（一九五四）	一九七五、五—一九七九、六；一九八五、二復刊；一九八六、六停刊	五十
大海洋	一九七五	朱學恕（一九三四）、汪啟疆（一九四四）、李春生（一九三一）	一九七五、十	
天狼星	一九七五	黃昏星（一九五四）、周清嘯（一九五四—二〇〇五）、溫瑞安（一九五四）、方娥真（一九五四）、廖雁平（一九五四）	一九七五、八	
詩脈	一九七六	岩上（一九三八）、王灝（一九四六）、鍾義明（一九四八）、向陽（一九五五）、李瑞騰（一九五二）、劉克襄（一九五七）	一九七六、七—一九七九、三	九
長廊	一九七六	黃憲東（一九五二）、施至隆（一九五一）	一九七六、五—二〇〇二、十二	二十
神州	一九七七	殷乘風（一九五四）、廖雁平（一九五四）	一九七七、一	

詩潮	一九七七	丁穎（一九二八）、王津平（一九五〇）、高準（一九三八）、高上秦（一九四四—二〇〇九）、郭楓（一九三三）	一九七七、五—一九八〇；一九八七年復刊	
掌門	一九七九	鍾順文（一九五三）、王希成（一九五四）、古能豪（一九五五）、林仙龍（一九四九）、陳秋白（一九六三）、詹義農（一九五八）	一九七九、一—一九八二、十；一九九七年復刊，更名為《掌門詩學》	
陽光小集	一九七九	向陽（一九五五）、苦苓（一九五五）、李昌憲（一九五四）、張雪映（一九五六）、沙穗（一九四八）、陌上塵（一九五二）、林野（一九五五）、莊錫釗（一九五二）	一九七九、十一—一九八四、六	十三

一九七〇年代的新興詩刊、詩社，在詩史上的意義為：

1. 詩潮之鼓動：一九七〇年代台灣現代詩的重要活動與風潮，和以大學院校的詩人為主體的新興詩社密切相關。如《龍族》對台灣現代詩史料與詩風的整理及批判；《草根》以專輯、專號的方式推動小詩風潮；《大地》以前行代詩人論、主題類型論的學術論文方式，推展詩學活動；《陽光小集》設計各種議題以吸引大眾。[54]

2. 「回歸傳統、歸懷現實」：這是幾個詩社經過詩刊裡一連串的辯詰、爭論、妥協、沉澱，所凝聚的共識。「回歸傳統、歸懷現實」也催化一九七〇年代後半期的「鄉土文學論戰」，和一九八〇年代對台灣現實的種種思索。

3.詩評的客觀化、專業化、學科化：特別是《大地》、《龍族》、《後浪》、《詩人季刊》，對詩作的細讀、

47 龍族詩社以回歸關傳統與關切現實為努力方向；而一九七三年的《龍族評論專號》為龍族詩社最重要、進入詩史的代表。由「紙上風雲第一人」高信疆主導的評論專號，輯錄一九七〇年代現代詩論戰的文章與時人對台灣現代詩的看法，開台灣新詩「街頭運動」的先聲。

48 大地詩社為一九七〇年代跨校整合的校園詩社。有些成員來自師範大學成立於一九六八年的噴泉詩社，如李豐楙、陳鵬翔、藍影；有些來自一九六八年成立於文化大學的華岡詩社，如林鋒雄、翔翎；有些來自一九六四年成立於木柵的星座詩社，如陳鵬翔即同時為噴泉詩社、星座詩社的成員。

49 《大地詩刊》為雙月刊，出版至第十九期；其後改為《大地文學》，發行二期。

50 《風燈》有校內版、校外版兩種。校內版一九七三年八月創刊，二〇一〇年九月停刊；校外版一九七八年一月創刊，一九九〇年五月停刊。校內版在高雄創辦；校外版在雲林創辦。一九七八年一月，《風燈》改採報紙型的詩頁模式。一九八四年出版第三六期之後休刊。一九八六年出版第三七期，稱為「復刊一期」。一九九〇年五月出版第三九期之後，結束詩頁模式。

51 後浪詩社成立於一九六九年三月，籌組人為洪醒夫、蘇紹連、蕭文煌。一九七二年八月，洪醒夫發函邀請台中師專前後期的校友，重組後浪詩社。一九七二年九月出版第一期的《後浪詩雙月刊》，發行十二期；一九七四年三月改為雜誌版的《詩人季刊》。

52 《秋水詩刊》曾於二〇一四年一月出版第一六〇期之後宣布停刊；同年十月復刊。迄今持續出版。

53 期數統計至二〇一八年四月。

54 《龍族》在一九七三年推出「龍族評論專號」，檢討當時台灣的詩潮；一九七五年推出「飲水篇」，專欄整理台灣現代詩史料。《草根》在一九七六年推出兩次的「小詩專輯」；一九七七—一九七九設立「小詩大觀」。《大地》以論文推展詩學運動，如陳慧樺：〈白萩風格論〉、李豐楙：〈洛夫〈長恨歌〉論〉、古添洪：〈〈內心世界的交響〉讀後對「大眾化」問題之商榷〉等。《陽光小集》於一九八二年推出「當代十大詩人」、一九八四年推出「政治詩專輯」，又多次舉辦「當代詩與民歌之夜」。參見楊宗翰：《異語：現代詩與文學史論》（台北：秀威資訊科技股份有限公司，二〇一七）；解昆樺：〈傳統、國族、公眾領域：台灣一九七〇年代新興詩社研究〉（台北：國立台灣師範大學國文學系博士論文，二〇〇八）；林貞吟：〈現代詩的街頭運動：《陽光小集》研究〉，（新竹：玄奘大學人文社會學院中國語文研究所碩士論文，二〇〇四）；蔡明諺：〈龍族詩刊研究：兼論七〇年代台灣現代詩論戰〉（新竹：國立清華大學中國文學系碩士論文，二〇〇二）。

品評、詩論的推演，詩友之間互相觀摩切磋，相當程度地容納異見，在台灣現代詩中是很大的進展。

4.現代詩的多媒體傳播之始：詩與歌、詩與畫、詩與文創，台灣現代詩和其他媒介的連結與傳播，自一九七〇年代的新興詩社開始，進展顯著。如《詩人季刊》舉辦過兩次的詩歌朗誦、《草根》將詩與其他媒介連結的「草根生活創作展」；《陽光小集》的「詩畫展」、「漫畫家看詩壇」。雖說一九八〇年代是台灣文學多元發展的時期，但在一九七〇年代的大學新興詩社已發其端。

5.詩社的旅居性與詩社成員的流動性：詩社的運動性格在一九七〇年代特別顯著。性質或主張相近的詩社前仆後繼，仍由部分核心人馬重新組織，如龍族與大地、後浪與詩人季刊、詩脈與陽光小集。此落彼起的詩社、流動性強的組成分子，說明詩社在一九七〇年代的主要作用是一個又一個的發言舞台，詩社之所以不斷成立，出於當時的新興詩人需要打擂台，以凝聚力對外爭取發言權。

6.詩刊的感染力：當時由新興詩社集資籌辦的詩刊以季刊或半年刊為多，許多詩刊在幾年間就殞落，起迄時間短，發行期數少，充斥許多非文學的雜質，如說閒話、道家常、叫囂等「人間溫度」的文字，相對削弱詩刊的專業性和文學上的感染力。

7.詩刊的文獻性：刊登在當時新興詩刊中的作品，有些是當今名詩人未收入任何集子的少作，具有文獻價值。例如重要詩人的重要作品之首發、系列詩觀的闡述、外國詩的翻譯和介紹、深入的評論文字等等。

經過一九七〇年代新興詩社以集團性格搖旗吶喊、張揚其權力論述，偃旗息鼓多年之後，讀者更能體會詩本身的不滅價值。

一九七〇年代台灣現代詩壇獨領風騷的——當然是詩，而不是詩社、詩刊、詩活動，更不會是當今詩史或詩學論文每每提及一九七〇年代詩社，幾乎「必點」的詩社宣言或主張。[55]

四、嚴謹批評的起步

一九七〇年代是台灣現代詩全面邁向嚴謹批評的濫觴，而其關鍵動力，一般認定為一九七二年起，由關唐事件引發的現代詩論戰。受到這場論戰的推力而順勢產出秀異現代詩評論的作者群，主要集中在「戰後嬰兒潮世代」的詩人。

在一九七〇年代以前，台灣的現代詩批評在質的方面已經頗值得矚目。一九六六年開始，特別有觀點、慧見、洞察力的評論文章多了起來，例如一九六六年，熊秉明提出「三聯句」討論余光中《蓮的聯想》；一九六八年，熊秉明再撰文討論林亨泰〈風景NO.2〉；一九六九年，葉維廉寫長文探討中國現代詩的語言。[56]向來勤勉而居於浪頭的洛夫、余光中，不待時勢推動或引導，早已發表過多篇鞭辟入裡的詩論，其中最膾炙人口的當屬「天狼星論戰」。葉維廉對現代詩、古典詩等等的論述，自一九六〇年代之後也一直在思考、進行中。[57]

55 尤其「必抄」的宣言或主張，像龍族詩社號稱的「我們敲我們自己的鑼打我們自己的鼓舞我們自己的龍」；《草根》的「我們對過去尊敬而不迷戀，擁抱傳統但不排斥西方」；《主流》的「我們不承認前輩詩人給了我們什麼，正如他們拒絕承認上一代給了他們什麼一樣，這乃是歷史循環」等等。

56 參見江萌：〈論三聯句：關於余光中的《蓮的聯想》〉，收於熊秉明：《詩三篇》，頁一—三〇；熊秉明：〈一首現代詩的分析〉，熊秉明：《詩三篇》，頁三一—七三；葉維廉：〈從比較的方法論中國詩的視境〉，收於葉維廉主編：《中國現代文學批評選集》（台北：聯經出版事業股份有限公司，一九七六），頁三二五—三四四

57 葉維廉：〈中國現代詩的語言問題〉，收於葉維廉：《秩序的生長》（台北：時報文化出版企業股份有限公司，一九八六），頁二一五—二五〇。

《大地》詩刊在創刊號宣示：「積極建立起較為嚴謹的批評」，[58]撇除你來我往、充斥流彈、口水與泡沫的「亂戰」，一九七〇年代的台灣現代詩評論，由關傑明和唐文標飄洋過海的譏評，點燃以新興詩社為主的詩人群對詩觀、詩創作、詩評論的全面體察，在詩刊、報章雜誌等媒介掀起對現代詩發展的討論，促使現代詩學院化、學科化。

一九七〇年代的台灣現代詩評論界新氣象，以「戰後嬰兒潮世代」為主體。「戰後嬰兒潮世代」對現代詩的反省，時而表現為對知名前輩的反動。在評論硝煙瀰漫的一九七〇年代初期，余光中、洛夫、葉維廉、顏元叔等，對現代詩的觀念、看法、態度，包括他們的創作，都是新興詩人積極觀察、學習、評論，以及意圖超越、顛覆的對象。一九七二年到一九七七年間，蘇紹連曾以北滄為筆名，發表〈純粹經驗三等級〉；以管點為筆名，發表〈縱的接生〉、〈妄知與濫感〉、〈余光中變什麼〉、〈評洛夫的「和你和我和蠟燭」〉。當年蘇紹連評論的矛頭，表面上針對紀弦、余光中、洛夫，實質上藉著追問台灣現代詩可能發展出的模式變異，琢磨自己未來的創作路徑：蘇紹連另以南桑為筆名發表的〈新形式的抬頭〉、〈結構的力量〉就是旁證。[59]

因應一九七二、一九七三年的現代詩論戰，龍族詩社、《中外文學》、《現代文學》等刊物紛紛推出現代詩的專號，以即時報導與鑑往知來的姿態全面探討論戰砲火，對準「過於西化」的現代主義，思索台灣現代詩的走向。[60]其中，《龍族評論專號》是以新興詩人為主體的總成績。誠如主編高上秦在相當於序言的〈探索與回顧〉說的，《龍族評論專號》是逼近現代詩諸般體貌的測航。[61]《龍族評論專號》分評論、訪問、書簡等三個部分，評論是整本專號的焦點，收錄的文章包括余光中〈現代詩怎麼變〉、顏元叔〈迷信與囈語〉、梅新〈詩的語言結構與形式〉、侯健〈現代詩的幾個問題〉、桓夫〈詩的回顧〉、岩上〈論詩想動向的秩序〉、〈蕭蕭〈情境完整與結構完整〉、黃榮村〈搖滾樂與現代詩〉、李元貞〈論白萩「天空象徵」裡的「雁」〉，凡四十九篇評論，可說是當時由不同身分與角度，對現代詩意見的精選集。

一九七九年，蕭蕭和張漢良合著《現代詩導讀》，共三冊，大量運用新批評的細讀法詮釋詩作，後作力大；走過史稱「繁花盛景」的一九八〇年代，游喚、簡政珍、鄭明娳、林燿德在一九九〇年合編《台灣新世代詩人大系》時，運用的主要仍是新批評的方法。[62]

「戰後嬰兒潮世代」在一九七〇年代發表的單篇現代詩評論，像張漢良〈論台灣的具體詩〉、古添洪〈名理前的視鏡：論葉維廉的詩〉、李弦〈現代詩論對傳統純粹觀念之應用及其轉變：以葉維廉、洛夫詩為主的考察〉這類文章，特別能彰顯作者的深厚學養，顯示「新世代」欲超越「前行代」的功力。有別於他們的師長一輩，成長背景相對安穩的他們，寫出的詩評更有明確的問題意識，資料運用更得心應手，論證過程更謹嚴完備，更能在前輩詩人既有的基礎上打出自己的天下。如張漢良在一九七四年首發的〈論台灣的具體詩〉早已是討論圖象詩必讀的經典。更換跑道研究道教的李弦，早年爬梳中國傳統典籍以探討純粹性在古典詩和現代詩中的關係，具備扎實的文獻價值；對洛夫和葉維廉的後續研究，也指引出對應於「晦澀」這類負面批判字眼的學術路徑。古添洪探入葉維廉詩作和道家美學的關聯，在台灣學界尚未運用純粹經驗美學討論

58 見《大地》詩刊創刊號。

59 北滄：〈純粹經驗三等級〉，《後浪詩刊》，第六期（一九七三）。管黠：〈縱的接生〉，《後浪詩刊》，第二期（一九七二）；〈妄知與濫感〉，《後浪詩刊》，第十二期（一九七四）；〈余光中變什麼〉，《後浪詩刊》，第七期（一九七三）；〈評洛夫的「和你和我和蠟燭」〉，《詩人季刊》，第五期（一九七七），頁一〇—一二。南桑：〈新形式的抬頭〉，《後浪詩刊》，第四期（一九七三）；〈結構的力量〉，《後浪詩刊》，第五期（一九七三）。

60 《中國現代詩評論・龍族評論專號》（簡稱龍族評論專號）（台北：林白出版社有限公司，一九七三）；《中外文學》，第三卷，第一期（一九七四）：「詩專號」；《現代文學》，第四六期（一九七二）：「現代詩回顧專號」。

61 見高上秦：〈探索與回顧：寫在「龍族評論專號」前面〉，《龍族詩刊・9・龍族評論專號》（台北：林白出版社有限公司，一九七三），頁四—九。

62 孟樊、楊宗翰在本文之前已提出類似的意見。參考孟樊：《當代台灣新詩理論》，（台北：揚智文化事業股份有限公司，一九九五），頁八七；楊宗翰：《台灣新詩評論：歷史與轉型》（台北：新銳文創，二〇一二），頁一四三—一四四。

葉維廉的一九七六年，首先提出葉維廉詩在「名」與「理」遮蔽現象前就自足呈現的觀物方式，開創了日後以純粹經驗為視角而討論葉維廉的眾多論述。[63]

一九七〇年代，因應詩社、詩潮、詩活動、詩論戰而產生的深刻詩評或詩論，凸顯了學院式的評論樣態，以及個人的學術路徑與現代詩或藕斷絲連、或漸行漸遠的優秀評論者，如古添洪、張漢良。一九七〇年代集結、出自戰後第一世代之手的台灣現代詩評論，以陳芳明的《鏡子和影子》（一九七四）、《詩和現實》（一九七七）、張漢良的《現代詩論衡》（一九七七）、蕭蕭與張漢良合著的《現代詩導讀》（一九七九），最值得留意。

陳芳明（一九四七、六、十一—），[64]一九七〇年代新興詩評中首先挺出紅心的箭靶。在一九八〇年確定為海外的台獨運動者之前，陳芳明一往情深的初衷投注在文學和國族想像裡。一九七〇年代，陳芳明曾為「水晶詩社」、「龍族詩社」、「大地詩社」成員，一九七三年出版詩集《忘憂草》，一九七四年出版詩論集《鏡子和影子》，一九七七年出版第二本詩論《詩和現實》。《鏡子和影子》、《詩和現實》文字如行雲流水，風格奮發、無畏、熱切；曾形象化地說余光中有一枝「男得充血的筆」。經常從流派、大環境入手，如〈什麼是學院派〉；或從主題、「寫什麼」的角度著眼；微觀討論細部詩行之處則猶如作文批改，例如批判某詩的某行某詞應該如此而不該如彼。《詩和現實》、《鏡子和影子》數篇討論余光中的文章，展現了知音對偶像不懈的追索和神往；討論葉珊的文字則表現陳芳明清澈、耽美、憂傷的另一面。

陳芳明的許多文學意見獨具慧眼，例如認為《天狼星》使余光中邁入成熟的境界、突出《敲打樂》和《在冷戰的年代》的詩史位置、提出當時已相當有成績的葉珊不屬於任何詩社等。相對的，其盲點特別表現在對洛夫的評論上；尤其當洛夫的文學意見指向余光中的時候。[65]對於「晦澀」，《鏡子和影子》、《詩和現實》這兩冊評論集的〈檢討詩的晦澀與時空性〉、〈晦澀的影子〉、〈聽，碧果唱出了什麼？〉等文，反映普羅群眾對現代詩的閱讀期盼。[66]值得留意的是，陳芳明反對晦澀詩語，並不表示對明朗易解的詩就無條件贊成。晦澀、讀者、時空性、詩之優劣與否，在陳芳明一九七〇年代的論詩文章中，潛伏而糾葛著本土、社會、讀者群等微妙的意緒。

一九九〇年代之後，陳芳明專注於左翼與殖民對討論台灣文學的合宜性，而有多本專著，並以左翼、殖民、後殖民的史觀為軸心，撰成《台灣新文學史》，二〇一一年出版後不斷修改增刪，對台灣新文學研究貢獻卓著。青春正熾的陳芳明曾經是「我們敲我們自己的鼓，舞我們自己的龍」的「龍族詩社」成員；在一九九四年出版的《典範的追求》裡，一半的篇幅逐篇討論馮至、李廣田、杭約瑟、綠原、戴望舒、廢名、聞一多等中國大陸一九三〇年代以前的名詩人。陳芳明對這些當時台灣學界尚未普遍矚目的大陸詩人，幾乎以逐首細讀的方式來寫。這些讀詩札記、研究論文，是獨立於政治意識型態的文學閱讀。[67]

63 參見古添洪：〈名理前的視鏡：論葉維廉的詩〉，首發於《中外文學》，第四卷，第十期（一九七六），頁一〇四—一一九。

64 陳芳明生於高雄，筆名宋東陽、施敏輝等，台灣大學歷史研究所碩士，任教於政治大學。出版詩集：《含憂草》（一九七三）；論著：《詩和現實》、《鏡子和影子》、《台灣新文學史》、《典範的追求》、《謝雪紅評傳》、《左翼台灣：殖民地運動史論》、《後殖民台灣：文學史論及其周邊》等多部。

65 參看陳芳明：〈拭汗論火浴〉、〈回頭的浪子〉、〈初識葉珊〉、〈兩岸的對話〉、〈七位詩人素描〉，陳芳明：《詩和現實》，頁一〇一—一二一、一二三—一四九、一五一—一五三、一五五—一七五、一七七—一九三。《鏡子和影子》（台北：志文出版社有限公司，一九七八）的〈冷戰年代的歌手〉、〈一顆不肯服輸的靈魂〉專文討論余光中，見該書，頁二一—五三、五五—七九；〈一點螢火從廢園舊樓處流來〉專文討論葉珊，見該書，頁一二三—一三一。

66 見陳芳明：〈什麼是學院派〉、〈聽，碧果唱出了什麼？〉，陳芳明：《詩和現實》，頁一—七、七三—九五；〈檢討詩的晦澀與時空性〉、〈晦澀的影子〉，陳芳明：《鏡子和影子》，頁二一九—二三七；三一七—三二五。

67 參見陳芳明：《典範的追求》，第一輯。

張漢良（一九四五、四、三十—），[68]未加入一九七〇年代的任何校園新興詩社，未出版個人詩集；以對文本犀利的內緣評論著稱於一九七〇年代的台灣現代詩界。張漢良專著的《現代詩論衡》，以及和蕭蕭合著的《現代詩導讀》，是張漢良個人、也是台灣現代詩史上的重要著作。《現代詩論衡》中，〈現代詩的田園模式〉、〈論台灣的具體詩〉，從文類的、結構的角度，探照台灣現代詩發展的線索，具有開創性。新批評、敘事學、結構主義等文學理論，在《現代詩論衡》和《現代詩導讀》由張漢良執筆的部分，顯得收放自如。[69]

蕭蕭和張漢良合編的《現代詩導讀》三冊，收錄紀弦、覃子豪、鍾鼎文、彭邦禎、周夢蝶等一一七位詩人，共一九二首詩作的導讀；是一九七〇年代甚具文學教育意義的一部詩選。它的重要性表現在彰顯編者閱讀方法的精讀式評論，為後世對詩作的精品細讀作了開創而嚴謹的示範。張漢良在序言裡說明，該書運用了傳記與心理學的投射、詩作本身語言的描述分析、散文式的評論、朝向文類理論的詩學式閱讀等等各種觀點。[70]例如詮釋紀弦的〈狼之獨步〉，運用「面具」（persona）理論和觀物心態；討論羅門的〈咖啡廳〉，運用雅可布遜（Roman Jakobson）對換喻（metonymy）與隱喻（metaphor）的觀點；又，以敘事觀點討論白萩的〈蛾〉；運用心理分析討論杜國清的〈島與湖〉等等。[71]《現代詩導讀》超越時代的另一意義，是收錄許多於今幾已不再發表詩作、為多數詩選忽視的詩人，如菩提、王灝、黃維君、陳瘦桐、周清嘯，而使得讀者更有機會認識這些曾走在詩路上的創作者。

古添洪（一九四五、七、二—），曾於一九八六年結集個人詩作而為《歸來》。相對於出沒於各種詩活動場合以翻攪詩運的詩人，古添洪非常低調，但是他一門深入，早年即已出版《比較文學‧現代詩》，是戰後嬰兒潮世代中最早以個人之力討論現代詩的學術專著。一九八四年再出版《記號詩學》，力道更集中，觀點表現得更明晰。古添洪討論台灣現代詩現象或個別詩人風格，視角獨特，文字厚道而精闢、細緻而大器，宏觀與微觀兼備，條理清晰而網開一面，委婉體現春秋筆法；比如界定「學院詩人」的短文，及以「泛政治詩」為視角、討論陳千武的文章。

一九七〇年代也是現代詩進入大專院校、被列為正式學分的發軔。李瑞騰回顧台灣現代詩發展，曾提及學院門牆的現代文學課程從通識學養，到各文類分別開課、從大學部進展到研究所的課程、從中文系旁枝為文藝創作組，再到台灣文學獨立成系成所的種種歷程。[72]台灣現代詩學科化的開端，當在一九七〇年代末。一九八一年，在大學中文系擔任新詩課程的李豐楙、呂正惠、林明德、何寄澎、劉龍勳，編著《中國新詩賞析》，共三冊，是當時台灣大學、政治大學、清華大學等校中文系新詩選修課程的主要教材。[73]

戰後嬰兒潮世代的學院工作者直接啟蒙了當今多數台灣學院中的現代詩研究。他們栽培、指導了「台灣博碩士論文知識加值系統」線上資料庫搜尋所及、絕大部分以台灣現代詩為研究範疇的論文作者。對於台灣現代詩學術化、學院化的走向，戰後嬰兒潮世代把握了主要的話語權。

---

68 張漢良，幼時隨長輩來自山東，台灣大學外文所博士，長年為創世紀詩社同仁。曾主編《中外文學》，著有《現代詩論衡》、《比較文學理論與實踐》、《文學的迷思》等。

69 可參考游喚：〈《現代詩導讀》導讀了什麼？〉，《台灣文學觀察雜誌》，第三期（一九九一），頁八八—九九；孟樊：〈張漢良的新批評〉，《台灣文學學報》，第二七期（二〇一五），頁一—二八。

70 張漢良：〈序〉，蕭蕭、張漢良合編：《現代詩導讀》，第一冊，頁一—六。

71 這些作品的析論俱見蕭蕭、張漢良合編：《現代詩導讀》。第一冊，頁二—三、一一九—一二一、一五一—一五三；第二冊，頁八五—八六。

72 參見李瑞騰：《詩心與詩史‧論叢總序》，李瑞騰：《詩心與詩史》（台北：秀威資訊科技股份有限公司，二〇一六），頁三。

73 李豐楙、呂正惠、林明德、何寄澎、劉龍勳編著：《中國新詩賞析》（台北：長安出版社，一九八一）。

五、一九七〇——一九七九的主要詩人：梅新、岩上、張香華、羅青、鄭炯明、楊澤、羅智成

梅新（一九三三、十二、二十三——一九九七、十、十），本名章益新，另有筆名魚川。原籍浙江縉雲。一九四九年隨外祖母從浙江到台灣，定居於高雄左營；加入少年兵，官至文書上士。文化大學新聞系畢業。曾任教於小學、中學、專科學校、文化大學。曾參加紀弦創立之「現代派」；曾為現代詩社、創世紀詩社同仁。曾任職於《聯合報》、《民生報》、《台灣時報》、《中央日報》、《幼獅文藝》、正中書局。曾獲教育部文藝創作獎等獎項。在台灣出版過詩集：《再生的樹》（一九七〇）、《椅子》（一九七九）、《家鄉的女人》（一九九二）、《履歷表》（一九九七）；文友為其編錄遺作為：《梅新詩選》（一九九八）。散文：《正人君子的閒話》、《沙發椅的聯想》；報導文學：《從北京到巴黎》；論述：《憂國淑世與寫實創新》、《魚川讀詩》；合集：《梅新自選集》；主編：《我們走過的路》、《中副下午茶》等多種。

梅新以出色的編輯人、傑出的詩人，為自己「站成一株永恆的梅」。[74]然而在一九七〇年代的主要詩人中，學界對梅新的討論相對不多。

梅新的詩很值得開礦、研究。其詩有幾個特點：

1.語言特質的先行性與預見性

梅新的詩疏淡靈動，新鮮明澈，不刻意求工，不作態弄巧，又兼具抒情韻味和思考精神。這樣的語言從他的第一本詩集貫串到最後一本。梅新的抒情也絕不囉唆，經常

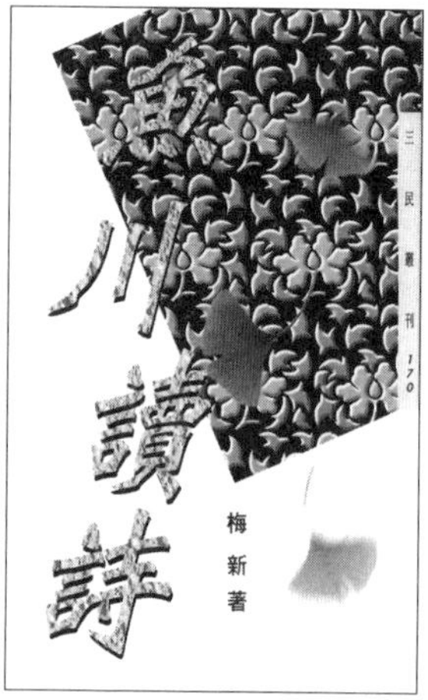

梅新，《魚川讀詩》，台北：三民書局股份有限公司，1998。

寥寥數筆就勾勒出淡淡著墨卻餘音裊裊的輪廓。詩中的「我」，知性與感性敏銳而平衡，對人間世好奇而又深思；梅新以文字出入生命，姿勢大方而漂亮。

梅新的詩藝超前。在一九七〇年代的主要詩人中，梅新因語言特質而為先行者。梅新這個詩風，在一九七〇年代台灣文學的語境裡，具有預見性。瘂弦首先看出這一點。而且他說，梅新一開始寫詩就有自己的詩法和風格；早在一九六六、一九六七年左右，梅新的詩風就已粲然大備。[75]

一九七〇年代的台灣現代詩，幾乎整個籠罩在論戰的熱浪裡。當「回歸傳統」、「關懷現實」為熱門議題，許多詩人用力於汲取古典素材，或把視角放到社會的黑暗面去挑選題材，而與梅新同一代的詩人還在存在主義的影子下，梅新卻早就走在時代的這些風潮前面。梅新用語淺近，用情深刻，[76]聲調自然生動，不花拳繡腿，不華麗浮俏；取材於正常的、平凡的生活，言之有物，不閒拋閒擲，亦不著意挖掘醜陋黑暗。

收在《椅子》中的〈椅子〉、〈林蔭道〉、〈詠石詩〉、〈狗與乞丐〉、〈詩人的復活〉等詩作，都可驗證梅新殊異於當時風尚而走在時代前端的語言風格。[77]〈椅子〉譏諷攀附

梅新，《椅子》，台北：成文出版社有限公司，1979。

74「站成一株永恆的梅」，為中央日報副刊為紀念梅新而構思的書名。

75 參見羅任玲記錄：〈秋日之約：「懷念梅新，讀梅新詩」紀念會側記〉，收於張素貞主編：《投影為風景的再生樹：梅新紀念文集續編》（台北：文訊雜誌社，二〇一七），頁六一—六九。

76 參見李瑞騰：〈《履歷表》：用語淺近，用情極深〉，收於張素貞主編：《投影為風景的再生樹：梅新紀念文集續編》，頁五〇—五二。

77 各詩依序見梅新：《梅新詩選》（台北：爾雅出版社有限公司，一九九八），頁八〇—八一、六八—六九、七〇—七四、八四—八五、八八—九〇。

名利的人像猴子一樣，半輩子蹲爬在不見開花結果的樹上，即使「高山已出現雪景／身後的枯枝／藉風力／不停地敲他的背」。「椅子」比喻人人在社會化過程中很難避免而終究一場空的汲汲營營。〈狗與乞丐〉寫狗眼看人低。一隻飽食之後的狗在詩中「我」的身邊繞來繞去，最後「以同情的眼光／在我身上／找尾巴／又沒看見我長／於是／輕吠起來／意思是說／臭要飯的／不長尾巴」。極短句的斷句方式，釋放悠緩的節奏。乞憐一定要搖尾巴嗎？不搖尾巴就沒飯吃嗎？而乞丐與狗，誰高誰低呢？煞尾於此，令人回味。〈詠石詩〉五首，都是簡筆淡墨，以石自喻自期；第二首更兼自嘲。詩云：

只見青苔不見石
長青苔以安身
見著青苔亦見石
長青苔以求生

長了幾十年青苔
我還不知道
我是長在陰濕的地方呢[78]

像這樣平易近人、飽含智慧、笑中帶淚，而又意象簡單、語言純淨，而且一貫如此的詩，在此詩初發表的一九七四年，台灣詩壇上的名人、要人，很少有人寫得出來。詩中的「我」只知自己一身青苔。望向同樣青苔被身的石頭，一逕為石頭設想，得出青苔「安身」、「求生」的兩個作用。詩中人猛然發覺青苔必長在陰濕處，因而回首自嘲。陰濕處，陽光難及，此中寓有深意；由此回溯，自己就是「只見青苔不見石」的那顆石頭。

再如〈家鄉的女人〉三首，寫無所畏於天地之間的堅強女性和渾厚母性，清純、熱烈、率真的形象盡出，卻簡筆如刻，實為傑作。如第一首：

家鄉的女人
總是醒在
家的前面
家
總是醒在
黎明的前面
天還未醒
我們家的
屋頂先醒
一縷縷的炊煙
自我們家的屋頂
昇起
乳白色的
還有女人的髮焦[79]

78〈詠石詩・第二首〉，見梅新：《梅新詩選》，頁七一。
79 見梅新：《梅新詩選》，頁一二四—一二五。

此詩以家鄉的女人天未亮即早起炊煮的意象勾畫而成。[80]寫得沉穩而具象。一九五〇—一九六九年代，現代主義席捲下的台灣現代詩，講究以意象表現心象，不以沉穩為美學標準；一九七〇年代現代詩論戰以後的台灣現代詩，著眼於社會異常現象的書寫，說明性的語言逐漸凌駕於意象，穩妥與否，具象與否，均非時潮所在意。像〈家鄉的女人〉這樣，出以瘦而有力的日常用語，意象之遞進秩序井然，書寫正常的、平民百姓規律的生活，而能詩意盡出者，洵屬少見。

2. 把大時代的歷史寫進個人的歷史

梅新的詩扎根在現實人生，以個人的小歷史作為素材時，經常融入大時代的歷史，氣度很大，給人大山大水大格局之感。顏元叔曾撰文提過梅新「將詩還給現實人生」的特質。[81]

從梅新的詩可以看到自然透顯的亂離時代，如：〈子彈〉、〈履歷表〉、〈古道〉、〈浙江老家的門〉、〈民國卅八年的事〉、〈從和平飯店出來〉；[82]或充滿大地般承載萬物的擔當，如：〈元旦〉、〈天燈樹〉、〈在斜坡上〉、〈土地廟〉、〈詠石詩〉、〈身後事〉、〈夜的底層〉、〈大擔島與二擔島〉；[83]或藉著星、月、樹等自己喜用的意象，寓託對情人、家國、新生代的愛，如：〈水月調〉、〈觀月浴〉、〈再生的樹〉、〈中國的位置〉。[84]

〈元旦〉寫詩中人在新歲回顧往昔。整首詩傳達的是時令喚起的責任感而非節慶的歡愉。詩中比喻元旦像鴿子歇在肩上，歇在大地上。最後一節寫：「有個元旦／在金門／我曾將我僅有的十八歲／以槍托杵細／餵牠／在我耳際／啄我的髮／白羽融入灰髮／我感覺／今年的元旦／更像鴿子」。鴿子象徵和平。詩中人迎接新年，祈禱的是大我的平安；但同時回想到青春正熾的十八歲元旦，在戰地金門值勤的感受。話語之外對戰爭的怖畏，由「今年的元旦／更像鴿子」，透露消息：對照當年，此情此景聊堪告慰；期待未來，又透出幾許不安。

散文詩〈子彈〉、〈身後事〉、〈民國卅八年的事〉，〈子彈〉以小說情節寫抗日官兵的形影，〈身後事〉

以魔幻寫實的技法寫詩中人對死後肉身的打算，〈民國卅八年的事〉藉典當手錶，投射時代的離散議題。〈子彈〉一詩，與父親年紀相仿的撿骨師為詩中的父親洗骨時，「我」才發現：父親生前的瘸腳，是因為他膝蓋上的三八步槍子彈。「時間已將父親的骨頭和子彈結合在一起了。就讓它留在父親的身上，當作我們對父親記憶的標誌吧」，詩中的「我」如此回答欲將彈頭取下的撿骨師。〈身後事〉的「我」，想好死後眼睛和歌聲的去處。眼睛，「連肉帶血取下」，以最快速度送到玉山或阿里山，嵌在蒼勁挺拔的巨石上，當作地球的眼睛。「至於我留在空中的歌聲，我倒不擔心，下一陣雨，或打一陣雷，很容易我的歌聲就消失了。」不像很多鑄字飲歌的詩人耽心作品不能傳後，梅新反而耽心自己的聲音還在空中縈繞。這是怎樣的襟懷。

又如發表在一九九四年的〈民國卅八年的事〉：

> 當我摘下手錶，遞給櫃檯後面的掌櫃時，鐘面上的指針，指的正好是九點。也正是孩童們說的，太陽開始上班的時間。

80 梅新說，〈家鄉的女人〉系列，描繪女人日復一日操勞家務的景象，以表現記憶中家鄉的女性生活在傳統規律中的秩序美。見梅新：〈與朋友書：寫在詩集《家鄉的女人》之後〉，收於張素貞編：《他站成一株永恆的梅》（台北：大地出版社有限公司，一九九七），頁一九六—一九七。

81 顏元叔說：「梅新的企圖是在現實人生中找詩，是企圖將詩還給現實人生。……（中略）他磨礪了自己的敏感度，鋤入了我們腳邊的泥土，好像說：看，你我的腳下就是詩。」見顏元叔：〈梅新的風景〉，收於梅新：《梅新詩選》，頁二四九—二七〇。

82 各詩依序見梅新：《梅新詩選》，頁二四二、一七七—一七九、二〇七—二〇八、二〇九—二一〇、一九一、二一九—二二〇。

83 各詩依序見梅新：《梅新詩選》，頁一二八—一三〇、一〇六—一〇八、一〇一—一〇二、八二—八三、七〇—七四、二四〇—二四一、二四五—二四六、四八。

84 各詩依序見梅新：《梅新詩選》，頁六五—六六、二五—二六、四三—四六、五三。

櫃檯很高，我看不見櫃檯裡面的掌櫃。因此，我根本不知道我當給了誰。
是賤當。二十塊錢的價值，只能換來幾碗大滷麵，和幾個山東饅頭。
是死當。現在去取，已取不回我當時當進去的時間。
算了。就讓它死當算了。[85]

聯想與暗示濃郁的〈民國卅八年的事〉，詩題已經告訴讀者，這是一件過去的事；結尾再淡淡補上一筆：這是個回不去的死當。「我」進當鋪當掉手錶，當時是民國卅八年某日早上九點。九點，一天的開始：太陽和當鋪都開始上班。「我」無法迎向太陽，反而走進當鋪，以賤價當掉無價，換取口腹之需。錶，暗示歲月。「我根本不知道我當給了誰」，背後有敘述邏輯作為合理的支撐，但在語義上，「當」的受詞不單是手錶，更是芸芸眾生；指向「掌櫃」的「誰」，不單是這個實體當鋪的老闆，更是把整個時代當掉的幕後黑手，甚至未必是「人」。如此的典當經歷，未必真為實人實事，但敘述合於現實。以小指大，就像〈履歷表〉末節寫的：「這份履歷表／我還沒有貼照片／你要也可以是你的」。問題是，這樣永無寧日的履歷，有誰想要嗎。

梅新這類融小我入大我的詩作，理性申述和邏輯結構都明朗可見。通常文字清淺而因果關係確切的詩，目的性和說明性會沖淡詩意，而梅新突破了這個語言的慣性。在詩史、詩藝上，梅新讓我們思索詩性的奧妙。

3.以虛設的故事逼視現實

梅新過世後，余光中以掛劍人的嘆息為《履歷表》作序，曾舉〈白楊〉、〈孔廟門前記事〉、〈長安大街事件〉精讀細品，說梅新：「安排情節簡單而暗示深遠的事件」、「用平實的寫實手法寫日常的平淡景象，又用超現實手法映顯出日常中的離奇鏡頭」。[86]熊秉明寫文章詳細闡釋〈舊事〉，說的也是梅新詩虛擬事件與情節以為說故事之憑依的特質。[87]

梅新詩的這種「無中生有」，把荒誕的情緒加上現實的重量，為苦澀的真實賦予形上的光輝，「有」和「無」兩相交織，得以超現實手法為生命的真實服務，一定程度上也以入神的妙想調理了平順語言，使得整首詩的表現相對渾圓。

詩題上的「舊」、「事件」、「記事」等詞彙，幾乎是梅新詩中生動演出的造境藉口，如〈舊事〉、〈舊情人〉、〈入夜事件〉、〈長安大街事件〉、〈孔廟門前記事〉。[88]文字淡乎寡味，所寫題材猶如日出日落周而復始，卻很「詩」。情節都很簡單，有時只是一幕影像。經常表現在詩中人的失神與茫然、些微的精神失控，而在現實中嶄露了超乎現實的感覺。

例如〈舊事〉，梅新平實記錄了發生在詩中主角官能上的事故，寫一個男子睹景懷人，腦子裡不斷縈繞著二十年前與還是女友的妻子約完會後，仍執拗留在空間裡的女友表情、影子、坐姿。〈舊情人〉寫一個男子巧遇走在他前方的舊情人，舊情人帶著亭亭玉立的女兒。男女主角都覺得對方似曾相識而又不敢相認，「突然／他們的影子／同時出現在路旁商店的櫥窗裡／他們的頭／像是蒙著一層薄薄的灰／他們的臉／似去年的春聯翻過來的那一面」；收尾說：「他於她女兒叫叔叔的時候／像是雨後留在樹上的雨水／落在他的衣領裡／不禁顫了一下」。〈長安大街事件〉，漫步在長安大街的「我」彷彿聽見馬蹄聲：

85 見梅新：《梅新詩選》，頁一九一。
86 見余光中：《斷然截稿》，該文收入梅新：《梅新詩選》，頁二八四—二九五。
87 參見熊秉明：〈真與幻：讀梅新的〈舊事〉〉，《台灣詩學季刊》，第二一期（一九九七），頁五八—六〇。
88 〈舊事〉、〈舊情人〉、〈入夜事件〉、〈長安大街事件〉、〈孔廟門前記事〉，分別見梅新：《梅新詩選》，頁一六一—一六三、九八—一〇〇、一五九—一六〇、二一一—二一二、一八三—一八四。

未見兵馬
何來馬蹄的
滴答。
長安的長者
附耳語之
此乃
長安大街
思念漢王
思念過度
所致。

他問我
是在何種情形下聽到的
我說
似在夢中
又似在夢醒時
他說
他也是在那種情形下
聽見的
聽見的

他說話的語調
多麼像
馬蹄的
滴答聲[89]

「我」在長安大街上恍覺馬蹄聲滴答入耳，在地的長者附耳解答。此詩的「事件」僅止於此。「附耳」寫出長者故作神祕之狀；由後文得知，原來此長者也聽見馬蹄聲而未見兵馬，故自己求解，答曰「長安大街思念漢王過度」，以虛接前文。「長安大街思念漢王」，而非「我」或「長者」漫步在古都舊街上，想像英雄的馬蹄聲；也就是，「長安大街」已有自己的思考和情感。第二節虛中有實，虛幻的馬蹄聲和長者說話的語調虛實相生。此詩以歷史文化為背景，虛實碰撞，傻氣中帶出微妙的氛圍，「我」感覺馬啼聲的幻聽，寫得不太可靠，卻很具體。

詩藝之外，梅新是編輯檯上的能手、推動台灣文學的先鋒，[90]對文化、文學、學術、媒體，梅新以行動力表現其宏觀思考、宏大格局，建樹甚多，成績斐然。洛夫說過，在台北報紙副刊的歷史裡，前期是瘂弦和高信疆火拚的時代，後期是瘂弦和梅新爭鋒的時代；而且相較於其他副刊主編，梅新更重視副刊的學術性。[91]一九七八年大陸《新月月刊》重刊、一九八五年《國文天地》創辦、一九八二年《現代詩》復刊、《中外文學》與《聯合文學》創刊、一九九三年《年度詩選》重新出版面世，均在梅新之催生與策畫下促

89 見梅新：《梅新詩選》，頁二一一—二一二。
90 見零雨：〈梅新事略〉，收於張素貞編：《他站成一株永恆的梅》，頁三—六。
91 參見洛夫：〈我不風景誰風景〉，收於張素貞編：《他站成一株永恆的梅》，頁七七—八三。

成。梅新敦促、參與《中國現代文學大系》、《中國現代文年選》之出版；一九九六年促進台灣海峽兩岸學術交流的「百年來中國文學學術研討會」，在梅新的規畫下舉行，為當時台灣多年來規模較大的文學會議。梅新曾同時擔任《現代詩》的發行人、社長、主編，培植當時新一代的詩人如陳克華、零雨、鴻鴻、莊裕安等。[92]一九八七—一九九七的十年間，梅新主編《中央副刊》，以企畫編輯、設計專題與專欄的方式展現編輯理念，四度獲得新聞局的金鼎獎副刊編輯獎。

岩上（一九三八、九、二—），本名嚴振興，另有筆名嚴堂紘，生於台灣台南。台中師專、逢甲學院財稅系畢業。曾任教於國小。曾擔任《笠》詩刊、《詩脈季刊》主編。曾獲吳濁流文學新詩獎等多種新詩獎項。出版詩集有：《激流》（一九七二）、《冬盡》（一九八〇）、《台灣瓦》（一九九〇）、《愛染篇》（一九九一）、《詩的存在》（一九九六）、《岩上八行詩》（一九九七）、《更換的年代》（二〇〇〇）、《針孔世界》（二〇〇三）、《漂流木》（二〇〇九）、《岩上八行詩》（二〇一二）、《另一面詩集》（二〇一四）、《變體螢火蟲》（二〇一五）；詩評：《詩的存在》、《詩的創發》、《詩的特性》；散文集：《綠意》；童詩：《忙碌的布袋嘴》等。詩作被譯為英、日、德、韓、印、西等多種語文。

岩上在笠詩社的詩人裡很特殊。在素來被認為本土意識濃厚的笠詩社詩人裡，岩上相當能在政治意識和詩藝表現中維持平衡。岩上把現代詩和太極拳並置作喻。他認為詩的現實性和社會性必須落實到現實生活中，再由生活中選擇題材，就像太極拳一樣，提煉語言，虛實相生，有無相應。[93]在創作上，岩上的語言沉穩踏實、質樸內斂、平淡明朗、冷靜自然。

岩上的詩奠基於台灣鄉土，書寫台灣經驗，充滿台灣風土民情；而以台灣鄉土為媒材的同時，又能保留鄉土事物的情味，照看生命的共相，賦予現實形象以歷史的滄桑感。[94]曾進豐認為，岩上的詩兼具社會實錄與歷史意識的價值，有「堅卓的人間形色」；《冬盡》出版於一九八〇年，是台灣鄉土詩創作的先行典律。[95]

「人淡如菊」，郭楓在《漂流木》的序文裡這樣讚美岩上的人與詩。[96]岩上之所以唱出自己的調，寫出自己的風格，主要表現在恬淡、隨興、若不經意的詩風。他的詩時而閃現天外飛來一筆般的佳句，調性散淡、不炫奇、不鋪張。如：「面目，在夜裡漩渦成龐大的磁場」[97]、「夕暮之後／就是水溫風暖的夜晚」[98]、「有影無？有影，真的／無影，假的」[99]。

岩上在《更換的年代》以後出版的詩集，情感的表現較理性而制約，敘事寫景、社會家國的題材比私我情感的抒發多；始終如一的是傳達平實的生活感受，批判溫和而明確。例如〈舉手〉以車站為界線，對比冷氣開放的車站內舉手揮別的人群、車站外烈日下廣場中舉手與群眾示意的銅像，末節說：「只有／銅像，站在車站外的廣場／他的身影／被烈日蒸蒸的熱氣／烤得發燙／也不放手」[100]，詩行釋放對威權的嘲弄，語氣

---

92 見封德屏：〈梅新小傳〉，收於張素貞編：《他站成一株永恆的梅》，頁七—九。

93 參見岩上：〈詩與太極拳〉，收於岩上：《綠意》（南投：南投縣政府文化局，二〇一五），頁一三三。

94 參見王灝：〈論詩的鄉土性〉，《詩脈》，第三期（一九九七），頁二九—三九；陳去非：〈站在草地上生活的人：讀《岩上詩選》〉，《笠》，第二四五期（二〇〇五），頁八九。

95 曾進豐說，岩上詩在社會實錄方面，所重在人，閃耀著人道關懷的光輝；在歷史意識方面，有多首詩作召喚台灣的主體覺醒，抗議威權壓迫，透顯台灣文學的傷痕原型。參見曾進豐：《經驗與超驗的詩性言說：岩上論》（台北：秀威資訊科技股份有限公司，二〇〇八），頁五、二五、二八九。

96 見郭楓：〈風格韻味流布於散淡恍惚間：序論岩上兼賞析《漂流木》詩集〉，收於岩上：《漂流木》（台北：秀威資訊科技股份有限公司，二〇〇九），頁三—三〇。

97 〈憶〉，《激流》（台北：笠詩社，一九七二），頁二三。

98 〈夕暮之海〉，《愛染篇》（台北：台笠出版社，一九九一），頁一〇七。

99 〈影〉，《岩上八行詩》（台北：派色文化出版社，一九九七），頁九四。

100 〈銅像〉，岩上：《更換的年代》（高雄：春暉出版社，二〇〇〇），頁六二。

調侃而不咄咄逼人。

「太極拳四要」演繹易理和太極拳法，一輯四首，是岩上詩藝的高峰。以〈鬆〉、〈沉〉、〈圓〉、〈整〉概括太極拳精神的這四首詩，落實了詩語言結合日常生活、抽象意念具象化、虛實互相為用的旨趣。如〈鬆〉：

懸掛起來，頭頂虛靈
支撐的頸部也切除
兩隻手垂落在腰股的兩旁
脊椎一節一節拴開連接的螺絲釘
讓它們成斷了線的
念珠，墜落於山谷的湧泉

各條筋脈有了歸屬
從攬雀尾拍起白鶴亮翅飛落
金雞　獨立
骨盤捧著一盤水
如滑動的車身
兩股虛實之間
移動如輪而站樁[101]

此詩從「虛靈頂勁」、「沉肩墜肘」、「鬆腰開竅」等太極拳的要領，寫到「攬雀尾」、「白鶴亮翅」、「金雞獨立」等太極拳招數。用的純然是白描手法，借鏡的是太極拳精神裡就具有的意象。岩上貫串了這些意象，即物審視，直擣主題。此詩和諧、圓滿、雋永、隨緣、曠達、雲淡風輕，表現詩與生活的實存和共通性，達成如岩上對自己詩作「平淡邃美」的期許。[102]

張香華（一九三九、七、三十一—），曾短暫以筆名「尹華」發表詩作。原籍福建龍岩。生於香港。一九四六年隨家人遷居台灣，在宜蘭安家落戶。台灣師範大學國文系畢業。曾任教於北一女中、建國中學、致理商專、世界新聞專科學校。一九七五年與羅青、詹澈等詩友合創草根詩社並擔任主編。一九九〇年代初期曾任職於國際特赦組織，聲援良心犯，宣揚人權理念。一九九〇年代之後，致力於外國詩作之翻譯及引介。曾獲傑出文化獎、文藝廣播獎、五四文學交流獎、羅馬尼亞大學榮譽教授、南斯拉夫傑出文化貢獻獎、舊金山國際詩人協會桂冠獎等。詩作曾被翻譯成多種文字，在日本、韓國、美國、波蘭、南斯拉夫等國家出版。在台灣出版詩集：《不眠青青草》（一九七八）、《愛荷華詩抄》（一九八四）、《千般是情》（一九八七）、《貓，你喜歡我嗎？》（二〇〇四）、《初吻》（二〇〇六）；詩選集：《只緣身在此山中》、《南斯拉夫的觀音》；主編詩選：《玫瑰與坦克》、《茉莉花串》等菲華詩作；翻譯：《乘著光的梯子下降》、《踐踏繽紛的落花》、《詩人的時空》、《我沒有時間了》、《心靈的密碼》等日本、韓國、美國、南斯拉夫的詩作。另著有散文集、有聲書等多種。

101　〈鬆〉，《漂流木》，頁九七—九八。

102　岩上曾以充滿裝飾性的語言說：「希望在淡素太和的語言中，給出含藏的詩的豐富性，在平淡中挑逗的刺激，讓非裝飾性的語言激越成為有勁道的張力，而不是詩意枯萎的花蕊。平淡邃美，是我晚近在詩的表現上努力的方向。」見岩上：《漂流木・後記》，頁二六二。

在詩史上，張香華有兩個特點：**1.關懷現實的詩觀與創作；2.具國際觀的現代詩推廣與交流**。

一九七〇年代台灣現代詩的創作取向，由內在意識轉向生活現實，張香華是此一風潮下主要的女詩人。[103]劉登翰、朱雙一觀察到，即使在委婉傾訴內心世界的早期抒情作品中，「透過她內心所折射出來的外部世界是一確切明朗的。」、「她所書寫的是一顆關懷大千世界的心靈，是內心渴慕、追求的目標與現實無法彌合的困惑和矛盾。」[104]鍾玲說，女詩人而專擅社會諷刺，處理社會現實與家國之思者，張香華為其中之鳳毛麟角。[105]

張香華的詩視野寬闊，富於人道精神、人權關懷、莊嚴的人生理想。其詩觀是大眾化、生活化，擁抱並批判現狀，愛其所當愛，恨其所當恨，崇尚生命力與創作自由，反對以政治或理論領導創作。[106]張香華詩作整體的風格，給人溫暖明亮、熱誠堅毅、與不公不義抗衡的感受；遠遠悖離傷春悲秋、荒誕離奇、虛無扭曲的詩風。其中秀異之作，能寓批判於畫面，不落言詮地表現對社會一角的觀察，又能以殊相映證共相，具時代感。如〈報紙〉，描寫清晨一張隔夜的報紙遭一輛未載貨的卡車碾過，然後馬路上的清潔工把它掃進廢紙堆。包藏詩人批判的部分在該詩第二節對報紙內容的重點摘錄：「迷路失蹤招領的男童／嬌倩展覽時裝的名媛淑女／下堂求去的妻子在法庭上控訴／貪污瀆職案發的某公下獄鋃鐺」，[107]這些儼然還在延展的舊聞，隨著卡車碾過，已成明日黃花，然而「今日」、正在發生的新聞，可想而知與那張「隔夜報紙」大同小異，「舊聞」是否持續被追蹤、真實性如何，與「新聞」一樣，都只是填塞耳目、用過即棄的消耗品。這是資本社會的體質。張香華藉〈報紙〉託物言情，以小見大，寓嘲弄之意。〈三號模特兒〉、〈春天在電話中傳送〉，[108]也是此類作品。

一九九〇年代之後，張香華因國際間頻繁的詩歌會議與活動，憑藉自己多種語言的長才，長期致力於東歐、美國、東北亞、中國大陸、台灣等各地各國詩人的翻譯及交流，出版譯作，投身於詩的傳播、推廣、大眾化，想方設法結合詩與多媒體，演繹各種詩的可能性。如：為國際詩壇編印詩集；翻譯菲華詩人的作品；

出版有聲書：《茶，不說話》；一九九三年起的十餘年，主持警察廣播電台《詩的小語》，將詩與音樂、朗誦結合等等。熊國華說張香華：「用愛心擁抱世界，為世界和平而奔走呼號。」[109]

羅青（一九四八、九、十五—），本名羅青哲。生於青島。一九四九年隨父母到台灣。台灣的輔仁大學英文系學士；美國華盛頓大學比較文學碩士。曾任教於輔仁大學、政治大學、台灣師範大學。曾與詩友創辦《草根》詩刊、主編東大書局之滄海美術叢書。曾獲第一屆中國現代詩獎、鹿特丹國際詩人推薦獎。在台灣出版詩集：《吃西瓜的方法》（一九七二）、《神州豪俠傳》（一九七五）、《捉賊記》（一九七七）、《隱形藝術家》（一九七八）、《水稻之歌》（一九八一）、《錄影詩學》（一九八八）等；詩畫合集：《不明飛行物來了》（一九八四）、《螢火蟲》（一九八七）、《我發明了一種藥》（一九八八）、《少年阿田恩仇錄》（一九九

---

103 相關論述可參考劉登翰、朱雙一：〈奔向生命的河流：張香華論〉，收於《彼岸的繆斯》（南昌：百花洲文藝出版社，一九九六），頁三〇七—三一二；薛晨曦：〈擁天外的藍於溫柔的詩心：讀張香華詩集《千般是情》〉，《台港文學選刊》，第十一期（一九九一），頁八六—八七；古繼堂更說張香華：「台灣女詩人中民族感、歷史感最強的詩人之一。」見古繼堂：〈碧樹，是她的思索〉，收於楊文娟編：《她的人，她的詩》（台北：星光出版社，一九九二），頁二二一—二三六。

104 參見劉登翰、朱雙一：〈奔向生命的河流：張香華論〉，收於《彼岸的繆斯》，頁三〇七—三一二。

105 參見鍾玲：〈由象牙塔到人間世〉，收於楊文娟編：《她的人，她的詩》，頁二三八—二四八。

106 張香華說過：「生命的詩篇，應該是有血有淚，可歌可泣的。」見張香華：〈一個台灣新詩人的成長：在愛荷華國際作家寫作計畫提出的報告〉，收於張香華：《愛荷華詩抄》（台北：林白出版社有限公司，一九八四），頁一七—三〇。又，張香華參與多年並曾主編的《草根》詩刊，即一向以生活化、大眾化為主要訴求。

107 見張香華：《不眠青青草》（台北：星光出版社，一九七八），頁一一〇。

108 依序見張香華：《不眠青青草》，頁一五一；《愛荷華詩抄》，頁一六三。

109 見熊國華：〈論張香華的詩〉，《珠海雜誌》，第四期（一九九六），頁一一二—一一六。

六）、《一本火柴盒》（一九九九）、《驚醒一條潛龍》（二○○二）等；書畫集：《羅青畫集》等；散文集：《羅青散文集》、《七葉樹》；評論集：《從徐志摩到余光中》、《詩的照明彈》、《詩的風向球》、《詩人之燈》、《荷馬史詩研究》、《什麼是後現代主義》等。

羅青是多種藝術型態的多元經營者；兼擅詩、散文、書法、繪畫、文學評論。其〈水稻之歌〉長年選入國民義務教育的國文課本；這首清淺清朗的作品因而成為台灣學子的現代詩啟蒙教材。[110]

在一九四五年以後出生的戰後嬰兒潮世代詩人裡，羅青成名很早；首部詩集《吃西瓜的方法》初版時，羅青年方二十四。隔年，余光中撰文，讚譽此書為「新現代詩的起點」，說：「羅青在台灣詩壇的出現，多多少少象徵著六十年代老現代詩的結束，和七十年代新現代詩的開啟。」[111]羅青之詩名從此大噪。

羅青，《水稻之歌》，台北：大地出版社有限公司，1984。

羅青，《從徐志摩到余光中》，台北：爾雅出版社有限公司，1978。

在一九七○年代的台灣，羅青與席慕蓉締造了現代詩個人詩集的行銷傳奇：羅青表現在行銷方法，席慕蓉則表現在詩集的銷售量。[112]羅青的詩集大都按照特定的主題編輯；對詩集之出版，完全不避諱商業的、傳播的目的。[113]在「詩譜」的製作規畫中，羅青的詩集以系統的編排和嚴謹的結構見稱。

研究者認為，一九七五年以前是羅青詩創作火力全開的時期，約當《吃西瓜的方法》、《神州豪俠傳》寫作及出版。[114]其詩之特色為：

1.擅長規畫以現代都會為焦點的素材

羅青的詩多所開拓，尤其擅於謀畫現代都會的題材；而如科幻詩、錄影詩等名目，都在羅青的宣揚下開風氣之先。《神州豪俠傳》以武俠課題為整部詩集的重心；《捉賊記》仿舊體俗文學引古詩為前導與運用繪畫中的素描效果；《錄影詩學》具語言的實驗性，將電影構成及技巧融入詩作，典型「台版後現代詩」的特徵，如拼貼、諧擬、反諷、黑色幽默、後設語言、圖象思維、打油詩、意旨失蹤，在《錄影詩學》中一應俱全。孟樊、林燿德等重視羅青對台灣後現代思潮的引進，即以

110 羅青詩作的相關研究，在台灣較具代表性的單篇論文如林燿德：〈前衛海域的旗艦：有關羅青及其「錄影詩學」〉，《文藝月刊》，第一九八期（一九八五），頁五二—六二；殷建波：〈論羅青的武俠詩：內容與形式〉，《中外文學》，第六卷，第五期（一九七七），頁一五六—一七八；白靈：〈藝術頑童冷眼看：試論羅青新詩〉，收於《文訊》，第十七期（一九八五），頁一七六—一八七；渡也：〈吃西瓜的壞方法〉，渡也：《渡也論新詩》（台北：黎明文化事業股份有限公司，一九九三），頁一一三—一二七。

111 余光中：〈新現代詩的起點：羅青的「吃西瓜的方法」讀後〉，《幼獅文藝》，第三七卷，第四期（一九七三），頁一三。

112 羅青曾笑言，自己的《神州豪俠傳》被書局和武俠小說擺在一起，《西吃瓜的方法》放到食譜區，《錄影詩學》放到攝影區。

113 羅青所謂「詩譜」，指的是以有脈絡有組織的計畫、有起伏有照顧的韻律所編的詩集。參見羅青：《羅青散文集》（台北：洪範書店有限公司，一九七六），頁一三五。

114 參見白靈：〈藝術頑童冷眼看：試論羅青新詩〉，收於《文訊》，第十七期（一九八五），頁一七六—一八七。

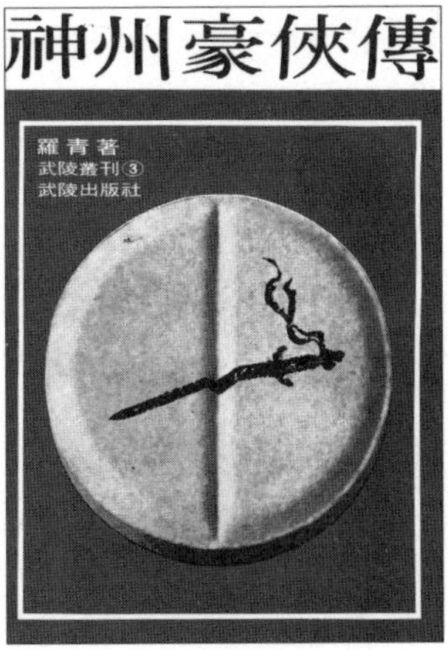

羅青，《神州豪俠傳》，台北：武陵出版社，1975。

羅青，《錄影詩學》，台北：書林出版有限公司，1988。

《錄影詩學》為後現代詩作的指標。115

2.富含機趣的生活語言

羅青常融入中國傳統民俗的元素，以諺語、口語，或戲擬童言童語入詩，其詩俏皮、口語化、意象鮮活、富於機趣。羅青較耐人尋味的作品，往往於嬉戲的語言風格中蘊蓄一絲機巧、玄思，或對生命的局部思考，例如〈白蝶海鷗車和我〉：

只因為，在趕班車時，偶然，看到一隻，小白蝶
孤獨的，面對一大片起伏不定的屋瓦，挑戰式的
飛著，便停了下來——顧盼之間，頓然驚覺

竟忘了什麼叫海！

不過，車子總還是要趕的，海，也只不過是偶爾
想想罷了，當然，有時望著車窗外起伏的建築出
神時，冷不防，亦會想出一隻無棲止的，海鷗
面對全世界起伏不定的海洋116

此詩以飛撲的白蝶作為趕班車的「我」與虛擬的「海鷗」的中介，摹寫詩中人在現實生活中的載浮載沉。白蝶、海鷗與詩中人的形象重疊，白蝶的孤獨、奮勉與海鷗的無所棲止，投射到趕車的詩中人身上，出現三次

的「起伏」：第一次暗示詩中人的喘息，第二次寫車子行進中，詩中人望向窗外的恍惚與茫然，第三次以「起伏不定的海洋」把詩境推向不可知的未來。第二節「竟忘了什麼叫海」一句獨立成節，頗有魔幻寫實之效。此節之主詞原為第一節趕車的詩中人。「海」的聯想來自如海浪般、因詩中人氣喘吁吁而看起來「起伏不定」的屋瓦；然而海與屋瓦形象之同，不如在此詩中的本質之異。海的自然意象與屋瓦的文明意象固然對比，趕上班的詩中人在奔跑中，竄出與心情節奏完全背離的大海意象，尤為突梯滑稽，張力於焉生成。大海暗示經濟壓力，兼具召喚、吸引、吞噬等意涵。

詩題具現代感，語言生活化、趣味化、在地化，使得羅青的詩既避開冗長乏味的敘述，又能以新鮮活潑的詩想吸引讀者。例如〈司機阿土的月亮〉，把登陸月球和「地球」、「輪胎」、「方向盤」聯想；又如〈酒瓶椰子發展史〉的幽默筆觸、〈辣椒書生〉的諷刺手法、〈試管成人〉的都市書寫、〈炒菜該放多少鹽〉的生活素材、〈就是大專聯考沒有錯〉的大考情境，在在刷新當時讀者的眼界。[117]

---

115 孟樊說：「台灣這股後現代思潮一如當初現代主義的興起，乃係由詩壇炒作起來，若干詩人（如羅青、夏宇、林燿德、陳克華、林群盛等）的創作及文字（如羅青、林燿德、孟樊）成為帶動後現代思潮的火車頭。」見孟樊：《台灣後現代詩的理論與實際》（台北：揚智文化事業股份有限公司，二〇〇三），頁一八五；林燿德也說過：「羅青是國內首先引入後現代主義整體觀念的學者，其實早在一九七二年他的處女詩集《吃西瓜的方法》出版時，其中許多詩作已具備後現代主義的特色，由於他當時嶄新的表現，象徵著台灣現代詩發展的一個全新開始。」見林燿德：〈後工業文明心靈的開啟：羅青：七〇年代後台灣詩壇關鍵性人物〉，《自由青年》第七七卷，第二期（一九八七），頁四五。

116 羅青：《吃西瓜的方法》（台北：幼獅文化事業股份有限公司，一九七二），頁九八。

117 〈司機阿土的月亮〉，羅青：《吃西瓜的方法》（台北：麥田出版社，二〇〇二），頁二三四—二三五。〈試管成人〉、〈炒菜該放多少鹽〉、〈就是大專聯考沒有錯〉，見羅青：《水稻之歌》（台北：大地出版社有限公司，一九八四），頁一六九—一七一、五九—六一、一四八—一五一。〈辣椒書生〉，見羅青：《神州豪俠傳》（台北：武陵出版社，一九七五），頁一九七—二〇〇。〈酒瓶椰子發展史〉，羅青：《不明飛行物來了》（台北：純文學出版社，一九八四），頁二九。

鄭烱明（一九四八、八、六—），生於高雄。中山醫專醫科畢業。曾任職於高雄市立醫院內科，後自行開業。曾與文友合辦《文學界》、《文學台灣》。曾任笠詩社社長、台灣筆會理事長。曾獲吳濁流文學獎、高雄市文藝獎、中國新詩學會優秀青年詩人獎等。出版詩集：《歸途》（一九七一）、《悲劇的想像》（一九七六）、《蕃薯之歌》（一九八一）、《最後的戀歌》（一九八六）、《三重奏》（二〇〇八）、《死亡的思考》（二〇〇八）、《凝視》（二〇一五）；詩選集：《鄭烱明詩選》（一九九九）、《三稜鏡》（與江自得、曾貴海之合集）；主編：《台灣精神的崛起：笠詩刊評論選集》、《穿越世紀的聲音：笠詩選》；與李魁賢、李敏勇合編：《混聲合唱：笠詩選》。

鄭烱明的創作心態嚴肅，對「當詩人」這件事有深刻的使命感；曾藉詩中人之口發聲，在〈闇中問答〉表示：「詩人的責任就是寫出他那個時代的心聲。」[118]鄭烱明的詩主題鮮明，語言平易，情感真摯，詩中的自我省察和倫理特質明顯，不以蒼白的目的論為訴求。鄭烱明的詩也有許多批判台灣政治現實、歷史事件、兩岸議題、家國認同、社會黑暗；但是鄭烱明獨出之處，在於其創作路徑由內視出發，觀察小我與生活周遭，進而批判外在現實。

鄭烱明的詩，靠的是主題帶領的敘述或情節，不以意象取勝，文字不稠密；像〈給獨裁者〉末節：「在歷史嚴厲的裁判下／你的憤怒只是／寒風中的一個噴嚏而已」，[119]將獨裁者的憤怒比喻為寒風噴嚏的精彩意象，在鄭烱明的詩中畢竟少見。其詩經常以一個有情節的詩想鋪展成散文化的詩行，如：〈路〉、〈乞丐〉、〈火山〉、〈絕食〉、〈襯衫〉、〈沒有比語言更厲害的武器〉。排比、羅列，這些非常基本的修辭是鄭烱明常見的手法。除非為了句子長度的均衡而斷為兩行，否則都是簡短的直述句、煞尾句；不迴行、不待續、很少問號。鄭烱明已出版的詩集都是短詩，形式傳統，結構簡潔，不玩文字遊戲。詩中展現的思想明亮、篤定，斷語俐落，即使表現挫折或困頓，語氣亦堅定如常。如〈陷阱〉：「在什麼都看不到的／黑暗的洞穴裡／我們像一匹受創的馬／無助地躺著」[120]、〈抉擇〉：「只有相信你自己／當一把染血的利刃／已經逼近你的喉頭」[121]

鄭炯明個人詩質的高峰在一九八〇年代。〈絕食〉的前兩節：「有些神是不能批評的／正如有些東西不能吃一樣／／倘若不小心批評了／是會像誤食毒物一般／突然變成一朵鬱金香死去的／沒有辯解的餘地」。[122]「神」隱喻威權政治。〈混聲合唱〉，詩分「一個男人的觀察」、「一個女人的告白」兩節，主述者從男人的角度出發。順著詩行讀過去，原以為是一對怨偶各自表述的心聲紀錄，直到詩的最後，由女主角說出：「我不敢奢望現在的你／會如從前真心地愛我／可是你應該相信我的誠意／鼓勵我支持我／讓我們共創美好的明天」，[123]方才確知此詩的政治嘲諷：以男人暗喻被統治者，以女人隱喻統治者，藉著多年相處、由情侶變成怨偶的男女，聯想政治、權力。又如〈走索者〉，刻畫一群被驅趕的特技表演者，在虛無如逃亡的天空裡互相依偎，反而能豁出去、不顧一切去做自己，即使隨時會跌落深谷。[124]這些詩作的現實隱喻都很強。

阮美慧討論鄭炯明的現實詩學，曾舉〈狗〉、〈不能不〉、〈烤鴨店〉、〈我是一隻思想的鳥〉等詩作，說明鄭炯明如何批判威權體制。[125]陳義芝以「走在時代前端的鼓手」為標題，討論鄭炯明的〈路〉、〈襯衫〉、〈誤會〉、〈絕食〉、〈帽子〉、〈抉擇〉、〈魔術師〉等作品，肯定鄭炯明的創作力。[126]

---

118 見陳明台編：《台灣詩人選集．41．鄭炯明集》（台南：國立台灣文學館，二〇〇九），頁七五—七七。
119 見陳明台編：《台灣詩人選集．41．鄭炯明集》，頁六四—六五。
120 見陳明台編：《台灣詩人選集．41．鄭炯明集》，頁七三—七四。
121 見陳明台編：《台灣詩人選集．41．鄭炯明集》，頁八〇—八一。
122 參見趙天儀等編：《混聲合唱》（高雄：春暉出版社，一九九二），頁六四六—六四七。
123 見陳明台編：《台灣詩人選集．41．鄭炯明集》，頁六六—七〇。
124 見陳明台編：《台灣詩人選集．41．鄭炯明集》，頁九五—九六。
125 參見阮美慧：〈鄭炯明「現實詩學」的轉折與建構〉，收於林明德主編：《台灣新詩研究：中生代詩家論》（台北：五南圖書出版股份有限公司，二〇〇七），頁一七二。
126 參見陳義芝：《現代詩人結構》（台北：聯合文學出版社股份有限公司，二〇一〇），頁一〇四—一〇九。

在一九七〇年代笠詩社的戰後嬰兒潮世代中，鄭炯明詩名最響。陳明台說，鄭炯明一面寫詩，一面參與笠詩社的各種本土詩活動，最足以顯示笠詩社的主流詩風。[127]陳義芝考察鄭炯明發表的作品，發現鄭炯明自一九八〇年代過後，產量明顯單薄；一九九〇年代後則更見稀少。[128]

楊澤（一九五四、二、十二—），本名楊憲卿。生於嘉義。台灣大學外文系學士、碩士，美國普林斯頓大學東亞研究博士。曾任《中外文學》編輯、《中國時報・人間副刊》主任。曾任教於台灣國立藝術學院、美國布朗大學。曾獲時報文學獎。出版詩集：《薔薇學派的誕生》（一九七七）、《彷彿在君父的城邦》（一九八〇）；個人詩選：《人生不值得活的》（一九九七）。

楊澤的詩創作期高度集中在一九七〇年代。一九八〇年代之後，楊澤發表詩作的頻率與數量趨緩、變少。陳允元說，一九九七年出版的《人生不值得活的》，共四十二首詩，有二十九首是《薔薇學派的誕生》、《彷彿在君父的城邦》的舊作。[129]二〇一七年印刻出版社以「經典重出」的宣傳方式，重印了絕版已久的《薔薇學派的誕生》和《彷彿在君父的城邦》。

楊澤為數不多的詩作，個人風格明顯：

1.抒情而古典

楊澤的詩是一九七〇年代台灣現代詩回歸傳統的例證。其抒情詩風經常以文學、文化中的典故、意象或暗示來折射；簡政珍因而指陳楊澤：「享有十九世紀浪漫詩人的餘溫」。[130]〈伐木〉、〈快雨時晴帖〉、〈彷彿在君父的城邦1〉、〈彷彿在君父的城邦3〉等詩作，[131]或在形式，或在用語，均鎔鑄中國古典文學的元素。楊澤以古典匯注詩情，使得他的詩更自足而封閉、神祕而多感。

2. 菁英而內縮

透過三本個人詩集，楊澤詩綺麗、柔軟、抒情、感傷、荒涼、游離、徬徨，氣質極其顯著。這幾乎已是詩壇和學界的共識。以此氣質為基礎，楊澤的詩表現對「純粹」的堅持、在高蹈質疑和介入現實之間的迷離、對文化鄉愁的嚮往與困惑、對以愛為名的理想之告白與反芻。林燿德、駱以軍，均撰文提到這一點。[132]〈漁父・1977〉和〈旅夜書懷〉裡，[133]楊澤重寫心中的屈原與杜甫，從中可以發現不斷被扣問的理想、淑世等「菁英分子」被認為應該關切的命題。

二〇一七年《彷彿在君父的城邦》重刊，唐捐以〈蕩子夢中殉國考〉為題寫序，說楊澤的「彷彿在」，意味無君無父，城邦傾圮，而在薔薇中誕生、在雕欄玉砌裡成長的抒情詩人，便虛擬君父城邦的血脈、推演沒落貴胄子弟的老成調性，墜入痴醉之狀。[134]唐捐反言若正的評論姿態，恰可當作二十一世紀回顧一九七〇

127 見陳明台編：《台灣詩人選集・41・鄭炯明集》，頁一二八。

128 參見陳義芝：《現代詩人結構》，頁一〇九。

129 參見陳允元：〈徬徨者與信仰者：論七、八〇年代之交的楊澤詩及其時代意義〉，《台灣詩學・學刊》，第十三號（二〇〇九），頁五七—八二。

130 參見簡政珍：〈楊澤論〉，收入簡政珍、林燿德編：《台灣新世代詩人大系（上）》（台北：書林出版有限公司，一九九〇），頁三五九。

131 〈伐木〉、〈快雨時晴帖〉、〈彷彿在君父的城邦1〉、〈彷彿在君父的城邦3〉，依序見楊澤：《彷彿在君父的城邦》（台北：時報文化出版企業股份有限公司，一九八〇），頁八三、五五—五八、一四七—一五一、一五六—一六〇。

132 參見林燿德：〈檣桅上的薔薇：我讀楊澤〉，《一九四九以後》（台北：爾雅出版社有限公司，一九八六），頁七〇—七一；駱以軍：〈飄移在小城街道裏的囈語：試評楊澤〈1976記事1〉〉，《現代詩》，復刊第十五期（一九九〇），頁二七—二八。

133 楊澤〈漁父・1977〉，見楊牧、鄭樹森編：《現代中國詩選I》，頁七九五。〈旅夜書懷〉，見楊澤：《彷彿在君父的城邦》，頁三九—四二。

134 見唐捐：〈蕩子夢中殉國考〉，參見https://www.flickr.com/photos/tzichin/32006263753。二〇一八、九、八查閱。

年代楊澤詩的「讀者反應」最佳代言。

楊澤詩中透顯的菁英調子，其悲劇不在「殉國」，而在於無國可殉；因為楊澤詩中的「國」、「理想」與「愛」，是追尋中的理念而非實存。那是一種，誠如論者所言，與「此在」脫節、抒情架構無以負載理念、思索而無所依歸的春夢遺恨。[135]〈在風中〉、〈在畢加島1〉、〈在畢加島2〉、〈這是犬儒主義的春天〉、〈彷彿在君父的城邦1〉等多首詩作，[136]都可看到第一人稱敘事聲音的憂心悄悄、猶如遺少的情懷。駱以軍說，楊澤詩中出現的特定名字「瑪麗安」，相當於重疊且融化於楊澤思維領域的陰性分身。[137]此說饒富興味，令人想起楊牧〈十二星象練習曲〉的「露意莎」：均以遙遠、反智性、富使命、不可捉摸的影子情人，存在於詩行。

羅智成（一九五五、一、二十一—），祖籍湖南安鄉，生於台灣台北。台灣大學哲學系學士，美國威斯康辛大學東亞所碩士、博士班肄業。長期擔任《中國時報・人間副刊》等報章雜誌社的編輯、發行人；曾任台北市政府新聞處處長、中央通訊社社長；曾任教於台灣東吳大學、台灣東華大學等大專院校。曾獲時報文學獎、中國文藝獎章等重要獎項。創作文類以詩與散文為主。出版詩集：《畫冊》（一九七五）、《光之書》（一九七九）、《傾斜之書》（一九八二）、《寶寶之書》（一九八九）、《擲地無聲書》（一九八九）、《黑色鑲金》（一九九九）、《夢中書房》（二〇〇二）、《夢中情人》（二〇〇四）、《唸給妳聽》（二〇〇六）、《夢中邊陲》（二〇〇七）、《地球之島》（二〇一〇）、《透明鳥》（二〇一二）、《諸子之書》（二〇一三）、《迷宮書店》（二〇一六）；文集：《泥炭紀》、《夢的塔湖書簡》、《亞熱帶習作》、《文明初啟》、《南方朝廷備忘錄》、《南方以南，林中之沙》；文化評論：《知識也是一種美感經驗》；攝影集：《遠在咫尺：羅智成攝影之旅》等。[138]

在戰後嬰兒潮世代的台灣現代詩人中，羅智成起步甚早。第一本詩集《畫冊》出版時，羅智成二十歲，還在台灣大學哲學系就讀。三十歲以前，羅智成已出版兩本水準相當平均而風格相當特出的個人詩集：《畫冊》、《光之書》。在論戰方酣的一九七〇年代台灣現代詩壇，青年羅智成已經是曖曖內含光的獨立星體。一九八〇年代，羅智成在時報文學獎的詩獎中，曾三度獲獎。〈問聃〉是一九八〇年敘事詩獎的佳作；〈離騷〉、〈說書人柳敬亭〉分別是一九八三、一九八六年時報文學獎的新詩推薦獎。這幾首長詩，與〈西狩獲麟〉、〈齊天大聖〉等作成一系列，是羅智成以古代的文化時空為背景、以獨白和對話為結構主體的長篇嘗試。

羅智成的詩兼擅思辨與直覺，長於處理意識邊緣的游離因子，以遺世而獨立的浪漫筆觸，營造詩中遙遠而安靜的樂園。伊甸園一般的夢境，以及詩人賴以獨白的虛擬戀人，是羅智成詩作無法忽略的質素。對於樂園的殷切需索，羅智成經常雜揉虛實互滲的時空，透過氣氛、情緒、意象的引領，以及對現實疏離的態勢，逼顯純粹的自我，維持精神世界一貫的孤獨。林燿德曾以「近乎純粹的神秘主義」評論羅智成的詩。[139] 翁文嫻也說過：「羅智成在幸福的現實中，並未忘記他那遙不可及的、文明盛境的想像。」[140]

羅智成的詩以玄想為多，恆進入高度純粹的思維，浸潤著疏離與玄祕感，瀰漫拓落飄移的思緒與幻境。如其名作〈觀音〉：「柔美的觀音已沉睡稀落的燭群裡／她的睡姿是夢的黑屏風／我偷偷到她髮下垂釣／每顆遠方的星上都大雪紛飛」。《光之書》、《夢的塔湖書簡》、《夢中書房》、《夢中情人》的許多詩作，都有獨

135 參見前注林燿德、唐捐之文。

136 〈在風中〉、〈在畢加島1〉、〈在畢加島2〉、〈這是犬儒主義的春天〉，依序見楊澤：《彷彿在君父的城邦》，頁二四—二六、五七、八—一〇、一一七—一一九。

137 參見駱以軍：〈飄移在小城衖道裏的囈語：試評楊澤〈1976記事1〉〉，《現代詩》，復刊第十五期（一九九〇），頁二七—二八。

138 「台灣文學網・羅智成」。網址：https://reurl.cc/n7VG6。二〇一六、九、十二查閱。

139 見參見林燿德：《一九四九以後》，頁一一四。

140 參見翁文嫻：〈設計精準的飛〉，《聯合報》，第二三版，二〇〇二年四月七日。

白或對話的現象，可視為詩中人割裂自我的心靈辯證。[141]例如〈黑色鑲金・6〉的詩行：「我的思想／是這座城市歧誤的伴奏／因為無人知悉／得以從容繼續」[142]又如〈黑色鑲金・42〉：「一如我憂傷預期／詩終於退入我的書房／其餘都淪陷了／／更高分貝的文明／在窗外進行、搭建牌樓／美麗的字眼，將被一一放逐／文盲將開始撰寫文學史……」[143]詩寫與現實對峙的窘態。「更高分貝」暗示強行介入的暴力；「美麗的字眼將被一一放逐」暗示理想被破壞；「文盲將開始撰寫文學史」寫人為的乖謬。外在環境如斯，而樂園則在「書房」開啟。

羅智成的詩以純粹感為基調，寄託欲語還休的情感。對於內在精神的挖掘或傳統文化意涵的重新詮釋，羅智成以幾乎精神潔癖的狀態安置自身的詩樂園，復以頹唐的筆調塗敷抒情的距離。[144]

論者以為，楊牧、楊澤、羅智成，三人詩中抒情的現代感、以古諷今的敘事書寫、迷人的聲音與節奏、個人密碼遍布的特質，有別於一九七〇年代台灣現代詩壇現實主義與現代主義爭鋒的態勢，刷新當時的抒情風姿。[145]

六、結語

一九七〇年代的台灣現代詩，論戰多，活動多。這是台灣現代詩史上「正式」標舉本土、鄉土書寫的時期，是以黑暗角落為關注視角的「都市文學」萌芽的時期，是「愛台灣」逐漸變成口號的發端，是部分詩人把「現實書寫」當作「買綠蠵龜來放生」、把對生命的惡意投注到生命書寫的時刻。

一九七〇年代的台灣現代詩壇，發光發熱的主要仍是一九五〇年代的大陸來台詩人，如洛夫、余光中等，在一九七〇年代都出版了兩本以上的詩集。至於一九八〇、一九九〇年代詩壇主流的戰後嬰兒潮世代詩人群，在一九七〇年代僅極少數出版詩集，絕大部分仍以詩社為發聲的主要媒介，對當時的詩壇現象提出建言。一九七〇年代也是台灣現代詩評論走向嚴肅論證、學術化的開始。回顧茫茫論戰烽火的一九七〇年代，被冠以「晦澀」之名的「現代主義」詩作，在「刺繡文不如倚市門」的時代風潮中，逐漸被推向黯淡的角落。

各種新興詩社是多數戰後嬰兒潮世代詩人的發祥地。一九七一年開始，此起彼落的新興詩社搖旗吶喊。一九七二年起，隨著現代詩論戰引出了《中外文學》、《現代文學》，《龍族評論專號》建立「現代詩專號」，大規模討論台灣現代詩。與此同時，現代詩納入大學的新文藝課程，正式進入教育體制。顏元叔大力倡導的新批評閱讀，在一九七〇年代的現代詩評論中發揮立竿見影的作用。

一九七〇年代，開始在大學詩社嶄露頭角的戰後嬰兒潮世代詩人，對於以中文書寫的現代詩，其中蘊含的文化、精神、意識型態以及中國想像，大別於前行代詩人的認知。加以台灣當時在外交、政治上的一連串挫敗，及從海外、從行外對台灣現代詩的種種批判聲音，促使戰後嬰兒潮世代詩人積極反省台灣現代詩在內容、形式、精神的表現。他們成群結社，以初生之犢的姿態首次引動台灣現代詩史中的世代現象，加速台灣現代詩從現代主義過渡到現實主義。而一九七〇年代揚起的敘事詩爭寫風潮，未能長久延續。

---

141 參見翁文嫻：〈論台灣新一代詩人的變形模式〉，《中山人文學報》，第十三期（二〇〇一），頁八五—一〇一；李癸雲：〈不存在的戀人：以陳黎、楊澤、羅智成詩為例〉，《台灣文學學報》，第四期（二〇〇三），頁一二一—一四〇；陳大為：〈「虛擬」與「神入」：論羅智成詩中的先秦圖象〉，《聯合文學》，第十五卷，第五期（一九九九），頁一〇二—一一四。

142 羅智成：《黑色鑲金》（台北：聯合文學出版社股份有限公司，一九九九），頁六。

143 羅智成：《黑色鑲金》，頁四二。

144 林燿德指稱羅智成：「正如同俄羅斯頹廢派一般，狂熱地述說自我、傳譯自我、解釋自我，將自我切割成無數的碎片，用來構築微宇宙中的精緻城堡，那城堡高聳無已的聖座上端坐的，正是失去自我的臉孔。」見林燿德：《一九四九以後》，頁一一四。

145 參見楊宗翰：〈楊牧、楊澤與羅智成詩中的現代抒情風貌〉，《文史台灣學報》，第十一期（二〇一七），頁一五三—一七九。

附表1：歷屆時報文學獎敘事詩與新詩獲獎名單

（製表：呂依庭）

屆次	西元年	文類	獎次	得獎人、作品
（第一屆未設敘事詩獎類）				
第二屆	一九七九	敘事詩	推薦獎	楊牧（王靖獻）〈吳鳳〉
			首獎	白靈（莊祖煌）〈黑洞〉
			優等獎	鄭文山〈噍吧哖的英靈〉
				黎父〈到眾神之路〉
				羅智成〈一九七九〉
				施善繼〈小耕入學〉
				向陽〈霧社〉
				楊澤〈蔗田間的旅程〉
			佳作	周安托〈悲涼之旅〉
				邱文雄〈鐘聲〉
				管懷情〈日月不淹春秋序〉
				陳家帶〈不知名的航行〉
				陳黎〈后羿之歌〉
				江雪英〈歷史的烙痕〉
				荀孫〈莫那魯道的悲歌〉

第三屆	一九八〇	敘事詩	推薦獎	楊澤〈桂林題壁〉
			首獎	陳黎（陳膺文）〈最後的王木七〉
			優等獎	楊渡（楊炤濃）〈刺客吟〉
				李弦（李豐楙）〈大地之歌〉
				焦桐（葉振富）〈懷孕的阿順仔嫂〉
			佳作	鄭文山〈漂鳥〉
				管管（管運龍）〈村頭井邊桃花〉
				高大鵬〈天問〉
				羅智成〈問聃〉
				李鹽冰（劉克襄）〈快樂的森林〉
第四屆	一九八一	敘事詩	推薦獎	徐訏〈無題的問句〉
			敘事詩獎	趙衛民〈夸父傳〉
				鄭文山〈哭泣的精靈〉
				陳克華〈星球紀事〉
				汪啓疆〈染血的天空〉
			佳作	蘇紹連〈小丑之死〉
				渡也（陳啓佑）〈王維的石油化學工業〉

第五屆	一九八二	敘事詩	推薦獎	洛夫（莫洛夫）〈血的再版〉
			首獎	張錯（張振翱）〈浮游地獄篇〉
			優等獎	蘇紹連〈雨中的廟〉
				吳德亮〈國四英雄傳〉
				侯吉諒〈風塵中的俠骨〉
			佳作	褚文杰〈成長〉
				趙衛民〈后羿傳〉
				林野（溫德生）〈邊緣城市〉
				陳正達〈冷去的詩〉
				陳克華〈水〉
			特別獎	蔣勳〈母親〉
第六屆	一九八三	新詩	推薦獎	林彧（林鈺錫）〈都市系列〉
				羅智成〈離騷〉
			首獎	從缺
			評審獎	蔡文華〈候鳥悲歌〉
				陳克華〈建築〉
				蘇紹連〈深巷〉
				王福東〈旅人之歌〉

第七屆	一九八四	新詩	推薦獎	劉克襄〈「美麗小世界」等十首〉
			首獎	陳煌（陳輝煌）〈煙灰缸及其它〉
			評審獎	蘇紹連〈三代〉
				宋建德〈車站的阿拉伯人〉
第八屆	一九八五	新詩	推薦獎	余光中〈「十年看山」等十首〉
			首獎	沙笛（汪仁玠）〈蛻之後〉
			評審獎	陳克華〈病室詩抄〉
第九屆	一九八六	新詩	推薦獎	羅智成〈「說書人柳亭」系列作品〉
				林燿德（林耀德）〈銀碗盛雪〉
			首獎	從缺
			評審獎	王添源〈我不會悸動的心〉
			優等獎	陳克華〈室內設計〉
				楊平（楊濟平）〈坐看雲起時〉
				游喚（游志誠）〈帝出記〉
第十屆	一九八七	新詩	推薦獎	鄭愁予（鄭文韜）〈「黃土地」等十首〉
			首獎	李瘦蝶（陳志文）〈昆蟲紀事〉
			評審獎	黃智溶〈今夜妳莫要踏入我的夢境〉
			優等獎	劉滌凡〈永恆的鄉愁〉

第十一屆	一九八八	新詩	推薦獎	羅門（韓仁存）〈整個世界停止呼吸在起跑線上〉
			首獎	蘇紹連〈童話遊行〉
			評審獎	李渡予（李啟源）〈錄鬼簿〉
			優等獎	羅英〈請牢記你置身的場景〉
第十二屆	一九八九	新詩	甄選獎	羅巴（陳壽星）〈物質的深度〉
第十三屆	一九九〇	新詩	甄選獎	李渡予（李啟源）〈我們明日的廣告辭大展〉
第十四屆	一九九一	新詩	甄選獎	譚石（王浩威）〈我和自己去旅行〉
				李宗榮〈「幻愛」詩組曲〉
				侯吉諒〈不連續主題變奏：時代瑣事〉
第十五屆	一九九二	新詩	首獎	孫維民〈三株盆栽和它們的主人〉
			評審獎	侯吉諒〈如書〉
				陳大為〈治洪前書〉
第十六屆	一九九三	新詩	首獎	鴻鴻（閻鴻亞）〈一滴果汁滴落〉
			評審獎	彭譽之〈存在的重量〉
				馮傑〈書法的中國〉
第十七屆	一九九四	新詩	首獎	陳黎（陳膺文）〈秋風吹下：給李可染〉
			評審獎	戴瀅（戴寶珠）〈台灣苦楝：白色的年代〉
				林燿德〈女低音狂想曲〉

第十八屆	一九九五	新詩	首獎	張善穎〈晚禱詞〉
			評審獎	羅葉（羅元輔）〈尋屋〉 林燿德（林燿德）〈人人都想向我索討食譜〉
第十九屆	一九九六	新詩	首獎	簡捷（簡清淵）〈狩獵〉
			評審獎	李進文〈一枚西班牙錢幣的自助旅行〉 瓦歷斯・諾幹〈伊能再踏查〉
第二十屆	一九九七	新詩	首獎	簡捷（簡清淵）〈一首詩的誕生〉
			評審獎	大蒙（王英生）〈綠色的一個早晨〉 唐捐（劉正忠）〈遊仙〉
第二十一屆	一九九八	新詩	首獎	離畢華（盧兆琦）〈普普坦之猜想〉
			評審獎	唐捐（劉正忠）〈我的詩和父親的痰〉 李進文〈大寂靜〉
第二十二屆	一九九九	新詩	首獎	廖偉棠〈一個無名氏的愛與死之歌〉
			評審獎	陳克華〈當時間之風吹起〉 謝昭華（謝春福）〈狙擊〉
第二十三屆	二〇〇〇	新詩	首獎	楊邪〈悼詩〉
			第二名	陳宛茜〈無法靜止的房間〉
			第三名	呂育陶〈只是穿了一雙黃襪子〉

第二十四屆	二〇〇一	新詩	首獎	遲鈍（林康民）〈有人偷走了我的時光命題〉
			第二名	紀小樣（紀明宗）〈家族演進史〉
			第三名	孫維民〈文字校對的憂鬱〉
第二十五屆	二〇〇二	新詩	首獎（新台幣八萬元）	陳雋弘〈面對〉
			評審獎（新台幣五萬元）	方群（林于弘）〈航行，在詩的海域〉
第二十六屆	二〇〇三	新詩	首獎（新台幣八萬元）	凌性傑〈螢火蟲之夢〉
			評審獎（新台幣五萬元）	林婉瑜〈說話術〉
				黃明德〈某SARS報告「漁港篇」〉
第二十七屆	二〇〇四	新詩	首獎（新台幣八萬元）	吳岱穎〈C'est La Vie：在島上〉
			評審獎（新台幣五萬元）	紀小樣（紀明宗）〈飛魚海岬〉
				嚴忠政〈前往故事的途中〉
第二十八屆	二〇〇五	新詩	首獎（新台幣八萬元）	甘子建〈島〉
			評審獎（新台幣五萬元）	馮傑〈牆裡的聲音〉
				周若濤〈在噩運隨行的國度〉
第二十九屆	二〇〇六	新詩	首獎（新台幣八萬元）	辛金順〈注音〉
			評審獎（新台幣五萬元）	曾琮琇〈現代〉
				木葉〈春風斬〉

第三十屆	二〇〇七	新詩	首獎（新台幣八萬元）	磊兒〈我喜歡坐在你的位置看海的樣子〉（因涉抄襲而取消獲獎資格）
			評審獎（新台幣五萬元）	林達陽〈赴宴〉
				嚴忠政〈海外的一堂中文課〉
第三十一屆	二〇〇八	新詩	首獎（新台幣八萬元）	從缺
			評審獎（新台幣五萬元）	吳佳蕙〈時光〉
				許嘉瑋〈我與我所知的微型飢餓史〉
				董秉哲〈達瑞〉〈樂園〉
第三十二屆	二〇〇九	新詩	首獎（新台幣八萬元）	沈政男〈演化〉
			評審獎（新台幣五萬元）	王振聲〈等到我們的眼睛長出了樹〉
				吳文超〈跟你一起去旅行〉
第三十三屆	二〇一〇	新詩	首獎（新台幣十二萬元）	楊書軒〈桃花源・2010〉
				許裕全〈Fistula〉
			評審獎（新台幣五萬元）	李成友〈方路〉〈父親的晚年像一尾遠方蛇〉
第三十四屆	二〇一一	新詩	首獎（新台幣八萬元）	陳宗暉〈地圖作業〉
			評審獎（新台幣五萬元）	林禹瑄〈對坐〉
				陳昌遠〈試著變得矯情〉

第三十五屆	二〇一二	新詩	首獎（新台幣十萬元）	波戈拉〈造字的人：「文明，始於兩人之間的細節。」〉
			評審獎（新台幣五萬元）	阿布〈致死者〉
				陳胤〈我的詩跟著賴和的前進前進〉
				張英珉〈與達爾文對談〉
第三十六屆	二〇一三	新詩	首獎（新台幣十萬元）	張繼琳〈舊石器時代〉
			評審獎（新台幣五萬元）	涂宇安〈機心宇宙〉
				蕭皓瑋〈青春自述〉
第三十七屆	二〇一四	新詩	首獎（新台幣十萬元）	從缺
			評審獎（新台幣五萬元）	陳顥仁〈頹廢禪〉
				王聖豪〈不惑之年〉
				吳鑒益〈今夜，讓我陪你讀一本書〉
				張春炎〈一位年老社會學家的詩〉
第三十八屆	二〇一五	新詩	首獎（新台幣十萬元）	何亭慧〈她的名字〉
			評審獎（新台幣五萬元）	房靖荃〈節序帖〉
				砂丁〈超越的事情〉

案：二〇一六年時報文學獎停辦，二〇一八年復辦。

附表2：歷屆國軍文藝獎詩歌類獲獎名單　（製表：呂依庭）

屆次	西元年	文類	獎次	得獎人、作品
第一屆	一九六五	史詩	金像獎	古丁〈革命之歌〉
			銀像獎	王祿松〈河山春曉〉
			銅像獎	沙軍〈毋忘在莒〉
			佳作	白蒙〈復國英雄頌〉
				夏菁〈七月的砲聲〉
				孫家駿〈太陽的誕生〉
				王熙英〈中華民國革命史詩〉
				汪振堂〈金門行〉
				北弦〈你追我趕〉
				彭邦禎〈國父與領袖〉
		朗誦詩	金像獎	張騰蛟〈門〉
			銀像獎	張拓蕪〈戰鬥詩簡〉
			銅像獎	菩提〈拯救啊！啾啾的山河〉
			佳作	菩提〈我要回去〉
				張禮治〈戰鬥的金門〉
				王師〈讚歌〉
				毛鈞德〈萬丈光芒〉

（第二、三屆未設詩歌類）				
第四屆	一九六八	長詩	金像獎	從缺
			銀像獎	辛鬱〈中華民國頌〉
			銅像獎	文曉村〈這一代的樂章〉
			佳作	上官予〈頌歌集〉
		短詩	金像獎	從缺
			銀像獎	孫家駿〈軍旗下〉
			銅像獎	王祿松〈獻給祖國的一百首詩〉
			佳作	黃雍廉〈紫色的黎明〉
				葉日松〈哦！海！〉
				譚德華〈凡鳥詩抄〉
（第五、六屆未設詩歌類）				
第七屆	一九七一	長詩	金像獎	從缺
			銀像獎	吳敏顯〈新世紀的晨光〉
			銅像獎	王祿松〈天亮了〉
（第八屆未設詩歌類）				
第九屆	一九七三	長詩	金像獎	吳德生〈台灣，復興中國的長城〉
			銀像獎	曾輔發〈大地晨曦〉
			銅像獎	吳健民〈我們守望在中興堡上〉

		短詩	金像獎	碧果〈春，農村組曲〉
			銀像獎	徐士欽〈澎湖行〉
			銅像獎	朱學恕〈永恆的微笑〉
（第十屆未設詩歌類）				
第十一屆	一九七五	長詩	金像獎	黃雍廉〈長明的巨星〉
			銀像獎	辛鬱〈時代進行曲〉
			銅像獎	陳鴻禧〈中興之歌〉
		短詩	金像獎	王祿松〈薪膽詩抄〉
			銀像獎	謝秀宗〈豐饒的大地〉
			銅像獎	陳儒德〈偉構的光輝〉
第十二屆	一九七六	長詩	金像獎	碧果〈金色的圖騰〉
			銀像獎	張葆權〈天安門的怒吼〉
			銅像獎	閔振華〈聖火千秋〉
		短詩	金像獎	從缺
			銀像獎	高克仁〈春雨的歡呼〉
			銅像獎	劉定霖〈短歌行〉
			佳作	盧勝彥〈荒野的尖兵〉
（第十三屆未設詩歌類）				

屆	年份	類別	獎項	得獎者及作品
第十四屆	一九七八	長詩	金像獎	涂靜怡〈從苦難中成長〉
			銀像獎	孫健吾〈山〉
			銅像獎	徐士欽〈頌歌九章〉
		短詩	金像獎	從缺
			銀像獎（並列）	劉希聖〈蹉哉山神〉
				汪啟疆〈給我們中國的兒女們〉
			銅像獎	林仙龍〈磨劍的魂魄〉
第十五屆	一九七九	長詩	金像獎	從缺
			銀像獎（並列）	白靈（莊祖煌）〈大黃河〉
				碧果〈龍族的聲音〉
			銅像獎	楊孟煌〈孩子我帶你來〉
			佳作	張凱思〈中國的雲〉
				劉希聖〈見證〉
第十六屆	一九八〇	長詩	金像獎	從缺
			銀像獎（並列）	范揚松〈永遠的旗幟〉
				江雪英〈旗正飄飄〉
			銅像獎	蘇紹連〈父親與我〉
			佳作	管管〈梨村傳〉
				趙衛民〈夢吟神州〉

		短詩	金像獎	從缺
			銀像獎	徐士欽〈春華秋實〉
			銅像獎（並列）	廖德明〈龍騰虎躍集〉
				管中閔〈東引手記〉
			佳作	李文斌〈我見、我想、我見、我聞〉
				鍾欽鑌〈花族〉
第十七屆	一九八一	長詩	金像獎	從缺
			銀像獎	汪啟疆〈血跡〉
			銅像獎（並列）	蘇紹連〈大開拓〉
				陳義芝〈驚箭離弦〉
			佳作	祝寶梅
				李寶蘭
		短詩	金像獎	葉日松〈堅忍的形象〉
			銀像獎	鄧榮坤〈馬鳴風蕭蕭〉
			銅像獎	徐士欽〈日出〉
			佳作	陳長達
				朱學恕

第十八屆	一九八二	長詩	金像獎	從缺
			銀像獎	趙衛民〈文丞相〉
			銅像獎	范揚松〈風雪大辯論〉
			佳作	張興源
				楊孟煌
				劉玉蘭
		短詩	金像獎	多英〈駝鈴響大地〉
			銀像獎	汪啟疆〈海洋的魂魄〉
			銅像獎	劉廣華〈大地詩抄〉
			佳作	劉建化
				陳儒德
第十九屆	一九八三	長詩	金像獎	吳鳴（彭明輝）〈碉堡記事〉
			佳作	履彊（蘇進強）〈春天的見證〉
				洪榮成〈衣冠報〉
				鄒統紳〈馬克思的嘆息〉
		短詩	金像獎	莊忠倉〈吾土吾民〉
			佳作	劉炳彝〈號角〉
				陳全男〈軍港的日出〉
				洪榮成〈故都春望〉

屆別	年度	類別	獎項	得獎者
第二十屆	一九八四	長詩	金像獎	從缺
			銀像獎	劉滌凡〈期待一個黎明的誕生〉
			銅像獎	陳德山〈永遠的詩魂〉
		短詩	金像獎	劉廣華〈光華的典型〉
			銀像獎	楊淑英〈無題〉
			銅像獎	趙衛民〈說我民族魂廿首〉
第二十一屆	一九八五	長詩	金像獎	也駝〈黃花〉
			銀像獎	侯吉諒〈英雄的塑像〉
			銅像獎	從缺
			佳作	高勇
				王啟在
				孫修睦
		短詩	金像獎	從缺
			銀像獎	王保雲〈大地之歌〉
			銅像獎	李宗倫〈絲路情懷〉
			佳作	張俊夫
				張領義
				林仙龍〈永遠的旗幟〉

第二十二屆	一九八六	朗誦詩	金像獎	林燿德〈恆星之最：武嶺巨人與現代中國〉
			銀像獎	從缺
			銅像獎	葉日松〈仰望您，一如仰望天上的星辰〉
			佳作	蔡富澧〈金門詩抄〉
				朱學恕〈在一串閃亮的日子裡〉
第二十三屆	一九八七	朗誦詩	金像獎	碧果〈春之頌〉
			銀像獎	也駝〈靈魂造像〉
			銅像獎	張權璽〈丹青孤孽心〉
			佳作	林琮盛〈血書青史二十首〉
				朱學恕〈破曉時分〉
				李政忠〈英烈千秋〉
第二十四屆	一九八八	朗誦詩	金像獎	從缺
			銀像獎	林琮盛〈在中國的血脈裡航行〉
			銅像獎（並列）	鍾順文〈新兵日記〉
				顏肇基〈再生蓮〉
			佳作	高秀宏
				陳正修
				閻鴻亞

第二十五屆	一九八九	朗誦詩	金像獎	項福德〈致天安門烈士〉
			銀像獎	趙興鵬〈請對歷史負責〉
			銅像獎	楊文彬〈龍族的聲音〉
			佳作	高勇
				田運良
				林仙龍
第二十六屆	一九九〇	朗誦詩	金像獎	劉定霖〈遙望長城的星空下〉
			銀像獎	林仙龍〈汗水歌聲〉
			銅像獎	鍾順文〈三軍進行曲〉

案：國軍文藝獎新詩類頒給標準

1. 長詩（一百二十行以內）
2. 短詩（組詩為主，總行數不超過一百二十行）

第四章

解嚴到世紀末的繁花盛景：一九八〇—一九九九

一、前言

一九八〇至一九九九年間，文學評論者多以王德威的「眾聲喧譁」一詞，[1]概括二十世紀末這二十年間的台灣文學現象。

一九九二年，曾淑美為烏龍茶設計廣告片，以「新新人類」自封，宣示在滑鼠中尋找光明的N世代即將成為社會中堅。一九八〇年至一九九九年之間，台灣的經濟和工業高速成長。一九八〇年代末期，新竹工業園區發展為台灣的矽谷。憑著高科技與資訊產業，國際企業前來投資，台灣更都市化、國際化，社會議題接踵而至；消費娛樂、知識論述、國族論題，在一九八七年解嚴之後，成為文化焦點。

一九八七年的解嚴，是台灣文學史上政治對文學最正向影響的關鍵。解嚴以後，各種媒體迅速擴張三倍，競爭白熱化，文化地景大幅變動，報紙副刊的娛樂話題增多，文學的平面市場不斷衰退。出生於一九五〇年代左右的詩人，在一九八〇——一九九九之間進入職場，或為出版人、記者、編輯，或為大專院校的教師，彼此又多半在大學時期同為新興詩社成員，成為台灣現代詩傳播、教育與推廣的生力軍。

「多元」，是學者對一九八〇年代以降台灣文學現象的共識；[2]就意識型態、形式策略、主題意旨、傳播管道等各方面，一九八〇年代以後，台灣文學展開了較諸從前更紛繁的樣貌。當中最明白而直接的表現，是各式的題材。[3]

在經濟及民生上，一九八〇年代的台灣，與香港、韓國、新加坡，並稱為「亞洲四小龍」，經濟快速起飛。一九七九年一月起，台灣百姓因開放觀光護照而獲准出國觀光。一九八四年七月三十日，「勞動基準法」頒布，法律正式保障了勞工的基本工作權。一九九〇年代，台灣的國民平均年收入為一萬美元。一九九一年，新中部橫貫公路通車、南迴鐵路營運、《全民健康保險法》三讀通過。一九九六年三月二十八日，首條捷運線木柵線通車。一九九九年九月二十一日，九二一大地震，死傷人數上千。[4]

在政治及外交上，一九九〇年代，國民黨一分為三，新黨之外更有親民黨。一九八六年九月二十八日，民主進步黨成立。一九八七年七月十五日，蔣經國宣布解嚴，本土化、民主化的浪潮因而展開。一九八七年十一月二日，開放大陸探親。一九八八年一月十三日，蔣經國去世，李登輝繼任總統。一九九一年五月一日，廢止《動員戡亂時期臨時條款》。一九九一年十二月二十一日，國民大會全面改選，「萬年國代」全部退職。一九九二年十二月七日，廢止金門、馬祖戒嚴及戰地政務實驗。一九九四年十二月三日，首屆直轄市及省長由公民直接選舉；同時實施縣市議員、鄉鎮市長選舉投票。一九九七年七月一日，李登輝主導，實施精實案，中華民國國軍總兵力從六十萬人以上裁減至三八萬人。一九九八年十二月二十一日，實行精省，台灣省政府虛級化；李登輝當選為台灣首任民選總統。一九九一年三月十四日，通過《國家統一綱領》（簡稱《國統綱領》），民進黨及當時總統李登輝均參加決議過程。二〇〇六年二月二十七日，總統陳水扁宣布此綱

1　參見王德威：《眾聲喧嘩》（台北：遠流出版事業股份有限公司，一九九八）。

2　相關意見可參考向陽：〈八〇年代台灣現代詩風潮試論〉，收於《第三屆現代詩學會議論文集》，頁九一；林燿德：〈不安海域：八〇年代前葉台灣現代詩風潮試論〉，收於林燿德：《重組的星空》，頁四五；孟樊：《當代新詩理論》（台北：揚智文化事業股份有限公司，一九九五），頁二八四。

3　彭瑞金在《台灣新文學運動40年》即說：「八〇年代的台灣文學是個以悲情開始，是個從深思而普遍覺醒的時候，從政治文學、第三世界文學、消費性社會文學、女性文學、環保文學、人權文學、大眾文學、返鄉文學、工商文學、原住民文學等少數民族文學、母語文學，以致於民族文學、本土文學，甚至所謂異色小說、問題小說……，這些虛擬的名目雖然看不出多少文學的實質推進，但從作家各唱各的歌、各吟各的調，卻看到多樣化文學時代的來臨。」見彭瑞金：《台灣文學運動40年》（高雄：春暉出版社，一九九七），頁二二一—二二三。

4　以上資料參考維基百科。網址：https://reurl.cc/jld4M。二〇一八、六、十六查閱。

領「終止適用」。一九九二年，被韓國斷交。一九九八年，被南非斷交。[5]

在社會與文化方面，一九八〇年代，出版社有所謂「五小」：大地、爾雅、洪範、九歌、純文學，撐起文學書的鎏金歲月。此股文學潮流到一九八〇年代末期出現變化，文學書的銷路下滑；至一九九〇年代，讀者的口味徹底改變，消費傾向由文學書到旅遊書。一九九三年，活字印刷走入歷史，由電腦排版取代。各種排版軟體日新月異，導致排版所需人力減少，成本下降，出版速率更高；但同時閱讀群眾的嗜好快速改變，紙本的書籍銷路下滑，出版業維持不易。電子媒體逐漸取代紙媒，「五小」時代的文學閱讀式微，輕薄短小的讀物取而代之，旅遊、財經雜誌紛起，大陸作家的作品進軍台灣，詩集的銷路走下坡。

野百合學運是二十世紀末與文學關係密切的社會運動。一九九〇年三月十六日到二十二日，數千名來自台灣各地、以學生為主的人潮，聚集在中正紀念堂廣場，提出「解散國民大會」、「廢除臨時條款」、「召開國是會議」、「擬定政經改革時間表」等四大訴求。[6]解嚴以後的台灣民主，在野百合學運的促刺下推向新階段。該次學運取野百合之純潔、崇高、自主、草根、在春天盛開，以及旺盛的生命力等特質。此項「無欲則剛」的特質，在一九八〇至一九九九這二十年間的台灣現代詩史上，體現為鴻鴻、羅葉的詩風。

一九八〇至一九九九年間的台灣現代詩，主力挪到戰後嬰兒潮世代以及X世代。

在文學上，第一批出生於一九四六年的戰後嬰兒潮，在一九八〇至一九九九的這二十年中，恰恰步入人生在體能、精力的黃金時期，其文學創作在這段時間發光發熱。朋輩間呼應之後，他們為自己這一輩取名叫「新世代」，以別於一九二〇至一九四〇年之間、以渡海來台為詩壇主力的「前行代」，《台灣新世代詩人大系》就有這個意謂；當他們漸次步入晚年，台灣最新世代又湧出了，遂名之「中生代」，取代當年的「新世代」之稱。換言之，在台灣現代詩史上，「新世代」、「中生代」都是權宜的稱謂，指的都是一九五〇至一九六〇年出生的詩人；只是，「中生代」的稱謂出現之後，又把一般以十年為一代的代際劃分標準往前後推，變成從二二八事件發生的一九四七年開始算，到一九六五年，長達十八年間出生的都算「中生代」，以致

「中生代」成為台灣現代詩史上最漫長的一代。海峽兩岸曾為「中生代詩人」召開每年的例會研討。這明顯可見，學界為了論述方便制訂的權術與發話策略；而且代際劃分的標準不一致。「中生代」的稱呼一直沿用，主要因為所謂的「中生代」，目前是學府文壇的權力核心。

一九五〇年左右出生的文學創作者，雖然相對於他們的子女，仍是生於顛沛之際、長於廢墟之中，然而他們也直接繼承上一代的亂離記憶與墾拓精神。這批成熟於一九八〇年代的詩人，進入學院或媒體之後，對台灣現代詩的教育與推廣、詩選的勃興、詩論的發展、文學獎的評審，多所貢獻。台灣現代詩的多種題材與各種形式實驗，在一九八〇年代以後，大量破繭而出。他們或者成立詩社，當作行俠仗義的江湖，藉以對抗並涵泳共同的「父」：那曾經為他們拓展筋骨、滋潤血脈的「前行代」。

從戒嚴到解嚴的政治轉變收攝了許多文學問題。一九八〇年九月，以馬來西亞僑生溫瑞安、方娥真為主角的「神州案」，即因文武合一的浪漫國族想像不合時宜而被捕。文學與社會的互動，或官方對文藝的控管，常是治史者觀察風雲變貌的著眼點；葉石濤、彭瑞金、陳芳明等學者即以政治為切入點，論述相異史觀下的一九八〇年代台灣文學。葉石濤以一九七九年的高雄事件作為一九八〇年代台灣文學的伊始；[7] 陳芳明認為：「由於戰後戒嚴體制過於龐大，其權力觸鬚地毯式地深入社會各個角落。」[8] 彭瑞金以為，台灣文學一直到一九八〇年代：「才呈現了不受扭曲的本相，才走入文學發展的常軌，才真正出現一真正有自己文學的

5 以上資料參考維基百科。網址：https://reurl.cc/EGKNR。二〇一八、六、十六查閱。

6 以上資料參考維基百科。網址：https://reurl.cc/OVbav。二〇一八、六、二十四查閱。

7 葉石濤：《台灣文學史綱》，頁一六七。

8 陳芳明：〈後現代或後殖民：戰後台灣文學史的一個解釋〉，收於周英雄、劉紀蕙編：《書寫台灣：文學史、後殖民、後現代》，頁五七。

時代。」[9]

一九八〇至一九九九，台灣現代詩的多聲複調，實踐在政治詩、都市詩、身體詩、原住民書寫、女性主義、網路文學、方言書寫等方面。[10]在這二十年間，台灣現代文學的其他文類，也以這些書寫方向為發展焦點。

二、形式與題材的開拓

（一）風起雲湧的題材：政治、都市、性別、情欲、原住民議題等

一九八〇年代的台灣現代詩，對題材的強調或開拓，較顯而易見的有都市、科幻、生態、社會、本土、民族等議題；一九九〇年代後，更加入身體及性別議題。林婷在《四度空間》的創刊號發表〈八〇年代的詩路〉一文，主張從生長的領域尋找題材，發展當時具前瞻性的生態、社會、科幻範疇；[11]林燿德在〈不安海域：八〇年代前葉台灣現代詩風潮試論〉，歸納一九八〇年代前葉，台灣現代詩在主題意旨上的多元思考；[12]向陽的〈八〇年代台灣現代詩風潮試論〉，認定政治、都市等多元走向的詩作實踐。[13]

這些題材中，發展得最壯闊的首先是都市，其次是性別，較特殊的是原住民的漢語書寫。

反映現代社會的都市書寫，在一九五〇年代的台灣，因羅門的大力鼓吹與長期耕耘，已受到矚目，蓉子、張健、余光中等部分詩人風行景從；[14]其後以羅青、林燿德為首，創作和論述並進，在一九八〇年代造成風潮。一九八六年，《草根》詩刊推出「都市詩」專輯，為當時的都市書寫潮流立下里程碑。當時以都市為主要創作題材的詩人有羅門、羅青、林彧、林燿德、張國治、田運良、侯吉諒、紀小樣等。

性別議題在一九八〇年代中期開始，由女性的學者及詩人發端；曾以同性戀議題的性別論述、情欲書寫、女權運動、陰性書寫等各方面，拓展社會的、文學的、學術的討論與實踐，復由詩社或詩刊以特定的專題引起矚目。[15]成立於一九九八年的女性詩社：「女鯨詩社」，即是著例。「女鯨詩社」取義於「將詩的革命納入婦女運動」、「以集體發聲的力量自立門戶，積極累積女性詩的創作量，並努力建立過去一直被邊緣化的女性詩學」。首批組以「女鯨詩人」者，均同時具備台灣與女性的主體意識，包括李元貞、江文瑜、劉毓秀、顏艾琳、沈花末、張芳慈、陳來紅、利玉芳、王麗華、陳玉玲、海瑩、杜潘芳格等十二位。該詩社出版了兩本詩選集：《詩壇顯影》與《詩在女鯨躍身擊浪時》。

9　彭瑞金：《台灣文學運動40年》，頁二四四。

10　一九八〇至一九九九年間，台灣現代詩人的母語書寫，實踐一九七〇年代末期以降對「鄉土」的認知，主要以台語、客家語，以及少數以原住民語，進行創作實驗，將「鄉土」予以「本土化」。當時的「鄉土」已非一九五〇年代對遙遠中國故土或中華記憶的緬懷。以台語、客家語等創作現代詩的主要詩人，有向陽、宋澤萊、利玉芳、路寒袖、林宗源、黃勁連、林央敏、李勤岸、陳明仁、莊柏林、方耀乾等等。

11　林婷：〈八〇年代的詩路〉云：「文學除了要直線的繼承外，同樣地需要橫向的融合……我們可以從我們生長的領域來尋找題材，諸如『都市詩』的發展……而前瞻性的『科幻詩』及『社會詩』、『生態詩』也是我們目前所應發展的重要方向……（後文略）」，見《四度空間》，創刊號（一九九五）。

12　林燿德：〈不安海域：八〇年代前葉台灣現代詩風潮試論〉，收於林燿德：《重組的星空》，頁四五。

13　向陽：〈八〇年代台灣現代詩風潮試論〉，收於《靜宜人文學報》，第四一期（一九九九），頁四五—六一。

14　羅門詩在都市書寫首屈一指的重要性，學界已有定論。如張漢良說羅門是都市詩的宗師；鄭明娳說羅門是中國當代詩壇都市詩與戰爭主題的巨擘。參見《門羅天下》。

15　進入二十一世紀以前，如此的性別論述一度豐富了台灣現代詩在詩論與詩作上的質量。

性別書寫在一九八〇及一九九〇年代，以片面的議題走向盛極一時。[16]在當時的台灣，性別書寫等於女性書寫，不論書寫者或被書寫的對象，都以女性為主體，男性是被對抗、抗爭的對象；在「性別書寫」上，男性幾乎未發聲。進而言之，台灣現代詩史上的性別議題，一向指的是生理性別及社會性別上，女性為自己身為女人的權益，對抗「男性沙文主義」；或社會性別上的同性戀者，以突破禁忌的姿態凸顯自己的愛欲。

原住民用中文寫的詩，在一九九〇年代以後，以瓦歷斯・諾幹與莫那能的書寫較顯眼。原住民的現代漢詩書寫召喚了邊緣主體的建構，在一九八七年解嚴以後的台灣社會與文化中，為族群融合、多元文化或異質發聲的表徵。瓦歷斯・諾幹在一九九〇年代出版了《想念族人》（一九九四）、《伊能再踏查》（一九九九）；莫那能出版《美麗的稻穗》（一九八九）。莫那能和瓦歷斯・諾幹的這些詩集，文字平鋪直敘，以原住民主體性的伸張為主要訴求，例如殖民者或強權者對原住民殖民或欺壓，或神話、宗教、身分證、經濟力、社會階級等。詩作的內容經常陳訴原住民四處為家，或因感覺被排擠、族人記憶被壓抑而表現的不平。[17]

（二）方言書寫

台灣現代詩的方言書寫，集中在以閩南語為主的台語詩、以客家話為主的客語詩。詩人一邊實驗，一邊觀摩別人的表音方式。針對有音無字的方言，詩人有的用漢語拼音，有的用台語音標；有的以同音字表示，有的自創新字。

廣義的台語，包括閩漳泉口語、客家話、原住民話。一九四九年以降，國民政府接管台灣，以「北京話」為「國語」、官方語言、書面語、標準語；此外為方言。儘管一九八七年解嚴之後，各方面流動、自由許多，仍只有規格化的中文能被識字的百姓認知，其他「方言」未標準化、體制化、規格化，即使記載下來，人言言殊，理解有困難，故難以進入歷史，成為討論的對象。

一九三〇年代，黃石輝鼓吹鄉土文學，主張閩漳泉為主的台灣話達到言文一致，乃提倡台灣話文為書寫文之始。誕生於一九二〇年代的本土詩人，所謂「跨越語言的一代」，如陳千武、陳秀喜、杜潘芳格，皆曾以閩南語夾雜白話中文，或客語夾雜白話中文的方式寫詩。但在皇民化運動、一九五〇年代禁止台語教育與白色恐怖情境下，這些詩作不受鼓勵。

一九八〇年代中期，台灣現代詩的方言書寫生發於日趨開放的社會氛圍與日漸壯大的本土意識。一九九一年，由林宗源、黃勁連、林央敏發起，成立蕃薯詩社；《蕃薯詩刊》創刊，標舉台語文學，追求台語的文字化及文學化。陳明仁、李勤岸、莊柏林、向陽、林沈默、岩上、胡民祥等，為《蕃薯詩刊》的核心作家。《蕃薯詩刊》以台語書寫，發行七期；起自一九九一年九月的《鹹酸甜的世界》，迄於一九九六年六月的《台灣詩神》。

以台語書寫的個人詩集，多出版於一九八〇年代中期以後。如林宗源《林宗源台語詩選》（一九八八）；黃勁連《雉雞若啼》（一九九一）；顏信星《念鄉詩集》（一九九一）；林央敏《駛向台灣的航路》（一九九二）、《故鄉台灣的情歌》（一九九七）、《胭脂淚》（二〇〇二）、《希

李勤岸，《台灣詩神》，台北：台笠出版社，1996。

16 部分原因出於一向由男性主導的文壇及學術圈，不認為女權者大張旗鼓的牝雞司晨會真的威脅到什麼，而將女性躍身爭取主權一事當作賞心樂事，認為可為沉悶而乏味的生命中一時的樂趣與盛景，故而願意微笑以對，或偶爾摩拳擦掌湊湊熱鬧。

17 原住民的現代詩創作，可參考參考孫大川編：《台灣原住民漢語文學選集・詩歌卷》（台北：印刻文學生活雜誌出版有限公司，二〇〇三）。相關論述參閱陳芳明：〈複數記憶的浮現：解嚴後的台灣文學趨向〉，《思想》，第八期（二〇〇八），頁一三一—一四〇；董恕明：〈我輩尋常：東台灣原住民作家漢語書寫初探〉，《台灣文學研究學報》，第六期（二〇〇八），頁一二九—一五六。

望的世紀》（二〇〇五）、《一葉詩》（二〇〇七）；李勤岸《李勤岸台語詩選》（一九九五）、《咱攏是罪人》（二〇〇四）；莊柏林《莊柏林台語詩曲集》（一九九六）；陳明仁《陳明仁台語歌詩》（一九九六）；方耀乾《阮阿母是太空人》（一九九九）、《予牽手的情話》（一九九九）、《方耀乾台語詩選》（二〇〇七）；黃恆秋《見笑花：黃恆秋客家台語詩集》（一九九八）；宋澤萊《一枝煎匙》（二〇〇一）及《普世戀歌》（二〇〇二）；曾貴海《畫面》（二〇一〇）。

一九九〇年起，台灣現代詩的方言書寫有較多的選集面世。一九九〇年，鄭良偉主編《台語詩六家選》，收林宗源、黃勁連、黃樹根、宋澤萊、向陽、林央敏之作。一九九八年，林央敏主編的《台語詩一甲子》，收五十一家、共九十三首台語詩；此書擴編後，二〇〇六年易名為《台語詩一世紀》，共收五十五家、計一〇五首台語詩。二〇〇三年，陳金順主編《台語詩新人選》，收十一家的作品；同年李南衡主導《台語詩六十首》，選入三十三家、共六十首台語詩。[18]

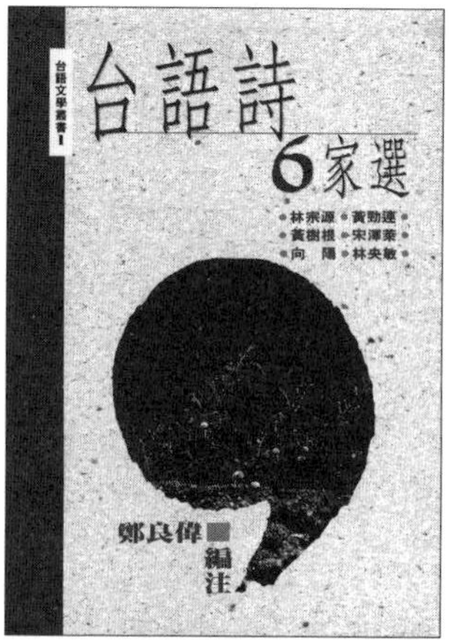

鄭良偉編注，《台語詩六家選》，台北，前衛出版社，1990。

（三）網路、多媒體與跨文本的實驗

一九八五年，白靈發起「詩的聲光」，是台灣現代詩有別於平面書寫的創舉，也是多媒體詩、數位詩的先聲。誠如白靈在〈從躺的詩到站的詩〉一文中說的，既然許多人不再閱讀用文字印刷出來的詩，那麼透過舞台表演展現立體的詩，「擋一擋大家的視線，讓他們也能發現一些還不錯的詩，進而去追索更多躺著的詩，不是也是值得鼓勵的事？」[19]瘂弦因而說：詩的聲光是一種造詩運動。[20]

一九九〇年代以後，電腦與網路漸趨普及，數位化的詩作成為趨勢。創作者透過電腦程式，將文字結合動畫、圖象與聲光，展現非平面印刷的作品，稱為「超文本文學」，俗稱網路詩。台灣的網路環境興起於一九九〇年代中期，且一崛起就攀上高峰，而在二〇〇〇年則因網路泡沫化而迅即降溫。網路上的寫手以各種表現形式進行對平面紙本文學的變革，使得當代詩進入視聽感知的局面。從電子布告欄（BBS）到全球資訊網（www），[21]到電子報，以致於部落格（blog）、臉書（facebook），網路文學媒體日新月異，不但開闢當代詩更多樣的發表園地，也使得網路寫手愈加此起彼落，以「隱匿的馬戲班」存在於虛擬的雲端。[22]

網際網路造就了許多不以平面媒體為主要發表管道的蟄伏詩人；有些名詩人也在網路上嘗試不同於平面的創作；一九九〇年代後期，網路也成為詩社網羅寫手的重要場域。鯨向海、楊佳嫻、曾琮琇、紫鵑、許赫、甘子建、銀色快手、代橘等人皆崛起於網路，成立個人的部落格，知名後再朝平面媒體發展。向陽、須文蔚、李順興、蘇紹連等知名詩人亦各自建立網站，經營當時實驗性質強烈的網路詩。較知名的個人詩網站，如向陽一度成立的「台灣網路詩實驗室」、澀柿子與響葫蘆的「妙繆廟」、澀柿子的「澀柿子的世界」、

18 有關方言書寫，參考廖瑞明：《舌尖與筆尖：台灣母語文學的發展》（台南：國立台灣文學館，二〇一三）；方耀乾：《台灣母語文學：少數文學史書寫理論》（台南：台南市政府文化局，二〇一七）。

19 見白靈：〈從躺的詩到站的詩〉，「白靈文學船」網站：http://bailing.fcshop.co/?q=node/17。

20 見莊美華記錄：〈再來一次造詩運動：副刊主編談現代詩的危機〉，收於《現代詩》，第十八期（一九九二），頁一六—三一。

21 從一九九〇年代中期開始，電子布告欄成為台灣大專院校的特定文化現象。著稱的電子布告欄如《晨曦詩刊》、《田寮別業》、《尤里西斯文社》、《山抹微雲藝文專業站》等。這些虛擬的文學社群強調創作的機動、自由、反傳統，以打破主流文學媒體的主導優勢為宗旨。全球資訊網興起之後，論戰不休而又缺乏清晰權力結構的電子布告欄遂漸趨蕭條。《晨曦詩刊》出版六期以後，於二〇〇〇年中輟。

22 本小節部分改寫自本人（鄭慧如）：〈數位語境下的台灣當代詩〉，收於北京大學新詩研究所、首都師範大學詩歌研究中心：《「現代詩歌的語言與形式」研討會論文集》（二〇一三），頁一二一—一五五。

代橘的「超情書」、李順興的「歧路花園」、蘇紹連的「現代詩島嶼」、鯨向海的「偷鯨向海的賊」、楊佳嫻的「女鯨學園」、須文蔚主導的「全方位藝術家聯盟」、台灣詩學季刊雜誌社「吹鼓吹詩論壇」的網路版。[23]

狹義的網路詩不以純文字為足，而指向跨文本，嘗試文字的各種可能性。作者混雜多種程式語言，或以動畫改作原詩，均可增加作品的感染範疇。網路的跨文本創作以「好玩」為基礎，一時的感染力能否持久，關鍵仍在詩作的文字生命力。須文蔚在〈網路詩創作的破與立〉一文中，以李順興的〈圍城〉為例，說明網際網路的多媒體視覺效果固然有強烈的吸引力，作者的文字能力仍然是一首詩動人與否的要件。[24]

數位語境下的台灣現代詩，輕文本特別當行。無論用詞、結構、主旨、意涵各方面，以電腦網路為主的數位媒體流行的是「輕飄飄」：篇幅短，詼諧、誇張、諷刺、調侃、嬉戲、自嘲、流蕩、以破為立、離析正統、拈取草根性的表演方式出語驚人，而在有意無意間觸及事物本質。如唐捐在臉書社群上戲稱的「『白爛』臉書詩」、「無厘頭詩」，[25]或鯨向海戲擬多位詩人風格的詩作，均為典型輕文本的例子。

（四）後現代書寫

台灣文學界在一九八〇年代之後，風起雲湧地高舉後現代主義的大旗，評論家和創作者一窩蜂為後現代作品背書。就內涵而言，台灣現代詩有兩種「後現代」。一種是時間上的，泛指一九八〇年代中後期以降的現代詩作品；一種是意謂上的，專指以形式包裝意涵、對現代主義的反動。

台灣的文學與文化界對後現代的解讀與翻譯，分為兩個脈絡。一個脈絡傾向於建構，一個傾向於解構。後現代的內涵近於解構；而極為諷刺地，許多文化與文學評論者，為了使讀者明瞭後現代，下了許多定義的工夫，構築了屬於台灣的後現代，建構了別於西方後現代解構精神的台灣版後現代。

後現代主義在台灣的興發，剛開始外文系學者的引介起了定調式的效應。其後各領域的學者蜂擁而至，台灣文學界迅速陷入後現代主義的迷障，幾乎形成以「後現代主義時期」為文學史斷代的共識。[26]

學界大抵以為，後現代主義最早浮出現代詩界的，是羅青發表於一九八六年的〈七〇年代新詩與後現代主義的關係〉以及〈詩與後工業社會：「後現代狀況」出現了〉兩篇文章。一九八七年，張漢良在象徵當時詩壇主流勢力的《年度詩選》中提倡羅青之說，宣稱：「台灣詩壇的新論爭主題是後現代主義，以及環繞著這一思（詩）潮的種種實驗，如科幻視域、電腦語言、錄影詩等」。[27]

---

23 相關資訊可考劉渼：〈台灣網路詩的超越性：超文類與超時空〉，《國文天地》，第一九卷，第六期（二〇〇三），頁九八—一〇二、第一九卷，第七期（二〇〇三），頁一〇〇—一〇七；蘇紹連：〈燈火通明的網路地下城：談網路詩社群裡的詩人們〉，《文訊》，第三二一期（二〇一二），頁三六—三八；曹志成：〈略論第一代網路詩的實驗特質：以ponder與Elea（代橘）的作品為例〉，《語文學報》，第十六期（二〇一〇），頁一—二七；鯨向海：〈BBS語境及其詩作特色舉例〉，《乾坤詩刊》，第十七期（二〇〇一），頁一一九—一二八。

24 須文蔚：〈網路詩創作的破與立〉，《創世紀》，第一一七期（一九九八），頁八〇—九五。

25 見唐捐臉書：〈祕密讀著〉，二〇一三年七月十二日為詩集《蚱哭蜢笑王子面》寫的片段：「有愛的菩啊無情的薩，我怎能尷掉滿滿的尬。／唐捐用可笑可怪的詩，回應多才多病的世界。／筆法自由自在，意念無天無地。既古典，又白爛。／書裡既有胡鬧取勝、認真求敗的『無厘頭詩』，／也有烘烤日常生活，腳麻當有趣的『臉書詩』。／粗語嫩話，相克相生，熱哭冷叫，半哄半騙。／詩人以笑為探討，把惡搞當做哀悼。正所謂：『鼠生貓中，無風自冷。奶在咖啡，與之俱黑。』」又如唐捐二〇一三年九月二十七日臉書之作：「我心寒時，螢火即太陽／豬走過窗前，我正恬不／知恥地吃著大腸包小腸。」

26 主要的學者與著作，包括一九八七年蔡源煌的〈從浪漫主義到後現代主義〉、一九八九年羅青的〈什麼是後現代主義〉、孟樊的〈後現代併發症〉、鍾明德的〈在後現代主義的雜音中〉、一九九〇年路況的〈後現代及其不滿〉、一九九一年蔡源煌的〈當代文化理論與實踐〉、一九九二年葉維廉的〈解讀現代，後現代〉、一九九四年廖炳惠的《回顧現代：後現代與後殖民論文集》、一九九五年孟樊的《當代台灣新詩理論》、二〇〇三年孟樊的《台灣後現代詩的理論與實際》，及二〇〇四年簡政珍《台灣現代詩美學》的第二部分等等。

27 張漢良：〈詩觀、詩選，與文學史〉，《七十六年詩選》（台北：爾雅出版社有限公司，一九八八），頁五—六。

居於台灣「主流」位置的後現代論述，以簡化的標籤橫掃文學界與文化界，昌言文類泯滅、意義崩解、遊戲當道、解構至上，造成一九八〇年代之後，文學創作者向邊緣靠攏的風潮。王德威曾以「擁擠的邊緣」譏諷這個「以邊緣為主體」的後現代怪現象。而陳芳明在《台灣新文學史》中對後現代的詮釋，著眼在作家對語言能否傳達意義的質疑，再結合其後殖民論述，解釋後現代現象為一除魅過程。[28]這個「魅」在陳芳明的文學史詮釋中，為思潮或權力的核心。透過文化及文學、美學、哲學翻譯的後現代思維，在台灣演繹的具現有形式與內涵分離的現象。在形式上，一眼可見的後現代，未必富含後現代的精神；而具備後現代精神的創作，未必符合評論家的準繩。

文字的拼貼和表面上的文字遊戲，是被符號化、盾牌化的「後現代詩特徵」。首開後現代形式遊戲之風，並以之為號召的詩人，為羅青及林燿德。羅青的〈一封關於訣別的訣別書〉，在詩的正文、附錄與「又及」中，不斷對同一個意義作後設衍述；而〈多次觀滄海之後再觀滄海〉則表現單義的反覆辯證，一再顯示與原意互相推展的衍生義。其後林燿德以〈線性思考計畫書〉一詩作為實踐後現代主義的宣言。[29]〈線性思考計畫書〉以組詩形式展現經過設計的解構藍圖。從「現象學的實證」、「讀者反應理論的反芻」、「西南德意志學派的說詞」、「語言學的看法」、「解構主義的理論」這些子題與四個子題中的「間奏」，為敘事者的後現代詩觀作了論詩詩式的宣告。「間奏」顛覆了子題之間的「線性思考」，縮合後現代精神中的「反」，實驗性很強。而其〈薪傳〉，更具備台灣版後現代詩的輪廓。類似的技巧後來在夏宇的〈連連看〉、陳克華的〈井〉、劉克襄的〈金安城小傳〉中出現，成為典型的後現代詩形式複製。又如鴻鴻的〈超然幻覺的總說明〉、林彧的〈空格密語〉、陳昱成〈開往□□的列車〉、焦桐為考生所仿作的一系列考卷等等。這類詩作看起來像自由指涉的謎題，意符與意指的關聯並不絕對，以記號的無限衍義，顛覆了作者和讀者之間約定俗成的關係，閱讀的焦點與樂趣從文字轉向遊戲，純為視覺上的慶賀。[30]

三、詩的學院化

（一）詩教的拓展與詩運的推廣

一九八〇年代的台灣，經濟飛快成長，原本嚴峻的社會風氣，被全球化的多元趨向取代，加上出生於一九五〇年左右的詩人，有些已完成終端學業而於學院內擔任教職，一時此呼彼應，現代詩透過正式的課堂教學和非正式的推廣活動進入大學校園，現代詩的詩教於焉展開。

約從一九八〇年開始，以台灣大學、政治大學為首的中文系，紛紛開設了「新詩」、「現代詩」。首批擔任詩教重任的教授，正是大學時期以「新興詩社」相濡以沫，並以寫詩作為青春印記、以詩作向所謂「前行代」表達「影響的焦慮」的詩人學者，包括彼時在政治大學任教的李豐楙、台灣大學任教的何寄澎、清華大學任教的呂正惠、輔仁大學任教的林明德等；這幾位詩友合作編寫的第一部現代詩教科書，則是由長安出版

28 陳芳明說：「後現代文學的特徵，便是以質疑語言的真實性為起點。」、「進入一九八〇年代以後，媒體與知識的爆發，大量提供豐富的秩序。尤其網路時代的到來，虛擬的符號大舉入侵真實的世界。這種現象使『文字為憑』或『眼見為真』的文化傳統產生劇烈動搖。」、「解嚴之後，政黨林立替換了一黨獨大，多元媒體取代了官方控制。……這種政治環境，造就了台灣作家對現實的懷疑。」、「這是一種除魅的過程，凡屬政治信仰，包括民族主義與意識型態，都成為不堪聞問的一種褻瀆。」陳芳明：《台灣新文學史・下》，頁六五四—七一四。

29 林燿德：《都市終端機》（台北：書林出版有限公司，一九八八）。

30 此小節部分改寫自本人（鄭慧如）：〈台灣當代詩的後現代語言〉，《長沙理工大學學報・社會科學版》，第二七卷，第四期（二〇一二），頁五—一四。

社於一九八一年出版的三冊《中國新詩賞析》。一九八四年，在台灣大學任教的張健，由五南出版社出版《中國現代詩》，為講義式的簡明教本。此後眾家各自表述，多音交響。[31]

蕭蕭長年推動詩運，辦詩刊、編詩選、辦詩獎、舉行詩活動、策畫詩學研討會與座談會，功在詩教。從一九八〇年出版《中學白話詩選》開始，或自撰，或合撰，在創作、編選、導讀、評論等各方面，數十年來，對現代詩的相關知識孜孜以求，積極出書。對甫入門或對現代詩又愛又畏的讀者，蕭蕭的許多著作猶如一把鑰匙，讓讀者窺其堂奧。在數量上，蕭蕭的詩教專著也是知名詩人之最。《中學白話詩選》及與張漢良合著的《現代詩導讀》之外，餘如《感人的詩》、《青少年詩話》、《現代詩入門》、《詩從趣味始》、《現代詩遊戲》、《現代詩縱橫觀》、《現代詩創作演練》、《新詩體操十四招》、《中學生現代詩手冊》、《蕭蕭教你寫詩、為你解詩》、《揮動想像翅膀：一本專為國中生量身打造的現代詩選》、《優游意象世界：一本專為高中生量身打造的現代詩選》等，[32]搭起現代詩和讀者之間的橋梁，拉近作品和讀者的距離，或爬梳詩史的發展脈絡，或拓展現代詩的閱讀視野，或紹介、賞析名家作品，或教授歷屆大考現代詩試題的解題技巧，或傳授寫詩密技、詩作批改金鑰，蕭蕭的詩教著作提供相當的便利。

林明德等，《中國新詩賞析》第三冊，台北：長安出版社，1981。

（二）詩選大幅成長

根據張默的《台灣現代詩編目・1949-1995修訂篇》，一九五〇年代出版的詩選有六種；一九六〇年代的九種；一九七〇年代二三種；一九八〇年代六九種。從一九五一年的《現代詩歌選》開始，暫以每十年為一斷限作為觀察基準，可知一九八〇年代以後，台灣現代詩選大幅成長。若參以一九九〇年代之後的出版資訊，則一九八〇年代之後，現代詩選出版的讀者群考慮逐漸集中，漸次以大專院校的現代詩教科書為大宗，再零星輔以詩社紀念或作秀意味濃厚的詩選，總結階段性文學成果的大系型詩選，以及以繼往開來為宗旨的年度詩選。

一九八〇至一九九九的詩選常以編者的偏好或主題編選，如女性詩選、小詩選讀，[33]尤具以選代史的特質。

一九八二年，隱地主持的爾雅出版社發起組織編輯群，每年由編輯群的一位編輯輪值，統理前一年度在台灣平面媒體上發表而經主編篩選的詩作，呈現該年度台灣現代詩的發展。由爾雅版打下基礎的年度詩選是台灣歷時最久的年度詩選。一九八三年，前衛出版社仿效其做法，亦出版年度詩選，因而「年度詩選」有「爾雅版」和「前衛版」之別；從出版社、編輯群和選出的詩作，都是截然二分的政治意識型態。首批爾雅

31 不具明顯教科書色彩，卻具相當分量的詩教書籍，最具代表性的為蕭蕭、張漢良聯手編纂的《現代詩導讀》五巨冊。此書於一九七九年由故鄉出版股份有限公司出版，分導讀三冊、理論與史料一冊、批評一冊。

32 參見蕭蕭：《中學白話詩選》（台北：故鄉出版股份有限公司，一九八〇）、《現代詩入門》（台北：故鄉出版股份有限公司，一九八二）、《現代詩創作演練》（台北：爾雅出版社有限公司，一九八一）、《感人的詩》（台北：希代多媒體書版股份有限公司，一九八四）、《現代詩學》（台北：東大圖書股份有限公司，一九八七）、《青少年詩話》（台北：爾雅出版社有限公司，一九八九）、《現代詩縱橫觀》（台北：文史哲出版社有限公司，一九九一）、《現代詩遊戲》（台北：爾雅出版社有限公司，一九九七）、《詩從趣味始》（台北：幼獅文化事業股份有限公司，一九九八）、《中學生現代詩手冊》（台北：翰林出版事業股份有限公司，一九九九）、《蕭蕭教你寫詩、為你解詩》（台北：九歌出版社有限公司，二〇〇一）、《新詩體操十四招》（台北：二魚文化事業有限公司，二〇〇五）、《揮動想像翅膀：一本專為國中生量身打造的現代詩選》（台北：聯合文學出版社股份有限公司，二〇〇六）、《優游意象世界：一本專為高中生量身打造的現代詩選》（台北：聯合文學出版社股份有限公司，二〇〇六）。

33 如李元貞：《紅得發紫：台灣現代女性詩選》（台北：女書文化事業有限公司，一九〇〇）；張默：《小詩選讀》（台北：爾雅出版社有限公司，一九八七）。

版年度詩選的主編群為張默、蕭蕭、向明、李瑞騰、向陽、張漢良；前衛版的年度詩選則由李魁賢、吳晟、苦苓、沈花末擔任主編。前衛版年度詩選歷時四年告終；爾雅版年度詩選則以首批主編為班底而添薪加柴，現代詩季刊社、創世紀詩社、台灣詩學季刊雜誌社、二魚出版社等單位出資接力，又陸續加入的梅新、鴻鴻、杜十三、辛鬱、白靈、余光中、商禽、焦桐、瘂弦、陳義芝的接棒下，從不論輩分的每期一人主編，到每期一位前輩詩人搭配一位以一九五〇年代出生為主的詩人，到由一九五〇年代出生為主的詩人完全接掌編務，演示了詩壇主要權力結構的更迭。

年度詩選以選代史，最早為台灣現代詩勾勒出歷經二十年的詩作顯影。此後的詩選編者有意於詩史者，即直指「經典」、「世紀」和「名家」，不再如年度詩選那樣顧及邊緣刊物與詩壇新秀，而以選為史的詩選更多。楊牧、鄭樹森合編的《現代中國詩選》和張默、蕭蕭合編的《新詩三百首》即為顯例。《新詩三百首》號稱「世紀之選」，志在「描繪中國新詩的譜系與新詩的地圖」；[34]《現代中國詩選》則「選錄一九一七至一九八七年間以白話的、新的、現代的面貌發表之中文詩作，前後涵蓋七十年；詩人行年少長相距八十二歲，則以一九六五年出生者為下限。」[35]這類詩選的序文或導言都長篇大論，溯及現代詩的源頭、演變、流派、時代背景、社會狀態、文學風潮，為全書的數百首詩打下開山綱領。

（三）詩論與詩評的發展

自一九八〇年代起，現代詩的活動以普及化、策展化、主題式、長期規畫的樣貌，一方面以軟性的活動走向群眾，[36]一方面以嚴整的學院規範建立論述。其中，詩論的發

楊牧、鄭樹森編，《現代中國詩選I》，台北：洪範書店有限公司，1989。

展尤為可觀。

台灣現代詩論在一九八〇年代以後迅速成長，一則出於學者的文章集中在相近的時間出版；再則政府機關、學術單位和有識者的配合之下，以研討會聚集詩友，以學術論文的形式展開討論；三則以台灣現代詩為研究範疇的學位論文也如雨後春筍般冒現。

研討會方面，如彰化師範大學籌辦的「現代詩學會議」、文建會和文訊雜誌社策畫主辦的「台灣現代詩史研討會」。「台灣現代詩史研討會」於一九九五年三月開始舉辦，連續進行了三個月，發表數十篇論文，會後出版厚達七百餘頁的《台灣現代詩史論：台灣現代詩史研討會實錄》。[37]首屆彰化師範大學的「現代詩學會議」於一九九四年舉行，其後每年籌辦，更易名為「詩學會議」，衍為古典詩與現代詩隔年對開、古典詩與現代詩併題研討的會議形式，會後修訂過的論文亦多次正式出版發行。[38]其間世新大學英語系於二〇〇一年亦曾主辦「台灣現／當代詩史書寫研討會」。這些研討會均有宏大的詩史構圖。

在學位論文方面，一九九〇年代以降，以中文所、外文所、台文所、文學所、語創系所為主的碩、博士生，或討論詩社、詩刊及詩潮，或討論個別詩人及其詩作或詩評，或研究詩選，或研究詩論與詩學，或論及

34 參見蕭蕭：〈新詩的系譜與新詩地圖〉，收於張默、蕭蕭合編：《新詩三百首》，頁五七—八〇。
35 楊牧、鄭樹森編：《現代中國詩選・導言》（台北：洪範書店有限公司，一九八九），頁三—一七。
36 就詩活動而言，如每月一次的「詩的星期五」、台北市政府推出的「公車詩」等等。
37 參見《台灣現代詩史論：台灣現代詩史研討會實錄》，共七三六頁。
38 如林明德編：《台灣現代詩經緯》、國立彰化師範大學國文學系：《台灣前行代詩家論：第六屆現代詩學研討會論文集》、林明德總策畫：《台灣新詩研究：中生代詩家論》、國立彰化師範大學國文學系及台灣文學研究所：《看似尋常，最奇崛：林亨泰詩與詩學國際學術研討會論文集》（台北：五南圖書出版股份有限公司，二〇〇九）等等。

詩的次文類，迄今已逾三百部。[39]

至於詩人或學者獨力治史、以評為論，或建立獨具風標的論述體系，可謂洋洋大觀。

1.以評為論

學者型詩人或詩人型學者集結單篇評論成書，聚焦論述現代詩，在一九八〇年代之後蔚為風氣。例如：羅青的《從徐志摩到余光中》、《詩的照明彈》、《詩的風向球》；陳芳明的《典範的追求》等。

2.體系論述

各式新興文學理論逐漸引進之後，詩人及學者對於記號學、結構主義、解構主義、現象學、女性主義、精神分析等理論紛紛加以在地化。一九八〇年代以降，現代詩論述的體系粗具。舉其大者，約有下列數項：

(1)比較詩學

葉維廉的《比較詩學》討論中西詩歌語法在本質上的區別，提出「模子」理論，探索中西山水詩作美感意識的演變，以及五四現代文學的歷史意識；從一九八〇年代開始，把道家思想和現代、後現代的文化觀念匯通融合，研究論題涉及中國現代文化、後現代主義，以及對魯迅、卞之琳、洛夫、瘂弦的討論。主要的文章如一九八四年的〈祕響旁通：文意的派生與交相引發〉、一九八五年的〈中國古典詩中的一種傳釋活動〉、一九八六年的〈與作品對話：傳釋學初探〉、一九八七年的〈意義組構與權力架構〉、一九八八年的〈言無言：道家知識論〉、一九八九年的〈現代到後現代：傳釋的架構：後現代現象和後現代主義的說明〉、一九九四年的〈被迫承受文化的錯位：中國現代文化、文學、詩生變的思索〉等。葉維廉大量援引西方的詮釋學，作為建構屬於中國特色的「傳釋學」之參照系統。其中，〈言無言：道家知識論〉一文重視道家的「無言」，並以之反思嘈雜的「語言」，批判「始制有名」的名言構築，把道家思想在美學的表現轉化到歷史與政治的層面上，為道家思想的現代表現注入源頭活水。而著重歷史語境的文學探討，則在深諳流變的基礎上，為作家及作品尋得適切的定位。

古添洪對記號詩學的引進和運用展示，是一九八〇年代台灣現代詩學的另一個重點體系論述。記號乃為表義而來，因此古添洪認為記號詩學亦可稱為表義詩學。一九八四年初版的《記號詩學》著力於中國文學研究的實踐與開拓，闡發瑟許（Ferdinand De Saussure）、普爾斯（Charles S. Peirce）、雅克慎（Roman Jakobson）、洛德曼（Jurij Lotman）、巴爾特（Roland Barthes）、艾誥（Umberto）的記號學觀念，強調記號學對詩的運用和「零架構」。[40]評介記號學的知識譜系固然是此書的顯著貢獻，但是依憑著「零架構」，古添洪闡發記號學論述的同時，更探究詩的本質，為評論者規模出以語言文字為中心的閱讀機制。以樹立「正確的批評」為初衷，[41]在記號學對現代詩的評論實踐上，古添洪先於一九八三年運用對等原理，討論陳明台詩集：《遙遠的鄉愁》；復於一九九六年運用外延的對譯，評論張默與蕭蕭主編的《新詩三百首》。[42]因為以表

39 參考「台灣博碩士論文系統」資料。自一九九〇年初以迄二〇一二年底，估計有三二一篇。

40 古添洪在《記號詩學》（台北：東大圖書股份有限公司，一九九九），頁二八中說：「記號詩學是研究文學或文學書篇表義過程所賴的主要面及其法則，是一個形式的（formal）、類向的（normative）零架構（zero-structure），是一個語言的後設行為（meta-language）。因其所重為表義過程，故實亦可名之為表義詩學。當從文學或文學書篇出發時，我們是設想這個零架構，我們是歸納演繹以建構這個零架構。當從一個假設的零架構出發時，我們是觀察這個零架構在文學或文學書篇的具體顯現、觀察這個架構如何深化、具體化、歧義化，並藉以擴展這個架構。」

41 出版《記號詩學》之先，在《比較文學・現代詩》的序裡，古添洪說：「然而，新生代的詩人，其成就往往未能為詩壇所認可。要成名，則需聯群結黨，互相吹捧；或大吵大罵，以邀名聲；或求得一兩前輩詩人，加以提攜方可。如此，正確的批評便無由產生。筆者有鑑於此，以嚴正的態度寫成了兩篇批評，一是關於陳明台君的，一是關於郁銓君的。」見《比較文學・現代詩》（台北：國家出版社，一九七六），頁四。

42 參見古添洪：〈論陳明台《遙遠的鄉愁》五輯：從對等原理及語意化原理論其語言及其語言所形成的詩質〉，《笠》，第一一三期（一

象科學化的模式處理語言問題，比照其他評論方式，記號詩學遵循語言學理路，在現代詩的比較與運用上相對客觀。誠如王正良所言，古添洪的記號詩學基本上把詩當成一個記號，並以之「中介」詩的本質，而使得作品內涵被認知與體會。[43]

奚密擁有厚實的西方文學理論背景與詩學教養，[44]對台灣現代詩和中國大陸的現代詩均投入長時間、深刻的研究。一九九八年在台灣出版《現當代詩文錄》；二〇〇五年，與馬悅然等詩友合編《二十世紀台灣詩選》。《現當代詩文錄》凡三卷，視野遼闊，見樹又見林。第一卷展現厚積薄發的詩史企圖，視角特殊而明確，如從米羅〈吠月的犬〉談論現當代漢詩「從現代到當代」的問題；舉例論述現代詩的「詩原質」；也討論了現代漢詩的十四行詩體。卷二和卷三分別討論台灣和大陸的現代詩。卷二討論台灣的部分，問題集中在對一九五〇與一九六〇年代現代主義的討論、對孟樊之《台灣後現代詩的理論與實際》的批評、當代中國與台灣的詩與社會、現代詩面對本土性、世界性的問題，以及對洛夫早期風格、對紀弦早期作品的細部闡釋。

《現當代詩文錄》的兩篇台灣詩人論，於今特具學術與史料之價值。例如討論洛夫早期詩作的〈從《靈河》到《無岸之河》：洛夫早期風格論〉，奚密所用的《靈河》版本，不但早已絕版，眾多大學圖書館也都找不到。奚密比較洛夫〈四月的黃昏〉收錄在不同詩集的現象，發現洛夫似有修改自己作品而不加注說明修改日期的偏好與習慣。此發現對於研究者有警惕作用：研究者不宜僅由洛夫的數本詩選中，挑出某詩作就逕取以比較風格差異。

《現當代詩文錄》的「後現代」討論，對於僵化、片面化了的後現代主義論述，具有醍醐灌頂之功。奚

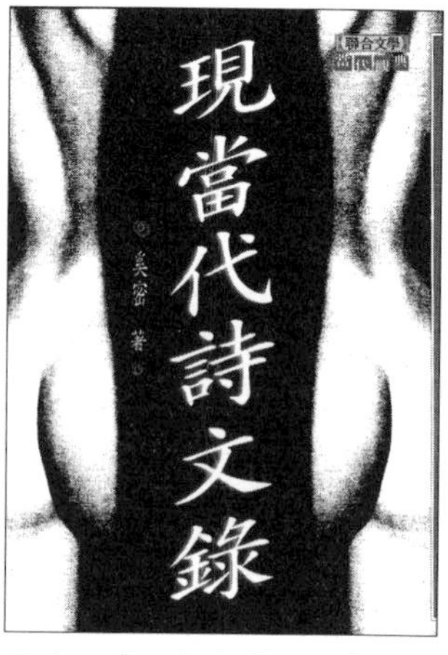

奚密，《現當代詩文錄》，台北：聯合文學出版社股份有限公司，1998。

密之文最具顛覆力的意見，在該文的「台灣詩壇的後現代」一節。奚密認為，孟樊的〈台灣後現代詩的理論與實際〉一文：「代表了對德希達解構理論最大、但很遺憾的，也是最普遍的誤讀和誤用。德希達從未否認『意義』的存在和必要。他強調的是意義的產生永遠是一複雜多面、不可界限的意符運作於上下文的結果。意義的不可歸納和界定，並不意味著意義的消失。」[45] 奚密對孟樊的批評並非無的放矢，尤其以詩作為討論基礎，更可以看出細緻的詮釋工夫；而該文後面援引並翻譯達希達對意義的那一段文字，完全透顯奚密作為一個外文系出身的學者，對於解構學的深度認知與學養。[46]

(2) 女性詩學

誠如論者所言，台灣現代詩的「女性詩學」源於婦運對性別議題的扣問與開掘，因而女性詩學以政治行為為本質，以改變世界而非解釋世界為要務。[47] 因為明顯的標籤，女性詩學從一九八〇年代末起，成為備受寵愛的議題。

台灣第一本以女性詩人為評論對象的專著是**鍾玲**的《現代中國繆司：台灣女詩人作品析論》。[48] 此書採

九八三），頁四八；〈評《新詩三百首》〉，《中外文學》，第二四卷，第十期（一九九六），頁一四七。

43 參見王正良：〈台灣現代詩論研究：以詩語言為主軸的探討〉（台中：國立中興大學中國文學系博士論文，二〇〇七），頁二一九。

44 奚密（一九五五、一、六—），生於台北。國立台灣大學外國語文學系畢業。美國南加州比較文學博士。任教於美國加州大學戴維斯分校東亞語文學系。

45 奚密此文原為：〈後現代的迷障：〈台灣後現代詩的理論與實際〉的反思〉，發於《當代》，第七一期（一九九二），頁五四—六八。

46 相關討論參見鄭慧如：〈台灣當代詩的後現代語言〉，《長沙理工大學學報．社會科學版》，第二七卷，第四期（總一一〇期），頁五一—一四，二〇一二。

47 參見楊宗翰：《台灣新詩評論：歷史與轉型》，頁一五二—一五三、一六〇—一六一。

48 鍾玲（一九四五、四、二六—），生於重慶。東海大學外國語文學系畢業。美國威斯康辛大學比較文學博士。現任教於澳門大學。著

十年為一期的方便斷章，綜論一九五〇至一九八八年間發表的女性詩作，為後來的女性詩學論述披荊斬棘，功在拓荒。首先，以詩作為主，鍾玲的評論敢言而獨到，論筆觸及當時較罕被評及的女詩人，如張秀亞、李政乃、彭捷、劉延湘、藍菱、王渝、翔翎、古月、蘇白宇、筱曉、謝馨、王鎧珠、萬志為、梁翠梅等。其次，鍾玲對女詩人的評論建立在被評者「紹繼中國文學傳統，並接受西方文化的洗禮」的先驗認知；[49]換言之，鍾玲認為書中所評的女詩人無庸置疑地為中國文學長河的一部分，不同處只在養成、受教的過程。這一點很重要。即使《現代中國繆司：台灣女詩人作品析論》內化了伊蘭‧蕭華特（Elaine Showalter）的〈荒野中的女性批評〉，[50]鍾玲與後來女性詩學的研究者很大的區別，在於她認為女詩人在詩壇上露臉，相當程度得力於男性的輔翼。這一點使得《現代中國繆司：台灣女詩人作品析論》既能放手批駁父權社會及文化傳統對女性的無言壓迫，復能自在展現臨流自鑑的顧盼風姿，[51]使得全書迥異於許多張牙舞爪的女性主義論述，呈顯難能可貴的雍容自得。鍾玲在書中多次提出，自己心目中的女性文體為：氣質或夢幻或魔魅，經常凸顯囚禁意象，或不設主題、缺乏明顯的主旨、縱容讀者臆想。[52]以陰性書寫，書寫陰性，鍾玲的《現代中國繆司：台灣女詩人作品析論》表現了不需揚鞭自奮蹄的嫵媚。

鍾玲，《現代中國繆司》，台北：聯經出版事業股份有限公司，1993。

(3)文化論述

約自一九九〇年代以後，台灣學界逐漸風行從文化的核心理念與價值觀來觀察文學。文學創作在某一層面上，成為論述者尋找文化認同「最大公因數」的客體。在現代詩方面，舉其大者，如廖炳惠、廖咸浩、劉紀蕙。

廖炳惠，[53]從比較文學與文化研究的角度著手，撰述系列的後現代論述。一九九五年，廖炳惠發表〈比較文學與現代詩篇：試論台灣的「後現代詩」〉。廖炳惠傾向把解嚴前後的台灣文化環境當作與後現代主義互相呼應的場域，並依陸蓉之的意見，看待後現代為「歷史解構重組而失序的時代」。認為：「後現代主義在台灣的發展似乎走進『後』援會的階段，已不再揮灑它的新鮮、舶來神采，反而大致上成為本土化、解嚴化之多元文化主體內的方便隨緣主張。」因而達到「回顧『後』勁」的時期。[54]對於台灣評論界對後現代主義出於一知半解而導致的文化困境與焦慮，廖炳惠提出「本土」與「主體性」，調侃了台灣從一九八〇年代中期到一九九〇年代，文壇去脈絡地挪用後現代主義的尷尬。

有詩集：《芬芳的海》（一九八九）、《霧在登山》（二〇一〇）；論著：《現代中國繆司：台灣女詩人作品析論》、《史耐德與中國文化》、《中國禪與美國文學》等。

49 見鍾玲：〈導言〉，收於鍾玲：《現代中國繆司：台灣女詩人作品析論》（台北：聯經出版事業股份有限公司，一九九三），頁一—二六。

50 相關論述參見鍾玲：〈台灣女詩人作品中的中西文化傳統〉，《中外文學》，第十六卷，第五期（一九八七），頁五八—一〇九；〈試探女性文體與文化傳統之關係：兼論台灣及美國女詩人作品之特徵〉，《中外文學》，第一八卷，第三期（一九八九），頁一二八—一四六；〈台灣女作家在中國文學史上的地位〉，《文訊》，第七期，（一九八九），頁四一—四六；〈詩的荒野地帶〉，《中外文學》，第二三卷，第三期（一九九四），頁四六—五九。

51 參考陳炳良：〈水仙子人物再探：蘇偉貞、鍾玲等人作品析論〉，《中外文學》，第十八卷，第五期（一九八九），頁八五—一一二；張國慶：〈女性主義詩學和女性意識：兼論鍾玲「詩的荒野地帶」〉，《中外文學》，第二三卷，第三期（一九九四），頁七〇—七三。

52 見鍾玲：《現代中國繆司：台灣女詩人作品析論》，頁二九九、三五三、三九六。

53 廖炳惠（一九五四、九、一—），生於台灣雲林。東海大學外國語文學系畢業、國立台灣大學外國語文學系暨研究所碩士、美國加州大學聖地牙哥校區比較文學博士。現任國立清華大學外國語文學系特聘教授。

54 廖炳惠：〈比較文學與現代詩篇：試論台灣的「後現代詩」〉，《中外文學》，第二四卷，第二期（一九九五），頁六七—八四。

廖咸浩，[55]一九九五出版《愛與解構：當代台灣文學評論與文化觀察》，二〇〇三年出版《美麗新世紀：前現代・現代・後現代》，另有多篇未集結的文章。其中以對方言、對後現代的意見，與台灣現代詩關連較密切。

〈離散與聚焦之間：八〇年代後現代詩與本土詩〉、〈悲喜莫若世紀末：九〇年代的台灣後現代詩〉、〈物質主義的叛變：從文學史、女性化、後現代之脈絡看夏宇的「陰性詩」〉，為廖咸浩三篇討論台灣後現代詩的主要文章。廖咸浩為台灣的「後現代詩」定下六個界義，包括：文字物質性的深掘、日常感動常在無心處、政治議題與文本交歡、情欲的歡慶、無奈與癲狂，以及網路文化與想像未來。[56]這些規格化的定義，為討論後現代的文章打開便利的通道。[57]

廖咸浩，《愛與解構：當代台灣文學評論與文化觀察》，台北：聯合文學出版社股份有限公司，1995。

廖咸浩討論方言與文學關係的文章是台灣學界的先驅。他對方言的看法，基本上從文化的角度出發。相關文章如收在《愛與解構：當代台灣文學評論與文化觀察》的〈方言的文學角色〉、〈「台語文學」的商榷：其理論的盲點與囿限〉、〈南方文化的覺醒：光復以來台灣方言的文字化與文學化〉。廖咸浩提出「多語並存」、「反隸屬論」、「補充的邏輯」，作為觀察台灣文學與方言的角度，點出方言在台灣文學中扮演的「反宰制」、「反中心」、「突出邊緣」、「促使被壓抑的世界反從為主」。[58]

劉紀蕙，[59]一九九〇年代起大量發表富含批判鋒芒、以文化視角切入議題的文學與文化研究，擅長探入文化或文學背後的歷史場域，討論權力運作下的文化現象。劉紀蕙與台灣現代詩相關的論述，主要收在二〇〇〇年出版的《孤兒・女神・負面書寫：文化符號的徵狀式閱讀》。「文化認同」、「圖象模式」、「視覺翻譯」、「精神分析」、「文化場域」、「負面意識」等詞彙，是劉紀蕙討論問題的常見關鍵詞。在台灣現代詩方面，「現代主義」和「後現代主義」是劉紀蕙此書的兩大關注。關於「後現代主義」，劉紀蕙討論了陳黎和林燿德的詩。「現代主義」以「超現實」在台灣的表現為核心，劉紀蕙對楊熾昌和一九三〇年代台灣現代詩超現實主義的討論，呈現當時對楊熾昌研究的嶄新能量。以「超現實」為焦點，劉紀蕙系列討論了一九五〇年代台灣現代詩的「橫的移植」、日本超現實主義對銀鈴會與林亨泰的影響。[60]

（四）學院詩人

學院詩人繁興是二十世紀末台灣現代詩界的特殊現象。「學院詩人」指的是在大專院校執教的專兼任老師；他們兼具大學教員和寫詩者的身分。「學院詩人」這一詞彙，為台灣現代詩史網羅了被媒體忽略，卻因

---

55 廖咸浩（一九五五、二、二二—），生於台北。國立台灣大學外國語文學系畢業。美國史丹福大學比較文學博士。現任教於國立台灣大學外國語文學系。

56 廖咸浩：〈悲喜莫若世紀末：九〇年代的台灣後現代詩〉，收於林水福主編：《兩岸後現代文學研討會論文集》（台北：輔仁大學外語學院，一九九八），頁三六—五〇。

57 例如古繼堂編的《台港澳暨海外華文新詩大辭典》中，「後現代主義」詞條即根據孟樊之說，總結台灣後現代詩的特色為：寓言、移心、解構、延異、開放形式、複數文本、眾聲喧譁、崇高滑落、精神分裂、雌雄同體、同性戀、高貴感喪失、魔幻寫實、文類融合、後設語言、博議、拼貼與混合、意符遊戲、意旨失蹤、中心消失、圖象詩、打油詩、即興演出、諧擬、徵引、形式與內容分離、黑色幽默、冰冷之感、消遣與無聊、會話等等。

58 參見廖咸浩：《愛與解構：當代台灣文學評論與文化觀察》（台北：聯合文學出版社股份有限公司，一九九五）。

59 劉紀蕙（一九五六、一一、三〇—），生於台北。輔仁大學英國語文學系畢業。美國伊利諾大學比較文學博士。現任教於國立交通大學社會與文化研究所。

60 參見劉紀蕙：《孤兒・女神・負面書寫：文化符號的徵狀式閱讀》。

獨具的個人詩作風姿而值得留意的創作者。跨越二十世紀，回首各種口水噴發、形式拼貼、語言遊戲、文字炫技的名詩，「學院詩人」在多風多音的時代角落多半靜靜站立，其身姿特別值得詩史珍惜。

「學院詩人」在出版業上的集體表現，起於一九九六年，陳慧樺、古添洪、蕭蕭、簡政珍、王添源、向陽、林建隆、游喚等八位在大學任教的詩人，共同發起「學院詩人群」年度詩集出版計畫。一九九七年至二〇〇七年，出版了七本以學院詩人為標榜的詩選集，成員則由最初的八位，加入汪啟疆、白靈、江文瑜、洪淑苓、唐捐、方群、陳大為、尹玲、須文蔚，共計十七位。

在各種詩選集琳瑯滿目巧立名目的一九九〇年代，學院詩人群年度詩選集與其他的選集如女性詩選、網路詩人選集等一樣，不過是詩人的另一個舞台。[61]然而學院詩人多具備詩情、健筆，門徒故舊互相招呼引領，其議論與創作穿梭在學術界、文學界、文化圈之間，或以術為學，或以學為詩，或千山獨行，或雞犬之聲相聞，為台灣文學史上相當特殊而龐大的聚落現象。本章將在「其他主要詩人」之後，列舉討論學院詩人。

（五）詩社與詩刊

一九八〇至一九九九年的現代詩社，旋起旋滅是最大的共相。隨著詩社而成立的詩刊亦如此。雖然校園詩社就有數十種之多，更講究設計與印刷品質，影響力卻遠不如前此世代的詩社；大多是詩史上聊備一格的資料。

正如焦桐的觀察，一九八〇年代的詩壇，辦詩刊成為風潮，新崛起的詩刊至少在五十種以上，與當時日漸萎縮的純文學空間逆向而行。[62]比較一九八〇年代成立的詩社及前此年代之新詩社團，可知詩社雖蓬勃成立，也如曇花一現般相繼休刊，壽命多半不長；詩刊中對現代詩的強烈反省與批判等運動性也較淡漠；除了陽光小集、詩友、掌握等詩社，組成同仁大多為一九六〇年代之後出生的文學青年，他們不再要求壁壘分明的文學觀，而更在意以創作吸引讀者。

比起前此世代的詩社，首先，一九八〇年代的詩社群性淡化，詩社成員的成就大於社團刊物與詩社整體成績成為普遍的現象；其次，詩刊獨資出版，有些詩刊已結合出版業，推展詩思維；其三，各詩社的詩刊大致上在民族詩風、鄉土詩風、前衛詩風、抒情詩風這幾大類上對峙、辯證或融合。

相對於一九七〇及一九八〇不斷湧現而又難以為繼的新生詩刊，一九九〇年代新興而由文壇新血結盟的紙本詩刊相形沉寂；《創世紀》、《笠》、《葡萄園》、《秋水》、《大海洋》等，以老而彌堅的姿態屹立不搖。

一九九〇年代的詩社受資訊社會中的網路與消費型態影響，在紙本之外開闢了無遠弗屆的網路空間作為詩刊的延續；詩社成員之間的互動較一九八〇年代更為減少，聯繫方式也改變；而以校園為據點的新生刊物呈現疲憊的狀態，以致到了一九九〇年代末，詩社大量轉向網路與電子報的形式。須文蔚即提到一九九〇年代的校園新興詩社多數自費或由學校微薄的經費支撐，營運情況不佳，而又無力改變商業傳播環境中的文學式微，所以越來越多人投入網路世界，建立公共服務的文學傳播架構，形成新的文學活動場域。[63]而另一方面，富含知識分子性格與強勢文化特質的詩刊，在一九九〇年代仍以紙本為主，糾結詩學理念或身分背景相近的同好集社出刊，輔以網路及文學獎，開拓資訊時代的詩文學傳播新管道。[64]

由詩社掛名經營的網站，提供網路寫作者一個無責任、扮裝的世界，網友之間的互動與回應都透過彼此

61　參見古添洪編：《後現代風景．台北：學院詩人群年度詩集．序》（台北：文鶴出版有限公司，一九九七）。
62　參閱焦桐：〈現代詩刊〉，收於焦桐：《台灣文學的街頭運動（一九七七—世紀末）》（台北：時報文化出版企業股份有限公司，一九九八），頁二七一。
63　須文蔚：〈新世代詩人的活動場域〉，網址：https://reurl.cc/a69a4。二〇一八、九、九查閱。
64　參見丁威仁：〈從「詩文學聯邦」到「詩文學邦聯」：論八〇至九〇年代新詩社群的結構與思維〉，《文學新論》，第三期（二〇〇五），頁一一一——一三七。

虛擬的身分，張貼作品或投遞電子郵件。《晨曦詩刊》就是結合網路與平面媒體的仲介，可以適度滿足創作者藉由身分扮裝而達到作品扮裝的目的。從網路到文字出版品，藉由虛擬身分的運作過程，創作者不必經由文學獎或文學作品出版的認證而可以獲得發表的管道，從塗鴉區或眾多創作中被版主選入精華區，或在與網友頻繁的網路公共領域互動中脫穎而出；一向號稱文類邊緣的現代詩亦成為消費文化結構的一環。

掌控紙本出版品的詩人群體，在網路與平面媒體的運用上，一九九〇年代的詩社多採兩種方式。一種藉由homepage吸收網路作品，使詩刊保持形式上的年輕和先鋒姿態：如《雙子星》第六期用以呈現網路詩頁的大篇幅、《乾坤詩刊》刊登網路詩人的大篇幅；另一種最終仍舊以平面媒體作為展演空間，但是在過程中經由網路的篩選：如《晨曦詩刊》先在四個學校的電子布告欄（bbs）上提供投稿的版面，再從投稿作品中編選，以文字出版品的方式發行。[65]

一九九〇年代的詩刊現象，明日報個人新聞台的逗陣網是一個顯例。「逗陣」翻譯台語「在一起」的語音，降低一般人對文學高不可攀的印象而為普羅大眾消遣時間的雲端時空，結合對文學或文字書寫有興趣的人，從建立個人新聞台開始結盟，以成員彼此的網站作為隨時的聯繫方式。其中的成員依舊經營自己的新聞台，加入逗陣網並不表示理念相同。因此，固為類社群的組織，然而既存在個人的、自主的文學思維，也可能透過多元並存的結合模式產生另一股新興力量。這是一九九〇年代文學邦聯的特殊現象。其中由所謂的X世代詩人為主力，以現代詩為結社標誌的兩個大型逗陣網，是「我們這群詩妖」和「我們隱匿的馬戲班」；鯨向海、楊佳嫻、林德俊、木焱、甘子建等，都是其中翹楚。

成立於一九九四年的植物園詩社，號稱當時全國各大專院校組城的現代詩團體，結合十多所大專院校四十餘位平均年齡十八歲的詩友，包括楊宗翰、何雅雯、潘寧馨、邱稚亘、林思涵、洪書勤等，後因經濟問題而休刊。《漢廣》，一九八二年三月創刊，發刊詞由路寒袖執筆，最初由東吳大學的學生組織而成；它提出民族詩風的寫作情感、對於不同風格的接受，以及強調批判的重要性，每期卷末有一篇詩評，共出刊一三期。《詩友》，一九八二年十二月創刊，發刊詞由侯人執筆，揭示以詩文本為主的觀念。《心臟詩刊》，一九八三年三月創刊，以反權威、反彼此標榜為號召。《傳說》，一九八四年五月創刊，發刊詞宣示該刊主抒情及把握時代特點的創作方向。《春風》，一九八四年四月創刊，發刊詞以「詩史自許。寫出史詩」為題，提出三個觀念：1.在形式上，繼承韻文傳統，走向平民化社會化；2.在內容上，秉承現實主義傳統及抗爭精神；3.在方向上，繼承新詩發展以降的平民性、運動性，批判不義，擁抱台灣。《四度空間》，一九八五年五月創刊，成員有林燿德、林婷、曾淑美、徐望雲、陳克華、柯順隆、田運良等。創刊號中由林婷撰寫的〈八〇年代的詩路〉主要宣稱：1.由生長的領域來尋找詩作題材，故提倡都市詩、社會詩、科幻詩、生態詩；2.以客觀立場來評判事物，延續新詩的優點並融合更多前衛思想。《地平線》，一九八五年五月創刊。創立初期以救國團復興文藝營之詩組同仁為班底，計出版九期；[66]許悔之、羅任玲、田運良皆曾為其中同仁。《象群》，一九八六年創刊，主要成員為東吳大學南風詩社同仁。[67]《兩岸》，一九八六年創刊，其〈編輯部報告及稿約〉特別號召詩評論。《曼陀羅詩刊》，一九八七年創刊；楊維晨在創刊詞中說到，企圖整合

65 須文蔚在〈台灣網路作家之社群特質初探：以《晨曦詩刊》為例〉說：「詩刊創辦人之一的高士澤構想中的《晨曦詩刊》，希望透過『電子布告欄系統』的公開園地，推廣校園裡的新詩創作與閱讀文化。它的性質和傳統的同仁詩刊如《現代》、《笠》、《創世紀》、《台灣詩學》最大不同之處，就在於並非以紙本刊物為精神象徵，而是以『電子布告欄』上的一塊詩版為傳播媒介，提供網友一個自由發表的空間，張貼最新作品，討論詩學理論，提出詩作評論。而且面對一般大眾對於網路作品良莠不齊的懷疑，他們一開始就以詩刊編輯的方式進行管理，一旦編輯出一份完整刊物，除可在網路上閱讀外，還期望能編輯印製成平面的書刊。」該文收於《東華人文學報》，第四期（二〇〇二），頁一八一—二一一。

66 陳去非在發刊詞提出「三大信條」與兩項「基本態度」。「三大信條」：一、開放的精神與聯合的態度；二、把中國傳統現代化、西方影響中國化；三、廣義的鄉土與大中國意識。兩項「基本態度」：一、對內：集體領導以推動社務，不強調社性；二、對外：不結盟，不介入詩壇紛爭，不以集體的名義對詩壇糾紛表示意見，亦不過問個別同仁的介入。

67 楊維晨在〈莊嚴與幽默：象群發刊詞〉，明白表示對「表現的美」的堅持，及對社團群性的反對。

年輕詩刊，亦重視大眾的讀詩人口，曼陀羅詩社的組成乃由解散了的南風與象群兩詩社，加上其他詩友而成。《長城詩刊》，一九八八年創刊，李渡愁在發刊詞〈文化鄉愁的鍛接〉重申延續中國詩傳統。

以下表列一九八〇至一九九九年間成立的部分詩社與詩刊：

刊名	創刊時間	成立時的主要成員與西元出生年	起迄時間	發行期數
漢廣	一九八二、三	路寒袖（一九五八）、林沈默（一九五九）、孟樊（一九五九）、巴陵野、李祖琛（一九五九—二〇一四）、徐望雲（一九六二）、陳清貴、謝昆恭（一九五八）、楚放、鴻鴻（一九六四）、曾淑美（一九六二）、陳斐雯（一九六三）		十三
掌握	一九八二、三	林沈默（一九五九）、邱振瑞（一九六一）、黃能珍（一九六〇）		
詩友	一九八二、十二	陳建宇（一九五九）		
心臟詩刊	一九八三、三	羅虹（一九五二）、朱沈冬（一九三三）、沙白		
台灣詩季刊	一九八三、六	林佛兒（一九四一—二〇一七）	一九八三、六—一九八五、六	八
春風	一九八四、四	詹澈（一九五四）、楊渡（一九五八）、鍾喬（一九五六）、施善繼（一九四五）、李勤岸（一九五一）、莫那能（一九五六）		四

四度空間	一九八五、五	林燿德（一九六二—一九九六）、林婷（一九六七）、曾淑美（一九六二）、徐望雲（一九六二）、陳克華（一九六一）、柯順隆（一九六〇）、田運良（一九六四）		
地平線	一九八五、五	陳去非（一九六三）		
象群	一九八六、九	楊維晨（一九六三）、吳明興（一九五八）、林宏田、許悔之（一九六六）、林燿德（一九六二—一九九六）、胡仲權（一九六一）、陳建宇（一九五九）、黃智溶（一九五六）、黃靖雅（一九六三）、羅任玲（一九六三）	一九八六、九—一九八七、三	三
兩岸	一九八六	苦苓（一九五五）、蔡忠修（一九五五）、天洛（一九五四）、徐望雲（一九六二）		
新陸	一九八七、三	張國治（一九五七）	一九八七、三—一九八八、八	四
薪火	一九八七、六	李秋萍、陳浩、顏艾琳（一九六八）、侯湘玲、莊源鎮		
曼陀羅詩刊	一九八七	楊維晨（一九六三）等象群詩社原班底		
長城詩刊	一九八八、十	涵玨、李渡愁（一九五九）		
詩壇	一九八九、六	舒蘭（一九三一）		

新詩學報	一九八九、九	鍾鼎文（一九一四—二〇一二）、綠蒂（一九四二）、劉菲		
晨曦詩刊	一九九六、一	高世澤（一九七三）		
乾坤詩刊	一九九七、一	龔華（一九四八）、林煥彰（一九三九）、紫鵑（一九六八）、劉正偉（一九六七）、丁文智（一九三〇）、吳東晟（一九七七）、宋熹		發行中
台灣詩學	一九九二、十二	向明（一九二八）、李瑞騰（一九五二）、渡也（一九五三）、游喚（一九五六）、白靈（一九五一）、蕭蕭（一九四七）、尹玲（一九四五）、翁文嫻（一九五二）、蘇紹連（一九四九）		發行中
植物園詩學季刊	一九九四、十二	楊宗翰（一九七六）、何雅雯（一九七六）、潘寧馨、邱稚亘（一九七七）、林思涵（一九七五）、洪書勤（一九七六）、孫梓評（一九七六）	一九九八	四
雙子星人文詩刊	一九九五、六	楊平（一九五七）		
詩世界	一九九五、八	張默（一九三一）、犁青（一九三三—二〇一七）		
詩歌藝術	一九九六、八	文曉村（一九二八—二〇〇七）、王幻（一九二七）、麥穗（一九三〇）		

女鯨詩社	一九九八、十一	江文瑜（一九六二）、李元貞（一九四六）、利玉芳（一九五二）、沈花末（一九五三）、杜潘芳格（一九二七—二〇一六）、張瓊文（一九四九）、張芳慈（一九六四）、陳來紅（一九四九）、劉毓秀（一九五四）、蕭秀芳（一九五五）、謝碧修（一九五三）、顏艾琳（一九六八）

四、一九八〇——一九九九的焦點詩人：簡政珍、陳義芝、李進文

簡政珍（一九五〇、八、十二—），生於台灣台北縣。美國德州大學奧斯汀校區英美比較文學博士。曾任教於中興大學、逢甲大學等校；現任教於亞洲大學。曾為《創世紀》詩刊主編。曾獲美國德州大學奧斯汀校區博士論文獎、《創世紀》詩創作獎、新聞局金鼎獎。在台灣出版詩集：《季節過後》（一九八八）、《紙上風雲》（一九八八）、《爆竹翻臉》（一九九〇）、《歷史的騷味》（一九九〇）、《浮生記事》（一九九二）、《意象風景》（一九九七）、《失樂園》（二〇〇三）、《放逐與口水的年代》（二〇〇八）、《所謂情詩》（二〇一三）；詩選集：《因緣此生》（二〇一〇）。散文集：《我們有如燭火》。論著：《語言與文學空間》、《詩的瞬間狂喜》、《詩心與詩學》、《放逐

簡政珍，《紙上風雲》，台北：書林出版有限公司，1988。

詩學》、《台灣現代詩美學》、《電影閱讀美學》、《音樂的美學風景》、《第三種觀眾的電影閱讀》。編撰《解構閱讀法》、《讀者反應閱讀法》，並編有：《當代台灣文學評論大系：文學理論卷》、《台灣新世代詩人大系》等。

簡政珍的藝術志業以美學為核心，是台灣在詩、電影、音樂三方面都以美學一詞冠為書名的唯一學者。在現代詩方面，簡政珍的中西文學通達，詩學與詩作互相印證，在台灣的戰後嬰兒潮世代中最為厚實。

簡政珍的詩超越流行風潮，既不迎合亦不瞻顧，美感與直覺皆強。評論詩作與詩壇現象直說而中，正本清源，有如警鐘；詩作予人強烈的當下感，能挑破昏沉，正言若反，尤其能正視生命起於悲情，入於詩行卻化為苦笑。其詩擅長抓取瞬間的人生場景與內心調變，在觀察與介入之間辯證，講究於沉靜中展現隱約的情感和深沉的思維，把意象剪輯、視覺化、語境化。

簡政珍的詩充滿生命感，但也經常出以一邊塗抹一邊塗銷的思維方式，深富解構精神。這在出版於一九八八年而集結十餘年詩作的第一本詩集《季節過後》，就已顯現端倪。其詩最值得再三品味之處，是意象之間的縫隙，以及縫隙裡的留白、透明、可能性。真正的主題或詩旨在詩行中不斷出

簡政珍，《季節過後》，台北：漢光文化事業股份有限公司，1988。

簡政珍，《放逐與口水的年代》，台北：書林出版有限公司，2008。

簡政珍，《意象風景》，台中：台中市文化中心，1997。

現又隨時消隱，再被繼起的意象賦予更多的意涵，因而沒有固定的意涵；各種意涵來了又走，看來像是不經心的書寫，隨著語境播散非語言所能道斷的意涵。表面上互相解構的句型與意象創造一個洞穿現實的世界，瞬間的遺失成就瞬間的盈滿，是簡政珍詩最動人之處。

以下重點分述簡政珍詩的特質。

1. 意象思維

簡政珍的詩以意象思維為核心，著重詩行在文字縫隙間所呈現的語言飽滿之感。簡政珍認為優秀的現當代詩作應該經得起意象思維的檢視。思維活動瞬息萬變，意象思維展現詩人如電如露的觀察。剎那生滅的意象思維穿織簡政珍從一九八八年以降的個人詩集，串接了簡政珍詩美學中經常援引的德希達解構說、雅克慎語言雙軸論、海德格現象學論，與佛法對生命的概念。

意象思維是簡政珍自創的詞彙；簡政珍從詩創作與詩學論述兩方面具體落實，體現意象之於詩的文體價值。在簡政珍的詩論述與詩創作裡，意象思維趨近詩的本質。一如簡政珍自創的詞彙：「第三種觀眾的電影閱讀」、「後現代的雙重視野」，「意象思維」以氧氣般的重要性，貫徹簡政珍對詩的創作與閱讀。[68]

---

68 簡政珍以意象思維為主的詩美學論述見於《語言與文學空間》、《詩的瞬間狂喜》。在《語言與文學空間》的〈意象和敘述〉、〈意象和語言〉、〈比喻和符號〉等幾篇文章中，意象思維逐漸成形；《詩的瞬間狂喜》拓展並深入以意象為中心思考的美學觀點，在〈瀕死的寫作和閱讀〉、〈敘述內容的權威性〉、〈寫詩和瞬間〉、〈閱讀和詮釋〉等文章中，透露瞬間意象與浮動意符的關連性。而後，《台灣現代詩美學》第二部「後現代風景」中的部分篇章，是簡政珍意象美學的精華，具體展現在〈結構與空隙〉、〈意象與「意義」的流動性〉、〈不相稱的美學〉。參見簡政珍：〈意象和語言〉、〈意象和敘述〉、〈比喻和符號〉，分別收於簡政珍：《語言與文學空間》（台北：漢光文化事業股份有限公司，一九八九），頁八七—一一〇、一一一—一三二、一三三—一四八；〈寫詩和瞬間〉、〈閱讀和詮釋〉、〈瀕死的寫作和閱讀〉，分別收於簡政珍：《詩的瞬間狂喜》（台北：時報文化出版企業股份有限公司，一九九一），頁

簡政珍詩作裡「意象思維」的特點為：

①形象經由意識轉化為意象。意象是細緻的思維，而非既有理念的媒介。

②意象的輪廓經由語調、敘述人稱呈顯。

③詩因意象，文字不只是交代過場。意象造成個別詩行的精練，有時使詩行變成警句。

④意象是詩人的思維。詩人將一切的感悟濃縮成意象。

意象思維的美學效果為：

①有時，簡政珍詩的意象環環相扣，由意象推演成敘述而步入結構。

②有時，詩的意象是客體形象的脫胎換骨，意象使詩在既有的邏輯或結構中脫軌。

③經由意象思維，簡政珍的詩很少說明理念。

④簡政珍的詩經常動人且富於哲學的厚度，但又造句自然，富於巧思。如以清朝末年為背景書寫的〈那一年〉的意象：「那一年／進城的人／為了不使字畫身陷點燃的大火／他們在西方典藏東方的歷史／為了這，他們摘下不少辮子來綑紮」[69]引文最後一行「他們摘下不少辮子來綑紮」震撼人心，但詩中沒有任何類似「悲痛」、「慘痛」的情緒用語。又如以政客為題的詩作：「你是一枚銅幣／在手指間輾轉發亮／因此，你漸漸／喪盡顏面／／但，當你薄如一張紙時／你在街頭巷尾／探測風向／然後在一疊疊的紙張裡／複製你的臉」。[70]表面上，「喪盡顏面」，是抽象理念，但卻是銅幣的人像在手指間摩擦逐漸消蝕的「意象」，這種跨越抽象語的意象更讓人叫絕。第二節的「薄如一張紙時」，一方面是鈔票或是競選傳單上的人像，一方面暗指這個人品性的單薄；和前一節的「在手指間輾轉發亮」暗指政客在人群中打轉一樣，字裡行間暗藏譏諷。簡政珍的諷刺隱藏在細緻的意象中，沒有開門見山的批判或是攻擊。由於寓意隱約，更引人深思。

簡政珍透過意象思維的詩經常呈現生命的閃爍和飄忽。就中寄寓著未明言、非文字的感受，即一切人事物都非永恆而自足，只是暫時的存在。不間斷的暫時性存在，構築生命的軌跡。意象因瞬間而讓人透見存有的陰影，透露文字縫隙中的不穩定，但也因此讓人感到真正的安定。在簡政珍的詩裡，存在布滿無奈，而無奈時更能讓人感受存在。如對餵食流浪狗的書寫：「我曾經將乾糧放在圍牆的缺口／貓的叫聲帶來黑夜，鳥的吱喳帶來晨曦／我守望你的足跡，如／竊賊，如／蹣行腐朽的電線桿，如／及時雨，如／閃電，如／乾糧上漂浮的螞蟻」。[71]詩中人對當下的依存建立在餵食的動作上，但詩中人也意識到並不確定是否能完成餵食。最後得到餵食的是螞蟻，而這是大雨過後，漂浮的乾糧上面的螞蟻；而且這些乾糧因為浸泡過水，很快就可能分解或是沉沒。

學者對簡政珍詩的意見，幾個切中要害的說法莫不密切關係著簡政珍對意象思維的觀念。[72]「意象思維」的「思維」不僅僅是「意象」一詞的後飾語；在一般讀者視為老生常談的「意象」一詞之後加上「思維」，是從語言透過意象展現的紋理探看聯想的痕跡，觸碰瞬間閃現的意義。「意象思維」的「思維」，對於寫詩中的簡政珍而言，是調理意象的動作，是腦中真幻相生的物象及語象活動；對於閱讀簡政珍詩作的讀者而言，

二三、一五四、一五九；〈結構與空隙〉、〈意象與「意義」〉的流動性〉，分別收於簡政珍：《台灣現代詩美學》（台北：揚智文化事業股份有限公司，二〇〇四），頁一六三—一九三、一九五—二二〇。

69〈那一年〉，簡政珍：《爆竹翻臉》（台北：尚書文化事業有限公司，一九九〇），頁一六二—一六三。

70〈政客〉，簡政珍：《歷史的騷味》（台北：尚書文化事業有限公司，一九九〇），頁六一。

71〈流浪狗〉，簡政珍：《放逐與口水的年代》（台北：書林出版有限公司，二〇〇八），頁七五。

72例如林燿德說簡政珍詩「淡中見奇」、鄭明娳說簡政珍「著重於生命剎那間如臨生死的感動」，洛夫更直指意象思維為形成簡政珍特殊風格的詩觀。大陸學者熊國華、黎山嶢，極推崇簡政珍的詩。熊國華說《浮生記事》中的優秀作品書寫現實而又超越現實，呈現嶄新的美學風貌，讓讀者看到通向詩國險峰之巔的希望；黎山嶢直接由哲學觀解讀簡政珍的詩，頗有天人之際的意謂。這些話語中，「意象思維」一語中的；「淡」中的「奇」出於瞬間生滅的意象；「生命剎那間如臨生死的感動」，是簡政珍一向的詩觀；「通向詩國險峰之巔」是感覺與想像透過意象運作的期盼及成效。

是個提醒，當讀者試圖挖掘簡政珍詩中的主題、內容或意義，其落足點應該在意象的產生過程和美學效果。

(1)意象敘述

如果意象基本上是知覺的映象化，則簡政珍調理映象化知覺，常傾向於選擇過後的萬花筒並置呈現。詩行中，意象一個連一個紛至沓來，接續為意象敘述，經常使讀者應接不暇。如收在第一本詩集《季節過後》、目前簡政珍個人詩集裡發表時間最早的詩作〈景象〉：

那一滸水以揮劍的態勢
將竹林的足部削去
潺潺乃成林子的呻吟
有鳥拾天梯而上
碧清跨越無涯
鼓翼成舞
舞影投射
水中是另一隻鳥的競技[73]

此詩氣宇軒昂，氣象清新雄健；而文白夾雜、透著青澀的書寫方式，則在簡政珍詩作裡極罕見，展現簡政珍早年專注於意象的語言練習。寫水柱的形與聲，竹林與隻鳥各為主客，虛實相映，水柱濺飛如揮劍，水勢橫掃竹林聲如呻吟，碧空中刷刷鼓翼的鳥投影於水面。此詩寫來有如武俠片，水與天、水與竹、竹與鳥、鳥與天、鳥與水，幾個意象渾成一體。這些意象組合濃密，但有別於真實的人生，反映簡政珍極難得一見的「書寫」的人生。有如秋風掃落葉，詩中最具動態的飛鳥一閃即逝，儘管為擦過的碧空與投影過的水面提供剎那的變化，如同水波引發的竹林悶響，然而這些似有若無的隱喻傾向，未在結句留下任何依依不捨的顧盼。

簡政珍的詩表現現實的方式，是其詩論中所謂的「意象牽動敘述」：或以單一的鏡頭為主體，起以特寫而終以連綿流動的畫面；或藉相似或相對的形象暗示。例如〈淹水〉：

水從地板探出頭來
看屋主失戀後的臉色
這時隔壁的笑浪翻騰
天就黑了

無法揣測
屋主黑暗中的表情
水溫柔地靠近
從他赤裸的腳
撫摸到他的
心

此詩如默劇般地演示死亡，將人擬物，將水擬人，敘述者聲色不動，不待思辨而昭顯知性與直覺。「水」為鏡頭主體，隨著時間流轉的光影而步步進逼，由外往內；室內的主角反而是此詩扁平的、不具情緒變化的背

73〈景象〉，簡政珍：《季節過後》（台北：漢光文化事業股份有限公司，一九八八），頁一三四。

景。「屋主失戀後的臉色」和「黑暗中的表情」的暗沉無語，襯托隔壁的「笑浪翻騰」。水勢變化之快，由「這時」和「天就黑了」可見一斑。「水溫柔地靠近／從他赤裸的腳／撫摸到他的／心」精彩作結，用慢動作寫淹水的快速度，而又以客觀的「溫柔」和具象的「撫摸」，運用水的質地直契死亡的直撲，柔軟、強悍、不由分說、毫無障隔。

(2)建立在解構上的瞬間狂喜

簡政珍的意象思維建立在解構上。一首詩裡出現的意象繽紛多姿、充滿此在感，彷彿從這首詩之後就不知道會不會再出現，這就是「詩的瞬間狂喜」。簡政珍詩中的意象不是詩人清涼的庇蔭所，而是星球薈萃的聚合場。瞬間生發的意象各自獨立自足，彼此之間可能互相對應，也可能互相干擾、牽制，形成極為特殊的意象對話，有如無語而自在的銀河系，放大來看常給人空茫感。像〈所謂劇本〉末節：

> 但這是一個海市蜃樓的故事
> 今夜，時鐘將在長年的宿醉後清醒
> 窗台邊的桂花會去回味地震後乾涸的日子
> 一條清晰的河流將會從雲端重回斷層的缺口
> 老祖母將在瓦礫下找到那一枚陳舊的戒指[74]

各種意象此起彼落、此消彼長、互通有無、接續迸發、看似隨機組合而充滿驚喜。第一句以轉折詞總結前面詩行的富麗景象。「海市蜃樓」來自意念的運轉，說明詩中人的形上思索。第二句從劇場的人去樓空發想，純然演示意象而沒有說明，因而「時鐘在長年的宿醉後清醒」除了表現時鐘滴答聲與安靜劇場的落差外，也可能綻開思維的縫隙，指向書面劇本所不及、卻曾具體落實的人生劇本。由「窗台邊的桂花」穿針引線，時光之流回溯到地震發生後的瓦礫堆，引導此詩中不具個人特質而具普遍象徵意涵的扁平人物「老祖母」：「找到那一枚陳舊的戒指」。潛意識的景象：「一條清晰的河流將會從雲端重回斷層的缺口」就像影片迅速倒帶，牽動既有的語意。與「老祖母」同具普遍象徵意謂的「陳舊戒指」，在此詩中並非出於物象的牽引，而是以現實人生情境為基礎的突發轉念。收尾的詩行出現這枚瓦礫堆中的戒指，彷彿電影的特寫鏡頭，在對焦後逐漸淡出。

雖然未必有可以傍依的物象，但是由詩行進所得，詩中人意識底層沉積的現實產生一個又一個並置的意象，充實語言的密度；另一方面，語法撐開的裂縫也召喚各種變幻莫測的詩心。

「間隙」、「瞬間」、「輪迴」、「流水」等字眼常出現在簡政珍的詩裡，作為時間意象的表徵或暗示。收在《季節過後》，發表於一九七六年的〈本可忘記〉第一節，即顯現簡政珍詩作中對瞬間的敏感：

本可忘記
一切都是瞬間即逝的軌跡
風景無恙
別來盡是
情緒的自瀆[75]

「別來盡是／情緒的自瀆」有兩層意涵：表象的意思，「別」，是「離別」，詩行說的是離別之後，詩中人的

74 簡政珍：《失樂園》（台北：九歌出版社有限公司，二〇〇三），頁四二。
75 簡政珍：《季節過後》，頁一四二。

情緒發洩；另外一層意涵恰好相反，「別」，是「不要」，指的是：「分離之後不要總陷在情緒牢籠裡」。於是語言撐開意義的縫隙，建構與解構同時存在。此詩行純然以言說表現敘述者的意識，傳達貫串並綿延為簡政珍詩美學的旨歸。風景無恙，本可忘記，然而瞬間即逝的一切也瞬間即是。「情緒的自瀆」一詞，後來援為《台灣現代詩美學》視為禁區的創作觀與詮釋觀。[76]

(3)多重視野的調變

簡政珍以意象思維悠遊於文字，嘲諷的對象包括詩中人和創作者自己。就此層次而言，簡政珍的文字功力已超越了宛如郎中的文字遊戲者，超越陷溺於競賽與聲名的詩人，而像指點方向的導演、全知者一般，點撥詩行中的浮花浪蕊，使意象搬弄的戲劇性呈現若有似無的人生哲思，將全詩引入超乎象外的理趣。如〈升〉：

當廢氣讓身體漂浮
總要費點心思
考慮要留下什麼
日記已被蟑螂咬盡
書信也慶幸在火中升騰
必須帶走幾個意象
以免有人從滯銷的詩集裡
剽竊

留下的
是一些難以肯定意義的眼淚

冥紙的青煙，方向
倒非常明確
隨著我的身體飛升[77]

又如〈奔〉：

競賽的對象
不僅是路旁爭豔的野花
花謝的速度
一度超前
然後在你微笑聲中落後
雨中擋風玻璃上的霧氣
使你失去速度感
雨刷刷不盡
朦朧中迅速變化的幻影

奔到路的盡頭

---

76 簡言之，創作者應避免過度渲染情緒、鋪陳抽象的情緒用語；詮釋者應避免從片面擬測的創作意識探入作品而墜入誤讀。

77 簡政珍：《意象風景》（台中：台中市文化中心，一九九七），頁六九—七〇。

就是歷史
英雄豪傑綿延一線
至天堂的邊緣
你儘速狂奔幾千年
最後在天堂的邊緣
墜落[78]

以意象思維的多重視野調變為焦點，可從趨近與逸離、抽象與具象、剎那與永恆等議題，觀察這兩首詩。

①趨近／逸離

這兩首詩以逸離主題的方式趨近詩題，改變「貫徹主題以書寫詩題，標籤化詩題以顯示主題」的僵固印象。〈升〉的第一句從空氣汙染引發的玄想入手，浮想聯翩，第二句以下的一整段就都寫文字化為灰燼的想像，第二段更異想天開，寫到詩中人屍體火化的景象，完全逸離第一句貼合「廢氣」的既定模式書寫；但文字灰飛煙滅與火化屍身造成的煙霧升騰意象，則完全在詩題的導引下發揮，而且更富曲折。〈奔〉的第一句，從賽跑引發人生競賽的想像，第二句以下，詩筆立刻野馬脫繮，花開花謝、觀看人潮的微笑、時空變異中擋風玻璃的霧氣等意象，把此詩帶到迷離惝恍的高度；第二段更從個人的生命寫到歷史記載中不見血光的競逐、宗教思想中的靈命歸趨等等。

②抽象／具象

抽象情思與具象輪廓構成意象敘述，彼此依違對話，其「朦朧中迅速變化的幻影」，正是簡政珍詩中獨具一格的戲劇景致。

以這兩首詩為例，〈升〉和〈奔〉都以抽象理念命題，而詩行的展開則以詩題的抽象理念為參考，看起來很快懸置表象的理念而創造虛構的意象，又在虛構的意象中，把握隱喻和現實的差異，轉化分裂指涉的型態，使得從題目延展的意象既來自人間又超越複製人間的模式。〈升〉和〈奔〉在抽象和具象的轉化中擴展意象的發明。例如此二詩的第二段，即各展現了抽象與具象演繹的戲劇性。前此的意象鋪陳以迅雷不及掩耳之姿綻開思維的裂縫，夾帶嘲諷奔瀉而下，斷然收束。〈奔〉的「英雄豪傑綿延一線／至天堂的邊緣」，與狂奔的詩中人一起墜落，帶有極強大的警示意謂。〈升〉的嬉戲則在幾個具有升騰景致的意象中蔓延：首先是最具體的廢氣，再來是以廢氣為參考點的焚書意象、燃燒冥紙意象、隨著詩行進展所暗示的升天意象，以及詩行自身指涉中，游移不定的屍體焚燒意象。這些意象本身的意涵，與意象之間因並置、感染而發送的訊息，成為本於詩題又超越詩題的分裂指涉，也和原以為被懸置不理、理念之外的「雜質」，融為一體。

③剎那／永恆

簡政珍以詩作向永恆朝聖的野心勇猛而深沉，所有剎那的匯集就是永恆，瞬間意象的翻轉也即永恆的面貌。反過來說，從簡政珍的詩論或詩作來看，永恆無乃趨近於創作者自己寫作當下「如臨生死的感動」；而從來不是一下子的口惠、作者向蒼穹的嘮叨或索討、某一篇作品的主題或意象。將這有感的創作變成有感的閱讀，靠的是由意象群串接成、在現實和超現實當中的虛線。

以剎那呈現永恆，簡政珍不僅運用「無中生有」的隱喻修辭，更常基於現實中的「有」，扣問玄理中的「有」。尤其弔詭而令人動容的是，簡政珍經常嘲弄世人的企盼永恆來書寫所謂的永恆，或經由常人容易輕忽的某些片刻、某些場景來刻畫已經不在的念想。例如〈奔〉，詩中人朝向永恆奔逐，奔這個行動的本身就是永恆；且因透過現實情境描寫奔向永恆這個「無」，所以花草和行車這些現實生活中的「有」，成為輔佐創意、顯現生命感的意象。

78　簡政珍：《意象風景》，頁六六——六七。

2. 詩與現實的辯證

簡政珍是台灣詩壇中書寫現實最有成就的詩人。極獨特的是，一般書寫當下現實的詩作，經常只能藉由眼前浮面的現象，抒發情緒或是露骨諷刺，而簡政珍的詩卻在現象的碰觸之後，經由意象思維，展現生命感與哲學的厚度。評論界普遍肯定簡政珍的現實書寫。

許多詩人一旦處理現實，不免流於言說、說明，詩行散文化，詩經常變成理念的訴求。對於更多的詩人來說，現實書寫無異於映照自己詩藝殘缺的鏡子，「現實」在筆下只能是遮遮掩掩的名詞，讀者很難看到具體的現實輪廓。簡政珍的書寫能面對當下的現實人生，舉凡社會各階層的人物，老兵、僧侶、農民、雛妓、殘障、劊子手、流浪狗、三腳狗等等；各種社會現象，貪汙、賄選、政策、股市、SARS、各種天災、政黨輪替、槍擊事件等等，都能寫成詩。

將遐思放入意象的情境，由意象與意象的牽動碰撞將時間騰挪給某一瞬間，虛實易位以呈顯知覺的映象化，展現對現實人生的意象思維，是簡政珍意象美學的基調；詩藝的核心也表現在隨情轉腔的比喻功能上。

如〈爆竹翻臉〉第三節：

爆竹又翻臉的時候
天地為一顆砲彈
開一朵花
碎裂的花瓣
在水中找不到倒影[79]

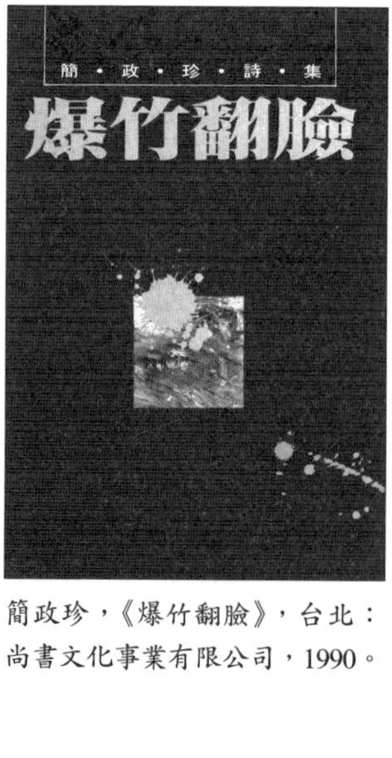

簡政珍，《爆竹翻臉》，台北：尚書文化事業有限公司，1990。

舊時人們為驅趕年獸，每於農曆除夕燃燒竹節，竹腔爆裂而發出巨響，故稱爆竹。燃放爆竹意味著喜慶，翻臉則指凸顯怒色。以「翻臉」為「爆竹」的動詞，被燃者變成自燃，擬人化之後的爆竹集喜與怒兩種極端情緒，豐富並陌生化了「爆裂」的意涵。「爆竹翻臉」連黏兩個相反相成的詞語，恰到好處；作為此詩的主意象，並以此為隱喻，展開詩中人對人生的思索。「碎裂的花瓣」指爆裂的鞭炮碎屑，下啟隱含希臘神話納希瑟斯（Narcissus）典故的結句：「在水中找不到倒影」。因為強烈隱喻和顯著典故的運用，「爆竹翻臉」這個動態意象呈現的一般現象，經過「碎裂花瓣」的意符而延展為敘述主體的思維活動，並以對顧影自憐的辯證與諷喻正面回應「翻臉」，瞬間翻轉了燃放爆竹的單薄喜慶意涵。

又如〈分合〉：

一、合
分的前提
陽光掉落的前奏
衣服丟進洗衣機前的潔淨
雙腳走進手術房前的敏捷
心意碎裂前的
團圓

二、分
分變成秒

---

79 見簡政珍：《爆竹翻臉》，頁一五九。

陽光抖落日影
一條擦拭桌面的布條
手術房內
藥水浸泡的眼睛
看著走進來的一雙
外八字腳
心臟在體內
心事在口沫中[80]

以上詩行，詩心賁發的瞬間延展了意象的縱深，誘發讀者對「分」與「合」作詞組之外的想像，可視為意象的放逐；同時，經常被視為一個詞組的「分合」，也透過敘述結構與知感交雜的語調而翻出新的可能性。

兩節的組詩雖然統合在一個題目下，卻從第二段逸出題旨，翻轉詩題的原意而從「分秒」下筆。兩段的連接在「手術房」這個意象所凝結的情境與氛圍。但小標題〈合〉與〈分〉的詩行裡，各有「陽光掉落的前奏」與「陽光抖落日影」，塑造的時空相似，第一段的「衣服丟進洗衣機前的潔淨」與第二段的「一條擦拭桌面的布條」停留在表象的對應，而兩個詩題都不具備與內文扣合、對話的特質，遮去「分的前提」與「分變成秒」，〈合〉與〈分〉的詩題訂定就失去必要性。但重點是，簡政珍的意象牽連，基本上沒有設定意象必定的方向，而是由浮動的意符合成詩。

3. 隱喻與轉喻的互動

依賴語意接續產生聯想的創作方式，是簡政珍詩學核心的轉喻論述的重點。

簡政珍在意象的縫隙中跳躍，從詩行與詩行的扣連對話中展現詩的舞姿，透過有意淡化而增強了無語的苦澀。因為有意淡化，穿織的意涵若隱若現，更豐饒多姿；因而凸顯的轉喻的逸軌，則是簡政珍詩作特別有趣的風景。下舉〈狹道內〉為例：

狹道中，碰碰撞撞
兩壁上的眼睛
都在期待一聲驚呼
我掌握的方向盤
隨星空轉動
一切安危繫於你的語音
沉默布滿陷阱，這是
清理往事的時候
油門應你的嗓門失速
眼見這即將過去
我急忙煞住回憶，不願
離開狹道後
面對前面的長黑[81]

80　見簡政珍：《浮生記事》（台北：九歌出版社有限公司，一九九二），頁二六—二七。
81　簡政珍：《爆竹翻臉》，頁六二—六三。

此詩意象空隙展露的意涵逸軌集中在末三句：「我急忙煞住回憶，不願／離開狹道後／面對前面的長黑」；關鍵的暗樁則埋伏在「我掌握的方向盤／隨星空轉動」兩句。

因詩題的提點，故事在「狹道內」展開。由「狹道」、「兩壁」、「油門」、「方向盤」，知道詩行布置了一輛行駛在隧道內的車子；由「我掌握方向盤」，知道「我」是駕駛者；由「一切安危繫於你的語音」、「油門應你的嗓門失速」知道「你」與「我」高聲爭執；「沉默布滿陷阱」與「清理往事」兩句側面敘述了「我」對「你」的沉默以對。同車的兩人在行經隧道時發生激烈爭執，頗有狹路相逢的意味，以「狹道內」為題，攫取嘲諷的意涵。

劍拔弩張的氣氛在「眼見這即將過去」一句達到高峰：隨著詩行即興演出的，不僅是往前衝撞的回憶，也是可能畫下休止符的生命。「清理往事」在「我」「急忙煞住回憶」的瞬間反應中，同時也洩漏所謂「清理」一詞停留的悵然若失、出神狀態。「我掌握的方向盤／隨星空轉動」直接透露夜間駕駛，間接暗示駕駛人看天辨事的心緒。隧道內例有兩旁的燈光照明，夜行出隧道因此必然「面對前面的長黑」。

弔詭的是，詩行省略了進入隧道的照明狀況，而聚焦於語言碰撞引發的行車危機，所以「我掌握的方向盤／隨星空轉動」與「我急忙煞住回憶，不願／離開狹道後／面對前面的長黑」在數行的距離內隱隱呼應，而有不一樣的美學效果。一方面，「隨星空轉動」容易被忽略天色的意旨，指向動輒得咎的心情，如此詩行至末，「面對前面的長黑」就與「煞住回憶」比鄰，指向生命的終止。另一方面，「隨星空轉動」與「碰碰撞撞」、「兩壁上的眼睛」並置，既指點夜色、暗指眼冒金星而為轉喻，復合理化「面對前面的長黑」。不論隱喻帶出轉喻，或轉喻帶出隱喻，〈狹道內〉凝注的是語句牽引語句後，意符浮動的姿態。

4.意象空隙裡的玄思

由意象思維開啟視野，閱讀簡政珍的詩，關鍵在兩個意象之間形成的空隙、意象與現實的扣連、意象的瞬間閃現與瞬間翻轉，以及意象打斷邏輯思維的效果。儘管簡政珍的詩作中，仍有許多意象展演配合從一而終的主題而為讀者樂於引述，但是電光石火、即生即死、奔騰翻滾的意象動態，將簡政珍的詩作組織為自然相成、隱然互相消解、又朝向更深沉廣大的層面；剎那生滅的意象美學將簡政珍的詩創作帶向台灣現代詩壇難以追摩的高峰。

空隙是簡政珍詩美學的要素：包括現實的空隙、文字的空隙。意象與空隙在簡政珍詩中的進展，首先可注意意象的虛實掩映。如〈驚覺〉：

妳的臉花開如閃電
白日的錯覺
毛蟲開始尋覓昨日
啃食的軌跡，迷失後
誤闖花苞
強光下
花容慘白，不知
將生或將死
花瓣翩翩掉落
猛然回首
驚視彼此錯愕的面貌
雷不明一切
開始在遠方

嘀咕 82

此詩趣味性表現在「妳的臉花開如閃電……花容慘白，不知／將生或將死」，以及驀然回首後，「雷不明一切／開始在遠方／嘀咕」中間的空隙。既然「花開」是對「妳」容顏的形容，「妳的臉花開如閃電」意象已在虛實之間，但因「閃電」與「毛蟲誤食花苞」，「強光下／花容慘白」就有了合理化的依據。在語境中，「花容」是實，「花開」、「閃電」是虛，但「花瓣翩翩掉落」這句，在語意上由實到虛，在意象的牽引與並置上卻不妨視為由虛到實，因為以「慘白」、「不知將生或將死」形容「花容」，已顛覆一般人對美麗容顏的定見，而「花瓣翩翩掉落」的超現實表現，反而將讀者拉回現實，開啟詩行的「彼此驚視」；因而「雷不明一切／開始在遠方／嘀咕」不僅順理成章，又再次創造「雷鳴」的虛實掩映，回應敘述者在首句對「妳」容貌的遐想。「妳的臉花開如閃電」的詭譎意涵，按照尋常認知來詮釋的第一句就有了頓挫，以下從「白日的錯覺」到「誤闖花苞」，毛蟲誤闖花苞為「閃電」增加歡樂；放入意象的情境，何嘗不是詩中的「我」與「妳」凝視後，瞬間自覺相對凝視的窘迫，於是自我抽離，而揶揄曾經的尷尬情境。

5.長詩

簡政珍從一九九〇年代開始，以六首百行以上的長詩挑戰對語言密度的保持以及意象敘述的能力。包括：百餘行的〈變調的四季〉、〈流水的歷史是雲的責任〉；兩百餘行的〈歷史的騷味〉、〈浮生紀事〉；三百餘行的〈失樂園〉，及四百餘行的〈放逐與口水的年代〉。其結構大多一氣呵成。

簡政珍對長詩的美學要求與藝術認知數度以論述呈現。

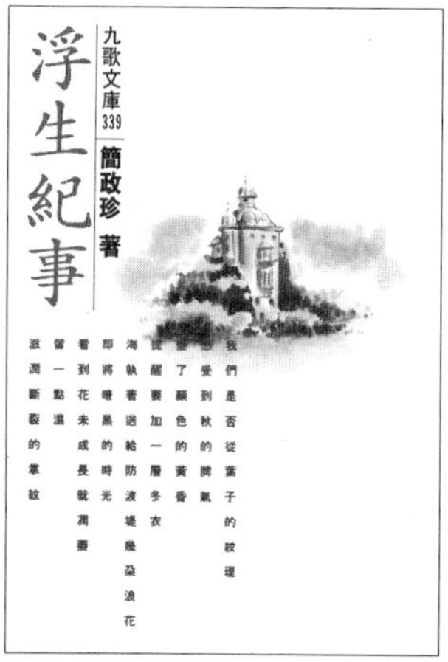

簡政珍，《浮生記事》，台北：九歌出版社有限公司，1992。

《台灣現代詩美學》第十二章專論長詩，對於長詩的發展、組詩、詩系、意象是否與環環相扣、形式與內容的搭配等等，論述特別深刻而獨到。與本書其他幾位焦點詩人的長詩不同之處有二：其一，簡政珍強調長詩的語言必須稠密，這濃密詩質來自意象而非說明性；其二，簡政珍強調詩必須結合、觀照當下的現實，長詩短詩都一樣，尤其詩行一拉長，現實的細節更賴美學距離之調適。[83]簡政珍用自己的長詩證明自己對詩美學的理想。

簡政珍的六首百行以上長詩，其資料表列如次：

序次	詩題	行數	發表年	收錄之詩集
一	變調的四季	一三四	一九八八	《爆竹翻臉》
二	歷史的騷味	二〇四	一九九〇	《歷史的騷味》
三	浮生記事	二三八	一九九二	《浮生記事》
四	失樂園	三一七	一九九八	《失樂園》
五	流水的歷史是雲的責任	一八三	二〇〇四	《放逐與口水的年代》
六	放逐與口水的年代	四〇九	二〇〇四	《放逐與口水的年代》

這六首詩，共同的特質是：

82　〈驚覺〉，簡政珍：《季節過後》，頁一〇二—一一二。

83　參見簡政珍：《台灣現代詩美學》，頁三二九—三五六。

(1)植根於現實而超越現象的形上思考

「現實」一詞，一九七〇年代的現代詩論戰與鄉土文學論戰之後，曾經由戰後嬰兒潮世代，以「敘事詩」——尤其是《中國時報》舉辦的敘事詩獎——側面衍為例釋。「敘事詩」的特質，以得獎作品為例，有二個重點：故事、大我。由此而使得所謂的「現實」向道德上的目的論靠攏、向語言上的散文化傾斜。

簡政珍詩中的「現實」，很少是如同宴席擺盤那樣的大作姿態。歷史故事或社會事件之重寫改寫或再詮釋等等，不太出現在簡政珍的創作裡。簡政珍詩作的「現實」是：(1)當下即是；(2)「現實」只提供輪廓給詩創作；(3)以生滅變化的現象為底，虛實相涉，提煉形上思考。例如〈放逐與口水的年代〉，直指當時總統選舉的槍擊事件，且含攝一九九九年的九二一大地震、二〇〇〇年的嘉義職災事件、二〇〇一年的貨輪油汙、美國大選與九一一事件，以及二〇〇三年的伊拉克戰爭、SARS肆虐等。

〈失樂園〉的句子：「文字是定點浮動的期盼」，[84]即是簡政珍對語言遊走於現實空隙的觀念印證。現實是「定點」；「浮動」於現實定點的是鬱結的情感；「期盼」，是真實世界投影到詩行中的異化或辯證。基於現實的形上思考因而成形。在簡政珍的詩論中，這樣的過程有一個化約後的詞彙，名之曰「苦澀的笑聲」，乃笑看苦澀，甚至傾向笑聲而非苦澀，因而使其詩於詩藝之外，更富哲理的警醒。

簡政珍在長詩中表現的思維，從不對「現實」俯首就範；筆下處理的現實至少會變成雙向曲折的文本。有些意象因此成為簡政珍個人專使的隱喻。例如「斑鳩」，在簡政珍的詩作中就暗示了「假和平」：出於鴿子象徵和平的穩定認知，以及斑鳩與鴿子近似的形象。

以當下現象為底的形上思考，使得簡政珍的長詩具備「論

簡政珍，《失樂園》，台北：九歌出版社有限公司，2003。

述」的質地。「論述」的方式，時常是一連串表現質疑的問句，或一連串以「據說」開頭的句型。以「據說」展開的句式，體現與現實的辯證；以「是否」或「如何」推展的疑問句，答案都是「否」或「不可能」，表現了對現實的異化。以視覺構圖為主的這兩種句型，間接使得簡政珍的詩行免於散文化。如〈歷史的騷味〉：「據說國慶日／放出滿天的斑鳩／據說有人專門寫口號／讓賓館夜度的女子吟唱／據說憲法違背行政命令無效／據說老國代換了新枴杖」[85]、〈浮生記事〉：「我們是否又要／推敲今年的馬路／會是什麼樣貌？／是否還要追問／為何摩托車／時常誤解紅綠燈的心情？」[86]、〈失樂園〉：「我們的飛機／時常在天空自己點一把火／是否要寫下／火焰燃盡後／我們如何在焦黑的臉孔／尋找圖騰？／如何以軀體的碎片和血水／界定疆界？」[87]。

簡政珍詩中的連續問句如同急管繁弦。相對於別的詩人以押韻表現音樂性，簡政珍用的是表達思考火花乍裂的連續問句。對讀者不無壓力的這種句式，直接成全作品的張力，間接造成詩集不討巧的賣相。

(2)意象的環鍊

長詩要首尾相續，大部分詩人靠的是串接事件，長詩變成講故事；簡政珍憑藉視覺意象的導引。意識介入事件後，瞬間凝結重疊的時空為意象，意象成為詩行的主體，彼此呼應，環環相扣，往前推展；簡政珍在《台灣現代詩美學》名曰「意象的環鍊」。[88]意象敘述是意象環鍊的基礎。

例如〈失樂園〉的一小節，以颱風夜的玻璃碎裂作為敘事的起點，之後詩思穿梭在不同的時空，不勾勒

84　見簡政珍：《失樂園》，頁一四。
85　見簡政珍：《歷史的騷味》，頁一一〇——一一一。
86　見簡政珍：《浮生記事》，頁六八——六九。
87　見簡政珍：《失樂園》，頁二六——二七。
88　參見簡政珍：《台灣現代詩美學》，頁三四三。

顯著的事件輪廓，而以「颱風」和「玻璃碎片」的各種型態與樣貌作為牽連敘述的環節，虛實牽引，造成詩行的韻致。先是：「我們在研究／如何彌補傷痕時／才知道彼此／累積多年的理念／竟比不上／不論翻轉多少遍／也找不到的／止血繃帶」，包裹手傷所需的繃帶隨著詩中人翻找不得的心情，轉成彼此理念更須「止血」的想像，隨著詩行進行再帶到政治現實與感情現實如同玻璃碎裂的暗示：「我們在文字和異類元素的組合中生活／我們永遠對蠻荒思鄉／我們是否在閃電中／尋找政治犯的去處／讓彼此放逐？」、「過去那些難以調理的情節／都在強光中反白／已書寫的文本／要在哪一行折頁？」，[89]回憶中產生感情裂痕的「強光」、「閃電」，與詩行現實中的「颱風夜」、「玻璃碎裂」映照。

水的各種變貌是〈浮生記事〉和〈放逐與口水的年代〉的意象焦點。〈放逐與口水的年代〉的中心意象：「口水」、「口沫」，在詩行中多次出現，指代信口開河，嘲諷意謂濃厚；且用於修飾「口水」、「口沫」的語詞，如「氾濫」、「噴灑」、「滴落」、「漲潮」等，極具動態，寫出語言之來勢洶洶，詩行裡的現實正處於口沫橫飛的「雨季」。由此而興起對「海岸油汙」的描寫、「八掌溪裡翻騰的生命」，以及：「當初遠渡重洋不知道是追尋天邊的浮雲／還是逃避島國季節性的洪汛」、「請你遠離那些漩渦，那些裝滿水花的事件」；[90]「水花」、「漩渦」有強烈的衝擊感，「洪汛」暗示台灣的政治失衡。[91]

簡政珍的六首長詩可藉以窺見專屬於他自己的意象和暗示系統，內涵深厚而立體。例如與交通有關的意象，經常指向距離；與流動有關的意象，經常潛藏破壞的力量或不平衡的狀態；和吃有關的意象，如冰箱、咖啡杯等，經常出現於女主人缺席的現場。

學界普遍認知下的簡政珍，定位為「深具生命感」、「具哲學厚度」的詩人，卻也出於簡政珍對語言文字的嚴肅態度，使得詩作機智幽默的一面為人忽略。其實簡政珍作品中的嬉戲與幽默所在多有，[92]而且相當程度體現在由空隙導致的歧義。簡政珍癖好「躲在歧義裡製造歧義」，[93]著重隱約的歧義、似有若無的諧擬。

簡政珍結合意象敘述和現實書寫，以現象的輪廓為底色而激發形上思維，此創作特質獨步當代。其作緊扣現實與社會的環節，抒發普遍的人生處境。其現實書寫在幽微中展現動人的哲思；而轉喻的運用則使得簡政珍的詩創作翻轉了後現代書寫的表象技巧。[94]無限連綿輾轉的時空裡，簡政珍以詩筆丈量生命而踐履了許多時間的堤岸，又全然融入創作的自我；就像〈世紀末〉詩行的：「堤岸無所不在／回頭，你已不在岸邊」。

陳義芝（一九五三、十一、四—），生於花蓮。國立高雄師範大學國文學系博士。任教於國立台灣師範大學國文學系。一九七〇年代初期與詩友發行《後浪詩刊》。曾主編《詩人季刊》。曾任聯合報副刊主任、《聯合文學》主編、中華民國筆會祕書長等。著有詩集：《落日長煙》（一九七七）、《青衫》（一九八五）、《新婚別》（一九八九）、《不能遺忘的遠方》（一九九三）、《不安的居住》（一九九八）、《我年輕的戀人》（二〇〇二）、《邊界》（二〇〇九）、《掩映》（二〇一三）；詩選集：《遙遠之歌：陳義芝詩選 1972-1992》（一九九三）、《陳義芝世紀詩選》（二〇〇〇）、《陳義芝詩精選集》（二〇一〇）；童詩：《小孩與鸚鵡》；

---

89 見簡政珍：《失樂園》，頁二二—二四。

90 見簡政珍：《放逐與口水的年代》，頁一八七、一八三。

91 參考劉藝君：〈詩與詩學的對話：簡政珍〈放逐與口水的年代〉及其《放逐詩學》的印證與交鋒〉（台中：逢甲大學中國文學系碩士論文，二〇一五），頁一七—二一。

92 例如〈幾年後〉第四段的自嘲：「書房裡，中外文書籍／為生活空間的論爭／蒙塵的面目／已分不出誰是誰非／桌上有幾張稿紙／沒有一行寫到底／原來這裡住過一位／詩人」，收於簡政珍：《紙上風雲》（台北：書林出版有限公司，一九八八），頁一二五。

93 簡政珍〈語言〉：「囚禁在口齒之間的／是否有反芻的餘香／總在吞吐之間／變成室內的沉默／由眼神做注腳／／信紙的線條／難以規畫文字跨大的步幅／字體歪斜的形狀／遮掩真正的步履／唯恐拂曉的晨光／照穿塗改過的足跡／／人說歧義是一種美德／我躲在歧義裡／製造其義」簡政珍：《所謂情詩》（台北：書林出版有限公司，二〇〇三），頁二六。

94 本小節改寫自鄭慧如：〈瞬間生滅的意象美學：簡政珍論〉，收於傅天虹、白靈主編：《台灣中生代詩人兩岸論》（台北：創世紀詩雜誌社，二〇一四），頁三六—六三。

散文《在溫暖的土地上》、《為了下一次的重逢》、《歌聲越過山丘》；論著《從半裸到全開：台灣戰後世代女詩人的性別意識》、《聲納：台灣現代主義詩學流變》、《文字結巢》、《現代詩人結構》、《風格的誕生：現代詩人專題論稿》、《所有動人的故事：文學閱讀與批評》；編有《不盡長江滾滾來：中國新詩選注》（一九九三）、《台灣現當代作家研究資料彙編・覃子豪》、《台灣現當代作家研究資料彙編・瘂弦》。主編年度詩選、《中華現代文學大系》及《爾雅詩選》等多種現代文學選集。[95]

陳義芝的文學活動與媒體經歷豐富。多方涉獵小說、散文、詩等文類，得過多項大獎。

戰後嬰兒潮世代詩人中，陳義芝以敏銳而穩重的感性、飽滿而成熟的韻律、精緻的修辭與果決的思考，流連於外象和心境之間，氣氛瀰漫，情思綿邈，題材既能呼應潮流，又不落窠臼。

就詩集劃分，陳義芝的詩風可分為三個階段：

1.《落日長煙》到《不能遺忘的遠方》（一九七七—一九九三）：作品灌注了揉合古典與現代的意象，文字清澈，意象簡潔。[96]〈蒹葭〉、〈雪滿前川〉、〈上邪〉等作品成功運用典故，溫婉的調子中透著堅韌的肌理。

2.《不安的居住》和《我年輕的戀人》（一九九八—二〇〇二）：透顯被刺痛的存在感。各種由「古典

陳義芝，《新婚別》，台北：大雁文化事業股份有限公司，1989。

陳義芝，《不安的居住》，台北：九歌出版社有限公司，1998。

詩語」汲取的養料，與內心躍動摩擦搔癢，往上衝拔。

3.《邊界》以降（二〇〇九—）：以生命的沉思為基底，時或閃現的古典文學根基為裝飾。詩情蘊藉而醇厚，溫暖中暗藏悲涼，熱情裡透露冷靜，為陳義芝詩作獨到的聲響。

居於陳義芝詩風轉捩點的《不安的居住》，灌注了小我的身心不安與時局的動盪不安。[97]其中以系列的情欲書寫最引人側目，[98]它推翻陳義芝一向給讀者的「典麗」形象，融合了身體意象與自然意象，折衝之間頗具新意。如〈自體說〉的詩行：「舟子說流動的不是春水是獨木舟／它在春水中前進哪／樹說貼在水上的不是秋天是落下的葉／它恰恰遮去水中那一角的天」、〈山中傳奇〉的詩行：「埋伏在洞中的炸藥等待山外／遙遠趕來的火／把記憶的

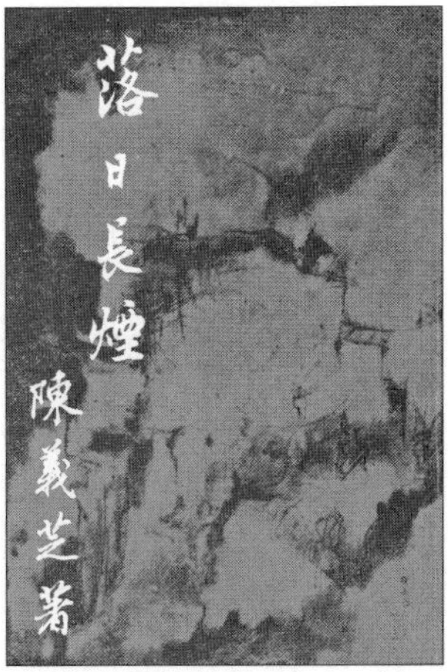

陳義芝，《落日長煙》，高雄：德馨室出版社，1977。

陳義芝，《不能遺忘的遠方》，台北：九歌出版社有限公司，1993。

95 參考「台灣文學網・陳義芝」。網址：https://reurl.cc/76D7Q。二〇一六、九、十二查閱。

96 見陳芳明：《台灣新文學史・下》，頁六五九。

97 參見白靈：〈蛇與狐之變：論陳義芝詩中的厭倦與奮起〉，國立彰化師範大學國文學系：《國文學誌》，第十期（二〇〇五），頁二三五—二七〇。

98 例如瘂弦就說，《不安的居住》裡的〈觀音〉等作：「大膽、坦率而不失之冶蕩。」見瘂弦：〈學院的出走與回歸〉，收於陳義芝：《不安的居住》（台北：九歌出版社有限公司，一九九八），頁七。

軌道擦亮」；[99]此詩集之所以位於陳義芝詩風的分水嶺，關鍵在對於生命的沉思突破了之前創下的高度。[100]

《邊界》和《掩映》兩本詩集中，陳義芝延伸、拓展詩風，在意義和情感上繼續構築意象系統，召喚各種典故，以更跳躍的、魔幻的寫法，表現意象的塑造能力。來自史傳、掌故、新聞、生活周邊的物事，成為陳義芝詩作既核心又儀式性的源頭。例如〈七夕調色〉、〈封印：回到西漢獅子山楚王墓〉。此時期的陳義芝更習於以大量而切斷的敘事句組合音義，以長長短短的句子展現吞吐的敘說藝術，賦予詩作留白的想像空間，在一定程度上處理矛盾，化為和諧的語言，包容人世的爭執與遺憾。

陳義芝的詩，在台灣現代詩史中，有四個重點：

1.音樂性

音樂性是陳義芝詩一貫而顯豁的特質。有時音樂性表現在猶如順口溜的收尾，如〈鼓浪嶼日記〉的收束：「海水拍擊三千里愛情像玻璃」、〈大澳〉的結句：「在風螺的領地我必須離去／讓千萬個我重來時戰慄」。[101]陳義芝經常在意象表演最恰當的時候詠歎或押韻，避開了重複而可能導致的閱讀疲乏。如名作〈燈下削筆〉前兩節：

陳義芝，《邊界》，台北：九歌出版社有限公司，2009。

陳義芝，《掩映》，台北：爾雅出版社有限公司，2013。

有很多白天不便細述的事
藏在心底
趁此一刀刀削去

模糊的光從兩眼穿出
其實說穿了也沒人懂它啊
暗恨多深刀削也多深
影子垂低了頭不願再說話[102]

此詩因局部用韻和詠歎，句子唸完就有直接的吸引與撞擊。首節第一、三句押尾韻，且均四字成句，二、四句較長而不押韻，句子一短一長，跌宕生姿。第二節猶如說話，句子長度較整齊，轉第一節的參差句式為緩

99 見陳義芝：《不安的居住》，頁一七五—一七六、一八八—一八九。

100 以詩集中對生命的沉思相較於情欲書寫，則後者的藝術價值可謂如同陳義芝在〈中年之愛〉的意象：「相思樹腐葉堆裡的一長溜螞蟻」。舉詩行為例，如〈操場：陪父親散步有感〉：「八十八歲的老人擺出前衝的姿態／像十幾歲的孩子／繳卷的鈴聲在後追趕」、〈在時間中旅行〉：「穿雲而出的箭芒／逼飛一隻望鄉而流淚的鶴」、〈神鳥：四十四歲自寫〉：「右翼純白如清晨的叮嚀／左翼黑金映紅／是只有夜夢才能編織出的色彩／／炯炯的右眼反射澄澈的露水光／曖曖的左眼勾留晚霞一寸寸／吹響魔笛之音」、「傲然獨舞以歌聲承載日月的重負」、〈舊照〉：「在念珠撥弄中找回失去的夜」、「有人每晚凝視著倚南的那顆星／蓬鬆著頭像秋天／一棵乾黃的樹」等等。

101 〈鼓浪嶼日記〉、〈大澳〉，見陳義芝：《掩映》（台北：爾雅出版社有限公司，二〇一三），頁四〇—四一、五一—五三。

102 〈燈下削筆〉，見陳義芝：《不能遺忘的遠方》（台北：九歌出版社有限公司，一九九三），頁四二—四四。

和的語氣，牽引出燈下默默的削筆人。

2.抒情

抒情連結中國古典文學傳統，是陳義芝詩的一襲「華美的袍子」。當戰後嬰兒潮世代詩人因應潮流，紛紛投入「多媒體」、「輕薄短小」等形式或內容時，陳義芝盱衡時勢、調整腳步，始終堅持講究抒情韻致、汲取傳統養料的文字鍛鍊。他以意念的感官化，而非感覺的觀念化，形塑自己的抒情特色。

(1)運用中國古典文學傳統

連繫中國古典文學、中國抒情傳統，為學界對陳義芝詩作之共識，亦久為陳義芝援以自重。[103] 陳義芝對中國古典文學抒情傳統的發揚蹈厲，經常以兩種方式：其一，將自己投入古老中國；其二，將中國古典文學的典故注入當下的現實。陳義芝或在意象、詞彙、情境、典故中，將自己投射進古老的中國，如〈蒹葭〉、〈陽關〉、〈思君如滿月〉；或往覆於古典文學傳統與現代生活實境，化用典故，注入現實，如〈醉翁操〉、〈夜讀記事〉。[104] 對中國文學傳統的呼應與運用，以與杜甫相關的典故為最；如〈夢杜甫〉、〈新婚別〉，即為對廣義父鄉的描述與杜甫精神的再現。

早年陳義芝詩作中的古典意象，多用以加油添醋，帶動氣氛，或營造戲劇效果。如〈離〉：

階前
落雁與棗桃競相叫賣
朔風穿堂而過
愀然一夜

妻的髮已爆滿梨花[105]

又如〈採藥人〉第一節：

一雙手瘦似古藤快如剪
石壁上
他只留一隻藥袋
就活在大家心中了[106]

〈離〉冶煉了中國文字的雙關義。〈採藥人〉改寫了賈島的〈尋隱者不遇〉，重現滿山煙雨中的現代採藥人。此二例共通之處，是陳義芝後來在《不能遺忘的遠方》序文說的「故作詩語」，[107]以及鏡頭剪接般、夸飾的戲劇成效。

103　例如張默：〈人性閃光：評陳義芝的《新婚別》〉，收於張默：《台灣現代詩概觀》（台北：爾雅出版社有限公司，一九九七），頁一四五—一四九；楊牧：〈雪滿前川〉，收於陳義芝：《青衫》（台北：爾雅出版社有限公司，一九八五），頁一—一一；余光中：〈從嫘祖到媽祖：讀陳義芝詩集「新婚別」〉，收於陳義芝：《新婚別》（台北：大雁文化事業股份有限公司，一九八九），頁一〇—二六。

104　〈蒹葭〉、〈陽關〉、〈思君如滿月〉、〈雪滿前川〉、〈醉翁操〉、〈夜讀記事〉，俱收於陳義芝：《青衫》，頁三—六、一〇—一三、一四六—一四七、一三四—一三八、一一七。

105　見陳義芝：《青衫》，頁一二五。

106　見陳義芝：《青衫》，頁一二七—一二八。

107　見陳義芝：〈自序〉，收於陳義芝：《不能遺忘的遠方》，頁一—二。

在同輩詩人中，陳義芝對中國的抒情傳統既有堅持，又特別能有自己的層次和變化。由陳義芝承繼而發展的抒情傳統，在抒情中有文化意涵、共同主題、抒情脈絡、文字質感。趨近遊戲性質的題材，在陳義芝筆下因而沾染了思索性，如〈現代籤詩〉。[108]

(2) 浪漫書寫

從主體和他者的相對性出發——而不是從濃得化不開的黏膩性——陳義芝展開「浪漫」的戲劇嘗試。陳義芝的「浪漫」特別表現在《不能遺忘的遠方》以降的詩集裡，情天欲海中的兒女情長；以及《邊界》和《掩映》中，無語問蒼天的流浪生死。

「浪漫」，指陳義芝詩中，具備自身包孕的後現代性：差異、相對、不確定。「浪漫」，指陳義芝擅長對物象感性而細緻的描繪，對於情之所衷，恆采定點，或全景，或過程的鋪展；而非在散點中晃動、形成模糊焦距的景深。在這種抒情方式下，陳義芝的詩缺乏瞬間的爆發力。

二〇〇九年出版的《邊界》和二〇一三年出版的《掩映》，陳義芝發展出迥然不同於以往的風貌。姑且稱之為「灰燼詩風」。在情與不情之間，作品透出劫餘的蒼涼、看淡的微笑、大火縱燒後不得不的沉靜；較諸以前的詩集，跨行句的比例增多，音調變輕，明度彩度變低，句子變短。陳芳明說陳義芝：「拘謹而雍容有度」的風格，在這兩本詩集裡，有一種「夕陽山外山」的表現。如〈索菊花〉、〈濤聲・陳澄波〉、〈手稿〉、〈一筏過渡〉、〈哀歌〉等。[109]

一九九三年出版的《不能遺忘的遠方》之後，陳義芝把情詩書寫帶到了新境界。陳義芝寫情，思辨遊走於感性，穿透文字的是清澈的自我反省與體察；詩行間則常以情懷的融入或主體情感的暈染為效果。陳義芝的情詩裡，踟躕、瞻顧、遊走、撩動、搖擺、迷惘、渴望、猶疑、掙扎、攪亂、纏縛、懸擺，是常用的詞彙或意念，而與這些意念或文字相對的，是敘述聲音或詩中「我」清楚的自覺。

陳義芝多數情詩中的意象或意念能在詩行裡懸浮、擺盪，而情趣撩人，正出於指揮意象或意念的發話者，以穩定而清晰的自我探問，凸顯出同與異、耽溺與觀察的情思。〈遙遠之歌〉、〈潛情書〉、〈住在衣服裡的女人〉、〈觀音〉、〈萊茵虹〉，都具此特質。[110]陳義芝情詩中的「浪漫」，時空距離下的「隔」發揮了相當作用。虛無縹緲的氣氛、彷彿蒙上一層霧的情境、對遠方可望而不可及的凝望、由風雨意象暗示的困惑之感，將「如何體現或詮釋感情」引向「感情世界中的主體能做什麼」。詩行在語調中潛藏的翻轉，陳義芝雖從未說白，卻已反制自己學養所自的現代主義精神。反制的重點在於，陳義芝在以情詩為主的抒情作品中，泯除了詩堅持作為小眾文學或菁英文類，而與閱讀大眾產生的文化鴻溝。

3. 敘事

「抒情為體，敘事為用」，為陳義芝自行發展出來且越見昭著的風格。雍容沉穩雖是評論者對陳義芝的既定印象，陳義芝鷹隼般精準明快的社會觀察卻早已展現：發表於一九七二年的〈辦公室風景〉即為明證。[111]只是，陳義芝當年毫不遜色於林彧、侯吉諒等同輩以受薪階級為對象的都會書寫，逐漸轉變為少年子弟江湖老的悵快感懷。

陳義芝詩的敘事多半以人事錯迕與家族身世為書寫焦點，以形容詞＋名詞的敘事句型模式、傷逝感懷的世故柔情，取代如在現場的銳利嘲謔；以時空顛倒＋被動，代替早年的表態＋主動。可拈出以下特色：

108〈籤詩〉，見陳義芝：《我年輕的戀人》（台北：聯合文學出版社股份有限公司，二〇〇二），頁一六四—一七三。

109〈索菊花〉、〈濤聲・陳澄波〉，見陳義芝：《掩映》，頁一七八—一八一、三二—三三；〈手稿〉、〈一筏過渡〉、〈哀歌〉，見陳義芝：《邊界》（台北：九歌出版社有限公司，二〇〇九），頁六八—六九、一四四—一四五、一四九—一五〇。

110〈遙遠之歌〉、〈潛情書〉，參見陳義芝：《不能遺忘的遠方》，頁八三—八五、八七—八九。〈住在衣服裡的女人〉、〈觀音〉，見陳義芝：《不安的居住》，頁六七—七〇、七四—七六。〈萊茵虹〉，見陳義芝：《掩映》，頁四四—四五。

111〈辦公室風景〉，參見陳義芝：《陳義芝・世紀詩選》（台北：爾雅出版社有限公司，二〇〇〇），頁二一—四。

(1)口語中的文言韻味

在文化中國的巨大身影下，陳義芝發展出的語言風格，如楊牧所言：「語法介乎生熟之間，以白話文為基礎，但含涵大量的古典趣味，轉折進行處特具韻味。」[112]演繹楊牧觀察，陳義芝轉化古典而內化成為詩風特質的「介乎生熟之間且含涵大量古典趣味」的語法，關鍵在於把文言的韻味帶入現代口語。古代中國的文言文，可提取或改造敘述句型，接駁翻新，表現虛矯、作態、假風雅，或無可奈何、運籌帷幄，或躊躇滿志的心緒；陳義芝的詩頗得箇中奧妙。如〈我思索我焦慮之一〉：「這世界，彷彿有人／其實沒有／我握筆沉吟中看到／心頭狂飛的蓬草」、〈焚寄一九四九〉：「風雨鞭打著野田梨樹／一大片淒白／這是黑髮驚惶的季節／童齡扶著杖人／人面叫賣／桃花」。[113]

(2)具臨場感的宣敘調

在某些敘事分明的作品中，陳義芝以加工後的口語、具臨場感的宣敘調，適度放逐了可能的說明或議論，提升情緒為情感，並借重結構裡的部分對話形式，加強作品的戲劇性，顯現較深沉的思維。〈問答詩〉、〈一輩子的事〉、〈生活的岸邊〉、〈札幌〉就是例證。[114]

當陳義芝運用宣敘調，該詩通常以明晰的背景為敘事的立足點。運用宣敘調，一邊落實了想像的現實根基，一邊又在讀者的審視下另創「詩中的當下」與「內在言說」調和的可能。如〈札幌〉第二節：

「等會兒
走路來……」
有人細語
說時天就黑了

風就起了
路沉入黑夜裡[115]

引號中看似無關緊要的話，結合該詩描寫的靜謐時空，一個完整的句子偏偏跨行表現，呈現空氣中輕輕悄悄的氛圍。以這兩行口白開始的這一節，銜接底下連續幾行口語式的景象白描，產生語意的牽連而有暗示之效。

宣敘調調和口語及文言，使得詩行以趨近於日常言語的文字遂行詩意，詩的語言因而不需在百轉千迴中隱藏比喻，而能在似乎漫不經心中觸動因緣的介面。如〈問答詩：辭別〉的部分詩行：

爾來起居何如？
不致乏絕否？
一隻蚊子在耳邊叫
夜才剛半仍有一半
眠才剛半仍有一半

112　參見楊牧：〈評《青衫》〉，收於陳義芝：《遙遠之歌：陳義芝詩選1972-1992》（花蓮：花蓮縣立文化中心，一九九三），頁一九一—一九五。

113　〈我思索我焦慮之一〉、〈焚寄一九四九〉，依序收於彭瑞金編：《台灣詩人選集‧54‧陳義芝集》（台南：國立台灣文學館，二〇一〇），頁七—九、四九—五〇。

114　〈問答詩：辭別〉、〈一輩子的事：問安商禽〉，見陳義芝：《邊界》，頁一三九—一四一、九三—九五。〈札幌〉，見陳義芝：《掩映》，頁一一四—一一五。〈生活的岸邊〉，見陳義芝：《新婚別》，頁一二二—一二五。

115　見陳義芝：《掩映》，頁一一四—一一五。

何以自存？
歲月彈指即逝
唯蚊子始終營營

有相恤者否？
令子能慰意否？
應怪我失察
它在我指尖偷襲了一口
使我全身血脈倒立沸騰

風土不甚惡否？
幸未曾身陷不醒的迷夢

平居與誰相從？
有可與語者否？
總因過於相信枕頭
以致落了枕
過於相信側睡
以致傷了左右手[116]

此詩寫詩中人離開舊職，到別處工作後，朋友詢問近況的對話。問句用文言；回答以白話為主，夾以文言。答句如同禪宗公案，運用矛盾與不可說兩種的混合。回答問題皆以譬喻，如「蚊子」、「迷夢」、「枕頭」、「側睡」，看似顧左右而言他，實則藉以跳脫日常用語、邏輯和禁忌的制約，避去說長道短的敘述與情緒詞彙的置入，使得問答之間饒富意趣。詩行一開始，詩中人就以「蚊子」的鳴叫與叮咬，回應問者「不致乏絕」的生活起居，亦暗示生命中猶如蚊子那一針見血，雖不致因而斃命，卻揮之不去的營營擾擾。文言的問句保留了文人酬酢那種打躬作揖、客套、疏遠，卻步步進逼的樣態，凝聚回答者遨遊的感性；話的答句則把議論與諷刺化身為意象，以敘述句發揮流蕩的語勢。文言文未必需要的主詞、賓語、助詞、連接詞等，轉嫁到現代詩中，既替代了詩行中原本以白話文書寫的語意及邏輯，又轉換以幽微的文意而有始料未及的戲劇效果。

(3)鄉土書寫

陳義芝的鄉土書寫，涵蓋了國族認同、代際議題、地誌書寫、身分描繪等等。例如〈焚寄一九四九〉關切國族問題；以〈川行即事〉為主的一系列返鄉書寫扣問兩岸關係引起的兩代議題；描摹地誌風情的，包括〈溪底村〉、〈八卦山〉、〈保安林〉等書寫大肚溪流域，以及〈居住在花蓮〉、〈重慶街六號〉等花蓮回望系列；〈雨水台灣〉、〈重探〉刻畫台灣風土；「編輯人手記」辯證作者與編輯的身分；〈雪滿前川〉向講台上誨人不倦的教師致意；寫於一九八三年的〈逝水〉，是當年即將三十而立的陳義芝，對自己用世與否的歲月感嘆。

陳義芝父籍四川，母籍山東；他自己生於台灣花蓮，三歲至十五歲移居彰化。由四川、山東、花蓮、彰化為歷史軸線，陳義芝詩中的「鄉土」以地理意象模擬時間意象，[117]大略可分為台灣鄉野經驗、四川家園回

116〈問答詩：辭別〉，見陳義芝：《邊界》，頁一三九—一四一。
117 可參閱孟樊：〈陳義芝的家族詩〉，《當代詩學》，第七期（二〇一一），頁一六七—一九四。

憶兩類。

「川行即事」是一九七〇年代台灣現代詩經歷「關懷現實」與「回歸傳統」的口號後，以隱約和戲劇化的美學感發，超越吶喊或控訴現實的較早詩作。在傳播意義上，「川行即事」回應「返鄉探親」，寫活了大時代的百姓困頓心情。包括〈隱形疹子〉、〈麻辣小麵〉、〈破爛的家譜〉、〈西飛重慶〉、〈成渝線上〉等十首的「川行即事」，寫於一九八七年開放兩岸探親後；想像佐以探勘，是陳義芝呼應時代的明證。[118]以〈破爛的家譜〉前兩節為例：

鬍子拉撒那人頭上紮條諸葛巾
兩腳泥蹦蹦，是我堂哥
三十年沒走離自家坐臥的山窩子
這一回，他陪我過江到縣城
搕著旱煙管喃喃道：人氣滅了
江輪調頭時
忍不住一陣疾咳

人氣滅了
腰粗的黃桷樹砍了
黑沁沁的山林禿了
通向外面世界的石板路剷了
是的，四十年來電還是不通

村中年長的人愈來愈只有遺忘而
無記憶可收藏[119]

這兩節詩行，可留意四點：①語言成分：在語體文的基礎上融入方言、俗語。②音調：以第一節「人氣滅了」韻律的頭緒，帶出第二節一連串，四個以「了」收尾的鄉關絕唱。③煞尾句與跨行句的運用：此二節以唯一的跨行句作結；在連續十個句子的景象鋪陳之後，由「而」的轉折與懸宕感，帶出此二節敘述聲音介入的批判話語：「無記憶可收藏」。④觀看距離與詩思深度：以詩中人的堂哥為敘述中介，故鄉的現實與生活環境的細節透過「黑沁沁」、「泥蹦蹦」等重詞疊字，與詩中人相濡以沫，文字底層欲語還休。

陳義芝在遙遠時間的「古典」要素中，蘊蓄了溫厚的人文情懷，使得文化中國具備「用典」以外的現實情境。在詩壇汲汲於素描台灣本土時，陳義芝一方面詠歎台灣的現實，一方面把「鄉土」遙推到海峽對岸的血脈淵源，以飽滿的感性表現純樸而深刻、與眾不同的鄉土情懷。

4.長詩

即使在小詩或截句盛行的潮流中，陳義芝詩作的行數很少隨之起舞。除了二〇一三年出版的《掩映》部分作品，陳義芝詩集中的詩作仍維持在三十行—六十行之間，以中間偏長的篇幅、規律的句式、對文字一貫

118　余光中讚譽「川行即事」為硬朗可貴的寫實力作，說它們：「在感性之中寓有知性，感動之中帶著批評」，又發現：「陳義芝在寫其他作品時，常愛用古典文學的詞藻或句法，但是面對『川行即事』的直接經驗，在處理最富古典聯想的巴蜀時，他卻赤手空拳，只用樸素而苦澀的語言，甚至令人不悅的意象。」見余光中：〈從嫘祖到媽祖：讀陳義芝詩集《新婚別》〉，收於陳義芝：《新婚別》，頁一〇—二六。

119　〈破爛的家譜〉，收於陳義芝：《遙遠之歌：陳義芝詩選一九七二—一九九二》，頁一一三—一一五。

的鍾鍊堅持，實踐自己對寫詩這件事「不落俗」的期待。

除了獲得國軍文藝銅像獎的〈海上之傷〉，[120]在已出版的個人詩集裡，陳義芝百行以上的詩作共計五首：〈苦難的薄餅〉、〈孔雀東南飛〉、〈蛇的誕生〉、〈出川前紀〉、〈24和弦：蕭邦前奏〉。[121]其篇幅在一〇八行至三一〇行之間；發表時間，從一九七三年到二〇一〇年，每個年代都有百行以上的長詩。表列如次：

序次	詩題	行數	發表年	收錄之詩集
一	孔雀東南飛	一〇八	一九七三	《落日長煙》
二	苦難的薄餅	一一六	一九七六	《落日長煙》
三	出川前紀	二五三	一九八六	《新婚別》、《不能遺忘的遠方》
四	蛇的誕生	一〇九	一九九一	《不能遺忘的遠方》
五	24和弦：蕭邦前奏	一二八	二〇一〇	《掩映》

以蛇為原型意象，陳義芝的數首詩作演練了詩中人的人格投影與生命情緒的焦點；[122]〈蛇的誕生〉是其中最長的一首。此詩副標題「一九五三，花蓮」，年份及地點與陳義芝出生的資料相同：一九五三年出生於花蓮，生肖蛇。陳義芝藉〈蛇的誕生〉以自況的，有詩題的「一九五三」、「花蓮」、「蛇」，以及詩中「空心菜」的意象。

〈蛇的誕生〉構設的情節是：一尾水邊即將蛻化的青蛇，投胎到一個至溪邊洗衣的女子。詩寫青蛇在神滅之前扣問自我，以及觀察將成為母親的女子。詩行以「從受精前到誕生」的蛇靈，和「從懷孕前到臨盆」的母親，一主一副，交錯形成順敘的時間畫面。寫母親之處皆用括弧內每行下降二格的描繪以添層次感，與就蛇靈藉第一人稱展開的敘述聲音，鋪陳生命的跡線。蛇靈與牠預備投胎的女子，敘述纏繞迴盪，主線的靈魂和副線的母親恍若各自表述，又像回顧天機深沉的前世影像。

〈蛇的誕生〉有幾個陳義芝詩作常見的特質：

(1) 情境與光影的映照

風和閃電是〈蛇的誕生〉寫蛇靈的主要意象。以尋找投胎處、恍兮惚兮、邈邈然飄浮於虛空中的一抹靈為開端，第一節描繪疾風掀動林葉，風姿樹影映襯踟躕游走而未成形的靈魂，光影間似乎隨時有什麼事要發生；以神祕而緊繃的氛圍當背景，對照括弧內每天陽光下勞動生活的母親。寫天機漾漾的一抹靈，借重大自

---

120 〈海上之傷：一九七八年南中國海記事〉長三二〇行，發表於一九七九年，收於《青衫》，頁一六一—一八七。在該詩的詩末，作者注明：「七十年國軍文藝金像獎長詩得獎作」。〈海上之傷〉以情節敘述為主，詩質較薄，故不列入檢驗焦點詩人的「長詩」範疇。檢覈民國七十年國軍文藝獎資料，陳義芝之得獎作品題為：「驚箭離弦」，且為銅像獎。查無〈驚箭離弦〉全詩，故無從比對。

121 若加上副題為「返鄉詩十首」、一九八八年發表的〈川行即事〉，則陳義芝百行以上的詩作共有七首。這幾首詩刊在陳義芝自己的詩集中，「川行即事」呈現為湊泊返鄉詩章的詞彙，很不統一：時而為一個概念，時而為組詩的總題，時而為好幾首詩的共同副標題以表示它們之間的關聯，時而又為表達同一個觀念下的創作次第。故〈川行即事〉不計入陳義芝百行以上的詩作。最早收在《新婚別》時，陳義芝將十首返鄉詩共組一體，冠以「川行即事」，共計二八一行；組成的這十首詩，自《遙遠之歌：陳義芝詩選》以降的陳義芝個人詩選集，皆隱去原題「川行即事」，抽取其中三—四首，各以原詩中的小題獨立為詩，遂不再得見〈川行即事〉原貌。自原〈川行即事〉獨立的這三、四首短詩，呈現方式亦各自不同：或以「川行即事」為該詩之副標題：如〈麻辣小麵：川行即事〉、〈隱形疹子：川行即事〉、〈破爛的家譜：川行即事〉、〈黃鶴樓下午：川行即事〉，或以「川行即事之某」為該詩之副標題：如〈麻辣小麵：川行即事之一〉、〈隱形疹子：川行即事之二〉、〈破爛的家譜：川行即事之三〉；時而又為〈麻辣小麵：川行即事之四〉、〈破爛的家譜：川行即事之五〉。參見陳義芝：《新婚別》，頁七七—九八；《遙遠之歌：陳義芝詩選1972-1992》，頁一一三—一一九；《陳義芝世紀詩選》，頁六八—七五；彭瑞金編：《台灣詩人選集・54・陳義芝集》，頁七五—八一。

122 如〈蛇蛻〉、〈癸巳〉，見陳義芝：《掩映》，頁一七〇—一七二、一七三—一七五。

然的情境暗示「蛇」的屬性。如：「燐一般地游走」、「青煙漫漫」、「情荒的搖擺」、「在書中搖擺啊春天的雨水」、「我與心中帶電的絨毛一同起舞」；寫天真勤懇的母親，著重在山水間、玄關前擁抱當下的姿態。如：「小米粥般的笑臉漾開在／亮花花的大白天」、「母親坐上風鈴顫動的玄關／用目光點數竹竿上的衣物」。陳義芝擅於以情境與光影寫意的長才，凸顯無遺。

以光影意象為詩行間穿梭時空的神祕應合，從而跳脫常理邏輯，讓讀者看到既真實又往往被忽略的人生，是陳義芝的特技。如〈蒹葭〉、〈雨水台灣〉的水光；〈甕之夢〉的火光；〈做夢的房屋〉的火光和陽光；〈肇事者〉彼此呼應的燈光、星光、螢火蟲光等等。[123]

(2)語氣舒緩而不流於散文化的敘事特質

一般以「敘事」為主的長篇詩作，敘述過場經常是詩質最貧瘠之處；陳義芝的〈蛇的誕生〉相反。此詩的情節不明顯也無關緊要，整首詩幾乎都是一般敘事詩最容易流於情節交代和散文化的過場；卻以此取勝，非常特別。〈蛇的誕生〉富含小說的趣味，但在閱讀效果上，兩條敘述路線的抒情韻味強過故事性；以敘述設計為主、情節構思為副，抒情韻致帶出迴盪的語意。如：

在水邊，母親蹲下身洗衣
不斷拿濕漉漉的手拉扯
綯縮的藍大褂
「多眼熟的清光啊！」當她
與一隻弓身的青蟲對望
那距離是一生的短長[124]

陳義芝的幾首百行以上長詩，大致能以富於回味的想像大過情節或敘事的重點，發揮自己節奏上的舒緩特色，以詩質跨越長詩容易流於說明性或散文化的侷限。

娓娓道來、不疾不徐，是陳義芝詩作一貫的語調。然而篇幅拉長之後，在相對於短詩緩和的節奏裡，仍維持文字的密度、延展為綿密的敘述，在一九八〇至一九九九這二十年的詩人裡，陳義芝的表現很出色。閱讀陳義芝的長詩，片段片段來讀，相對於他自己的短詩，文字基本上不太稀釋，而經常予人如短詩般稠密的印象。

(3)入神而流利的虛實轉換

陳義芝詩作的文字以抒情的氣氛和典雅的文辭見長，如此特質很容易以固定的意義向散文傾斜；陳義芝很多時候走在散文和詩的邊界，而大抵仍以流動的意象自然促成多重意涵的可能。虛實轉換經常是此中關鍵。陳義芝詩中的虛實轉換運用感官意象，而最和別人不同的是，有時候運用中國文化、文學或文字，構成詩中豐厚內斂的「虛」。如〈雪滿前川〉中，黑板槽內積滿的粉筆屑、春蠶食桑的沙沙聲、程門立雪的典故三者，視覺映象及意境的古今輝映、內外空間及聽覺的遙相召喚，為該詩動人的因素。

在〈蛇的誕生〉裡，閃電意象迴旋在各節，時隱時現，對照蛇的形象，這是意象的「實」；倒數第二節，蛇靈入人胎，即將誕生，點火的盤香和降生的時辰為三行內緊接的意象，一邊加速臨盆的節奏，一邊使得盤香與蛇形象的聯想為「實」、誕生之申時與雷電的遙遙呼應為「虛」，刺激出如同隱密微笑般的趣味。相關的詩行為：

123〈蒹葭〉、〈雨水台灣〉、〈甕之夢〉、〈肇事者〉、〈做夢的房屋〉，參見陳義芝：《陳義芝．世紀詩選》，頁二二—二五、三〇—三二、三六—三八、四〇—四一、一一六—一一八。

124〈蛇的誕生〉，見陳義芝：《不能遺忘的遠方》，頁一三一—一四〇。

當山脊映照孔雀交歡之色
堤岸傳回龜鱉產卵的消息
我的祖先手持鳩頭杖雷怒下擊
如雲間的閃電
迅速斂形
橫成天邊的彩帶[125]

以及：

一盤香點了火
血肉之軀只能以血肉相搏
「去吧！」申時已到[126]

「申時」，在詩行中響應了以閃電為主、祖先為次的意象。案，申的造字本義為雨天的閃電，象電光閃爍、四面八方裂開之狀；古人誤以申為神。《說文解字》釋「申」為：「神也。七月，陰氣成，體自申束。从臼，自持也。」「神」字，《說文》云：「天神，引出萬物者也。从示申。」「祖先手持鳩頭杖雷怒下擊」那一段，寫陰陽激燿、電光石火之狀，促成讀者連結「申」、「神」的文字學意涵。這種閱讀體會未必每一個讀者都有，卻真實存在於陳義芝立基於國學的藝術成績；一如〈雪滿前川〉未曾明說而確實存在的「程門立雪」典故。

陳義芝的虛實轉換以「實」（明顯的）領軍，更精彩的卻在「虛」（隱晦的）。從陳義芝詩作在顯隱方面的慣常表現，可以看出兩個特色：①形式美大於生命質感；②促使讀者在羅列的描寫後面，想像出平靜下的躁動。

陳義芝〈東坡在路上〉的一段詩行，頗可藉以為他自己詩風的寫照：

在路上如在家
他是權倖與異端，乖僻與
剝削的反對派
很少講憤怒的話[127]

綜觀陳義芝的詩，著重畫面、意象、音樂性。他以鍛鍊過的雅言和挑選過的口語，使其文字含有深刻的訊息而非徒具原始含意。其詩思辨內斂，詩思飽滿，情思綿密，感性浸潤，伸展自如，迂迴詠歎，藏露得當，融敘事與抒情為一爐，風格狷介而溫婉。[128]

125 同前注。
126 同前注。
127 見陳義芝：《邊界》，頁八九。
128 參見陳芳明：〈漂泊之風，抵達之歌〉，收於陳義芝：《邊界》，序文；楊牧：〈雪滿前川：讀陳義芝詩集〉，《聯合報》，一九八四年十月二十一日，第八版；沈奇：〈時間、家園與本色寫作：評陳義芝的詩〉，沈奇：《台灣詩人散論》（台北：爾雅出版社有限公司，一九九六），頁二八六—三〇四；余光中：〈從嫘祖到媽祖：讀陳義芝詩集《新婚別》〉，收於陳義芝：《新婚別》，頁一〇—二六；唐捐：〈作者簡介〉，唐捐、陳大為合編：《台灣現代文學教程・當代文學讀本》，頁八八。

李進文（一九六五、三、九—），生於高雄。逢甲大學統計系畢業。曾任報社記者與雜誌編輯數年。曾任聯合文學出版社總編輯。現任職於商務印書館。創世紀詩社成員。曾獲聯合報文學獎、中國時報文學獎、台灣文學獎等。著有詩集：《一枚西班牙錢幣的自助旅行》（一九九八）、《不可能；可能》（二〇〇二）、《長得像夏卡爾的光》（二〇〇五）、《除了野薑花，沒人在家》（二〇〇八）、《靜到突然》（二〇一〇）、《雨天脫隊的點點滴滴》（二〇一二）、《更悲觀更要》（二〇一七）；散文集：《蘋果香的眼睛》、《如果是MSN詩，E-mail是散文》、《微意思》；圖文詩集：《油菜花寫信》、《詩與藝的邂逅》；編有《Dear Epoch：創世紀詩選一九九四—二〇〇四》等。

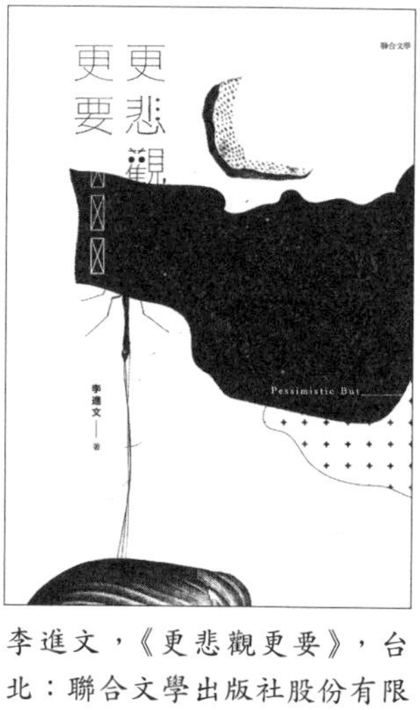

李進文，《更悲觀更要》，台北：聯合文學出版社股份有限公司，2017。

意象飽滿，比喻新穎，題材廣闊，音韻圓融，手法時時翻新，抒情與諷喻兼擅。[129] 詩壇、學界對李進文的看法大致如是。

李進文在一九八〇—一九九九年間的台灣現代詩史中，特點如次：

1. 一九六〇年代出生的文學獎常勝軍

就一九六〇年代以後出生的台灣創作者而言，文學獎是獲得文學界認證的普遍方式；而李進文是一九六〇年代出生的詩人中顯赫的得獎常客。自一九八〇年代末開始寫詩；一九九六年起，連續因一連串大型文學獎的詩獎而聲名鵲起，進而出版第一本詩集，推展自己的詩路。從一九九六到一九九八，三年之間，李進文以〈削蘋果的方式〉、〈一沒西班牙錢幣的自助旅行〉、〈愛在光譜的背上行走〉、〈價值〉、〈大寂靜〉、〈那一天，我們在台灣的上空〉、〈政治三章〉，奪下各種大型文學獎。連續參賽的得獎詩作幾乎形塑李進文首部詩集的風格。「得獎作品」的詩風，在李進文的其他詩集裡明顯和其他詩作不一樣。閱讀李進文的詩集，可供研究者探討文學獎背後的許多現象，有助於勾勒一九九〇年代末起，台灣的文藝青年養成、文化權力、文學潮流、評審品味等輪廓。

2.「人在江湖」的應世文學觀

李進文的文學觀非常「篤實」：對於二十一世紀之後的文學現象、文化思潮、生活型態，李進文相當體恤；部分妥協之餘，時常發為似笑非笑的慨嘆。如《長得像夏卡爾的光》的序文：〈在某國，他正貓著〉中，李進文說：「專業，就是活得獨一無二。但這樣的貓在社會中被排除在專業之外。」、「貓不說廢話。因為牠怕：廢話，常出自於真心。」[130]而在詩味濃厚的《微 意思》裡，李進文散淡而自在的書寫模式達到了自己的頂峰。李進文稱之為「自由（體）」的書寫樣態，也是他一貫的詩觀：「用想像力寫日常，將深刻寫在水面，把輕盈靠在抬頭可見的雲間。分享心中『有意思』的真情實意。」[131]

3.從琢磨音色到演繹日常溫度的詩風演進

作為許多文學獎得獎作品的集結，《一枚西班牙錢幣的自助旅行》不容小覷；而《不可能；可能》就開始編織較廣闊面向的李進文：在文字裡撒野的、走一步退兩步搖曳生姿的、更琢磨音色的，題材方面也開始

129 參見焦桐主編：《二〇〇六台灣詩選》（台北：二魚文化事業有限公司，二〇〇七），頁五；白靈：〈從指縫間輻射出靈光〉，《創世紀詩刊》，第一五八期（二〇〇九），頁四五；簡政珍：〈現實與寓言：評李進文《長得像夏卡爾的光》〉，《文訊》，第二三五期（二〇〇五），頁三〇—三一。

130 見李進文《長得像夏卡爾的光》（台北：寶瓶文化事業有限公司，二〇〇四），頁七—九。

131 見李進文：《微 意思》（台北：寶瓶文化事業有限公司，二〇一五），頁一四。

從實際的旅行邁向人生路上的風景；《長得像夏卡爾的光》和《除了野薑花，沒人在家》是李進文七本詩集的創作高峰，詩質最濃密，最能彰顯個人化意象的經營成績；《靜到突然》以後，調性在囈語和遺囑之間，節奏簡潔而滑溜。二〇一七年出版的《更悲觀更要》，韻律感更強，也更多篇幅以陽光晴好的吉光片羽為素材，傳遞出日常生活的溫度。

4. 嘲諷現實

李進文對文字的玩心使得詩中的意象充滿趣味性。然而即使在嚴肅的題材中出以嘲弄，其文字仍是辯證而諷喻。[132]例如看透政治本質的〈秋天裁詩〉，詩行說：「有人把冰吞下，化做一泡傾斜的尿／冰將人嚼碎：骨頭也沒吐出來／是的，政治喲！」；又如諷刺政客謊言的〈選舉日〉片段：「握手，握手／歷史和複製的細菌／選票是肉，名片是有力的手，拜託！」；描寫記者無奈情緒的〈記者〉片段：「你拿圖釘把自己釘在政治話題／所有的人都看見月色剮著你／沉默不語」。在舉足輕重的選材裡，李進文轉化「吃人不吐骨頭」的俗諺，運用水的三態，寫政客嚼冰發誓，卡滋卡滋的聲響與嚼骨頭無異，噴灑的口水與斜灑的尿諧擬成趣；「握手」的情態結合發送的「名片」與人群中播散的「細菌」為〈選舉日〉該段詩行的意象，歷歷如繪；「月色剮著報導政治議題的記者」比喻精彩，既狀寫記者工作到很晚的常態、疲態與孤單，又與「圖釘」呼應，暗示「無所逃於天地之間」的不安。這些收在李進文第一本詩集《一枚西班牙錢幣的自助旅行》的詩句，已透見李進文嘲諷現實的功力以及「人在江湖，身不由己」的創作意蘊。

在第三本詩集《除了野薑花，沒人在家》裡，李進文如此批駁談話性節目：

把話說盡，跟國運昌隆有什麼關係？
每天一卡車又一卡車倒進腦袋的談話性節目

有沒有描繪大好河山？在山坡
墾殖的百姓悠然仰望積雲抹黑天邊
野雁拖走一網子的叫聲[133]

台灣普遍的談話性節目經常圍繞熱門、流行、一時的議題，設定主題後，邀請所謂的「名嘴」暢所欲言，或言詞極盡辛辣聳動，或嬉笑怒罵瞎湊熱鬧，而未必符合事實，未必引發思考。李進文先以兩個提問逼視談話性節目無關大局、千篇一律、疲勞轟炸、隱善揚惡的體質，再以「墾殖的百姓」默默勞動的形象對照「把話說盡」的名嘴，以「積雲抹黑天邊」，暗示此類節目以許多未經證實的語言歪曲事實、醜化對象的常態。「悠然仰望」寫出觀者對談話性節目的抹黑慣技心知肚明而又閒適自得，顯然「積雲抹黑天邊」已經慣見，而且毫不切身。至於「仰望」更諷談話性節目自以為昭告天下的姿態。李進文在這首詩的批駁與諷刺是他典型詩作的寫照。

李進文，《一枚西班牙錢幣的自助旅行》，台北：爾雅出版社有限公司，1998。

李進文，《除了野薑花，沒人在家》，台北：九歌出版社有限公司，2008。

132 參考黃明峯：〈夢與現實之間：論李進文詩集《一枚西班牙錢幣的自助旅行》〉，《台灣詩學季刊》，第三一期（二〇〇〇），頁一四四—一五七。

133 〈把話說盡〉第一節，李進文：《除了野薑花，沒人在家》（台北：九歌出版社有限公司，二〇〇八），頁四二。

5. 輕

輕。李進文在二〇〇二年出版的第二本個人詩集自序裡，以一字說穿了新世紀伊始進行式中的台灣現代詩整體走向，準確、自覺而內省。輕，是李進文多年身為前沿的媒體工作者，對網路世代的敏感體悟；後來也成為他自己的詩風。[134]李進文的輕，是自在、輕快、分享、明亮；是看透每一秒鐘在網路上朝生暮死的文字後，對光纖環境背後大分母創作群的認知；是明白在啾啾亂鳴擾人清夢而又無處遁逃的網路脈搏中，自己的走向和意義。

李進文看到鋪天蓋地而來的時代的輕，在裡面計較自己的價值。如〈風景〉的詩行：「有一絲虛無的聲音貫穿我的／前世今生，我在這裡轉個圈／就打成一個蝴蝶結」。[135]他的「輕」，包括零碎與晃盪。[136]

李進文不同於新興世代詩人的「輕」，特別表現在捕捉真實得魔幻的片段。當詩人念茲在茲的生命以懸空的方式存在猶如微塵，難以承受的輕便模擬為飄浮在空中的文字，像〈靜到突然〉的：「飄落一片金黃的銀杏葉，那是深遠的／沉船古幣？……翻開你／如同記不住的浮標警句／灰燼從網路那端飄過來／我並未開機下載天意／沒有郵件確知你是否安頓了／暴風雨捲走你那樵夫晚霞的臉／招潮蟹路過眼窟逼向魚尾／沼澤似有白色的幡影搖曳」；[137]又如〈成功的人〉：「芒果黃的天色／漸漸酒色／繼而黑眼珠骨碌碌的神色／蘆葦花開時節／點亮一盞燈／獨獨他在大批武裝的沉默中／夜著／噎著之際，爆出一聲長嘆／尷尬得——像他死後的傳記」。[138]

6. 意象遊戲

李進文說自己一貫喜歡玩意象，期許自己經由不斷練習，「將微小寫成巨大，以有意追蹤無情，以未來梭織過去，自庸俗提煉雅致」。[139]也說過：「遺書，成為我寫詩的標準。不是消極，而是積極。」、「寫詩時，我審視墨汁的喘息，只有一種節奏合於當下的記憶和生命。我開始習慣性地把一首詩打散、肢解、拼湊，直到難以復原，然後發現最初的感覺是錯的，而新的感覺也不太對……」。[140]

李進文習於將名詞用成形容詞或副詞，延展為層出不窮的意象。例如〈小美好〉的：「鉛筆咀嚼紙纖維／吐出一隻雲雀」、〈氣象只報告妳的濕度〉的：「所有的琴弦等於妳／所有的沉默皆圓周率」、[141]〈除了野薑花，沒人在家〉的：「空氣老虎起來，莽原了下午」。[142]李進文詩中的節奏也服膺「輕快」的效應，且多半由句末的尾韻形成連綿的韻腳，如〈長得像夏卡爾的光〉：「生活是一句不高明的俏皮話軟趴趴／躺在沙

134 李進文：「電子郵件，我老是感覺它輕飄飄的，從遙遠的衛星、宇宙輕輕地捎來，在傳送的過程中，不是一個實體，它無法承載一個人對另一個人完整的思念。」、「那種輕飄飄的感覺，讓我覺得詩在電子世界中，無足輕重。詩在網路中，突然就降低了它的密度，愈來愈像在空中飄浮的一堆文字而已。」、「窗外的夜雨，突然下得好大，劈哩啪啦，像一支破銅爛鐵的樂團。我一直分心，還好現在我僅僅寫一封信，寫信不必太專注，太專注會流於理論，一再分心才會洩漏真情。書寫就不應該是一篇嚴謹的文章。」見李進文：〈輕〉，《如果MSN是詩，E-mail是散文》（台北：爾雅出版社有限公司，二〇〇四），頁一三八—一四三。

135 〈風景〉，李進文：《不可能；可能》（台北：九歌出版社有限公司，二〇〇八），頁一五六—一五七。

136 李進文說：「我喜歡晃盪，說得文學一點，或可名之為像旅行家慣稱的——漫遊。」見李進文：〈我不是貓〉，《如果MSN是詩，E-mail是散文》，頁一〇六—一一〇；李進文也說過：「存在是什麼呢？——以零碎的方式述說，以不完整的方式前進。」、「我捕捉到的吉光片羽，總是暗示永恆背面的一道陰影。詩不會顯示真理，它只是發問。」見李進文：〈騷動〉，《如果MSN是詩，E-mail是散文》，頁一〇〇—一〇五。

137 〈靜到突然〉，見李進文：《靜到突然》（台北：寶瓶文化事業有限公司，二〇一〇），頁三五—四七。

138 〈成功的人〉，李進文：《雨天脫隊的點點滴滴》（台北：九歌出版社有限公司，二〇一二），頁一八五。

139 參見陳思嫻：〈聲音是生活的節奏：李進文談新作《靜到突然》〉，網址：https://reurl.cc/LN1z4。二〇一七、一一、五查閱。又見李進文：〈分享之心〉，《雨天脫隊的點點滴滴》，頁二〇〇—二〇六。

140 見李進文：〈詩與遺囑〉，《如果MSN是詩，E-mail是散文》，頁二一八—二二三。

141 〈氣象只報告妳的濕度〉，《雨天脫隊的點點滴滴》，頁五二—五五。

142 〈除了野薑花，沒人在家〉，李進文：《除了野薑花，沒人在家》，頁五六—五七。

發，長得像夏卡爾的光／神祕，魔魅地窩在乾草堆／就在午後大約五點，耳根綻放」、[143]〈削蘋果的方式〉：「第四圈，冷戰：這世界的溝通方式／像刀口下的果皮，受了傷又不肯分離／愛與恨互相運轉，一輪輪凝聚成／左臂的一朵胎記」。[144]

7.長詩

李進文的百行以上長詩，有六首以數首散文詩、或數首散文詩與分行詩的連結而成。連篇累牘的散文詩，更挑戰詩與散文之區別：例如收在《雨天脫隊的點點滴滴》的〈活字〉和〈狂沙想〉。

李進文收在已出版的七本詩集裡，百行以上的詩作共十六首；每一本詩集都有百行以上的詩。其中，分行詩有：〈愛在光譜的背上行走〉、〈棒球系列〉、〈漫畫浮生〉、〈聲色書簡〉、〈通話紀錄〉、〈涉獵之歌〉、〈外島誌〉、〈靜到突然：給父親〉、〈日誌詩〉、〈中場休息時間〉；散文詩有：〈活字〉、〈狂沙想〉、〈晚安以後〉、〈早晨教一滴露告一段落〉、〈飄雪系列：黃羊川，或者他方〉；散文詩與分行詩組成的作品有：〈陽光今天好好，世界都在我背包〉。其資料表列如次：

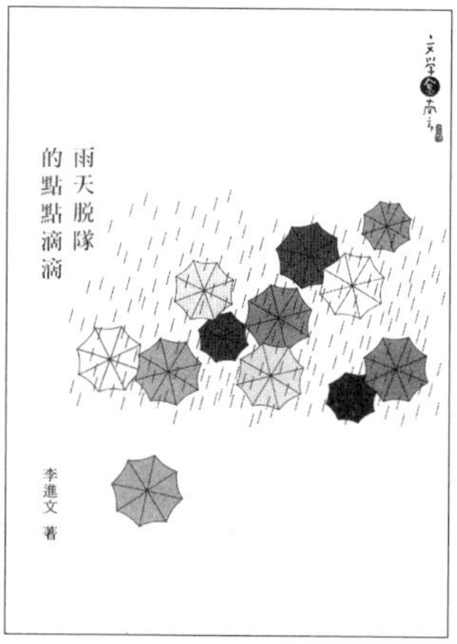

李進文，《雨天脫隊的點點滴滴》，台北：九歌出版社有限公司，2012。

序次	詩題	行數	收錄之詩集
一	愛在光譜的背上行走	一一四	《一枚西班牙錢幣的自助旅行》
二	棒球系列	一八一	《一枚西班牙錢幣的自助旅行》

三	漫畫浮生	二〇〇	《除了野薑花，沒人在家》
四	靜到突然：給父親	一四四	《靜到突然》
五	日誌詩	五一三	《靜到突然》
六	中場休息時間	一九七	《靜到突然》
七	早晨教一滴露告一段落	計十四首散文詩組成	《靜到突然》
八	飄雪系列：黃羊川，或者他方	計七十二首散文詩組成	《靜到突然》
九	活字	由四首散文詩組成	《雨天脫隊的點點滴滴》
十	狂沙想	由十一首散文詩組成	《雨天脫隊的點點滴滴》
十一	聲色書簡	一一四	《不可能；可能》
十二	通話紀錄	一四九	《長得像夏卡爾的光》
十三	晚安以後	計三十二首散文詩組成	《更悲觀更要》
十四	涉獵之歌	一〇六	《更悲觀更要》
十五	外島誌	一九六	《更悲觀更要》
十六	陽光今天好好，世界都在我背包	計十首分行詩與五首散文詩組成	《更悲觀更要》

李進文的百行以上詩作，有幾個現象：

143　李進文：《長得像夏卡爾的光》，頁二三一—二三二。

144　〈削蘋果的方式〉，李進文：《一枚西班牙錢幣的自助旅行》（台北：爾雅出版社有限公司，一九九八），頁五二。

(1)著重尾韻

以尾韻為詩作的主要聲音表現，是李進文這幾首長詩的共相。即使是散文詩，押尾韻這特質仍相當凸顯。如〈陽光今天好好，世界都在我背包〉裡，以散文詩寫成的〈波茨坦無憂宮〉，其中一段：「舞步點到地方，都被尊稱故鄉，我們從未走遠，只是在附近盤旋。終場休息，陌生人遞來一冊玫瑰詩集，詩句才是我的大帝。伏爾泰幽靈和笛聲之間，隱約傳遞古老的官方法語。」[145]「方」、「鄉」互押；「遠」、「旋」互押；「息」、「集」、「帝」互押。以分行體寫成的長詩，更以押尾韻為聲音特色。如〈聲色書簡・ㄅ〉的前三行：「寫一篇鬼雨給自己／沒有一個字念起來像茉莉　沒有一個意義／翻過竹籬　擦掉的也沒擦乾淨　生命髒兮兮」[146]。

押尾韻是李進文詩的明顯特色；某些時候甚至是一個面具：思維應該停頓之處，因為押韻而滑過去，引導讀者的思路隨韻腳的字眼而走。如此著重長詩的尾韻，也是本書七位焦點詩人之最。

(2)意象散射

李進文詩的意象繽紛而活潑，創意十足。無論把他歸於戰後嬰兒潮世代，或就一九六〇年代出生的詩人來看，詩中翻飛的意象都很突出。而在百行以上的分行詩裡，更能發現李進文這一特質的外溢效應：即意象朝四面八方輻射而去。題材可能生發了一群意象，這群意象雖來自同一題材，卻各自表述，不在一個主軸裡線性發展。

此一意象輻射的特質，在《更悲觀更要》尤為明顯。如〈外島誌・月亮〉局部詩行：「把世界視同一隻身心俱疲的軍犬／低聲下氣依偎在經濟腳邊／閩東潮發聲似醉了的鐵鍊」。[147]三行之中，軍犬和鐵鍊兩個意象都來自詩中人對「外島」的想像。「軍犬」前有「身心俱疲」下拉「守護」的暗示，後有「低聲下氣」落實「討好」的意涵，則「軍犬」用來比方的「世界」，其本義的高度神經活動功能，已經被當作介質的兩個形容詞一轉再轉。「世界」的位置尚未解決，「閩東潮」又來了；鐵鍊比喻潮水之聲，殆無可疑，然而從

「世界」到「閩東潮」、「軍犬」到「鐵鍊」，其間意象如何勾連，似乎不在作者的藝術設計之內。

(3)從反面或側面下筆的諷喻

在長詩中，李進文發揮了他對社會、人生的諷喻功力。其基調乃從反面或側面著手，異於大多在一九八〇年代詩潮中起家的戰後嬰兒潮世代，而近乎「隔代遺傳」自一九五〇—一九六九引領詩潮的「前行代」。然其詩思所趨，卻不似多數「前行代」所鍾的現代主義：集中力量寫一個議題；而常常多頭並進，東拐西繞，沿途鳥語花香無限風景，終點卻未必滿足沿路累積的期待，或者竟然發現沒有所謂的「抵達」。

李進文長詩的嘲諷以人生雜感為多，不太聚焦在特定議題。〈棒球系列〉和〈通話紀錄〉是例外。前者隱喻追愛的百態，為側寫；後者嘲諷手機造成的人際疏離，是反寫。這兩首組詩，末節都透著散淡和倦意。如〈棒球系列．散場〉的最後一節：「想像一尾泥鰍連三盜壘成功／就帶著蟲鳴鳥噪回家了／或許上鉤的是荷花池／被上帝一扯，天空抛到界外／倒影中：魚在雲間，雲在人間」。[148]既有強烈的所圖，又以「泥鰍」為喻，泥鰍給人的滑溜印象已經消解了大半「追逐」的強度，接著上鉤的是什麼，「上帝」是否攪局，在語境中已不是關鍵。

多頭並進、著重尾韻、意象散射、諷諭從反面或側面下筆、透著散淡和倦意，李進文在長詩中的這幾項特點，標誌著從他開始，一九六〇年代以降出生的詩人，在二十一世紀初期普遍體現的「厭離」特質。

145 見李進文：《更悲觀更要》（台北：聯合文學出版社股份有限公司，二〇一七），頁五二三。
146 見李進文：《不可能；可能》，頁二〇。
147 見李進文：《更悲觀更要》，頁一九七。
148 見李進文：《一枚西班牙錢幣的自助旅行》，頁一五一。

五、一九八〇——一九九九的主要詩人：非馬、羅英、席慕蓉、汪啟疆、李敏勇、江自得、蘇白宇、蘇紹連、馮青、杜十三、白靈、利玉芳、零雨、陳育虹、渡也、詹澈、陳黎、向陽、夏宇、林彧、侯吉諒、孫維民、陳克華、林燿德、羅任玲、鴻鴻、羅葉、許悔之、顏艾琳、紀小樣、唐捐、陳大為、丁威仁

非馬（一九三六、九、三一），本名馬為義。祖籍廣東潮陽，生於台中。台北工專畢業，美國馬開大學機械碩士，美國威斯康新大學核工博士。在美國從事核能研究多年。曾任美國伊利諾州詩人協會會長、芝加哥詩人俱樂部及肯塔基詩人協會會員；笠詩社及紐約一行詩社同仁；北京新詩歌社副社長等。曾獲吳濁流新詩獎。在台灣出版的中文詩集有：《非馬詩選》（一九八三）、《白馬集》（一九八四）、《路》（一九八六）、《篤篤有聲的馬蹄》（一九八六）、《飛吧！精靈》（一九九三）、《微雕世界：非馬詩集》（一九九八）、《沒有非結不可的果》（二〇〇〇）、《你是那風：非馬新詩自選集・第一卷（一九五〇—一九七九）》（二〇一一）：《夢之圖案：非馬新詩自選集・第二卷（一九八〇—一九八九）》（二〇一一）、《蚱蜢世界：非馬新詩自選集・第三卷（一九九〇—一九九九）》（二〇一二）、《日光圍巾：非馬新詩自選集・第四卷（二〇〇〇—二〇一二）》（二〇一二）；另有散文：《凡心動了》、《不為死貓寫悼歌》；譯著：《裴外詩集》、《緊急需要你的笑》、《織禪》、《讓盛宴開始：我喜愛的英文詩》；主編：《朦朧詩選》、《顧城詩集》等。

一九八〇年代是非馬個人詩創作的黃金時代。[149]因為詩選和譯詩，非馬在國際間詩名早響。非馬的詩多次獲選到台灣、日本、美國的各種詩選，例如《中國新詩選》、《當代中國新文學大系・詩卷》、《聯副三十年文學大系・詩卷》、《台灣現代詩集》、《華麗島詩集》、《YearBook of Modern Poetry》等。非馬也為英、美、義、法、俄、澳、希臘、波蘭、猶太的許多詩人翻譯過詩作，也曾翻譯白萩的《香頌》為英文，把《裴

外的詩》翻成中文，乃詩國文學交流的擺渡人。

非馬主要發表短詩。不只篇幅小，句子也短。其詩給人瘦而有力之感，[150]很基本的因素為：一個意思完足的句子切成好幾個跨行句。一個句子斷在本來仍可銜接之處，有時不到一個述語，就自成一行，很像是以英文創作再翻成中文的英文單字。刻意斷裂句子，造成的閱讀效果，除了強化、俐落、清澈，也透著不言而喻的逗笑。

非馬的詩，視野廣闊，深富人道關懷。其詩笑看滾滾紅塵，對現實以想像出發而富同情與批判。對於人間的悲痛與人性的黑暗，非馬了悟而不深究。例如〈藝術家的原罪〉以聳動的社會事件為素材，寫一對藝術家夫妻因爭論誰是較好的藝術家，丈夫將太太拋出三、四樓高的公寓窗戶致死。非馬在此詩中以「上帝不是天生的獨身主義者」展開奇想，最後收在「當初究竟是誰出的主意／在黑夜的天空上／開了那麼多／大大小小的窗？」[151]又如〈白色的夢魘〉書寫一個車禍受傷的少女，被聞風趕至的葬儀社蓋起白布宣告死亡，因而喪生。非馬想像當時的畫面，第二節的詩行寫：「他聽到呼天搶地狂奔而來的救護車／被一個職業性的宣告吱吱迎住／（他甚至聽得出／聲音裡壓抑不住的絲絲欣喜）：／太遲了！一切都太遲了！／眼睛已經閉起／別驚動他／讓他安息」[152]。

非馬的詩有即興、驚喜、如同極短篇的閱讀效果。矛盾筆法是非馬詩的特色。李魁賢說非馬「是正牌的

149 參見非馬：〈有詩為證〉，收於非馬：《沒有非結不可的果》（台北：書林出版有限公司，二〇〇〇），頁一一一—一一四。

150 參見向明：〈瘦而有力的詩：論非馬的短詩〉，收於向明：《詩中天地寬》（台北：台灣商務印書館股份有限公司，二〇〇六），頁一五九—一六六。

151 參見非馬：《非吧！精靈》（台中：晨星出版有限公司，一九九二），頁四四—四六。

152 參見非馬：《非吧！精靈》，頁一〇一—一〇二。

意象主義者，旗幟非常鮮明」，其詩：「語言精練、意義透明、象徵飽滿、張力強韌」。[153]類似這樣的說法，對非馬詩的評議幾成定論。

但以意象主義者定調非馬，似可稍微調整。意象的精神在於勾勒畫面，以象表意；而非馬的詩捕捉的經常是意念，主要假託一個情境來挑撥意念，而且點到為止。在非馬的詩裡，意念的比重經常高於意象，使得象為副而意為主，象為虛而意反而為實。在寫法上，作為情境、可有可無的虛象，結構上通常擺在作為結論的意念之前。如此寫詩，似為其公式。試舉數例：

〈鳥籠〉：

打開
鳥籠的
門
讓鳥飛
走
把自由
還給
鳥
籠[154]

〈廟〉：

天邊最小最亮的那顆星
是飛聳的簷角
即使是這樣寬敞的廟宇
也容納不下
一個唯我獨尊的
神[155]

〈通貨膨脹〉：

一把鈔票
從前可買
一個笑

153 參見李魁賢：〈論非馬的詩〉，網址：http://www.fengtipoeticclub.com/ping_jieh/ping_jieh-1002.html。二〇一八、六、八查閱。
154 〈鳥籠〉，見非馬：《你是那風：非馬新詩自選集・第一卷：1950-1979》（台北：釀出版，二〇一一），頁七八。
155 〈廟〉，見非馬：《夢之圖案：非馬新詩自選集・第二卷：1980-1989》（台北：釀出版，二〇一一），頁一七二。

一把鈔票
現在可買
不只
一個笑[156]

這三首短詩都符合以上的觀察。

羅英（一九四〇、十、十一—二〇一二、三、二十九），祖籍湖北蒲縣。另有筆名田青、小立。台灣台北市立女師專畢業。曾加入「現代」詩社、「創世紀」詩社。著有詩集：《雲的捕手》（一九八二）、《二分之一的喜悅》（一九八七）；散文集：《盒裝的心情》、《明天買隻貓》、《那天看海》、《魚都睡著了》、《咖啡店的游牧民族》；小說集：《羅英極短篇》、《今天星期幾》、《橡樹上的男人》、《時間在溜走》、《羅英極短篇二：貓咪情人》等。

從一九六一年在《現代詩》發表詩作開始，羅英進入自己的詩創作年代。其詩之特點為：

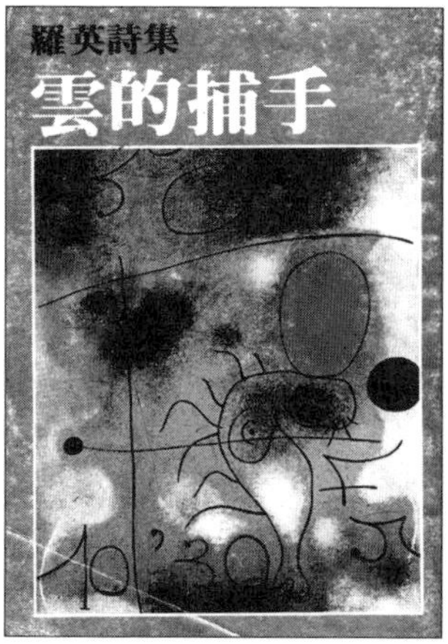

羅英，《雲的捕手》，台北：林白出版社有限公司，1982。

1.超現實筆法

羅英的詩有強烈的主觀性，擅長挖掘意識底層的潛流，將之超現實化；語言奇峰突起，巧於承轉，極富現代感。羅英的詩不討好，但煥發因情境逆轉或因緣碰觸而產生的魅力。比如〈病院的盆栽〉第一節：「你是／未被期待／便綻開／在腳步之間隙裡的／燭光」，讀者可感到詩行中的思維碰撞、恍若被附身的靈魂動盪。

多位評論家肯定羅英運用超現實意象的獨特筆法。例如洛夫讚美羅英：「在當代女詩人中，很少像羅英一樣，能將超現實意象融入抒情的節奏中而毫無窒滯之感。也可以說，她是女詩人中一位最不為浪漫主義所感染的抒情詩高手。」鍾玲說羅英：「詩好像是在一場白日夢中完成」、「詩的內容近似潛意識的活動」。[157]

歸納起來，羅英出於幾個因素，被劃為「超現實主義詩人」：(1)閃爍的語義；(2)充滿歧義的句子和暗示的技巧；(3)越過表層現象而直契事物本質的直覺綜合能力；(4)詩行中超乎現實或超乎自然的世界。

綜觀羅英詩的特質，最主要為：

2. 跳躍的思考

羅英非常擅長語言的跳躍。試以〈蝴蝶〉、〈電話〉、〈駕駛人〉為例。

〈蝴蝶〉：

偶而飛進屋裡來的
蝴蝶

156〈通貨膨脹〉，見非馬：《你是那風：非馬新詩自選集・第一卷：1950-1979》，頁七五。

157 參見洛夫：〈向羅英的感覺世界探險〉，收於羅英：《雲的捕手》（台北：林白出版社有限公司，一九八二），頁一—一九；鍾玲：〈感覺的飛行〉，收於羅英：《二分之一的喜悅》（台北：九歌出版社有限公司，一九八七），頁九—一八；作者題為「創世紀詩社」的〈羅英新作三首討論會〉一文。該文收於羅英：《雲的捕手》，頁一八三—二〇一。

帶來了滿屋細雨
當湖泊在桌子上
盪漾起來的時候
蝴蝶棲於水上
是相框裡母親的
遺容[158]

〈電話〉：

電話鈴響
終於沸騰起來
燙傷的心不是聽覺
她僅痴呆地
望著它
當它是具小巧的棺木吧
讓他躺在那裡面
也要思念
也要細數時間
如同她心中被鈴聲吹起來的
髮[159]

〈駕駛人〉：

減速之後
他說
這遍地鋪滿的百合花
是他少年時的心

說的時候
太陽就凋零了
半世紀前的月亮
在他灰白的髮上
升起[160]

以上三首短詩可以觀察到：(1)詩作從生活中的當下、細碎面發展到記憶或想像中的非現實面，也就是把現實給超現實化；(2)從生活面、現實面，到想像面、非現實面，有一個中介作為承轉；(3)詩的收束點到為止，不鋪敘；(4)感官挪移的技法。

158 見羅英：《二分之一的喜悅》，頁一一九。
159 見羅英：《二分之一的喜悅》，頁一五八。
160 見羅英：《二分之一的喜悅》，頁二九—三〇。

〈蝴蝶〉裡有三個意象互為隱喻：蝴蝶、細雨、母親的遺照。「偶而」是詩眼，暗示對母親的懷念也是瞬間閃現，如同蝴蝶飛進屋子，不知所起，不知所止，翩翩獨舞又如同微雨鋪天蓋地，令人無所遁逃。蝴蝶正是「細雨」和「遺照」觸發的思念之中介，然而不說下雨，只說「蝴蝶帶來滿屋細雨」；「滿屋細雨」在實境上不可能，於是「細雨」兼具實指與虛指，意謂窗外下雨，引發桌前凝望母親遺照的詩中人之玄思，冥漠之中桌案上或雨或淚，未可分辨，猶似湖泊。不言水波盪漾，而說湖泊盪漾，則「蝴蝶效應」巨大如此。但隨即一轉，在海嘯一般「盪漾」的湖泊上，小小蝴蝶竟可安然棲止，則詩中人的妄念和想念孰真孰偽，也就彷彿乍然飛入屋子的蝴蝶，只是突如其來的思維。

〈電話〉興發於現實中平常的情境。整首詩是詩中人對忽然響起的電話鈴聲的揣測和想像。詩中人未接電話，到底誰打來的無法確知，但是詩中人全心全意猜想電話來自渴望的意中人。「沸騰」、「燙傷」、「痴呆」描繪了單相思。把電話形容成「棺木」，是愛之欲其死和自我矛盾所以自我安慰的表現：棺木躺著死人，死人又如何打電話；既然無法打電話，就不可能是「他」打來的。這完全無效的詛咒落實在精彩的收尾：「如同她心中被鈴聲吹起來的／髮」。「髮」撩撥情思，歷來文學作品中有脈絡可循，然而從鈴聲聯想到頭髮，兩個看似風馬牛不相及的意象如此自然牽連。電話鈴聲是常態，棺木是非常態；棺木是活人買給死人用的，髮絲撩動的情思，活人可領受，而死人只能承受。由常態到非常態，由領受到承受，電話鈴聲／棺木，以及棺木／髮絲，分處於翹翹板的兩端。從電話鈴聲，到棺木，到髮，意象的跳接僅靠命懸一線的細絲牽連。

〈駕駛人〉的詩眼在一開始的「減速之後」。「減速之後」，暗示詩中人慣常的開車速度。時光流轉從未因誰而減速，老去的詩中人未明言「與時光賽跑」，卻在減速之後緬懷年少的狂飆時期。飆速／老年、減速／少年，喻旨和喻依一開頭就以陌生化、矛盾語延展。第二節似無預警而其實內在呼應地來了個「太陽凋零」的意象。「太陽」與第一節的「百合花」呼應，一在天一在地。「說的時候／太陽就凋零了」，暗示：(1)說了很久；(2)魔幻寫實般的飆車開法，往年輕歲月倒回頭開去，開到太陽下山，月亮升起。「太陽」是「百合花」

和「白頭」的中介。

羅英的詩多為短篇，多以第三人稱為敘事之視角，其意象剪接渾然天成而又出人意表。鍾玲很早就認定羅英為一九六〇年代台灣極重要的超現實主義詩人。[161]在羅英的兩本詩集裡，「超現實」的手法更像是羅英先天的稟賦，其夫商禽說過這一點。[162]猶如夢境低語的創作手法，是羅英極特出的個人風格。

席慕蓉（一九四三、十、十五—），生於四川重慶，一九五四年至台灣定居。父母皆為蒙古察哈爾蒙明安旗人。畢業於國立台灣師範大學藝術系、比利時布魯塞爾皇家藝術學院。曾任教於國立台灣新竹師範學院。在台灣出版詩集：《畫詩》（一九七九）、《七里香》（一九八一）、《無怨的青春》（一九八三）、《時光九篇》（一九八七）、《河流之歌》（一九九二）、《邊緣光影》（一九九九）、《席慕蓉世紀詩選》（二〇〇〇）、《迷途詩冊》（二〇〇二）、《我摺疊著我的愛》（二〇〇五）、《以詩之名》（二〇一一）；散文集：《江山有待》、《人間煙火》、《我家在高原上》、《給我一個島》等十二部；美術論著：《心靈的探索》等三部。

席慕蓉詩畫雙棲，其文學創作以詩為主。一九八一年出版個人首部詩集《七里香》，打破詩集一向被視為出版毒藥的詛咒，蟬聯當時台灣金石堂書店的暢銷書排行榜冠軍，一年內再版六次，備受矚目。兩年後《無怨的青春》出版，延續《七里香》舒緩有致的節奏，以愛情、鄉愁與時光為主的題材，淺白清新的抒情基調，搭配線條細緻的鋼筆素描，呈現夢幻縹緲的風格。

席慕蓉是台灣在一九七〇年代與一九八〇年代最受大眾歡迎的女詩人。詩作《出塞曲》經歌手蔡琴、張清芳的歌聲詮釋，演繹出可柔婉、可豪放、透著蒼涼的韻味。一九九〇年代之後，席慕蓉詩作的題材伸向廣

161　參見鍾玲：〈由六十年代的晦澀詩風出發〉，收於鍾玲：《現代中國繆司：台灣女詩人作品析論》，頁二〇六。
162　商禽之文收於張默、蕭蕭編：《新詩三百首‧上》（台北：九歌出版社有限公司，一九九五），頁五四九—五五〇。

袤的蒙古，詩境轉闊，簡淨而不見烽煙，甚至不見人煙，頗具雅馴與神祕之致。

汪啟疆（一九四四、一、十一—），曾以海禾、藍海鷗為筆名。生於四川瀘州，[163]一九四九年隨父母至台灣。海軍軍官學校畢業、三軍大學海軍學院及戰爭學院畢業。歷任海軍軍官。曾任艦長、作戰署長、指揮官。軍職至中將。現從事監獄志工、教會侍奉、軍校兼課。曾與詩友創辦「大海洋」詩社、主編《大海洋》詩刊。為「創世紀」詩社同仁。曾獲中山文藝獎、中國時報文學獎敘事詩獎、行政院文建會台灣文學獎等。著有詩集：《夢中之河》（一九七九）、《海洋姓氏》（一九九〇）、《海上的狩獵季節》（一九九五）、《藍色水手》（一九九六）、《人魚海岸》（二〇〇〇）、《台灣海峽與稻穀之舞》（二〇〇五）、《疆域地址》（二〇〇八）、《台灣・用詩拍攝》（二〇〇九）、《哀慟有時，跳舞有時》（二〇一一）、《風濤之心・台灣海峽》（二〇一三）、《季節》（二〇一五）等；散文集：《菊戀》、《攤開胸膛的疆域》、《風濤之愛》；童詩：《到大海去呀，孩子！》等。

汪啟疆詩極動人之處是翻湧的赤子之心。其詩雍容大度，流露溫暖而樂天的襟抱，展現出自在的生命高度。閱讀汪啟疆的詩集，可發現在語言文字之外，許多詩人無法企及、天高地闊、擁抱萬物的胸懷。

汪啟疆的詩集出版期間相當穩定；若算入從《夢中之河》到《海洋姓氏》的十一年間原計出版的四本詩集，[164]大約平均三年出版一本詩集。

汪啟疆長年服務於海軍，又信奉基督教，以「海洋詩人」、「基督徒軍人」自命。[165]海洋、宗教感、推己及人的愛，是汪啟疆詩的三大主題。汪啟疆的詩處處映照著水天世界。大

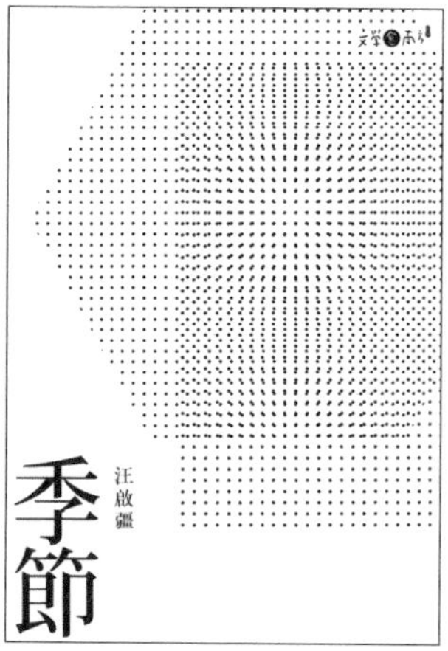

汪啟疆，《季節》，台北：九歌出版社有限公司，2015。

海給汪將軍的實際感受，是狂風暴雨、驚濤駭浪、暈船嘔吐、悲劇海難、大我和小我的交織、時間的偶然與必然、台灣海峽的朝興夕變、天光雲影裡無盡的恩寵；[166]是一個海軍將領在長年航行中體會的漂泊、救贖、走向、勇氣、應許、思念、牽掛、袍澤之情、衛國之忠、難以排解的欲望、對上帝的信念。[167]與海洋有關的詩占汪啟疆詩集的絕大宗，它們毫無遮掩地透出書寫者的義氣、熱情、擔當、責任心，和陽光般的性情。

不過，不無遺憾，最能代表汪啟疆詩風的海洋書寫，也是汪啟疆最散文化的作品。尤其在二〇〇五年出版的《台灣海峽與稻穀之舞》之後，這類大量而頗需剪裁與特殊角度的海洋書寫，反而凸顯汪啟疆語言的蕪蔓冗贅，以及有待鍛鍊的詩質密度。

汪啟疆的詩藝可留意：

1. 虛實之間的轉換

二〇〇〇年出版的《人魚海岸》及其以前，這類作品較多。汪啟疆這種虛實間的轉換，基本上仍是描寫

---

163 根據張歎鳳文章中說取證於汪啟疆本人而得之出生地資訊。見張歎鳳：〈「海的制高點上」：論汪啟疆海洋詩作的象徵性〉，《台灣詩學・學刊》，第二八號（二〇一六），頁二九—四六。另有一說：汪啟疆生於武漢。見汪啟疆《風濤之愛》（台北：黎明文化事業股份有限公司，二〇一七），蝴蝶頁。

164 根據汪啟疆的說法，《海洋姓氏》乃林燿德為汪啟疆由四本手抄詩稿大幅刪減、加上新作與《夢中之河》的若干選詩編輯而成。見汪啟疆：《海洋姓氏》（台北：尚書文化事業有限公司，一九九〇），頁二二一—二二二。

165 見汪啟疆〈曬海作鹽，舔鹽為詩〉，收於汪啟疆：《風濤之心・台灣海峽》（高雄：春暉出版社，二〇一三），頁一九六—二〇〇。

166 引《風濤之愛》封面的汪啟疆自述：「海洋甚多事物變化與悲劇海難，習慣將我擬化作多思多想的認同；即使是生活的自我、不耐和挑戰。這就是我的軍人美學。」見汪啟疆《風濤之愛》，封面。

167 汪啟疆在〈曬海作鹽，舔鹽為詩〉，說自己：「渴望寫這些：生活與海洋的奮然而為」、「更喜愛以完全的探索、完全交托、完全甘心情願又含具不服，完全的奮戰不休，來形諸海洋和受海洋影響的一切。」收於汪啟疆：《風濤之心・台灣海峽》，頁一九五—二〇〇。

「實存」，而非以實寫虛。如〈馬蹄涉水聲〉，詩長十五行，一節到底。構設的情境在常理中，卻有幻境之感，寫詩中人每夜躺在蓆子上，月光照進來，好像清楚聽到馬蹄涉水聲而不敢挪動。馬蹄涉水聲固然無中生有，但是「水聲」來自對月光的想像，「馬蹄」來自詩中人自己的記憶重組。兩相加總，「馬蹄涉水」形成豐富而隱約的暗示。詩的收尾如此：「但，留不住的馬蹄／它跨過，踐我在蹄聲下／月光是濕了。我摸得出來／蓆子也是濕了／但好久好久，我才摸完／身上的蹄印子」。[168]從光流到淚水，同一空間而虛實各異的「月光」、「蓆子」濕了，感情流露得很自然。又如〈妻〉，寫「妻」的側面，最後一節的詩行說：「這淚一直在我心上　把我所有側面都打濕」，[169]兩者之手法類似。

2. 生活素描與寫實

這類作品大都不是書寫海洋，而是實實在在地狀寫「正常的」、「人間的」，從中好像指出些什麼又非刻意，亦非厭煩於柴米油鹽的瑣碎。在汪啟疆，這類詩作很令人玩味。如〈礁溪，看龜山島〉的第一節：「菜市新擰斷的那根豌豆苗，嫩如／龜山橫臥的那根火線，吃著滿海陽光」、[170]〈漁港攤市，興達〉最後一節的部分詩行：「魚丸在大鍋泡沫內湧動／一些鰭，已消失型態／絞碎下潛後，再被鑊底烈焰／逼浮出那粒滾貼在港面的紅日」。[171]又如〈在台北等一句話〉：

她擠進天祥的雨聲裡靜靜站立電話亭投幣
一個纖小身形溶化入群山的沖刷內
穿紅襖子的冷，被
朵朵梅花
縫繫在抽繅白絲繭的紡織機上。

我默坐等待硬幣跌落
捏遙遠那一句生日快樂的台北落日
搓出越來越瘦，但不肯斷的雨的聲音。[172]

簡政珍對汪啟疆這首詩的解讀精闢而細緻，綜合整理如下。簡政珍說，此詩需藉由讀者的想像填補詩行間的空隙。「纖小身形」而「溶入群山的沖刷」，以身形之微反襯群山沖刷所暗示之感情深刻與難以承載。「擠進」意味雨勢壯烈；「靜靜」意味「她」心意篤定。第一節營造視覺畫面，傳達詩中人對「她」的愛憐。「梅花」象徵志節，也襯托視覺效果。第二節的「我」坐等生日賀詞，一個在室內坐等，一個擠進雨聲打電話，用的仍是反襯，強調「她」的辛苦，以及一邊大雨，一邊天晴，黃昏時分倍加思念的氣氛。「雨聲不肯斷」，更寓思念不斷之意。[173]

對汪啟疆整體詩風最到位的評論來自洛夫。在一九九五年汪啟疆出版的詩集裡，洛夫就評斷汪啟疆：「創造力大部分有賴於海軍生活所形成的壓力。」[174]張默注意到汪啟疆詩作的題材著重之處，說汪啟疆的詩：

168 汪啟疆：〈馬蹄涉水聲〉，收於汪啟疆：《海上的狩獵季節》（台北：九歌出版社有限公司，一九九四），頁二〇—二一。
169 汪啟疆：〈妻〉，收於汪啟疆：《海上的狩獵季節》，頁六六—六七。
170 〈礁溪，看龜山島〉，收於汪啟疆：《台灣海峽與稻穀之舞》（台北：黎明文化事業股份有限公司，二〇〇五），頁一五三—一五四。
171 〈漁港攤市，興達〉，收於汪啟疆：《人魚海岸》（台北：九歌出版社有限公司，二〇〇〇），頁六一—六三。
172 〈在台北等一句話〉，收於汪啟疆：《人魚海岸》，頁一九九—二〇〇。
173 以上詮釋，參見簡政珍：〈閱讀提示〉，收於簡政珍：《讀者反應閱讀法》（台北：行政院文化建設委員會，二〇一〇），頁二六三—二六四。
174 見洛夫：〈把海橫在膝上傾談整夜〉，收於汪啟疆：《海上的狩獵季節》，頁二—三。

「大致不外以海洋意象為經，以個人的人間情愛為緯，使這兩者水乳交融，成為他詩作中不可或缺的兩大支柱。」[175]洛夫之後，詩壇及學界認為：汪啟疆的詩雖不無小疵，但大致詩思豐沛靈活，題材寬廣，意象新奇。[176]

李敏勇（一九四七、十一、二十一），筆名傅敏、李溟。生於台灣高雄。畢業於中興大學歷史學系。曾任教於高中。歷任《笠》詩刊主編、《台灣文藝》社長、圓神出版社社長、台灣筆會會長等。曾獲國家文藝獎等獎項。在台灣出版詩集：《雲的語言》[177]（一九六九）、《暗房》（一九八六）、《鎮魂歌》（一九九〇）、《野生思考》（一九九〇）、《戒嚴風景》（一九九〇）、《傾斜的島》（一九九三）、《心的奏鳴曲》（一九九九）、《青春腐蝕畫：李敏勇詩集》（二〇〇四）、《島嶼奏鳴曲：李敏勇詩集II》（二〇〇八）；小說：《情事》；評論集：《崩壞國家》、《悲情島嶼》、《迷亂時代》、《台灣進行曲》、《自由啟示錄》；散文集：《文化風景》、《人生風景》、《彷彿看見藍色的海和帆》、《漫步油桐花開的山林間》、《詩人的憂鬱》；詩解說：《詩情與詩想》、《綻放語言的玫瑰》、《亮在紙頁的光》、《台灣詩閱讀》、《啊，福爾摩沙》、《經由一顆溫柔心》等多部。

在一九四五至一九六五年出生的戰後嬰兒潮世代中，李敏勇是唯一在一九六〇年代出版第一本詩集的詩人。《雲的語言》出版於一九六九年，恰巧搭上一九六〇年代的末班車。當年李敏勇二十二歲。

在笠詩社的戰後嬰兒潮世代裡，李敏勇以異議分子代言人樹立了簡明、節制的議論形象；其名作如〈暗房〉、〈底片的世界〉、〈廣場〉等，宣說理想認知與現實相悖的狀態。[178]

李敏勇的詩風有四個階段：1.《雲的語言》；2.《暗房》；3.《鎮魂歌》、《野生思考》、《戒嚴風景》；4.《傾斜的島》、《心的奏鳴曲》、《青春腐蝕畫：李敏勇詩集》、《島嶼奏鳴曲：李敏勇詩集II》。從《雲的語言》到《暗房》，李敏勇的詩風大幅轉變。《暗房》以後，李敏勇以凜冽、緊繃、不容置喙的批判姿態，覆蓋了《雲的語言》深情溫柔的抒情詩人。李敏勇在台灣現代詩史中的位置，也在《暗房》之後定調。

李敏勇早年的情詩深情而專一，比如〈想像〉。[179] 一九七〇年代的李敏勇，以戰爭為書寫主題的作品包孕著悲憫情懷與人道精神，如〈俘虜〉、〈遺物〉。[180]

以沖洗相片的過程暗示政治環境從封閉向民主、由愚民黑箱到資訊透明的過渡，是李敏勇傑出而令人印象深刻的比喻，如〈暗房〉、[181]〈底片的世界〉。發表於一九八三年的〈底片的世界〉，[182] 描寫沖洗底片必須緊閉門窗、杜絕光源，「我們拒絕一切破壞性的光源」，暗示高壓政治下被隱蔽的證據必須在暗房裡才有機會被明白；然後小心取出底片：「它拍攝我們生的風景／從顯像到隱像／它記錄我們死的現實／從經驗到想像」，「底片」比喻存檔的歷史證據；接著從顯影水、定影水，到清水，逐步洗出照片。顯影水：「以便明晰一切／它描繪我們生的歡愉／以相反的形式／它反映我們死的憂傷／以黯淡的色調」，暗示真實的開顯經常以相反的面貌呈現；定影水：「負荷我們生的愛／以特殊的符號／承載我們死的恨／以複雜的構成」，從「歡愉」到「愛」、「憂傷」到「恨」，彰顯後的實像被概念化，暗示符徵到符旨的論定；最後清水：「洗滌一

---

175 見張默：〈怎樣揉捏詩的藍土壤：汪啟疆《人魚海岸》閱讀札記〉，收於汪啟疆：《人魚海岸》，頁九—一九。

176 相關資料可參考《台灣詩學．學刊》，第二八號：「汪啟疆專輯」，二〇一六。

177 為詩與散文之合集。

178 相關論述參見鄭慧如：〈論一九八〇年代以降台灣現代詩的現實書寫〉，《江漢大學學報．人文科學版》，二〇一二年第四期（第三一卷，總第一八二期），頁五—一七。

179 〈想像〉，見鄭炯明編：《台灣詩人選集．37．李敏勇集》（台南：國立台灣文學館，二〇〇九），頁六七—六九。

180 二詩分別見鄭炯明編：《台灣詩人選集．37．李敏勇集》，頁二八—二九、一四—一五。

181 〈暗房〉，李敏勇《暗房》（高雄：春暉出版社，二〇一〇），頁一二四—一二五。

182 以下李敏勇〈底片的世界〉一詩之文字，摘自鄭炯明編：《台灣詩人選集．37．李敏勇集》，頁五六—五八。

切汙穢／過濾一切雜質／純純粹粹把握證據／在歷史的檔案／追憶我們的時代」。語境中的「我們的時代」，是封閉的時代。

李敏勇崛起於詩，亦是著名的文化評論人。長年來，以「公民詩人」自我期許，以筆為劍，以詩作介入公共議題、歷史反思，表達政治上明確的意識型態。他曾經說：「詩人要參與社會運動。我常想著詩要介入社會，究竟是要歌頌？還是批判？當然是詩要去批判政治，直到政治停止干涉詩為止。」[183]「直到政治停止干涉詩為止」，故「政治干涉詩」一直以來是李敏勇寫詩的大動力；倘若這動力一旦停止而還想有詩，詩人必須尋找其他寫詩的動力。假如這個動力正是詩對政治的批判，則非常弔詭地，詩人將尋找詩與政治之間的糾葛，以保持創作能量；換言之，寫詩的動機明顯而主動地，企求廣義的政治對詩的干涉，繼而批判廣義的政治，觀察受拘禁的靈魂。[184]

江自得（一九四八、一、六—），生於台中。畢業於高雄醫學院醫學系。曾任職於榮民總醫院胸腔科。二〇〇三年退休。一九六七年加入高雄醫學院阿米巴詩社，開始寫詩。一九八九年加入笠詩社。一九九一年參與創辦《文學台灣》。出版詩集：《那天，我輕輕觸著了妳的傷口》（一九九〇）、《故鄉的太陽》（一九九二）、《從聽診器的那端》（一九九六）、《那一支受傷的歌》（二〇〇三）、與曾貴海、鄭炯明的詩合集：《三稜鏡》（二〇〇三）、[185]《給NK的十行詩》（二〇〇五）、《遙遠的悲哀》（二〇〇六）、《月亮緩緩下降》（二〇〇七）、《Ilha Formosa：江自得詩集》（二〇一〇）、《台灣蝴蝶阿香與帕洛克》（二〇一一）；散文集：《漂泊：在醫學與人文之

江自得，《從聽診器的那端》，台北：書林出版有限公司，1996。

間》；編有：《殖民地經驗與台灣文學》、《人文阿米巴》等。曾獲吳濁流文學獎、陳秀喜詩獎、吳三連文學獎。

183 參見〈愛無止盡的詩人：李敏勇〉，網址：http://blog.udn.com/id4cde/3924390。二〇一六、十二、五查閱。

184 有關李敏勇的詩作研究，可參考陳俊榮：〈李敏勇詩的語言與形式〉，《國文學誌》，第十期（二〇〇五），頁八一—一〇四；李魁賢：〈解讀李敏勇〉，《文學台灣》，第三六期（二〇〇〇），頁三六—四〇；鄭炯明：〈戰爭・愛與死的交響曲：論李敏勇詩集《野生思考》〉，《笠》，第一〇八期（一九八二），頁四六—五〇。

185 曾貴海（一九四六、二、一—），生於台灣屏東佳冬。早年曾以筆名「林閃」發表詩作。高雄醫學院醫學系畢業。曾任職於台北榮民總醫院、高雄醫院之胸腔內科。就讀高雄醫學院時期，與江自得、蔡豐吉等詩友共創阿米巴詩社。曾與文友創辦《文學台灣》。曾任笠詩社社長。創作文類包括詩、散文、論述，以詩為主。曾任台灣筆會理事長、文化建設委員會委員。出版的詩集有：《鯨魚的祭典》（一九八三）、《高雄詩抄》（一九八六）、《台灣男人的心事》（一九九九）、《原鄉・夜合》（二〇〇〇）、《南方山水的頌歌》（二〇〇五）、《孤鳥的旅程》（二〇〇五）、《神祖與土地的頌歌》（二〇〇六）、《浪濤上的島國》（二〇〇七）、《湖濱沉思》（二〇〇九）、《畫面》（二〇一〇）、《色變》（二〇一三）。另出版散文：《留下一片森林》；論述：《憂國》、《戰後台灣反殖民與後殖民詩學》等。曾獲吳濁流文學獎。曾貴海的詩著重在明確的主題和清晰意識型態；而非深刻宛轉的哲思，亦非文字的修辭、美學、藝術價值。除了以寫詩為主要的文學創作以外，一九九〇年代初期，曾貴海任台灣環境保護聯盟高雄分會會長，此後投入人權、政治、社會、環保、文化運動。曾貴海在詩中表現的政治、社會關懷，如〈留下高屏溪的靈魂〉、〈向平埔祖先道歉〉，都是參與社會活動的文字影跡。客語詩的系列創作、原住民神話長詩，以及混雜多種文類的書寫，也是曾貴海的特質。曾貴海從一九九八年開始寫客語詩。其《原鄉・夜合》收錄客語系列共三三首作品，詩寫客家庄景物與生活、客家婦女之勞動形象、客家史、族語與族群之關連等。《神祖與土地的頌歌》為五百行的長詩；曾貴海以原住民神話為素材，再從時空的矛盾中斟酌出土地與族群等思索面向。《湖濱沉思》的〈夢的世界書展〉與《色變》的〈空・染・窺・迷・舞〉俱為例證；在曾貴海的詩創作中頗有實驗性。鄉土情懷與文化抵抗是曾貴海詩作兩個主要題材。彭瑞金編選曾貴海詩作，將其詩之主題分為大地情、人間愛、客家風等三個區塊；陳義芝參考曾貴海之自述，擬出三個觀察其詩的重點：客家母語書寫、為弱勢階層發聲、對峙於殖民政權的反話語。參見陳義芝：《現代詩人結構》，頁一二九—一三五；曾貴海：《色變》（高雄：春暉出版社，二〇一三），頁七九—九八；彭瑞金編：《台灣詩人選集・34・曾貴海集》（台南：國立台灣文學館，二〇〇九）。

在台灣現代詩的醫生詩人中，江自得的詩藝最高，文字最真摯、自然，最具生命的廣度、厚度與深度。戰後嬰兒潮世代的笠詩社詩人群中，江自得運用意象最獨到、純熟而具創意。笠詩社給人「同鄉會」的排他性印象，在江自得的詩中並不顯著；江自得自己因為當醫生而對生命的悲憫、觀照與洞澈，則是其詩極獨特之處。

1. 擷取自醫學現象而富含哲學思維

江自得詩作動人之處，是擷取自醫學現象而富含哲學思維的飽滿詩意。醫與國、醫與病的牽連，以及從醫學生活中尋找詩，從醫生的視角體察生死課題，關懷生命，書寫醫生與病人之間的微妙連結，並出之以意象，使得江自得在台灣現代詩人中非常突出。陳芳明說，「聽診器在他的詩藝中變成相當深刻的隱喻」。[186]所謂隱喻，意謂醫生詩人江自得，「聽診器」是進入詩國的按手禮。其作用如同《楞嚴經》裡指月的手指。在詩人江自得筆下，聽診器是他專長的善巧方便，一旦得月忘指，得魚忘荃，得暗示而忘聽診器，也就達到語言之用。反過來說，既是為內科醫生初步診斷病人症狀最經濟實惠的醫療用具，在詩人筆下，「聽診器」也是探取世間病癥的科學工具，它是一個出於想像的隱喻，而未必是固定、特定的物件。

江自得的〈從聽診器的那端〉、〈盲〉、〈癬〉、〈喘息〉、〈休克〉、〈心跳〉、〈心臟移植〉等詩，從醫生的視角出發，逼視內在，扣問實存，思考人生的價值與意義。

詩人江自得用以探觸世間的醫生本業，時常有時間空間化，或空間時間化，或時間與空間遞轉互文的表現。空間的時間化，如〈休克〉第一節：「血壓持續地下降／筆直往飄

阮美慧編，《台灣詩人選集．42．江自得集》，台南：國立台灣文學館，2009。

散著甜味的童年下降」。[187]時間的空間化，如〈你從騷動的世界甦醒〉的第二節：「桌燈下／你以積痰的喉音／寫下第一行詩」，[188]「積痰的喉音」是時間的轉化，「第一行詩」是書寫的載體，指空間。時間與空間的互文，如〈誠實的秋天〉第一節：「在我無足輕重的生命裡住著／一個誠實的秋天／總是在感到切膚之痛的時刻／讓孤寂的落葉紛紛飄墜／並仔細審視由橙黃轉灰黑的世界」；[189]又如〈老年癡呆症〉末節：「像這樣，我已退化成一個句點／在孤伶伶的老人公園草地上／我輕輕呼喚著母親／只見那灰橙橙的黃昏／一片片落向冬天」。[190]

透過以兩條細小管子做成的初查工具，傾聽世局底層的詩中人「從聽診器的那端」：「依稀聽到你DNA傳來的死亡密碼／緊扣住遠方世界爭執的聲音」。於是由人體之病到世界之病，以第一人稱開展的詩中人，在冬天空蕩蕩的診間感受到紛亂的世界局勢。〈從聽診器的那端〉被寫的「你」與書寫者「我」雙口相聲。「我」一方面與「你」不約而同地暗自焦慮：「俄羅斯的政變，喬治亞的內戰／德國統一後的紛亂及蕭條景象」，一方面無所不知地觀察到罹患愛滋病的「你」：「憎恨起人類的褊狹，無盡的欲望／好勇鬥狠的習性」。[191]

〈心跳〉以醫學常識推演，由心臟跳動→心臟大小→心事多寡→心機算計→宇宙體積，文字淺顯、邏輯清晰、辯證微妙，以傳統的形式表現知易行難的人生哲理：

186 見陳芳明：〈哀傷如一首詩〉，收於江自得：《遙遠的悲哀》（台北：玉山社出版事業股份有限公司，二〇〇六），頁三。
187 見阮美慧編：《台灣詩人選集・42・江自得集》（台南：國立台灣文學館，二〇〇九），頁八一—八二。
188 見江自得：《月亮緩緩下降》（高雄：春暉出版社，二〇〇七），頁七四。
189 見阮美慧編：《台灣詩人選集・42・江自得集》，頁三八—三九。
190 見阮美慧編：《台灣詩人選集・42・江自得集》，頁七九—八〇。
191 見阮美慧編：《台灣詩人選集・42・江自得集》，頁五二—五三。

心臟在宇宙中規律地跳動
收縮時體積三百西西
舒張時四百西西
一縮一張之間
宇宙的空間增減了一百西西

於是，我們可推論如下
宇宙的大小與心臟的大小成反比

從你出生到老
心事愈積愈重
心機愈沉愈深
心臟愈張愈大
宇宙愈變愈小

而死亡的瞬間
心靜止　一切靜止
宇宙　便突然
放大起來了[192]

此詩的趣味在於從規律中看到的無奈，而仍然理性認知且繼續走下去。由實（心臟跳動）到虛（宇宙空間），再由虛（心事、心機）到實（心臟體積），接著由實（宇宙體積）到虛（宇宙的轉喻），此詩避免言詮而令人回味。轉折處在詩中人的推論：「宇宙的大小與心臟的大小成反比」，也就是，人從出生就一路在退步。問題是，心臟跳動的規律幾乎等於人一路退步的規律。每個凡夫俗子都逃不過心事越來越重、心機越來越深、心臟越見肥厚，因而「宇宙」所暗示的「境界」越來越小。死亡瞬間「宇宙突然放大」，可見：(1)一切唯心造；(2)「宇宙」的體積從來沒變過。

〈心臟移植〉前兩節：

為了接納你的心
我脫去一層又一層
深厚如繭的自負

你用最沉潛的體溫
輕輕撫過
我體內每一個細胞[193]

心臟移植是不得不然的高風險手術。饒富深意的是詩中的「自負」一詞，以及「心」在具象與抽象之間的挪

192　見阮美慧編：《台灣詩人選集・42・江自得集》，頁六七—六八。
193　見阮美慧編：《台灣詩人選集・42・江自得集》，頁六七—六八。

移遊走。「我」「脫去深厚如繭的自負」，「自負」便有表面的字義以及因前後文而產生的意謂；表面字義及語境中的意謂兩者綢繆。自負表面上寓自大、自命不凡之意，而在詩行中，即將換心的人躺上手術台，生死一線間，沒有自命不凡的條件；另外一層，「負」的「背負」、「負荷」之意，因換心手術這個主題而鮮活，在詩行中產生動能：等待換上新的心臟的病人，原本不堪使用的心臟，也將卸下陳年的負荷。「接納你的心」，「心」是實質、具體的心臟，而第二節「你」「撫過我體內每一個細胞」，已悄悄按上「換心改變性格」的奇幻思維，同時意指新的心臟輸送血液，和未來「我」將因「你」潛入而轉變的抽象意謂。

2.源自平實生活情境的詩意

江自得寫詩的靈感和詩意來自日常意念的流動，其「現實書寫」也來自平實、平凡的生活情境。從平凡和日常下手，卻寫出不凡和不俗，這是江自得的高明處。尤其當詩人彷彿將自己抽拔到一定高度，俯瞰滾滾紅塵裡的「我」，技法在似有似無之間，詩境由文學上升到哲學的層次，隱隱約約講個什麼又不說白時，感染力最強。如〈癌症病房〉以每節兩行的簡單結構，提取病房內的白牆、白床單、蘋果、點滴瓶，描繪寂靜冬夜裡的癌症病房，最後收束在「黎明的微雨中浮現／一株野菊」，[194]室內／戶外、夜晚／黎明、重症／生機、病房內的蘋果／窗外的野菊，各種意象依存、擦撞而產生張力，詩意擴張綿延，悲天憫人的情懷不言而喻。又如〈只剩一點點光在宇宙中游離〉末節：「此起彼落的唸佛聲中／一隻青蛙看見了滿地枯葉」，[195]枯葉和唸佛聲映照，青蛙和念佛者對襯，情思細緻，若有所指而不說破，頗有餘韻。

二〇〇三年退休之後，江自得的詩作偏向形上思考與固定結構的大型組詩。如《給ＮＫ的十行詩》，思索永恆與崇高。寫於二〇〇六至二〇〇七年的《月亮緩緩下降》，是江自得創作最密集的時期，四個月寫了一二〇首詩。其形式都是短詩，每首四節以內，每節二至三行左右。如此高頻率地寫詩，佳構、警句仍所在多有，委實不易。例如〈你期待〉的末節，描寫一個人在暮色的追趕下創作，如此結尾：「而時光，占據你小小的領土／陰影漸漸擴大／紙上的格子愈縮愈小」，[196]時不我予的迫促感透出紙背。

3.以短篇抒情為基調的社會政治書寫

江自得詩對社會、政治、歷史的書寫，以短篇的政治抒情詩為基調。例如以「妳」指涉台灣的歷史傷痕，寫下〈妳逐日下垂的乳房〉，[197]批判暮色中敗壞的都會生活；〈盆景〉的詩行：「在房間的一角／日日／我屈辱地埋首往下延伸／冀望能沾到些許大地的溫馨／但總觸及一道／頑固冰冷／且透著傲慢與猜疑眼光的／牆」，[198]以室內的盆栽作為禁錮意象，而以暗示威權的高牆透露詩人的社會批判；江自得也曾對台灣特定歷史事件提出思索：如〈骨折〉、〈從那天起〉寫二二八事件；〈孩子，不要哭泣〉寫海山礦災。二〇〇五年以後，江自得開始計畫性、主題性、以台灣歷史為主軸的寫作，《遙遠的悲哀》為以詩寫史的具體成果。在《遙遠的悲哀》裡，江自得以二二八事件、霧社事件、白色恐怖、蔣渭水的獄中日記為素材，寫下〈永不消逝的水煙：致林茂生〉、〈奧德賽悲歌〉、〈從戶口裡消失〉、〈那些天，蔣渭水在牢裡〉，記錄台灣歷史上的政治事件。

4.莊重的寫詩態度與自如的文字素養

江自得的文字流動自如，寫詩的態度卻很莊重嚴肅，一旦警覺文字在「遊戲」的邊緣，便戛然而止，非

194 見江自得：《江自得詩集》（高雄：春暉出版社，二〇〇八），頁八七。
195 見江自得：《月亮緩緩下降》，頁一一八。
196 見江自得：《月亮緩緩下降》，頁七一。
197 見阮美慧編：《台灣詩人選集・42・江自得集》，頁四七—四九。
198 見趙天儀等編：《混聲合唱》，頁五九七。

常自制。如〈化約主義〉第三節：「詩人的心中永遠懷著一個惡夢——／『讓太陽與月亮結婚／必有眾多寂寥的星星連夜趕來／共赴毀滅之旅』」，[199]詩行勒在即將蕩漾開來的調皮邊界。郭楓就說，江自得對詩從不褻玩。像圖象詩、符號詩等「因內涵空虛轉而在外形上製造花樣」的戲耍，江自得從不作這類「末流詩人的無聊消遣」。[200]

以淡淡的文字、傳統的形式，蘊蓄意象和境界，而又不在詩中特別顯出自己的高人一等，彷彿與詩中所寫融為一體，江自得以如此創造性的態度和文字，追查真相、凝視病苦，使得他在戰後嬰兒潮世代詩人中綻放拔尖的高音。

蘇白宇（一九四九、十、二十四—），筆名白雨、雪裡、蘇風。本籍湖南易陽。生於基隆。台灣大學大氣科學系畢業。曾任教於高中。曾獲優秀青年詩人獎。出版詩集：《待宵草》（一九八三）、《一場雪》（一九八九）、《昨夜風》（二〇一一）、《已殘月》（二〇一八）；散文集：《坐看風起時》。

蘇白宇的詩平均在二十行以內，以整齊的三行或四行詩為主。詩集均自印，未透過出版社發行。四本詩集的詩作共計五一四首，數量相當可觀。[201]其作品題材狹隘而嘔吐出意識型態，具有女性詩人中難得的反省精神。《待宵草》和《一場雪》圍繞在身為女人的侷限，《昨夜風》寫失婚、喪子、老病，《已殘月》寫老境與孤寂感。知感兼備，筆觸誠懇，勇於掘發並面對人性身心種種不堪；洞穿文字謊言的迷障，且試圖讓自己的創作在拼圖積木和造字遊戲的潮流中脫穎而出。

蘇白宇，《坐看風起時》，台北：亞細亞出版社有限公司，1999。

鍾玲是蘇白宇詩極少數的知音。從《現代中國繆

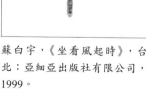

司》出版的一九八九年迄今，蘇白宇幾乎未再被撰文討論。

鍾玲在《現代中國繆司》中，對蘇白宇的評價有幾個重點：

1.表現佛洛伊德心理學的情意結內涵。
2.多首詩作描繪了現代都市主婦的困境。
3.出現一些女性主義的文體特徵。
4.善用意象及比喻，頗有奇思。
5.時而自我調侃，流露幽默與機智。
6.完整統一的比喻手法為其詩作特徵。
7.用語或詩風有因陳之弊。
8.其客觀語調拉長了文字與讀者之間的距離。
9.虛字、助詞太多，沖淡詩的濃度。[202]

在一九八〇年代初始的台灣詩壇，蘇白宇是悄悄探頭的知性聲音、女性書寫的異數。在詩形上，蘇白宇的兩部詩集中不見特別的經營；在句式上，蘇白宇多出以煞尾句，較少跨行句。蘇白宇的詩風明亮，思路清晰，音色澄澈，妙喻迭見，時有說理但點到即止，聲音斷然而不猶豫。[203]

199 見江自得、鄭炯明、曾貴海合著：《三稜鏡》（高雄：春暉出版社，二〇〇三），頁八八—八九。
200 見郭楓：〈秋日藍調迴盪在風中：序江自得詩集《月亮緩緩下降》〉，收於江自得：《月亮緩緩下降》，頁二一—二四。
201 計《待宵草》一一一首、《一場雪》一〇三首、《昨夜風》一八四首、《已殘月》一一六首。
202 參見鍾玲：《現代中國繆司：台灣女詩人作品析論》，頁一〇六、二九九—三〇四。
203 以下對白宇的討論，改寫自本人（鄭慧如）：〈女性書寫的另一種定名：敻虹及白雨詩之錯失、釋放與解脫〉，《長沙理工大學學報・社會科學版》，二〇一六年第一期（二〇一六），頁四九—五六。

蘇白宇四本詩集呈現出的特點為：

1.具象、知性

撇除顧影自憐、女性對狹義美的一逕沉溺、溫暖而軟性的母者語調，與愛情在一般女詩人作品中的大篇幅渲染，當時已婚的蘇白宇詩筆下不見絲毫現實生活裡對愛情的描摩；她已洞見婚姻生活中夫妻不平等的討饒、嘲諷、掙扎語氣，鑒照自己的困縛、狂想與追求。例如嘲諷自己文學書寫的〈瘤〉、〈釣〉。[204]蘇白宇藉各種具象思維，點染從詩題而來的暗示。〈瘤〉將心癢因而手癢的創作心態連續喻為青春痘、心臟、雨後春筍、月中桂樹，詩題「瘤」卻藏在這些比喻之外，作為總結。〈釣：自嘲寫詩〉自嘲而嘲他的語氣更明顯：

他們說：水清即無魚。
所以得趁著風高雲厚
甩出筆桿那端的長線
然後跟時間久久僵持
倘若情已盡酒杯也空
不妨挑一個部首作餌
字海裡保證會引來一串
頭尾相銜的長帶魚
只是當心弦真的開始抖動
又不忍眼看那些斑斕
離水後終成翻著肚白的

腥屍[205]

蘇白宇以釣魚為喻，諷刺某些故作艱難而其實乏善可陳的詩人，亟言寫詩在情感上的純粹性。把如此清醒的書寫意識具象化、知性化，好像觀賞別人的事一樣解讀自己的創作心態，刷新了當時台灣女性詩人的書寫格局。

2. 囚禁意象

囚禁意象是蘇白宇詩很明顯的特色。與囚禁意象相關的詞彙很多，如：穴居、囚室、密閉的迴圈、愈埋愈深的煤礦、重門深掩的小小院落、天窗、四分之一的天空象限、大鳥籠、地穴、墓、水晶屋、玻璃棺等等。[206]如〈公寓植物抽樣・變葉〉：

為了舔到一殘匙陽光
向簷外，那枚卵形葉
將舌信越吐越長
終於狹窄鋒銳如

204〈瘤〉、〈釣〉，見蘇白宇：《一場雪》（自印，一九八九），頁一〇、六七。

205 蘇白宇：〈釣：自嘲寫詩〉，收於《一場雪》，頁六七。

206 見蘇白宇：〈自閉〉、〈生生〉、〈山的那一邊〉、〈深院靜〉、〈回聲〉、〈雞犬相聞・雞〉、〈雞犬相聞・犬〉、〈蟬〉、〈蠶〉、〈血誕〉。各詩分別在《一場雪》，頁五三、六九、七〇、八八、九〇、一〇二、一〇四、一〇六、一〇七、一一四。

形容變葉植物因趨光性而改變葉片形狀，符合詩中描寫的現實，又能寓以言外之意。「舔」狀描對陽光的渴念。公寓中的變葉植物如同空白的主體，靜態而被動的變葉植物只為了綠化公寓內的環境；既然已經扎根，出走不再可能，但等待被塑形的過程仍為了求生而自然演化。這是籠中鳥意象的變形。

充斥在蘇白宇詩中的，是錯過、錯配、空等、撲空的情境，以及與此類情境搭配的意象，如錯配的鑰匙、瘖啞的門鈴、已入海的河水。在《一場雪》中，這類的妙喻比如〈荒原〉裡的：「等一封信箋泊入郵箱／如空山株待一朵停雲／等一聲電話刺破稠夜／如寒天苦候一顆流星」[208]。蘇白宇詩中若隱若現的男性靈魂遠在無法相逢的對面，詩中布滿各種「鐵蒺藜」般的阻隔意象，如萬水千山、銅牆竹籬、深垂戲前的絨幕、窗後虛掩的紗簾、隔音的絕緣玻璃、讓船帆失色的無風帶、困擾呼吸的缺氧區、危急的電離層等等。在一九八〇年代的台灣現代詩中，這類意象在個人詩集裡的高密度出現實屬罕見。

3.平靜堅定而真切的敘事聲音

到蘇白宇出版詩集的一九八〇年代為止，台灣女詩人不乏以主觀或獨白來表現內心的自我鑒照，藉以定義自己、想像環境或他者；然而蘇白宇不從此道，偏偏由事件或人物的對面，以隔了一段時空的敘述帶入詩行，格外顯出警覺、批判、無奈、同情。如〈登樓〉，揣想步上頂樓、跳樓自殺的詩中人：「你墜樓輕生，實因確信／那是另一種飛升」[209]。蘇白宇詩中當妻子的「我」，對婚姻那麼洞察而厭棄，卻往往能從詩中「我」的對面，隔岸觀火般地描述一些細碎世相，不慍不火，不亢不卑，卻又如此堅定：如〈記夢〉、〈一天〉、〈殘局〉。[210]〈殘局〉用喻精當，口齒伶俐；詩行末了寫：「一旦只剩卻將帥／隔著那條淒楚的界河／為免一死一重傷的慘劇／還是得左躲右閃／永不照面，就算和局吧」，如此平和、堅定而真切的聲音，頗見巾幗氣象。

在同代的台灣女詩人裡，蘇白宇的詩特別顯現拒絕被婚姻豢養、拒絕被詩名摸頭、堅持理想卻不得不服膺社會角色、即使被犧牲仍要直視現狀的個性。蘇白宇詩句：「直視太陽而失明的天使」，正是最佳的自我寫照。211

蘇紹連（一九四九、十二、八—），本名蘇少憐。網路筆名米羅・卡索。生於台灣台中。台中師範專科學校畢業。國小教師退休。曾創辦詩人季刊社，亦曾加入後浪詩社、龍族詩社。台灣詩學季刊雜誌社社員；曾主編《吹鼓吹詩論壇》。曾獲時報文學獎、聯合報文學獎、西子灣文學獎、中國文藝獎章、教育部文藝創作獎、台灣文學獎等。著有詩集：《茫茫集》（一九七八）、《河悲》（一九九〇）、《驚心散文詩》（一九九〇）、《童話遊行》（一九九〇）、《隱形或者變形》（一九九七）、《我牽著一匹白馬》（一九九八）、《台灣鄉鎮小孩》（二〇〇一）、《草木有情》（二〇〇五）、《大霧》

蘇紹連，《茫茫集》，員林：大昇出版社，1978。

---

207 見蘇白宇：《一場雪》，頁一〇〇。

208 見蘇白宇：〈荒原〉，《一場雪》，頁五八。

209 見蘇白宇：〈登樓〉，《一場雪》，頁一二八—一二九。

210 〈記夢〉、〈一天〉，見蘇白宇：《待宵草》（自印，一九八三），頁七二、六五—六六；〈殘局〉，見蘇白宇：《一場雪》，頁六五。

211 蘇白宇〈諦〉：「星空的密碼誰解？／只有那硬要直視太陽而／失明的天使／才能清朗地摸透／這本點字的大書／／誰走得出薔薇的迷宮？／只有那堅拒轉彎而／碎骨的信徒／才能伏地嗅穿／這疑陣的玄機」，收於白雨：《一場雪》，頁一二六。

（二〇〇七）、《散文詩自白書》（二〇〇七）、《私立小詩院》（二〇〇九）、《孿生小丑的吶喊》（二〇一一）、《童話遊行》（二〇一二）、《少年詩人夢》（二〇一三）、《時間的影像》（二〇一四）、《時間的背景：蘇紹連詩集》（二〇一五）、《時間的零件：蘇紹連詩集》（二〇一六）、《無意象之城》（二〇一七）、《非現實之城》（二〇一九）；童詩：《雙胞胎月亮》、《行過老樹林》。

蘇紹連，《無意象之城》，台北：秀威資訊科技股份有限公司，2017。

蘇紹連的詩史定位建立在魔幻寫實筆法、散文詩傳承者的指標。在題材上，古典素材的現代化曾是他創作歷程中的顯著標的。在形式上，超文本詩、攝影詩、散文詩三者，出於工具導向而成為蘇紹連創作的特色。綜觀之，蘇紹連長於以反理性的手法探入日常事物，表現對事物核心的靈視，時而顯現帶著童趣的悲傷。

蘇紹連的詩有以下重點：

1. 話題性

蘇紹連經常「正好」觸碰或製造某些詩潮的亮點，話題性很明顯。例如散文詩、超文本詩、古典素材的變奏、現代主義潮流下對存在的凝視、魔幻寫實筆法、無意象詩。這些形式、手法、題材、美學取向，蘇紹連常出以系列、結構式的呈現。

一九七〇年代，蘇紹連曾是當時主要新興詩社中的後浪詩社、詩人季刊社、龍族詩社的成員。一九八〇年代，因應國軍文藝獎的「長詩」、《中國時報》詩獎等風潮，蘇紹連曾以〈小丑之死〉、〈深巷〉、〈三代〉、〈童話遊行〉，奪下四屆時報文學獎的詩獎；以〈父親與我〉、〈大開拓〉，獲得兩屆國軍文藝獎的長詩獎。一九九〇年代開始，蘇紹連加入台灣現代詩社的龍頭：台灣詩學季刊社，二〇〇三年起，負責該刊網路版詩創作以及《吹鼓吹詩論壇》的編務。對於詩潮如何湧動、詩浪如何掀起、詩的泡沫如何破滅，蘇紹連雖不算第一線的戰將，卻一直身在其中，知之甚詳。一九七〇年代的現代詩論戰裡，蘇紹連曾以「管點」、「北滄」、「南桑」為筆名，評論過當時的聚光點：余光中，筆鋒犀利。李建銘的碩士論文比較一九七〇年代的蘇紹連和羅智成，認為蘇紹連的詩作實現了許多論戰對現代詩的期許，在相當程度上以作品與論戰的觀點對話。[212]這觀察饒富意味。

二〇一一至二〇一七年內，蘇紹連每年出版一本詩集，是他創作生涯中出版密度最高的時期。這段期間蘇紹連發展詩與攝影的連結，出版印製精美的詩集：《時間的影像》、《時間的背景》、《時間的零件》，以及文字與攝影的合集：《鏡頭回眸：攝影與詩的思維》。

二十一世紀後的蘇紹連，在其主持的《吹鼓吹詩論壇》提倡「無意象詩」，顛覆詩在文類中，與其他文類迥異的最大特質：意象。然後論述與實踐相應地出版詩集：《無意象之城》。整部詩集的所謂「無意象」，主要以具象的抽象化或抽象的具象化表演意象。詩行如：「噙著一滴世界」、「那些到處流竄的晦暗」、「漸漸沸騰的夜色」、「壓力將我們燙平」、「那是我的聲音／划動了／一艘艘掛著的笑容」等等。[213]然而蘇紹連令人印象深刻的詩作，大都以有力的意象營造濃密的語言韻致。《無意象之城》對「無意象詩」的實驗結果，證實蘇紹連並不捨棄意象。

212　參見李建銘：〈試析羅智成、蘇紹連對一九七〇年代現代詩論戰的迴響〉（台北：淡江大學中國文學系碩士論文，二〇〇七）。

213　參見鄭慧如：〈意象的封印：《無意象之城》序〉，收於蘇紹連《無意象之城》（台北：秀威資訊科技股份有限公司，二〇一七），頁九——一一。

2. 將古典予以現代化、將超現實予以現實化

蘇紹連的《茫茫集》出版於一九七〇年代末，蕭蕭、簡政珍等學者均認為此詩集在蘇紹連個人或台灣現代詩史上都具有標誌性的意義。簡政珍說《茫茫集》展現蘇紹連將古典予以現代化、將超現實予以現實化的能力；蕭蕭說號稱蘇紹連第一首詩作的〈茫顧〉顯露蘇紹連詩：「超現實主義的方法、散文詩的形式、人與物變形的驚悚設計、生命的悲劇情調。」[214]〈茫顧〉第一節有如此的詩行：「我原想長成月亮或者太陽，但我種下的卻是一粒不會發芽的星，在心中慢慢成屍，化為燐火而已。」[215]詩行用了矛盾筆法。星星象徵詩人。從名詞上追究，種下星星，自然不可能長成太陽或月亮；而就邏輯上，星星和太陽都屬恆星，只在情感上發出的亮光強度不一。要長成耀眼的太陽必得種下幽微的星星。孤絕意識可見一斑。

一九九〇年代是蘇紹連創作的高峰。其《驚心散文詩》，從筆法、素材、形式三方面，向詩壇丟出震撼彈。而其乞援於中國古典文學的素材轉化，則開始於《茫茫集》。蘇紹連是繼商禽之後，散文詩創作最具體系的詩人；其散文詩每篇以一個隱喻結構化為命題與結論兩段，經由意象非理性的變形作用，演示命意的辯證過程，前段的喻依與後段的喻旨緊密相依，布局分明。[216]如〈春望〉、〈江雪〉、〈地上霜〉、〈〈問劉十九〉變奏曲〉、〈〈旅夜書懷〉變奏曲〉等。〈江雪〉主客易位而逗引詩趣；柳宗元詩的「獨釣寒江雪」，到了蘇紹連筆下變成「江血／孤走／獨吊／而死」的收束，造成蕭蕭所謂的「悚慄效果」、簡政珍所謂的「主客倒置產生的特異視野」。[217]表現為《茫茫集》中的一字一行，如〈比翼鳥〉的「落／淚／的／鳥／都／飛／／不／落／淚／的／也／飛」、《河悲》系列的四言一句，以及《驚心散文詩》系列的散文詩系列。

3. 超文本創作

蘇紹連跨足平面和數位；從一九九八年起，即以米羅・卡索為筆名，投入超文本創作。「Flash 超文學」收錄自己的九六首 Flash 詩，產量可觀。蘇紹連是文字的固守者、守護者，數位形式與技巧是號召讀者的另一種方式；[218]表面上運用Flash技術的作品，其實是傳統詩行的數位改編。[219]以〈泊秦淮變奏曲〉為例，其完整詩行為：

月亮掛在酒館的旗幟裡　　從酒館裡，女子的綺麗的歌聲
睜著，閉著，朦朧的月色　　輕浮的，飄在煙霧中
我已無力，讓舟停泊　　然後，不醒的夜是不醒的夢
在秦淮河的肩膀上　　隔著江水是隔著台灣海峽[220]

〈泊秦淮變奏曲〉改寫自杜牧的〈泊秦淮〉，依序由「水月版」、「水煙版」、「地雷版」組成，為蘇紹連的古

214 參見簡政珍：〈蘇紹連論〉，收於簡政珍等編：《台灣新世代詩人大系》（台北：書林出版有限公司，一九九〇），頁；蕭蕭：〈蘇紹連的詩生命與詩藝術〉，收於林明德編：《台灣現代詩經緯》，頁三六。
215 見蘇紹連：《茫茫集》（員林：大昇出版社，一九七八）。
216 參見張漢良、蕭蕭編著：《現代詩導讀・導讀篇二》，頁二九五。
217 參見簡政珍主編：《新世代詩人精選集》（台北：書林出版有限公司，一九九八），頁二〇；蕭蕭：〈「驚心散文詩」的形式驚心〉，《藍星詩刊》，第二四期（一九九〇），頁一〇〇—一〇六。
218 蘇紹連在〈米羅・卡索自評〉中，把自己的作品分為以下十八類：文字圖象化、文字象徵化、文本拼合、文本破碎、隨機拼組、搜索探尋、不同路徑、多重選擇、雙重結果、效果操作、掀開覆蓋、接合操作、進行停止、互動操作、遊戲操作、散聚操作、文本重組、填充操作。
219 以下有關蘇紹連數位創作的論述，部分挪用、修改自本人（鄭慧如）：〈數位語境下的台灣當代詩〉，收於王光明編：《詩歌的語言與形式：中國現代詩歌語言與形式研討會論文集》（北京：社會科學文獻出版社，二〇一四），頁四四九—四八八。
220 蘇紹連〈泊秦淮變奏曲〉原詩行，二〇一三年九月三十日見「蘇紹連・意象轟趴密室」，網址：https://reurl.cc/kl523。

詩變奏曲系列之一。蘇紹連在該詩首頁上端有一小段批注，說明該詩的「水月版」與「水煙版」為欣賞式的閱讀，「地雷版」則是讓讀者「玩詩」的遊戲式設計。

搭配數位設計，〈泊秦淮變奏曲〉每段四行、共兩段的原詩，可以有兩種讀法：先讀左邊的四行，再讀右邊的四行；或是一左一右穿插閱讀。兩種讀法影響的主要是不及物動詞：「飄」的受體——或歌聲，或月色。詩行可以讀為：「從酒館裡，女子的綺麗的歌聲／輕浮的，飄在煙霧中」或讀為：「睜著，閉著，朦朧的月色／輕浮的，飄在煙霧中」。歌聲輕浮，來自對「酒館裡的女子」的聯想，聲音成煙，聽覺的內容化為視覺的載體，對照「水煙版」的作者自我詮釋，「煙」的形式顯現已將耳朵的事轉成眼睛的事，再轉為心靈的事，認識論變成本體論，聽轉而為思辨，或是冥想；月色輕浮，則與上下文的「酒旗」、「酒女」、「酒客」，尤其是擺蕩在「秦淮河」與「台灣海峽」的「無可停泊的舟」有關。動詞「飄」在此詩中具關鍵地位，點出了此詩對共時性的偏好與歷時性的抹除。似有若無的「飄」字在無可化解的愁思裡變成煙霧本身，就中微妙隱含的時間顫動，經由數位設計後，「水月版」的水面「月」字倒影找到相應的影像基礎。兩相對照，數位版的〈泊秦淮變奏曲〉更落實詩中人的仰觀俯察。[221]

馮青（一九五〇、六、十八—），本名馮靖魯。生於青島，成長於台灣。文化大學歷史學系畢業，曾為「創世紀」、「陽光小集」同仁；歷任「商工時報」編輯。著有小說：《藍裙子》、《懸浮》；詩集：《天河的水聲》（一九八三）、《雪原奔火》（一九八九）、《快樂或不快樂的魚》（一九九〇）、《給微雨的歌》（二〇一〇）；散文：《祕密》等。

馮青一出手即以知性而嫻熟的意象驚豔詩壇。洛夫評馮青：「娓娓的小唱，唱得如此漫不經心，單純中透著一些無奈與哀傷，如午後的蟬聲曳過低枝。」[222]張漢良評價馮青為藍菱之後最傑出的女詩人。[223]林燿德認為馮青傳承了詩的現代主義、意識的存在主義及中產階級的反中產階級社會批判；也提到《天河的水聲》的冷冽視野、水晶般渾圓的感官世界，及女性主義色彩。[224]

聲色飽漲而又不動聲色的詩風，既為馮青的第一本詩集迅速打響名號，復從《天河的水聲》的冰冷抒情過渡到《雪原奔火》對生命源頭的探問，擴張且迸裂為《快樂或不快樂的魚》對大我、歷史龐大而荒蕪的情緒，再蔓衍為《給微雨的歌》中，以台灣為憤怒與破滅的情感投射對象，所營造的心靈幻象。在《快樂或不快樂的魚》之後，馮青以躁急、呼告、說明式的語言，表現對政治社會現象的介入，其凌厲的目光從《雪原奔火》的長詩〈女丑〉已可一窺端倪。不過，其詩藝成就仍表現在以靜制動的抒情語法中。

馮青善於造情設景，初入詩壇即以邏輯跳躍與語法切斷等詩技的渾成運用而頗受矚目，諸如〈青蛙〉的詩行：「現在／你是夏日裡／最快樂的／水聲了」，以「水聲」借代「青蛙」；〈月下水蓮〉的詩行：「原來／彈著筌的／竟是月亮／把一片屋頂／淹成池塘」的跳躍思考；〈畫荷〉第一

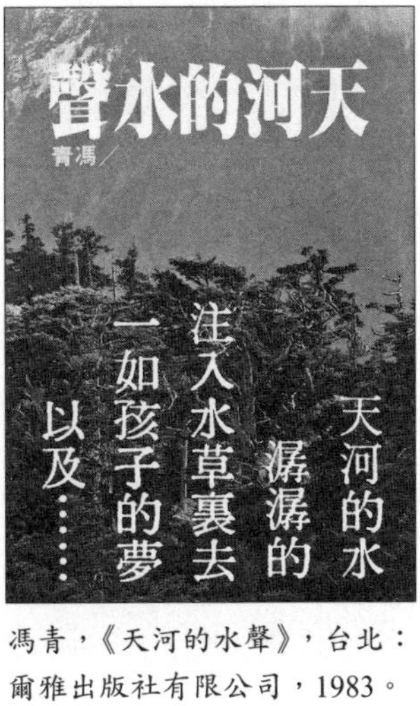

馮青，《天河的水聲》，台北：爾雅出版社有限公司，1983。

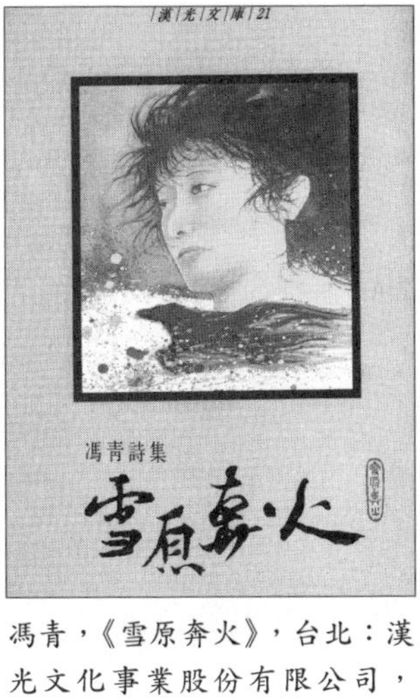

馮青，《雪原奔火》，台北：漢光文化事業股份有限公司，1989。

221 詳參鄭慧如：〈數位語境下的台灣當代詩〉，收於王光明編：《詩歌的語言與形式：中國現代詩歌語言與形式研討會論文集》，頁四四九—四八八。

222 洛夫評馮青之文收於馮青：《快樂或不快樂的魚》（台北：尚書文化事業有限公司，一九九〇）。

223 參見張漢良、蕭蕭編著：《現代詩導讀・導讀篇二》，頁九六。

224 參見林燿德：〈馮青論〉，收於簡政珍主編：《新世代詩人精選集》，頁五七—六〇。

節：「最先揣測我來意的／是早蟬／隔著窗玻璃只不過是一層更深的焦慮／飛禽撲翅中／驚醒了荷葉上那滴水珠／我的來意／即是風的來意」，表現詩中人在流轉平行的時間中，極其自在瀟灑。[225]其抒情婉轉的詩風基調，自《快樂或不快樂的魚》轉為以敘事為主，而奇思依舊。且以〈井〉為例：

孩子們的眼睛瀏覽著
透明缽底的遊戲
那不斷貫穿地底幽深冷泉的
是吊桶的聲音
來回汲滿
井邊冷竣的綠意及深澈的黑水晶
都是
明亮天空
貯淚的缽啊[226]

〈井〉藉著「眼睛」、「缽」、「黑水晶」和描述主體：「井」的相似點，由之延展其內容物：「眼淚」、「幽深冷泉」、「水」，並滲入這些感覺系統的交相運作，而有「貯淚的缽」的收束。詩寫孩子們圍觀吊桶從井底汲水的動作，原為平常經驗，但因意象彼此之間的暗示，詩意的層次遂豐富起來。轉折點：「透明缽底的遊戲」在詩行的演進中顯得相當自然，其實「透明」的是水而不是缽；猶如「井邊冷竣的綠意及深澈的黑水晶」一句，「深澈的黑水晶」原指孩子們好奇張望、亮晶晶的眼睛，但因與「綠意」並置而又以「冷峻」形容「綠意」，「冷峻」遂與「深澈」有了交相影射的關係，對孩子們清澈的眼瞳別有所指，形成一種莫名的緊張感，直到「明亮天空／貯淚的缽」，將迫仄的井邊風光往上拓展到天際，終於豁然開朗。

杜十三（一九五〇、十二、五—二〇一〇、九、十五），本名黃人和。生於台灣南投。台灣師範大學化學系畢業。曾任《創世紀》詩刊主編、中華經濟研究院編譯。著有詩集：《人間筆記》（一九八四）、《地球筆記》（一九八六）、《愛情筆記》（一九九〇）、《嘆息筆記》（一九九〇）、《愛撫》（一九九三）、《火的語言》（一九九四）、《新世界的零件》（一九九七）、《石頭因為悲傷而成為玉》（二〇〇〇），以及散文、小說、劇本、評論、畫集等多種。

1. 台灣現代詩跨媒介的先聲

(1)在具體的行動上，從一九八〇年代初期開始，杜十三就嘗試整合多種媒介從事藝術創作，作品形式包括出版、展覽、演出、設計、文學創作。杜十三對文學藝術的前衛觀念，使他創下數項台灣第一：一九八二年的「杜十三郵遞觀念藝術探討展」是台灣第一個觀念藝術的展覽；一九八六年的《地球筆記》是台灣第一部有聲詩集；和白靈合作的「詩的聲光」，是現代詩首度登上表演舞台的非平面展演。因而杜十三有行動詩人之稱。

(2)在現代詩創作的表現上，杜十三整合多媒體，展現元氣淋漓的實驗精神。[227]他積極主張以現代詩結合

---

225 馮青：《天河的水聲》（台北：爾雅出版社有限公司，一九八三），頁八二。

226 馮青：《天河的水聲》，頁二〇九。

227 例如林燿德在〈旋轉的惑星：從「地球筆記」看杜十三傳播觀念之實踐〉一文中，即指出其聯合多媒體表現詩作的顧慮。包括降低文字對讀者意識的滲透力、因媚俗的市場需求而犧牲詩境、因視聽媒材固定了詩作內涵而扼殺文字的聯想性與歧義性等。文收收於林燿德：《一九四九以後》，頁三五—四一。

劇場、行動創作及裝置藝術，在現代詩的傳播媒介、表現方式和包裝樣態等，以自己的創作提供了革新與因應。早在《地球筆記》中，杜十三即在藝術理念上落實複數化創作：挖空內頁上半部，置入錄音帶，為其中的「有聲卷」，透過朗誦及演唱，將讀者帶入創作現場，間接使現代詩大眾化。又應用商業設計的概念，從廣告信函發想，製作目錄的折疊頁、運用類似廣告文案的詞句來裝飾封面。

2. 都市議題與現實關懷

杜十三以清新的筆觸表現尖銳的都市議題與現實關懷，經常出入於抽象與具象的戲劇性布局，並在意象中昇華情感。這些詩作通常篇幅較大，也許難以避免的，文字較散文化。例如〈蛇：寫給台北的妓女〉、〈媒：記一九八四年七月媒山礦災〉；又如〈孵〉的首段：「一隻用謠言孵出的鷹／從他喉底深處的巢穴中／興奮的／飛出」[228]。其詩傳達對普世的悲憫，表現出熱愛生命、發揚人性光輝的正面力量，如〈煤〉紀念礦災、〈親愛的那瑪夏〉紀念八八水災、〈汝有聽著地球崩落去兮聲無〉紀念九二一大地震。

3. 辯證視角的情感書寫

杜十三詩的愛情書寫帶有思考性和辯證性，經常運用錯置和同異辯證的方式陶鈞詩思，以互為表裡的物象為喻，直指寓靈於肉的男女情愛，具有普遍性，頗有命重要害之感。這類作品篇幅較小，文字相對凝練。《石頭因為悲傷而成為玉》的數首詩作，如〈痛〉、〈密碼〉、〈痕跡〉、〈傷痕〉、〈肉身大懺〉，皆有此特質。像〈痛〉以植物的根比喻男性、泥土比喻女性：「妳是我的泥土啊／多年以前／我把自己虔誠地種在妳的體內／就已經注定和妳不能分開／儘管風雨交加／我盤纏的根部早已深入妳的命運」；〈痕跡〉把戀慕的女性比喻為雨，寫「我」沐浴在「妳」的「雨水」中，想入非非：「飛過的天空沒有痕跡／只是開始下雨／我躲在黑暗的山谷中叫妳：／妳用欲望想來的那把傘帶來了嗎？／／天空繼續下雨／我的全身都是你飛過的痕跡」，「傘」、「雨」、「黑暗的山谷」，在此詩中都是明顯的性意象；又如〈密碼〉：「才輸入一個密碼／整個世界便開始氧化／所有的女人充滿了愛／所有的男人充滿了欲望／／才輸入一個密碼／整個世界便開始還原／所有的女人化成了水／所有的男人　化成了燼」，「氧化」指的是情感的化學變化，但所謂「還原」，按照詩行所稱，男人化為灰燼而女人化為水，已無法變回「氧化」前的自我，證明「密碼」代指的「愛」所具「山鬼暗啼風雨」的殺傷力。

杜十三以創作實踐了他在「杜十三主義」提出的思想主軸：「悲憫、創意與智慧的融合」。撇除被多媒體收編的創作以及稍嫌誇張的造語，杜十三的優秀詩作以冷靜的意象和語氣觀照自我和他者，刺及生命的隱痛，而又能與現實保持適當距離。

白靈（一九五一、三、十一），本名莊祖煌。生於台北萬華。台北工專化工科畢業、美國史蒂文斯理工學院化工碩士。台北科技大學副教授，現已退休。創作文類以詩為主，兼及論評、散文。曾任《草根》詩刊主編、《台灣詩學》季刊主編、耕莘青年寫作會常務理事、執行顧問。出版詩集：《後裔》（一九七六）、《大黃河》（一九八六）、《沒有一朵雲需要國界》（一九九七）、《愛與死的間隙》（二〇〇〇）、

白靈，《後裔》，台北：林白出版社有限公司，1979。

228〈媒：記一九八四年七月媒山礦災〉，《嘆息筆記》（台北：時報文化出版企業股份有限公司，一九九〇），頁一七〇—一七一；〈蛇：寫給台北的妓女〉，杜十三：《嘆息筆記》，頁一七二—一七九；〈孵〉，杜十三：《火的語言》（台北：時報文化出版企業股份有限公司，一九九四），頁八三。

《女人與玻璃的幾種關係》（二〇〇七）、《昨日之肉：金門馬祖綠島及其他》（二〇一〇）、《五行詩及其手稿》（二〇一〇）、《詩二十首及其檔案》（二〇一三）、《白靈截句》（二〇一七）；個人詩選：《白靈世紀詩選》（二〇〇〇）。另有童詩集：《妖怪的本事》等二部；評論集：《煙火與噴泉》、《一首詩的誕生》、《一首詩的誘惑》、《一首詩的玩法》、《新詩十家論》。編有：《可愛小詩選》、《新詩二十家》、《台灣文學30年菁英選1：新詩三十家》、《年度詩選》、《台灣現當代作家研究資料彙編七五：向明》等多部。

白靈在台灣當代詩史上的位階建立在：[229]

1.小詩推廣

白靈連續於一九七九、一九八〇兩年，以〈大黃河〉和〈黑洞〉兩首長詩分獲國軍文藝長詩銀像獎、中國時報敘事詩首獎。〈黑洞〉、〈大黃河〉，其中刻意鋪張的聲勢和呼告，反映了戰鬥文藝的朗誦模式，放大聲勢的排比句法有如羅門。這兩首各超過百行、歌頌文化母親及控訴天安門事件的長詩，可說為白靈正式「擄獲」了「詩人」的身分證；說明白靈初試啼聲即獲得詩壇權力核心的認同。[230]但相較於他的短詩，這兩首長詩如同許多敘事詩獎的作品，說明性和抽象化的情緒文字沖淡了詩質。有志於名留文學史的詩人，經常先練習短詩，終以重量級的史詩、長詩進入詩史；白靈先寫敘事長詩，然後長時間專注於短詩，且幾乎不再寫百行以上的長詩。此現象非常特別。

除了以五行作為小詩的創作實踐，白靈從編詩選和策畫專題兩方面推廣小詩、截句。白靈推廣小詩，詩藝的琢磨與精粹並非首要考量；在多元傳播媒介與圖象感染力超過文字的文化環境中，為詩爭取發表園地才是白靈的推廣初衷。[231]推動小詩、截句，彰顯了白靈身為詩人與詩運家這兩種身分。

白靈曾與向明合編過小詩選，又兩度推廣小詩運動：第一次在一九九七年擔任《台灣詩學季刊》主編期間，在《台灣詩學季刊・第十八期》推出「小詩運動」專輯；第二次在二〇一四年，在蕭蕭擔任社長、方群擔任主編的《台灣詩學學刊》，承擔「小詩運動」的策動者。二〇一七至二〇一八年間，推動截句寫作。

2. 苦心孤詣的詩教家

白靈在《一首詩的誕生》獲得國家文藝獎之後，撰著《一首詩的誘惑》、《一首詩的玩法》，寓教於樂，以誘導、遊戲的方式，降低一般讀者與當代詩的隔膜，增加當代詩的親和力。《愛與死的間隙》以後的幾部詩集，如《五行詩及

白靈，《一首詩的誕生》，台北：九歌出版社有限公司，1991。

白靈，《五行詩及其手稿》，台北：秀威資訊科技股份有限公司，2010。

229 參見鄭慧如：〈遊戲的假面：白靈之詩與詩論〉。該文結論說，白靈：「著力於小詩、以遊戲說提倡詩教而追求藝術的完美、以詩的聲光呼喚讀者而堅持詩的書面語，其中的矛盾與一致，造就白靈成為戴著面具的嬉遊者。他對時代、詩潮及讀者的迂迴迎合，以及他對文學語言的銳利判別、對詩本質的溫暖期待，則形成他詩風中的內自省與閃躲特質。」收於鄭慧如：《台灣當代詩的詩藝展示》（台北：書林出版有限公司，二〇一〇），頁二四七—二九一。

230 在台灣戰後嬰兒潮世代的詩人裡，白靈是得獎專家。詩、評論、散文都得過獎。包括國家文藝獎、梁實秋文學獎、新世紀中興獎、中國文藝協會文藝獎、中山文藝創作獎、金鼎獎、全國優秀青年詩人獎、創世紀詩獎、新詩金典獎等等。

231 白靈撰著多篇文章討論詩的長度，包括〈小詩時代的來臨：張默《小詩選讀》讀後〉〈詩獎和詩的長度〉、〈畢竟是小詩天下〉、〈閃電和螢火蟲：淺論小詩〉等等。其中，白靈在在〈小詩運動・前言〉提到，在網路文化國際化、智能化的時候，詩有必要領先「逆流」，並呼籲各大報主辦文學獎者重視小詩的發展性。〈閃電和螢火蟲：淺論小詩〉一文中，白靈提出小詩因字數簡省，特具因閃爍不定而來的變化性及新鮮感，容易引人好奇而接近，亦容易因此成為新詩大宗。

其手稿》、《詩二十首及其檔案》等等，更不吝度予金針，把詩作誕生的修改過程公開給讀者看，讓讀者實際參與寫詩的想像、創造與琢磨，以刺激更多寫詩、讀詩的人口。其詩論深入淺出，化入、潛入或溶入情采動人的分析。

3.詩的聲光

白靈透見了詩在當代的傳播孔隙，編織意象，詩與論互證，擺脫目的論的寫作，實踐媒介轉換。「詩的聲光」原本是白靈、杜十三、羅青等幾位詩友共同發起、因應傳播媒體變遷的「詩的立體化」運動。[232]在「詩的聲光」之前，羅青的《錄影詩學》實為之奠基。白靈持久不懈，設立網站儲存「詩的聲光」的表演影像，成為「詩的聲光」的擎旗者。自一九八六年到一九九九年，白靈與詩友轉戰各國、各地，舉辦多次的「詩的聲光」展演，為許多名詩做立體化的多元表現，嘗試集文字、繪畫、戲劇、朗誦、相聲、裝置藝術等各種形式的跨界藝術表演。

4.超文本詩、影像詩等結合多元藝術元素的詩創作

二〇〇一年開始，因應傳播模式的改變，白靈架設個人文學網站：「白靈文學船」，以Flash的動畫模式，與學生合作許多數位詩；在《昨日之肉：金門馬祖綠島及其他》、《五行詩及其手稿》、《詩二十首及其檔案》、《被黑潮撞響的島嶼：綠島詩、畫、攝影集》等集子裡，則結合影像與手稿學，表現以文字為中心思考的創作導向。白靈詩作的多元藝術導向，或隱或現地灌注到個人詩集裡，成為他在戰後嬰兒潮世代詩人中別具的風貌。

數位創作裡的白靈，相較於自己的平面、純文字書寫，更接近一個守候者、觀察者。白靈詩畫相發，擅於把外象變成意象，再讓文字或圖象的意象與意象之間，透過平行對比、並置轉喻等手法，傳達言外之意。

觀賞白靈的數位詩創作，讀者可以從圖象的形象中讀出畫外之意，感受詩一般的啟發；或從文字的意象中讀出詩外的畫意，聯想圖象的情思。如〈吉他〉、〈月亮與露珠的關係〉。[233]

以杜斯・戈爾為數位創作的筆名，白靈在「象天堂」收錄許多視覺藝術的實驗詩作。例如與網站同名的〈象天堂〉一詩，即是由五十四種不同型態與方向的「象」字組成，從甲骨文、金文、篆書、隸書、行書、草書，各種象的字形與圖案或坐或臥，扭轉變形，綠色線條在黑色底襯托中益發顯著，最後類似字形的「象」逸出畫面右上角，而在正中央呈現滿格的象圖示。〈象天堂〉文字之部共五節，副標題為：「關於文字的可能構成」，詩行如下：

不一定向左
不一定向右
大象的長鼻子伸入電腦無緣無故
自動當了我的詩的班長

不一定向上
不一定向下

232「詩的立體化」發想之端起於一九八五年羅青在《草根詩刊・復刊號》的序言。後來白靈在〈從躺的詩到站的詩〉發揚並擴充羅青的想法，又發表〈火樹夢：詩與聲光〉，然後逐漸發展成為自己的意見。

233〈月亮與露珠的關係〉，見白靈：「象天堂」，網址http://bailing.fcshop.co/?q=node/18，二〇一三、九、三十查閱。〈吉他〉，收於「白靈文學船・象天堂」，網址http://bailing.fcshop.co/?q=node/18，二〇一三、七、十八查閱。

我的詩頁騎上大象的鼻子
摸黑觸碰嗅聞向茫然的黑暗延長

不一定很象
不一定不象
我的詩是象跟不象爭霸互鬥的
草原，或荒原

你大象的鼻子
跟我不大象或大不象的鼻子
在光纖的網路內相互打勾碰頭扔石頭或
如是我聞

全世界像不像眾象奔騰的快速天堂[234]

〈象天堂〉展示了從文字閱讀到圖象閱讀的轉向，發揮了象形文字在圖象與文字之間的對話性。所謂「象天堂」，其實是充滿各種意象和多元意義的文字世界，「象」字在「象與不象（像與不像）」之中進行文字遊戲。〈象天堂〉象徵了接下來詩人將在這個網頁上進行的各種數位詩創作實驗，其精神是在光纖的快速網路世界碰運氣，運用圖象與文字的「像與不像」，在似是而非的縫隙中穿梭。文字視覺化的圖象表演是〈象天堂〉昭然的創作目標，無論就數位技術或純文字的表現，其表演功能均大於表意功能。白靈取中國象形文字

「畫成其物，隨體詰詘」之義，從「象」字的圖畫性發想，創作了兼具純文字與數位形式的間接圖象。在「象」的形象轉變裡，文字的「象」在時間的長流裡給出圖象，繪畫的「象」在空間的阡陌中展開圖象。「象」的擬象在相當程度上呼應了部分後現代主義者的說法：藝術作品呈「象」的本身，也蘊含對意義的抵制和消蝕。[235]

白靈的數位詩創作，文字與圖象雖相輔相成，卻也可以各自獨立，圖象或影像不必然是詩行的插圖或詮釋，文字也不為影像或圖示預留表現的餘地，而兩者仍可呈顯對應與和諧。以〈象天堂〉為例，撇開詩行，數位圖象的〈象天堂〉蠻有趣，但未必有詩行中：「我的詩頁騎上大象的鼻子／摸黑觸碰嗅聞向茫然的黑暗延長」那樣的詩想。當數位的〈象天堂〉由綠色光纖般的線條延展各式各樣的「象」，讀者一邊凝視，一邊可以不受制約地也開展腦波所及，電光石火的各種想像；出於純文字版〈象天堂〉的開放性，不同讀者的相異閱讀可望建立新的詮釋，而「跨越」純文字所代表的書寫或傳播體系的閱讀成規。這時候可以發現，文學性也者，呈現虛位以待的主體性。

5. 借重詩社推動詩運

白靈的詩社活動與詩創作一路相依，從早年參加過的葡萄園詩社、草根詩社，到壯年時期籌組的台灣詩學季刊雜誌社，以及開闢專欄的藍星詩社，都可看到白靈的影子。台灣詩學季刊雜誌社成立以來，白靈除了五年任內的主編之外，更長期擔任隱形社長、地下主編，是包辦台灣詩學季刊雜誌社所有詩活動的最大「幕

234　見「白靈文學船．象天堂」：http://bailing.fcshop.co/?q=node/18。

235　參見金惠敏：〈圖象增殖、擬象與文學的當前危機〉，收於金惠敏：《媒介的後果：文學終點上的批判理論．中篇》（台北：台灣商務印書館股份有限公司，二〇〇五），頁三五—八二。

後黑手」，推動潮流興替中的許多詩活動，掀起兩岸詩壇、本土民間、學界論述、文化媒體對當代詩的重視，是詩社幾乎隨時待命的「備胎」，見證台灣詩學季刊社主導下的台灣現代詩發展。

以上這些「詩史事件」製造了表面的熱鬧。白靈長久、持續而堅持，弄潮而不沒於潮，成績斐然可觀。

在實際的詩創作中，白靈多方嘗試各種題材、主題、形式。對於前輩詩人，亦不乏摹習之作，如其名作〈口紅〉與洛夫早年〈窗下〉之印跡。[236]〈及時雨〉的片段，頗有當年羅青的手眼；[237]〈歌聲使我眼淚上升〉非常「反共文藝」；[238]〈一九八四〉節奏、氛圍及語調有瘂弦〈印度〉的身影；[239]〈雙子星〉的敘述、語氣和題材與余光中〈雙人床〉隱隱呼應；[240]《後裔》和《大黃河》兩部詩集中，時見以空格指示節奏與頓挫，是一九七〇、一九八〇年代台灣現代詩常用的技法。

白靈的詩常常凝聚一個主觀的焦點，當作思想和情感的出口，建立經過選擇、重組之後的秩序。處理意象，特別是以現實入題的之時，白靈往往把外在紛擾默劇化，深層意識卡通化。例如〈茶館〉：

數十載歲月清茶幾盞
幾百樣年華淺碟數盤
一桌子好漢茶壺裡翻滾
唯黑臉瓜子是甘草人物
在流轉的話題間，竊竊私語[241]

又如〈老婦〉：

沙灘上浪花來回印刷了半世紀
那條船再不曾踩上來
斷槳一般成了大海的野餐
老婦人坐在門前，眼裡有一張帆
日日糾纏著遠方[242]

這兩首詩就主題表現而言，最顯著的特點是「反主為客」。〈茶館〉一詩的「主角」是「一桌子好漢」，但在

---

236 白靈的〈口紅〉發表於一九九三年，其詩為：「我們在屋子裡讀書／霧來了　窗都迷了路／我在玻璃上劃出／幾條水溶溶的小徑／並請你用鮮紅的嘴形／在路的開端／吻上一枚脣印／／泡茶時　霧剛散／整片風景的上方／停著一顆／打呵欠的太陽」見《白靈・世紀詩選》（台北：爾雅出版社有限公司，二〇〇〇），頁三五—三六。洛夫之〈窗下〉，詩為：「當暮色裝飾著雨後的窗子／我便從這裡探測出遠山的深度／／在窗玻璃上呵一口氣／再用手指畫一條長長的小路／以及小路盡頭的／一個背影／／有人從雨中而去」，見洛夫：《洛夫詩歌全集・I》，頁四五。洛夫將〈窗下〉歸於一九五四—一九五七年、在《靈河》中的作品。就發表時間而言，白靈的〈口紅〉晚於洛夫的〈窗下〉至少三十六年；而兩詩之意境與意象極相似。合理推論：白靈的〈口紅〉以洛夫的〈窗下〉為典範摹習的對象。

237 如〈及時雨〉的詩行：「新店溪的血壓正低／水龍頭們在我洗澡的當頭忽然／氣喘，太太守候門外的消防車旁叫著／水呀水呀」、「一道金鞭猛地抽了我眼睛一下／窗外千里之遠的山上馬蹄雷動／瞬間便殺到我浴室的窗前／為首的一匹，定睛看去／唉呀，好個宋江」。見白靈：《後裔》（台北：林白出版社有限公司，一九七九），頁五〇—五一。

238 〈歌聲使我眼淚上升〉，參見白靈：《大黃河》（台北：爾雅出版社有限公司，一九八六），頁四九—五〇。

239 〈一九八四〉，參見白靈：《大黃河》，頁五一—六二。

240 〈雙子星〉，參見白靈：《大黃河》，頁一三九—一四一。

241 〈茶館〉，收於《白靈・世紀詩選》，頁一一。

242 〈老婦〉，收於《白靈・世紀詩選》，頁一八。

敘述語氣中，被「黑臉瓜子」以卡通化的描繪占去上風。〈老婦〉一詩的「主角」是日日倚門盼君歸的婦人，也被「帆」、「船」、「斷槳」、「浪花」的影射默劇化。

白靈重彈「超現實」舊調，藉由童趣的卡通化意象發揮假面效用，掩護某些不欲告人、不可告人或不知如何告人的心象，逸離現實或瞬間的心靈壓力，或反襯生命的莊嚴。在每一個臨界點上，白靈以理智的了解對應感情的激動，諧謔裡表現人事的乖訛。

白靈善於跳動於具象／抽象、主動／被動、主體／客體等兩極認知，以矛盾、顛倒或陌生的認知與發閱讀的感染力。此特質尤見於其五行之小詩。白靈經常在前面四行裡，運用各式的兩極描寫，漸次趨向主題，而在第五行精神全出，點出題旨；前面的四行，經常有三行使用了加強語勢的羅列修辭，如排比。例如〈鐘擺〉在具象和抽象之間遊走：「左滴右答，多麼狹小啊這時間的夾角／游入是生，游出是死／滴，精神才黎明，答，肉體已黃昏／滴是過去，答是未來／滴答的隙縫無數個現在排隊正穿越」、[243]〈手抄本：西安所見〉運用了反主為客的手法：「一定有一隻手，被一管小楷緊緊握住／一定有一雙眼眸，在筆尖的軟柔中起舞／一定有一盞油燈，輕輕吟哦著搔首的書生／一定有一間茅屋，屏氣凝神，抵擋住戰火／一定有一座古代的小城，悄悄悄悄化作齏粉」，[244]又如〈不如歌I〉的連續五個比方：「平靜的無，不如抓狂的有／坐等生溫的露珠，不如捲熱而逃的淚水／猛射亂放的箭矢，不如挺出紅心的箭靶／養鴿子三千，不如擁老鷹一隻／被吻，不如被啄」。[245]其詩作中的隱喻經常不是裝飾性、可有可無的修辭，而起著貫串詩思、以完整的敘述句營造詩行張力的作用。[246]

二〇〇四年出版的《愛與死的間隙》之後，以連綿隱喻圍繞主題，藉雷同的語法、句式以及既依附主題又枝蔓迭出的意

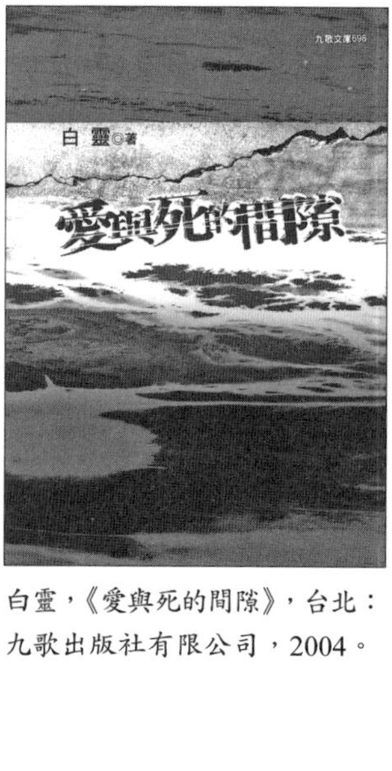

白靈，《愛與死的間隙》，台北：九歌出版社有限公司，2004。

象，進行左衝右突、反覆辯證、抽象的情思和具象的隱喻並置。意象與陳述纏綿並進以召喚閃亮的詩思與人生厚度，是白靈詩作的明顯特質。

利玉芳（一九五二、一、二十二—），生於台灣屏東。畢業於高雄商專。以利玉芳之名寫詩，以筆名綠莎寫散文。為笠詩社、女鯨詩社之成員。出版詩集：《活的滋味》（一九八六）、《貓》（一九九一）、《向日葵》（一九九六）、《淡飲洛神花茶的早晨》（二〇〇〇）、《燈籠花：利玉芳詩集》（二〇一六）；散文集：《心香瓣瓣》等。

利玉芳的作品有兩大關懷面向：一是以本土意識為核心的現實精神，一是張揚女性身體自主意識的情欲題材。

利玉芳詩作不多。一九九〇年代末迄今，利玉芳以閩語、客家語等方言寫詩。二〇一六出版的《燈籠花》闢出旅遊題材的系列作品。詩集《貓》全部擷選自前一本《活的滋味》；《燈籠花》所收詩作亦與前此的詩集不免重疊。

利玉芳的詩風赤裸奔放。〈貓〉、〈遙控飛機〉、〈古蹟修

利玉芳，《貓》，台中：笠詩刊社，1991。

243 〈鐘擺〉，《白靈・世紀詩選》，頁二。
244 〈手抄本：西安所見〉，《白靈・世紀詩選》，頁七。
245 〈不如歌Ｉ〉，《白靈・世紀詩選》，頁五。
246 以上三段改寫自本人（鄭慧如）：〈意象書寫的兩個面象〉，收於《中國現代文學研究叢刊》，二〇一三年第六期（二〇一三），頁一九二—二〇五。

護〉、〈水稻不稔症〉、〈給我醉醉的夜〉，[247]為其代表作。利玉芳的好詩展現了比喻的景觀。如〈古蹟修護〉把生產後消瘦的女性乳房比喻為「古蹟」、丈夫長久疏離而終再流連索求的撫摸為「修護古蹟」，嘲弄而機智。〈水稻不稔症〉以水稻無法收成，比喻詩中人因愛情的對象脾氣善變，而導致感情無法有好結局。〈遙控飛機〉暗示政治現實。飛機是表演的、被看的焦點，遙控器是工具，觀眾的情緒被遙控，操縱者在觀眾眼光不及之處指揮著飛機和觀眾的情緒。

利玉芳現象是時勢造英雄的佳例。利玉芳詩作受到評論者關注的時期而言，正巧撞上了女性主義、女性自覺議題、女權活動等等熱烈展開的一九八〇年代末。從一九七八年加入笠詩社後，利玉芳邁開詩創作的腳步，《貓》出版後的一九八〇年代後期至一九九〇年代，達到個人詩名與詩藝的高峰。

彭瑞金認為利玉芳的詩作受到笠詩社集團意志的引導，認同且表現《笠》所主張的本土文學立場。[248]然而假如讀者同意利玉芳的詩作在笠詩社集團性格的暗示或指導下完成，則無異認為利玉芳那些讀起來抗爭意識特強的詩作，包括從對政治現實的批判、對身分認同的覺知、對家國意識的體會、對欲望主體的思索、散文化的書寫，亦徒然暴顯了詩藝的化約與思想的單薄。因為在利玉芳加入笠詩社的一九七八年，鄉土文學論戰方酣，而以笠詩社為代表的本土文學主張，排他性與二元對立性最為突出；所缺乏者正是多元而深入的思考。利玉芳部分詩作之意念重複、散文化的傾向等缺失，鍾玲早已指陳。[249]像〈貓〉那樣，喻依和喻旨以對話呈現，目的性又不非常明確的作品，在利玉芳的作品裡已是罕見。

零雨（一九五二、二、十四—），本名王美琴，生於台灣台北。國立台灣大學中國語文學系學士，美國威斯康辛大學東亞系碩士。曾任《現代詩》主編。曾任教於宜蘭大學。其〈特技家族〉一詩曾獲年度詩獎。在台灣出版詩集：《城的連作》（一九九〇）、《消失在地圖上的名字》（一九九二）、《特技家族》（一九九六）、《木冬詠歌集》（一九九九）、《關於故鄉的一些計算》（二〇〇六）、《我正前往你》（二〇一〇）、《田園：下午五點四十九分》（二〇一四）、《膚色的時光》（二〇一八）。

零雨的詩有以下特點：

1. 冷峻、知性、沉靜、壓抑

零雨的詩語言是女性詩人中的異數。她打破一般人對「女詩人」和「中文系詩人」的成見：不以「柔美」著稱、不為愛情蹋地喚天，而以冷眼旁觀的姿態對待筆下運用或召喚的典故及歷史人物，重新賦予文化想像；甚至連「自我」都退到文字的邊上，只一味探看外於文字的深深淺淺，如〈語詞系列〉組詩，及〈飲食系列〉、〈神話系列〉探索的型語詞態。[250]

零雨的詩冷峻、知性、沉靜、壓抑，抒情幽深，與心靈體驗緊緊相扣，擅長在幻覺式的想像中營造張力；凸顯精神困境，在敘述語言中表現抽象的哲思，以及抵抗中的孤獨形象。零雨一直很有自覺地履行了對自己詩作中的語言期待：忍氣吞聲、剛健、深沉、繁複的抒情，帶著硬度，如鮑照哭路歧。[251]莊裕安說零雨

零雨，《膚色的時光》，台北：印刻文學生活雜誌出版有限公司，2018。

247 各詩見利玉芳：《貓》（台中：笠詩刊社，一九九一），頁一〇、一三—一四、一九、三三、三六。

248 參見彭瑞金：〈解說〉，收於編：《台灣詩人選集・50・利玉芳集》（台南：國立台灣文學館，二〇一〇），頁一〇四—一一二。

249 參見鍾玲：《現代中國繆司：台灣女詩人作品析論》，頁三二四—三二六。

250 〈語詞系列〉，參見零雨：《關於故鄉的一些計算》（台北：聯豐書報社，二〇〇六），頁三九—五四。〈飲食系列〉，參見零雨：《我正前往你》（台北：唐山出版社，二〇一〇），頁一九二—一九三。〈神話系列〉，零雨：《我正前往你》，頁二〇九—二一〇。

251 參見楊小濱：〈書面訪談錄：楊小濱專訪零雨〉，收於零雨：《特技家族》（台北：現代詩社，一九九六），頁一六三。

〈特技家族〉一詩是典型的「鷹架詩」，純粹到連一個形容詞都掛不上去。[252]

零雨的幾本詩集大致呈現了她詩風的轉變，而「乾淨純粹的語言」、「對自我生命的反芻與哲思」始終是不變的焦點。在〈談女性詩人的創作〉一文中，零雨自陳其創作歷程，略謂《城的連作》時期的爆發力、《消失在地圖上的名字》時期的轉向細節描寫，以及《特技家族》時期以簡單字句表現動態感等關鍵轉變。[253]論者就主題觀察，也提出零雨在《城的連作》視角聚焦於都會；《消失在地圖上的名字》關注歷史；《特技家族》由歷史視角的對照而興發生命之感；《木冬詠歌集》觸發家國之思；《關於故鄉的一些計算》由遠而近，探索自我；《我正前往你》以「空無美學」為主軸，再次強調語言的純粹性。[254]

2.以靜態為主的心靈圖景轉譯

零雨的詩以靜態為主，很少見動感畫面。〈被遮蔽的一行〉如零雨的顯影：

在荊棘花叢
在蟻穴王國
那個指路者——

他遺失了人間的頭顱
他的馬車是蓮花化身
他的紫衣虛飄
總之
他乃是幻形入世

正因如此——
或許他能抵達——
被遮蔽的那一行[255]

指路者「他」，其實是相信有一行被遮蔽而汲汲前往的書寫者「我」。就像兩個聲音疊合在一張嘴裡，此詩以戴著面具的內心獨白推展。「幻形入世」，真切地摹寫了那個自身難保而又替人引路的矛盾身分。整首詩以「他」的形象、環境為描寫焦點，但是為誰指路、去向何方，則未明言。直到最後，「或許他能抵達——／被遮蔽的那一行」，才由讀者的臆想填補；又因為這是個「幻形」，每個讀者都可填補不同內容，而完滿這首詩的戲劇性。

〈被遮蔽的一行〉似乎也顯示零雨詩最與眾不同的特點。零雨的詩不是口角春風，不虛與委蛇，輕易不與讀者論交。她文火煉金，閱讀且書寫由表象探入的內在；她潛入文字的大海，以自己的身量揣度自己將被改造的地下王國，然後浮出水面，以冰山一角的態勢點染出生命不妥協的高質量，拼出胸中的虛實。[256]

零雨擅長繪製、勾勒、設想、轉譯心靈圖景，語調多所質疑，這是她詩創作最獨到之處。多位論者都注

252 見莊裕安：〈鷹架上的鴿子〉，《聯合報》，第四三版（一九九六年七月二十二日）。
253 參見零雨、曾淑美主講，桃集記錄：〈談女性詩人的創作〉，《現代詩》，第二三期（一九九五），頁五五—六一。
254 參見于瑞珍：〈零雨詩的歷史意象與家族記憶〉（台北：淡江大學中文所碩士論文，二〇一二），頁二。
255 〈被遮蔽的一行〉，見零雨：《膚色的時光》（台北：印刻文學生活雜誌出版有限公司，二〇一八），頁二九—三〇。
256 參考零雨在〈後記〉的文字。收於零雨：《膚色的時光》，頁二八三—二八八。

意到這一點。[257]她的詩「知性為表，抒情為裡」，[258]以家族及死亡為長期關注的議題；以鏡、夢、箱子、籠子、高樓、房間、城牆、囚室、鐵道、火車為常見的語象；以黑白色調的變化與光影轉換解讀時間的幻術是常用手法。時而以對位法彰顯兩種觀念碰撞時的思想火花，或抽離意象語而作寓言式的描繪，或用類似默劇的處理方式，凸顯因動作或視角導致的靜默、慢動作效果。[259]另外，經常折返心靈的烏托邦，以表演式的場景表現對人世的洞察，也是零雨詩的特色。

零雨詩作語言指涉廣泛、主題不定，賦予研究者多義的詮釋空間。二十一世紀後，碩博士生關注零雨的詩，產生數本學位論文；各種評論視角，為零雨的詩布下多種詮釋景觀：諸如性別議題、去脈絡化、寓言筆法、歷史意象、家族記憶等等。[260]

陳育虹（一九五二、七、五—），生於台灣高雄，祖籍廣東南海，現居台灣台北。文藻外語學院英語系畢業。曾獲《台灣詩選》年度詩獎、中國文藝協會獎章。出版詩集：《關於詩》（一九九六）、《其實，海》（一九九九）、《河流進你深層靜脈》（二〇〇二）、《索隱》（二〇〇四）、《魅》（二〇〇七）、《之間：陳育虹詩選》（二〇一四）、《閃神》（二〇一六）。譯有：《癡迷》、《雪之堡》。

陳育虹在台灣詩壇上大放異彩是在二十一世紀之後。出版第一本詩集時，陳育虹年逾四十，已非一般人理解中創作力最豐沛的青春年少，而仍平均每隔兩三年出版一本詩集，維持相當穩定的創作質量與個人風格。

台灣評論界對陳育虹的詩風已達成共識，為：感官性、韻律感、陰柔的視角、私密而纏綿的情感抒發。[261]例如陳義

陳育虹，《河流進你深層靜脈》，台北：寶瓶文化事業有限公司，2002。

芝對陳育虹的評述，便以「外文系詩人」和「中西承傳與轉化」烘托陳育虹的詩創作成績，概括陳育虹的詩：「像是中國古代詩人挑戰『依韻』的功力」、「風格秀雅而赤裸，纖細而繁複，在傳統中有解放，端淑中見精魅。」[262]

257 可參考李癸雲：〈賦詩言志，重新排練：論零雨詩作的反抗意涵〉，《國文學報》，第五六期（二〇一四），頁一八七—二一〇；向明：〈小評〉，收於零雨：《特技家族》，頁一五。

258 見張芬齡：〈文字的走索者：讀零雨詩集「特技家族」〉，《現代詩》，第二九期（一九九七），頁一六五—一六六。

259 相關見解參考陳克華：〈文明的剪影：試評「城的歲月」〉，收於陳克華：《愛人》（台北：漢光文化事業股份有限公司，一九八七），頁一五二—一五六；鴻鴻：〈零雨作品簡評〉，《聯合報》，第三七版，一九九四年六月十三日；楊小濱：〈表演與虛無：讀零雨詩集《特技家族》〉，楊小濱：《歷史與修辭》（蘭州：敦煌文藝，一九九九），頁二三〇—二三二；翁文嫻：〈論台灣新一代詩人的變形模式〉，《中山人文學報》，第一三期（二〇〇一），頁八五—一〇一；湯舒雯：〈零雨詩的方向辯證、光影幻術與黃昏風景〉，《台灣詩學・學刊》，第十三號（二〇〇九），頁一七九—二〇五。

260 相關學位論文如楊瀅靜：〈創化古典、鍛接當下：以夏宇、零雨的詩學為例〉（花蓮：東華大學中國文學系博士論文，二〇一五）、于瑞珍：〈零雨詩的歷史意象與家族記憶〉（台北：淡江大學中文系碩士論文，二〇一二）、林銳：〈徒然的追尋：零雨的空間詩學研究〉（台中：東海大學中國文學系碩士論文，二〇一一）、劉士民：〈零雨詩的硬式抒情與敘述語言〉（台中：逢甲大學中國文學系碩士論文，二〇一〇）、蔡林縉：〈夢想傾斜：「運動—詩」的可能——以零雨、夏宇、劉亮延詩作為例〉（台南：成功大學中國文學系碩士論文，二〇一〇）、黃文鉅：〈記憶的技藝：以夏宇、零雨、鴻鴻為考察〉（台北：政治大學中國文學系碩士論文，二〇〇九）。

261 可參考以下文章。高維志：〈就讓我們對彼此說：論陳育虹《索隱》中的獨白與對話〉，《台灣詩學・學刊》，第二四號（二〇一四），頁七三—一〇二；李翠瑛：〈潛藏的美麗：從陳育虹小詩的隱喻到詩集《索隱》中的「月亮」〉，《台灣詩學・學刊》，第二三期（二〇一四），頁六三—八九；葉維廉：〈綿密交織的情緒／情絮：以陳育虹兩首詩為例〉，《創世紀詩雜誌》，第一七六期（二〇一三），頁一四六—一五〇；凌性傑：〈隱藏是她最好的表情：專訪詩人陳育虹〉，《文訊》，第二六〇期（二〇〇七），頁二七—三二；蔣正筠：〈陳育虹詩中的主體與世界〉，《國文天地》，第三一卷，第三期（二〇一五），頁一二三—一三五。

262 參見陳義芝：〈外文系詩人陳黎、陳育虹：中西承傳與轉化〉，收於陳義芝：《現代詩人結構》，頁一六五—一九六。

陳育虹詩創作的特質為：

1.追求整體感的詩集出版

陳育虹的詩集很自覺地追求整體感，每一本詩集如同自成體系的宇宙。陳育虹舉例說明自己詩集的整體性：《關於詩》、《其實，海》，詩作之間以詩與畫襯托或交集；《魅》以詩和札記呼應；《索隱》設想了提問求索和回應隱喻的形式，以想像與莎弗對話；[263]《之間》雖名為個人詩選，但是所選不是作者認為自己最好的詩，而是氣息相近的詩，考慮的仍是整體性。[264]

在陳育虹的七本詩集裡，《河流進你深層靜脈》是風格上較顯著的分野；論者如林秀赫持此看法。[265]印卡評論《閃神》，指出陳育虹延續了《索隱》的語言嘗試。[266]更仔細就詩集區別陳育虹創作階段的論調，當屬陳義芝。陳義芝認為，二〇〇〇年以前的《關於詩》和《其實，海》詩當屬「壓著聲口說話」的少作，文字純淨而帶著靦靦氣；二〇〇二年的《河流進你深層靜脈》開始有「放歌」的氣息，內在的扣問也較深；《索隱》和《魅》則「交織多重語境、完成多重指涉的言說系統」。[267]

2.自然彰顯的雍容大度

陳育虹詩的魅力，來自於字裡行間無意彰顯而無處不在的大器。陳育虹的文字雍容大度、自信自制、體物入微、襟懷開闊、敦實穩重。這些美好的德行，在意象、律度、主題之外探出頭來呼喚讀者，令人感到比文字錘鍊更高華的質地。

陳育虹的詩渾然一體，不易句摘。體製小的如〈之49・隱〉、〈街燈〉；二十行左右的如〈它飛來〉、〈搬家〉；四十行的如〈撿〉。[268]其中情味，令人沉吟再三。〈之四十九・隱〉這樣寫：

不是背叛。是
兩匹風箏一路追逐愈離愈遠
兩隻蟻交換了體味又錯身而過
兩片對生羽狀葉在秋至分飛
兩滴露珠相擁著卻蒸發

橫笛與豎琴溫存歡舞之後

263 陳育虹說：「魅，mail。談日本平安時期女詩人和泉式部《和泉式部物語》；茨維塔耶娃與里爾克、阿赫瑪托娃與艾賽柏林往來詩與書信。（中略）而《索隱》索尋的或許不僅是愛也是同樣難以捉摸的繆斯。」見陳育虹：《二〇一〇》（台北：爾雅出版社有限公司，二〇一一），頁一五一—一五二。

264 參見林秀赫：〈離開屋子，走向那株山櫻：專訪詩人陳育虹〉，「聯合新聞網」，網址：https://udn.com/news/story/7921/2087958。二〇一七、五、二十三查閱。亦可參見楊佳嫻：〈方寸搖曳：陳育虹與她的詩〉，《自由時報・書與人》，二〇一一年九月二十日。

265 林秀赫認為，以二〇〇二年出版的《河流進你深層靜脈》為界，前此是陳育虹的「具象時期」，「每首詩就像定格的一幅畫、一道風景」；「新世紀開始後她進入了『抽象時期』」：「具識別作用的詩題全被省略了，使詩歌更像流動的線條、重疊的色塊，組合在一個更大的主題之下。」見林秀赫：〈傳給某個透明的耳朵：談陳育虹詩〉，「聯合新聞網」，網址：https://udn.com/news/story/7924/2087956。二〇一七、五、二十三查閱。

266 參見印卡：〈重讀者〉，網址：https://sosreader.com/2016-poetry-10/。二〇一七、三、二十五查閱。

267 參見陳義芝：〈外文系詩人陳黎、陳育虹：中西承傳與轉化〉，收於陳義芝：《現代詩人結構》，頁一六五—一九六。

268 〈之四十九・隱〉，陳育虹：《之間》（台北：洪範書店有限公司，二〇一一），頁二七六；〈街燈〉，陳育虹：《之間》，頁一六〇；〈它飛來〉，陳育虹：《河流進你深層靜脈》（台北：寶瓶文化事業有限公司，二〇〇二），頁五八—五九；〈撿〉，陳育虹：《河流進你深層靜脈》，頁七八—八一；〈搬家〉，陳育虹：《河流進你深層靜脈》，頁一八〇—一八一。

渴望冥思或獨處
兩顆星球失去呼應的磁極失去
熱力與引力各自衰老
在各自的天涯[269]

「隱」在《索隱》的整體結構設計上既是回應，在個別作品的內涵上也有隱衷之意。知道該放下而無法放下，仍顧及旁人的想法，一如連續隱喻的此詩，頗寓探索之意。此詩以「不是背叛」開頭，連舉幾個例子作為世人對「情感被判」的反寫。風箏、螞蟻、對生羽狀葉、露珠、星球、橫笛與豎琴，在詩行裡的邂逅與結局暗示了勞燕分飛的必然。「曾經彼此呼應」，最終「各自衰老／在各自的天涯」，因緣聚散皆是如此。本當無話，卻難免辯詰，所以有所「隱」。

「民胞物與」，富含厚實指謂的這個詞，放到〈撿〉、〈它飛來〉，體現了陳育虹詩的襟抱。〈撿〉有小小說的情節；寫晚間海邊，敘述聲音「我」因與撿石塊的「小男孩」互動而產生的感觸。寫「眼神海一般嘩嘩湧來」的小男孩回答「我」：「我需要許多／許多石塊蓋城堡／你呢你是不是撿貝殼／女孩只知道貝殼」，「我」：「打開手絹／海鷗蒼鷹野雁及烏鴉／迎風欲飛／我不撿貝殼／（雖然我以前常撿）／我也不再撿石塊／（城堡一如堂皇的歷史／注定變成廢墟）／我只撿最輕最柔軟的／（孩子，和你的心一樣的）／羽毛／我收集　輕」，然後「小男孩」拈起一支羽毛給「我」，我：「令箭般那影像直射我瞳孔／我是／我是／一隻沉重的鴨／盤伺蒐掠是我黧黑的習性／我永遠飢渴永遠不停／收集／而我說我／收集　輕」，故事順流而下，「要我幫你／提這桶石塊嗎，孩子／或者我們少拿一些／我們不該負擔／過重／這不重／我已經是大男人我拿得動／孩子孩子我懂／你是一個最勇敢的天使」。[270]末節以意象語收束。此詩由表象探觸內在，層次、張力、段落之間以情節互相襯托或對話的思維，運轉得自然妥貼，點到為止的自我反思發人深省。

3.音樂元素

韻律是陳育虹詩最顯著的特質；常表現在由同類詞性堆疊而成的幾個連綿句、講究發音部位而與整體敘述形成暗示關連的意象、接連幾個複沓或頂真或同類句型的子句。〈聽〉、〈築巢〉、〈我告訴過你〉、〈只是一株細瘦的山櫻〉、〈如果……愛……危樓〉，都是隨手可舉的例子。[271]〈我告訴過你〉以一氣不斷的句式表現神經質的想念，詩行如：「我的眼睛流浪的眼睛想你因為梧桐上的麻雀都飄落因為風的碎玻璃」。講究聲音使得陳育虹的詩滲透著表演質素。音樂元素在詩中的作用是：兜攏了敘述聲音的幽悶與閒愁。明顯而不斷被作者強化的聲音效果，將作品塑造成容易咀嚼的基調，相當程度遮蔽詩中比韻律更珍貴的思想。

4.中西文學傳統之轉化

陳育虹尊重中國文字形音義的美感，以詩創作表現對中國抒情傳統和中西神話的輸誠。[272]她打磨、提煉文學傳統，在節拍、律度之外，《聖經》、佛典、《詩經》、希臘神話、西方文學的典故，豐富且穿鑿了詩的說與不說。透明而飄浮的創作風采，由常見的意象如貓、蛇、蟬、蜘蛛、星、月、雲、煙、海、波浪、山櫻、梔子，組成色彩繽紛的基底。莎弗、蒙娜麗莎、拉彌雅、莉莉絲、女媧、王昭君、李清照、《白蛇傳》

---

269 陳育虹：《之間》，頁二七六。

270 見陳育虹：《河流進你深層靜脈》，頁七八—八一。

271 〈聽〉，陳育虹：《河流進你深層靜脈》，頁一五八；〈築巢〉，陳育虹：《閃神》（台北：洪範書店有限公司，二〇一六），頁一一六—一一八；〈我告訴過你〉，陳育虹：《之間》，頁二九六；〈只是一株細瘦的山櫻〉，陳育虹：《河流進你深層靜脈》，頁八四；〈如果……愛……危樓〉，陳育虹：《河流進你深層靜脈》，頁一〇四—一〇五。

272 陳育虹：《二〇一〇》，頁三〇六—三〇七，談到抒情傳統、聲音律度與現代詩創作的關聯，可參閱。

的白蛇、希臘神話裡的絕世美女海倫，這些歷史或傳說中的女子，在詩中與陳育虹形成一定的對位關連。[273]

連串的子句＋動詞，或以省略動詞的同類詞彙連串成句，是陳育虹詩的基本句型。例如〈一束玫瑰〉的：「米白血紅鴨黃骨鑼紫」、[274]〈羽〉的：「比棉紗比雪比煙燼／更輕／（比記憶更輕的）／雁羽／比笛音比梅花暗香／比嬰兒的笑／更輕／比魂魄更輕／雁羽／比我的詩／更輕」。[275]陳育虹的組詩經常用類似刪節號的幾個小圈圈作為分節的符號，暗示未完、省略，語氣遲滯。

5.女性視角

在多元性別革命旗幟四處飄揚的二十一世紀台灣，以一九八〇年代昌行的「女性感覺」或「女性角度」、「女性主體」，作為創作的主要出發點，而仍然有效引起傳播界、文化界的高度矚目，這件事本身就是當代文學史上的特殊現象。陳育虹詩中發出的「女性」聲音，接近所謂「閨秀」之風。其詩有如禪絮沾泥，聲音和著意象牽引出的詩的表情；既不是顯赫一時的女權意識，也不是對性別議題的探索。在陳育虹的詩裡，「女性視角」經常表現在男女兩情愛中的感情受體，閃爍、被動、等待、忍耐、曖昧的一方，以及因此而釋放出來，憂鬱、狂躁、沉溺、騷動的氣質。陳育虹詩的其他特質，如感官性、獨白與對話、注重呼吸與音節等等，都在這樣的基礎上呈現。尤其是《魅》和《閃神》涉及愛欲的作品。[276]

渡也（一九五三、二、十四—），本名陳啟佑，生於嘉義，文化大學中國文學博士。高中時即與友人合辦《拜燈》詩刊。曾加入創世紀詩社、台灣詩學季刊雜誌社。曾任教於中興大學、彰化師範大學等。現任教於育達技術學院。在台灣出版詩集：《手套與愛》（一九八〇）、《憤怒的葡萄》（一九八三）、《最後的長城》（一九八八）、《落地生根》（一九八九）、《空城計》（一九九〇）、《留情》（一九九三）、《面具》（一九九三）、《不准破裂》（一九九四）、《我策馬奔進歷史》（一九九五）、《我是一件行李》（一九九五）、《流浪玫瑰》（一九九九）、《攻玉山》（二〇〇六）、《澎湖的夢都張開翅膀》（二〇〇九）、《太陽吊單槓》（二〇一一）；詩與散文合集：《諸羅記》（二〇一五）；論述：《渡也論新詩》、《普遍的象徵》、《新詩形式設計的美學》、《新詩補給站》、《新詩新探索》等；散文集：《歷山手記》、《永遠的蝴蝶》、《夢魂不到關山難》、《台灣的傷口》等。

渡也的詩，形式上多所接觸，題材上多所涉獵。分行體、散文詩、短詩、組詩、長篇敘事詩，都有渡也躍躍嘗試的影子；愛情、詠物、社會議題，也屢見於其詩集。[277]

渡也，《我是一件行李》，台中：晨星出版有限公司，1995。

渡也追求詩名的態度坦然而正向，能面對並接受自己詩作的大眾化過程，願意迎接各種形式與內容，以

273 陳育虹對文學創作重寫神話的體會，可參見陳育虹：《二〇一〇》，頁三八。

274 〈一束玫瑰〉，陳育虹：《閃神》，頁一二〇—一二二。

275 〈羽〉，陳育虹：《之間》，頁一八六—一八九。

276 有時陳育虹也會自述某些詩作的創作背景，聊供好事者磕牙。例如：〈我告訴過你〉寫蘇州三月清冷的天，曲折的巷弄懷舊的名字，垂頭一樣的拱橋，堊白的牆，盤繞如盧頂的老紫藤，十全路上沒有麻雀的法國梧桐，網師園的對聯：風風雨雨暖暖寒寒」、「〈只是一株細瘦的山櫻〉寫後院風裡窸窣坐享的瘦櫻花，如何在生命的頂端卻也在死亡的中央。」見陳育虹：《二〇一〇》，頁八九—九〇。

277 相關評論可參考白靈、江寶釵主編：《閱讀渡也》（台北：秀威資訊科技股份有限公司，二〇一七）。

各種身段擴展讀者群。[278]渡也和同代詩人很不一樣的地方，是他對獲得讀者青睞的願望從未欲語還休，從不一邊盼望知音自動上門、一邊顧影自憐。[279]

情詩是渡也詩集裡的大宗；散文詩則是渡也很受稱道的詩作形式。論者曾援引渡也的自述再以其詩為證，說明渡也自陳受到商禽、沈臨彬、紀德、存在主義風潮影響的散文詩，確實充滿超現實風格，且蘊含渡也自成一格的機智與幽默。[280]〈手套與愛〉是渡也情詩的知名體現：

桌上靜靜躺著一個黑體英文字
glove
我用它來抵抗生的寒冷
她放在桌上的那雙黑皮手套
遮住了第一個英文字母
正好讓愛完全流露出來

love
沒有音標
我們只能用沉默讀它
她拿起桌上那雙手套
讓愛隱藏
靜靜戴在我寒冷的手上

讓愛隱藏
讓愛完全在手套裡隱藏[281]

此詩直覺而富機趣，邏輯性強，結構井然，語言曉暢爽利，詞與詞、句與句的連結素樸而少修飾，字句之間的縫隙亦較少。這類詩作的語言即是渡也深具個性的特質。

年輕時的渡也，詩語言經常透著中國舊文學的血液，著重修辭，如其散文詩成名作〈靡蕪〉、化自《莊子》的分行詩〈樹葉〉。[282]一九八〇年代中期之後，渡也的詩語言跳脫表面文字雅實而充斥迷霧的古典詩語，朝向以口語素筆直書，題材更寬廣。[283]

渡也的詩論強調詩人的社會責任；詩作關切社會現實的內涵。渡也以積極引導人生路徑為詩歌的重要功能，反對只講究技巧而內容空洞的創作。對於詩歌批評，主張基於文本的多義性閱讀。渡也以數本夾敘夾議的新詩論著反覆陳詞，強化這些觀點。在席慕蓉因詩集屢次奪下暢銷書排行榜而當紅的時期，渡也登高一

278 蕭蕭曾說渡也：「是一個年輕的狙擊手，出手快速而命中率高，看似柔弱卻勁力十足，在年輕詩人中，獨張一面潑潑然的旗幟。」見張漢良、蕭蕭編著：《現代詩導讀・導讀篇二》，頁一六八。

279 渡也曾自述接納大眾並設法親近大眾的心路歷程。參見渡也：〈帶領更多的群眾前進〉，收於渡也：《新詩補給站》（台北：三民書局股份有限公司，一九九四），頁一三三—一三四。

280 參見白靈：〈束縛與脫困：從身分認同看渡也詩中的情與俠〉，《台灣詩學・學刊》第二五號（二〇一五），頁七—四五。

281 渡也〈手套與愛〉，見楊牧、鄭樹森編：《現代中國詩選I》，頁七八三—七八四。

282 〈靡蕪〉；〈樹葉〉，收於渡也：《我策馬奔進歷史》（嘉義：嘉義市政府文化局，一九九五），頁七八。

283 渡也曾把自己的詩分成三個階段。第一階段：一九七〇—一九八一，現代主義詩風時期；第二階段：一九八一—一九九〇，以激烈的措辭抵抗社會不公不義的時期；第三階段：一九九〇年代以後，淺顯而明朗的語言時期。參見渡也：《攻玉山》（彰化：彰化縣文化局，二〇〇六），頁一〇。

呼，撰文批判席慕蓉詩作是「裹著糖衣的毒藥」，乃基於自己對詩作富含教育意義的基本觀念。[284]

詹澈（一九五四、十、三一），本名詹朝立。生於台灣彰化。屏東農專畢業。曾任台灣藝文作家協會理事長。在台灣出版詩集：《土地請站起來說話》（一九八三）、《手的歷史》（一九八六）、《海岸燈火》（一九九五）、《西瓜寮詩集》（一九九六）、《海浪和河流的隊伍》（二〇〇三）、《小蘭嶼和小藍鯨》（二〇〇四）、《綠島外獄書》（二〇〇七）、《餘燼再生：綠島外獄書續篇》（二〇〇八）、《詹澈詩精選集》（二〇一〇）、《下棋與下田》（二〇一二）、《詹澈詩集：發酵》（二〇一八）；散文集：《海哭的聲音》；詩與散文合集：《這手拿的那手掉了》。

詹澈長期關切農漁民的權益、投入台灣社會運動。在為農民爭取權益的詹朝立之外，詩人詹澈一貫堅定理性與感性兼備的思考，開拓出有別於傳統采風或吶喊叫囂的詩風。

詹澈詩風之轉變以一九九八年出版的《西瓜寮詩集》為分水嶺：前此的詩作，語氣激切，觀念性的詞語較多，較散文化；此後的詩作，語句較具流動感，想像空間較大，詩思之開展較具層次，文字較跳躍，情感表現較不慍不火。

詹澈的詩有三點特色：

1. 植根於當下現實的生命感與想像力

詹澈的詩以此特質最突出，最為論者稱道；也是新世紀人工智慧風行之後，ＡＩ詩人無法超越的詩風。

陳映真曾讚詹澈「言之有物」。[285]當超現實技法、拼貼魔術攪亂台灣現代詩壇，「言之有物」如此灑落質樸、回歸

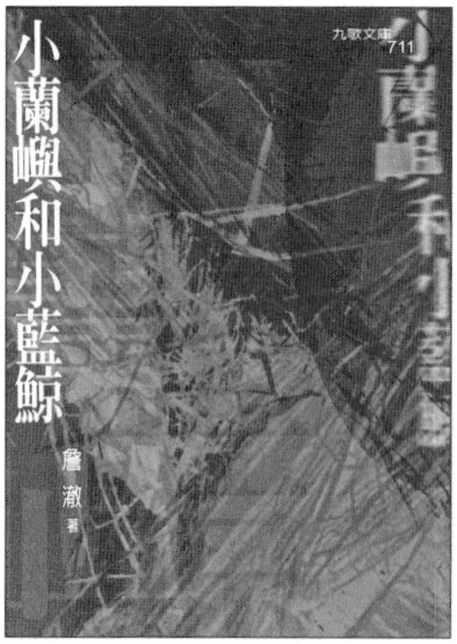

詹澈，《小蘭嶼和小藍鯨》，台北：九歌出版社有限公司，2004。

創作初衷的言語，對許多詩人與讀者而言，無異於當頭棒喝。

詹澈的詩從不無病呻吟，總是連結了自己眼耳鼻舌身意觸動的範疇，像社會發展、土地變化、群眾生命等等，諸如寫台灣東海岸山水景致、軍事演習、開發隊員，或寫蘭嶼人口外移、漢原關係的詩作；但重點更是出於生活實體的想像而非源於概念操演的創作稟賦。題材是詹澈「言之有物」的焦點；而創作主體如何自然不造作地，將所言之物賦予鮮活而昇華的生命力，更是詹澈詩藝的特質。

詹澈的詩大半為句子較長的二十行以上作品，且以敘事和白描為多。但誠如郭楓、呂進、楊匡漢等學者說的，詹澈的詩格局大、氣魄大、境界大，深情摯愛通透全篇；故而讀者不宜像對待追求奇語險字或突出意象的詩人那樣看待詹澈，而要拉開和文字的距離，把讀詩的重點放到透過詩作顯現的詩靈。

詹澈的多數詩作自傳性質濃厚。如〈歸鄉與鄉愁：焚寄余光中教授〉一詩。在5×5=25（行）的整齊結構中，前兩節描寫余光中從西子灣到東海岸找他，兩人在都蘭灣合照的回憶；第三節筆鋒一轉：

你已鶴頂白髮，似養尊處優的翰林仙翁
但我心中有一塊陰影沉睹，對你欲言又止
從都蘭山遙見綠島——這火燒島的夕陽不甘熄滅
不甘熄滅的火絲燃燒著他髮上離離的芒草
在歷史反面，他站在牢房外看著牢房中的自己[286]

284 見渡也：〈有糖衣的毒藥：評席慕蓉的詩〉，收於渡也：《新詩補給站》，頁二七—三三。
285 參見陳映真：〈燔祭〉，收於詹澈：《小蘭嶼和小藍鯨》（台北：九歌出版社有限公司，二〇〇四），頁三—八。
286 〈歸鄉與鄉愁：焚寄余光中教授〉，收於詹澈：《詹澈詩集：發酵》（台北：秀威資訊科技股份有限公司，二〇一八），頁二九〇—二九一。

此詩非常真切。有一些「春風吹又生」的雜音，透出這首〈焚寄〉。「站在歷史反面」的「他」，在號稱火燒島的綠島，比「鶴頂白髮的翰林仙翁」先走一步而心有未甘，所以「站在牢房外看著牢房中的自己」。「歷史反面」暗諷「歷史正面」；由「綠島」的別稱聯想到夕照畫面，再引發對綠島夕陽中搖曳的芒草、已逝者的心中怒火、已逝者枯髮猶如芒草等虛實的映照。「我」看著照片，回憶故人，終於決定「焚寄」久積在喉之鯁骨。

又如〈涼亭〉第三節，寫蘭嶼達悟族人用來看海、唱情歌、做愛的傳統居家建築：涼亭，出以生命的喜悅說：

飛魚祭前，涼亭坐滿懷孕的婦人
寂寞地看著海平面永恆的弧線
那一道摸不到的牆與柵欄
從冬天伸向春天
掛在涼亭邊的飛魚乾
風鈴似的拍響起來
而海浪的手掌剛剛放下[287]

「風鈴」、「飛魚乾」，都是蘭嶼掛在涼亭的常見景致。詩行以風鈴比喻海風吹拂之際互相拍擊的飛魚乾，喻體與喻依互為襯托；「海浪的手掌剛剛放下」的潮起潮落模擬拍手的動作，呼應飛魚乾之拍響，對應坐滿涼亭遠眺的孕婦。喻象逼真而飽滿。

詹澈的詩充滿人文關懷與現實意義，《海浪與河流的隊伍》以降的詩集中，敘事而不落議論，意旨稍微迂迴而語言更顯開闊。[288]「賦詩當有英雄氣」，四百五十年前謝榛《四溟詩話》的這個理想，在詹澈的詩行中實現。「我們跑在小路上／看著大時代向後傾斜」，這樣大氣象、渾成而動人的句子，放眼當今台灣詩壇，沒有幾個人寫得出來。

詹澈的詩，厚。內涵厚重而偏散文化的這個特質，詹澈接近汪啟疆。然而由厚中見深，方知厚更難於深；猶如江河水漲，船必自高，何其可貴。

2. 畫面感

多數詩人的作品都有畫面感，然而詹澈詩作的畫面感經常取於來自真實生活的體會而非憑空捏造的白日夢。詹澈筆下的畫面有別於一般敘事之處，是他敘事而不落議論，或者說他的畫面議論得不怎麼落痕跡。

詹澈詩的畫面感有三種情況。

第一種幾近臨摹，特點是在以靜制動的臨場感中，從對他者的動態描寫牽引到夙昔的自我回憶或感懷。例如〈翻捲雌雄〉，描寫的焦點兩隻老鷹在空中交尾之狀。素描般的視覺畫面之外，第一節寫詩中人看到老鷹猶如看到自己的童年「像一隻小雞離群啄食蠕蟲／漸行漸遠，不知前面的懸崖與天空的鷹眼／／那時，你的母親迅速追過來抱住你，在懸崖前」，[289]由轉換人稱以更動視角，寫現實而自然牽動到母愛，卻只是點到為止，不黏不滯，格外動人。

287〈涼亭〉，收於詹澈：《小蘭嶼和小藍鯨》，頁一二七—一二九。

288 相關論點可參考鴻鴻：〈中年南子外遇書：詹澈《綠島外遇書》的一種讀法〉、簡政珍：〈山水與人世交疊的傷痕：評詹澈的詩集《海浪和河流的隊伍》〉。分別收於《文訊》，第二七一期（二〇〇八），頁一〇八—一〇九、第二二八期（二〇〇四），頁一四—一五。

289〈翻捲雌雄：看見一對老鷹一面往下翻飛一片抓緊著交配〉，見詹澈：《詹澈詩集：發酵》，頁二一〇—二一一。

第二種畫面感在詹澈的詩中最多，幾乎純以白描，但於描述中以其他的感官比喻加強傷痛的映象而不直接喊痛。如〈女裁縫的二胡〉，詩云小屋中傳出的二胡：「像那條隱沒的小溪澀澀的摩擦著地鐵邊的牆壁」，就是以視覺和觸覺描摩聽覺；〈它也是一種節奏〉，寫扁擔：「汗水與身垢在扁擔中間磨出一節黑油黑油的顏色／與麻竹的味道揉合著，有粽子煮熟的香味」；〈戒指〉寫母親臨終之際要詩中人拔下她的戒指：「示意我拿著，留下來，不用當陪葬品」，母親走了，詩行寫：「三十年了，這戒指，像記憶深處的月蝕發著環光」。[290]此三詩例的「戒指」、「二胡」、「扁擔」，傷痕處處，然而詩中的畫面只見山水街巷。

詹澈詩的第三種畫面感特具意象性。在這類畫面中，想像的成分較多，較具戲劇效果。詹澈有兩三首描寫原住民舞蹈的作品均屬此類，如〈勇士舞〉、〈頭髮舞〉。〈頭髮舞〉的第一節：「你看過黑色的海浪嗎／她們在海邊翻捲／海鞠躬彎腰／海向後退／海蹲下來在藍天底下」，[291]先是局部、小範圍地將甩動的長髮比喻為海浪，接著四個短句，「海」字置於句首，視覺上彷彿黑浪排山倒海而來。

3. 擬聲或複沓的韻律感

詹澈詩的音樂性經常表現在擬聲或複沓，詩情在迴環往複的節奏中層層遞進，均結合了主題和趣味。詹澈詩中的狀聲詞，如：「工農工農」，形容火車聲；「有醫無醫，無依有依」，形容救護車的聲音；「卡夫卡」，形容不斷進出牢門的門把轉動聲。〈海浪和河流的隊伍〉、〈瀑布抽打山的陀螺〉，[292]運用了和聲、回聲和泛音，各約兩百行，分別寫阿美族的舞蹈及布農族的八部合唱。〈瀑布抽打山的陀螺〉有：「我們布農，我們已不農／我們布農族，我們不滿足」，[293]即運用聽覺對經驗的滲透而省下敘述與議論，以諧音表現創作者內在的聲響。

詹澈的詩躍動著泥土湧現的在地風貌，以及對生存意義和價值觀的反思；尤其從農村題材獲取的細微觀察，詹澈的墾殖別具突破性。沈奇認為，詹澈的詩語言親和，情懷熱切，語感清新平實，寫作的心態沉潛而專純；特別是詹澈對現實與理想、道德觀與審美觀的和諧融合，都是時代所欠缺而值得珍視的。[294]

陳黎（一九五四、十、三—），本名陳膺文，生於台灣花蓮。台灣師範大學英語系畢業。曾為「大地」詩社成員。自花崗國中退休後，曾任教於東華大學。策畫多屆太平洋詩歌節活動。著有詩集：《廟前》（一九七五）、《動物搖籃曲》（一九八〇）、《小丑畢費的戀歌》（一九九〇）、《家庭之旅》（一九九三）、《小宇宙》（一九九三）、《島嶼邊緣》（一九九五）、《貓對鏡》（一九九九）、《苦惱與自由的平均律》（二〇〇五）、《輕／慢》（二〇〇九）、《我／城》（二〇一一）、《妖／冶》（二〇一二）、《朝／聖》（二〇一三）、《島／國》（二〇一四）；詩選集：《親密書：陳黎詩選1974-1992》（一九九二）、《陳黎詩集I：1973-1993》（一九九七）、《陳黎詩集II：1993-2006》（二〇〇七）、《陳黎詩選：1974-2000》（二〇〇一）、《陳黎詩集III：2006-2013》（二〇一四）；散文集：《人間戀歌》、《晴天書》、《彩虹的聲音》、《詠歎調》、《偷窺大師》、《想像花蓮》；譯著：《聶魯達詩集》、《密絲特拉兒詩集》、《沙克絲詩集》、《神聖的詠歎：但丁》、

290 〈女裁縫的二胡〉、〈它也是一種節奏〉、〈戒指〉，見詹澈：《詹澈詩集：發酵》，頁一三六—一三七、一六〇—一六一、一五六—一五七。

291 〈頭髮舞〉，見詹澈：《詹澈詩集：發酵》，頁五四—五五。

292 詹澈：〈海浪和河流的隊伍〉、〈瀑布抽打山的陀螺〉，收於詹澈：《海浪和河流的隊伍》（台北：二魚文化事業有限公司，二〇〇三），頁一三一—一四五、一四六—一六一。

293 見詹澈：《海浪和河流的隊伍》，頁一五九。

294 參見沈奇：〈夢士詩魂：評詹澈〈西瓜寮詩集〉〉，《台灣詩學季刊》，第二七期（一九九九），頁一一七—一二三。另可參考余光中：〈種瓜得瓜，請嘗甘苦：讀詹澈的兩本詩集〉，《藍星詩學》，第十八期（二〇〇三），頁一七三—一八三；白靈：〈在西瓜與石頭之間：論詹澈詩的源泉與躍升〉，《台灣詩學・學刊》，第七號（二〇〇六），頁一一七—一三一。

《拉丁美洲現代詩選》、《帕斯詩選》、《辛波絲卡詩選》；編選《花蓮現代文學選：散文卷》、《花蓮現代文學選：詩卷》等等。

陳黎的詩以形式遊戲與嘉年華氛圍，在一九五〇年代出生的詩人中享有盛名，也頗受許多讀者青眼相看。[295]台北教育大學二〇〇五年舉辦「台灣當代十大詩人」，由詩人與學者不計名投票，一九五〇年以後出生的詩人只有陳黎和夏宇入選。[296]

陳黎的詩有以下特質：

1. 符號化

陳黎的詩在台灣現代詩壇，符號化最顯著。

一九九五年，廖咸浩在〈玫瑰騎士的空中花園〉即指出《島嶼邊緣》：「符徵族群憑空繁衍」。該文以「建碼」、「發現藝術」、「敢於冒險」、「文字遊戲」切入陳黎的作品，觀察到《島嶼邊緣》有些作品的手法：如大量表列、字形字音字義之重組與諧擬。廖咸浩當時已發現陳黎作品運用符徵之造作。[297]「符號化」之於詩，一度張燈結彩地披上「後現代」的褂子，模糊了詩之所以為詩在「文字」本身的焦點。當讀者放「後現代」一馬，回頭正視赤裸裸的「符號化」，即可知「符號化」是戲耍文字而缺乏實質想像的美化。

陳黎對於文字謔而虐之，越演越烈。常見的方式包括諧音、符號表及部首遊戲、圖象、猜謎、隱字詩、圈字重組、再生詩、文創、廣告、海報、漫畫、名詞的肆意堆疊、框框詩、拆詞換字、雙關、詞性轉換。例子如：〈腹語課〉、〈舉重課〉、〈齒輪經〉、〈戰爭交響曲〉、〈不捲舌運動〉、〈一首因愛睏在輸入時按錯鍵的情詩〉、〈島嶼飛行〉、〈小城〉、〈雙城記〉、〈為兩台電風扇的迴旋曲〉……，[298]尤以《陳黎詩集III：2006-2013》為最，隨手一翻俯拾可得。

倘若陳黎繼續此風作詩，ＡＩ詩人會是他的神對手。人工智慧行世，據聞機器人被輸入五百多位詩人的作品之後，排好文字的邏輯，數小時之內可寫幾十首品質不差的詩。讀者已經不再需要有血有肉而專以符號作詩的「詩人」。

2. 以議論帶動敘述與明喻

收錄《廟前》、《動物搖籃曲》、《暴雨》、《家庭之旅》、《小宇宙》的《陳黎詩集I：1973-1993》，動人之作較多。《動物搖籃曲》時期的陳黎，詩藝已完全成熟。《暴雨》之後，漸趨散文化。《家庭之旅》之後，論述和概念化的句子增多，詩末加注的現象也變多。《小宇宙》的俳句，則可視為陳黎的造句練習。詩作的走向是散文化，平均現象是夾敘夾議。[299]

明喻變多，是陳黎詩風夾敘夾議的濫觴。一九八〇年左右已顯此傾向。如〈火雞〉第二節：「它火紅的

---

295 包括許多專家、學者、詩人。陳黎有「意象魔術師」之稱。

296 二〇〇五年，台北教育大學舉辦「台灣當代十大詩人票選」，繼而舉行「台灣當代十大詩人學術研討會」。選出的「台灣當代十大詩人」，依名次序列為：洛夫、余光中、楊牧、鄭愁予、周夢蝶、瘂弦、商禽、白萩、夏宇、陳黎。

297 廖咸浩說陳黎：「有所為而為地著重符徵」。參見廖咸浩：〈玫瑰騎士的空中花園：讀陳黎新詩集《島嶼邊緣》〉，收於陳黎：《陳黎詩集II：1993-2006》（台北：書林出版有限公司，二〇一四），頁三五六—三六八。

298 〈腹語課〉、〈舉重課〉、〈齒輪經〉、〈戰爭交響曲〉、〈不捲舌運動〉、〈一首因愛睏在輸入時按錯鍵的情詩〉、〈島嶼飛行〉、〈小城〉、〈雙城記〉、〈為兩台電風扇的迴旋曲〉，參見：《陳黎詩集II：1993-2006》，頁五九—六八、九五—九七、一一六—一一七、一八三、二五四—二五八、一三一—一三二。

299 一九九八年發表的〈十四行詩十四首・10〉，為陳黎詩觀的具現：「若且唯若若（也就是你）同意文言／可以夾雜白話並且一首詩可因閱讀／所需迂迴其意如暗夜烏鵲繞樹三匝／終於棲息在，逗點後的刪節號……／然後又飛起，說貴得肆志縱心無悔」。見陳黎：《陳黎詩集II》，頁一六五。

肉垂多像失火的淚珠／彷彿要融化整個世界的寒冷／背對一片冰雪的人類屋頂／向我吐露它的負擔」。[300]詩人跳出來解釋：「這個比喻在說什麼」，於是由喻而敘而議，句子拉長，在多焦的視域裡顯出左右逢源之感；接著就是由形容詞堆積成的句子，以及跨行、鋪陳，說了很多還要再說時以「啊」展開的詠歎句。例如〈翡冷翠晚餐〉、〈橋之派對〉、〈我們精通戲法的腹語學家〉、〈世紀末讀黃庭堅〉。[301]

像〈翡冷翠晚餐〉的詩行：「菜單的全部，從她們嘴裡喝過第一盃不加冰塊的甜酒／我的食欲因色香俱佳的考據大開，啊那些／好古又不甘落伍的翡冷翠女兒」、〈我們精通戲法的腹語學家〉的詩行：「我們的腹語學家，他哭，他笑／抓一隻黑貓似的他抓緊夜的尾巴，不斷不斷地甩盪／令我們無法辨認黎明和夢的距離／啊，我們精通戲法的腹語學家是貪婪的大亨」；[302]又如〈世紀末讀黃庭堅〉第一節：「舊的世紀快過去了。翻讀／你的詩，卻覺得像逛一間／新開的精品店」，[303]「新開的精品店」，喻黃庭堅「點鐵成金」、「奪胎換骨」的作詩主張，批判走上形式道路的詩作。

陳黎在緊急煞車般的短詩、集中單一視點的題材，時而出現警句。如〈花園〉：「他打開一盞小燈，照亮那些／搬運他睡意的螞蟻／玉蘭花在垃圾桶旁邊／過時的月曆掛在牆上」[304]、〈相逢〉：「這個早晨／在這麼明亮的故鄉的天空下／我們短暫地相逢／而後消失在彼此的後視鏡中」[305]。或《小宇宙：現代俳句200首》：「他刷洗他的遙控器，／用兩棟大樓之間／滲透出的月光。」、「我等候，我渴望你：／一粒骰子在夜的空碗裡／企圖轉出第七面。」、「想飛的電線桿有可能成為／一柱香，如果，／電線走火。」[306]

3. 趨隨時尚的旨趣

一九七〇年代後期，「鄉土」、「現實」的論題蓬勃興發，陳黎以詩創作回應了時代潮流。在歷史議題、社會新聞、地方想像、傳說演繹、家族書寫這幾方面，陳黎有一百行以上的長篇詩作五首；[307]但是這幾首詩敷陳其事，在詩的框架中放入故事的肌理，張力和回味都不如其短作。陳黎使弄口語的本領，在處理現實的題材中反而使得意涵更浮而文字更散。

收在《陳黎詩集I》的作品，如〈中山北路〉、〈春天在一個熱帶的漁鎮〉，以及幾乎可視為一系列的〈古今英雄傳〉、〈K會長〉、〈校長說〉、〈王議員〉、〈陳爐主〉、〈阿土〉、〈Ave Maria〉，嘲諷意味突出。[308]陳黎很擅長描摹小人（或小人物）自以為老大的嘴臉。陳黎的諧謔詩風，在寫這些小人物的作品中，已可看到貼近時尚的趨勢。[309]「台灣」和「花蓮」在陳黎的詩裡是意涵明確的標籤，以國族或故鄉之愛指向意識型態上的「本土」。

300 見《陳黎詩集I》（台北：書林出版有限公司，一九九七），頁九一。
301 各詩見《陳黎詩集I》，頁九七、九八、一一三；《陳黎詩集II》，頁二七三──二七四。
302 見《陳黎詩集I》，頁九七、一一三。
303 見《陳黎詩集II》，頁二七三。
304 陳黎：《陳黎詩集I》，頁二四二。
305 陳黎：《陳黎詩集I》，頁二四九。
306 見陳黎：《陳黎詩集I》，頁三一三、三一五、三一八。
307 這五首百行以上的詩作包括：〈后羿之歌〉、〈最後的王木七〉、〈太魯閣〉、〈家庭之旅〉、〈鑑真見證〉。
308 各詩收於陳黎：《陳黎詩集I》，頁四〇──四一、一三一、四八──五七。
309 在一致的好評中，仍有劉正忠以諧謔之道還至諧謔之身，別具意謂地指證陳黎穿上情詩外衣的淫詩，以及徒為黏合劑效果的音律運用。劉正忠在〈違犯‧錯置‧汙染：台灣當代詩的屎尿書寫〉中說：「陳黎是另一個大量從事屎尿書寫的詩人。在早期的詩行裡，糞便僅是作為負面系列事物之一……但愈趨晚近（差不多就是他的後現代特徵逐漸強化的同時），『糞便』成了一套核心隱喻，生產出豐富的語句與意旨。……在陳黎充分釋放『男性慾望』的『情詩』裡，排泄物變成了一個身體『進入』另一個身體的重要方法。這本應是『精液』的工作（在陳黎這類詩作裡，精液也確實未曾缺席），奇特的是，他居然使得（黑色的）屎尿扮演著如同（白色的）精液一般的『身體殖民』的工具……〈貓對鏡〉一組五首，大抵屬於層次卑下、格調猥鄙的『淫詩』，但先穿上（隨即撕裂了）『情詩』的外衣。」發表於《台大文史哲學報》，第六九期（二〇〇八），頁一四九──一八三。

至於擬民歌之作如〈留傘調〉、〈擬阿美族民歌〉、〈擬布農族民歌〉，投合時代趨勢的作詩策略就更明顯。

綜言之，陳黎有許多浮淺的形式遊戲，詩質單薄，卻被票選為十大詩人；這是台灣現代詩壇極大的諷刺。

向陽（一九五五、五、七—），本名林淇瀁，生於南投縣鹿谷鄉。政治大學新聞研究所博士。現任教於台北教育大學。曾任職於自立報系等多種媒體、參與多種政治性社團、加入文學社團如：笛韻詩社、陽光小集、華崗詩社、大學文藝社、笠詩社、藍星詩社、詩脈季刊、台灣詩學季刊雜誌社。出版詩集：《銀杏的仰望》（一九七七）、《種籽》（一九八〇）、《十行集》（一九八四）、《歲月》（一九八五）、《土地的歌》（一九八五）、《四季》（一九八六）、《心事》（一九八七）、《亂》（二〇〇五）；詩選集：《向陽詩選（1974-1996）》（一九九九）、《向陽台語詩選》（二〇〇二）；散文集：《流浪樹》、《在雨中航行》、《世界靜寂下來的時候》等；論著：《書寫與拼圖：台灣文學傳播現象研究》、《長廊與地圖：台灣新詩風潮簡史》、《喧嘩、吟哦與嘆息：台灣文學散論》、《浮世星空新故鄉：台灣文學傳播議題析論》；譯著：《大象的鼻子長》等。

向陽發跡於一九七〇年代，身兼學者、新聞人、文學人、政論人，首部詩集《銀杏的仰望》出版於大學時期；高中即號

向陽，《歲月》，台北：大地出版社有限公司，1985。

向陽，《向陽詩選》，台北：洪範書店有限公司，1999。

召同學成立詩社，三十歲以前就奪下國家文藝獎，創作與評論並行，是一九八〇年代台灣文學界、文化界閃亮的名字。出版於台灣的詩集裡，《銀杏的仰望》和《種籽》的多首詩作收入後來的詩集；《十行集》和《四季》又增定重排。其詩錘鍊語言，多方取材，亦以各式遊戲營造詩作的外貌，詩風剛柔並濟。

向陽詩最明顯的特點有二：

1.工整，甚或成系列的形式

工整，是向陽詩在形式設計上最大的特質。整齊形式的表象為規格化、模式化、類型化；底蘊是對傳播效力和名氣的重視。表現在結構和格律兩方面。

向陽的詩最具個人特質之處是結構與音樂性；因此而凸顯的「十行詩」與「台語詩」，在台灣現代詩史中迎風招展。系列化的形式側面顯示向陽對詩創作的耐心與耕耘的毅力。

向陽寫詩如下棋，以形式包裝內容為策略來出版詩集，穩中求勝。收在《向陽詩選》的《銀杏的仰望》選詩，段落安排均極整飭：三行為節的如〈聯想之外〉，四行為節的如〈落雨的小站〉，五行為節的如〈銀杏的仰望〉，六行為節的如〈草詠二章〉。[310]足證向陽一開始寫詩就以整飭的句式規畫形式；非如某些論者以為的起自《十行集》。

《十行詩》、《四季》以系列的、規則化的結構呈現；《歲月》以及其他詩集內的部分詩作亦可見秩序的、整齊的布局，與字句、語詞的規律對應，例如《歲月》卷一的十首二十行詩、卷三的十首十六行詩。

《十行集》收七十二首詩，每首以前後二節、各五句，組成5×2=10的十行詩，再纂成一部詩集。[311]《十

310 參見向陽：《向陽詩選（1974-1996）》（台北：洪範書店有限公司，一九九九），頁八—一七。

311 此結構在台灣現代詩史上，當始於洛夫的《石室之死亡》。向陽的《十行集》，出版時間後於洛夫的《石室之死亡》，其5×2=10的結

行集》在題材及語言上頗借重古典文學，亦不乏當代物件入詩，乃古典詩既定格律的白話實驗，顯示了固定行數中，旁觀者一般的的詩思。例如〈盆栽〉：

作為盆栽，他已覺頗為滿意
在方圓有限的盆裡，他擁有
自己的領域，擁有陽光、水
以及空氣。且較諸同儕幸運
為無懼於戶外的風雨他竊喜

站在被保護的窗緣，他謳歌
廣邈無邊的天地，讚頌風暴
雷電之壯麗。而對於被催折
遍地的花草樹木則嗤之以鼻
較諸粗俗，他寧取盆中長緣[312]

兩節各五行的形式，裁成方塊格局，斷句的位置搭配每行整齊劃一的字數；每節的五行之中各有三行、二行的跨行，似為不破十行之限而整併，制約於節奏與韻腳，句與句、節與節之間，銜接以藕斷絲連的句子。此詩借物敘志，但將抽象的心志投射為具體的盆栽，以第三人稱取代第一人稱，使感情外延到敘寫。在兩節中，第一節鋪陳，第二節把鋪陳中的暗示明朗化，最後以帶著勸誡、警示意謂的語句收尾，頗得古典詩中的敘志真味。

《四季》與《十行集》的結構近似，唯每首詩二十行，分二節，每節十行，為20×2=40的形式；如此共收二十四首詩。這二十四首詩的詩題取自中國的二十四節氣，依四季的節令順序，每季六首。其中，〈小滿〉、〈大暑〉的形式類似迴文詩：第一節的最後一句變成第二節的第一句，第二節的句次依序由第一節的末句往前推寫，整首詩的最後一句就是開頭的第一句。向陽自注〈大暑〉，說明讀法：「以句為單位，可順讀可逆讀，可右至左可左至右，可上而下可下而上，可跳句上下可左右換句。」[313]能把讀詩時的句式組合全權交給讀者，亦可見向陽對此「類迴文詩」的語句順序信心足夠，讀者的回饋他有把握應付自如。

在格律上，「自鑄音律」是向陽公認的特質。向陽的所有詩集都重視作品的音樂性。即使風格與《四季》、《十行集》迥然相異的《土地的歌》亦然。

《土地的歌》三十六首詩作，出以格律化的形式，運用閩南語方言，藉戲謔和嘲諷的筆法，為一九七〇年代後期的現實書寫，寫下開創性的一頁。向陽以台語口白、台灣諺語、民間傳聞入詩，鄉土味、趣味十足。例如〈阿爹的飯包〉，借台語的逼真性增加詩中角色的真實感，描寫一位沉默寡言、任勞任怨、靠勞力為生、為家人犧牲奉獻的父親；透過詩中人對父親飯盒內容的揣測與結果的揭曉，表現無私的父愛。又如〈村長伯仔欲造橋〉、〈杯底金魚儘量飼〉、〈春花不敢望露水〉、〈一隻鳥仔哮無救〉、〈烏罐仔裝豆油證〉、〈馬無夜草不肥注〉、〈水太清則無魚疏〉，都因運用台語方言，散發生活色彩、富戲劇性的布局，尤其以系列呈現，成為走在前端的成功實驗。[314]像〈烏罐仔裝豆油證〉的前三節：

構與《石室之死亡》相應，而文字、題材、意蘊、風格等等，皆與《石室之死亡》相去甚遠。

312 向陽：《向陽詩選（1974-1996）》，頁一〇九。

313 見向陽：《向陽詩選（1974-1996）》，頁二四一—二四二。

314 向陽結合諺語的「注」、「疏」、「證」等定題方式，似為一九九〇年代之後某些詩人替詩作命名的「主義」、「指南」、「叢書」開了端緒。

天頂若無烏雲就不落雨
樹仔若無雨水就不發芽
玻璃罐仔若清就知有或無
玻璃罐仔若烏恐驚是乞食假大仙

做人像王祿仙彼般閉藏就全無趣味
做事像王祿仙這款怪奇就使人痛苦
生活有光有暗，天落紅雨狗會吠
生活無邊無角，一斤重過十七兩

王祿仙，唇邊頭尾叫伊
鹿仔仙，頭路無半項一襲短褲兩手烏
種花買鳥溪埔釣魚，乞食敢飼貓
每日笑嘻嘻，吃酒提物一概無欠錢[315]

歇後語「烏罐仔裝豆油」意謂深藏不露。台語中的「王祿仙」，原意是賣假藥的騙子，引申為好說大話、不切實際的吹牛大王。此詩表現對荒謬現狀的無奈、睥睨及諷刺。每四行為一節，以規整的結構和固定的節拍經營格律，單數句同韻，偶數句同韻，重章疊句的韻律連動，轉益了台語歌謠體。

2. 抒情為體，現實為用

向陽的詩始於以帶有中國古典韻味的語言與意象，寫下個人情愛的感思、對內在的挖掘、自我與外在的接觸；然後取道本土，描寫親眷鄰里、城鄉現象、社會現實。詩風始終以抒情為本，比例上漸漸趨向生活體會與周邊世界的變化；語言漸趨敘述性。

生活情境中各種元素在詩行中點綴性的出現，以及第一人稱以布道者的高度或無意間介入的觀察者發聲，是現實在向陽詩中感染力最強的「用」。抒情之為「體」，即在一種「輕拍肩膀」的姿態與優雅而蜻蜓點水的人文關懷中完成。

《土地的歌》富戲劇性的系列台語詩，最能體現向陽書寫現實的抒情本質。向陽倒刨正削，描寫當作題材的「議員仙」、「村長伯」、「陳阿舍」、「錢老師」、「校長先生」，旁敲側擊，引出反諷之意。[316]〈霧社〉是向陽最長的詩，計三四〇行，寫霧社抗日事件，收於《歲月》，獲一九八〇年中國時報的敘事詩獎。[317]此詩標地支以為章次，六章之內鋪陳氣氛，營造情境，到「悲歌‧慢板」的末章，在全詩的倒數第二節，寫日人施放毒氣，點到為止而即作結。相較於《土地的歌》，〈霧社〉太散文化。

在規格中一邊抒情一邊論述的短篇是向陽較富韻致的作品。多人點評過的名作：〈制服〉、〈立場〉、〈在寬闊的土地上〉，即為此類。[318]又如以「哀西罩名主牆」為主旨的〈痕傷〉、以學生集體食油中毒事件為

315 〈烏罐仔裝豆油證〉，見向陽：《向陽台語詩選》（台南：真平企業有限公司，二〇〇二），頁八八—九〇。

316 見〈村長伯仔欲造牆橋〉、〈議員仙仔無在厝〉、〈校長先生來勸募〉、〈馬無夜草不肥注〉、〈水太清則無魚疏〉收於向陽：《向陽台語詩選》，頁五八—五九、六〇—六一、六二—六三、九一—九三、九四—九五。

317 見向陽：《向陽詩選（1974-1996）》，頁五二—七五。

318 〈制服〉、〈立場〉、〈在寬闊的土地上〉，見向陽：《向陽詩選（1974-1996）》，頁一〇五、一〇八、一九七—二〇一。

題材的〈鏡子看不見〉、隨筆所之的〈請勿將頭手伸出〉。[319]〈請勿將頭手伸出〉的第二節：

請窩藏你的情緒
舉你的手如V，向他們
一切盼望著你的浮塵
加以安撫，加以慰問[320]

語氣醉態可掬，親切自信又節制自然。詩人對所謂「現實」之「介入」，大多不過如此。

一九八〇年代之後，向陽對於號稱「文類泯滅」的台版後現代風潮、數位詩，均有所涉獵。收在《亂》的〈×與〇的是非題〉、〈血淌著，一點聲息也沒有〉、〈一封遭查扣的信：致化名「四〇五」的郵檢小組〉、〈城市，黎明〉、〈發現□□〉、〈一首被撕裂的詩〉，都屬實驗性質較濃厚的作品。

夏宇（一九五六、十二、十八—），本名黃慶綺。祖籍廣東五華縣。生於台灣。以李格弟為筆名發表歌詞，另有筆名童大龍。台灣國立藝專影劇科畢業。曾任職於出版社、電視公司。曾為《現在詩》主編。出版詩集：《備忘錄》（一九八四）、《腹語術》（一九九一）、《摩擦・無以名狀》（一九九五）、《Salsa》（一九九九）、《粉紅色噪音》（二〇〇七）、《這隻斑馬》（二〇一〇）、《那隻斑馬》（二〇一〇）、《詩六十首》（二〇一一）、《八八首自選》（二〇一三）、《第一人稱》（二〇一六）；詩與流行音樂的合輯：《愈混樂隊》；翻譯法文小說：《夏日之戀》；作詞：〈雨中的操場〉、〈純金打造〉、〈乘噴射機離去〉、〈請你給我好一點的情敵〉、〈告別〉、〈痛並快樂著〉等多首。

夏宇是台灣女性詩人中的後現代地標。從一九八四年出版第一本詩集《備忘錄》開始，即以特有的機智與敏銳而廣受矚目。包括後來的《腹語術》、《摩擦・無以名狀》、《Salsa》、《粉紅色噪音》、《這隻斑馬》、《那隻斑馬》，夏宇在台灣出版的每一本詩集，詩作不斷被傳誦、討論，與模仿。

夏宇最好的作品，好在直截了當而驚鴻一瞥的比喻，比如〈上邪〉、〈野餐〉、〈魚罐頭〉、〈愛情〉、〈疲於抒情後的抒情方式〉；而不是實驗性特別顯著的語言遊戲，像〈在陣雨之間〉、〈降靈會III〉、〈其他〉。夏宇詩的後現代景致，表現在把天差地別的兩種事物並列作喻而不在於日常景象的並置，例如以蛀牙比喻愛情而有：「拔掉了還／疼／／一種／空／洞的疼」[321]、以愛情與曇花比喻青春痘而有：「開了／迅即凋落／在鼻子上／比曇花短／比愛情長」[322]，「蛀牙」與「青春痘」作為意指的中介，展現說話者冰冰涼涼的語調及不假思索的客觀性，這是夏宇詩語言的特點。

「把你的影子加點鹽／醃起來／風乾／老的時候／下

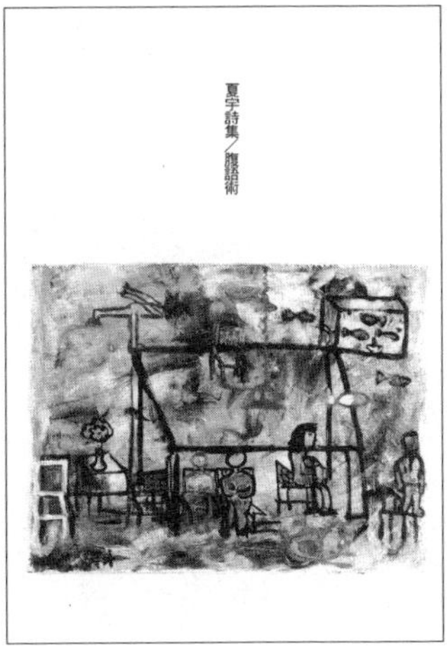

夏宇，《腹語術》，台北：現代詩季刊社，1991。

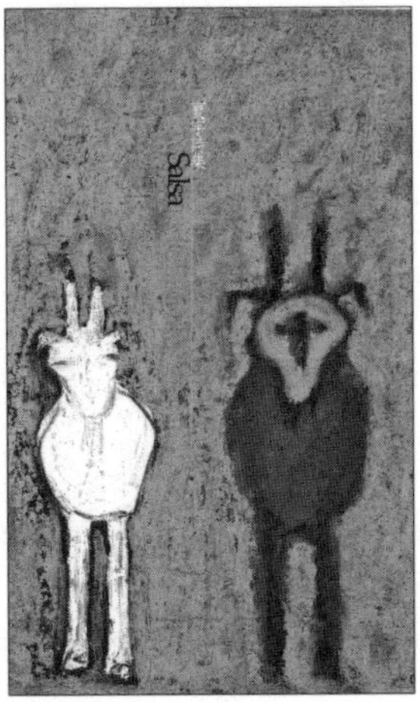

夏宇，《Salsa》，台北：現代詩季刊社，1999。

319 〈痕傷〉、〈鏡子看不見〉、〈請勿將頭手伸出〉，見向陽：《向陽詩選（1974-1996）》，頁一〇一、一九〇—一九二、一九五—一九六。
320 見向陽：《向陽詩選（1974-1996）》，頁一九六。
321 夏宇：〈愛情〉，《備忘錄》（自印，一九八四），頁一七。
322 夏宇：〈疲於抒情後的抒情方式〉，《備忘錄》，頁三八。

酒」，這是夏宇引起詩壇騷動的少作：〈甜蜜的復仇〉。從一九九〇年代夏宇的文本被劃入研究者的探索範疇開始，在討論的便利性上，夏宇的詩恆常被歸類或集中到性別、後現代，或女性主義等議題；有些評論家，如林燿德，提出夏宇詩的「文不對題」及「對準文字系統霸權的挑釁」。無論哪一種討論方式，都透顯夏宇詩中透顯的機智、叛逆、反向思考、舉重若輕、不費力的佻達。夏宇的這些特質引發相當多文藝青年的迷戀。夏宇擁有的詩迷，以擬仿其文字風格向她致意，把作品寫成詩、歌詞，或論文，在台灣的文學界，形成非常值得留意的現象。她被討論的作品很多，如：〈擁抱〉、〈魚罐頭〉、〈腹語術〉、〈降靈會〉、〈歹徒丙〉、〈說話課〉、〈同日而語〉、〈背著你跳舞〉。

夏宇的詩釋放出戲謔、試探，挑戰了現代性的各種面向，解放了文字的可能性。長年研究夏宇詩作的陳柏伶，認為夏宇的詩有自我生生不斷、循環向上的螺旋式力量，為讀者揭示對象物「之外」的時空。奚密討論夏宇的〈十四首十四行〉，認為夏宇擅長把表面看似不和諧或不相關的意象或情緒並置，低調寫嚴肅沉重的主題，用淡化而不感傷的語言寫愛情的脆弱和悲哀。[323]

林彧（一九五七、一、一—），[324]本名林鈺錫。生於台灣南投。世界新聞專科學校編採科畢業。曾任職於《中國時報》、《時報周刊》。曾獲時報文學獎新詩推薦獎、創世紀創刊三十年詩創作獎、金鼎獎等。出版詩集：《夢要去旅行》（一九八四）、《單身日記》（一九八六）、《鹿之谷》（一九八七）、《戀愛遊戲規則》（一九八八）、《嬰兒翻》（二〇一六）、《一棵樹》（二〇一九）；散文：《快筆速寫》、《愛草》等。

林彧的詩創作宜留意：

1.兩個創作階段：一九八四、二〇一五

林彧的詩創作有兩個階段，以詩集出版的時間計算，兩者相距三十一年：一個在一九八四年開始的一九八〇年代；另一個是二〇一五年開始，以臉書為首發的模式。一九八〇年代的林彧詩作，都市書寫是論者的焦點；高信疆、余光中、林燿德都是林彧都市書寫推波助瀾的力量。二〇一五年開始，多半先發表在個人臉書，然後再尋求出版，以《嬰兒翻》為此階段第一本試水溫的詩集。《嬰兒翻》以後，林彧新闢了老年、疾病的議題。[325]

一九八〇年代，林彧出版了四本詩集，每本詩集的詩作數量維持在五十—六十首之間，平均二—三年出版一本。第一本詩集《夢要去旅行》囊括了整個一九八〇年代林彧詩創作的書寫題材：田園、都市、人物；此後的三本詩集各就其中題材分釁之：《單身日記》集中在以受薪階層為主的都會視域，《鹿之谷》集中在成長記憶的原鄉，《戀愛遊戲規則》集中在以情愛對象為主的冷暖體會。林彧在廿一世紀的第一本詩集：《嬰兒翻》，收詩作一一七首，篇幅短，句子短，語言素樸，翻轉一九八〇年代「都市詩」時期的鍛鍊變化，而為感懷憶母的「平順的人話」。[326]

---

323 參見奚密：〈夏宇的女性詩學〉，《中國婦女與文學論文集．第一集》（台北：稻鄉出版社，一九九九），頁二七三—三〇五。

324 林彧說自己真正的生日是一九五六年一月十九日。當今公開的資料均以一九五七年一月一日為林彧的生日，林彧說那是「父親挑選的」。見林彧：〈關於本書作者〉，收於林彧：《戀愛遊戲規則》（台北：皇冠文化出版有限公司，一九八八），頁一三四。

325 高信疆任「人間副刊」主編的一九八二年，曾逐日連載刊出林彧的系列都市詩。林燿德在〈組織人的病歷表：論林彧有關白領階級生存情境的探索〉，說林彧是羅門之後、第二代都市詩人中，少數獲得成就與肯定者。以上資料轉引自向陽：〈在破折中翻身〉，收於林彧：《嬰兒翻》（台北：印刻文學生活雜誌出版有限公司，二〇一七），頁一三—四〇。

326 「平順的人話」，是林彧〈我們，這樣〉末節的句子。該節二行，曰：「我們熱中於激辯／以致忘了說些平順的人話」。該詩收於林彧：《嬰兒翻》，頁六〇—六一。《嬰兒翻》中，林彧對自己語言風格的變化頗具自覺，亦擅自嘲，〈我們，這樣〉以外，其他詩作亦書及此。如〈春分〉：「三月，適合耕種，繁殖，適合／旅行。我一腳輕風，一腳爛泥／在春天的後巷，踉踉蹌蹌／／看清楚，我要過的日子／不是對仗工整、空有韻腳而已」。見林彧：《嬰兒翻》，頁四五。

2.都市書寫

以都市書寫揚名詩壇的林彧，在《夢要去旅行》和《單身日記》中，〈名片〉、〈衣架〉、〈領帶〉、〈無味〉、〈積木遊戲〉、〈釘書機〉、〈D先生〉、〈B大樓〉，都是深具原創性、戲劇感，從生活出發的生動詩作。[327]余光中特別推讚，說林彧在《夢要去旅行》的都市題材：「成為八十年代新感性的醒目站牌」、寫出「受薪階級青年知識分子在恐閉、無奈，以及在人群壓力下力圖保持個性的想望」、「風格爽朗，觀點刷然一新」。[328]

林彧的系列都市書寫，最精彩的獨門工夫經常表現在詩的末節由實入虛、由現實情境飛向或遁入超現實的筆法。例如〈衣架〉寫詩中的「我」要出門，打算取下衣架上的衣服，但是衣服卻不安順；好不容易拿下衣服穿妥，「我」卻發現自己的靈魂攀在衣架旁睡著；老羞成怒的「我」想起人世間的寵辱，久立竟變成衣架。〈名片〉描寫社交場合的身不由己和空虛失落。詩中的「我」在歡宴後的雨夜整理名片，「輕輕唸出那短詩般的名字」，迷惘之餘，動手撕裂名片，卻聽到「無數個我被撕裂的聲音」。〈D先生〉寫一個事業有成的人，晚上單獨回到住處，百無聊賴，出門散步，踢到一個空罐頭，想起自己的處境，恍惚之間自己好像被社會期待擠在罐頭裡。寫都會生活中的上班族苦悶情狀，一九八〇年代的林彧很出色。

一九八〇年代，林彧的都市書寫，趕上林燿德揮旗提倡都市詩的熱潮。彼時任職於媒體的林彧取得機先，提前反映了市場機制。然而都會白領階級的恐閉或負重並非林彧一貫的關懷。《單身日記》出版之後，林彧的此類書寫也即告終。

林彧的五本詩集，以《夢要去旅行》詩藝的成就較高。《夢要去旅行》真正出於肺腑、來自內心，而非耍嘴皮的佳作，有一個特質，即是運以生動流轉的句式。如〈蜘蛛〉、〈夢要去旅行〉。[329]余光中為《夢要去旅行》寫的序文，認為，雖然瑕不掩瑜，然而林彧的詩迴行太多，卻常使句法支離，氣勢不暢。[330]真是好眼力。即使三十年後，到了《嬰兒翻》，仍難揮卻早成習性的跨行句。在《夢要去旅行》中，時常可見當年這位二十七歲的青年詩人如何用跨行取代拗句或增加行數，投向茫茫詩海。然而與書名同題的〈夢要去旅行〉，余光中說的這個迴行扣分項卻運用得不落痕跡。要論林彧的焦點集中、語言純淨、運筆簡潔，可以此詩為證。此詩寫戀愛中人的快樂、甘心、傻氣。詩中人的女友（「夢」）遠行在即，對詩中人百般安慰。詩中人和女友兩小無猜之貌栩栩如在目前，不需也無暇巧其脣齒大嘆苦澀或黯淡，展現不求聞達的赤子風貌。謹錄此詩末節，遙念當年雄姿英發的詩人：

夢要去旅行，夢說：
當我回來，你要放出鴿子
讓鴿翼將每片凍僵了的雲
撞得噹噹作響[331]

侯吉諒（一九五八、四、二十五—），生於台灣嘉義。國立中興大學食品科學系畢業。曾任報社及出版社編輯、《創世紀》詩刊主編。曾獲國軍文藝獎、中國時報文學獎等。出版詩集：《城市心情》（一九八七）、《星戰紀念》（一九八九）、《難免寂寞》（一九九〇）、《詩生活》（一九九四）、《如畫》（一九九五）、

327 各詩依序見《夢要去旅行》（台北：時報文化出版企業股份有限公司，一九八四），頁六〇—六一、四八—五〇、四四—四五、六二—六三、七七—七八、七五—七六、六四—六五、六六—六七。
328 見余光中：〈拔河的繩索會呼痛嗎？〉，收於林彧：《夢要去旅行》，頁一—二六。
329 〈蜘蛛〉、〈夢要去旅行〉，收於林彧：《夢要去旅行》，頁一六二—、一三三—一三六。
330 見余光中：〈拔河的繩索會呼痛嗎？〉，收於林彧：《夢要去旅行》，頁一—二六。
331 見林彧：《夢要去旅行》，頁一三六。

《交響詩》（二〇〇一）；散文集：《江湖滿地》、《在城市中耕讀》等；書畫集：《侯吉諒書畫印作品集》等；主編：《中國新文學大師名作賞析》等。

侯吉諒在一九八〇年代後期出版第一本詩集，相較於戰後嬰兒潮世代的詩人，侯吉諒出道算晚；二〇〇一年後未再出版詩集，且發表於報章雜誌的詩作頻率銳減，幾已「金盆洗手」。就侯吉諒在台灣出版的這幾本個人詩集觀察，一九九四至一九九五年是創作質量的高峰期；侯吉諒迄今品質最優的詩集：《交響詩》，許多作品也發表於這兩年。

侯吉諒這六本詩集呈現的創作軸線非常明晰清澈。有二處難得：1.一本比一本寫得好。從替自己「著色」、以「城市詩人」鳴世的《城市心情》，以至詩壇的賦詩習尚薰染勻稱的《交響詩》，若真停筆，對於詩人自己而言，這種穩定的向上成長和「止於至善」的自覺，在戰後嬰兒潮世代詩人裡很可貴。2.《如畫》專收歷年得獎詩作六首，收錄各詩的評審意見以及同輩詩友的鼓勵。這些主要來自重量級前輩詩人的評審意見，有的非常銳利，不無苛評；而來自同輩詩友的讚譽相形見絀。不論毀譽，侯吉諒都照收照登。這亟需面對自我與付諸公評的自信。

侯吉諒的詩，文字中規中矩，善鋪陳情緒。抒情之作常以秋光、雪色為意象。早年的都市書寫，常從反面或側面著筆，表現都會的人情冷暖。

侯吉諒的詩值得留意：

侯吉諒，《詩生活》，台北：麥田出版社，1994。

1.寄託於金石書畫而寓以抒情雜感

自〈如畫〉獲得第十五屆時報文學獎新詩評審獎之後，書畫金石兼擅的侯吉諒，以此開展出獨具一格的詩作特質。侯吉諒或借重中國水墨畫的意象表現人文情懷，或就畫境與實境表現畫家之人格與思想，或就書畫金石之精神、技法，渲染寂寞而冷落的感情。此類所作共十二首；含收於《交響詩》「卷一：華麗」自成系列的〈雪色粉金紙〉等十首。[332]

此類詩作延續侯吉諒一路走來主要的鋪陳手法，兼以書畫藝術為詩行現實的景深，適度轉移了讀者對侯吉諒詩一向情緒輻射強過時代感的印象，在一片淋漓的墨色中流轉從容的筆意，確為凝聚力不足的侯吉諒找到出口。

以金石書畫為寄託的這十二首詩，實踐侯吉諒追求古典中國與現代台灣的詩風。侯吉諒詩作的平正結構、優美流暢而缺乏硬度的語言，亦於其中體現。收於《交響詩》的〈素面精鋼裁紙刀〉、〈細雕山水竹臂擱〉揮灑有致，頗異於前於《如畫》詩集幾乎無所不在的情苦落寞，為自我詩境或技法的跨越。如〈素面精鋼裁紙刀〉以庖丁解牛之神乎其技為開端，為「裁紙刀」點題之後，詩思一轉，切入以刀喻情的神傷：

然而我卻要有刀，薄刃長身
只消微微用力，便有一種分離的痛快

332 這十二首包括〈如畫〉、〈秋行富春江〉（收於侯吉諒：《如畫》（台北：皇冠文化出版有限公司，一九九五，頁一一八—一二三、一三二—一三七）、〈雪色粉金紙〉、〈冬狼新穎蘭竹筆〉、〈古玉玄冰松煙墨〉、〈宋氏天青瓷水滴〉、〈明坑舊工芙蓉印〉、〈金星水浪羅文硯〉、〈素面精鋼裁紙刀〉、〈細雕山水竹臂擱〉、〈饕餮獸面銅紙鎮〉、〈西周「散氏盤」應用考〉。以上收於侯吉諒：《交響詩》（台北：未來書城股份有限公司，二〇〇二），頁三四—五七。

刀快而心痛，可以從此不再有夢
讓各種紙張各式纏綿都應刀而斷[333]

「纏綿」在語境中同時指向紙張的棉絮和不知所以的情感。題目的「裁紙刀」因而投向欲自斷而不可能的「夢」。「刀」與「夢」的關聯，使得詩行在說明性的鋪敘裡，免除意涵與影射的渾沌局面。

2. 對位的形式

結構上的對位設計是侯吉諒在形式上的開發。都收在《交響詩》詩集裡。有〈交響詩〉、〈歷史〉、〈四絕句〉、〈塑身廣告〉等作。[334]

所謂「對位」，指詩作的結構有上下兩個部分；出於構思設計，使得閱讀句子的順序可以上下上下，或上行讀完再讀下行，甚或上行與下行交叉閱讀，而不太影響作品的意涵。須文蔚評〈交響詩〉，說此詩在結構上：「上下對應，衍生出多重的閱讀方式……廣受青年詩人模仿。」[335]除了〈交響詩〉，侯吉諒的這類形式對位之作，均以中國古典詩詞為結構上的「母體」，再發展出映襯、嘲諷、呼應的詩行，是中國古典詩的再創作。例如〈塑身廣告〉，即以漢樂府詩〈上邪〉的整首詩為上半段，上半段以「塑身廣告」為諷刺對象，照〈上邪〉各句，依序諧擬成白話句子，上下對讀，令人莞爾。又如〈四絕句・之一〉：

天暮欲雪　我在寂寞的窗下寫信給你
晚風遠吹　聽見時間在屋頂上翻身的聲音
歸鳥啼泣　有一種沉默已久的哀傷在懷念與憾恨間
殘陽如血　我都一一記述，寫進詩裡[336]

粗體字為古典詩詞，以此為基底，寫就每句古典詩後面的白話句子。正讀、倒讀、交錯讀……，語序不致影響文意。真正出自作者新創的詩行，為後半段白話文之部。

侯吉諒開發的這種對位形式，對於自己的詩藝進程而言，是「出奇制勝」之方；可以齊整的結構彌縫有限的格局，以蕩漾的情韻掩蓋不大的企圖。這幾首詩也具有押韻的共同特性。

孫維民（一九五九、十、四—），祖籍山東煙台。生於台灣嘉義。成功大學外文研究所博士。曾任教於國立中興大學。現任教於台灣遠東科技大學。曾任《藍星詩刊》主編。在台灣出版詩集：《拜波之塔》（一九九一）、《異形》（一九九七）、《麒麟》（二〇〇二）、《日子》（二〇一〇）、《地表上》（二〇一六）；散文集：《所羅門與百合花》；學術論著：《艾略特四重奏之主題交織》、《米爾頓失樂園的解構閱讀》。

333 見侯吉諒：《交響詩》，頁四九。

334 各詩依序見侯吉諒：《交響詩》，頁九四—九五、一一四、一四二—一四三、一四八—一四九。

335 參見侯吉諒：《交響詩》，頁二四—二五。

336 原詩直排。粗體字如原詩所標記。

孫維民，《拜波之塔》，台北：現代詩季刊社，1991。

孫維民，《異形》，台北：書林出版有限公司，1997。

孫維民，《麒麟》，台北：九歌出版社有限公司，2002。

孫維民詩作的特點為：

1.以抒情語調凝視現實而作形上思考

孫維民最難得的特質，是以抒情語調敘事，凝視現實，呈顯生活情境中的形上思考。孫維民寫遊民、掃地阿伯、憂鬱症患者、權力頂峰者的作品，如〈給一位精神病患〉、〈為一遊民〉、〈給一位憂鬱症患者〉等詩，均展現安靜、穩定、深刻、遠離塵囂的風格。[337]〈蟬〉：

假期就快結束，蟬將無言——
一個小學生騎著單車
穿越光明曲折的巷弄
他未聽到，在三樓的陽臺
我正激動而自私地許願：
「這樣的夏日可以堅持。
你也無須長大……」[338]

「蟬」和「小學生」因詩人心靈的複眼而展現彼此映照的關聯。「三樓陽臺的我」發現「蟬鳴」和「小學生」的相似，因而暗自許願小學生的生命停止於最美好的一刻。

〈為另一遊民〉：

前衛藝術、政治潮流、環保概念、全球化……
都像沉悶的古代的城邑
（有人倚靠廊柱觀望
有人透過樓窗）
因一穿著自製的垃圾衣裙
宣講臭味的先知走過
而被輕易地冒犯[339]

在此詩中，作秀式的人文旗幟、無感的旁觀者與落拓的遊民，以三個不同的層次介入每日休戚與共的生活空間，而對此三者的描繪則側面表現了詩人的態度。綰結諷喻與映象的在場模擬，此詩形容衣衫襤褸的遊民「穿著自製的垃圾衣裙」，是「宣講臭味的先知」；前衛藝術等概念是「沉悶的古代的城邑」；觀眾的姿態是「有人倚靠廊柱，有人透過樓窗」。括弧中的文字暗示旁觀者對引導時代潮流的觀念漠不關心。「沉悶的古代的城邑」既比喻前衛藝術等概念的缺乏活力與高不可攀，複暗示這些觀念本質上曖昧模糊的時空。觀眾事不關己的姿態，彷佛質問：「我是什麼時候屬於這裡的居民？」表面上，成日與垃圾為伍的遊民超越二者，居於最高位階，因為「穿著自製的垃圾衣裙」就是環保回收和「有創意」的前衛藝術，哀兵必勝就是政治潮流，沒有統一的標準就是全球化的趨勢，遊民一身垃圾裝扮於是淩駕其上。此詩固然諷刺高調、乏人問津、

337　這些詩都收在《日子》（台南：自印，二〇一〇）。
338　見孫維民：《日子》，頁一二。
339　見孫維民：《日子》，頁九四。

過度迷戀意義與觀念的認知型態，對於在法律和道德的空隙中取巧的遊民也冷眼看待，「宣講臭味的先知」已含貶意。對於觀眾的負面評價則隱含在「有人……有人……」的語調中。層層諷喻。[340]

2. 靜穆而深邃的詩想

孫維民的詩想沉靜深邃，語言精準凝練，下筆簡潔俐落，技巧不落斧鑿，擅長寫日常生活、都市和人性，經常在看似淡漠的詩行中表現敏銳的觀察力，令人讀後回甘，有如冰鎮橄欖。[341]論者普遍認為，孫維民的詩：「技巧在似有似無之間」、「充盈著冷肅批判的色彩」、「以繁複的意象進行嚴謹的思考」。[342]

孫維民的詩，知性與感性交融，呈現活生生的平常日子、簡單的期盼、巨大的絕望，以及基於信仰而產生、對他者的關懷與對生命的反省。如〈月升・1〉：

在窗口我看見
一輪靜靜死去的滿月
在商業區的上空浮懸：
一支建築工地的廣告氣球。[343]

「靜靜死去」，也許這廣告氣球洩了氣而沒人管，沒人收拾。此詩寫出商業區的人也想從仰望明月透透氣的心情；但是日居月諸的生活習性，已經養成把抬頭就看得到的建築工地廣告氣球想像成一輪明月。

又如〈秋興・七〉：

死亡竟然這般地貼切

冷冷浮鑠著柔和的光
像一只婚戒。[344]

由秋天聯想到死亡，原本無奇，但是想像人人敬而遠之的死亡之光冷而柔，與婚戒並置，婚約與死亡既悖反，又迷離，又辯證的關連，卻讓此詩閃爍著奇幻的光輝。死亡之為即期盟約，與婚戒之貼膚束縛原本一致，一欣一悲，確有相似內涵而人皆不願面對。

再如〈小路〉：

你還記得那條寧靜的小路嗎
你還記得，每天早晨，我們
離開霧氣裡的木造平房，經過
七棵芭樂，兩棵芒果，走進

340 相關論述參見鄭慧如：〈論一九八〇年代以降台灣現代詩的現實書寫〉，《江漢大學學報‧人文科學版》，二〇一二年第四期（第三一卷，總第一八二期），頁五—一七。

341 參見簡政珍：〈詩在似有似無之間：評孫維民《麒麟》〉，《文訊》，第二三七期（二〇〇五），頁三〇—三二。

342 例如徐耀均：〈知性與感性的婚慶：試析孫維民詩集《拜波之塔》〉，《台灣詩學季刊》，第二二期（一九九八），頁二三—二九；簡政珍：〈詩在似有似無之間：評孫維民的詩集《麒麟》〉，《文訊》，第二三七期（二〇〇五），頁三〇—三二；陳政彥：〈冷冽的都市形上學：孫維民小論〉，《創世紀詩雜誌》，第一六二期（二〇一〇），頁一四—一七。

343 〈月升二題〉，收於孫維民：《拜波之塔》（台北：現代詩季刊社，一九九一），頁一〇一—一〇二。

344 〈秋興〉，收於孫維民：《拜波之塔》，頁一〇六—一一〇。

那條寧靜的小路，——露水
涼爽地，撩濕我們的足踝
榕樹旁的倉庫占據著麻雀
廣闊的稻田那邊，太陽早已經等待著
溫暖的問候——你還記得，我們
如何細心地踐踏野草遮掩的石塊
提醒早起的青蛙與蛇，我們
正走在這條寧靜的小路……[345]

以「小路」寫「我們」共有的、不足為外人道的私密回憶。此詩的跨行句和敘事性值得留意。跨行句使得節奏舒緩；充滿畫面的細節帶出「我們」在許多早晨共享、隱隱透著不安（「蛇與青蛙」）的寧靜時光。

在多重交響、繁花盛景的一九九〇年代，孫維民的詩是都會中的隱逸聲音。以沉思者的透視與形上思索入題，在吵吵嚷嚷的文學與文化環境中，孫維民的詩特別透著靜穆的宗教感。

陳克華（一九六一、十、四—），筆名克克、陳業、田自由、江飛雋；以本名發表作品為多。祖籍山東汶上，生於台灣花蓮。台北醫學院醫學系畢業、美國哈佛醫學院博士後研究員。現服務於台灣台北榮民總醫院。出版詩集：《騎鯨少年》（一九八六）、《星球紀事》（一九八七）、《我撿到一顆頭顱》（一九八八）、《與孤獨的無盡遊戲》（一九九三）、《我在生命轉彎的地方》（一九九三）、《欠砍頭詩》（一九九五）、《美麗深邃的亞細亞》（一九九七）、《別愛陌生人》（一九九七）、《新詩心經》（一九九七）、《看不見自己的時候》（一九九七）、《因為死亡而經營的繁複詩篇》（一九九八）、《花與淚與河流》（二〇〇一）、《善男子》（二〇〇六）、《我和我的同義詞》（二〇〇九）、《心花朵朵：陳克華的心經曼陀羅》（二〇一〇）、《啊大，啊大，啊大美國》（二〇一二）、《當我們的愛還沒有名字》（二〇一三）、《一：陳克華詩集》（二〇一五）、《乳頭上的天使：陳克華情色詩選，1979-2013》（二〇一六）、《你便是我所有詩與不能詩的時刻》（二〇一七）、《垃圾分類說明》（二〇一八）、《嘴臉》（二〇一八）；與林為正合著中英對照詩集：《垃圾分類說明》（二〇一八）；散文集：《愛人》、《給從前的愛》、《在城市中迷失的地圖》、《顛覆之煙》、《老靈魂筆記》、《我的雲端情人》、《該丟棄哪隻》、《樓下住個GAY》等多部；劇本：《毛髮》、劇本及散文合集：《惡聲》；小說：《陳克華極短篇》、《愛上一朵薔薇男人》；歌詞與插畫合集：《看不見自己的時候》；詩與攝影合集：《漬》；有聲書：《凝視：陳克華詩歌吟唱專輯》。[346]

陳克華多才而早慧，是全方位的創作者，文學之外，於音樂、繪畫、攝影等各方面皆表現傑出。二十歲即出版首部詩集《騎鯨少年》，成名甚早，詩名極響。

陳克華的詩觀始終貫徹著他的詩創作，但卻在自己重要的詩集大多書版之後才發表，成為文學史「顛覆」讀者成見的關鍵。那也是陳克華真正的「後現代」精神：「寫詩是對所有文體的『離家出走』，包括詩本身。」、「所有的真理都只是一半的真理。詩正好補足了那另一半。」、「不確定普魯東有沒有說過這句話：正因為我們擁有藝術，所以不致於被真理毀滅。對於這句話的朦朧的尋思與懷疑，可以是詩。對於確不確定普魯東說過這句話，只能導向真理。」、「但詩人對這世界的確該懷有歉咎。是對『不可說明的深刻性產生直接的洞察』，並訴諸語言。語言這汙物像泥中能生蓮，詩人擁有這汙物，伸手指向汙物中央的蓮——但蓮實

345 〈小路〉，收於孫維民：《拜波之塔》，頁六六—六七。

346 參考「桂冠與蛇杖：醫生／作家陳克華的網站」。網址：http://www.thinkerstar.com.tw/kc/index-c.html。二〇一六、九、十二查閱。

際並不存在。」347

陳克華詩較顯著的特質為：

1.情欲書寫

從清純的情感表現，到科幻題材，到探入人性的情欲書寫，到批判政治的憤怒聲響，到以佛經為再創作的源頭活水，陳克華的詩風有多重面向，但最引人側目因而也最引人注目的是他的身體書寫。著名的詩作如〈錢實驗〉、〈肌肉頌〉、〈列女傳〉、〈星球紀事〉、〈婚禮留言〉、〈「肛交」之必要〉、〈我撿到一顆頭顱〉、〈愛上官僚的愛麗絲〉等。大多數用詞粗鄙直率的詩作，譏諷或荒謬感的表現都很鮮明。

陳克華的詩常訴諸理性與感官，以體液出入於身體和世界之間，尤其《欠砍頭詩》冠上的背德之名，更使陳克華成為一九九〇年代台灣新詩中情欲身體的代表。其情欲書寫包含三個特點：奔放多姿的性欲素描、遼闊的身體感，和虛無厭棄的調子。大量、冷靜而撒潑的性意象陳列方式，成為陳克華的詩極易辨識的特色，而其實陳克華詩中奔洩的肉體乃藉以表達哲思或對現實的感應。348

陳克華花了許多的心力在噴射的情欲書寫，到頭來在他的作品中尋找足以印證他對美好的追尋時，有力的詩作也有限，反過來落實了他在多數讀者心中既定的「下半身」印象，以致烽煙消散、「重新做人」之後的《善男子》、《新詩心經》，以一個「蓮花座上的行者」一般平靜無瀾的語句，反而襯托曾經自我廝殺撻伐的創作階段，未能凸顯該詩集「萬法無差別」的命意，而於詩藝或哲思亦未呈進境。

2.以厭離的思維挑戰禁忌

肉欲、科幻、童話的意象是陳克華詩的主要元素；然而穿透意象元素的皮相，虛構敘事才是陳克華意象書寫的焦點。陳克華書寫情欲以呈現感官世界的倒影，於肉欲中書寫虛無感，於科幻及童話元素中寄寓理想，統籌於虛構敘事之下，而始終纏繞著無以名之的厭離思維，故與現實世界若即若離，保持適度的張力。

陳克華以意象將激情分成許多小細節，再補綴、整合，以此「忠實」於詩的言說。其詩經常以精悍的語氣支撐警策的意象和批判的思維，展現痛感與快感雜揉的的魅惑力。在〈我撿到一顆頭顱〉一詩中，依序出現「手指」、「乳房」、「陽具」、「頭顱」、「心臟」等意象，陳克華一邊以撿到這些人體器官的事件和冷靜的敘述語調逗引讀者，一邊用倒敘法由各個意象的漸次逼近逆轉人類的生命歷程，邀請讀者回返生命的最初，諷刺以身體為表徵、處處膨脹的自我意識。該詩第二節「之後我撿到一只乳房」的末四句：「我雙手擠壓搓揉逗弄撫觸終於／踩扁她——／在大地如此豐腴厚實的胸膛，我必要留下／我凌虐過的一點證據」；[349]又如〈夢遺的地圖〉中的詩行：「當水龍頭眺望下水道／當拇指愛撫小指／當金熔化了鉛／當汗水穿過淚水／當嘴唇跳躍進陰唇／當抽象畫懸掛著抽象畫」。[350]這兩個例子均以脫軌的敘述帶領非常態呈現的身體意象，以發話者的強力介入，弱化客觀事件的權威性。

「去熟悉化」之後，這些相異於常態思考模式的詩語，便以重組過的面貌羅列於詩行，成為陳克華別具一格的說話方式。〈夢遺的地圖〉鋪陳遊戲意味濃厚的詩句而存在自足的嚴肅性，拼貼的意象伴隨單純的敘述邏輯，連續出現而缺乏下文的「當」構築懸宕不定的語意，暗示生命之荒蕪。[351]〈我撿到一顆頭顱〉則以意象的拼圖融裁為有機的整體，意象間隱約的邏輯開展為敘述結構，而後在各段後展現不同意涵，以避開情

347 參見陳克華：〈詩想六則〉，《聯合報》，二〇一二年十一月二十七日。
348 鄭慧如：《身體詩論》（台北：五南圖書出版股份有限公司，二〇〇四）。
349 陳克華：《我撿到一顆頭顱》（台北：麥田出版社，二〇〇五），頁一七。
350 陳克華：《欠砍頭詩》（台北：九歌出版社有限公司，一九九五），頁一二二。
351 王浩威〈道德者陳克華〉評陳克華：「讓他如此迷戀這一切拆解分離器官的，毋寧是藏在心裡的一股沙德式的激進理性主義，對於人類現實中所再現的一切事物，質疑或否定其表象，而拆除了它們表面的完整空想。」收於陳克華：《欠砍頭詩》，頁一一。

緒的直接告白，使得詩行表現為既定觀念的諧擬。再如〈「肛交」之必要〉。「肛交」一詞之所以加上引號，已暗示有別於該詞彙的一般意指；而就詩中敷寫的意象來看，〈「肛交」之必要〉所寫：「讓我們呈上自己全裸的良知和肛門作檢驗／並在一枚聚光的放大鏡下／觀察自己如何像鼠類一般抽搐」，與健康檢查照直腸鏡的情景近似。可知「肛交」一詞加上引號，便有既要脫離思考框架、又不願被人戴帽子的顧慮；因而「語不驚人死不休」，以忌諱的話題諧擬生命中恆常的難堪。

3.凸顯以諍論為內核的生命悲涼

陳克華傾向從生命的灰色地帶中勾勒普遍的課題，意象而作為陳克華詩中輔助敘述的線索，經常單一而非群聚出現；若有並置的意象群，往往有一個詩旨當作提領或籠罩。後者例如〈車站留言〉；前者例如〈煙灰缸〉。

〈車站留言〉以類似留言版的形式作為敘述架構，各詩行之間未穿插文符號，指涉車站留言版特具、以接收訊息為溝通的特質，最後只落得自說自話的回聲。每一則留言除了人際溝通的外在現實以外，潛隱著的則是留言者在虛空中與內在的自我、缺席的他者、不可得的未來的對話。從「阿美阿草」的稱謂開始，每一則留言各自發話，在各自的背景時空中還原為凝滯的意象，再由詩人綴接破碎、斷裂而跳躍的語意，彼此拆而復合，被判語言邏輯，以理念操作表現戲劇性的張力。[352]而〈煙灰缸〉則從精神和肉體兩者下喻，前段以「思想的頭皮屑」、後段以「一如在一塊皮膚上洩欲」為焦點，烘托或反襯內外交迫的敘述者，間接展示陷於交戰與糾纏的發話主體。

陳克華常使用幻想式的諧擬來處理人生中常態性的悲涼。例如〈列女傳〉、〈南京街志異〉、〈興寧街志異〉。[353]陳克華以虛構敘事為主軸的書寫，特別相應於一九八〇年代以後台灣社會突起的都市情境。這種書寫方式，以諍論提供特殊的動力，支援了台灣從戒嚴到解嚴的變動環境。

林燿德（一九六二、二、二十七—一九九六、一、八），本名林耀德。祖籍福建廈門。生於台灣台北。輔仁大學法律系學士。中國青年寫作協會會員。著有論述八冊、詩集七冊、小說七冊、劇本二冊。個人詩集有：《銀碗盛雪》（一九八七）、《都市終端機》（一九八八）、《妳不了解我的哀愁是怎樣一回事》（一九八八）、《都市之甕》（一九八九）、《一九九〇》（一九九〇）、《不要驚動不要喚醒我所親愛》（一九九六）；詩合集：《日出金色：四度空間五人集》。較具代表性的小說有：《惡地形》、《大東區》、《一九四七・高砂百合》、《時間龍》；散文集：《一座城市的身世》、《迷宮零件》、《鋼鐵蝴蝶》、《林燿德散文》；評論集：《一九四九以後：台灣新世代詩人初探》、《不安海域：台灣新世代詩人新探》、《羅門論》、《重組的星空》、《世紀末現代詩論集》、《敏感地帶：探索小說的意識真象》；訪談錄：《觀念對話》；舞台劇本：《和死神約會的100種方法》；電影劇本：《大東區》等。主編

林燿德，《銀碗盛雪》，台北：洪範書店有限公司，1987。

林燿德，《都市終端機》，台北：書林出版有限公司，1988。

352 陳克華此類諧擬散文的形式實驗尚有〈人吃人〉、〈蒼蠅人〉等多首。陳克華說：「詩本身基本上對語言邏輯是一種背叛，說『看不懂新詩』的人往往便處於一脫離既有思考框架便無所措手足的狀態，而我對於這種人生終不能免的慣性（或惰性）始終戒慎惶恐。」見陳克華：《美麗深邃的亞細亞》（台北：書林出版有限公司，一九九七），頁一八六。

353 分別見陳克華：《星球記事》（台北：時報文化出版企業股份有限公司，一九八七），頁二六〇；《我撿到一顆頭顱》，頁一〇六、一一四。

《時代之風：當代文學入門》、《台灣新世代詩人大系》、《當代台灣文學評論大系・文學現象卷》、《世紀末偏航：八〇年代台灣文學論》、《流行天下：當代台灣通俗文學論》、《蕾絲與鞭子的交歡：當代台灣情色文學論》等多部。

林燿德一九七七年開始發表詩作，以《三三集刊》及「神州詩社」為初試啼聲的園地。幾年後，《草根》詩刊大量刊載其詩。林燿德之創作多元而豐富，意氣風發，素材尖新，又力倡世代交替，推動新世代概念，鼓吹都市文學、後現代創作，以研討會、文藝營、導讀性質的文章等鼓動文學風潮，對文學事業與歷史文化高度自覺，有「八〇年代文學旗手」之稱。

林燿德英年早逝，彗星般短暫而璀璨的生命，在台灣文學史上畫下耀眼的驚嘆號。林燿德猝逝後，楊宗翰透過林燿德親友的協助，編成一套五冊的《林燿德佚文選》，收錄林燿德已發表而尚未結集的重要著作，文類涵蓋詩、散文、小說、極短篇、劇本、文學評論、序跋、書評、翻譯、深度對談等等，逾五十萬字。[354]

林燿德認為詩是最能展現創作雄心的文類。[355]相對於其他文藝創作，林燿德深耕於詩，出版品的比重也可觀。[356]其第一首詩：〈掌紋〉發表於一九七八年《三三集刊》第十四輯，與同時期的〈泳池〉為林燿德成名前的抒情短詩代表：[357]以兒女情妝點英雄氣的俠骨柔情、在傳統詩文的詞彙與充塞詩中的慨嘆籠罩下，好奇而天真、熱切而質樸、一往而深、無怨無悔，詩中的「我」容納許多零星印象的「他」，如同待綻的蓓蕾，注解了林燿德的青春歲月。這類風格的詩作隨著「神州詩社」結束、《三三集刊》停止運作而畫上休止符。

約在一九八二年之後，林燿德開始經營歷史文化主題的長詩，如〈絲路Ｉ〉、〈絲路II〉、〈文明記事〉、〈寶瓶座時代的開展〉。從此青澀時期的「我」不見了，化入詩中碎裂為時光長河中的煙塵，或爆炸為虛空裡的星雲，詩行中盡是膨脹的詩人自我。其後雖仍不乏如〈我們曾是，夜泊湖心的一葉扁舟〉的浪漫個人抒情，然大致上是成名後的林燿德較為人熟悉的創作面貌：長於鋪陳、布局、速食的後現代與後都市、知性的詩風。

林燿德以堂皇布置後的組詩及長詩顯示詩才。其顯豁的特點，是以旺盛的表演欲、熾熱的企圖心、強烈的權力欲為其精神，操控形式、調整規矩，使成宏大敘事為基調的作品。在戰爭、都市、歷史文化、資訊科技、宇宙科幻、情色權力等主題下，充塞著隨時可能爆裂的各種欲望糾葛與內心騷動；而拼貼、圖象、後設語言、大量的組詩、跨文類創作，則櫽括或修飾了以鋪陳為主、近於散文化的文字風格。文字鋪排形式及令人目眩神迷的議題設定，為林燿德贏取詩壇的地位。

林燿德以小說創作的方式寫詩：拋下一個問題或情節，寫成撲朔的結局，或導向未知，或引發對某議題、某形式的爭議、思索；字詞的排比，則幾乎是林燿德詩作的基本句型。一般人認知中的詩的結構，相當於林燿德詩的「樣貌」；主題，則相當於開啟林燿德詩的鑰匙。

羅任玲（一九六三、十、十一），女，祖籍廣東大埔，生於台灣屏東。台灣師範大學國文系學士、碩士。曾參加「象群」、「地平線」、「曼陀羅」等詩社。創作的文類包括詩、散文、小說、報導文學，以詩為

354 參見林燿德著、楊宗翰主編：《新世代星空：林燿德佚文選I》、《邊界旅店：林燿德佚文選II》、《黑鍵與白鍵：林燿德佚文選III》、《將軍的版圖：林燿德佚文選IV》、《地獄的布道者：林燿德佚文選V》。出版項均為「台北：華文網，二〇〇一」。

355 參閱馮青：〈帶著光速飛竄的神童：一個解碼者／革命之子／林燿德〉，收於林燿德：《都市終端機》（台北：書林出版有限公司，一九八八），頁二八七。

356 除了個人詩集，林燿德的八本文學評論集裡，《一九四九以後：台灣新世代詩人初探》、《不安海域：台灣新世代詩人新探》、《羅門論》、《世紀末現代詩論集》都是現代詩評論，《觀念對話》所收則為與白萩、余光中、羅門、林亨泰、張錯、葉維廉、楊牧、鄭愁予、羅青、簡政珍等十位詩人的訪談紀錄。

357 〈掌紋〉後來收於林燿德：《妳不了解我的哀愁是怎樣一回事》（台北：光復書局企業股份有限公司，一九八八），頁一四九—一五六。〈泳池〉收於林燿德：《都市終端機》，頁一七一—一七四。同類詩作尚有〈白蝶〉、〈咸陽〉等。前者收於《妳不了解我的哀愁是怎樣一回事》，頁一五七—一五八、一八三—一八五。

主。出版詩集：《密碼》（一九九〇）、《逆光飛行》（一九九八）、《一整座海洋的靜寂》（二〇一二）、《初生的白》（二〇一七）；散文集：《光之留顏》；論著：《台灣現代詩自然美學》（二〇〇五）。

羅任玲的詩有以下特點：

1. 寧謐沉靜的氣質

羅任玲的詩透著安靜、寧謐，以沉默扣問詩的本質，以安靜的氣質向大自然汲取寫詩的資源。[358]在羅任玲的詩集中，「安靜」、「靜默」、「祥和」、「安詳」、「寧靜」，是經常出現的關鍵詞。例如〈哈利路亞〉詩句：「和敵機一同落下的禱詞靜靜」、〈逆光飛行〉的詩行：「誰依舊安靜坐著／閱讀潮濕氣味的晚報／讓世界沉默且錯身而過」、〈九月〉的詩行：「月光從鐘擺滴落／只是輕聲走過了／桌上的一枝羽毛筆／／九月黑夜的安靜」、〈記憶之初〉的詩句：「每日她在熱水瓶裡倒出一些螞蟻的屍體，安靜漂浮在紙杯的水面，像落葉般安詳。」

羅任玲的詩也經常以意象牽動敘述，表現這類氣息或氛圍，而驅使語言的痕跡跨越時空，邁向無垠。例如〈風之片斷〉由昆蟲的翅翼發端，意象興發了黛綠的手勢，帶動整個宇宙的風聲，划向空蕩的兩片小舟，再聯想空蕩的整座森林，然後觸及影子，導向一整座海洋的靜寂；又如〈一滴雨〉，把人想像成一片果凍，彈向遠方的一滴雨，展開時空旅行；或者如〈月光廢墟〉，營造昏昧而瘖啞的時光廢墟，以撿拾童年歲月。

羅任玲，《一整座海洋的靜寂》，台北：爾雅出版社有限公司，2012。

羅任玲，《初生的白》，台北：聯經出版事業股份有限公司，2017

2.以魔幻寫實筆法感受時光

感受時光而付諸趨近魔幻寫實的書寫方式，是羅任玲的個人特色。比如〈垂柳〉第一節：「此刻我的毛髮還在／但有一天它們都將遠行／去到一個名叫烏何有的地方／紮營落戶／想起曾經愛過的一株春天的垂柳」、〈時間的粉末〉第三節：「誰哼唱著那首老情歌／（那些時間的粉末）」、〈仙跡岩〉寫中壢事件，最後兩行：「彷彿有人擰亮／時間的反光」、〈菩提葉〉第一節：「那時有一片秋天的海／落在我的右肩／更遠是晴天的菩提／菩提的裂紋和火焰」、〈永遠的一天〉第一節：「當時間把一切都鑿鬆鑿軟了／那些最深情也最泥濘的部分」、〈在天明時刻〉詩行：「這時也有遠方／荒塚和愛／有一晨星即將前往」等等。[359]

羅任玲的詩讓讀者更能體會：文字是詩的主要內涵，而不只是寫詩的工具。如〈夏天已經過去〉：

昨夜我的天竺鼠來到廚房
向我要東西吃
夢裡的廚房像魔術方塊
我站在紅色的上面
牠站在白色的上面
但上星期牠就走了

---

358 瘂弦、張默、商禽、梅新、孫維民等，曾撰寫對羅任玲詩作的評論，大致針對羅任玲的某一首詩。可參見羅任玲收於《一整座海洋的靜寂》（台北：爾雅出版社有限公司，二〇一二），頁三三、一三四；《逆光飛行》（台北：麥田出版社，一九九八），頁四七、五四、一三二—一三四、一七一。論者對羅任玲詩的特質有其共識，為講究知性、深度與密度、柔中帶剛、善意的箴規、短小的形式。

359 〈垂柳〉、〈時間的粉末〉、〈仙跡岩〉、〈菩提葉〉、〈永遠的一天〉、〈在天明時刻〉，分別見羅任玲：《一整座海洋的靜寂》，頁二三、七二—八一、一〇〇—一〇三、一〇四—一〇五、一一三—一一四、二二四—二二五。

生前牠最在乎的
就是吃這件事

牠叫阿基幾，今年五歲
一隻三色雪糕的天竺鼠
智慧像小狗
醒來後我打開電腦
牠從照片檔中走了出來
陽光像蝴蝶穿過牠圓圓的身體
圓圓的眼睛
把時間打了幾個小洞

夏天已經過去[360]

請注意〈夏天已經過去〉有別於讀者對詩這個文類的認知：它有故事，有明顯的敘事邏輯，它向散文靠近的語法。情節和邏輯，在這首詩中是工具或手段，靠著情節與敘述邏輯，這首詩達到「淡然處之」的效果。

這首詩的空隙由第一節的「夢」構築。與「空隙」同樣占據時空縫隙、而在現實中不具現的「夢」，走來了詩中人過世一週的天竺鼠。夢境一面製造天竺鼠生前一再向主人要東西吃的畫面，一面映現已經不再的回憶。「我」和「牠」分別站在廚房不同顏色的地磚上，「我站在紅色的上面／牠站在白色的上面」，若僅由邏輯思考來讀這排比句，意義是封閉的；但是「夢裡的廚房像魔術方塊」為表面清澈見底的兩個排比句增添了開放、複雜、含糊的意涵，暗示「我」對「天竺鼠」的可望而不可及。「我」回到現實世界之前，夢境轉化了真實世界，使得事情發生，構築了「我」和「天竺鼠」重逢的經驗。於是下一節展開從死亡陰影下延伸出來的另一種生命型態：「我」打開電腦，找尋相片檔中的這隻天竺鼠。此時過篩的陽光照在電腦螢幕的天竺鼠相片，一個一個的光影圓圓的，於是空間時間化之後的意象是陽光：「把時間打了幾個小洞」。正因為「時間被打了洞」，才有收束的一行：「夏天已經過去」。「夏天已經過去」既然出於瞬間陽光打在電腦螢幕上的幻化效果，也表示當下的季節是夏天；但是連結「陽光打洞」的前後文，焦點仍在電腦螢幕上天竺鼠生前的照片。於是讀者明白，「夏天已經過去」是一種感受而非真實，它和天竺鼠的去世密切關連；在現實的情境裡，當時正是夏天，夏天並未過去。

〈夏天已經過去〉讓讀者體會，口語、陳述式的句子、仿造小說企圖的故事情節，同樣可以打造詩的「沉默」。詩行未曾透露「想念」、「死亡」、「憂傷」這類的情緒，把對死亡和緬懷的思緒安排在重塑後的字裡行間，如夢境，如電腦螢幕，如陽光的照射。

羅任玲在「玩具墳場」輯前，引《維摩詰經》：「佛以一音演說法，眾生隨類各得其解。」，旁證自己詩作未必呈現指向性意義的特質。[361]閱讀羅任玲詩集，可知夢境、記憶、夏秋之交、黃昏與黑夜的臨界，這些其他詩人也經常運用的意象，在羅任玲詩中另有搖曳的使命。羅任玲帶領讀者陷入狡獪的記憶，進入潦倒春日的惡夢，捕捉無法確定的符碼，感受在飛翔中一再齟齬崩塌的初秋。[362]

360 〈夏天已經過去〉，收於羅任玲：《一整座海洋的靜寂》，頁八八—八九。
361 見羅任玲：《一整座海洋的靜寂》，頁一九三。
362 關於羅任玲此小節，改寫自本人（鄭慧如）：〈論台灣現代詩中的「沉默」：以羅任玲詩作的陳述表現為中心〉，《江漢學術》，第三七卷，第一期（二〇一八），頁三七—四七。

鴻鴻（一九六四、十、二十三—），本名閻鴻亞。生於台灣台南。藝術學院戲劇系學士。任教於國立台北藝術大學電影系；身兼劇場導演、詩人、詩刊主編、詩歌節策展主要規畫者與實行者。曾主編《現代詩》、《現在詩》、《衛生紙詩刊》。在台灣出版詩集：《黑暗中的音樂》（一九九〇）、《在旅行中回憶上一次旅行》（一九九六）、《與我無關的東西》（二〇〇一）、《土製炸彈》（二〇〇六）、《女孩馬力與壁拔少年》（二〇〇九）、《鴻鴻詩精選集》（二〇一〇）、《仁愛路犁田》（二〇一二）、《暴民之歌》（二〇一五）；及散文、小說、劇本、論述等多種。主編多種詩選。

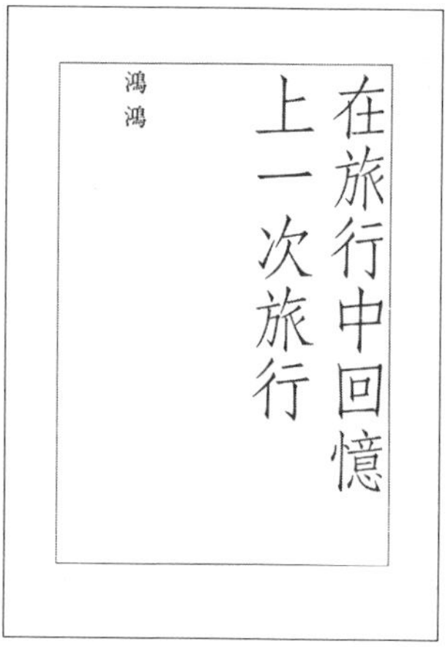

鴻鴻，《在旅行中回憶上一次旅行》，台北：唐山出版社，1996。

鴻鴻是以行動捍衛「介入詩學」的白袍勇將。在所謂「外省第二代」的詩人裡，鴻鴻詩作從現代主義美學到現實主義的藝術轉變特別醒目。其間的顯著分水嶺為《土製炸彈》詩集。曾經以〈我要用一生的時間才能睡著〉獲獎，以規律的結構與層遞的修辭表現因愛情而失眠的蒼白與純真之美。在《土製炸彈》以前，鴻鴻的詩以書寫日常生活為大宗，時而關注社會議題並顧及詩的藝術；《土製炸彈》以後，寫詩成為對抗生活的方式：[363]不論在理想或現實層面，鴻鴻不再希冀天堂，而要求自己的家；不但親身接觸、參與太陽花運動等政治與社會運動，且以詩作貫徹不輸給新聞報導的即時效果，其語言或直白或反諷，悲慨陳詞，寫革命，反戰爭，抵抗不公不義，激烈批判現實，表現極為自覺、反省的聲音。而詩行中的聲音前後照應，則是鴻鴻詩作一貫的風格。[364]

研究者認為，鴻鴻的創作意識轉變，可追溯至二〇〇五年、鴻鴻編《現在詩》的時候。[365]鴻鴻主張正面迎擊現實議題，激發詩人更澈底的獨特視角與詩的張力。[366]

鴻鴻追求純真，對於所謂的主流，一向警覺高且有骨氣，不輕易靠攏。〈發達資本主義時代的藝術家〉表達了這個想法。[367]鴻鴻主編的《衛生紙詩刊》亦主要收刊主流媒體或主流詩刊遺漏的詩作。鴻鴻對詩人的定位不在語言的成就，而在是否能做不可能做的事；為詩人命名與造像的〈詩人〉一詩，證明了這點。[368]較諸鴻鴻創作生命中的現代主義時期詩作，《土製炸彈》和《暴民之歌》引起更多矚目。《暴民之歌》的「暴民」寓反強權及反諷之意。此二本詩集的作品以愛情和革命為主要關懷，視野遼闊而具國際性。從某一角度而言，鴻鴻以一個倒懸的走索者，親自實驗解嚴之後的文學表現限制，測試「為社會而文學」的語言是否可達到一定的藝術高度。〈暴民之歌〉、〈我的祖先〉、〈阿拉伯少女〉等詩，均為代表作。[369]前此的幾本詩集裡，少數作品也已經反映了鴻鴻後來的這個傾向，例如《女孩馬力與壁拔少年》的〈雪巴茶知道：寫給圖博抗暴五十週年〉、《仁愛路犁田》中的〈拿起杯子的時候：為劉小波而作〉等。[370]

---

363 見鴻鴻〈後序：詩是一種對抗生活的方式〉，收於鴻鴻：《土製炸彈》（台北：木馬文化事業有限公司，二〇〇六），頁二二〇。

364 關於鴻鴻，另可參考二〇一六年十一月十一日，傍晚十五點〇五分至十八點，教育電台廣播節目：「文學四季」中，陳義芝、陳怡蓁對鴻鴻的訪問。

365 參見丁威仁、蔡凱文：〈當生活的方式變成對抗生活的武器：論鴻鴻《土製炸彈》的反抗意象〉，《當代詩學》，第十期（二〇一五），頁一七一—一九四。

366 鴻鴻的相關一手資料參見《現在詩》，第三期：「詩的亂世與盛世」（台北：唐山出版社，二〇〇五），頁一五四。

367 〈發達資本主義時代的藝術家〉，收於鴻鴻：《暴民之歌》（台北：黑眼睛文化事業有限公司，二〇一五），頁七六。

368 〈詩人〉，收於鴻鴻：《暴民之歌》，頁一二二。

369 〈暴民之歌〉、〈我的祖先〉、〈阿拉伯少女〉，分別見鴻鴻：《土製炸彈》（台北：黑眼睛文化事業有限公司，二〇〇六），頁二一一—二四。

370 〈雪巴茶知道：寫給圖博抗暴五十週年〉，鴻鴻：《女孩馬力與壁拔少年》（台北：黑眼睛文化事業有限公司，二〇〇九），頁九〇—九一；〈拿起杯子的時候：為劉小波而作〉，鴻鴻：《仁愛路犁田》（台北：黑眼睛文化事業有限公司，二〇一二），頁七二—七三。

鴻鴻的作品不媚俗，不故步自封，勇於挑戰自己已建立的詩名與詩風，於紛亂的時局中讀之，頗有先知般的預警意味。

羅葉（一九六五、四、三—二〇一〇、一、十七），本名羅元輔。生於台灣宜蘭。台灣大學社會學系畢業。曾任職於《新新聞》、《南方》、《香港明報》、《自立晚報》等媒體；曾任教於華岡藝校、永和社區大學、宜蘭社區大學。曾獲全國學生文學獎、教育部文藝創作獎、聯合報文學獎新詩獎、中國時報文學獎新詩獎、林榮三文學獎新詩獎等。著有詩集：《蟬的發芽》（一九九四）、《對妳的感覺》（一九九八）、《病愛與救贖》（二〇〇二）、《我願是妳的風景：羅葉詩選》（二〇一三）；散文：《記憶的伏流》、《從愚人節開始新生活》、《樹怎樣成為自己》；小說：《我的兄弟黃非紅》、《長官貴庚勝統獨》、《阿草的邊緣歲月》、《墜落天堂鼠》、《生命無地圖》、《妄想症女孩》。

〈蟬的發芽〉可見羅葉的詩觀：「儘管憂鬱的土壤不利種植／獨立與大度，不利姓氏之落地生根／我將如是鳴響／我將如是虔誠浸染」、「蛇信殷殷」、「我恆向上／自紛擾的音節網中升起／恆向高處性靈的方向」。[371]

羅葉的詩有以下特色：

1.放射出表裡一致的社會良知與藝術能量

羅葉的詩純淨、活潑、飛揚，不但聚焦於小我的認同、思維與情感的演變，且對時代與社會發出強烈的質疑與控訴。在野百合學運發生的一九九〇年，二十五歲青春正燃燒的羅葉既是學運的其中一份子，也已展開文學創作。相較於曾參與社會運動的詩人如詹澈、鴻鴻，羅葉的詩更乾淨無染，如野百合那樣不管天高地厚地抽長；更與某些以學運之名自我標榜的有心人迥然相異。詩，這個詭譎又凝練、百轉千迴而仍向出發點致敬的文類，如果有一種東西叫做不泯的良心，則羅葉的詩頗表裡一致地放射出社會良知和藝術能量。羅葉的這種風格，就是唐捐說的：純粹、狂熱、慧黠、飛揚跋扈、血氣飽滿、愛恨掙扎，有時代感、衝擊力、如歌的迸裂與感發。[372]

2.兩大題材：萬念退潮的情愛書寫、以「他者」為視角的社會關懷

抒情詩、社會詩，是羅葉詩作的兩大範疇。楊佳嫻就說羅葉詩貌多般，心靈有稜角，而凹陷處又很柔軟：抒情詩纏綿，社會詩銳利，還有寫進台灣深處、從生活面穿透到家國隱喻的作品。[373]英年早逝的羅葉，其抒情詩所抒之情多半是愛情；其社會詩，思索的對象多為台灣社會。即使僅僅這兩大範疇，在極有限的創作生命中，羅葉已經交出深具感染力、思辨性的作品。

羅葉指向愛情的詩，基調非常安靜，令人有萬念退潮之感，彷彿靜靜站在角落等待高飛球的右外野手。如〈遺情書〉，詩中人以苦竹自比，寫「長久鎖國」的「我」終於走來一個「游居內心巷弄」的女子，使得「我」：「崎嶇難圓的節被扯成方正」、「鬆動我的蟄伏成春筍破土」；[374]〈廢棄的河邊旅社〉以「長年對著人海撒網而無江湖過客」的河邊旅社自況，虛實輾轉地試探「你」、「我」的感情，寫活一顆虛寂的心；[375]〈對你的感覺・遇見你〉說：「遇見你／氣象迷離的你／我就成為一艘船／正式航進了／陰晴不定的海域／／遇

371 羅葉：〈蟬的發芽〉，收於羅葉：《我願是你的風景》（台北：典藏文創有限公司，二〇一八），頁二七—二九。
372 參見唐捐：〈「壞學生」的詩：重讀羅葉〉，收於羅葉：《我願是你的風景》，頁一四—二三。
373 參見楊佳嫻：〈請轉告他們我去哪裡〉，收於羅葉：《我願是你的風景》，頁八—一三。
374 羅葉：〈遺情書〉，收於羅葉：《我願是你的風景》，頁九八—一〇一。
375 羅葉：〈廢棄的河邊旅社〉，收於羅葉：《我願是你的風景》，頁八五。

見你／懶於解凍的你／我只好拆拆卸卸／把自己燒了／燒出一池火」；[376]〈遺書〉、〈從你眼裡走來的我〉亦佳。[377]

羅葉詩的社會關懷面向寬廣、視角銳利，其批判性與社會意識經常鎖住一個意象，在敘述的牽引下次第呈現。從一九八四年到二〇〇五年，單是從「住」的問題切入，羅葉就依次發表了〈住宅〉、〈蝸牛媽媽〉、〈尋屋〉、〈告解〉、〈庭院雀語〉、〈安身〉等詩，[378]多方闡釋肉體、住所、社會變動、名聞利養之間的關連。其他如〈鹽婦〉、〈清道婦〉、〈垃圾山上的洋娃娃〉、〈預知死亡記事〉，[379]在這些以底層勞動者以及環境保護問題為描寫對象的詩中，羅葉最值得讀者留意的，是他從「他者」看待事情的角度。不同於許多寫台灣社會、政治、或都市黑暗面的詩，羅葉在這方面的詩中，經常「毅然投身為／一管強韌敏銳的溫度計」，[380]而不是指天畫地的交通警察或高高在上的玉皇大帝。比如〈清道婦〉開頭寫：「到了半夜，馬路就攤成／一張靜待構圖的畫紙等她——」，「垃圾，作為她的顏料正好」。以「畫紙」為焦點意象，羅葉反覆咀嚼清道婦：「遍地垃圾如筆誤的生活曲折」，筆觸漸至譏諷而曰：「成千上萬雙鞋子走進畫框，／繼續在前衛與保守的前衛中掠過／或停駐，努力充實自己／如一輛垃圾車」。其感憤與微詞與自然煥發的幽默感相得益彰。

3.「文學獎體」

羅葉詩展現的「文學獎體」值得一提。這裡說的「文學獎體」，指的是一九七〇年代中、後期以降，因《中國時報》掀起的「敘事詩獎」風潮，湧動到二十世紀末台灣各種現代詩獎的波浪。動輒五、六十行，甚或近百行的詩獎，影響台灣文學生態的明證，可以羅葉的作品為例。羅葉詩中「文學獎體」一致的面目是：(1)跨行再跨行，跨行以增加行數，未必為了強調而跨行；(2)中長篇；(3)一邊鋪排情節，一邊辯證；(4)層次分明；(5)大敘述，或以小搏大的題材。〈檳榔妹妹〉、〈如寄〉、〈告解〉、〈在棒球場〉即是。[381]相較於俐落灑脫而舒放自如的平時羅葉，這些「文學獎體」的作品似乎是為評審寫的，當然也是為獎金寫的；或許，羅葉因這些「文學獎體」而竊笑。

許悔之（一九六六、十二、十四—），本名許有吉，生於桃園。國立台北工專（現已改制為國立台北科技大學）化工科畢業。現經營有鹿文化。歷任《中時晚報》副刊編輯、《聯合文學》主編、總編輯、《自由時報》副刊主編。一九八四年與詩友共創「地平線詩社」。已出版的創作集有童書：《星星的作業簿》；散文集：《創作的型錄》、《眼耳鼻舌》、《我一個人記住就好》；詩集：《陽光蜂房》（一九九〇）、《家族》（一九九一）、《肉身》（一九九三）、《我佛莫要，為我流淚》（一九九四）、《當一隻鯨魚渴望海洋》（一九九七）、《有鹿哀愁》（二〇〇〇）、《亮的天》（二〇〇四）、《我的強迫症》（二〇一七）；有聲詩集：《遺失的哈達》（二〇〇六）。與馬悅然、奚密合編：《航向福爾摩沙：詩想台灣》。

許悔之，《我佛莫要，為我流淚》，台北：皇冠文化出版有限公司，1994。

376 羅葉：〈對你的感覺•遇見你〉，收於羅葉：《我願是你的風景》，頁一一四。

377 〈遺書〉、〈從你眼裡走來的我〉，分別收於羅葉：《我願是你的風景》，頁四六—四七、九四—九六。

378 各詩依序見羅葉：《我願是你的風景》，頁三〇—三二、八二—八四、一一〇—一一三、一八六—一八八、七〇—七一、二〇〇—二〇五。

379 各詩依序見羅葉：《我願是你的風景》，頁七八—八一、八九—九一、六四—六八、一〇二—一〇四。

380 引自羅葉：〈自由之愛〉詩句。該詩見羅葉：《我願是你的風景》，頁五〇—五四。

381 各詩依序見羅葉：《我願是你的風景》，頁二四〇—二四五、二一四—二一六、一八六—一八八、一二二—一二五。

許悔之參加過「地平線」、「曼陀羅」、「象群」等詩社，崛起於一九八〇年代末，但很快擺脫詩社和文藝團體的群性，發展出自己的風格。

許悔之詩作的特質為：

1.安魂曲與懺情書的體現

許悔之的詩是安魂曲與懺情書的體現；迄今為止的詩集結合了有如納西瑟斯（Narcissus）的臨流自鑑，迷人而所以惱人，因而首先自惱的詩風。除了取材自時事的部分作品，許悔之的詩大都以焦慮而柔緩的語調，在神祕莫測的剎那靈思之強化中，凸顯愛染之荒謬、難解與征戰。

整理論者對許悔之詩作的看法，則許悔之的創作走向大致遊走在感官書寫的虛實兩端，一端是肉欲、沉淪、迷亂、耽溺，另一端是逃亡、犬儒、嘲諷、虛無；充斥其間的是頹廢的浪漫、死亡的誘拐。王璇體貼詩心，說許悔之的詩是：「夢中夢見身外身的無明與覺悟」，最是一語道破。[382]如何又是無明，又能覺悟？在許悔之的詩裡，那就是既要自焚，又要喊痛；明知應解纜放舟，偏偏心隨舟去，在悟道與耽美之間，以迷為覺的過程。

許悔之處理色欲境界的「覺迷」、「迷覺」，在一九六〇年代出生的詩人中別具一格。有許多傑出的詩作，如：〈紫兔〉、〈白蛇說〉、〈跳蚤聽法〉、〈我佛慈悲：阿難悔懺〉、〈遺失的哈達〉、〈霧中鳥啼〉、〈暴雨的縫隙〉、〈回到吳哥〉。[383]〈白蛇說〉、〈跳蚤聽法〉、〈我佛慈悲：阿難悔懺〉、〈遺失的哈達〉、〈回到吳哥〉，在典故或小說般的背景下演繹；〈紫兔〉則顯現許悔之的特定耽美與神而明之的體會。

〈跳蚤聽法〉設想詭奇活潑。發聲者是活在佛陀懷抱裡、跟隨佛陀四十年的一隻跳蚤，牠長期嗅味、觀

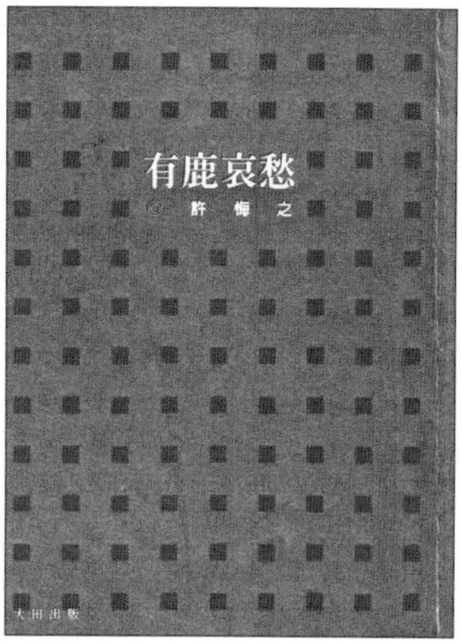

許悔之，《有鹿哀愁》，台北：大田出版有限公司，2000。

形、吸血，自以為有法喜和法悲。牠在佛將涅槃之際，聽見佛陀「骸骨瞬間的崩落」，奮力再吸一口佛陀的血，如同吸了「這世界最後一滴淚」。牠深知佛陀「實無一法可說」、「什麼都再也不能說」，因此牠也「無一法可得」，卻猶盼望佛陀帶牠渡河。一隻依附於佛陀的跳蚤，求有形之法，如此心切，悲欣與澄明交織，詩行若有暗示。〈遺失的哈達〉寫一對戀人在轉世的渡口等船，期盼共赴來生。一陣風吹走「你」頸上的「哈達」，而「我」為了替「你」尋回「哈達」錯過渡船，三十年後才投胎轉世，與身分、尊卑、情感狀態皆已遙隔雲漢的「你」，在「你」的說法會上重逢。該詩以開口的平聲韻組成的「哈達」一詞，具備聲音與意涵的雙重作用。意涵上的「哈達」失而復得，是詩中人和投胎轉世的「你」相認的媒介；聲音上的「哈達」則貫串全詩，成為整首詩聲音結構的重要元素。〈回到吳哥〉長一三六行，以數百年前一名吳哥的佛像石雕者與暹羅將領的因緣流轉，寓寄生死悲歡而終歸沉靜，是近年的力作。

2.個人化的意象系統

許悔之已建立個人化的意象系統。鯨魚、紫色、鹿、紫兔、銀狐、雲豹、星星、雪原等等，許悔之一再捕捉與溫習，成為詩情與詩心湧動時的表徵。在高度亢奮和冷淡疏離的兩極，這些許悔之的私我意象，具有

382 王璇還說許悔之的詩：「沒有明白，只有眼前歡娛」，充滿「愛染之火，惡瘧之心，野兔之軀，貪欲之鳥」。又以魯迅〈墓碣文〉的「有一遊魂，化為長蛇，口有毒牙，不以齧人，自齧其身，終於殞顛」比喻許悔之。參見王璇：〈天眼紅塵：許悔之的佛陀世界〉，收於許悔之：《我佛莫要，為我流淚》（台北：皇冠文化出版有限公司，一九九四），頁八—一三。

383 〈跳蚤聽法〉、〈我佛慈悲：阿難悔懺〉、〈遺失的哈達〉，參見許悔之：《我佛莫要，為我流淚》，頁二〇—二四、三八—四〇、五二—五七。〈霧中鳥啼〉、〈暴雨的縫隙〉、〈回到吳哥〉，參見許悔之：《我的強迫症》（台北：有鹿文化事業有限公司，二〇一七），頁七〇—七一、六六—六七、一一四—一二五。〈紫兔〉、〈白蛇說〉，參見許悔之：《當一隻鯨魚渴望海洋》（台北：時報文化出版企業股份有限公司，一九九七），頁四〇—四一、三八—三九。

高遠、夢幻、靈動、冷色調的特色。廿一世紀前不時出現的意象：老鼠，則是墮落、狂亂、亢奮的代碼，是歷史定律中被驅動的工具。如〈父親老鼠〉在富於視覺聯想的譏諷和憐憫中，寫兒子對父親愛恨交加的感情：「有個父親在入夜以後／變成一隻老鼠／在天花板、下水道和地洞裡／搬演消失的魔術」、「他分配咬來的鹹魚或乳酪／小老鼠們圍著圓桌／有禮而畏懼的吃著」。[384]

3.以悲憫情懷開展歷史與時事書寫

對於時事或歷史，許悔之恆在同情、悲憫的情感中書寫，因而不同於別人以「敘事」展開的白描手法。寫林義雄事件的〈不忍〉，寫翁山蘇姬的〈肉身〉、〈齋飯〉、〈佛說如此〉、〈仰光城的布施〉，哀悼隨機殺人的「小燈泡事件」的〈熄滅〉，寫災情事件的〈海嘯過後〉、〈在大地震過後〉、〈世界的孩子〉，取材於歷史小說及神話傳說的〈哪吒讀封神〉、〈趙公明未悟〉、〈楊戩本事〉、〈土行孫告白〉、〈申公豹之辯〉，[385]均出於廣博的不忍之心。

許悔之的詩常用迴旋句式，注重光色聲調，執著於某種理念或美感的追尋，且浸潤於追尋的過程本身，表現生命膨脹、向外直撲，驟縮跳躍，而稍微凝聚後的悲感與寂照，浮露某種經過翻騰的虛無。

穿透紙背的迷離、純真、抑鬱、痛切，是許悔之詩作的基調。許悔之對古典經籍學深識廣，題材多方，亦不吝於向讀者暴顯敘事聲音狂野的追求與無止境的試探。佛法書寫、家族記憶、歷史敘事、情欲告解各方面，許悔之都寫下了自己的代表作。[386]

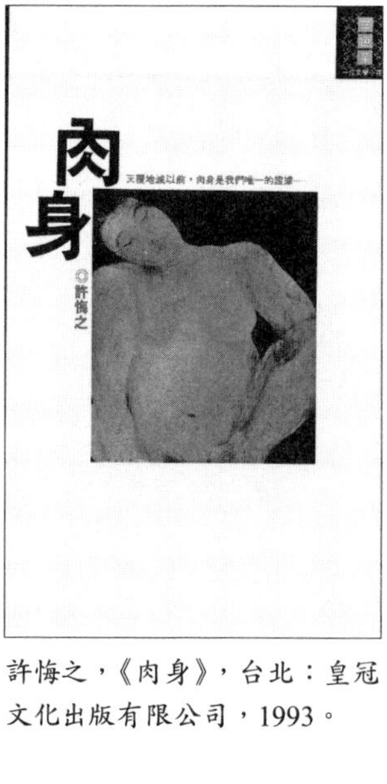

許悔之，《肉身》，台北：皇冠文化出版有限公司，1993。

顏艾琳（一九六八、九、二十四—），生於台灣台南。畢業於輔仁大學歷史系。曾任出版社文學主編。曾為薪火詩社成員。曾獲文建會新詩創作優等獎、吳濁流文學獎新詩正獎、海南島桂冠詩人獎等。出版詩集：《抽象的地圖》（一九九四）、《骨皮肉》（一九九七）、《點萬物之名》（二〇〇一）、《她方》（二〇〇四）、《林園詩畫光圈》（二〇〇九）、《顏艾琳30年自選詩集》（二〇一五）、《吃時間》（二〇一八）；散文集：《顏艾琳的祕密口袋》（一九九〇）、《已經》（一九九七）、《跟你同一國》（一九九八，與吳鈞堯合著）等。

顏艾琳的詩作大多是篇幅二十行左右或以下的中短型作品。以剛柔得兼的風格觸探幾處書寫範疇：對社會弱勢者的義憤與同情、情欲覺醒、女性成長的孤絕感、地母天性的抒發。[387]台灣詩壇注意到顏艾琳的詩，是因為《骨皮肉》這本詩集。

即使距驚世駭俗的《骨皮肉》初版已逾二十年，陳克華在序文中鋒利而懇切的預警，仍讓好貼標籤的批評者汗顏：「我可以體察她所預期的，我會對其中情色的部分有所回應。」、「實在厭倦了『作品大，評論也

384〈父親老鼠〉，見《當一隻鯨魚渴望海洋》，頁五八—五九。

385〈不忍〉，見許悔之：《我佛莫要，為我流淚》，頁八四—八六。〈肉身〉、〈齋飯〉，見許悔之：《當一隻鯨魚渴望海洋》，頁九四—一〇五。〈世界的孩子〉、〈海嘯過後〉、〈在大地震過後〉、〈熄滅〉、〈佛說如此〉、〈仰光城的布施〉，見許悔之：《我的強迫症》，頁八五—九一、九五—九六、一四二—一五一。〈哪吒讀封神〉、〈趙公明未悟〉、〈楊戩本事〉、〈土行孫告白〉、〈申公豹之辯〉，見許悔之：《肉身》（台北：皇冠文化出版有限公司，一九九三），頁一〇八—一二九。

386關於許悔之，另可參考二〇一六年十一月十九日，傍晚十五點〇五分至十八點，教育電台廣播節目：「文學四季」中，陳義芝、陳怡蓁對許悔之的訪問。

387蕭蕭、白靈合編的《新詩讀本》，對顏艾琳的「作者簡介」說：「她的詩作一再觸探女性成長的孤絕和地母天性，又帶有幽微陰柔、百折不撓的巨大悲憫和悲情，有時又結合兩者，大膽挖掘，深及皮肉下的骨骼方止，表現了新世代剛柔兼得的兩性特質。」（台北：二魚文化事業有限公司，二〇一二），頁五〇〇。

跟著大；作品小，所以評論比起來更大』，這種目前普遍存在於作品與評論之間不平等的剝削關係。」尤其是以下這一段：「光只是注視顏艾琳的情色表白，事實上對顏艾琳作品的解讀是一種窄化與誤解。」[388]只是，知顏艾琳莫若陳克華者，仍然以情欲書寫為軸心，為《骨皮肉》定位。

是的，演繹情欲、嘲諷父權、思索女性主體、書寫女性在生理性別上的種種經驗，是一直以來顏艾琳詩的焦點。身體、性欲、性別意識等課題，是顏艾琳詩最常被討論的範疇。[389]

台灣X世代的女詩人中，顏艾琳全面正視女性主體、情色題材，且全力灌注於詩作。女性主義、性別意識、身體覺醒等議題，在一九八〇年代末的台灣文化界延燒為顯學；而顏艾琳從一九九四年出版的連續幾本詩集，在這方面的表現非常引人注意。尤其《骨皮肉》開創了以整本詩集探討女性情欲的先例。在世紀末的情色題材中，顏艾琳發言位置顯著，代表性明確。

顏艾琳以《骨皮肉》聞世的欲望探勘，最重要的是以女性生理性表現陽剛社會性別的「骨」，包括社會性別中的男性被賦予的道德勇氣、社會擔當、以大我與大格局為思考的觀物角度，以及瀟灑痲利、不交代理由的手法；而不是演繹男歡女愛、體液揮灑的皮與肉，或女詩人經常表現的所謂「含蓄」、「婉約」。〈速度〉、〈超級販賣機〉即為此類。以〈速度〉為例：

山，退後
樹，退後
雲，退後
河，退後
人，退後
高樓退後

霓虹退後
夕陽退後
馬路退後
愛情退後
悲歡退後
歷史退後
…………
…………
時光退後
在一四〇的指數上
我駕馭著速度
如此看見
唯我

388 參見陳克華：〈是操控情欲的瑪麗蓮，還是情欲操控的巴比：關於顏艾琳的《骨皮肉》詩集並為之序〉，收於顏艾琳：《骨皮肉》（台北：時報文化出版企業股份有限公司，一九九七），頁七—一五。

389 相關討論如陳義芝：《從半裸到全開：台灣戰後世代女詩人的性別意識》（台北：台灣學生書局有限公司，一九九九）；李元貞：《女性詩學：台灣現代女詩人集體研究（1951-2000）》（台北：女書文化事業有限公司，二〇〇〇）；鄭慧如：《身體詩論》；李癸雲：〈朦朧、清明與流動：論台灣現代女詩人作品中的女性主體〉（台北：國立台灣師範大學國文研究所博士論文，二〇〇一）；劉維瑛：〈八〇年代以降台灣女詩人的書寫策略〉（台南：國立成功大學中國文學研究所碩士論文，二〇〇一）；林怡翠：〈詩與身體的政治版圖：台灣現代女詩人情欲書寫與權力分析〉（嘉義：南華大學文學系碩士論文，二〇〇二）。

前進。[390]

此詩最初發表於一九八八年《曼陀羅》詩刊第三期。洛夫收在《背向大海》、發表於一九九九至二〇〇七年之間的〈汽車後視鏡裡所見〉，顯然是對顏艾琳〈速度〉的互文。[391]此詩以詩中人開車行進中所見為本。「退後」既指實際車行的「經過」，在詩行的語境裡復寓「一閃而逝」、「不可逆」之意。十三個「退後」，從遠方的自然風光，到周邊近景。短句意味車速，復藉車速暗示思維映象轉換之快。前五行以逗點分割被退後的景致和「退後」一詞，而後面的詩行不再有逗點，表示車子加速中。於是由遠到近，由實入虛，由大我切近小我，車子行進中，一一在詩中人的視覺與意識中飛逝。時速一四〇的高速之中，唯手握方向盤的詩中人「前進」。語調斬釘截鐵。

顏艾琳情欲書寫的優秀作品，通常在神祕而撩撥的氣氛與感覺中，挑戰社會禁忌；例如〈沐〉、〈黑暗溫泉〉、〈淫時之月〉、〈度冬的情獸〉等。〈淫時之月〉這樣寫：

航髒而淫穢的桔月升起了
在吸滿了太陽的精光氣色之後
她以淺淺的下弦

微笑地
舔著雲朵

舔著勃起的高樓
舔著矗立的山勢；
她以挑逗的脣勾
撩起所有陽物的鄉愁。[392]

「淫時」可能是「寅時」以諧音取其聯想的方式，指向凌晨的三點到五點。此詩首先以男性被女性吸精而暴斃，比喻日落月升的自然規律；繼而一反傳統以男性為主導的性欲觀念，而以女性為欲望主體，把勾起的下弦月比喻為女性的脣勾。蔡振念說此詩：「聲情兼具」、「詩題聳動，想像奇崛」、「凸顯女性在兩性關係中的主動」。[393]

紀小樣（一九六八、二、二一—），本名紀明宗。生於台灣彰化。另有筆名姜銅袖。台北商專附設空中商專企管科學士。曾獲全國優秀青年詩人獎、教育部文藝創作獎、聯合報文學獎、中國時報文學獎等。在台灣出版詩集：《十年小樣》（一九九六）、《實驗樂團》（一九九七）、《想像王國》（一九九八）、《天空之海》（二〇〇〇）、《極品春藥》（二〇〇二）、《橘子海岸》（二〇〇三）、《熱帶幻覺》（二〇〇五）、《暗夜聆聽》

390 〈速度〉，顏艾琳：《骨皮肉》，頁六八—六九。
391 對洛夫〈汽車後視鏡裡所見〉的闡釋，見本書第二章。該詩後來轉收於洛夫：《如此歲月》，頁一〇四—一〇六。
392 〈淫時之月〉，顏艾琳：《骨皮肉》，頁三八—三九。
393 參見蔡振念：〈一顆美麗的瓶中蘋果：評顏艾琳詩集《她方》〉，《文訊》，第二三五期（二〇〇五），頁三二—三四。

（二〇〇九）、《啟詩錄》（二〇一四）、《天堂的一半》（二〇一七）。也寫小說、散文，但紀小樣的創作主力在現代詩。

紀小樣的詩可留意：

1.創作不輟而保持出版頻率與詩作質量的穩定

紀小樣創作不輟，詩作質量穩定。自十八歲發表第一首詩〈顫動的天平〉，二十八歲出版第一本詩集，[394] 迄今在台灣出版十本詩集，收於詩集中的作品逾九百首，略無重複；而且出了這麼多本詩集，發表如此多的作品，紀小樣迄今仍無所謂的「自選集」。已出版十本的詩集裡，除了《想像王國》和《極品春藥》為一般的出版社出版，第一本個人詩集：《十年小樣》即為文建會獎助出版；更有高達七本的出版途徑是經過競逐，由彰化縣立文化中心或彰化縣文化局出資獎助。紀小樣的詩集大多已絕版，這和政府單位出資獎助之後，詩人自己和出版者未能積極運用人脈與媒體善加宣傳推廣，頗有關係。

紀小樣，《想像王國》，台北：詩藝文出版社，1998。

2.筆觸穩健，題材多元，形式多方

紀小樣的詩以短篇為主體，筆觸穩健，技巧成熟，題材多元，多方嘗試各種形式，也寫散文詩，但最擅長七行、九行、十行，寫成如偈如俳的短詩。訕笑、咽喉，是紀小樣的習用詞彙。紀小樣常用的意象有：井、樹、門、陶甕、蝶、鯨、鮭魚、蒼鷹、死神、鑰匙、子宮、玻璃珠、繡花鞋。這些意象在紀小樣的筆下被個人化，或表露殘缺不快的現實，或展現不乏剛愎的成見，或呈顯台灣風土及人物的特色。在紀小樣的個人詩集裡，《熱帶幻覺》用後現代的手法處理現實精神的題材；《暗夜聆聽》和《橘子海岸》加起來共三十二首的「畫題」是個顯目的特色；《實驗樂團》多用□□是■■的比喻法，反覆練習修辭及明喻；《啟詩錄》

收錄了多首詩筆尚屬青澀的少作。

最能彰顯紀小樣個人創作特質的是家族書寫，雖然就這些作品在他個人詩作中的量而言，比重不大。比如〈印象NO:1〉、〈印象NO:2〉、〈荒年小記〉、〈四月〉、〈七月〉、〈秋收〉、〈鐵罐童年〉、〈鬼針草〉、〈斧頭〉、〈買鹽的早上〉。[395]紀小樣這些家族書寫，以堅韌、質樸而富彈性的筆觸與如在目前的鏡頭，勾勒出台灣從一九六〇年代到一九七〇年代之間，社會經濟較底層的民眾堅忍度日的形象。

3.以比喻表現對現實的迷惘、憤懣或詛咒

紀小樣的詩在以比喻表現對現實的迷惘、憤懣或詛咒時，達到相當的藝術高度。因此而亮人眼目的摘句很多，如：「他們忙碌著／他們握有一把進入生命的鑰匙／他們嘗試打開天國的門／他們是　一群滑膩壯碩的蛆」、「青銅的血液在我體內／迴響……；我是蹲坐在暗處的／沉思者，托著扎滿鬍子的腮／我在想　為什麼？／我那緊握的拳頭／沒有掌紋……」、「是以我是如此謹慎地／布局著——以萬物熟知的／罪惡，架構一幅／十字架前的八卦圖」、「半盲的，同安村　乾枯的眼睛／我輕輕地撐開你的眼皮；還記得我吧？／——我是你三十年前流失的一條魚尾紋。」、「我是一株從山林被盜採／到紅塵出售的竹筍」[396]等等。

394 見〈紀小樣寫作年表〉，《天空之海》（彰化：彰化縣文化局，二〇〇〇），頁二四三。

395 以上詩作收於紀小樣：《暗夜聆聽》（彰化：彰化縣文化局，二〇〇九），第一卷：「印象」；〈斧頭〉、〈買鹽的早上〉，分別見《極品春藥》（台北：詩藝文出版社，二〇〇二），頁三一、八九。

396 諸例句分別見紀小樣：〈他們：進行曲〉，《想像王國》（台北：詩藝文出版社，一九九八），頁七六—七八；〈雕塑家惹的禍〉，《想像王國》，頁一一二—一一三；〈蜘蛛〉，《實驗樂團》（彰化：彰化縣立文化中心，一九九七），頁一一六—一一七；〈邂逅一口荒井：還鄉偶詩〉，《極品春藥》，頁一六四—一六五；〈筍之告白〉，《天空之海》，頁一〇三—一〇四。

4.廣泛摩習台灣當代詩人

紀小樣的詩作廣泛學習台灣當代詩人，包括意象、句法、詩題、名句、節奏，紀小樣都能消化吸收，重新處理。例如〈狼之獨步‧變奏〉臨摹紀弦；〈眷村印象〉、〈恆河初遇〉、〈簡明版家庭寫真〉、〈行板的歌〉、〈婚姻的行板〉轉化自瘂弦；〈土地〉、〈翠玉白菜〉、〈米國鼠譚〉諧擬余光中；〈模糊邏輯〉、〈梨之剖析〉、〈晨謁佛還寺不遇〉、〈病室天空〉、〈實驗樂團‧定音鼓〉、〈雨中過自強隧道〉、〈獨居人〉、〈一隻候鳥的控訴〉、〈共傘〉擬仿洛夫；〈胎音〉、〈素描夏日文學院〉胎習向明；〈夢見伍子胥〉擬仿楊牧；〈陶罐〉擬仿鄭愁予；〈海霞〉、〈印象NO：1〉、〈印象NO：2〉向白靈借光；〈水稻哀歌〉、〈水稻宣言〉向羅青致意；〈關渡印象〉、〈睡眠是一條河〉有羅智成的味道；〈牆〉、〈中指〉、〈逸女書〉、〈愛情是最後的肖像〉、〈想像王國‧廢王I〉、〈鼠城考古〉有夏宇的影子。其他如〈貓途〉、〈實驗樂團‧定音鼓〉、〈贗品佛像〉、〈極盡卑微之能事〉等詩作，依稀可看到蓉子、馮青、林泠、零雨、陳克華、唐捐的身影。[397]

5.文學獎現象之縮影

閱讀紀小樣的詩集，當可窺見台灣現代詩史從二十世紀末到二十一世紀初的文學獎現象。紀小樣詩集中收錄的文學獎得獎詩作可歸納出幾個共相：(1)敘事詩；(2)與台灣有關；(3)大敘述；(4)詩末有注。網路媒體改變了文學生產模式和作者的創作模式，然而獎金仍可作為文學勞動者無語而仍有力的經濟支撐。雖然詩作的質量跟自己在在文化媒體的曝光率不成正比，紀小樣卻不折不扣是位文學獎新詩類的得獎高手。

唐捐（一九六八、十二、九—），本名劉正忠。另有筆名唐損。生於嘉義。國立台灣大學中文研究所博士。曾主編《藍星詩刊》、《台灣詩學學刊》。曾任教於東吳大學、國立清華大學。現任教於國立台灣大學中國文學系。著有詩集：《意氣草》（一九九三）、《暗中》（一九九七）、《無血的大戮》（二〇〇二）、《金臂勾》（二〇一一）、《蚱哭蜢笑王子面》（二〇一三）、《網友唐捐印象記：台客情調詩》（二〇一六）；散文：《大規模的沉默》、《世界病時我亦病》；論著：《王荊公金陵詩研究》、《現代漢詩的魔怪書寫》。編有《台灣軍旅文選》，與陳大為合編《當代文學讀本》，與白靈、向陽合編《中華現代文學大系（貳）：詩卷》等。

唐捐是一九九〇年代台灣各大文學獎的獲獎常客，短短數年之間，以詩與散文奪下多項重要文學獎，引起高度矚目。唐捐也是二十一世紀初期這十餘來年台灣學界青壯輩的話題詩人，尤以「反崇高」、「魔怪書寫」、「身體書寫」、「混搭合唱」，引發學界討論和研究。

學界論述唐捐的詩，以下為觀察核心：

唐捐，《無血的大戮》，台北：實瓶文化事業有限公司，2002。

397　紀小樣：〈婚姻的行板〉、〈翠玉白菜〉、〈水稻哀歌〉、〈晨謁佛還寺不遇〉、〈逸女書〉，收於《天空之海》，頁七四—七六、一八—二〇、七七—八〇、六七—六九、一〇六—一〇八；〈狼之獨步‧變奏〉、〈贗品佛像〉、〈極盡卑微之能事〉，《啟詩錄》（彰化：彰化縣文化局，二〇一四），頁七六、七九、二四—二八；〈雨中過自強隧道〉、〈梨之剖析〉，《十年小樣》（台北：詩之華出版社，一九九六），頁二〇七—二一〇、二一二—二一三；〈眷村印象〉，《橘子海岸》（彰化：彰化縣政府，二〇〇三），頁九〇—九一；〈米國鼠譚〉、〈印象NO:1〉、〈印象NO:2〉、〈牆〉、〈海霞〉，《暗夜聆聽》，頁八一、二〇—二一、二二、九五、九四；〈一隻候鳥的控訴〉、〈水稻宣言〉、〈中指〉、〈想像王國‧廢王Ⅰ〉、〈胎音〉，《想像王國》，頁六〇—六一、八二—八七、二八—二九、一二—一三、四四—四五；〈行板的歌〉、〈貓途〉、〈關渡印象〉、〈簡明版家庭寫真〉、〈病室‧天空〉，《熱帶幻覺》（彰化：彰化縣文化局，二〇〇五），頁三九—四〇、三七、三四、五〇—五一、五三—五四；〈恆河初遇〉、〈實驗樂團‧定音鼓〉、〈夢見伍子胥〉、〈陶罐〉、〈鼠城考古〉、〈睡眠是一條黑河〉，《實驗樂團》，頁二四—二五、四〇、一七四—一七五、九八—九九、六—七、六八—六九；〈共傘〉、〈素描夏日文學院〉、〈獨居人〉、〈模糊邏輯〉，《極品春藥》，頁二三、一二四、八三、一二二。

1.詩風演繹中的風格轉變

唐捐的詩風演變可略分為三階段：(1)《意氣草》和《暗中》；(2)《無血的大戮》、《金臂勾》；(3)《蚱哭蜢笑王子面》、《網友唐損印象記：台客情調詩》。

《意氣草》和《暗中》時期，特別講究鍾字鍊句，以抒情詩、現代主義的技巧、中國古典文學的涵養為內核。據唐捐自陳，此時期表現了在文學上「用力過度的抗爭」。《無血的大戮》、《金臂勾》時期，擅長以戲語或氣話寫活多情多感亦多病的有情眾生，以乩童般的造語及身體書寫自成一格，頗為論者所稱。[398]《蚱哭蜢笑王子面》、《網友唐損印象記：台客情調詩》時期，唐捐一變而成為網紅唐損，在文字上見縫插針，暗算語言，打破文言與白話、雅言與口語的扞格。

三個階段、不同詩風的唐捐，每個階段皆保留了前面階段的某些特質。整體而言，唐捐詩中的情調不單一，具有比較繁複的戲劇性；在抒情與反諷、戲劇與自我之間不斷的辯證中，詩興源源不絕。

《意氣草》和《暗中》時期，節奏緊促，詩筆凝練，網羅諸多意象，交織為超現實的意涵，自成比喻系統，奪人目光。例如「鼠嬰神智」、「意氣如湯」、「你的臉上依然播出一池蟲噪」等，[399]思緒如雜草，文字則蹇澀而用力。唐捐之詩逼視生命的陰沉與黑暗，常以父母神鬼為主要題材及象徵，感官意象濃烈，不避穢汙，風格詭奇，時而變造古典，時而出入幽冥。在此創作階段，唐捐好演繹荒誕之變形，經營身體和外在空間共構出的幻設時空，如散文詩〈飲酒〉：「似乎也有些東西從體內輸入瓶中。／呃，我飲牠，牠也飲我。酒入我口，精淚血汗卻進入瓶口。酒瓶愈來愈胖，我愈來愈瘦。我終於變成酒瓶，牠終於變成我。／牠將我輕輕提起，放到冰箱裡。並且貼上標籤。」[400]

《無血的大戮》、《金臂勾》時期，唐捐的文字披盔戴甲，拉雜摧燒，展現渣滓中的光怪陸離。這是唐捐正式開展的「反崇高」時期，經常使用的手法是狀似崇高的逆向表現。妖魔鬼怪、蟲毒病菌、腐體殘軀等夸飾而激猛的詞彙，唐捐揮兵如雨，堆砌為自認的「偽乩童詩」，召喚「奔突嘶嚎，出入於天人之際」的氣氛。[401]俯拾可及的例子如〈七傷拳〉、〈老人暴力團〉、〈假面特攻隊〉、〈九九歡樂頌〉。[402]這「鬼扯」的姿態自有其媚俗之處；既媚俗而可樂，其惡聲也自成就表演的面具。[403]

越演越烈的末世情調與碎裂詩語並非唐捐的唯一展演；其語言文字的基本功，到了《蚱哭蜢笑王子面》、《網友唐損印象記：台客情調詩》，表現了既直白神祕又淋漓暢快的清洗脾肺、自我雕琢過程。

當唐捐以唐損為筆名，通常以裝可愛的瘋癲語言暴露真相的側面，抒發真實生活和虛擬世界裡的辯證關係，表現臉書或網路在角色扮演的時代中所飾、不能太當真的角色。戲劇性在唐損的作品中非常明顯，經常融合了文言、白話、台灣國語、破英文，表現啼笑皆非的趣味，如：「今夜，我內流滿面」，就是文言和白爛語言的對話。陳義芝就半開玩笑半認真地說，《網友唐損印象記：台客情調詩》很像社群時代的宅男詩

398 可參見鄭慧如：《身體詩論》，頁二六二—二六八；黃文鉅：〈魔化、變身、支離、痙攣美感：論唐捐詩中的身體思維〉，《台灣詩學・學刊》，第五號（二〇〇五），頁一九五—二二八；黃文鉅：〈魔鬼化或逆崇高：唐捐身體詩再探〉，《台灣詩學・學刊》，第八號（二〇〇六），頁一九一—二三二；莊士玉：〈卑賤的『聖』母：論唐捐詩中卑賤姿態的呈現以及母親意象的雙重性〉，《台灣詩學・學刊》，第十四號（二〇〇九），頁一七一—一九一。

399 參見唐捐：〈鼠嬰神智〉、〈意氣草〉，收於《意氣草》（台北：紅螞蟻圖書有限公司，一九九三），頁一〇三—一〇四、一一三；〈寤寐〉，收於《暗中》（台北：文史哲出版社有限公司，一九九七），頁一三九—一四〇。

400 見唐捐：《暗中》，頁一三三。

401 參見唐捐《無血的大戮》的後記：（台北：寶瓶文化事業有限公司，二〇〇二），頁一七一—一七四。

402 唐捐在《金臂勾》的書背介紹：「殘渣裡有不可思議的力量，捉狂中打開生命的真相。《金臂勾》起於不安與質疑，一方面用詩的形式，反思了制作詩意的機制、經營詩語的方法，一方面也反思了既有美學所賴以滋生的社會結構與意識型態。這是一本拉雜摧燒、肆無忌憚、『欲傷人必先自傷』、『取詩於非詩』的詩集。」（台北：蜃樓股份有限公司，二〇一一）。

403 參見鯨向海及楊佳嫻為《金臂勾》寫的序。分別為鯨向海：〈金剛變形超屌體，亂入鬼扯詩〉及楊佳嫻：〈野草中的惡聲，假面下的告白〉。收於唐捐：《金臂勾》。

抄。如：〈親愛的爛人同胞〉、〈真假唐捐〉：「唐捐登出他的臉，偷看他老婆的臉，偷看他老婆朋友的臉，知所不知，悟所不悟」；又如〈向魯迅致敬〉講一個假面世界、〈爛人召集令〉以粗鄙為其手段，[404]強調俗言有其大義在。[405]

2. 類散文詩體

夏婉雲認為，唐捐是承繼超現實乃至魔幻技法，並以「類散文詩體」為創作主力的邊緣型詩人。[406]此說為迄今所見最適合唐捐的詩史定論。

在二十一世紀的台灣文學界，「邊緣」就是地下的「中心」，其實所向披靡者，莫非「邊緣」。論者所謂唐捐這「邊緣型詩人」，並非真正沒人理會的弱勢與邊陲。「類散文詩體」和「邊緣型詩人」與唐捐的詩觀密切扣合。唐捐討論現代詩或散文，著意於從「雜」提煉新意，也曾提到學界「自以為雅正」的評論風格，放懷落紙之間頗寓不以為然之意。由邊緣而攻堅，因「雜」而受肯定，的確是「邊緣型詩人」望風長嘯的常見現象。

陳大為（一九六九、九、二十八—），祖籍廣西桂林。生於馬來西亞霹靂州怡保市。台灣師範大學國文學系博士。現任教於台北大學。在台灣著有詩集：《治洪前書》（一九九七）、《再鴻門》（一九九七）、《盡是魅影的城國》（二〇〇一）、《靠近　羅摩衍那》（二〇〇五）、《巫術掌紋：陳大為詩選1992-2013》（二〇一四）；散文：《流動的身世》、《句號後面》、《火鳳燎原

陳大為，《巫術掌紋：陳大為詩選1992-2013》，台北：聯經出版事業股份有限公司，2014。

的午後》、《木部十二劃》；論集：《存在的斷層掃瞄：羅門都市詩論》、《亞細亞的象形思維》、《亞洲中文現代詩的都市書寫1980-1999》、《亞洲閱讀：都市文學與文化》、《思考的圓周率：馬華文學的板塊與空間書寫》、《中國當代詩史的典律生成與裂變》、《馬華散文史縱論》、《風格的煉成：亞洲華文文學論集》。編有《台灣現當代作家研究資料彙編・35・羅門》等多部。

陳大為的詩，特質為：

1. 以詩辯史

陳大為的書寫風格剛正。詩作以《盡是魅影的城國》為界，前此追求氣象磅礡的歷史敘事；《靠近　羅摩衍那》則演為舒放的語言風格。《治洪前書》摩寫中國遠古神話，《再鴻門》反思並解構中國歷史，《盡是魅影的城國》描寫華人移民南洋，均格局宏大、筆力遒勁，反時代習尚以返古典文史傳統，復以回返古典文史傳統締造新局。[407]陳大為援取古典文史中的原型人物而寫的詩，表面上

陳大為，《靠近　羅摩衍那》，台北：九歌出版社有限公司，2005。

404 唐捐：〈網友魯迅印象記〉、〈爛人召集令〉，《網友唐損印象記：台客情調詩》（台北：一人出版社，二〇一六），頁一二八、九。

405 此部分參考二〇一六年十二月三日，傍晚十五點〇五分至十八點，教育電台廣播節目：「文學四季」中，陳義芝、陳怡蓁對唐捐的訪問。

406 參見夏婉雲：《台灣詩人的囚與逃：以商禽、蘇紹連、唐捐為例》（台北：爾雅出版社有限公司，二〇一五），頁二五八。

407 《再鴻門・序》中，陳大為說：「我喜歡格局宏大、結構嚴謹、氣勢雄渾的史詩，或長篇敘事詩；我喜歡古老的事物，有歷史的色澤和思想的厚度。……本卷的每一首組詩都保持著環環相扣的敘述結構……」收於陳大為：《再鴻門》（台北：文史哲出版社有限公司，一九九七），頁一三七—一三九。

追摩傳統，實際上是以回返古典傳統的假象，發出自己對時代潮流的回應，詩中充斥著提醒讀者謹慎對待歷史書寫的詩句，相當程度具有以詩辯史的疑史傾向，揭示了「史」被「詩」把玩於股掌之上的狀態。408

陳大為批判式的詩觀與詩論毫無保留。在《中國當代詩史的典範生成與裂變》裡，陳大為一再表現「敢為天下先」的批判力和爭奪詩史地位、樹立典範的想法。409他基本上認為，以歷史為主的任何時間論題充滿機動性與不確定性；現實作為時間的一環，也在各種累積中不斷移動。從《治洪前書》、《再鴻門》、《盡是魅影的城國》，到《靠近　羅摩衍那》，圍繞著神話中國、歷史中國、南洋史詩、馬來西亞的多元文化等素材，儘管嘲謔的反骨個性始終如一，陳大為對題材的選擇口味與視野卻越見寬闊，語調更輕鬆自得，在體系自具的詩系中，往往聚焦在公共場域，為驗收詩質的方式。《靠近　羅摩衍那》系列三：「風中狂草」的〈隨便聊聊〉、〈狗熱的，夫子〉、〈形同廚餘〉、〈往北遷移〉；系列五：「殖民者的城池」的〈防曬係數〉、〈下午休羅街〉、〈穿插大量銅樂〉、〈喊醒它的舊識〉、〈即使變成小數點〉，都呈現陳大為流動活潑的批判特質。

陳大為的作品充斥著提醒讀者謹慎對待歷史書寫的詩句。他傾向於把歷史看作介於學術與創作之間的東西，在其間填補空白、黏合碎片，建立歷史的連續性，想當然耳地再現歷史，一如〈達摩〉末句：「真相本身也是一種虛擬」。又如〈曹操〉一詩，就依附文獻裡既定的「梟雄」形象作文章，表現對曹操英雄式的崇拜：

陳大為，《再鴻門》，台北：文史哲出版社有限公司，1997。

陳大為，《盡是魅影的城國》，台北：時報文化出版企業股份有限公司，2001。

曹操就來了！
殺氣騰騰地坐下，劍放桌上
奪過羅子的龍蛇單掌把玩
「還，還你清白，好嗎？」
「不必！」
魏初的血腥似狼群竄出冷氣機
第五組曹操寫到這裡不得不停筆。410

408 江弱水以「新歷史主義」詮釋陳大為，認為陳大為藉文學文本解析歷史的手法，和西方新歷史主義的特殊興趣與慣用方式相近，而陳大為：「對正史殘留的敬重，也許表明它的史學觀還沒有徹底滑落到與後現代主義相對甚至虛無主義的立場上。」參見江弱水：〈歷史大隱隱於詩：論陳大為的寫作與新歷史主義〉，《台灣詩學．學刊》，第六號（二〇〇五），頁一〇七—一一八。該文從歷史的詩性特徵和歷史的權力宰割兩大方向切入作品，以為陳大為最拿手的寫法，是不斷逼問歷史所謂秉筆直書的神聖性，使之窘迫地破綻百出。

409 例如討論北島的詩，陳大為說：「位居詩史論述中『朦朧詩的首席人物』，北島在詩史的苦難敘述和補白中，不斷豐富起來，不斷偏離單純的詩歌美學上的詮釋軌道，最後定於一尊。」見〈「苦難」與「英雄」：北島早期詩歌的詮釋向度〉，陳大為：《中國當代詩史的典範生成與裂變》（台北：萬卷樓圖書股份有限公司，二〇〇九），頁一七九—二一四；又如批評江河：「江河的心境變化相當複雜，既有不屈之志，又有疲累之意，在〈移山〉一詩當中，流露出他長期以來那股捨我其誰的使命感，忽然感到莫名的疲憊，以致他在書寫這輯神話史詩的時候，一股拂袖而去的念頭不時湧現，英雄遲暮的感覺令他筆下的愚公有了強烈的落寞感」。見〈現代神化史詩的先鋒實驗：江河詩歌的「英雄轉化」與敘事思維〉，《中國當代詩史的典範生成與裂變》，頁二五九—三〇四；又如〈裂變與斷代思維：中國當代詩史的版圖焦慮〉及〈小歷史寫作：文革地下詩歌的史料建構與編織〉，以群雄爭霸的文學史意圖作為論述核心。見《中國當代詩史的典範生成與裂變》，頁三—九三；九五—一一五。

410 陳大為：〈屈程式〉、〈曹操〉、〈再鴻門〉，陳大為：《再鴻門》，頁三七—四四、四五—五二、三三—三六。

詩行想像曹操穿過時空，來到書寫者面前，因而將孤立而分歧的文史紀錄連綴為如在目前的敘述，製造情境，對曹操演繹一番。雖然敘述在史實裡輕輕翻身，那逼肖的聲聞依然是捏粉做糰的魔術；曹操這原型人物的既定樣子不但沒改變，而且精神全出。

2.化論為詩

陳大為對文史的洞悉力和想像力伴隨著自信和坦蕩，重組文史典籍中的意象世界，敘事主體與文史客體之間激盪或對話，造成多聲多語的特質。在「後設語言」或「新歷史主義」之外，支撐陳大為磅礴詩質的元素，還有另一個核心：「知識性」。以嚴密的文史常識為背景，陳大為研磨、盤算、敘述、故事、詮釋、組織，展現歷史書寫的虛構性，所以有〈再鴻門〉那樣的獨斷：

不必有霸王和漢王的夜宴
不去捏造對白，不去描繪舞劍
我要在你的預料之外書寫
寫你的閱讀，司馬遷的意圖
寫我對再鴻門的異議與策略[411]

陳大為的文明省思表現在論述式的歷史評斷上。「在你的預料之外書寫」、「寫我對再鴻門的異議與策略」，這是他歷史敘事一貫的作風。有別於將史籍中的人物再一次作典型化人格的形象書寫，或借題發揮，運用文史材料中的原型人物虛晃一招，陳大為總是胸有成竹，在確切而透明的語意中，鍛鍊自己化論為詩的能力。出於對既定知識的叛變，作品的成效因而展現在敘事聲音對文史素材至少自以為是的瞭若指掌、語言表現的自信、自然，以及超越為讀者設定的詮釋脈絡、情境和生活的熨貼之上。例如〈屈程式〉：

那五小時裹粽的手
那五小時灶旁高溫的忍受
我感同當年汨羅江裡的魚群……
（單憑這點就該把屈原吃乾淨）412

陳大為撇開屈原的身世背景和屈原故事的微言大義，直接從汨羅江和粽子下筆，朗朗的文字透著不刻意的溫度，直探生命，餘味曲包，令人在莞爾後深思。詩中人大啖粽子，一邊咬一邊「感同當年汨羅江裡的魚群」，於是綰結了相異時空中，炎炎夏日的飢餓生命。詩中人獨享粽子，魚群則為生存必得爭食；沒有說的話在已經說的背後：衣食無虞的人有餘裕假借屈原長吁短嘆，而對於隨時可能被吞噬的魚群來說，每一刻的目標都是活下去，搶食都來不及。在這層嚴肅的含意上，上句：「那五小時灶旁高溫的忍受」，兩句的語調有潛藏的翻轉，首先暗示在岸邊忍受酷日、拋下粽子的民眾「其心可感」，魚群應該把粽子吃乾淨；但更主要的意涵：魚群應該感念在汨羅江邊徘徊良久的屈原心意，啃他個屍骨無存。

3.不假粉飾的批判力道

〈嬝美貓的發情〉是《靠近　羅摩衍那》「風中狂草系列」的詩，陳大為「以孔子為軸，以政教亂象為

411　陳大為：〈再鴻門〉，陳大為：《再鴻門》，頁三二—三六。
412　陳大為：〈屈程式〉，陳大為：《再鴻門》，頁三七—四四。

靶」，[413]諷刺台灣的政治現象，批判意味很重。首節即下了重筆：

我們慶幸擁有一個腫瘤
化膿後的盛世
車馬擁擠　烏煙瘴氣
亂歸亂　卻有它
井井的律法
媲美貓的發情
媲美魚午睡不眨的眼睛[414]

「腫瘤化膿後的盛世」、「媲美貓的發情」、「媲美魚午睡不眨的眼睛」連續三個比喻展現陳大為對當代台灣現實的觀想，指向醜惡汙穢、欲望橫流、口水噴灑、斯文掃地、唯恐天下不亂的怪現象。「亂歸亂　卻有它／井井的律法」，暗諷亂象之不可救藥。如此開篇所展現的視野，已然跳脫出「書寫過往雲煙」的框架。經過第二節和第三節的鋪陳，第三節啟動詩題所指的主要關鍵「ＬＰ」：

夫子　留步
請您見證一個
「不低賤
無以言」的新世界
百官不出穢言

便找不到
跟天下接軌的賤格字眼
他們以狗嘴長出LP
廉價 而有力
讓世界從褲襠裡望出來
把天下往褲襠外喊出去[415]

此節完全是散文的書寫基調，符旨的意義穩定，意象符徵的流動很有限，也缺乏令人驚喜或訝異的意象。如果從文辭裝扮來講，這絕非台灣讀者文學教養下的所謂好詩；然而此詩從頭到尾一點都不躲閃的與現實對話的勇氣，卻足以讓許多從現實人生中退縮的詩作汗顏。以「LP」獨尊於天地，周遊於不見經傳的小邦，藉以苟延殘喘，這是陳大為這首〈媲美貓的發情〉直接批判的台灣政壇現象。完全不遮掩，不營造文字迷宮，陳大為以巷弄茅房的行為指南，對照鄉紳廟堂以一敵萬的口頭禪。此詩咄咄逼人的氣勢迥異於許多翻雲覆雨、持刀自衛的作品，且是針對當代與當權者而發，甚至以「LP」這樣不雅的俗語入詩並再三強調，完全不假任何枱面話以為粉飾；在台灣一九六〇年代出生的詩人中，相當霸氣。

丁威仁（一九七四、十、七—），生於台灣基隆。東海大學中文所博士。笠詩社社員。曾獲教育部文藝

413 參見《靠近 羅摩衍那》（台北：九歌出版社有限公司，二〇〇五），頁一六七。
414 陳大為：〈媲美貓的發情〉，《靠近 羅摩衍那》，頁八三—八六。詩長不具引，以一、三節為證。
415 同前注。

創作獎、聯合報文學獎、全國學生文學獎、吳濁流文學獎、玉山文學獎等重要文學獎項。任教於台灣清華大學南大校區。出版詩集：《末日新世紀》（一九九八）、《新特洛伊・NEW TROY・行星史誌》（二〇一〇）、《實驗的日常》（二〇一二）、《流光季節》（二〇一二）、《小詩一百首：丁威仁詩集》（二〇一四）、《走詩高雄》（二〇一七）、《走詩貓裡》（二〇一八）等；論著：《戰後台灣現代詩的演變與特質（1949-2010）》、《明代前期《詩經》學的詩學詮釋》、《輕鬆讀文學史》等。

丁威仁的詩作，特點為：

1. 披肝瀝膽的爽淨文字

丁威仁大量寫詩，以詩自剖，血性賁發，在臉書上幾乎每日都有詩作；詩對於丁威仁而言已經代替說話，成為思考和表達的習慣。丁威仁的詩作很多，「好發詩語」、「以寫詩串構自己的整個精神面向」，[416]題材寬廣，形式各異，也曾以月曆紀年的方式，不避名諱地為戀人出過一整本情詩：《流光季節》。其好詩俐落明快，意象靈巧，擷取現象的方式具概括力和批判性：單單這點就讓多數同代的寫詩者瞠乎其後。讀者說他的詩：「多的是不吐不快的人生箴言」、[417]「輕鬆寫意，頗具活力」、「以順手拈來的日常生活入詩，猶如在日常生活撿拾念頭」。[418]丁威仁呼籲寫詩找回本真、童心，反對各式與世隔絕、自我夢囈的書寫模式。接受訪問時，丁威仁說喜歡「心跳加速、喘不過氣、淚流滿面、咬牙切齒、醍醐灌頂」的作品，希望「變成一個書寫在文學史裡的不和諧音」。[419]其詩動輒披肝瀝膽。

2. 碰撞荒誕、觸發反思的走調書寫

對於詩壇積習已深、視為當然的現象，丁威仁憤悱、譏諷、敢言。例如：「拉長句子只為了證明我的詩不萎頓，為了延續閱覽的時刻，我藉著惥念，使意象壯碩，拖沓閱讀的速率。」[420]、「為名作詩，可；為利作詩，可；為觀者作詩，亦可；然心下須有十分底明白。」[421]在《戰後台灣現代詩的演變與特質》中，丁威仁避熟就生，舉了許多詩名不彰的年輕詩人或網路上發表的詩作為例，試圖為新新世代的寫手張目；書中以笠詩社為核心的本土詩學討論，以及提出「數位時代」以比較一九八〇與一九九〇年代詩社群，再從文學獎、情詩書寫、詩人票選等，以議題凸顯新世代的史筆，均可見其鋒芒。[422]

儘管發表過〈德布西變奏〉、〈新特洛伊行星史誌〉這樣篇幅大、層疊鋪展的詩，碰撞荒誕、觸發反思的走調書寫，仍是丁威仁最大的特質。例如〈隨想XIV〉：「這是一個適合神居住的城市／不適合我們這些／平凡人／／就讓神過神塞車的生活／且不必購屋／住在空氣裡」，[423]天外飛來一筆般的「神塞車」點到為止調侃了台灣都市生活裡的交通阻塞與購屋問題。〈蔓延IV〉：「謊言是一種革命／為了建設／就要把信任當作魚餌／釣深海的魚／／所以我們輪班說謊／拿別人的牙齒／咬自己的／舌」，[424]對語言文字的巧言令色見解精闢，尤其「拿別人的牙齒咬自己的舌」，把「藉口」意象化，將說謊者心知肚明的言不由衷寫得恰到好

416 見張至廷：〈序之序及序其他〉，收於自丁威仁：《流光季節》（台北：釀出版，二〇一二），頁二五—二七。
417 參見王厚森：〈我仍是最頑固的那一個夢：《小詩一百首》讀後〉，收於丁威仁：《小詩一百首》（台北：秀威資訊科技股份有限公司，二〇一四），頁三四—四〇。
418 參見梁匡哲：〈來，不要只讀詩，一起來玩彈珠遊戲〉，收於丁威仁：《小詩一百首》，頁七—一〇。
419 參見坦雅：〈燃燒的星體：專訪詩人丁威仁〉，該文的發表時間標示為二〇一四年十月二十七日。網址：http://blog.udn.com/Hsingling/18473510。二〇一七、五、十八查閱。
420 見丁威仁：〈高等的空虛〉。引自丁威仁二〇一七年五月三日臉書發文。
421 丁威仁：《詩學清言》，轉引自應嘉惠：〈以詩之名〉，收於丁威仁：《流光季節》，頁一八六—一八七。
422 參見丁威仁：《戰後台灣現代詩的演變與特質（1949-2010）》（台北：新銳文創，二〇一二）。
423 見丁威仁：《小詩一百首》，頁七〇。
424 見丁威仁：《小詩一百首》，頁九一。

處。又如〈蔓延XIX〉：「多堅固的肉體／都有傷口／／我們不是沉重的花崗岩／也不是嘈雜的／磨豆機」，花崗岩堅不可催，對照「肉體必有傷口」的主題有強化作用，而「磨豆機」收束則是神來之筆：磨豆機研磨豆子，萃取香氣，相對於「肉體」、「花崗岩」的意象自我指涉，放入「磨豆機」而使之磨碎的是異物，是相異於磨豆機的「他者」。沿著語境，磨豆機固然把無論有傷無傷的外物研磨成粉，散發香味，而使人方便品嘗；對於無意品嘗這「他者」的人，研磨的聲響卻非常嘈雜。在語境的烘托下，「磨豆機」有「研磨他人傷口」的暗示；順著詩行閱讀，亦有不屑咀嚼別人傷口以自遣的意謂。這些詩行的轉折，曲妙而自然。

425

六、學院詩人：杜國清、陳慧樺、張錯、古添洪、尹玲、蕭蕭、李有成、陳鴻森、翁文嫻、焦桐、林建隆、蔡振念、周慶華、孟樊、江文瑜、洪淑苓、楊小濱、方群、須文蔚

在台灣的高教體系教書、出版過至少一本個人詩集的現代詩創作者，除了本書所列焦點詩人及主要詩人，尚有如：鍾玲、杜國清、黃敬欽、龔顯宗、陳鴻森、翁文嫻、蕭蕭、尹玲、須文蔚、游喚、沈志方、陳慧樺、古添洪、洪淑苓、賴賢宗、孟樊、林于弘、蕓朵、李癸雲、焦桐、蔡振念、周慶華、林建隆、江文瑜、曾琮琇等等。以下擇例討論。

杜國清（一九四一、七、十九—）。生於台中豐原。台灣大學外國語文學系學士、日本關西學院大學日本文學碩士、美國史丹佛大學中國文學博士。曾任日本廣島大學客座研究員、美國加州大學聖塔芭芭拉校區東亞語言文化研究所教授。曾與詩友共創笠詩社、曾為《現代文學》雜誌社編輯。著有詩集：《蛙鳴集》

（一九六三）、《島與潮》（一九六五）、《雪崩》（一九七二）、《望月》（一九七八）、《心雲集》（一九八三）、《殉美的憂魂》（一九八六）、《愛染五夢》（一九八九）、《情劫》（一九九〇）、《對我 你是危險的存在》（一九九六）、《山河掠影》（二〇〇九）、《玉煙集》（二〇〇九）；論著：《西脇順三郎的詩與詩學》、《詩論・詩評・詩論詩》、《台灣文學與世華文學》；譯著：《艾略特文學批評選集》、《詩的效用與批評的效用》、《惡之華》等。

杜國清是一九九〇年代較早受到中國大陸學者討論的台灣學院詩人；也是笠詩社的創社詩人中，較少不被冠以「本土」、「台獨」的意識型態，且在台灣的大學院校中逐漸被重視者。大陸學者如王宗法、王景濤、計璧瑞，早已出版專書論述杜國清。[426]台灣大學的台灣文學研究所，在二〇一七年十一月，為杜國清舉辦「情與詩論：杜國清作品國際研討會」。

杜國清的學術、詩作與論評並進，多產而多面。其詩創作的書寫領域包含山水、愛情、譏諷；詩論述涉及東亞傳統詩觀與現代主義或即物主義的關連，以及本質論、創作論。[427]

一九七一年所作，收在《望月》的「生肖詩集」一輯十二首，以意象暗示的手法，對現世多所嘲諷，在現代主義的技巧與現實主義的精神之間，領先鑿開一條路，發表在一九七二年的新詩論戰之前，獨具歷史意義。[428]《玉煙集：錦瑟無端五十弦》中，杜國清以李商隱為主的詩句為詩題，寫了詩作五十首，在論詩詩和

425 見丁威仁：《小詩一百首》，頁一〇九。

426 例如王宗法、計璧瑞、汪景濤合著：《愛的祕圖：杜國清情詩論》（哈爾濱：北方文藝出版社，一九九四）。

427 如〈詩的本質〉、〈詩的三昧與四維〉、〈詩與象徵〉、〈通變與創新〉、〈新即物主義與台灣現代詩〉、〈何謂「現代派運動」〉等文章。均見杜國清：《詩論・詩評・詩論詩》（台北：國立台灣大學出版中心，二〇一〇）。

428 參見杜國清：《望月》（台北：爾雅出版社有限公司，一九七八），頁一四五—一六七。

愛情書寫之外另闢了蹊徑。[429]

杜國清認為詩是時代的證詞；又把社會比喻為各個齒輪，稱詩為組合這些齒輪中間的砂礫，其作用為促使齒輪時時發出不快的噪音。[430]他自述其文學淵源，說艾略特、西脇順三郎、波特萊爾、李賀等四人在他的詩路歷程上影響最大。[431]杜國清提出「世華文學」的觀念，對台灣文學的世界化致力頗多，《台灣文學與世華文學》即為其具體成果；[432]又認為，台灣文學異於大陸文學之處主要有二，一為日據時代發展出的反抗精神，一為一九三〇年代透過日文實踐而在一九六〇年代再度發揚的現代主義精神。[433]

陳慧樺（一九四二、七、五—），本名陳鵬翔，另有筆名林峨、林寒澗。祖籍廣東普寧，生於馬來西亞，一九六四年赴台讀書，乃長年居於台灣。台灣大學外文研究所比較文學博士。曾任教於台灣師範大學、世新大學，現任教於佛光大學。曾與友人創辦星座詩社、噴泉詩社、大地詩社。曾獲全國優秀青年詩人獎。著有詩集：《多角城》（一九六八）、《雲想與山茶》（一九七六）、《我想像一頭駱駝》（二〇〇三）；評論集：《板歌》、《文學創作與神思》、《主題學理論與實踐》；譯有：《蒼蠅王》、《奧斯本戲劇選集》；編有：《比較文學的墾拓在台灣》、《從比較神話到文學》、《主題學研究論文集》、《文學史學哲學》、《從影響研究到中國文學》等。

在其學生陳大為、鍾怡雯編選的《馬華新詩史讀本》裡，陳慧樺占有一章完整的篇幅；[434]但在台灣詩人編選的詩選中，陳慧樺僅以學院詩人的身影聊備一格，相對寥落。由《多角城》的浪漫抒情到《雲想與山茶》的理性內省、《我想像一頭駱駝》明朗雋永，陳慧樺以三本詩集標示著三種不同的詩風。

自大學時代參加大地詩社起，陳慧樺對現代詩的創作始終與社會關懷的寫實層面較為契合，而其品味上的雄渾感也相當如一地表現在詩創作的視野與風格。古添洪說陳慧樺的詩有三種基調：濁詩、社會關懷、雄渾。以旅遊書寫為例，古添洪認為，陳慧樺在《我想像一頭駱駝》中的「後殖民」色彩，乃任由眼前實景縱橫揮灑，繼而與感官、記憶交融疊現，產生發自潛意識般的感受與沉思。[435]

張錯（一九四三、十、二十五—），本名張振翱，生於澳門。童年因戰亂，與父親移居香港。完成中學學業後，一九六二年到台灣，進入政治大學西語系就讀。大學畢業後短暫到香港。後赴美國進修，獲取楊百翰大學碩士、西雅圖華盛頓大學比較文學博士學位。現任教於南加州大學比較文學系及東亞與文學系。在政治大學就讀期間，與王潤華、淡瑩等合組跨校之「星座詩社」，籌辦《星座》詩刊。在台灣出版詩集：《錯誤十四行》（一九八一）、《雙玉環怨》（一九八三）、《檳榔花》（一九九〇）、《滄桑男子》（一九九四）、《細雪》（一九九六）、《流浪地圖》（二〇〇一）、《另一種遙望》（二〇〇四）、《浪遊者之歌》（二〇〇四）、《詠物》（二〇〇八）、《連枝草》（二〇一一）；詩文合集：《枇杷的消息》、《靜靜的螢河》；散文與評論合集：《文化脈動》、《從莎士比亞到上田秋成》等。

〈斷夢刀〉的片段很能表現張錯詩的特質：

---

429 見杜國清：《玉煙集：錦瑟無端五十弦》（台北：國立台灣大學出版中心，二〇〇九）。

430 見杜國清：〈神啊　您是唯一目擊的證人〉，收於杜國清：《杜國清詩集》（高雄：春暉出版社，二〇〇七），頁六二—六三。

431 見杜國清：〈艾略特與我〉，收於杜國清：《杜國清作品選集》（台中：台中縣立文化中心，一九九一），頁六七—七一。

432 參見杜國清：《台灣文學與世華文學》（台北：國立台灣大學出版中心，二〇一五）各文。

433 見杜國清：〈大陸對台灣文學研究的現況與反思〉，收於杜國清：《杜國清作品選集》，頁一〇五—一一四。

434 參見陳大為、鍾怡雯編：《馬華新詩史讀本（1957-2007）》（台北：萬卷樓圖書股份有限公司，二〇一〇），頁二七一—二八四。

435 參見古添洪：〈旅遊／亞洲的後殖民記憶：兼述陳慧樺詩中的各個基調〉，《華文文學》，二〇〇三年第三期（二〇〇三），頁四三—五六。

常有一種掩卷的嫉妒，
在風簷展讀；
有一種烏騅的遺恨，
在迢迢的煙波。

倘刀能斷夢，
仍在於殘夢了無可覓，
唯揮刀無法截斷的，
卻是思念的源頭，
倏隱倏現，念來夢見，
來去絕蹤，念去夢隱。[436]

在這段詩行裡，說明句、陳述句、類對仗的句法、「思念」這類抽象情緒的直接敘寫、「煙波」與「殘夢」這類近似古典詩詞的語言、「烏騅」背後象徵的俠骨柔情，都是張錯詩恆常展現的素質。

張錯的詩有四個特色：1.**大量重製中國古典詩詞**；2.**離散主題**；3.**借重文物或歷史人物，歌讚俠客精神**；4.**直陳情緒與思維**。

張錯的詩語言平鋪直敘，缺乏跳躍思考；「以虛化實」、「以實化虛」的技法，在張錯的詩中很少見得。因為寫得太「實」，使得詩作在直線敘述中順著因果關係進行而無法有驚喜。陳義芝、許悔之等，都曾撰文評論這一點。[437]

張錯的詩有濃厚的飄零基調；出版於一九八〇年代的四本詩集：《錯誤十四行》、《雙玉環怨》、《漂泊者》、《春夜無聲》為其代表。離散主題是張錯詩作在二十一世紀後的台灣受矚目的主要原因。這一點和台灣海峽兩岸的形勢發展等非詩的因緣際會有關。以離散或放逐為焦點而討論到張錯詩的文章，對其詩藝並不重視。換言之，張錯以一個曾經的「僑生」和「海歸」身分，在詩行中的放逐、浪遊或自我治療，讀者看到的主要是「鄉愁」。[438]

張錯長年習武、研究古物，多首詩作或援用神話傳說或古人古事表現俠氣、兒女情感，刀、劍、鏡等銅器與陶瓷器、畫作等經常入詩。如〈斷劍〉、〈風邪〉、〈練劍〉、〈玉搔頭〉、〈相逢三疊〉、〈捕雁人語〉、〈髮簪的聯想〉。[439]歷史文化積澱為張錯詩之審美對象。杜甫、蘇軾，張錯詩中經常歌詠；書畫、唐三彩，張錯也經常刻畫。〈秦兵馬俑〉、〈碗內乾坤〉、〈夜覽〈江行初雪圖〉有感〉、〈隋「秦王照膽鏡」〉等詩，即為其例。[440]現實中

張錯，《漂泊者》，台北：爾雅出版社有限公司，1986。

436 〈斷夢刀〉，見張錯：《漂泊者》（台北：爾雅出版社有限公司，一九八六），頁五九—六二。

437 參見陳義芝：〈鏡裡驚夢：評張錯《春夜無聲》〉，《聯合文學》，第四卷，第十二期（一九八八），頁一九三—一九五；許悔之：〈時空推移下的悲哀：短論張錯詩集《漂泊者》〉，《文藝月刊》，第二〇九期（一九八六），頁二八—三三。

438 例如陳鵬翔：〈張錯詩歌中的文化屬性／認同與主體性〉，《蕉風》，第四九二期（二〇〇四），頁一〇五—一〇六。

439 各詩分別見張錯：〈另一種遙望〉，頁八八；《春夜無聲》（台北：書林出版有限公司，一九八八），頁一六九—一七〇；《雙玉環怨》（台北：時報文化出版企業股份有限公司，一九八一），頁一二七—一二九；《流浪地圖》（台北：河童出版社，二〇〇一），頁一二七—一二八；《細雪》（台北：皇冠文化出版有限公司，一九九六），頁一四五、九一；《流浪地圖》，頁七四—七五。

440 各詩分別見張錯：《另一種遙望》（台北：麥田出版社，二〇〇四），頁一四—一五；《詠物》（台北：書林出版有限公司，二〇〇八），頁二、頁一四四—一四五；《浪遊者之歌》（台北：書林出版有限公司，二〇〇四），頁九〇。

的古物與中國古典文學文化在張錯詩中穿織交錯，蘊蓄生命交關的嚴肅課題及潛藏的戲劇性於移植過來的古典詩詞，而前後呼應，詩境開闊。

古添洪（一九四五、七、二一—），祖籍廣東鶴山，生於香港。國立師範大學國文系畢業、輔仁大學中文系碩士、美國聖地牙哥加州大學比較文學博士。曾任教於台灣師範大學、東南技術學院、慈濟大學。曾加入笠詩社、大地詩社、創世紀詩社。著有散文集：《域外的思維》；詩集：《剪裁》（一九七三）、《背後的臉》（一九八四）、《歸來》（一九八六）、《書寫在歷史的鞦韆裡》（二〇一五）；論述：《比較文學・現代詩》、《探索在古典的路上》、《記號詩學》、《不廢中西萬古流：中西抒情詩類及影響研究》；編有《詩的人間：學院詩人年度詩集一九八八—八九》等。

古添洪在本小節台灣學院詩人中的位置重要而特殊。「學院詩人群」的年度詩集出版計畫，由古添洪在一九九六年發起。古添洪當完擺渡人之後就不再站到風口浪尖上。[441]在各種詩選集巧立名目的一九九〇年代，由古添洪發起的學院詩人年度詩選新闢詩人展現詩藝的舞台。對於「學院性」或「學院詩人」的特徵，在提出看法的學者中，古添洪的意見很實在。[442]古添洪說，「所謂『學院詩人群』只是我們有一個學院的訓練與背景，如此而已。」、「學院性有何特徵，實乃餘事。」[443]；他又說，《學院詩人群年度詩集》集結的目的只是：「利用身分上的方便，在校園及文藝團體裡推廣新詩」。[444]

在〈鄉土文學「補白」及其他〉和〈訴說我與西方文學與理論的姻緣〉中，[445]古添洪以清明的理性，自陳散落在每一部詩集裡的中西文學淵源、自己的創作與學術理

古添洪主編，《詩的人間：學院詩人群年度詩集1998-99》，台北：台明文化事業有限公司，1999。

念、手法。那不亢不卑、果斷精準、低抑透明而不留情面的表述，默默地為台灣學術界的現代詩創作者樹立了極佳典範。[446]

以下對古添洪的看法，即以〈鄉土文學「補白」及其他〉和〈訴說我與西方文學與理論的姻緣〉為主要基礎，加以衍申。

古添洪的詩，特點是：1.論說的演出；2.比較藝術的模式化；3.積極而正面的異端性格。其風格為文化性、陽剛意象、對傳統人文價值的重視、以冷靜而知性的系列詩作實驗，區隔於某些一度或仍自以為「前衛」、「世紀末」、「後現代」的詩風。為何古添洪未列於本書的主要詩人，原因也來自古添洪詩的特點：缺

441 一九九七至二〇〇七年之間，台灣出版了以「學院詩人」為名目的詩選集，共七本，每次由不同人輪流主編。《學院詩人年度詩選》的成員由最初的八位增多到十七位。

442 「學院性」或「學者詩人」是否有何特徵，古添洪、李瑞騰、唐捐、陳義芝都曾提出看法。李瑞騰認為，以學院詩人為名，至少應有部分作品特見知識性，而整體表現應有明顯的書卷氣。參見李瑞騰：〈「學院詩人」遊走門牆內外〉，《民生報・讀書周刊》，一九九七年四月三日。陳義芝從形式體製的追求、抽象意念的玩賞、文化意識與信仰基礎的開展、學術行話與典籍的運用等方面探入台灣學院詩人的名與實，討論詩人面對知識應有的認知。參見陳義芝：〈台灣「學院詩人」的名與實：《學院詩人群年度詩集》綜論〉，《當代詩學》，第三期（二〇〇七），頁一—二三。唐捐以詩藝是否嚴密、理性與感性是否平衡、能否建立體製而又質疑辯詰、有無獨立思考的精神等面向，作為驗證學院詩人的標準。參見唐捐主編：《震來虩虩：學院詩人群年度詩集二〇〇二—二〇〇三》（台北：萬卷樓圖書股份有限公司，二〇〇四），頁二。

443 參見古添洪主編：《詩的人間：學院詩人群年度詩集一九九八—九九》（台北：台明文化事業有限公司，一九九九），頁三。

444 參見古添洪主編：《後現代風景・台北：學院詩人群年度詩集》，頁二。

445 〈鄉土文學「補白」及其他〉，收於古添洪：《歸來》（台北：國家出版社，一九八六），頁一—九。〈訴說我與西方文學與理論的姻緣〉，收於古添洪：《書寫在歷史的鞦韆裡》（台北：萬卷樓圖書股份有限公司，二〇一五），頁一—四六。

446 所謂「默默」，並非古添洪刻意低調，而是這本詩集排版的樣子和出版社，完全不走時下多數「詩人」挑選的出版樣態；或因如此，即使該序寫得精彩到位，迄今仍未見對此詩集的任何評論。

乏縱橫捭闔的氣派、語言過於乾燥而缺乏閱讀感染力的「以學為詩」，以及四部詩集為數不多的詩作數量，卻屢次重複收錄。

古添洪的詩主要表現在：

1.論說的演出

古添洪常以多層結合的論說，詩行間的思維軌跡帶動「視境」或意象，且從正面下筆，而不走偏鋒或從反面著手。其手法經常是運用靜態物象當作思維的比喻，取代直接的議論；或以「括號插句」表達自己的社會關懷與多層置入。

古添洪取以為「或可勉強附會德國『新即物主義』」的〈樹與樹〉，詩風頗似葉維廉，如前兩節部分詩行：「琉璃之外／風過濾成靜態的流動／／用什麼來交流消息？／——沒有ㄓㄔㄕ的語言／舞動龍蛇獐鹿的身姿／於自身完美之中」。「琉璃」、「舞動龍蛇獐鹿」，不僅是「樹」的相關意象，更代表敘述聲音的思維活動，富於文化聯想。〈防腐劑〉、〈漁翁〉、〈櫻桃破〉亦是如此。[447]〈漁翁〉以「蚯蚓」為喻，諷刺通貨膨脹，人命其賤不如蚯蚓，就算斷成三截仍須啃泥為食。〈櫻桃破〉寫情色行業和化學行業互相依存的關係，「藥物味」、「化妝品」是中心意象。又如〈防腐劑〉：「討厭／防腐劑／不要盯住我／把我防腐成好丈夫」，「防腐劑」：「表達男人對金錢、權力、女人的誇大的口吻、可笑的幻想，以及迂迴呈現作為其滋生土長的眼前社會，以達到詩人『反諷』的效果。」[448]

古添洪說他詩中的「括號插句」來自對葉慈詩的有意識挪用，且是他重複使用的技巧。[449]其詩的「括號插句」，往往是良心的旁白，或全知觀點的補述。如〈木樂〉、〈瘋牛症〉、〈國殤：一九九五〉、〈春祭：一九九四〉等。[450]〈木樂‧其四〉：「所有蕭孔都磨損沙啞／到處是草木伐後的牛山／（衣履酒廊轎車股票房地產服務業）／烈風吹來／只落得沙沙沙啞」，即兼具社會批評與美學上的效用。

2.比較藝術的模式化

古添洪在《歸來》中，結合長期耕耘的學術視野與詩歌創作，以自己對記號學的理解為基礎，連結「模式」和「比較藝術」，抓取攝影、水墨、油畫等藝術媒介的特質，處理為〈沐髮〉、〈亂劍〉、〈鄉愁集〉、〈八斗子寫意〉、〈沒有入相機的攝影〉；[451]再衍為《書寫在歷史的鞦韆裡》的「我的生活的地方V-8敘述五首」、「給妳（你）自己演出的詩篇七首系列」。比較藝術模式化的同時，亦滲入論說式的演出，如：〈尋找自己的位置：演出的書篇之一〉、〈後現代的尋找：演出的詩篇之二〉。[452]

古添洪一系列發揮所謂後現代實驗精神的詩篇，寫了之

447〈防腐劑〉、〈漁翁〉、〈櫻桃破〉，參見古添洪：《歸來》，頁九二—九五、九八—九九、一一四—一一五。

448 見古添洪：〈訴說我與西方文學與理論的姻緣〉，古添洪：《書寫在歷史的鞦韆裡》，頁一五。

449 同前注，頁二六。

450〈木樂〉、〈瘋牛症〉、〈國殤：一九九五〉、〈春祭：一九九四〉，參見古添洪：《書寫在歷史的鞦韆裡》，頁六四—七一、一〇〇—一〇一、五九—六三、五二—五四。

451〈沐髮〉、〈亂劍〉、〈鄉愁集〉、〈八斗子寫意〉、〈沒有入相機的攝影〉，參見古添洪：《歸來》，頁四四—四五、五三—五五、二四—二七、二八—二九、二二—二三。

452〈尋找自己的位置：演出的書篇之一〉、〈後現代的尋找：演出的詩篇之二〉，參見古添洪：《書寫在歷史的鞦韆裡》，頁一五四—一五七。

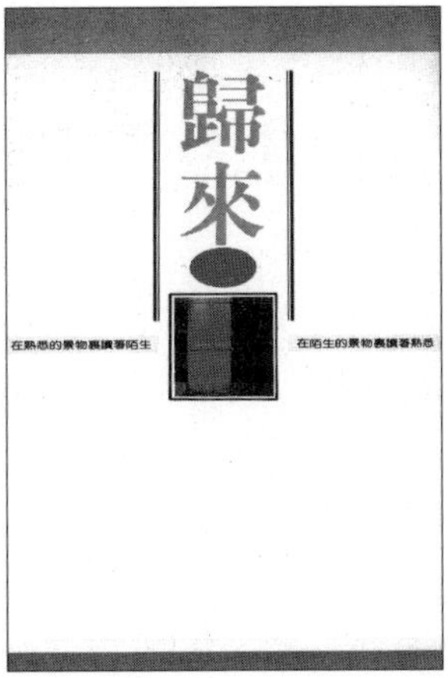

古添洪，《歸來》，台北：國家出版社，1986。

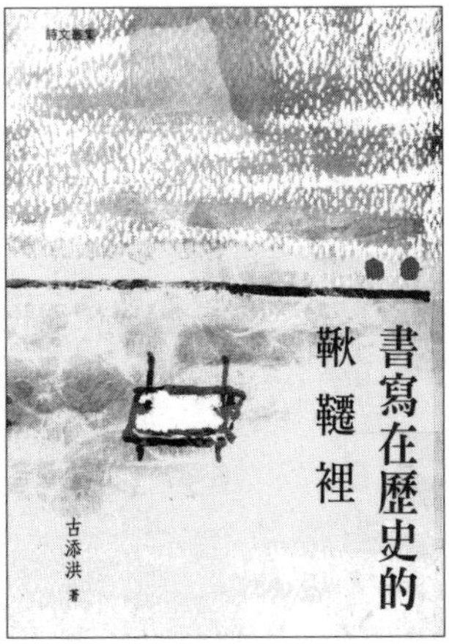

古添洪，《書寫在歷史的鞦韆裡》，台北：萬卷樓圖書股份有限公司，2015。

後還自我詮釋。他在〈訴說我與西方文學與理論的姻緣〉一文裡指出，至今仍有人持續「玩耍」、「拼貼」的那種「台版後現代詩」，早該除役。

3.積極而正面的異端性格

對於一度如火如荼的文學或文化潮流，如鄉土文學論戰、後現代，古添洪正視它們互相掩蓋的結構，在文章中探究鄉土／現代、現代／後現代，透見這些看起來康莊大道中的重重陷阱，以詩作當作思考性、批判性的反思與實踐，將自己的學術視野廣延到文學創作。

在都市書寫、女性主義、政治書寫等「熱炒議題」上，古添洪均曾具體以詩作回應在他眼裡幾乎如同「血滴子」一般橫行無阻的流行話題。在台灣的學院詩人中，古添洪是極少數以「解（構）」的精神看待詩潮的創作者。「後現代」、「性別論述」在古添洪的詩筆下，內化為對現實的認知和對主體的塑造，以極具個人風格的語言記號和知識現實，展開寓學術視野於創作的異端性格。

對於台灣風行一時的女性主義詩作，古添洪以「反父系主義」、「雌雄同體」為關切核心，創作〈性別十四行兩首〉、「性別十四行系列」十首；[453]對於以「拼貼」、「圖象」為標籤的「後現代詩」，古添洪以〈沉思（後現代圖象詩）〉回應；[454]對於政治令人無語的亂象，古添洪答以二一七行的長詩：〈在綠色的天空下〉。[455]

〈在綠色的天空下〉多音交響，各種形式、意識，多元迸發。該詩塑造了源自《山海經》的「魍魎」一角，活絡詩節。例如〈（四）魍魎與詩人玉山論劍〉仿效「教外別傳」的問答形式，寓玄機而指人心，耐人尋味。如：「問：何謂民主？／答：品質。／問：獨立何妨？／答：非瞽即妄。其中有詐。／問：何以故？／答：葉子背後有蟲的咬痕，其味津津。／問：戰否？／答：范蠡攜辣妹西施一葉扁舟曼谷去也。／問：前景？／答：等待水，願楊枝甘露。」〈在綠色的天空下〉限於詩史篇幅而無法全面展開討論，但它深具抒情品質的人道關懷，及知識現實、藝術效應與社會責任的交織辯證，富於細讀、研究之價值。

尹玲（一九四五、十、一一——），本名何尹玲，又名何金蘭。筆名伊伊、徐卓非、阿野、可人、蘭若、櫻韻、故歌、苓苓、玲玲等。祖籍廣東大埔，生於越南美托。在越南的西貢文科大學獲得學士學位；台灣大學中國文學系博士；法國巴黎第七大學文學博士。曾任淡江大學中國文學系與法文研究所教授，現已退休。為台灣詩學季刊雜誌社之社員。著有詩集：《當夜綻放如花》（一九九四）、《一隻白鴿飛過》（一九九七）、《旋轉木馬》（二〇〇〇）、《髮或背叛之河》（二〇〇七）、《故事故事》（二〇一三）、《尹玲截句》（二〇一七）；散文集：《那一傘的圓：尹玲散文選》；學術專著：《文學社會學》等；翻譯法國小說：《薩伊在地鐵上》等。

尹玲的詩，特色為：

尹玲，《一隻白鴿飛過》，台北：九歌出版社有限公司，1997。

1.以戰爭與漂泊與主題的家國想像

尹玲是「詩家不幸詩史幸」的見證。她的詩指向兩個主題：戰爭、漂泊。這兩個題材在尹玲詩中的表

453 〈性別十四行兩首〉、「性別十四行系列」，參見古添洪：《書寫在歷史的鞦韆裡》，頁七七—七九、八七—九九。
454 〈沉思（後現代圖象詩）〉，參見古添洪：《書寫在歷史的鞦韆裡》，頁一六三—一六六。
455 〈在綠色的天空下〉，參見古添洪：《書寫在歷史的鞦韆裡》，頁二七七—二九八。

現，為台灣現代詩史掄起家國想像的一面旗幟。

尹玲在〈追憶火逝玫瑰〉組詩中，以〈星空下〉、〈夢幻山城〉、〈唯一的聲音〉，追憶對美托、順化的美好回憶；以〈已失之探戈〉、〈容顏〉、〈進入〉，刻畫戰火的摧殘。〈進入〉更以「戰火亡魂」收尾。[456]在尹玲的詩作裡，〈追憶火逝玫瑰〉是以越南為視點，以自身的時間軸為核心，同時探向戰爭與飄零的書寫。

尹玲詩作的主要題材和她的自身經驗密切相關。尹玲為越南華僑，其父來自廣東，其母為越南人；自幼同時接受法國、中國、越南的文化與教育，對文化特具開放與包容的胸襟。尹玲研究以高德曼為主的發生學結構主義，特別重視文學和時代的關聯，講究從社會階級、集體意識、整體現實等世界觀看待文學創作，把作品放到社會結構和歷史脈絡中闡釋，讓閱讀者處於閱讀的、追尋的過程。更具關鍵性的是尹玲切身以越戰為主的直接經驗。越戰從一九六一年開打，一九七五年終戰。尹玲十六歲開始就處於戰火的威脅下。一九六九年，到台灣讀大學，與家人斷聯。到南越淪陷為止，尹玲親歷戰爭的驚怖，以及父、母、家園的喪失，夢魘揮之不去。一九九四年，尹玲重返故鄉美托，物是人非。文化意識與身分認同長期以來為尹玲思索的命題。尹玲曾為文為詩自剖，認為自己長年漂泊有如「永恆的翻譯」；相對於一九四九年左右從大陸到台灣、以大陸為鄉愁之根的前行代詩人，尹玲認為在台灣的自己是「宿命的終身異鄉人」。[457]

尹玲多半以夾敘夾議的手法展開以戰爭和漂泊為重點的家國想像。已出版的詩集裡，以越戰為題材的詩作數量甚多。〈講古〉、〈血仍未凝〉、〈碑石流著湄河一樣的淚〉、〈橙色的雨自高空飄落〉、〈巴比倫淒迷的星空下〉、〈他們終於要那朵雲開花〉、〈彈花盛放仿若嘉年華〉、〈橙縣種的那一棵樹〉、〈觀「前進高棉」之後〉、〈讀看不見的明天〉、〈昨夜有霧〉、〈書寫失憶城市〉、〈面貌〉，[458]都是對戰爭的血淚控訴。因返鄉而觸發天涯飄零之感的篇章，則如〈野草恣意生長〉、〈追尋名叫西貢的城市〉、〈彷彿前生〉、〈困〉等等。[459]

尹玲的家國想像有兩個特點。第一，習於以華麗而突出的比喻去嘲諷戰爭的荒謬與時光給人的錯亂，襯托心情的難以釋懷。如〈講古〉：「皇城的大內小內／比沙丁魚更擠的人／活活植入一夜之間掘好的塚」、

〈彈花盛放仿若嘉年華〉：「城市就像一株點燃的聖誕樹」、〈野草恣意生長〉：「回鄉是一條千迴萬轉的愁腸」、〈昨夜有霧〉：「一千隻伸展的翅／何如一雙棲止的鞋」；第二個特點，誠如余欣蓓研究所得，尹玲經常藉著雨、水、淚、血、河流等「流淌意象」為符號，指向具有「源流」、「時間」意涵的原鄉，書寫內外交迫的煎熬；具有指標意義的越南河流，如湄河，在尹玲的詩裡，兼備「包容」和「吞噬」的指涉。460

2. 動盪時局中熾熱依舊的生命力

尹玲的詩洋溢著對生命的熱愛、憧憬、虔敬、悲憫，詩筆穿織時局的動盪與變化，真幻之間清新流暢，娓娓真切。例如〈昨日之河〉：

456 〈追憶火逝玫瑰〉，參見尹玲：《髮或背叛之河》（台北：唐山出版社，二〇〇七），頁三一—三七。

457 參見何金蘭：〈宿命網罟？解構顛覆？：試論尹玲書寫〉，《台灣詩學・學刊》，第十號（二〇〇七），頁二七九—三〇三；〈讀看不見的明天：重構另類六〇年代〉，收於尹玲：《一隻白鴿飛過》（台北：九歌出版社有限公司，一九九七），頁七四—八六；尹玲：〈在永恆的翻譯國度裡〉，參見尹玲：《髮或背叛之河》，頁二五—二六。

458 〈講古〉、〈血仍未凝〉、〈碑石流著湄河一樣的淚〉、〈橙色的雨自高空飄落〉、〈他們終於要那朵雲開花〉、〈巴比倫淒迷的星空下〉、〈彈花盛放仿若嘉年華〉，參見尹玲：《當夜綻放如花》（台北：自印，一九九四），頁二四—二六、二七、三一—三三、四一—四四、四五—四六、四七—四八、四九—五三。〈橙縣種的那一棵樹〉、〈觀「前進高棉」之後〉、〈讀看不見的明天〉、〈昨夜有霧〉，參見尹玲：《一隻白鴿飛過》，頁三四—三五、三九—四〇、七四—八六、一九一—一九二。〈書寫失憶城市〉、〈面貌〉，參見尹玲：《髮或背叛之河》，頁八九、九三。

459 〈野草恣意生長〉、〈追尋名叫西貢的城市〉、〈彷彿前生〉、〈困〉，參見尹玲：《一隻白鴿飛過》，頁四一—四四、五〇—五一、五六—五九、六〇—六四。

460 參見余欣蓓：〈戰火紋身到鏡中之花：尹玲書寫析論〉（台北：淡江大學中國文學系碩士論文，二〇〇七）；余欣蓓：〈家國想像與自我定位：論尹玲詩的河流意象〉，《台灣詩學・學刊》，第二七號（二〇一六），頁六九—九四。

我們曾在昨日的河中
奮力游向彼此
那時所有的花兒都不敢綻放
或說全在煙硝裡黑死了容顏
你說游啊還是要游
即使天暗　星星不願露臉
好讓上得岸時
插一隻未被溺死的旗幟

漩渦下你也許未辨方向
待二十年長長的光簾捲起
各自的岸邊各有立異的樹影
瀰漫煙霧散去
而我們親手栽種的玫瑰半朵
卻已沉默地淹沒
在如夢遠逝的昨日之河[461]

「河」暗示時間。植物無法栽種半棵，花朵不可能開半朵，「栽種半朵玫瑰」呼應「所有的花兒都不敢綻放」，暗示烽火中無法有好結局的愛情。第一節：「游啊還是要游」，以口語調節「硝煙裡黑死容顏」的壓迫感，釋出「你」、「我」的天真與堅定；第二節把戰爭的烽煙幻化為時間的煙塵，「各自的岸邊各有立異的樹影」，若無其事點出時光推移之下彼此自然的轉變。語言不刻意求工，但是真摯感人，這就是尹玲一貫的詩風。

瘂弦引用尹玲〈巴比倫淒迷的星空下〉一詩的句子，稱其「戰火紋身」。[462]整體而言，尹玲的詩視野遼闊，題材多樣，擅長表現各處風土民情所引發的情懷，尤其關懷人類因戰火或時代悲劇而導致的心靈傷痛。[463]

蕭蕭（一九四七、七、二十七—），本名蕭水順。生於彰化社頭。台灣師範大學國文研究所碩士。曾任教於東吳大學、明道大學。曾加入水晶詩社、詩宗社、龍族詩社、台灣詩學季刊雜誌社。曾任台灣詩學季刊社主編及社長。曾獲詩運獎、創世紀詩社二十週年詩評論獎等。創作文類以詩與散文為主。著作極豐，包括現代詩賞析與教學、學術論著、散文集、詩集等等。詩集有：《舉目》（一九七八）、《悲涼》（一九八二）、《毫末天地》（一九八九）、《緣無緣》（一九九六）、《雲邊書》（一九九八）、《蕭蕭世紀詩選》（二〇〇〇）、《皈依風皈依松》（二〇〇〇）、《凝神》（二〇〇〇）、《情無限，思無邪》（二〇一一）、《後更年期的白色憂傷》（二〇〇七）、《草葉隨意書》（二

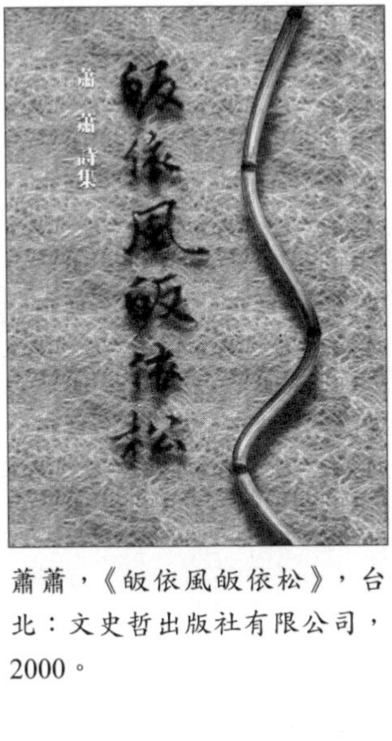

蕭蕭，《皈依風皈依松》，台北：文史哲出版社有限公司，2000。

461 〈昨日之河〉，見尹玲：《一隻白鴿飛過》，頁一七〇—一七一。
462 瘂弦：〈戰火紋身：尹玲的戰爭詩〉，《現代詩》，第十八期（一九九二），頁三八—四一。
463 相關研究另可參考洪淑苓：〈越南、台灣、法國：尹玲的人生行旅、文學創作與主體追尋〉，《台灣文學研究集刊》，第八期（二〇一〇），頁一五三—一九四；夏婉雲：〈城堡與白鴿：尹玲詩中的逃逸與抵抗〉，《台灣詩學・學刊》，第二七號（二〇一六），頁七—四五。

○○八)、《雲水依依：蕭蕭茶詩集》(二○一二)、《月白風清：蕭蕭禪詩選》(二○一五)、《天風落款的地方》(二○一七)、《蕭蕭截句》(二○一七)；散文集：《太陽神的女兒》、《來時路》等；現代詩教學：《現代詩創作演練》、《現代詩遊戲》等；學術論著：《現代詩縱橫觀》、《台灣新詩美學》等。與張漢良合著：《現代詩導讀》五巨冊。編有：《新詩三百首》等。

蕭蕭是勤奮的創作者、孜孜不倦的文學教育家、熱誠的文學活動家和推廣家。張默曾說蕭蕭：「為詩人造像，為詩作演義，為詩壇植林，為讀者點燈」，[464]道出蕭蕭的多方貢獻。〈我藏著一片草原〉：「我就是藏著一片草原／不怕響雷閃電」，[465]可視作蕭蕭灑落胸襟的自白。

蕭蕭以現代詩評論為一九七○年代初期的台灣詩壇所識，以對一首又一首詩作的細讀、一個又一個詩人的全面評介，展現建立台灣現代詩學的雄心。繼而蕭蕭的文學路闢出散文創作一途，與現代詩論述雙軌並行。蕭蕭的大量散文創作，其發展遠在詩創作之前，多篇散文作品如〈父王〉、〈穿內褲的旗手〉多年入選台灣的國、高中國文教材。詩人蕭蕭以個人詩集取得「正名」，時間上看起來是第一本詩集《舉目》出版的一九七八年；密集出版詩集則在一九九○年代之後。從一九七○年代到一九八○年代末，蕭蕭在現代詩上的表現與名氣，集中在學術論述和對青少年的現代詩啟蒙。直到擔任明道大學人文學院的院長，年屆七十的蕭蕭仍孜孜矻矻舉辦並參加多場現代詩的研討會、座談會、倡導截句；詩人蕭蕭始終與詩活動家蕭蕭賽跑。

蕭蕭的詩以短詩為主，風格穩定，語言清朗。幾位詩論者對蕭蕭的觀察大致相類。例如張漢良發現蕭蕭「句構與空間的特殊安排，以及意象之間的戲劇性對位關係」；丁旭輝說蕭蕭「構圖簡潔」；陳巍仁說蕭蕭詩作的「小」和「禪」兩個特色經常被提出。[466]以下詩行可佐證詩論家的觀察：

蕭蕭，《蕭蕭截句》，台北：秀威資訊科技股份有限公司，2017。

我們的島鐵灰著臉
不知道自己的天空該屬於什麼顏色[467]

鞋底帶不回春泥
燕子的叫聲留在二十世紀[468]
「舔著小小的冰淇淋……想起你……
我驚訝的舌頭
吐出一臉粉紅……」
你的信上這樣說[469]

白靈在丁旭輝論述蕭蕭詩作的基礎上探研，以「空白詩觀」為切入點，提到蕭蕭詩作的幾個特質：

1. 迄二〇〇八年為止，蕭蕭總數六九〇首詩中，十行以內的作品就有五六七首，占百分之八十二點二。
2. 蕭蕭是台灣老中青三代詩人最重要的溝通員及架橋人。

---

464 見蕭蕭：《情無限，思無邪》（台北：釀出版，二〇一一），封底。
465 〈我藏著一片草原〉，見蕭蕭：《蕭蕭截句》（台北：秀威資訊科技股份有限公司，二〇一七），頁一一二。
466 參見丁旭輝：〈論蕭蕭短詩的簡約美學〉，《國文學誌》，第十期（二〇〇五），頁五七—六五；陳巍仁：〈羚羊如何睡覺？〉，收於蕭蕭：《皈依風皈依松》（台北：文史哲出版社有限公司，二〇〇〇），頁一七。
467 見蕭蕭：〈失去顏色的島〉，收於蕭蕭：《豪末天地》（台北：漢光文化事業股份有限公司，一九八九），頁一一一。
468 見蕭蕭：〈枯枝與乳房〉，收於蕭蕭：《後更年期的白色憂傷》（台北：台灣詩學季刊社，二〇〇七），頁五四。
469 見蕭蕭：〈扶搖〉，收於蕭蕭：《悲涼》（台北：爾雅出版社有限公司，一九九三），頁三七。

3.直到一九九〇年代中葉以後，蕭蕭才加速詩創作。
4.蕭蕭的詩常常集中在某一段時間創作。
5.蕭蕭的詩，其形式或內容、題材或主題，在每一本詩集裡趨於統一。
6.情節的截斷、意念的跳脫等手法，是蕭蕭「空白美學」的設計方式。[470]

李有成（一九四八、四、十六—），筆名李蒼。生於馬來西亞。籍貫廣東台山。一九七〇年八月到台灣。台灣大學外國語文學系博士。曾任中華民國比較文學學會理事長。曾任教於美國杜克大學、賓州大學、紐約大學、英國倫敦大學。在台灣擔任中央研究院歐美研究所研究員兼所長，亦曾於台灣大學、台灣師範大學、中山大學任教。出版詩集：《鳥及其他》（一九七〇）、[471]《時間》（二〇〇六）、《迷路蝴蝶》（二〇一八）；學術專著：《文學的多元化軌跡》、《在理論的年代》、《文學的複音變奏》、《逾越：非裔美國文學》；編有《離散》等多種論文集。

李有成出版的三本詩集，扣除重複收錄的二十二首，得詩七十首。創作期間從一九六六至二〇一八年，綿亙五十二年。《鳥及其他》和《時間》所收，均為一九六六至一九七六年的作品；《迷路蝴蝶》收二〇〇七至二〇一八年所作，共二十八首詩。就產量而言，二十一世紀前十八年的創作量和一九六六至一九七六年這十年間、計二本詩集的創作量相當。中間未發表詩作的三十一年，李有成主要專心於學術著作與教學。

李有成寫詩帶著學者對文藝的理解與自覺，詩的意象性、現實性、敘述性，是李有成寫詩恆思考的問題。[472]《時

李有成，《迷路蝴蝶》，台北：聯經出版事業股份有限公司，2018。

間》的某些詩作，可以看到文字在鬆緊之間的辯證。簡政珍說，《時間》的好詩意象稠密、語言自然，異於台灣現代詩在現代主義全盛時期常見的意象擠壓之弊；認為〈象徵〉、〈每一首詩〉、〈觀天小記〉、〈午夜讀葉慈〉的文字流暢明晰，詩味餘韻有致。[473]

外在情景的內在化是李有成詩作介入現實的主要模式；這項特質有楊牧的味道。文字的修辭、段落間的銜接則較常見頂真、排比、反覆；《迷路蝴蝶》中的〈卡拿〉、〈種族主義辯證法〉、〈訪馬克思故居〉，《時間》中的〈趕路〉、〈有一座碑〉、〈我們走著〉，都屬此類。[474]

陳鴻森（一九五〇、一、八—），生於高雄鳳山。曾任職業軍人。台灣大學中國文學系博士，其後赴日留學。曾任教於東海大學、中央大學、成功大學、高雄師範大學、北京清華大學等。曾任中央研究院歷史語言研究所研究員、傅斯年圖書館館長。一九六八年參與創辦並主編《盤古詩頁》；一九七〇年加入笠詩社。出版詩集：《期嚮》（一九七〇）、《雕塑家的兒子》（一九七六）、《陳鴻森詩存》（二〇〇五）；編有《笠詩刊三十年總目：1964-1994》等。

470 參見白靈：〈煙火與水舞：蕭蕭小詩中的空白美學〉，收於白靈：《新詩十家論》，頁二三五—二六三。

471 坊間、網路商店、圖書館，僅找得到《時間》、《迷路蝴蝶》，不見紙面出版的《鳥及其他》；馬華文學電子圖書館可查到《鳥及其他》的電子全文。李有成在〈詩無定法〉文中，說《鳥及其他》出版於一九七〇年，是他第一本詩集，收一九六〇年代後半的部分創作；《時間》出版時，選收了《鳥及其他》的作品若干。文收於李有成：《迷路蝴蝶》（台北：聯經出版事業股份有限公司，二〇一八），頁四—一三。

472 參見李有成：〈詩的回憶〉，收於李有成：《時間》（台北：書林出版有限公司，二〇〇六），頁七—一八。

473 參見簡政珍：〈詩的時間歷程：評李有成的詩集《時間》〉，《台灣詩學・學刊》，第八號（二〇〇六），頁二八五—二八七。

474 各詩依序見李有成：《迷路蝴蝶》，頁一四—一七、三〇—三二、三四—三九；《時間》，頁二三—二五、二七—三一、三三—三九。

陳鴻森的詩作面目朗朗，思考縝密，詩風堅毅而內斂；對於日據和戰後兩階段的台灣處境與歷史狀況有特殊的省察角度。[475]尤以意象為喻，創為組詩，諷刺政治現實，特別引人矚目。〈生肖詩集〉藉十二生肖的形象書寫台灣；〈天下篇〉批判台灣的戒嚴統治，下筆如刀斧。阮美慧說，他所闢開的特殊視野及毫不閃躲的批判性，在一九八〇年代的異議分子中，實屬先驅。[476]

陳鴻森以一系列寓言體裁的詩作指涉政治，批判威權體制，而能避開許多政治書寫的宣傳或吶喊語氣，以知性筆觸表現藝術性。他常從濃厚的歷史意識或文化系統裡提煉出題材，將寫詩當下的現實感受與過往時空的情境互喻或對照，在散文式的敘述中，展開知性論述。其詩題或取自戰國時期的名家辯說而賦予新詮釋，或從現象世界中擷取相類的意象以蘊含暗喻，投射力強勁。〈郢有天下〉、〈雞三足〉、〈卵有毛〉、〈狗非犬〉、〈白狗黑〉、〈比目魚〉、〈花斑〉、〈秋意〉、〈蒲公英〉等詩皆屬此類；[477]如〈花斑〉寫多氯聯苯事件，〈秋意〉寫墮胎，〈蒲公英〉寫民族離散。

陳鴻森的詩兼具社會介入、政治批評、文化意義與哲學意味。以〈諾亞方舟〉的部分詩行為例：「不知何時／我們也已困倦地睡了過去／當我們在曦光中醒來／那是一處／在世界地圖以外的荒灘／我們看到／零落橫陳在岬腳處的／自己的屍體／一些細微的嫩芽／自我們那失血的手腳爪端／抽生」，[478]諾亞方舟比喻當時台灣國際處境的孤立，「在世界地圖以外的荒灘」，正好映現了今日所有外國地圖的現實。又如生肖詩〈牛〉的第一段：「隨著體制的成立／我們鼻孔被穿上了／共識的繩索／然後，各自架上／體認時艱的軛／馱負著／載運他們回鄉的重荷」，[479]在陳述、辯證的語氣裡，陳鴻森以荒誕表現理性，從奴役者和被奴役者的對立中，凸顯被奴役者「各自架上體認時艱的軛」的荒謬，表現「牛」被奴役之餘的沉思。[480]

翁文嫻（一九五二、七、三一—），筆名阿翁、不繫舟、翁襪鹿。祖籍廣東台山，生於香港，長於香港。台灣師範大學國文學系學士、香港新亞研究所文學碩士、法國巴黎第七大學東方語文系博士。曾為台灣詩學季刊雜誌社之社員。曾任教於文化大學、屏東科技大學。現任成功大學中文系教授，兼《現在詩》、《當代詩學》編輯委員。著有詩集：《光黃莽：阿翁詩集》（一九九一）；現代詩專著：《創作的契機》；散文集：《巴黎地球人》；與江．雷文斯基合作編譯：《閃躲——中途停靠——碎骨片：當代法國詩法中雙語選集》。

《光黃莽：阿翁詩集》是翁文嫻迄今唯一在台灣出版的個人詩集，收詩作三十四首。僅就出版的詩集而論，翁文嫻的詩作極少，不足以論其影響，然而其中既天真又真醇、富含機趣而光芒內爍的詩質，在新世紀一片頹迷的台灣詩壇值得留意。

在學院詩人裡，翁文嫻的創作清奇秀逸，取象難為，作意難得，[481]面目清秀。其詩以存在的現實為關注焦點，擅長在抽象的默識及具象的意象中深度發展，由外在的涉獵追逐裡得到解放。例如〈眩目的節奏〉第一節：

日影照著，小腳一直踏跳

---

475 參見〈陳鴻森小傳〉，收於陳明台編：《台灣詩人選集・45・陳鴻森集》（台南：國立台灣文學館，二〇一〇），頁六。

476 參見阮美慧：〈《陳鴻森詩存》評介〉，《台灣詩學・學刊》，第七號（二〇〇六），頁二四一—二四六。

477 見陳鴻森：《陳鴻森詩存》（台北：台北縣文化局，二〇〇五），頁四一、四三、四五、四七、五一、三四、一一九、一一七、一〇六。

478 同前注，頁三八—四〇。

479 同前注，頁五六。

480 關於陳鴻森的評介，此處有二段改寫、擴充自本人舊作。參閱鄭慧如：〈論一九八〇年代以降台灣現代詩的現實書寫〉，《江漢大學學報・人文科學版》，二〇一二年第四期（二〇一二），頁五—一七。

481 此為鄭慧如在〈從翁文嫻之詩與詩論學詩之「難」〉的說法。文收於《逢甲人文社會學報》，第三三期（二〇一六），頁一—二四。

淡粉紅的生命
航向多風的海洋
朝陽坐在霧的旁邊
噓氣絲絲
你的笑靨與齒光
同掉落深深的海[482]

詩行單刀直入，發展想像式的直覺解悟，一語入微，頗能讓讀者從外在的景象提升、內轉，以正視生命。同時，浸潤在詩行間的執著清淨、單純若無人世煩惱的質素，也是翁文嫻詩創作的特色。

翁文嫻主要以詩學研究見稱於學界。她長期關注中國古典詩歌與現當代漢詩的關係，尋找並建構中華詩系的系統詩學；提出「難詩」為議題，梳理台灣現代詩的語言問題；以「對應」、「變形」、「敘述」為模組，為現代詩與古典詩的傳承、變異，闢出新路。其詩作及詩學均獨沽一味。[483]例如翁文嫻研究其師牟宗三的思想路徑，探索中國的抒情傳統；在現代詩方面，特鍾葉維廉、商禽、黃荷生、羅智成等。詩學研究之眼光獨特。

焦桐（一九五六、八、二十五—），本名葉振富。生於台灣高雄市。輔仁大學比較文學博士。曾任職於《商工時報》、《文訊》、《中國時報》。現任教於中央大學，並為二魚文化事業創辦人。著有詩集：《蕨草》（一九八三）、《咆哮都市》（一九八八）、《失眠曲》（一九九三）、《完全壯陽食譜》（一九九九）、《青春標本》（二〇〇三）；散文集：《我邂逅了一條毛毛蟲》、《最後的圓舞場》、《在世界的邊緣》、《我的房事》、《台灣肚皮》、《暴食江湖》；論著：《台灣文學的街頭運動：一九七七—世紀末》、《台灣戰後初期的戲劇》；編有《台灣飲食文選》、《台灣醫療文選》等。

焦桐的詩創作，重點為：

1. 詩風分水嶺：《失眠曲》

焦桐的詩創作以《失眠曲》為界。《失眠曲》及其以前的作品在相當的抒情性中敘事，保持傳統詩行含蓄、獨白的情致；《完全壯陽食譜》和《青春標本》則出以較強的實驗形式和時興的議題。

焦桐早年的詩頗有不同流俗、仗義直言的俠氣；一九九〇年代之後，其詩或以諧謔、或以嬉遊，表現對社會現象的側面嘲諷。而其筆觸可見始終如一的社會關懷。其《咆哮都市》與《失眠曲》切入都市主題，深具批判性，亦為當時都市書寫風潮的主要旗手。《完全壯陽食譜》串聯飲食、情欲及政治，表現方式聳動，名噪一時。《青春標本》則以狂歡的氛圍解構僵化的習見與體制。《青春標本》出版迄今，焦桐的文學事業從現代詩轉向飲食散文，詩筆幾近封存。

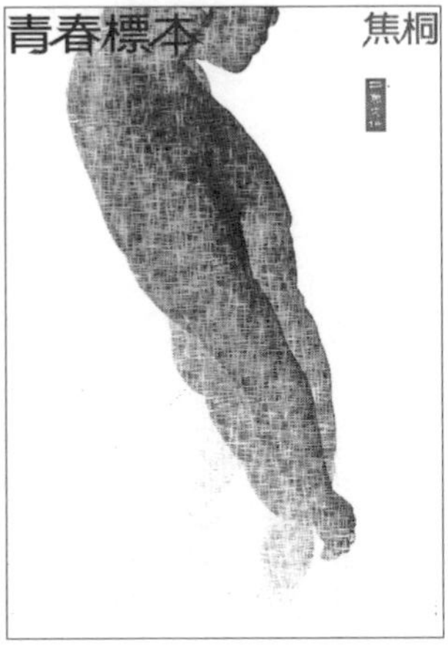

焦桐，《青春標本》，台北：二魚文化事業有限公司，2003。

焦桐，《失眠曲》，台北：爾雅出版社有限公司，1993。

482 翁文嫻：《光黃莽：阿翁詩集》（台北：唐山出版社，一九九一），頁四三。

483 相關論述主要參考鄭慧如：〈從翁文嫻之詩與詩論學詩之「難」〉，《逢甲人文社會學報》，第三三期（二〇一六），頁一—二四。此文對翁文嫻之詩與詩論有詳盡論述。

2.都市題材

〈雙人床〉、〈名片〉、〈等因先生〉、〈奉此小姐〉、〈台灣雅輩〉、〈存摺〉、〈薪水袋〉、〈OK，老闆〉，是焦桐以都市為題材的標誌篇章。不同於前行代如羅門擷取都市黑暗面的書寫方式，焦桐著眼於都會生活中的青年上班族，藉由對他們的觀察來反映時代脈搏。焦桐以清淡而悲憫的筆觸，表現都會上班族的因襲、倦勤、為薪水奔忙的姿態。唯除經常入選各種詩選的〈雙人床〉以外，焦桐的都會書寫普遍流於散文化。焦桐曾提出以格律的訓練矯正詩藝，使趨於精緻；與其詩散文化之覺察是否有關，不得而知。[484]

3.戲仿

「戲仿」是《青春標本》和《完全壯陽食譜》有別於前此焦桐詩藝的新天地。出版在二十世紀末、二十一世紀初的這兩本詩集，表現焦桐在形式上突圍的冒險，以及為他個人的創作尋找多種可能的努力。

焦桐說《完全壯陽食譜》：「以食物為隱喻系統，戲仿各種政治、文化話語，尤其聚焦於生殖崇拜和兩性關係。」[485]而《青春標本》成一系列的〈國文試題〉、〈數學試題〉、〈三民主義試題〉、〈英文試題〉、〈地理試題〉、〈歷史試題〉，擬仿升學考試的題型，以考題的內容衝撞、譏刺台灣畸形發展的教育體制與政治、社會現象。例如〈歷史試題〉中的簡答題：「一、比較明、清、民國的科舉制度。二、黑道治國分為哪幾個階段？特色何在？」[486]不僅以「考題」形式推翻讀者對現代詩形式的既定印象，《完全壯陽食譜》更以整本詩集模仿食譜的形式，料理食色話題，挑戰受四字成語僵固的思想，如〈巫山雲雨〉、〈戒急用忍〉、〈露水鴛鴦〉、〈莊敬自強〉。〈露水鴛鴦〉作為食譜，是百香果露與豆腐乳煮吳郭魚，〈巫山雲雨〉是黑糖奶油肉桂烤蘋果；焦桐讓成語變身，以食譜的樣態華麗演出，一時發展出藝術變革的契機。此詩集內的每一首詩都分「材料」、「做法」、「說明」三部分，詩意依次由構成元素延伸到暗示，成為首尾具足、主謂語完備的詩作。焦桐的嘗試無疑是「台版後現代」的解構手法；它們也很快遭解構。

林建隆（一九五六、九、二十五—），生於基隆。美國密西根州立大學英美文學博士。現任東吳大學英文系教授。曾獲陳秀喜詩獎等。出版詩集：《林建隆詩集》（一九九五）、《菅芒花的春天歌詩集》（一九九七）、《林建隆俳句集》（一九九七）、《生活俳句》（一九九八）、《鐵窗的眼睛》（一九九九）、《動物新世紀》（一九九九）、《玫瑰日記》（二〇〇一）、《叛逆之舞：林建隆詩傳》（二〇〇二）、《藍水印》（二〇〇四）；小說：《流氓教授》、《刺歸少年》、《孤兒阿鐵》。

林建隆詩最大的特徵在形式上。每首詩三行、每行含標點符號在十字以內的結構，統領了《鐵窗的眼睛》、《生活俳句》等詩集。除了每首三行以外，收在《林建隆俳句》、《生活俳句》的詩作，與傳統日本俳句的形製水米無干。林建隆並未遵日本俳句「五、七、五」的字數規定、未必有「季題」，也未必取風俗習慣入詩以表對風土的眷戀；但因為林建隆以「俳句」命名，或者因而有「林建隆提倡俳句」之說，進而有論者把對日本俳句的既定觀念加在林建隆的詩創作上，說林建隆的詩「有禪意」。[487]

相對於傳統日本俳句在慕念幽情中蘊蓄的思考，林建隆的三行小小詩經常流洩以簡單陳述句呈現的「角頭老大」性情。在台灣現代詩史的學院詩人裡，林建隆的這個特質非常突出。例如〈初遇〉：「物理美學遞減法的反推／給她一個／逐漸變好的壞印象」、〈藝術家〉：「骯髒邋遢的外表／藝術家心靈／排出的汙垢」、〈自由〉：「頭叩久了／膝蓋自然會想／自由其實是簡單的」。[488]有些三行詩中的精彩意象令人想起早年

484 見焦桐：〈序〉，《咆哮都市》（台北：時報文化出版企業股份有限公司，一九八八），頁六—一〇。

485 參見焦桐：《完全壯陽食譜》（台北：時報文化出版企業股份有限公司，一九九九），序文。

486 〈歷史試題〉，參見焦桐：《青春標本》（台北：二魚文化事業有限公司，二〇〇三），頁五八—六一。

487 參見巫永福、蕭蕭、向陽、江文瑜的文章。收於林建隆：《生活俳句》（台北：探索出版社，一九九八），未標注頁碼；及林建隆：《鐵窗的眼睛》（台北：月旦出版社股份有限公司，一九九九），頁六—一六。

488 各詩依序見林建隆：《生活俳句》，頁二〇四、二六〇、二八〇。

的陳黎，例如：「鐵窗裡的飛蛾／撲向點燃的／一根老鼠尾巴」、「電線走火了／電桿還立著麻雀／為鐵窗充電」。[489]

李魁賢對林建隆詩作的評論含蓄而中肯。他說林建隆的詩：「語言簡潔，意象透明」、「曾經介入環保、社會和政治運動，寫詩反映他現實生活的經歷。」[490]

蔡振念（一九五七、七、四—），祖籍福建金門。美國威斯康新大學陌地生校區東亞文學博士。現任中山大學中國文學系教授。著有詩集：《陌地生憶往》（二〇〇四）、《漂流寓言》（二〇〇五）、《水的記憶》（二〇〇六）、《敲響時間的光》（二〇一〇）、《光陰絮語》（二〇一八）；學術專書：《高適詩研究》、《杜詩唐宋接受史》、《台灣現代短篇小說精讀》、《郁達夫》、《Time in Pre-Tang Poetry》。

蔡振念的詩，情感不慍不火，語調和緩，中正平和，絕少聲色俱厲之作；像〈法會〉那樣運用迴行的長句釋放思憶之情的作品，是極少數的例外。[491]其題材以生活周遭、人間情事及當下現實為主，旁及學者的所思所感：如〈我看見明天向我走來：一則教師的墓誌銘〉。[492]未特別追求文字實驗，卻亦不乏戲擬他人或口齒便給之作，如〈春天記事：集句十行〉、〈某篇詩論的參考書目〉。[493]在《光陰絮語》的代自序中，蔡振念自述對時間纖細的敏感，說，詩是他有感必書、對時間的探問。[494]

蔡振念的詩很誠懇，以血緣至親為素材的詩很動人。〈五月遙想〉懷念逝去的母親，第一節說：「你離開有多少年了？時間／好像只打了個呵欠／我每天依舊上班下班／想這些年來事情並不如你預期／生活是一首寫壞了的詩」。[495]把母親離開的日子比喻為「只打了個呵欠」，「只」，似指時間過得很快；

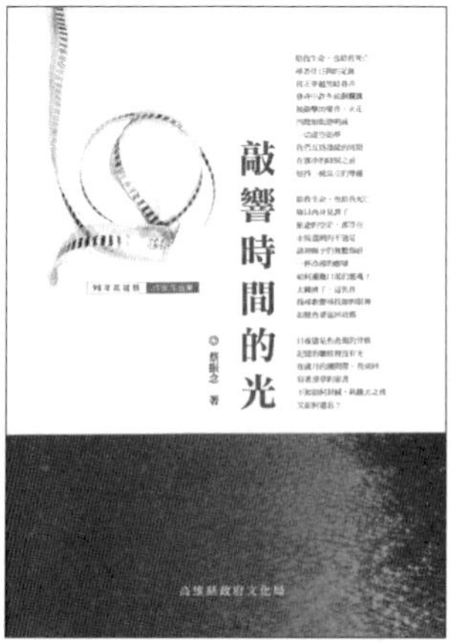

蔡振念，《敲響時間的光》，高雄：高雄縣政府文化局，2010。

而「打呵欠」是人體缺氧的自然反應，一個平均六秒鐘的呵欠足以讓人大口呼吸，閉目塞聽，神經和肌肉完全放鬆。在「母逝」的語境中，「打呵欠」比喻詩中人因應至親離去的缺氧狀態與身心調適，意緒乾淨無染，真是妙喻。又例如〈敲響時間的光：遙寄亡母〉第一節：

給我生命，也給我死亡
尋著往日妳的足跡
我正穿越黑暗巷弄
巷弄中許多破銅爛鐵
被敲擊出樂音，火花
四散如街燈明滅
一切虛空如夢
我們互為溫暖的週期
在寒冷的時間之前

489　見林建隆：《鐵窗的眼睛》，頁二〇、五六。
490　參見李魁賢：〈林建隆的俳句世界〉，收於林建隆：《生活俳句》，未標注頁碼。
491　《陌地生憶往》（台北：唐山出版社，二〇〇四），頁六六—六七。
492　《陌地生憶往》，頁五八—五九。
493　《漂流寓言》（台北：唐山出版社，二〇〇五），頁九、一〇—一一。
494　參見蔡振念：〈絮語細語：代自序〉，收於蔡振念：《光陰絮語》（台北：唐山出版社，二〇一八），頁八—一三。
495　〈五月遙想〉，蔡振念：《光陰絮語》，頁一〇九—一一一。

堅持一種站立的尊嚴[496]

「黑暗巷弄」、「破銅爛鐵」、「樂音」、「火花」等意象為虛指，暗示搖曳迷離的記憶；貼合當下的意象只有「街燈」，但是此一意象仍為一個合理而未必存在於詩中的實際時間。唯其如此，對亡母的思念便網羅了視覺、聽覺、觸覺，有助於渲染氣氛，寫出尋覓仰望而終不可得的孺慕之情。

以詩探詢生命的軌跡，在《光陰絮語》中，蔡振念的觸角伸向老病、生死、與佛法的照眼，常見自我調侃、悲憫大眾的情思，詩的趣味自然而獨創。〈海峽航道〉、〈飛蚊症〉、〈豢養〉、〈不舉〉、〈蛇的形上學〉都是例子。[497]例如〈飛蚊症〉，「飛蚊」干擾詩中人讀詩的眼睛，第二節說：「一巴掌打下／你的屍身落在鄭愁予的／一首詩身上，細看恰是／〈如霧起時〉」，「屍身」和「詩身」同音之趣，及以「如霧起時」比喻眼睛因為玻璃體退化而看到飄浮到書上的黑影，都是自我化解的調笑。〈不舉〉，自我解嘲之餘也幽讀者一默。該詩寫詩中人擔了五十年的生活重擔，終於不舉，妻子冷冷要他認老服輸，不要逞一時之勇。轉折來了：「他舉手／想捉住妻子離去的背影／一陣疼痛，竟襲心而來／／「這可恨的五十肩！」／他暗咒了一聲」。〈金剛經不思議〉，詩中人在課堂講課，看到學生打瞌睡：「一粒松子聽入了神，輕輕落在／我課堂上行深瞌睡學子的頭上／蒼茫的眼神如在質疑佛法的虛空」、「祇園那枚松子早化為／他瞌睡時吸入的氧分子／三千大千世界同一微塵／如同瞌睡與乎不瞌睡」。這些都是蔡振念二〇一〇年以來的佳作。

蔡振念的五本詩集都沒有某些詩人刻意「製造輿論」或「力爭『上』游」的樣態。王希成評其詩：「有獨特的人生經驗與觀察角度」、「平凡的柴米油鹽之間提煉哲學與頓悟」。[498]他的選詞用字樸實，甚至不避諱嵌入名家的句子。究其詩，文字簡練，文白交融，布局嚴整，講究意象與節奏的協調，融會中國古典文學傳統，重視抒情中的知性。

周慶華（一九五七、十一、十一），筆名谷陽、谷暘、黎谷。生於台灣宜蘭。中國文化大學文學博士。曾任教於淡江大學、基督書院、空中大學、台東大學語文教育研究所所長。現已退休。出版詩集：《蕪情》（一九九八）、《七行詩》（二〇〇一）、《未來世界》（二〇〇二）、《我沒有話要說：給成人看的童詩》（二〇〇七）、《又有詩》（二〇〇七）、《又見東北季風》（二〇〇七）、《剪出一段旅程》（二〇〇八）、《新福爾摩沙組詩》（二〇〇九）、《銀色小調》（二〇一〇）、《飛越抒情帶》（二〇一一）、《游牧路線：東海岸愛戀赤字的旅行》（二〇一二）、《意象帶你去遨遊》（二〇一二），以及學術著作：《語言文化學》、《文學理論》、《身體權力學》、《走訪哲學後花園》、《文學詮釋學》、《反全球化的新語境》、《語文符號學》、《生態災難與靈療》、《文化治療》等六十多種。

周慶華的學術涉獵廣泛，著作等身，佛學、文學理論、台灣文學、語文教學等方面均有專論。周慶華表現在詩集裡的語言無拘無束，揮灑之間個性十足，不太顧忌詩壇或市場。嘻笑嘲諷、散文式的筆觸，為周慶華詩的主要特質，尤多處理情、理、意；左右逢源般的雋言妙語時而彌補空泛而抽象的風發議論。

周慶華不屬於雕章麗句的那一型，其詩不很講究詞藻或聲調。俯仰天地，寄情於詩，周慶華卻是學院詩人中少數不造作的——當然，也不含蓄。玩起文字遊戲來指天畫地，怡然自得，樂在其中，周慶華不板起面孔為他的遊戲唱起令人睏倦的高調。在《又有詩》的自序裡，周慶華說書中「現代或後現代」一卷：「自然是遊戲之作，頗有佻達人生或挖苦社會的用意」。[499]該詩集中的〈山和海〉，以依傍的山和海分別比喻相依的

496 蔡振念：〈敲響時間的光：遙寄亡母〉，《敲響時間的光》（高雄：高雄縣政府文化局，二〇一〇），頁一〇。

497 〈海峽航道〉、〈飛蚊症〉、〈豢養〉、〈不舉〉、〈蛇的形上學〉，參見蔡振念：《光陰絮語》，頁二〇—二一、六〇—六一、八〇—八二、九九—一〇一、一三二—一三三、一六一—一六二。

498 參見王希成：〈時光的聲響：關於「敲響時間的光」詩集〉，收於蔡振念：《敲響時間的光》，頁四。

499 序文見周慶華：《又有詩》（台北：秀威資訊科技股份有限公司，二〇〇七），頁三—六。

男性和女性，像講故事般地開展詩行，寫海逗引山講出的情話。山的回答既靦覥又天真：「船帆和鷗鳥都不及風／知道靠岸的心情」，失望之餘的海失笑回曰：「難道你每次都要這樣答非所問嗎」。[500]詩情曠達而俊逸。

孟樊（一九五九、九、二十八—），本名陳俊榮。生於台灣嘉義新港。台灣大學法學博士。曾任教於輔仁大學、佛光大學、南華大學。現任台北大學語文與創作學系教授。早年服務於傳播界多年。曾主編《當代詩學》、《台北評論》。著有詩集：《S. L.和寶藍色筆記》（一九九二）、《旅遊寫真：孟樊旅遊詩集》（二〇〇七）、《戲擬詩》（二〇一一）、《從詩題開始：孟樊小詩集》（二〇一四）、《我的音樂盒》（二〇一八）、《截句詩系》（二〇一八）；散文集：《喝杯下午茶》、《飲一杯招魂酒》；論著：《後現代併發症》、《台灣世紀末觀察》、《當代台灣新詩理論》、《台灣後現代詩的理論與實際》等多部。

孟樊的六本詩集，最大的特質是馴化。孟樊的每一本詩集，行文的語氣、使用的語詞、調性、結構等等，經常給人似曾相識之感。即使孟樊認為要放空的旅遊，[501]在《旅遊寫真》中書寫的地點，也大都囿於固定、刻板的印象。現代詩的本質裡，很要緊的「反骨」精神，孟樊的詩作幾乎看不到。它們如此合乎時宜，思考深度與文本的實驗性如此軟硬適中，以致於那些以美辭寫下的作品，有如二十一世紀初期盛行的「晚安詩」一般，成為可有可無的點綴、不痛不癢的嘮叨、公共心理的投射。

孟樊對自己詩作的「互文」與詩創作的困境，頗具自知之明。幾本詩集中不時冒現一兩個對這點自我省思的句子，可知孟樊對「天下文章一大偷」，以及「捻斷數根鬚」的實際情況與自我驗證，相當坦然自在、理直氣婉。孟樊詩中那個寫詩的「我」，和詩評家的「我」，性情一致，都表現出自己並非高不可攀的一面。自傳性質頗高的〈重讀少作〉、〈盜版詩人〉、〈與女詩人書〉、〈在詩裡昏睡〉、〈新加坡十四行〉、〈S. L.和寶藍色筆記〉、〈我的詩作是一堆零件〉，均可看到令人會心一笑、感覺溫馨而無奈的此類詩行。[502]

孟樊不受「互文」左右，而具搖曳之姿、深富情致的作品，是以第一人稱出發所寫下的給太太和女兒的詩。如〈我的夢〉、〈睡在一起〉、〈十四歲女兒的笑聲〉、〈在瑞士皮拉特斯山〉。[503]〈霧中貓〉、〈台北最佳旅行指南〉，即是文字較不工具化、寫詩者與文案構思者兩種身分較不重疊的好詩。[504]

《旅遊寫真》、《戲擬詩》、《從詩題開始》，都是「理念先行」，在創作之初即有明確的方向，整本詩集一以貫之地系統化、主題化。對於時下的旅遊文學、戲仿、小詩，評論家孟樊用力以一整本詩集凸顯。陳仲義、張春榮為孟樊的詩集寫序，均不無委婉地指出孟樊詩的戲擬、擬仿、互文、襲用、東拼西湊、鎔成再造、組合流轉。[505]陳仲義甚至冒著割袍斷義的風險，說《戲擬詩》在集句、形式排列、節奏語調、文字修

500 〈山和海〉，見周慶華：《又有詩》，頁一九。

501 見孟樊：〈自序〉，收於孟樊：《旅遊寫真》（台北：唐山出版社，二〇〇七），頁七—一二。

502 例如〈與女詩人書〉說寫詩的那個「我」：「怎麼搔也搔不著／那無可捉摸的癢處」；〈重讀少作〉說寫詩的那個「我」：「用字舛誤疏漏，意象失準乃至陳腐」；〈新加坡十四行〉結尾說：「亂針刺繡叫出雜湊的十二行新加坡意象」；〈倫敦變奏十四行〉結尾說：「好結束這不痛不癢的十四行」；〈S.L.和寶藍色筆記〉說S.L.：「不滿意我愛吹噓的美學觀點」；〈我的詩作是一堆零件〉第一節：「我的詩作是一堆零件／東拼西湊／比喻、象徵、用典與借代／一一絞盡我的腦汁……」；〈盜版詩人〉說寫詩的「我」如何偷「你」的句子、意象、思想：「即便是我先天有些營養不足／從此不再三不五時貧血」、「是的，我的確是你少有的／詩的知音／才懂得如何乾坤大挪移／以竊取你的寶藏／搭建我詩的城堡」。〈重讀少作〉，《我的音樂盒》（台北：揚智文化事業股份有限公司，二〇一八），頁五六；〈盜版詩人〉，《我的音樂盒》，頁一五四—一五六；〈在詩裡昏睡〉，《從詩題開始》（台北：唐山出版社，二〇一四），頁一〇二；〈與女詩人書〉，《從詩題開始》，頁一一四；〈新加坡十四行〉，《旅遊寫真》，頁一〇五—一〇六；〈倫敦變奏十四行〉，《旅遊寫真》，頁一四〇—一四一；〈我的詩作是一堆零件〉，《從詩題開始》，頁九二；〈S.L.和寶藍色筆記〉，《S.L.和寶藍色筆記》（台北：書林出版有限公司，一九九二），頁七三—七五。

503 〈我的夢〉，《我的音樂盒》，頁七七—七九；〈睡在一起〉，《我的音樂盒》，頁八〇—八二；〈十四歲女兒的笑聲〉，《從詩題開始》，頁四一—四二；〈在瑞士皮拉特斯山〉，《旅遊寫真》，頁一六八—一七一。

504 〈霧中貓〉，《S.L.和寶藍色筆記》，頁八一—八四；〈台北最佳旅行指南〉，《我的音樂盒》，頁一〇九—一一〇。

505 參見張春榮：〈序：當才氣遇上書卷氣〉，收於孟樊：《旅遊寫真》，頁三—六；陳仲義：〈戲擬的剪子：讀孟樊詩集《戲擬詩》〉，

辭、語象堆疊的「互文」，到底是明知故犯的盜版還是湊趣的遊戲。[506]

江文瑜（一九六一、三、十八—），生於台中。美國德州大學奧斯汀分校碩士、德拉瓦大學語言學系博士。曾任女權會理事長。現任台灣大學外國語文學系教授。一九九八年發起「女鯨詩社」，為台灣迄今唯一成員全數為女性的現代詩社。出版詩集：《男人的乳頭》（一九九八）、《阿媽的料理》（二〇〇〇）、《合掌：翁倩玉版畫與江文瑜詩歌共舞》（二〇一〇）、《佛陀在貓瞳裡種下玫瑰》（二〇一六）、《女教授／叫獸隨手記》（二〇一七）；及《阿母的故事》、《阿媽的故事》等多種散文、論著、小說；與詩友合編女鯨詩社之詩合集兩種：《詩在女鯨躍身擊浪時》、《詩潭顯影》。

江文瑜的詩結合學術專業與婦女關懷，在一九九〇年代末期初出道即以「男人的乳頭」為詩集名稱，「改變女性被動的形象，成為觀看世界的主體」，而藉由書寫將男性欲望推往「邊緣」「多元流動」，[507]引起側目。

江文瑜的詩習於運用聲音與譬喻修辭，運用諧音、雙關、文字結構，製造語義上的諧謔效果。比如〈送你一串永不詞窮的玫瑰〉，玫＝文王、瑰＝鬼王，由此開展邏輯性的詩行；[508]又如〈憤怒的玫瑰〉發展四個「諱／穢言」的主題：「沒了酒客的歸」、「梅了嫖客的龜」、「霉了賭客的貴」、「瘖了政客的規」。[509]創作題材方面，江文瑜擅長思考身體、情欲、僵固社會規約下的男女兩性差異，如〈白帶〉、〈女人・三字經・行動短劇〉、〈立可白修正液〉、〈你要驚異與精液〉、〈一首情詩的誕生〉等等，比重很高；[510]詩作的題材與關懷的焦點非常集中。裴元領說，江文瑜的詩以諧音製造歧

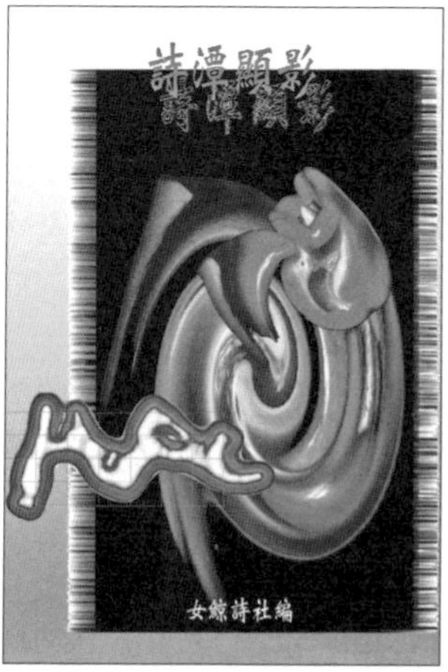

江文瑜，《詩潭顯影》，台北：書林出版有限公司，1999。

義，使得男性自戀獨霸的宣稱搖搖欲墜，猶如鏡像政變。[511]二十一世紀之後，江文瑜更連結精美的紙張、有趣的繪圖、名人、旅遊、宗教，發展系列詩作，寫成《佛陀在貓瞳裡種下玫瑰》。

發跡於一九九〇年代的江文瑜，見證且開發了台灣後「後現代」的嘉年華。

洪淑苓（一九六二、一、九—），生於台北。台灣大學中國文學系博士。現任台灣大學中國文學系及台灣文學研究所教授。出版詩集：《合婚》（一九九四）、《預約的幸福》（二〇〇一）、《尋覓，在世界的裂縫》（二〇一六）；學術專書：《牛郎織女研究》、《關公民間造型之研究》、《民間文學的女性研究》、《現代詩新版圖》、《思想的裙角：台灣現代女詩人的自我銘刻與時空書寫》、《孤獨與美：台灣現代詩九家論》；散文集：《深情記事》、《傳鐘下的歌唱》、《扛一棵樹回家》、《誰寵我，像十七歲的女生》、《騎在雲的背脊上》；編有：《台灣現當代作家研究資料彙編74：蓉子》、《台灣現當代作家研究資料彙編82：胡品清》等。

洪淑苓的詩深情、赤誠，文字樸實、生活化，講求節奏和韻律，詩風溫和而堅定。《合婚》的作品後來全部收於《預約的幸福》，再加上《尋覓，在世界的裂縫》，則洪淑苓已出版之詩集共有詩作一三五首，篇

收於孟樊：《戲擬詩》（台北：秀威資訊科技股份有限公司，二〇一一），頁一九—二四。

506 參見陳仲義：〈戲擬的剪子：讀孟樊詩集《戲擬詩》〉，收於孟樊：《戲擬詩》，頁一九—二四。

507 參見江文瑜：〈男人的乳頭和青蛙的眼睛：自序〉，收於江文瑜：《男人的乳頭》（台北：元尊文化企業股份有限公司，一九九八），頁一一—一三。

508 見江文瑜：《男人的乳頭》，頁一二五—一二九。

509 見江文瑜：《男人的乳頭》，頁六二—六三。

510 各詩均見江文瑜：《男人的乳頭》，頁六六—六七、五八—六一、五四—五七、一二六—一二九。

511 參見裴元領：〈鏡像政變〉，收於江文瑜：《男人的乳頭》，頁一六四—一六七。

幅以二、三十行以下為多。詩作數量不多，而有自己的想法，踏實寫詩、研究，不舉旗掀浪，不隨波逐流，微笑看取包括自己在內、所謂詩人的「浪漫」，不興文字遊戲而願正面欣賞別人的遊戲文字，這就是洪淑苓。

洪淑苓深具個人特色、感染力強烈者，是以第一人稱視角寫給兒女、父母的作品：例如〈蹺蹺板〉、〈阿母个裁縫車〉、〈康乃馨為憑：給剛兒〉、〈在鹿港寫給女兒〉、〈尋覓，在世界的裂縫〉等。[512]〈蹺蹺板〉二三行不分段，寫一對母子共坐蹺蹺板，蹺蹺板如同巨人「張開手臂／躺著看天／想托起一朵童稚的微笑／黏在天的嘴角」，孩子的笑聲「疊成一座寶塔」、「在半空中串成了風鈴／就要墜落而下」，此時當媽媽的：「輕輕、輕輕墊起／用一顆母親的心當支點／捻好愛你的分量／蹺蹺板變成天平／穩穩的　撐著你／緩緩的　把你放下」。[513]畫面生動，溫馨美好，如在目前。寫於二〇〇三年的〈尋覓，在世界的裂縫〉以「列車在地底滑行」為背景，描寫對父親的思念，偏向情節的敘述，但如蕭蕭所說，每一段的敘述語都在最後關頭跳開，保持距離和溫度，因而仍能生出詩意。[514]

為女性發聲、記載師生情誼、旅遊、人生的風雨、社會災難等等，都是洪淑苓詩作的關懷面向。《尋覓，在世界的裂縫》的「女聲尖叫」一輯，展現洪淑苓對「女性宿命」的批判性。洪淑苓寫這些題材，時常借用童話對照或反諷，或用以襯托的布幕，如：〈人魚公主的母女對話〉、〈小紅帽變奏〉、〈公主與小金球〉、〈睡美人的睡前祈禱詞〉、〈美女與野獸：罰款篇〉。[515]顏艾琳以充滿理解的同情，說洪淑苓：「以母親或說書者的口吻重新詮釋童話跟神話，挖出裡面深藏的扭曲人性」，[516]的確。但有別於《格林童話》成人版為童話一向的幻想元素寬衣解帶，洪淑苓把耳熟能詳的童話當作穿衣鏡，鑑照出白日夢背後的集體潛意識與社會規約。如〈公主和小金球〉的詩行：「現在，你坐在我對面／（你一直坐在對面）／無論是青蛙，王子，還是史瑞克／我都為你煮飯，為你洗衣，為你生孩子／（這就是你的三個願望嗎）」、[517]〈小紅帽變奏〉的詩行：「小紅帽，是誰啃咬了紅蘋果／又把果核留在你的體內／你遂產下一顆紅蘋果」。[518]

討論洪淑苓詩的文章裡，寫得最切實的是其師張健。在〈不要砍我的相思樹：小論洪淑苓的詩〉一文中，張健說，洪淑苓柔中有剛，平實真摯，溫柔婉約之餘時能醞釀奇思異想；說洪淑苓早期的詩篇偶見林泠、敻虹的影子、〈絕情書〉有方思〈夜歌〉的意味。細品詩作之後，張健推許《預約的幸福》的抒情味，期許洪淑苓為「蓉子、敻虹之後，另一會在詩文學上持久發光的女詩人」。[519]

楊小濱（一九六三、七、二十一—），生於上海。美國耶魯大學文學博士。曾任教於美國密西西比大學、大陸北京師範大學等。現任職於中央研究院。在台灣出版詩集：《穿越陽光地帶》（一九九四）、《景色與情節》（二〇〇八）、《為女太陽乾杯》（二〇一二）、《楊小濱詩×三：女世界／多談點主義／指南錄・自修課》（二〇一四）；詩選：《到海巢去：楊小濱詩選》（二〇一五）；論述：《否定的美學：

楊小濱，《到海巢去：楊小濱詩選》，台北：印刻文學生活雜誌出版有限公司，2015。

512 依序參見洪淑苓：《預約的幸福》（台北：河童出版社，二〇〇一），頁七六—七七、一〇五—一〇七、五七—五九、七二—七三；《尋覓，在世界的裂縫》（台北：秀威，二〇一六），頁六六—六九。

513 見洪淑苓：《預約的幸福》，頁七六—七七。

514 參見蕭蕭：〈序　在時間的裂縫裡，溫潤〉，收於洪淑苓：《尋覓，在世界的裂縫》，頁三—一〇。

515 依序參見洪淑苓：《尋覓，在世界的裂縫》，頁八九—九三、一一八—一二三、一二三—一二六、一一四—一一七、一二七—一二九。

516 參見顏艾琳：〈序　她的詩，射出了匕首〉，收於洪淑苓：《尋覓，在世界的裂縫》，頁一七—二一。

517 〈公主與小金球〉，洪淑苓：《尋覓，在世界的裂縫》，頁一二三—一二六。

518 〈小紅帽變奏〉，洪淑苓：《尋覓，在世界的裂縫》，頁一一八—一二二。

519 參見張健：〈不要砍我的相思樹：小論洪淑苓的詩〉，收於張健：《情與韻：兩岸現代詩集錦》，頁二四八—二五二。

法蘭克福學派的文藝理論和文化評論》、《感性的形式：閱讀十二位西方理論大師》、《迷宮・雜耍・亂彈：楊小濱文學短論與文化隨筆》、《語言的放逐：楊小濱詩學短論與對話》、《欲望與絕爽：拉岡視野下的當代華語文學與文化》、《蹤跡與塗抹：後攝影主義》；編有《現在詩》、《中國當代詩典》等。

楊小濱洞察世相，用語果敢，嘻笑中透著悲涼，文字經常翻轉出新意，詩境犀利、冷靜，不時有神來之筆。[520]情意拐彎之際，楊小濱顯現二十一世紀初期學院詩人的明淨與本真。

楊小濱在〈在語言的迷宮裡〉表達了對語言文字的態度。他認為創作者使用語言，悠遊在語言的世界，也不斷跟語言搏鬥。他認為，寫作的過程彷如找尋迷宮中的幽靈，寫作意味著幽靈再現；詩人應該學習如何說準確的話、把握語言的意涵，創造屬於自己的語言文化。在〈幽靈主義寫作〉一文中，楊小濱以「幽靈與幽靈的對話」、「一個說唱的幽靈的表達」，描述創作的心理過程。[521]從「幽靈」的自況，足見楊小濱體認：意義之發聲，出於意義之瘖啞。

楊小濱的詩宜留意：

1.自我探詢的另類「賣笑」

楊小濱的詩自成結構，出以「世界」、「系列」、「指南」、「主義」之名，表現自我探詢、皮笑肉不笑的另類「賣笑」，手法新奇。「指南」、「主義」，意在揭露真相。

楊小濱的詩貫串著戲耍、翻轉、質疑、諧擬的基調。例如〈後事指南〉寫猝不及防的生死兩隔，以死者的視角發聲，表述對時間、生命、歲月的思考，令人五味雜陳。死者在自己的喪禮上才知自己已死。詩中荒誕、絕望、陰暗、殘忍的色調、冷靜而客觀的敘事方式，迥異於常見的死亡書寫。〈給亡友的虛擬報導〉以出奇的手法寫鮮明的人生情節，「好像要去旅行」的死者，與詩中人展開對話：

他是唯一微笑的人。但
沒有人認識他。
「我還趕得上嗎？」他問。
我們請他念悼詞：
「你坐在天亮的右邊
比二月高出一個頭
你長得很大，胃口也好
吃下三十幾個春天，倒頭就死
忘記和大夥兒告別。」[522]

詩行中，在場與不在場的對話，對應人間萬象，提供讀者嶄新的閱讀跨度。[523]

520 關於楊小濱，另可參考二〇一六年十二月十日，傍晚十五點〇五分至十八點，教育電台廣播節目：「文學四季」中，陳義芝、陳怡蓁對楊小濱的訪問。

521 楊小濱〈幽靈主義寫作〉：「寫作是幽靈與幽靈的對話，是逝者、與他人（周遭的幽靈）、與世界（萬物的幽靈）、甚至與虛無（不在的幽靈）對話。」、「一個幽靈，總是禁不住要喋喋不休，要噤若寒蟬，要欲言又止，要言不及義，要虛與委蛇——」、「一首詩是一個說唱的幽靈，有聲的文字，依賴於節奏、速度、強弱、斷續、旋律、呼吸、心跳的表達——」見楊小濱：《景色與情節》（北京：世界知識出版社，二〇〇八），頁一七四。

522 詩句見《到海巢去：楊小濱詩選》（台北：印刻文學生活雜誌出版有限公司，二〇一五），頁一七四。

523 楊小濱：〈在語言的迷宮裡〉、〈後銷售主義者週記〉、〈後事指南〉、〈給亡友的虛擬報導〉，《到海巢去：楊小濱詩選》，頁八九—九

2.語言的「不是」

表象的語言嬉戲雖是楊小濱詩作的調性，值得注意的是，詩行常在是與否的論證中演進，充斥著各種反轉、倒置、顛覆、否定的力量，在語言和意象中宣示「不是」的美學。如〈軟釘子主義〉：

> 刺到肉裡的，未必是愛情。
> 從心靈的窗戶眺望到的，
> 也可能鋪滿灰塵。
>
> 對一隻鞋底的蟑螂發呆
> 只能解釋為
> 意外發生得太晚。
>
> 而光著腳走路，啊，腳尖的
> 夜曲，在冰涼月色下
> 戛然而止。[524]

「鞋底的蟑螂」與「冰涼月色下走路的光腳」比喻愛情之碰壁。詩行先以意外比喻感情中無意受到的創傷，但不停駐在顧影自憐的層面進一步發揮，反而接著以「有心的嘗試」下了「冰涼月色下走路的光腳」之喻，藉意象說明美麗、切膚、沁涼而短暫的體驗，「夜曲」「　然而止」。蟑螂與光腳這兩個比喻一正一反，跳脫一般詩作對愛情制式化的單調頌揚，一邊進行對既定認知體系的瓦解，一邊重新銘記再現。[525]

3.「後」書寫

楊小濱擅長拿捏意涵兩端，運用誤會或歧義去孳乳語言的詩意。〈後律詩〉、〈後團拜主義〉、〈後投毒主義〉、〈後拳頭主義〉、〈後銷售主義者週記〉。楊小濱詩題中的「後」，同時有延續和反對的意思。例如〈後銷售主義者週記〉，詩中的「我」一週內每一天賣不同的、無實物的「東西」，從惡夢、哈欠、噴嚏、笑、心跳、欲望，最後賣無夢的睡眠。詩行寫賣不出去的心情。而如《為女太陽乾杯》，第一輯的諸多詩作可視為楊小濱的後現代創作。比如〈為女太陽乾杯〉以太陽為模擬建構的客體，根據的不是「太陽具有什麼意義」的「普世真理」，而是「太陽作為地球最大的光源及熱量」的逼真感。詩行一邊力求逼真，一邊很敏銳地體會及模擬逼真可能的斷裂。「女太陽」這個意象一再浮動，詩行在論證中演進，充滿弔詭的趣味。〈為女太陽乾杯〉設計了自律與乖張兩種截然不同的性格，一方面呈現不安、狂燥、直覺、激情、無限能動的形象，一方面又有潛在的規律與習性，因而這兩種表面悖反的個性又都符合大自然現象，而為詩人包裝過後的嬉戲性。[526]

自我質疑與批判的語言風格，以及奔飛的意象、遊走的意義，使得楊小濱的作品焦點落在符徵而非符旨。其中很顯著的特性，在於將現有的模式，全都翻轉倒錯，積極摧毀，再現重整後的次序：包括自然現象的認知、常理邏輯的了解，以及既有的真理或謊言的定位。楊小濱的詩倒置是非的表象，符徵不斷浮動。為

〇、一八八—一九〇、二〇八—二〇九、一七三—一七五。

524 楊小濱：《為女太陽乾杯》（台北：台灣商務印書館股份有限公司，二〇一一），頁八。

525 此部分修改自本人（鄭慧如）：〈台灣當代詩的後現代語言〉，《長沙理工大學學報・社會科學版》，第二七卷，第四期（二〇一二），頁五—一四。

526 〈為女太陽乾杯〉，見楊小濱：《到海巢去：楊小濱詩選》，頁二四五—二四六。

揚棄原先較固定的符旨，文本的意涵一邊挪移，一邊分裂，符徵上輾轉延生，充斥戲耍的痕跡。其詩以輕為重，既帶著遊戲性看待人生，又以調侃而反證的語言展現洞識，不同於一般的遊戲文字。

方群（一九六六、九、十八—），本名林于弘。生於台北市。台灣師範大學國文學系博士。曾任珊瑚礁詩社社長、台灣詩學學刊主編。現任台北教育大學語文與創作學系教授、當代詩學編輯委員。曾獲藍星詩獎。著有詩集：《進化原理》（一九九四）、《文明併發症》（一九九七）、《航行，在詩的海域》（二〇〇九）、《縱橫福爾摩沙》（二〇一一）、《微言》（二〇一六）、《方群截句》（二〇一七）；學術專著：《初唐前期詩歌研究》、《解嚴後台灣新詩現象析論》、《台灣新詩分類學》、《九年一貫國語教科書的檢證與省思》等；與詩友合編《台灣新詩讀本》等。

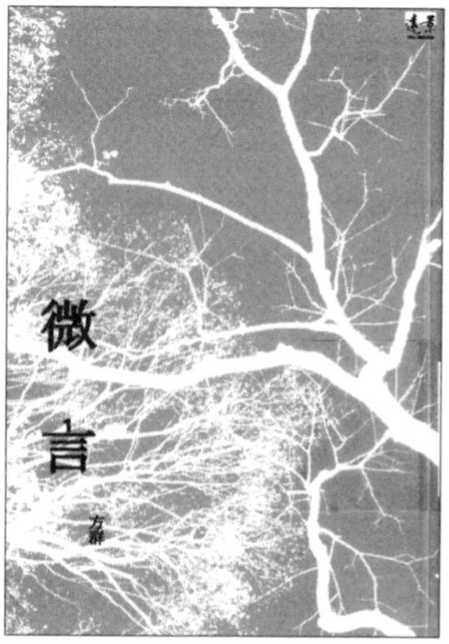

方群，《微言》，台北：遠景出版事業有限公司，2016。

〈長春藤〉、〈世說新語〉等嘲諷現實的作品，是方群的出色之作。[527]方群的詩關懷普世的生活，蘊諷刺與批判於溫暖與關懷，形式整齊，題材廣泛，情致委婉，寫人寫事習於先典型化再擴大渲染。方群從未特意經營語不驚人死不休的題材或形式來誘引讀者。

即使早已累積相當的詩作與詩集數量，方群始終低調、安靜而堅持地與詩為伍，持續創作，很少藉自己的詩作招徠聲名；反而花了許多時間與精力研究年度詩選、詩歌分類，或別人的詩。方群已出版的六本詩集如同曠野，未營造出創作層次或高峰。

方群的詩有待問津；既有的少數討論文章，觀點相當一致，有待後續研究推陳出新。例如羅智華說方群：「詩句中夾雜著淡淡哀愁、小小頑皮、隱隱悲痛」；蕭上晏說方群：「擅長寓言體與敘事體」、「擅於將社會的亂象轉化為具形象的個體或者具體的行為模式，再於其中摻入個人的擴大詮釋」。528

須文蔚（一九六六、九、二十三—），生於台灣台北。祖籍江蘇武進。政治大學新聞研究所博士。現任東華大學華文文學系教授。創世紀詩社成員。曾任創世紀詩刊主編、乾坤詩刊總編輯、曼陀羅詩社編輯委員、「詩路：台灣現代詩網路聯盟」主持人、「全方位藝術家聯盟」同仁。曾獲中華民國新詩學會優秀青年詩人、創世紀詩社四十週年詩創作獎優選獎、五四文學獎等。出版詩集：《旅次》（一九九六）、《魔術方塊》（二〇一三）；學術專著：《台灣數位文學論》、《台灣文學傳播論》；與他人合編《傳播法規》、《詩次元》、《網路新詩紀》、《台灣報導文學讀本》等等。

須文蔚擁有傳播和數位文學的長才，長期浸潤、洞悉文化界和學術界的江湖。他躋身於大數據時代的前沿，其詩結合社會脈動，調節自己的創作路向以適應大眾的閱讀模式。兩本詩集出版時間長達十七年，須文蔚以數位詩創作及現代

須文蔚，《旅次》，台北：創世紀詩雜誌社，1996。

須文蔚，《魔術方塊》，台北：遠流出版事業股份有限公司，2013。

527〈長春藤〉、〈世說新語〉，分別收於方群：《航行，在詩的海域》（台北：麋研齋，二〇〇九），頁一四八、一〇〇。

528見羅智華：〈詩人作家：方群〉，《人間福報・副刊》，二〇〇五年一月二十六日；蕭上晏：〈方群的政治詩（1994-2009）〉，《台灣詩學・學刊》，第二三號（二〇一四），頁一八九—二一一。

詩網路資料庫的建立串接平面詩集出版的空白期，找回《旅次》裡青澀真摯的詩國行旅者，再下推到《魔術方塊》裡圓熟沉穩的多向文本詩人，從而為始終寬厚重情、尋繹社會正義、堅持教育良知的自我定錨。

《旅次》的題材以小我的抒情為主，詩質醇厚，語言簡淨優雅，從容不迫，恬靜溫暖，詩思雋永。如〈記憶的湖〉首段：「我是你記憶的湖上／不急不緩，搖櫓的人」。[529]《魔術方塊》除不變的抒情主軸外，另闢數位創作，以及為公共藝術、為描繪台灣地景與歷史的詩作。

論者認為寫景而兼懷人的作品是須文蔚的強項。[530]確是如此。從《旅次》到《魔術方塊》，這類詩作占了相當比重，「有明顯的抒情言志的關懷，並透過簡練、含蓄的形式，表現對理想與生命境界的追求」。[531]〈法國梧桐：敬悼元誠〉、〈橄仔樹〉、〈帶你去找我遺落了的乳牙：帶予謙回眷村老家〉，[532]均為其中秀異之作。

須文蔚以數位詩論述與詩的傳播論述，在學術界有一席之地。在杜十三和侯吉諒協助下，須文蔚建構的「詩路：台灣現代詩網路聯盟」，是台灣第一個文學資料庫，對於台灣現代詩的經典作品上網，用力頗深。

七、結語

被羅智成以「煉金術」定義的詩歌，在一九八〇至一九九九的二十年間，由前行代詩人以及戰後嬰兒潮世代詩人、X世代詩人，完成詩藝的大幅躍進。詩人，而非詩社或詩刊；詩學，而非論戰，共創這二十年台灣現代詩的堅實佳績。

一九八〇至一九九九的二十年間，是台灣現代詩發展的第二個高峰期、現代詩學院化的開端。大專院校開設新詩或現代詩，始於一九八〇年代。以主題命名的詩生發於此時期，如政治詩、都市詩、環保詩。席慕蓉以詩集的銷售量為文化圈熱議，在台灣現代詩史中，迄今是唯一的時期。長篇敘事詩退潮，小詩繼起。這段期間創立的詩社，在台灣現代詩史中最多，但大都短命。

戰後嬰兒潮世代和X世代，是一九八〇至一九九九年間台灣現代詩壇的主體。他們多數在這段期間開始發光發熱，出版人生中的第一本詩集。戰後嬰兒潮世代是台灣新文學產生以來，首批受完整養成教育的文人；現代詩在台灣開枝散葉，系統化的理論、各式詩選集、詩教的各種推廣，多半仰賴他們。

現代詩學界的論述能量，在一九九〇年代越發猛進。一九九二年，張默編的《台灣現代詩編目》出版；在資料庫尚未普及的當時，堪稱極豐富而完整的現代詩工具書。大專院校以現代詩為範疇的碩博士論文，累積起小題大作的研究資源，為前此所未見。詩人寫詩評、撰詩論，「球員兼裁判」的發展，在一九九〇年代朝向「以詩選撰寫詩史」、讓每一部詩選展現「摘要式檔案」的選詩默契。[533]

林燿德在一九八五年提出「後現代主義的萌芽」，台灣版的後現代詩，以拼貼、嬉戲為標誌，在一九九〇年代大行其道。夏宇、陳黎是最具此類台版後現代詩的標誌詩人。後現代可貴的解構精神擺盪在抒情與嘲諷之間，以傳統形式展開多重視野，例如簡政珍。後於後現代，在時間與意涵上，延續「後現代」掙脫與反叛姿態，而舉重若輕，無意間於無序、開放的時空中締造出X世代詩藝成就者，則為李進文。

始於一九九〇年代末期，台灣部分學者在權力論述下架起、以「主題論述」探究台灣現代詩史的方式，

529 須文蔚：《旅次》（台北：創世紀詩雜誌社，一九九六），頁七〇。
530 參見王文仁：〈數位時代的抒情詩人：須文蔚詩創作歷程及其文本分析〉，《東華漢學》，第二四期（二〇一六），頁二二五—二六八。
531 同前注。
532 〈法國梧桐：敬悼元誠〉，收於須文蔚：《旅次》，頁四一。〈橄仔樹〉、〈帶你去找我遺落了的乳牙：帶予謙回眷村老家〉，分別收於須文蔚：《魔術方塊》（台北：遠流出版事業股份有限公司，二〇一三），頁七二—七四、四三—四五。
533 參見孟樊：〈導論：以詩選撰寫詩史〉，收於方群、孟樊、須文蔚主編：《現代新詩讀本》，頁一—一九。

應該檢討及評估。就詩人與詩作檢視一九八〇至一九九九年間的台灣現代詩，可知以詩潮構築的詩史論述早該推倒。一九八〇至一九九九這二十年間，焦點詩人、主要詩人被選入各種詩選的詩，或詩選未注意到的傑出詩作，大多不是「大詩史論述」為人熟知的「政治詩」、「女性詩」、「情欲詩」、「方言詩」、「都市詩」；重要詩人對這些題材不過偶一為之。潮流不等於經典。最多人書寫的題材不等於名垂詩史的作品。假如只看到潮流所趨而無視於典範之形成，詩潮亦缺乏夠質量的作品支撐，則所謂詩潮云云，連炫人眼目的七寶樓台都談不上。另一方面，當時提出以主題論述觀察台灣現代詩潮及跟從者，如向陽、林燿德、向明、蕭蕭，在這些題材上並不特別著力。所謂「詩潮」，以及一九九〇年代末期照看詩史的「主題論述」，仍為文學現象的周邊影跡。

以視覺為主的創作形式，給衝撞後的紙本詩作發表注入新質。相較於「政治詩」、「女性詩」、「情欲詩」、「都市詩」這些「寫什麼」，詩的聲光、視覺詩、錄影詩、數位詩這些與台灣「後現代情境」瓜葛牽繫的「怎麼寫」，成為一九八〇至一九九九年間，台灣現代詩自闢蹊徑的天地。就中的重點是，圖象取代文字，成為被閱讀的客體。圖象的擬象功能經常大於文字的擬象功能而產生對真實的幻覺，甚至被當作文字本身，等待帶著修辭光采與思想軌跡的文字來深化泛視覺的感官認知。以視覺為閱讀客體的這些形式，蠶食純文字的詩歌領域，製造煞有介事的話語系統，以多元而隨機的傳播面，在一九九〇年代以降優渥的網路環境中取得契機，解放創作媒介，呈現輾轉聚合的創作主體。

第五章

翻轉中的世界：二〇〇〇—二〇一八

一、前言

二十一世紀初的十幾年，台灣現代詩史的第一個關鍵詞是：翻轉。

「翻轉」一詞，來自「翻轉教學」。十二年國民義務教育啟動之後，轉用美國科羅拉多州兩位高中老師「翻轉教學」的概念，在台灣多所大學校園內廣為推行。「翻轉教學」的重點，是在「天賦自由」和「因材施教」的核心觀念中，歸還學習主動權給學生，扭轉向來單向灌輸的填鴨教育；老師在輔佐的位置，設計方法或誘因，鼓勵學生自學、思考、提問、表達。以往老師講台上一向被賦予升學績效之責任，因而經常趕課，因為「創意教學」、「翻轉教育」的期待，在老年化和少子化問題日趨嚴重的二十一世紀台灣，被推到「金主在哪裡」的存亡絕續當口。翻轉主從的教育方式，同時體現在政治、經濟、社會、文化等面向，而且以嘲弄的方式開展。

在社會、政治、經濟等背景方面，甫邁入新世紀，二〇〇一年就發生了震撼全球的九一一恐怖攻擊事件，重創美國經濟，改變世界局勢。此後，全球在地震、海嘯、金融危機、全球暖化、美伊戰爭、石油價格猛漲中度過。中國大陸振興，激進組織IS、歐債危機、歐盟解體、以AlphaGo為首的人機大戰、互聯網掀起的共享經濟等等，成為如影隨形的背景。溫室效應、環境變遷、人工智慧、永續發展，是新世紀的焦點議題。

二十一世紀前十來年的台灣，以令人瞠目結舌的速度全面「翻轉」。二〇〇〇年首次政黨輪替。二〇〇二年以「台澎金馬獨立關稅領域」為名，加入世界貿易組織。二〇〇三年通過公民投票法。二〇〇四年國道三號通車。二〇〇五年修憲，廢除國民大會。二〇〇七年高鐵正式營運。二〇〇九年高中免試入學。在這些可樂之事以外，令百姓不安的事件更多。二〇〇三年，全台爆發嚴重的SARS疫情。二〇〇四年，總統大選前夕，三一九槍擊案。二〇〇四至二〇〇八年間，因「二次金改」而延伸諸多重大弊案；總統因貪汙及偽造文書罪遭公訴。二十一世紀以來越趨嚴重的流浪博士現象。企業出走、食品安全、台灣海峽兩岸緊張而詭譎的關係。在經濟上，卸下一九八〇年代「台灣錢淹腳目」的「亞洲四小龍」光環，掉入「詐騙王國」稱號。「空轉」、「瞎扯」、「窮忙」，是這十幾年台灣社會的概括。拉長鏡頭，二十一世紀前十幾年台灣大環境浮現的，是流動、多元、民粹、掏空、口水、詐騙、弊案、鬧劇、淺薄、浮誇、健忘、一窩蜂、指鹿為馬、顛倒黑白、出爾反爾，以及對應於此的消費文化、網民政治。

消費習慣、閱讀模式，隨著網路普及而大幅改變。掛在網路上不習慣看書的新世代「蜘蛛」，取代了此前新興世代與書本摩挲的吸取資訊習慣。「開放多元」底下，掩埋許多隨著手指滑過的資訊垃圾。文學的汲取與品味，朝向遊戲、影像、插科打諢、即生即滅。搞笑、取悅、跨域，文字的易讀性帶著祈求讀者的笑臉，迎向社群時代與寬頻時代。「虛無」一詞帶著與一九六〇年代完全不同的體質，橫掃而至。假如一九六〇年代台灣現代詩靈魂裡的「虛無」富含自我正名的要義，那麼，二十一世紀前十幾年，台灣現代詩裡的同一個詞，是文學資源與發聲園地對詩人的戰帖和引誘。

寫詩的多，讀詩的少；看書的少，滑手機的多；停留在文字的時間少，駐足在圖象的時間多；3C電子產品上發表的文字很快被「洗版」。大眾的閱讀模式普遍改變，二十一世紀的台灣現代詩跨入前所未見的「翻轉期」。二十一世紀之前，詩人是文字的精靈；新世紀之後，詩人是消費市場中隨時可能被捲走的浪花。詩的生存擺到詩的尊嚴前面，成為二十一世紀台灣現代詩首須面對的問題。

「翻轉」過後的台灣現代詩，表現了很難笑的賣笑。新世紀的台灣現代詩，挑戰詩人與讀者對批判與戲謔、嚴肅與遊戲的認知。新世紀的現代詩創作現象，時常戲耍文字，而仍師出有名；對文字的實驗常常給人「用完即丟」之感。嘻笑人間的樣態令人感覺虛假。

世界文學對華文現代詩的觀察也到了翻轉期。可資憑據的，是李魁賢、洛夫作品的數次受諾貝爾文學獎提名。二〇〇一年，洛夫長達三千兩百行的《漂木》提名諾貝爾文學獎；這首號稱華人世界最長的現代詩，發表在令人深深絕望的二十一世紀開端。

各類詩選、詩讀本，在二十一世紀的前幾年傾巢而出，如二〇〇〇年簡政珍等的《台灣新世代詩人大系》、二〇〇一年奚密等《二十世紀台灣詩選》中文版，又如辛鬱等：《九十年代詩選》、白靈：《中華現代文學大系（貳）・詩卷》。

以大專院校修習現代詩課程的學生為基本客層，出版現代文學類的教科書，是一九九〇年延續長安出版社的《中國新詩賞析》後，台灣出版業的普遍做法。當作大專院校新詩教科書的詩選，通常具備詩人簡介、作品評賞，甚或詞義注解。為了因應授課期間的上課時數、照應到幅度較大的時間層面，每位詩人入選的詩作數量平均為三首或四首，往往以「名家」、「名詩」的介紹為主，較不易、也無法苛求此類選集觀照到較幽微的面向，或完整選錄長詩。此類選集如陳義芝的《不盡長江滾滾來：中國新詩選注》、蕭蕭與白靈主編的《台灣現代文學教程：新詩讀本》、方群與孟樊合編的《現代新詩讀本》等。[1]

由奚密、馬悅然、向陽合編的《二十世紀台灣詩選》，上起楊華、楊熾昌，下迄鴻鴻、許悔之，計收五十位台灣詩人的三百餘首詩作；對照《新詩三百首》和《現代中國詩選》，每位詩人選入的詩作數量比重較懸殊，亦可知編者以每位詩人入選的詩作數量顯示其品味，藉以重新分配詩人在詩史中的地位。[2]

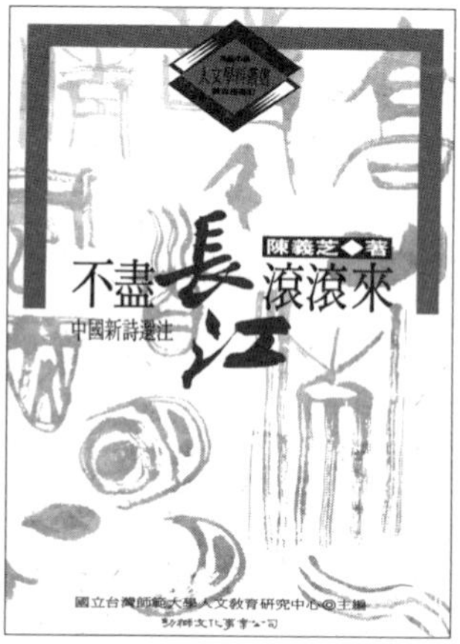

陳義芝，《不盡長江滾滾來：中國新詩選注》，台北：幼獅文化事業股份有限公司，1993。

方群、孟樊，《現代新詩讀本》，台北：揚智文化事業股份有限公司，2004。

二十一世紀前十幾年，一九七○年代出生的詩人嶄露頭角。所謂的「e世代」逐漸成為文壇主流。他們成名的路徑，往往先經由在個人部落格上發表詩作，隨著網路社群的更易，在Facebook、Instagram上得到網友認同，然後參加文學獎或出書。二十一世紀台灣的各式文學獎培養許多獎金獵人，不同文學獎邀請的評審品味成為參賽者琢磨的對象。比較同一作者參加文學獎的得獎作品以及集結出書後的創作，可以發現文學獎已成識途老馬的炫技遊樂場。

二十一世紀前十幾年也是台灣現代詩研究最豐沛的時期。無論以台灣現代詩相關論題為研究範疇的博碩士論文、各種期刊論文、專書、叢書，都達到質量的顛峰。簡史、詩潮史、論戰史、以撰史為主軸的討論、詩人的個別研究、詩美學、感官論述、性別論述、精神分析等等，各種議題的研究都卓然有成。

二、詩學的豐收

（一）詩史相關

以下擇例簡介二十一世紀以來，以宏觀視角討論源流與發展、風格遞嬗、事件紀錄、年代分期、文體變異、脈絡推演的台灣現代詩學術論著。

1　陳義芝：《不盡長江滾滾來：中國新詩選注》；蕭蕭、白靈主編：《台灣現代文學教程：新詩讀本》；方群、孟樊：《現代新詩讀本》。

2　參見奚密、馬悅然、向陽合編：《二十世紀台灣詩選》（台北：麥田出版社，二○○一）。該書所收的詩人中，作品數量最多的依序是楊牧、陳黎、夏宇。

筆名向陽的林淇瀁以詩潮為題，以「國族認同」和「台灣主體性」為視角，以十年為一代的斷代模式，寫成一系列、由單篇論文累積的「現代詩風潮試論」，二〇〇二年影印集結為《長廊與地圖：台灣新詩風潮簡史》。[3]未正式出版發行的此薄冊，為迄今僅見、由台灣學者一人獨力完成的新詩風潮簡史。

二〇〇六年，張雙英出版《二十世紀台灣新詩史》，乃台灣學者首先獨力完成的台灣新詩史。張雙英對於書中提到的詩人，至少闡釋一首作品。經詮釋詩作而討論的詩人約計七十位。詩人所屬詩社、時代風潮下的書寫題材，為此書選擇詩人入史的依據。[4]

楊宗翰長期致力於台灣現代詩史，二〇〇二年出版《台灣現代詩史：批判的閱讀》；二〇一二年出版《台灣新詩評論：歷史與轉型》；二〇一七年出版《異語：現代詩與文學史論》；二〇一九年出版《逆音：現代詩人作品析論》。其中，凸顯「轉型」的《台灣新詩評論：歷史與轉型》相當於局部放大的台灣新詩評論史，批判的力道比起《台灣現代詩史：批判的閱讀》更強勁。此二書一致的論調是強調治史者對史料的選擇權限：史家依其論述視角，對史料賦予未必受到普遍認可的詮釋與界定，藉以再現歷史、重新塑景。

二〇〇六年，陳義芝的《聲納：台灣現代主義詩學流變》，循十年一代之例，為台灣現代詩史斷代，並把夏宇《摩擦‧無以名狀》的拼貼書寫納入討論，隱然認為那樣的「後現代創作」不脫離以中心意旨為歸趨的現代主義詩學。此書在線性史觀下，現代主義和所謂「後現代主義」在台灣

楊宗翰，《台灣現代詩史：批判的閱讀》，台北：巨流圖書股份有限公司，2002。

楊宗翰，《台灣新詩評論：歷史與轉型》，台北：新銳文創，2012。

現代詩史的關係，顯示為時間上的承繼，而非後者對前者在意義上的反動。5

台灣文學館於二〇〇三年成立之後，由封德屏總策畫，陸續完成已達百部而尚在擴充中的《台灣現當代作家研究資料彙編》，這是二十一世紀以來，台灣文學研究的重大工程。該「彙編」集所收作家的生平、年表、作品出版資訊、照片、研究綜述、重要評論文章選刊、研究評論資料目錄。在現代詩方面，迄二〇一八年八月為止，一百部作家研究資料彙編中，詩人有三十五位，為：賴和、吳濁流、楊熾昌、覃子豪、紀弦、張我軍、周夢蝶、陳千武、林亨泰、楊喚、陳秀喜、洛夫、余光中、羅門、商禽、瘂弦、鄭愁予、白萩、楊牧、吳新榮、郭水潭、巫永福、詹冰、杜潘芳格、錦連、蓉子、向明、張默、葉笛、葉維廉、楊守愚、胡品清、

陳芳明編選，《台灣現當代作家研究資料彙編‧34‧余光中》，台南：國立台灣文學館，2013。

白靈編選，《台灣現當代作家研究資料彙編‧75‧向明》，台南：國立台灣文學館，2016。

3 這一系列的「台灣現代詩風潮試論」，發表順序為七〇年代（〈七十年代現代詩風潮試論〉，《文訊》，第十二期，一九八四，頁四七—七六）、八〇年代（〈八〇年代台灣現代詩風潮試論〉，彰化：國立彰化師範大學，第二屆現代詩研討會，一九九七）、五〇年代（〈五〇年代台灣現代詩風潮試論〉，中國詩歌藝術協會，兩岸詩刊學術研討會，一九九八），以及總論：〈長廊與地圖：台灣新詩風潮溯源與鳥瞰〉。二〇〇二年影印集結為《長廊與地圖：台灣新詩風潮簡史》。

4 張雙英企圖：「討論它們的表現技巧和動人之處，讓讀者對台灣新詩迄今為止的大致面貌和意涵，獲得比較全盤性的了解，進而欣賞它們。」參見張雙英：〈自序〉，收於張雙英：《二十世紀台灣新詩史》（台北：五南圖書出版股份有限公司，二〇〇六），頁一—三。

5 參見陳義芝：《聲納：台灣現代主義詩學流變》。

李魁賢、許達然、夐虹。

台灣文學館以「台灣文學史長編」為叢書之名，集中於二〇一一至二〇一三年間，出版三十三本專論。與台灣現代詩史相關的議題，包括數位文學史、台灣新文學的萌芽時期、一九七〇年代台灣文學論爭史略、戰後台灣女作家群的崛起、台灣都市文學簡史、台灣母語文學的發展、馬華文學在台灣、一九五〇至一九六〇年代的台灣現代詩運動、日據時代台灣新文學的高峰等等。[6]

二〇〇三年，彰化師範大學國文系出版該系舉辦之現代詩研討會論文集：《台灣前行代詩家論：第六屆中國詩學會議論文集》。這是台灣學術界首次以「前行代」為名而舉辦的詩學會議。學者討論了余光中詩的結構、夐虹單首詩的細讀、鄭愁予詩轉動文化的能力、林泠情詩樣態、楊牧的抒情詩藝、羅門的後現代論、洛夫詩的文本互涉、紀弦的詩觀、商禽詩的穿透性，以及白萩、瘂弦之詩作。[7]

二〇一二年，孟樊出版《台灣中生代詩人論》，為第一本獨力完成、以「中生代」為名，討論台灣中生代詩人與詩作的學術專書。該書論述十位詩人，每位詩人擇取一個焦點，為：李敏勇的語言與形式、羅青的嬉遊詩、蘇紹連的散文詩、利玉芳的政治詩、陳義芝的家族詩、陳黎的語音遊戲、羅智成詩中的情人形象、向陽的亂詩、夏宇的後現代語言詩、劉克襄的生態詩。附錄收了李桂媚：〈孟樊論：孟樊詩作的藍色美學〉。[8]

二〇一四年，由傅天虹、白靈主編，台灣海峽兩岸的學者各自撰述，以論文集的方式，出版《台灣中生代詩人兩岸論》，討論十五位台灣的「中生代」詩人：焦桐、簡政珍、陳育虹、陳黎、白靈、嚴忠政、渡也、杜十三、向陽、鴻鴻、陳義芝、李進文、羅智成、陳克華、馮青。「中生代」成為學界論述的焦點。[9]

二〇一四年，以國立台北教育大學語文與創作所的教師為主力，由方群、陳謙主編，糾集一九七〇年代之後出生的現代詩研究者，為一九六〇年代出生的詩人撰寫研究論文，出版《台灣一九六〇世代詩人論文集》。一九六〇年代出生的詩人首次成為學院集體論述的群落，意謂典範更迭、權力交替、詩壇主力的接棒。此書受論述的一九六〇世代詩人有：江文瑜、莊雲惠、羅任玲、張芳慈、顏艾琳、陳克華、張信及、李進文、方群、陳謙、陳大為、羅葉、鴻鴻。[10]

（二）性別論述

二十一世紀以降，台灣學界開展現代詩的性別論述，集中在女性學者所寫、以女性詩人為觀察對象的論述。

二〇〇〇年，李元貞的《女性詩學：台灣現代女詩人集體研究》集合十篇論文而成，以「女性詩學」為綱領，籠罩女詩人的自我觀、國家論述、「我」的敘述方

李元貞，《女性詩學：台灣現代女詩人集體研究（1951-2000）》，台北：女書文化事業有限公司，2000。

6 參見陳政彥：《跨越時代的青春之歌：台灣五、六〇年代現代詩運動》（台南：國立台灣文學館，二〇一二）、趙勳達：《狂飆時刻：日治時代台灣新文學的高峰期（1930-1937）》（台南：國立台灣文學館，二〇一一）、陳徵蔚：《電子網路科技與文學創意：台灣數位文學史（1992-2012）》、陳淑容：《「曙光」初現：台灣新文學的萌芽時期（1920-1930）》（台南：國立台灣文學館，二〇一二）、廖瑞銘：《舌尖與筆尖：台灣母語文學的發展》、羅秀美：《文明・廢墟・後現代：台灣都市文學簡史》（台南：國立台灣文學館，二〇一三）、王鈺婷：《女聲合唱：戰後台灣女性作家群的崛起》（台南：國立台灣文學館，二〇一二）、蔡明諺：《燃燒的年代：七〇年代台灣文學論爭史略》（台南：國立台灣文學館，二〇一二）、陳大為：《最年輕的麒麟：馬華文學在台灣（1963-2012）》（台南：國立台灣文學館，二〇一二）。

7 參見國立彰化師大國文系編：《台灣前行代詩家論：第六屆中國詩學會議論文集》。

8 參見孟樊：《台灣中生代詩人論》（台北：揚智文化事業股份有限公司，二〇一二）。

9 參見傅天虹、白靈主編：《兩岸中生代詩人論》（台北：創世紀詩雜誌社，二〇一四）。

10 參見方群、陳謙主編：《台灣一九六〇世代詩人論文集》（台北：博揚文化事業有限公司，二〇一四）。

式、女性身分、「自我」與「情欲」的想像、「時間」與「社會」的正義、語言實踐、詩壇顯影、吳瑩詩文之閱讀，以及對女性詩學的界定。[11]此書彰顯詩評和詩作因性別觀點的切入所能呈現的樣貌：性別現象。

李癸雲著眼女性主體及女詩人的語言實踐，二○○二年出版《朦朧、清明與流動：論台灣現代女性詩作中的女性主體》、二○○八年出版《結構與符號之間：台灣現代女性詩作之意象研究》。[12]《朦朧、清明與流動：論台灣現代女性詩作中的女性主體》，援引精神分析、陰性書寫、鏡像語言、主體的社會建構等西方理論，檢視鍾玲、胡錦媛、李元貞等台灣學者的研究成果。書中從多重觀點、直覺感官、流動意旨著手，建構以詩為主體的女性流動論述。

二○一四年，洪淑苓出版《思想的裙角：台灣女詩人的自我銘刻與時空書寫》，從自我、時空、生死等議題出發，以出生於一九二一至一九四○年的八位經典女詩人為對象，以詩作為核心，系統而條貫。計討論胡品清詩的自我形象、林泠詩的異國想像與女性意識、朵思詩的自我追尋與審美經驗、敻虹詩的心靈模式、蓉子詩的時間觀、陳秀喜詩的空間文本與身分認同、杜潘芳格詩中的生活美學、羅英詩中的死亡世界。[13]

（三）感官論述

感官、情欲、身體等論述，是二十世紀末台灣文學界「末世想像」的副產品；二十一世紀開始，這類想像開花結果。二十一世紀以來，台灣出版兩部現代詩感官論述的學術專書，在在顯示選題的策略性、材料的工具性、論述的防禦性。[14]

二○○四年出版，鄭慧如的《身體詩論》是台灣第一本以現代詩為研究範疇，討論身體論述的學術專著。[15]此書提出肉身、神識、體制三個向度，討論一九五○年代以後的詩人及詩作，例如：朵思、江文瑜、利玉芳、李元貞、丘緩、杜潘芳格、夏宇、翔翎、顏艾琳、鍾玲、羅英、白萩、余光中、林燿德、洛夫、唐捐、許悔之、陳千武、陳克華、陳義芝、渡也、焦桐、楊牧、管管、瘂弦、羅門。

二〇一〇年，劉正忠出版《現代漢詩的魔怪書寫》，「現代漢詩」一詞，首先出現在學術專著的書名。所處理者，著重於一九四九年以前的現代中國詩，以及一九四九年以後的台灣現代詩。此書以跨地域與跨系統的文類視角、「沒有無關身體的抒情」為基調，提出「惡露——身體」的觀點，考察魯迅詩學的非理性視域、紀弦的藝術自主與民族大義、洛夫前期詩的精血狂飆、新月詩人徐志摩、聞一多、朱湘等三人的魔怪意象、台灣當代詩的屎尿書寫及女性體液書寫。[16]

（四）詩美學

詩美學的專著出版於二〇〇四年以後，以簡政珍和蕭蕭的論著為焦點。[17]

11 參見李元貞：《女性詩學：台灣現代女詩人集體研究（1951-2000）》。

12 李癸雲：《朦朧、清明與流動：論台灣現代女性詩作中的女性主體》（台北：萬卷樓圖書股份有限公司，二〇〇二）；《結構與符號之間：台灣現代女性詩作之意象研究》。

13 參見洪淑苓：《思想的裙角：台灣女詩人的自我銘刻與時空書寫》。

14 二〇一三年，楊小濱出版《欲望與絕爽：拉岡視野下的當代華語文學與文化》，凡五章，前三章討論了中國和台灣現代詩有關欲望、身體、感官的書寫。參見楊小濱：《欲望與絕爽：拉岡視野下的當代華語文學與文化》（台北：麥田出版社，二〇一三）。

15 參見鄭慧如：《身體詩論》。

16 參見劉正忠：《現代漢詩的魔怪書寫》（台北：台灣學生書局有限公司，二〇一〇）。

17 冠「詩美學」一詞以為書名，在台灣出版的中文現代詩論專著，除簡政珍與蕭蕭的著作外，另如羅任玲：《台灣現代詩自然美學》（台北：爾雅出版社有限公司，二〇〇五）、大陸學者李元洛於台灣出版的《詩美學》（台北：東大圖書股份有限公司，二〇〇七）、王穎慧：《文化朝聖者的中國想像：楊煉詩美學探索》（台北：秀威資訊科技股份有限公司，二〇一〇）等。另有趙天儀：《現代美簡政珍於二〇〇四年出版的《台灣現代詩美學》，是台灣迄今最重要的詩美學論著。該書以「現實」、「後現代」為兩大論述焦點，貫串全書的是簡政珍詩學的核心：意象思維。該書與其他中文現代詩美學論著最大的不同，是對語言的基本態度：《台灣現代詩美學》以語言為思想的載體；其他詩美學論著則以語言為表演的工具。

《台灣現代詩美學》有關現實的論述，廓清台灣現代詩現實書寫中的歷史沉疴，樹立現實美學的參考指標，為日據時期以來以控訴和口號為主要面貌的現實書寫打開新視野，為現代詩習焉不知其弊的閱讀法劈開一條生路。其中最具啟發性的是「目的論書寫」、「『發現』與『發明』」兩小節。簡政珍觀照台灣從一九五〇到一九八〇年代的現實書寫，提出「詩化的現實」一說，並延續其《放逐詩學》的某些觀點，指認所謂「以引起社會共鳴」為創作意識首要層面的「目的論」，將散發三種意涵：1.語言的發生與目的是直線距離；2.語言是消耗性的傾向；3.語言是詩的承載工具。[18]藉著現實論述，簡政珍批判台灣一向的詩教：躁進扣問一首詩的題旨或主題、只問寫什麼而不問怎麼寫、未「看見」卻妄圖「看穿」、以詩美學為犧牲的遺憾。

《台灣現代詩美學》以第二部：「後現代風景」中的「後現代的雙重視野」尤受矚目。[19]「雙重視野」之稱是對後現代「多重視野」特質的簡化，指的是多重意義的可能性；在美學中以諧擬的功能實踐，在詩行中則經常展現為語調潛藏的翻轉。在本體的意義上，「後現代的雙重視野」強調辯證性的感覺、自我的反思或質疑、暗流式的意涵，或放鬆、釋放後的多重意義呈現。

蕭蕭的《台灣新詩美學》、《現代新詩美學》、《後現代新詩美學》並稱「新詩美學三部曲」；[20]出版時間綿亙八年。[21]蕭蕭從詩史的流變溯源，拈出時空等多種力量或因素，建構台灣詩史的「共構說」，作為詩美

簡政珍，《台灣現代詩美學》，台北：揚智文化事業股份有限公司，2004。

學論述的根基。在詩潮及思潮的交疊演進中，每章選取一位具代表性的詩人作為論例，三書共分章討論了楊熾昌、賴和、紀弦、洛夫、余光中、周夢蝶、林亨泰、商禽、管管、鄭愁予、白萩、羅青、席慕蓉、蘇紹連、白靈、陳黎、向陽、夏宇、陳克華、林德俊等；為視角、選例及論述方式均相當平穩的著名詩人專論。《台灣新詩美學》、《現代新詩美學》、《後現代新詩美學》三書，體現蕭蕭對個別詩人研究的成果彙整。然其內容與富含思辨意味的「美學」一詞，關聯不大；書名疊映、「共構」出的風景，如現代與後現代、台灣新詩與現代新詩，以及「現代新詩」這個詞彙本身，未展現美學的哲學思維。

三、數位語境

二十一世紀之後，數位元素的層次拉高，數位詩逐漸偎向影像敘述；而以純文字表現的詩作逐漸回到非

學及其他》（台北：三民書局股份有限公司，一九九〇）從台灣意識出發，回顧現代詩的形式、條件、鑑賞、創作等；渡也：《新詩形式設計的美學》（台北：台灣詩學季刊雜誌社，一九九三），專題討論新詩的形式等。

18 見簡政珍：《台灣現代詩美學》，頁八四。

19 例如陳大為即認為《台灣現代詩美學》：「無論在後現代詩學的理論分析、導讀、詮釋，都超過國內的相關學術著作，更修正了讀者對後現代理論的若干誤解，可說是後現代主義詩學最完整、深刻的論述。」見陳大為：〈台灣後現代主義詩學的評議和演練：評簡政珍《台灣現代詩美學》〉，《書目季刊》，第四十卷，第四期（二〇〇七），頁一一七—一二四。

20 蕭蕭：《台灣新詩美學》（台北：爾雅出版社有限公司，二〇〇四）；《現代新詩美學》（台北：爾雅出版社有限公司，二〇〇七）；《後現代新詩美學》（台北：爾雅出版社有限公司，二〇一二）。

21 參見孟樊：〈共構的新詩美學〉，《聯合報》，「周末書房」（二〇一二年三月十七日）。

數位的軌道上，兩者分野漸次明朗。約自二〇〇一年到二〇〇五年之間，數位文學理論一下湧入台灣，引起學術界和文化界傳播環境的劇變。以網路文學或數位文學為主題的研討會相繼舉辦；成功大學、台北大學等大專院校陸續設置數位文學的校內獎項。中華電信的「手機文學大未來座談會」以及台北市政府舉辦的「台北詩歌節」，整合商業機制與大眾文學教育，發展較成熟的創作產銷供應鏈。從部落格、社群網站，到逐步風行的雲端技術，台灣當代詩在數位語境中曾經新鮮而激越的旋律，漸漸轉向整合與應用，頗有蟄伏、沉潛之勢。一方面，各種數位元素透過更貼近人性視聽習慣的模式，仍在網路上搬演影音與文字的文學敘述；另一方面，曾經興致濃烈的網路寫手，在網路上取得一定名氣後，仍以平面的出版模式、純文字的表現為導向。

線上社群網路服務轉為詩人與讀者互動的媒介，在二十一世紀以後較為普及。多位名詩人或詩論家建置了自己的臉書，與個人部落格並存，或取代部落格。

突破文字書寫的線性階層、解放創作媒介，是數位文學的主要方向。從文字到多媒體，數位環境促使文學創作宣告物質媒材到能量媒材的轉變。[22]就現代詩而言，數位文學環境可利用超級連結及內嵌多媒體，賦予原本藉書面傳播的文本以多方面的、隨機的可能性。數位環境為傳統的平面出版模式開拓新局，網路上的多向文本創作讓讀者開了眼。在網路上貼文的自由與開放，使得以新興世代為主的網路寫手有了新的書寫動力與活動場域。而以在網路上發表詩作為橋梁，從讀者的點擊率取得有別於平面傳播的走紅認證，並透過連結、轉載、截取、刪除、修改、新增，數位詩以一種「前文學」的姿態，在雲端先過篩；[23]如果主客觀條件配合得當，平面出版雖仍為最終考慮，已使得閱讀及書寫從「速食」走向「輕食」。

根據陳徵蔚的研究，台灣的數位文學在一九九八至二〇〇五年之間達到高峰，之後的挑戰即在於如何運用數位科技，使作品「陌生化」，於形式之外重拾文學的原始感動。數位科技在全面普及的數位環境裡，出現了耐人尋味的回歸現象；電子書、網路雜誌等數位世界，非但未弱化了傳統的閱讀模式，反而強化了以文字為主體的傳播方式。[24]

數位載具不斷演進，數位詩的超文本、多媒體、互動性等特質，不但沒有與時俱進，反而呈現萎縮；特別在臉書風行之後，以公開貼文發表的詩作，超文本的炫酷特質幾乎不見了，取而代之的是配合照片的幾行短詩，或直接張貼詩行的純粹書寫。優渥便利的數位環境不再驅動詩人「玩文字」的心，而寧可返回較傳統的方式；幾乎只把網路當作可與隱形讀者隨時聯繫的紙張、創作的草稿、或已刊登於報章雜誌的詩作紀錄。

四、文學獎現象

一九八七年台灣解嚴後，伴隨著報禁解除、媒體轉型、文化傳播的生態改變、資訊的透明化以及資源取得容易、文化資金投注在文學獎的多樣性，到了二十一世紀，文學獎不但成為新人競逐的場域，而且摹習範例的結果，使得文學獎的得獎作品如同穿上制服，呈現近似的面貌。

一九九九年，〈衛星廣播電視法〉實施，有線電視頻道激增為一百多個，第四台、新聞台二十四小時全

22 參見謝清俊：〈文學文獻與資訊：文學文獻的數位化問題〉，收於羅鳳珠主編：《語言、文學與資訊》（新竹：國立清華大學，二〇〇七），頁九三—九四。

23 視網路文學為「前文學」的論點，來自王珂：〈博客正成為新詩傳播與接受的主要方式〉，收於《湘潭大學學報‧哲學社會科學版》，第三五卷，第二期（二〇一一），頁九八—一〇二。

24 根據陳徵蔚的研究，二〇〇五年到二〇一二年之間的台灣數位文學發展，可歸納為六大現象：部落格的普及與發展、重拾口語傳播、社群網路與微文學的興盛、電子書產業鏈成形、個人出版與內容自動產出的技術出現、文學獎朝數位文學類繼續摸索前進。參見陳徵蔚：《電子網路科技與文學創意：台灣數位文學史（1992-2012）》（台南：國立台灣文學館，二〇一二），頁一五五。

天候重複報導新聞。二〇〇三年起，以「一咬上癮」為宣傳口號的《蘋果日報》在台灣上市，藉圖片、圖表、全彩印刷的視覺化效果和低於其他報紙的售價，鯨吞報紙市場。這是台灣民眾閱讀模式改變的徵兆。當報紙副刊的純文學性減弱，網路媒體使得書寫的權利不再掌握於少數，有名的作家也藉由臉書與讀者交流。二十一世紀，台灣進入全民書寫的時代，多數創作者的書寫模式，由敲打鍵盤取代紙筆書寫，「詩人」的界定越趨淡薄，各式文學獎成為年輕創作者增加文化資本和金錢收入的方式。

文學獎之於台灣的「七〇後」詩人，獎金的意義更在名聲的意義之上。論者觀察一九七〇年代出生的作家和文學獎的關聯，指出對於目前三十多歲的文學創作者而言，文學獎最直接的效應就是獎金，其次才是在文壇的權力結構中留下印象。一九七〇年代出生的作家是二十一世紀前十幾年台灣最新的一代，三十多歲的他們，或學業告一段落，或已是職場新鮮人，或還在找工作，關鍵在於，他們對如何寫、寫什麼才能獵取文學獎，許多人已累積相當多的實戰經驗。這些「得獎專家」知道哪個文學獎經常邀請哪些評審，評審的喜好如何，寫成什麼模樣容易得獎。有別於前此時代的是，二十一世紀以降的文學獎，已非「進入文壇的門票或身分證」一句話可以概括；比起經常出沒於各式文學獎的常勝軍，更多參賽者抱獎而歸，從此消失，也較無「影響的焦慮」的問題。得獎作品和評審組合不再神祕之後，現代詩類的文學獎似已有「得獎操作手冊」；把詩寫成個得獎老手的樣子，就會增加得獎的機率。

初步蒐羅二〇一八年在台灣舉辦，列有「新詩」或「現代詩」的文學獎，含開放式題材（大報新詩獎）、特定主題（宗教文學獎、簡訊文學獎）、特定對象（台積電文學獎、全國學生文學獎）、校園文學獎，至少有八十四種。[25]有些文學獎設有得獎作品輯，有心人可從中研習模擬，練習考古題般地揣摩評審口味，終於有志者事竟成，練就一身技巧。近十年文學獎的現代詩類，以二十六至三十歲為主要的得獎族群；曾經的得獎者，幾年以後翻身一變，成為該獎項的評審，參賽者被激發出的回饋能量，如雙迴圈，流向文學獎。

一九七〇年代出生而經常得獎的詩人，如林婉瑜、孫梓評、楊佳嫻、李長青、鯨向海，再追溯一九六〇年代出生的文學獎常客，如李進文、唐捐、陳大為、紀小樣、羅葉，以及出道較晚而以文學獎名家的詩人如曾元耀，可發現這些詩人的參賽作品和非參賽作品風格明顯不同。[26]非參賽作品比較有個人風格，參賽作品則有「共同風格」。參賽詩作的共同特質，包括注重音樂性、尾韻和行內韻錯落的韻致、刻意布置的結構、每節的字數少而段落多、以五至七行為主的每節行數、以四至七節為主而以五節最常見的段落分布、可以一句到底卻偏偏一再跨行的句法，以及層遞、頂真、排比修辭造成的反覆吟詠、較扭曲糾纏的文字等等。很明顯，這些常得文學獎的詩人，他們平常用比較自然的方式寫詩。為了得獎而炫技；平常寫作則琢磨自己的特色，使自己從寫手變成讀者能夠指認的作家。

文學獎培訓出某層面上面貌相當一致的詩作，卻不至於成為潮流或左右參賽者的詩風，這是二十一世紀文學獎很有趣的現象。說明在商業推銷與包裝下，參賽者對於如何得獎已有默契；每種文學獎、每年未必一樣的評審也默許了這個默契。前此年代的文學獎，主編性格、文學獎風格、權力文化網絡等論題，曾是焦桐在《台灣文學的街頭運動》提出的新穎論點；如今，比這些議題更顯著的是，文學獎已從一頂頂的桂冠化為一個個的發表平台，不符合這個文學獎要求的創作者，會迅捷地另外生成自己的市場。就文學史的角度觀察二十一世紀台灣的文學獎，未來的文學獎與其

焦桐，《台灣文學的街頭運動》，台北：時報文化出版企業股份有限公司，1998。

25 見本章附表1。

26 曾元耀的《寫給邊境的情書》（台北：秀威資訊科技股份有限公司，二〇一六），收了約四十首作者參加各種文學獎的得獎詩作。

以一篇作品，不如以一整本詩集，作為參賽的條件。27

五、二〇〇〇—二〇一八主要的新興詩人：凌性傑、李長青、鯨向海、孫梓評、林婉瑜、楊佳嫻、葉青、羅毓嘉

觀察「台灣詩學・吹鼓吹詩論壇」為新興詩人出版的詩集，以及《保險箱裡的星星》這類當時未出版個人詩集的新秀詩選，已經出現不少詩壇的新秀。二十一世紀以來，已出版個人詩集的一九七〇後誕生者，或年齡稍長而表現秀異的詩人，至少有遲鈍、曾琮琇、楊佳嫻、鯨向海、李長青、黃明峯、葉覓覓、凌性傑、孫梓評、林婉瑜、林達陽、黃羊川、林德俊、負離子、哲明、陳牧宏、冰夕、然靈、葉子鳥、莊仁傑、陳柏伶、嚴忠政、林炯勛、阿米、蘇家立、肖水、黃正中、王羅蜜多、林餘佐、游書珣等等。以下舉例討論。

凌性傑（一九七四、十一、十五—），生於台灣高雄。國立東華大學中國語文學系博士班肄業。曾獲教育部文藝獎、中國時報文學獎、台灣文學獎、中央日報文學獎、梁實秋文學獎等。任教於建國中學。出版詩集：《解釋學的春天》（二〇〇四）、《所有事物的房間》（二〇〇七）、《海誓》（二〇〇八）、《愛抵達》（二〇一〇）、《愛是唯一的信仰》（二〇一一）；散文集：《關起來的時間》、《燦爛時光》、《男孩路》。編著多種讀本。

凌性傑的詩，一言以蔽之，思無邪。從生活周遭的各種片段出發，凌性傑比較少攀附遙遠的夢境或勾勒不存在的戀人；呈現的是清冽、溫暖、理性、秩序、端坐、旁觀的詩風，彷彿煥發出晨光。如〈那邊〉：

音樂與霧水都已足夠
夠我們帶著抵達
眾生無法流淚的角落
還有一片草原可供悲傷
我們存在其間[28]

文字釋放出如同聖詩般的理想和純淨。

在技法上，《愛抵達》及其之前詩集的作品經常運用排比、類疊，如〈乾淨〉、〈西灣詩簡〉、〈柴山閒步〉；或演繹諧音詞，如〈堤外話〉。[29]凌性傑擅長為觀念的受話者摹寫畫面。比如〈有信仰的人〉的詩行：「我還要有一種思想，乾淨的／一種信仰，在砲火覆蓋的此城／成為一種力量。我要有主義可以／奉行，像每一隻蛾撲向牠願意親近的光」，[30]把思想和信仰寫成亂世中安定人心的力量；〈遺書三帖〉的「第二書」中

---

27 有關文學獎的資料，參考趙文豪：〈聯合報、中國時報、自由時報新詩獎研究（2005-2013）〉（台北：國立台北教育大學語文與創作學系碩士論文，二〇一四）；廖炳惠：〈文學獎與文學創作〉，《文訊》（二〇〇三），頁五五—五六；鄭琮墿：〈城市的美好：台灣地方文學獎新詩類作品中的都市書寫〉，《有鳳初鳴》，第十二期（二〇一六），頁三二一—三三六；林秋方：〈現實與美學的交錯：《中國時報》敘事詩文學獎的美感建構〉，《中國現代文學》，第十四期（二〇〇八），頁八五—九九；黃冠翔：〈與權力／利交纏：從文學獎的「屬性定位」與「得獎行為」談起〉，《台北教育大學語文集刊》，第十九期（二〇一一），頁二九—五三。

28 見凌性傑：《愛是唯一的信仰》（台北：泰電電業股份有限公司，二〇一一），頁一三二。

29 見凌性傑：《愛抵達》（台北：泰電電業股份有限公司，二〇一〇），頁八四—八五、一一六—一一七、一一四—一一五、八〇—八三。

30 見凌性傑：《愛是唯一的信仰》，頁一四四—一四七。

段：「蹋踏蹋踏蹋蹋踏，熱褲裡的青春／不停不停舞蹈，終於忘記自己如何走路／日子瘸著腿在一旁觀看，留下絕望的／口水。黏答答說著梅雨季／爬行而過，夾著正要退化的尾巴」，[31]則是對躁動青春的頌揚。

端正，在二十一世紀初的台灣現代詩中，等於不易獵取話題。凌性傑的詩更特別的是：洞明事物而不撩撥黑暗，不挑逗醜惡，也不刻意宣揚美善，卻仍然讓人感覺作者的清明。孫梓評說凌性傑：「詩歌語言像梳理乾淨的毛髮，隨時可以被參與」、「不帶控訴、沒有煙硝氣息，更像緩慢運轉的夢境」、「內顯的孤獨像磐石一般，靜坐在生命的閘口，任時間湍流。」[32]

李長青（一九七五、一、十五—），生於台灣高雄。彰化師範大學國文研究所博士班肄業。任教於靜宜大學台灣文學系。笠詩社成員。曾獲教育部文藝創作獎、文建會台灣文學獎、聯合報文學獎等。出版詩集：《落葉集》（二〇〇五）、《陪你回高雄》（二〇〇八）、《江湖》（二〇〇八）、《人生是電動玩具》（二〇一〇）、《給世界的筆記》（二〇一一）、《風聲》（二〇一四）、《愛與寂寥都曾經發生》（二〇一九）；散文集：《與詩相關》。

李長青的筆觸樸拙，出版力旺盛，創作版圖寬廣，對文體的冒險心強，勇於窮究表現方式，敢於正視蒼白的時代與血紅的歷史。[33]

李長青的散文詩集《給世界的筆記》，為台灣的散文詩闢出新境。在舒緩而靜和的氣質中，李長青記錄遠離的純真，呼喚遁逃的內在，自省、自礪、自我鑒照。尤其是寫詩人的那幾首，體會之深，觀察之微，坦言之真，誠實中帶著憨勁。

李長青說〈詩人節〉：「傳說的詩人節，都是中空的……

李長青，《落葉集》，台北：爾雅出版社有限公司，2005。

／如此，才適於推衍注釋；如此，盎然的綠意，才可以太虛，才可以浪遊。」他以〈走索者〉嘲諷詩人為了量產而失落的眼神：「為了能在自身量產的筆畫中持續發光，發熱，詩人的瞳孔，越來越無法眨動了。／平衡此項目，在詩壇這座豪華馬戲團，已經很久，很久沒人表演了。」他如此描述〈中生代詩人〉：「中生代詩人對台下的耳朵傳道。信詩者，得永生。掌聲淹沒了他成名的詩句。」又以〈盜墓者〉比喻詩人自我抄襲：「年輕詩人悄悄來到靜謐的墓園，在刻有名姓的碑前虛弱地跪下；嘴角癟出迥異於詩句的謙遜。」以〈忘卻〉諷刺詩人追逐聲名：「年輕詩人的白髮，被曾經烏黑的思維放逐；年輕詩人的名姓，被曾經單純美好的心跳忘卻。」又如運用諧音而寫成的〈變題〉：「說好句點的據點就在離題不遠的，我溺愛的那首詩旁邊；／句子們在分段的地方，隨機排遣，新穎的寂寥；／說好朝夕都要潮汐以沫的詩題，也逐漸失蹄，在地平線沉沒以後沉默了；海笑著海嘯……，彷彿，我再也無法以在野的姿態寫詩了」[34]「句點」／「據點」、「朝夕」／「潮汐」、「詩題」／「失蹄」、「沉沒」／「沉默」、「海笑」／「海嘯」、「再也」／「在野」等詞，彷彿端一本字典在鍵盤旁邊翻閱的諧音諧擬，寫出腸枯思竭的弄筆者。

陳巍仁說李長青《給世界的筆記》優游從容，又說：「長青的散文詩中，少見懷疑與控訴，多的是對人

31 見凌性傑：《愛是唯一的信仰》，頁一五五—一五九。

32 參見孫梓評：〈詩是孤獨唯一的果實〉，收於凌性傑：《愛是唯一的信仰》，頁二一九—二二二。

33 相關評論可參閱陳巍仁：〈詩人年輕，世界靜好〉，收於李長青：《給世界的筆記》（台北：九歌出版社有限公司，二〇一一），頁一三—二一；蘇紹連：〈令人嚮往的散文詩版圖：《給世紀的筆記》作品風貌〉，收於李長青：《給世界的筆記》，頁二九—四二；陳政彥：〈自我指涉的抒情曲式：試論《人生是電動玩具》中主題與音樂性〉，收於李長青：《人生是電動玩具》（高雄：高雄市文化局，二〇一〇），頁一四四—一五一。

34 〈詩人節〉、〈走索者〉、〈中生代詩人〉、〈盜墓者〉、〈忘卻〉、〈變題〉，分別收於李長青：《給世界的筆記》，頁六一、六三、七五、六四、六五、九四。

間變換、世道紛紜的諒解。也正因為如此，長青所記錄的世界中並無所謂的醜惡，遂顯得有種安靜通透的氛圍，這不但植根於作者的氣性，也反應了文類本具的特質。」[35]確為知音之論。

李長青的第一本詩集就為自己描繪出創作路線。《落葉集》感興於自然、思索於人文，以至將落葉當作圖象詩的實驗、觀察台灣社會、狀寫生命的艱難困惑、以落葉為喻與中西思想對話、藉落葉書寫感情，乃至寫成台語詩。

鄭炯明提到李長青的「主題式的策略性書寫」；陳政彥也說李長青：「有意識地寫詩」、「主題變奏的寫法」，均相當精闢。[36]李長青已出版的幾本詩集透出「計畫寫作」的訊息，每本詩集統合在某個主題或軸心，然後反覆變奏，敷演成書。異於大部分詩人往往零零散散寫作一段時間，之後兜攏散逸的舊作成卷，再從中分輯定題，最後才決定書名；例如《落葉集》的主題、《江湖》的語言、《給世界的筆記》的文體。李長青詩集的結構和詩作的節奏因而頗有整體感，然而詩作相對單薄與此不無關係：例如排比、類疊等引發閱讀疲憊的修辭模式，似已亟需改變。

鯨向海（一九七六、九、十五—），本名林志光。長庚大學醫學系畢業。任職於羅東博愛醫院精神科。曾獲全國學生文學獎、教育部文藝創作獎等。經營個人網站：「偷鯨向海的賊」。出版詩集：《通緝犯》（二〇〇二）、《精神病院》（二〇〇六）、《大雄》（二〇〇九）、《犄角》（二〇一二）、《A夢》（二〇一五）、《每天都在膨脹》（二〇一八）；散文集：《沿海岸線徵友》、《銀河系焊接工人》；與楊佳嫻合編：《青春無敵早點詩：中學生新詩選》。

鯨向海，《大雄》，台北：麥田出版社，2009。

鯨向海對文字的掌控彈性而靈巧，勾勒出的肉欲赤裸而純淨，緬懷青春的筆觸帶著光輝。以中小型篇幅為主的詩創作裡，鯨向海向讀者展現一個好奇大度，害羞而自信，欲望勃勃，敏感又裝傻，體恤而不說破，時而熱烈享受人生，時而默默承擔，時而磨礪以須，時而故作神祕或敲扣禁忌，對生命的胃口很大因而某些時候連對文字的錘鍊也顯得無所謂的散淡寫詩者。

1. 分明的兩個題材：青春年少、同性愛欲

鯨向海的詩以兩個題材最顯著：青春年少、同性愛欲。重組樂園的想望、寂寞與寂寞的摩擦生熱，鯨向海經常藉這兩個題材實踐。這兩個書寫範疇貫徹鯨向海迄今的六本詩集。在某個層面，鯨向海似乎停止在少年十五二十時那個猛冒青春痘、爆汗打球騎車、與內在幼獸撕抓糾纏的懷想裡。如：〈更年少時〉、〈永無止境的環島旅行〉、〈通緝犯〉、〈如果有一個洞〉、〈大雄〉、〈日久變形之夏〉、〈我喜歡看你睡覺〉。[37]「彼得潘症候群」，《大雄》的後記中，鯨向海提及這個詞彙。[38]鯨向海動人的詩作，往往也與青春之伴或同性之愛有關。例如〈欲望〉：

35 見陳巍仁：〈詩人年輕，世界靜好〉，收於李長青：《給世界的筆記》，頁一三—二一。

36 鄭炯明之說見李長青：《人生是電動玩具》書背。陳政彥：〈自我指涉的抒情曲式：試論《人生是電動玩具》中主題與音樂性〉，收於李長青：《人生是電動玩具》，頁一四四—一五一。

37 詩作依序見鯨向海《犄角》（台北：大塊文化出版股份有限公司，二〇一二），頁三〇—三三、八八—九三、一六七—一六九、一七六—一七七；《大雄》（台北：麥田出版社，二〇〇九），頁六四—六五；《A夢》（台北：逗點文創結社，二〇一五），頁四四—四七、四八—五一。

38 參見鯨向海：〈重組樂園〉，《大雄》，頁一八六—一八八。

夢中有人咬掉枯枝上的藍蘋果
早晨從那個傷口瀰漫出來了
你像一陣霧坐在床沿
往窗邊靠去
那個年輕人裸著上身
像一個流著岩漿的火山口
正覆滅這個城市[39]

此詩證明了鯨向海精彩的意象思維。「枯枝上的藍蘋果」和「流著岩漿的火山口」，炫麗多彩而透著迷幻詭異，是統御全詩的兩個主要意象：前者牽引著第一句的夢境，後者導入年輕肉體如火山爆發的毀滅性；後者流著岩漿的火山口是城市所以覆滅的因，前者蘋果的樣態是被咬的果；前者的意象背景是可知的某個人，後者是不可知的許多人。狀寫流動的「瀰漫」和「流著」連繫了前後兩個主意象，也有「晨光如岩漿般流動」、「肉欲如晨光般瀰漫」的效果。這首詩層層推進，令人想起余光中對卞之琳名作〈斷章〉的詮釋觀點：有如「螳螂捕蟬，黃雀在後」。首句省略此詩的觀看者：主詞「我」。「我」夢已迴而睏未醒，睡眼惺忪看著坐在床沿的「你」。「你」顯然背對「我」而面向窗邊。「我」所以順著「你」的眼光「往窗邊靠去」而看到「那個年輕人」；也就是，「那個年輕人」同時在「你」和「我」的窺探下。「我」和「你」在同一張床上，可是「你」對於「我」「像一陣霧」，看不清楚；連結第一句的夢中枯枝、第二句的傷口意象，暗示兩人的關係已現裂痕。那麼，接下來窗外那個半裸上身的年輕人，對於兩人之間的情感效應，究竟是因，是果，或是不相干的映象，則可以有各種說法。

2.充滿創意的意象書寫和直白通俗的情緒用語

鯨向海的六本詩集中，風格的跨度很大。他充滿創意的意象書寫和直白通俗的抽象情緒用語，在文字的兩個極端吸引了不同品味的讀者，擴大了單一美學趣味。[40]既有如〈欲望〉這樣凝練而具畫面感的作品，也有嘻笑戲耍的流行語彙。

鯨向海對文字的重視和一般詩人表現的不同。他不在文字修辭，而在當代性和日常性中探索，帶著撕開傷口般的隱密與羞澀、天真與叛逆，照看人間的悲歡，追求日常生活裡的靈光。即使很口語的詩行，鯨向海也能寫出自己獨具的詩情畫意，不拘格套，很少用典，很有創意和生命力。句摘其詩行，如〈即興〉：「一天之中最喜歡的此刻／你們皆在遠方飄移格鬥／白雲飛鳥啊，我們對彼此都是毫無隱瞞／只是不常感應，不輕易施捨」、[41]〈殘句：致臉書歲月〉：「是誰對著魔鬼大笑的頭蓋骨按讚／在鍋爐裡媚視了如煙的人群」、[42]〈假想病〉：「能夠這樣一直寫詩／寫成千首觀音嗎？／枕畔是楊枝低垂／豪夜散去後／我自己流出來的甘露」、[43]〈有些事情可能有人問過〉：「那旗幟／是誰的斷臂？／終年在廣場上／黯然銷魂地與風練掌」、[44]〈懷人〉：「我常幻想走在秋天的路上／一抬頭就看見你／巨大，而且懾人的美麗／不斷落下，／卻又沒有一

39〈欲望〉，鯨向海：《犄角》，頁二三七。

40 參見李翠瑛：〈落差、矛盾與通俗：論鯨向海大眾化詩歌之表現風貌與網路寫作現象〉，《台灣詩學．學刊》，第二十號（二〇一二），頁一七七—二〇五。亦可參閱簡政珍：〈詩的慣性書寫與意象思維：評鯨向海的《精神病院》〉，《文訊》，第二五〇期（二〇〇六），頁九六—九八。論者批評鯨向海之詩「散」、「俚」，但是就鯨向海目前的表現，俚或雅只是怡然於文字之海的自在選擇。

41〈即興：寫給生日〉，《大雄》，頁二九。

42〈殘句：致臉書歲月〉，《A夢》，頁九一。

43〈假想病〉，《A夢》，頁二四—二七。

44〈有些事情可能有人問過〉，《A夢》，頁一〇八—一一三。

片要擊中我的意思」。45

3. 療癒性、平衡感

療癒性、平衡感，是鯨向海詩作的兩大特質。鯨向海思索生命而無確切的針對性，以一第人稱描寫的詩中人的挫折感傷、突梯滑稽、偶爾興發的靈光一現等等，仿若通向療癒的媒介，解放了素來在「宏大」而「雄偉」的文學教養中進退維谷的讀者，既讓人體會自己的微不足道，又讓人感知所有的羞辱與不堪不只是個人的問題，也是整個宇宙結構的一部分，進而體會到自己不必太好也很正常，幸福開心也能找到詩意。

在消費社會的時空背景下，把鯨向海的詩視為工具而非只是藝術，當更能凸顯讀者與詩意的邂逅。《精神病院》裡的〈懷人〉、〈過節〉、〈流星雨〉、〈斷頭詩〉、〈精神病院〉、〈起床之後冰冷的世界〉都是這樣的作品。〈起床之後冰冷的世界〉這樣寫：

起床之後冰冷的世界
和溫暖的夢衝突
平常心掉進馬桶，深秋裡光線不通了
幸福變得如此骯髒
晨間新聞中一列積雪的歐洲特快車
朝正面撞來的鏡頭，突然就逸出了淚水
那是地球盡頭另外一個我
拿著牙刷與天空的野雁對望46

深秋的清晨，詩中人鑽出被窩，漱洗、如廁、看新聞。原本微不足道、而且對許多詩人來說非常「沒有詩意」的題材，在鯨向海筆下卻煥發出新異之感。「不通」富聲音和形象的雙重指涉。「幸福變得如此骯髒」，對照前一句的語境而有反面的意涵。字面上，「骯髒」指的是排解體內垃圾的視覺映象；仔細思索，每天清晨走大腸經的時間如能順利排便，幸福何需遠求，則「骯髒」又有另一層意思。此詩的高潮自然出現在「晨間新聞中積雪而迎面撞來的歐洲特快車」與「拿著牙刷與天空的野雁對望」的詩中人兩個意象的並列和比照。飛奔的火車與「拿著牙刷的我」聯想，無理而妙。

4. 以搞笑取代正面批判，以探看取代直接讚美

鯨向海經常以搞笑取代正面批判，以探看取代直接讚美。鯨向海文章中引用或轉化過的方旗、夏宇、唐捐、李進文、楊佳嫻、卡夫卡、村上春樹，在鯨向海的詩裡換上一副逗趣而略具哲思的面具，例如〈我可以〉與李進文〈不可能，可能〉在句式上的諧擬連結，又如〈車過東港不老橋〉對夏宇的致意。[47]他罕見的表達價值觀的文字，給人「猶抱琵琶半遮面」之感，而絲毫不減其銳利。例如：「與其乖馴地被設定為某世代螢幕的基本布景，我確實更期望能夠不斷搞笑牴觸這種理所當然的衰老論述」、「很多時候我都覺得自己像是一個焊接工人，從事著純文學的文字勞作，把一些別人眼中的爛事壞事感無聊的東西寫在一起成為優雅的或者頑皮的紀念，把夢和情詩和對不起等等易碎品用文字膠著起來，是我的理想境界。把一些不思議的事

45〈懷人〉，鯨向海：《精神病院》（台北：大塊文化出版股份有限公司，二〇〇六），頁三三。
46〈起床之後冰冷的世界〉，鯨向海：《精神病院》，頁一二九。
47 該詩收在鯨向海：《犄角》，頁六二—六三。

物團聚在一起，而不讓他們知道彼此，卻掩面祕密交往，是我寫作的樂趣。」[48]

二〇一二年度詩獎的贊詞說鯨向海：「語言卸重了歷史包袱，平淺放膽而無禁忌，深入人煙輻輳處，拉近新詩與大眾距離，拓墾了台灣詩壇版圖，推前了華文詩界的視域。」[49]贊詞的重點擺在題材的號召力、語言的親和力這兩個表現，而「卸重歷史包袱」亦饒富意味。假如「歷史包袱」指向詩人被賦予的特定形象，則鯨向海趨向精緻與通俗的兩極語言，的確顛覆了多數人對詩人形象的期待，塑造了自己的獨特詩風。

鯨向海的詩集出版與銷售狀況是二十一世紀以來台灣現代詩史的奇蹟。研究資料顯示，《精神病院》和《大雄》出版後，兩到三年之間均已賣到三刷、四刷。[50]證明鯨向海已自網路叢林突圍。

孫梓評（一九七六、十一、九—），生於台灣高雄。東華大學創作與英語研究所碩士。任職於《自由時報》。曾獲台北文學獎、全國學生文學獎等。出版詩集：《如果敵人來了》（二〇〇一）、《法蘭克學派》（二〇〇三）、《你不在那兒》（二〇一〇）、《善遞饅頭》（二〇一二）；散文：《甜鋼琴》、《綠色游牧民族》、《除以一》、《知影》；小說：《傷心童話》、《男身》、《女館》、《星星遊樂場》，及童書等多種。

孫梓評的詩作慣以押韻表現對音樂性的癖好，而詩旨、詩境等表面文字所能展現的深層意義則依附在音樂性上。押韻→音樂性→文字→意涵，構成孫梓評詩作由重到輕的層次。運用十個相同字根：「Frank」作為小標題的情詩〈法蘭克學派〉就是顯例，擬音的趣味既調侃了正經危坐的「法蘭克福學派」，又追隨由字根組成的「學派」，在聲音上的統合感。[51]整本《法蘭克學派》每一首詩作後面的「詩耳朵」記錄作品和音樂的緣分，也是另一個例子。

孫梓評的詩在形式巧上的特質為：好押尾韻、好作諧音雙關語、翻轉標點符號的慣常用法。諧音雙關的例子如：「下一站，心害——」（辛亥）、「沿途麵包屑掉落的聲音：／交換心室商品」（新式商品）、「善遞饅頭」（1. sentimental：多愁善感；2.好好地傳遞饅頭、好好過日子；數饅頭有過日子的寓意）、「釋迦模擬」

〈釋迦牟尼〉、「心寂如墳」（心急如焚）。經常一韻到底的押尾韻習慣，使得孫梓評的詩作既可能隨著韻腳而觸發新意義，也可能使得整首詩呈現疲憊而徒勞的韻律，如鯨向海所評論。[52]

孫梓評之詩，主要的時代感來自旅行、時尚、消費等物質性，以及愛情。羅智成說，孫梓評對這些「新世代生活元素」的意象與想像特別豐富，而且經常在孤獨和流行之間擺盪。[53]比如〈房間送給時間的禮物〉的詩行：「她的悲傷有影印後的黑邊／鯁在喉嚨的機智問卷／始終沒有找到合適的社交圈／第三天了／她的魚還擱淺在沙發裡面／日曆缺水／存在如此凹陷」、〈惡日〉：「我將等待：／每一扇玻璃都被求愛的眼神敲碎／高速車廂在預言的下一秒斷電／靈魂歷經鋼骨建築的瓦解／寵物終於淪為誰的食物」、〈聽說他問起我〉：「可以像一個貨櫃般提起我嗎？／帶我去有潮聲的岸邊」、〈漸漸〉：「我們終於也可以用物質互相安慰了／當龐大的溝通將你吞沒／你曾經放棄與我交換／新的旅程：／偏愛的甜食與外套的顏色／各自走到海邊認養一方自己的岸／聽潮水如何渴望天空」。[54]

48 分別見見鯨向海：〈一頭通緝犯，十年犄角：致鯨向海們〉，《犄角》，頁一一—一二；〈銀河系焊接工人‧自序〉，《銀河系焊接工人》（台北：聯經出版事業股份有限公司，二〇一一），頁三—一七。

49 見民生報網路新聞，陳小凌：〈以文會友：龍應台頒年度詩獎〉，網址：http://n.yam.com/msn/international/20130318/20130318305909.html。二〇一七、一、十八查閱。

50 參見李翠瑛：〈落差、矛盾與通俗：論鯨向海大眾化詩歌之表現風貌與網路寫作現象〉，《台灣詩學‧學刊》，第二十號（二〇一二），頁一七七—二〇五。

51 參見孫梓評：〈法蘭克學派〉，收於孫梓評《法蘭克學派》（台北：麥田出版社，二〇〇三），頁一一八—一二九。

52 參見鯨向海：〈夢遊人俱樂部〉，收於孫梓評：《善遞饅頭》（台北：木馬文化事業股份有限公司，二〇一二），頁二一—一五。

53 參見羅智成：〈寫給世界的情詩〉，收於孫梓評《法蘭克學派》，頁六—八。

54 〈房間送給時間的禮物〉，孫梓評：《善遞饅頭》，頁三二—三三；〈惡日〉，孫梓評：《善遞饅頭》，頁一二九—一三一；〈聽說他問起我〉，孫梓評：《善遞饅頭》，頁五九—六〇；〈漸漸〉，孫梓評：《善遞饅頭》，頁一一二—一一四。

真實事件如雪災、地震、金融風暴等，均曾化為孫梓評詩中的隱喻，但現實作為背景，讀者仍可自在舀取自己所知的意象而不受干擾。張曼娟在孫梓評的小說《男身》的序文中說，孫梓評準確探測情緒的跌宕明暗深淺，其文字：「帶著霸道的溫柔，長驅直入」。[55]民謠風、後設的甜、準確的預感、旁觀者的角度、馬戲團般的演出、揣摩同性情欲與感官深度、事過境遷而恍若無痕的憶寫、參與而不太動情的敘述，這些也是孫梓評詩作的特色。

林婉瑜（一九七七、十一、二十七—），生於台灣台中。台北藝術大學戲劇學系畢業。出版詩集：《索愛練習》（二〇〇一）、《剛剛發生的事》（二〇〇七）、《可能的花蜜》（二〇一一）、《那些閃電指向你》（二〇一四）、《愛的24則運算》（二〇一七）。得過多項文學獎，如：林榮三文學獎、時報文學獎、台北文學年金、年度詩獎。

林婉瑜有幾項「即使」：1.五本詩集的出版量，在一九七〇年之後誕生的詩人中非常亮眼——即使《剛剛發生的事》和《索愛練習》不乏重複。2.愛情是貫穿林婉瑜詩的重要路徑——即使未必是內容。3.反覆的鋪陳與排比是林婉瑜詩作慣見的修辭——即使看似靈光一閃的結語顛覆了一逕的意涵。4.林婉瑜的作品多半輕盈悅人，其關鍵因素，在於詩中不被性別或社會規約的自在感和遊戲感——即使以情為名的詩行不免透著感傷和寥落。

敘述性和戲劇性是林婉瑜詩的雙重特徵。林婉瑜詩經常以連續幾行的白描勾出一個印象或人物，形成畫面；而不是借重單一詩行裡的意象互相牽引成輻射的暗示，構成彼此的互文。比如〈與父親共餐〉的第一節：「火鍋氤氳蒸氣裡我看見你／再不是身形瀟灑少年／灰髮黏在油亮頭皮上／毛孔、眼袋／和英挺鼻子一樣突出／無法不在意你的憔悴／仍堅持體面衣著，購自百貨的羊毛背心與線衫」，[56]情節構成、散文化的敘述、詩行長度落差較大的句子，也許從側面透露了為何林婉瑜許多詩作以排比為基本修辭。〈午後書店告白〉

以逗趣的戲劇化映象描摩書店裡驚鴻一瞥的邂逅與窺伺，意在言外的狂想在情節中以敘述式的獨白進行，如：「你舉起杓子敲打：牛肉／牛肉在哪裡牛肉／呼叫牛肉」。[57]

林婉瑜的風格變異不大。《索愛練習》即奠定基調；除了《可能的花蜜》專門寫台北以外，以「一個自在的女人我」出發的第一人稱書寫，仍是主要筆法。在已出版的五本詩集裡，保持著和藹親切中帶著風清日暖的語氣；就算比較嚴肅的命題依然舒藹如是：例〈影子留言〉、〈回家四則〉。[58]

《那些閃電指向你》創造了這五本詩集的藝術高峰。林婉瑜接受楊照訪問的時候，提到詩友向她反應：她的詩吸引人之處，在於詩中所透出有力量或有創意的想法，而非修辭或意象。[59]《那些閃電指向你》的詩的確如此。通過傾訴語氣，鋪陳情景之後，橫生的詩意在最後幾行接近了悟或核心。比如〈相遇的時候〉末段：「也許以後／不會再見面了／相遇的時候／作彼此生命中的好人」、[60]〈瞬間的愛情感覺〉末段：「真正的愛情／應該快樂／如仰躺於四月的草地／不要留戀那個／喜歡看你哭泣的人」、[61]〈完整〉末段：「我們無法完全／對世界袒露自己／但那些沒說出口的部分／才使我們完整／那些沒有目的的出發／才是最好的行

55 見張曼娟：〈隱密，但是相通〉，收於孫梓評：《男身》（台北：麥田出版社，二〇〇二），頁三—六。
56 〈與父親共餐〉，見林婉瑜：《可能的花蜜》（台北：馥林文化，二〇一一），頁七三—七六。
57 〈午後書店告白〉，見林婉瑜：《索愛練習》（台北：爾雅出版社有限公司，二〇〇一），頁三八—四一。
58 分別見林婉瑜：《索愛練習》，頁一七—二一、八四—八六。
59 見〈20141014楊照「一點照新聞」訪問林婉瑜談新書《那些閃電指向你》〉，網址：https://www.youtube.com/watch?v=izonUmvChgY。二〇一七、五、二一點閱。
60 〈相遇的時候〉，見林婉瑜：《那些閃電指向你》（台北：洪範書店有限公司，二〇一七），頁一二—一三。
61 〈瞬間的愛情感覺〉，見林婉瑜：《那些閃電指向你》，頁一四—一五。

程」、[62]〈雨的身世〉末段：「風明明只是／無事路經／卻輕易傾斜了／雨的線條」、[63]〈也想和其他人一樣〉末段：「也想和其他人一樣／有一個直達宇宙深處的吻」。[64]

對林婉瑜的評價，大致有：「以開放的方式吸引讀者」、[65]「輕巧的句法」、「喜劇式的諧擬」、「自足而坦率、洋溢女性主體意識」，[66]以及：用柔中帶勁的文字書寫生活的、記憶的台北，為一九八〇年代都市詩的角落書寫開創新局、[67]以「形式的自由，意圖撐構出對等時空的自由」等等。[68]

楊佳嫻（一九七八、六、十五—），生於台灣高雄。台灣大學中國文學系博士。任教於清華大學。出版詩集：《屏息的文明》（二〇〇三）、《你的聲音充滿時間》（二〇〇六）、《少女維特》（二〇一〇）、《金烏》（二〇一三）；散文集：《海風野火花》、《雲和》、《瑪德蓮》、《小火山群》；論著：《懸崖上的花園：太平洋戰爭時期上海文學場域（1942-1945）》、《方舟上的日子：台灣眷村文學》；編纂選集：《台灣成長小說選》等。

在二十一世紀出場的新秀詩人裡，楊佳嫻非常活躍；近年創作的腳步趨緩，詩作風格漸有塵埃落定之勢。

楊佳嫻的詩以短篇抒情詩為主軸。在一九七〇年以後出生的台灣詩人裡，楊佳嫻詩作在意象句法、情思氣氛、氣韻基調上，試圖傳達或保持〈你的聲音就是時間〉提及的「貴族的」、「精潔的思維」。[69]楊佳嫻的詩，構思俐落，流利明暢，手勢決絕，時而纏綿悱惻，時而聲嘶力竭，無不浮顯熱切明麗、火眼金睛、野心奔放、臨淵走索、鋒利耽美、任情縱遊、銳意進取的人格特質。

1.錘字結響的古典新象

運用中國古典文學之題材、情境、語彙、典故、意象入詩，進而託喻興寄，是楊佳嫻自《屏息的文明》

出版以來，一直被論者賦予「鍾鍊古風」的功力，也被指認為特色。論者從〈木瓜詩〉、〈遲疑〉、〈狡童之歌〉、〈海神岸上的踟躕〉、〈絕來音〉，一路往近年的詩作查找，尋出至少二十首詩，與《詩經》、《莊子》、《花間集》、牽牛織女傳說等中國古典文學的關連。[70]在楊佳嫻鎔鑄古典的詩作中，愛情是最主要的題材，古典文學的作用往往是氤氳可感的背景。

2. 意象世界與感官欲念的互文

楊佳嫻擅長捕捉浮光掠影中一閃即逝的心靈風景，與感官肉欲互文。如〈乘客〉的詩行：「興塵走馬。枝頭萬葉浮動／眾窗皆醒而我獨醉／髮間陽光藏著你的碎片／自湖上走來」、〈你的聲音充滿時間〉的詩行：「遠遠你從街那邊過來／在夢中，我總是假裝偶遇／聽你的頭髮摩擦天色／寶藍與霧金；聽雪／阻礙大教堂鐘聲過河／聽你用你的語言／碎瓦琉璃」、〈人間〉的詩行：「靠近那片塗鴉牆，聽見／欖仁葉子木木落

62 〈完整〉，見林婉瑜：《那些閃電指向你》，頁二六—二八。
63 〈雨的身世〉，見林婉瑜：《那些閃電指向你》，頁二一—二三。
64 〈也想和其他人一樣〉，見林婉瑜：《那些閃電指向你》，頁八六—八七。
65 參見維基百科林婉瑜詞條。網址：https://reurl.cc/LN1OL。二〇一七、五、十九查閱。
66 參見羅智成：〈推薦語〉，收於林婉瑜：《索愛練習》，頁一—二。
67 參見陳大為文章。收於林婉瑜：《可能的花蜜》，頁一四二。
68 參見李癸雲：〈靈魂不被綑綁的絕對自由：讀林婉瑜《愛的24則運算》〉，《文訊》，三七九期（二〇一七），頁一八〇—一八一。
69 參見楊佳嫻：〈你的聲音就是時間〉，收於楊佳嫻：《你的聲音充滿時間》（台北：印刻文學生活雜誌出版股份有限公司，二〇〇六），頁一七四—一七五。
70 參見丁旭輝：〈楊佳嫻詩作的古典新象〉，《高雄應用科技大學人文社會科學學報》，第八卷，第二期（二〇一一），頁一六七—一九六。

下／像時光不規則的計拍器／淡薄的影子閃爍／太陽漲滿紗窗／環顧左右，行人如織」，[71]真是浮光耀金。

楊佳嫻以意象描寫感情的患得患失，尤堪稱一絕；如〈全部〉的部分詩行：「我怎能確定你是／你還是雨？／是移動的黑暗／透明的豹紋／還是倏忽追蹤／無預警發作／你是宿醉還是麻疹／是模仿了孩童還是／欺騙時間，是持刀還是／戴花，你的刀引誘了血」、[72]〈原諒〉的詩行：「吹滅了燈火，回到各自的星宿／在互不相疊的軌道中計算／遺忘的刻度」、[73]〈牴觸〉的詩行：「我將放棄復仇／我願是不願勝的那一人／形銷，骨滅／如葡萄酒／傾倒在你的沙場」、[74]〈冬戀〉：「雪不知道什麼時候停了／最寒冷的時候，你把我摺起來／像一方小小的手帕／放在胸前的口袋／跟著心跳聲慢慢睡著」。[75]

更年輕時的楊佳嫻，詩作充滿生命的爆破力，以此殊異於同代的詩人，特別是女詩人。如：「微笑，像一尾受傷的蛇／只有自己才能聽見，自己在身體裡／扣下扳機」、「是夜我們各自嘔血數升／金陵一場煙霧，還有什麼樣的江湖／可以讓我們闖蕩？」、「用槍托打碎太陽／用頭髮勒死聒噪的夜／我抱住天空搖晃，所有的星星都丟下了面具」[76]，這些文字均綻放著狂野而戰慄的質素。

楊佳嫻雖以中國古典文學為明顯的文學視野，尚有其他滋養來自不易確指的翻譯文學、現代小說、同代詩人。楊佳嫻從不吝於吐露自己景仰、摹習的現代文學典範。張望其詩，沿途是唐捐、夏宇、羅智成、楊澤、陳義芝、林泠、楊牧等前輩詩人的身影；亦隱晦在文字間閃閃爍爍，呼應同輩詩人李長青、鯨向海的氣息。

對楊佳嫻的詩評中，鯨向海至為熨貼：比如說楊佳嫻是個「嗜字者」、「有正派光明的文學血統」、「正派文學與大眾文化一爐而冶」、「（楊佳嫻的）詩世界隱然有不容侵犯的美學秩序」、「其美學品味專斷獨裁、高蹈絕對」、「詩中的自然世界與大部分的文學傳統一致」。[77]「暴力」、「革命」、「穿刺」、「拔除」是楊佳嫻詩作中常見的詞彙，而鯨向海說楊佳嫻「暴雨如銼」、「七步見血」、「飛花墜葉皆可傷人」、「用鐵鞭、鐵鎚和匕首馴服讀者」，讀出了楊佳嫻詩中「一將功成萬骨枯」的況味。[78]此外，陳義芝說楊佳嫻：「瀟灑中透著堅貞風采，表情豐富，無愧於中青世代正旦青衣的地位。」[79]一語道破楊佳嫻以詩遂行表演藝術的文字功。其餘定評，如：「古典新象」、「仿文言的白話」、「錘字結響」、「肆意潑灑」、「字辭與句式優美而古雅」、「有與無的文字藝術」、「造老而　尖新」、「如鷹如狼聽風看雪」等等。[80]

葉青（一九七九、十、十六—二〇一一、四、二），本名林葉青。台灣大學中國文學系畢業。曾任書店的影音企畫、音樂雜誌的約稿作者、教育部國語辭典編輯、國中國文教師。出版詩集：《下輩子更加決定》（二〇一一）、《雨水直接打進眼睛》（二〇一一）。另著有：《生死密碼：名人死亡之謎》、《生存密碼：世界

71〈乘客〉、〈你的聲音充滿時間〉、〈人間〉，收於楊佳嫻：《你的聲音充滿時間》，頁五四—五五、三八—三九、一一四—一一六。

72〈全部〉，楊佳嫻：《金烏》（台北：木馬文化事業股份有限公司，二〇一三），頁七三—七四。

73〈原諒〉，楊佳嫻：《金烏》，頁一六七—一六八。

74〈牴觸〉，楊佳嫻：《金烏》，頁一八五—一八六。

75〈冬戀〉，楊佳嫻：《金烏》，頁二一九—二二一。

76〈我們的花樣年華三〉、〈時間從不理會我們的美好〉、〈暴力華爾滋〉，分別收於楊佳嫻：《金烏》，頁二〇二—二〇四、二〇九—二一一、四六—四七。

77見鯨向海：〈愛與哀愁同等獨裁：關於楊佳嫻及其《屏息的文明》二三祕辛〉，收於楊佳嫻：《金烏》，頁一九—二七。

78同前注。

79見陳義芝：〈美麗抒情女高音：讀楊佳嫻詩集《金烏》〉，收於楊佳嫻：《金烏》，頁八—一三。

80參見丁旭輝：〈楊佳嫻詩作的古典新象〉，《高雄應用科技大學人文社會科學學報》，第八卷，第二期（二〇一一），頁一六七—一九六；楊牧：〈無與有的詩：楊佳嫻詩集序〉，楊佳嫻：《屏息的文明》，（台北：木馬文化事業股份有限公司，二〇〇三），頁二；唐捐：〈花樣年華，金風玉露〉，楊佳嫻：《你的聲音充滿時間》，頁一六；唐捐：〈如鷹如狼聽風看雪〉，《幼獅文藝》，第六五八期（二〇〇八），頁六六。

未解之謎》等青少年科普書。

葉青的兩本詩集共收詩作二五三首。其中，《雨水直接打進眼睛》為葉青之親友在葉青死後為她集結而成。這兩本詩集，愛，是唯一的旋律。

葉青自己在詩中說：「不迂迴的話／詩 只剩下三個字／我愛你」。[81]對於同性之間的精神戀愛，葉青筆下的爆發力令人深深動容；如：〈一天〉、〈長久的一種形式〉、〈宣紙〉、〈不〉、〈顛倒〉、〈不存在的事件〉、〈無感覺的幸福〉、〈圖釘〉等等。[82]許多詩人寫愛情，讀者從詩中看到的是詩人對自己的珍愛；葉青詩中的愛情，放在第一位的恆常是對方的感受。她以口語化表述與非常隨興的結構、句式，落落大方地表現詩中人因非分之想而致的落寞與痛楚。例如〈墓誌銘〉：「不要想念我／我的軀體已在墓碑之下／至於你認得的我／將成為漫長夏日的涼風／或風裡的砂／盡力避開你的眼睛」、〈抹茶〉：「你消失了／我苦練許久 刷出的一碗抹茶／淺綠色的 像一種無辜而脆弱的心情 不知端去給誰」、〈拌嘴〉：「太陽出來又怎樣 不出來又怎樣 你沒頭沒腦地這樣說／不出來就糟糕了呀 天空都是黑的 農作物都不長大／但我不愛你 你不是也活得好好的 你丟下這句話 走了」、〈你來〉：「一種感覺 雨／從高高的天空墜下 落在髮上／溼以及被撞擊／心裡有數／是你來了」。[83]

假如「文采」的重點不僅在表象的藻飾，而更重視內在的思想性與創造力，葉青詩作的文采著實令人敬重。葉青的詩極具個性，俠骨柔情，以具體創作重塑台灣現代詩對所謂情詩的美學標準，很可以引起讀者對現代詩中既成的經典「情詩」之反思。葉青「欣羡『無為』的詩人，崇尚詩的『無為』」，[84]其作品體現了不為文字而詩、不為聲名而詩的氣概，直可讓她橫眉冷對許多長袖善舞的當代名詩人。

王楚蓁在葉青兩本詩集的序文中，對葉青皆有知音般的描述。例如提到葉青以夏宇為偶像：「（葉青）在以生活悲劇為素材中，多數作品都關乎她個人的生活，無論是失戀、生病或是純粹的孤獨；直陳著大量的煙、酒、茶、咖啡、雨、音樂、錯誤和永遠質樸的隱喻。她的詩作貼近著眾人皆惑的愛情和生命主題，絕非為詩而詩的無根之花。」[85]

葉青的詩濃烈、實在，語言精準，在陳述語和意象語之間調和出自然的風格。例如〈如何放下〉：「你是光／但我想送你一顆太陽／讓你　累的時候／可以閉上眼睛／任它去亮」[86]。葉青也寫流行歌詞；但是在詩裡，葉青的句構完全不向節奏或韻律妥協，反而時常以兩句之間空一格的斷句方式經營詩行，顯得興之所至。如〈老的可能〉：「人們撐起傘的時候　就感覺到自己老了／可能　雨是一種鏡子／可能　夢是一條路／可能　走得遠了　淋溼也無所謂了」、〈陽光之戀：致老師〉：「當我看到太陽／我的腦中缺乏詞彙　但我知道這就是　那個／你拔掉我身體裡長久冬日的寒意　像拔掉草原上一把錯誤的雜草／我變得平坦鬆軟　彷彿可以播種種點什麼東西／可是如此這般　又缺乏了灌溉／你說　等雨來吧　就瀟瀟灑灑地下山了」[87]。

葉青的詩表現了生命的求不得苦。其詩之精髓很大的一部分來自她對世態的看透與同理心。能不以巧句而練就其巧，不刻意為快而顯快意，新世紀之新興詩人中，葉青獨能為之。

81 見葉青：〈換句話說〉，收於葉青：《雨水直接打進眼睛》（台北：黑眼睛文化事業有限公司，二〇一一），頁八三。
82 各詩依序見葉青：《雨水直接打進眼睛》，頁二八、六一、六七、七七、一〇三、一〇九、一五四；以及葉青：《下輩子更加決定》（台北：黑眼睛文化事業有限公司，二〇一一），頁一三八。
83 葉青：〈老的可能〉，收於葉青：《下輩子更加決定》，頁一二五；〈抹茶〉、〈拌嘴〉、〈你來〉，分別收於葉青：《雨水直接打進眼睛》，頁四九、一〇六、一二四。
84 見王楚蓁：〈序〉，葉青：《雨水直接打進眼睛》，頁一三—一四。
85 參見王楚蓁：〈序〉，葉青：《下輩子更加決定》，頁七—一〇；王楚蓁：〈序〉，葉青：《雨水直接打進眼睛》，頁一三—一四。
86 葉青：〈如何放下〉，收於葉青：《下輩子更加決定》，頁二〇。
87 葉青：〈老的可能〉、〈陽光之戀：致老師〉，分別收於葉青：《下輩子更加決定》，頁九一、一五七。

羅毓嘉（一九八五、一、八—），生於台北。台灣大學新聞研究所碩士。現任財經記者。出版詩集：《青春期》（二〇〇四）、《嬰兒宇宙》（二〇一〇）、《偽博物誌》（二〇一二）、《我只能死一次而已，像那天》（二〇一四）、《嬰兒涉過淺塘》（二〇一九）；散文集：《樂園輿圖》、《棄子圍城》、《天黑的日子你是爐火》；學位論文：〈男柯一夢夢紅樓：西門紅樓南廣場的「同志市民空間」〉。

張揚、赤裸、充滿肉欲的青春戀歌，是羅毓嘉詩作裡最多、最凸顯的素材。羅毓嘉一直以來燦笑著馳騁在青春的曠野上，一往無悔，在每一部個人詩集裡演練愛情在每一驛站的抵達與離去。他詩中的同性情愛豐富了世界的既定規則，每一個偷渡、鑽鑿、推敲、試探、撫觸、擁抱、爭執、分手，都飛蛾撲火般熱烈而投入，撕裂又重生，令人低迴。

羅毓嘉的詩兼具理解和凝視的內涵，對小我的情欲表述或大我的社會關懷皆如此。對於引人傷心的時局，羅毓嘉反而能入而後出，在以意象敘述與韻律結構交織而成的詩行中，把自己——愛情——世界——社會，融合成作品的內核，使得詩行既表達了主述者的抗議，又表現了旁觀者透過一定距離才有的見識。

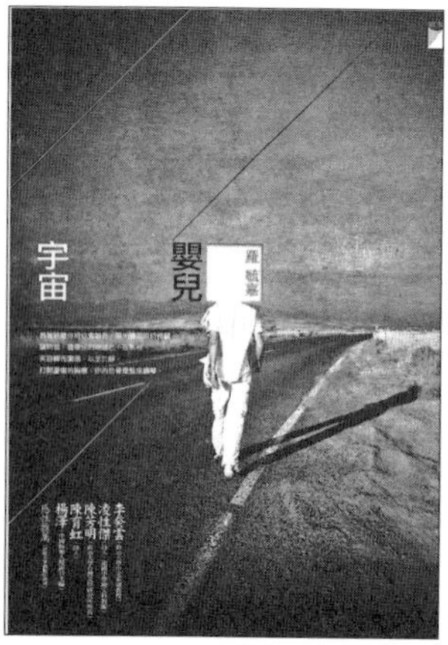

羅毓嘉，《嬰兒宇宙》，台北：寶瓶文化事業有限公司，2010。

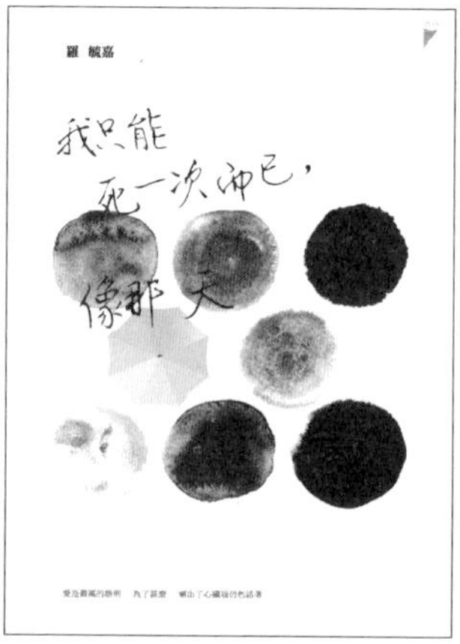

羅毓嘉，《我只能死一次而已，像那天》，台北：寶瓶文化事業有限公司，2014。

1. 以感覺融合表現情傷

深切掌握感官融合的技巧而表現出的痛，是羅毓嘉情詩很大的特色。例如〈肢離你〉：「若我肢離你時你會喘息，陽光暴雨同時侵襲，／請吻我，儘管你的眼睛已不在那裡。／笑容轉而闃暗，以至於靜／打開憂傷的胸廓，你的肋骨是整座鋼琴。」、「若我肢離你時你是寂靜的，雨後的樹木皆綠著。」、「握著你的手指，細數骨節並模擬各種折曲」；又如〈盲〉：「在廣場邊緣，告訴我／鴿群被我顫抖不安的步伐驚起／但不要告訴我你也將振翅離去／親愛的，為我指路／告訴我一步之先／有即將直墜而下的梯階／通往滿街滿屋的壞天氣／告訴我，他如何描摹你寬朗的肩膀／告訴我，光線與時間／是如此難以裝殮」。

2. 奔放而富巧思的佳句

羅毓嘉的詩金光燦燦，佳句俯拾皆是，經常讓讀者感受到語言發明者的恣肆奔放。舉例如〈漂鳥〉：「在泥濘裡推不會前進的車／在無法靠近的牆邊偶遇」、〈求職面談〉：「——我們準備談些什麼呢／談我乖巧而安靜，努力成為一個／有用的人，抑或談我眼中焚燒的星空／與他人略微相左的位置？」、〈關於分開〉：「在一些字義彼此相依的詞彙之間／任意加入些分隔與空白」等等。「蠟油滴進眼睛」這個比喻，在羅毓嘉的詩集中至少用了兩次，已成羅毓嘉的個人喻象，[88]透露了詩中人決眥以對生活、絕不閃躲的人格特質。

香港的占中行動、台灣的學運、源自中亞的極端分子，這些逼近許多人生命的現實，在羅毓嘉筆下顯得既熱切又悲憫，既表現一肚子的不合時宜又能不動肝火，動靜進退拿捏得宜。例句如〈我沒有戰火的回答〉：「借我路邊那男人的屍首／在他的肚臍眼點起唯一的油燈／可是他因飢餓而消瘦／短暫的火焰／無法為下一次祈禱祝福」、〈戰後〉：「記得有人站著發言，手舞足蹈，不記得革命前夕／黃昏如天鵝絨頒發著蓊鬱的花邊／安穩的燭火爬滿我的靈魂」、〈破的聯想〉：「生活是破底的瓶子什麼都盛不住／什麼都裝不滿成

88　羅毓嘉〈忘了睡著〉：「接下來誰會變成火炬呢／像蠟油／滴進／你的眼睛」、〈浮木〉：「生活像蠟油滴進眼睛」。這兩首詩都用了「蠟油滴進眼睛」的動態意象。

天等人／破門而入的破鞋／如何能和另一隻匹配／妝破了偌大的口子讓我說／今天晚上想吃有破布子的菜餚／鹹得舌頭破了喉嚨破了／喊破了嗓子也沒人來救我的／日子裡我想，生活／是一場全面的破傷風」等等。

3.怒放甜美，如夏天的氣質

羅毓嘉的詩有夏天的氣質和氣韻，怒放、甜美，亦如詠歎調。「夏天」是羅毓嘉詩的習用詞。羅毓嘉詩中表達的情緒，連失望、憤怒，也是甜的。〈那人〉：「到底我知道，關於離開／不過一床棉被在街頭輕皺」、〈不要忘記我們曾經被喚醒〉：「別拿權柄去敲什麼沃土／別拿眼皮上的鮮花去安撫什麼亡靈」、〈水銀〉：「想寫詩的時候我發現／自己依舊恨著／恨世界時常在肩膀間流動／流動如一場黑色的颶風」、〈你溼傘半開如脣〉：「是你衣著輕簡，雙手插袋／在身後撿拾我的步履／或我們的終究錯過／暗巷裡何來孤燈枯懸了／還有你溼傘半開如脣／愛如瀟灑的雨聲」。當羅毓嘉有如降靈會一般帶領讀者沉浸到他的詩，就如同打開蟲洞，文字與記憶之間抽出一個新的時空。[89]

觀察敏銳、文字炫麗、意象豐碩、個人特質突出、強烈的當代感，使得羅毓嘉走在二十一世紀台灣現代詩史的前線。陳義芝認為羅毓嘉：「挑出一個字詞當索套、環扣，將不同的生命投影兜入一首詩的懷裡……這種句式對節奏與情境的開展頗有作用……變奏後可追求波浪起伏、連綿滾動，以豐富的意象構成繁花盛景的外在世界或心靈空間。……這是羅毓嘉慣以『親愛的』呼喚受話者外，最明顯的形式技法。」、「羅毓嘉創作的核心動能：真實地活著，看見，刺痛，不安」。[90]

六、結語

二十一世紀初期十八年的台灣現代詩，大致在商業趨向和網際網路下謀求發展空間。

二十一世紀初期十八年的台灣現代詩，跨文化流動的現象比前此的任何時期都要顯著。網路、人工智慧、消費方式的巨大變化，改變人們的生活型態，網路社群上的文字發表、配合消費模式的文創產業，促使現代詩更傾向多元、視覺導向和商業文化。詩可能仍是最小眾化的文類，但相較於以往，在二十一世紀的台灣，這話只適合用在讀詩的人口。一方面，一九八〇年代著名詩人備受矚目的文學明星形象，或現代詩結合校園民歌的風潮，已經不再，現代詩的文字魅力在追逐文創產業的各種表象中更邊緣化。另一方面，商品大潮的雙面刃也即時為現代詩帶來了源頭活水：詩人透過網路，不需出門或等待就可以發表詩作，與詩友交流；台灣對網路論壇的審查制，在現代詩方面仍相當自由，除了版主自己以外，幾乎沒有過濾機制，詩人和讀者的雙向對話更便利；政府單位、民間團體、財團法人等等，運用資金支持詩作出版或文學獎、詩歌活動的現象較前此的時代更多，如台灣詩學季刊雜誌社的吹鼓吹詩論壇，就與秀威資訊科技股份有限公司合作，出版了一系列以詩壇新秀為主體的詩集。

詩這古老的文學體式和網路這最新的科技兩者，在二十一世紀初期十八年的台灣成功結合。名氣響亮且

89　羅毓嘉：〈盲〉，《嬰兒宇宙》（台北：寶瓶文化事業有限公司，二〇一〇），頁一五五—一五七；〈漂鳥〉、〈求職面談〉、〈關於分開〉、〈我沒有戰火的回答〉、〈戰後〉、〈破的聯想〉、〈那人〉、〈水銀〉、〈你濕傘半開如唇〉，《我只能死一次而已，像那天》（台北：寶瓶文化事業有限公司，二〇一四），頁一八—二〇、二二—二三、一七一—一七四、八八—九一、九二—九四、一一七—一一九、三四—三六、一四九—一五一、一七七—一七八。

90　參見陳義芝：〈革命與愛情的浪漫〉，收於羅毓嘉：《我只能死一次而已，像那天》，頁八—一三。

持續經營的詩刊，如台灣詩學、創世紀、乾坤，都有網路和平面兩種。單靠平面出版來維持的詩社或詩刊，在二十一世紀相形見絀。

台灣的「七〇後」詩人普遍能寫兩種詩：文學獎的詩、非文學獎的詩。二十一世紀初期的十八年，以一九七〇年代出生的新興詩人為例，可看出他們與文學獎息息相關。從他們的詩集可看出，文學獎的得獎作品和平時的詩作面貌迥異；他們平時的寫作，不以參加文學獎的樣子出現，而更是寫自己。

二〇一七年，《厭世代》出版，書名一語概括了台灣低薪、貧窮、看不見的未來；[91]某個層面上，「厭世代」一詞，與二十一世紀初期十八年台灣現代詩的集體風格類似：它們委婉地厭離、嘻笑地感傷、無傷大雅地笑罵。既然幾乎進入全民書寫的時代，詩的小眾、菁英性還存在嗎？很弔詭地，台灣現代詩隨順潮流，一邊製造潮流，一邊讓潮流篩選，保存小眾和菁英。小說家、出版家也投入現代詩寫作，也出版詩集。原本「寫詩需要天生的才氣」的觀念，在「截句詩」推廣下呈現新象。「人人可以是詩人」，如此想法是許多人樂見的隨喜因緣；當然，得以進入詩史的詩人，經常不在擁擠的人群中。

91　參見吳承紘、關鍵評論網：《厭世代：低薪、貧窮與看不見的未來》（台北：月熊出版，二〇一七）。

附表1：二〇〇〇—二〇一八，台灣的文學獎現代詩類之概況

（製表：呂依庭）

序號	文學獎名稱	起迄時間	備注
一	林榮三文學獎	二〇〇五	
二	金車現代詩網路徵文獎	二〇一二—	
三	新北市文學獎	二〇一一—	
四	葉紅女性詩獎	二〇〇六—	
五	台積電青年學生文學獎	二〇〇四—	
六	台大文學獎	二〇〇〇—	一九九八年開始
七	宗教文學獎	二〇〇二—二〇一三	
八	台中文學獎	二〇一二	
九	吳濁流文學獎	二〇〇〇—	一九六六年開始
十	台北文學獎	二〇〇〇—	一九八八年開始
十一	雙溪現代文學獎	二〇〇〇—	一九八〇年開始
十二	西子灣文學獎	二〇〇〇—	一九九一年開始
十三	竹塹文學獎	二〇〇〇—	一九九七年開始
十四	玉山文學獎	二〇〇〇—	一九九九年開始
十五	高雄青年文學獎	二〇〇五—	
十六	台南文學獎	二〇一一	
十七	月涵文學獎	二〇〇〇—	一九八七年開始

十八	全國大專生西子灣文學獎	二〇一七	
十九	台灣原住民族文學獎	二〇一〇	
二十	馬祖文學獎	二〇〇九	
二一	打狗文學獎	二〇〇三—二〇〇九	每二年辦理一次，二〇一一年以後擴大辦理為「打狗鳳邑文學獎」
二二	打狗鳳邑文學獎	二〇一一—	
二三	文建會「台灣文學獎」	二〇〇二、二〇〇四	二〇〇五年起由國立台灣文學館負責辦理
二四	台灣文學館「台灣文學獎」	二〇〇六—二〇〇九、二〇一一、二〇一三、二〇一五、二〇一七	非每年都有現代詩獎
二五	磺溪文學獎	二〇〇〇—	一九九八年開始
二六	蘭陽文學獎	二〇〇六、二〇一〇、二〇一四、二〇一八	每二年辦理一次，偶數屆次徵選才有新詩類
二七	瀚邦文學獎	二〇一四—	第一屆沒有新詩類
二八	東華奇萊文學獎	二〇〇〇—	
二九	菊島文學獎	二〇〇〇—	一九九七年開始
三十	夢花文學獎	二〇一〇—	一九九八年開始
三一	桐花文學獎	二〇一〇—	
三二	南瀛文學獎	二〇〇〇—二〇一〇	一九九三年開始

三三	大武山文學獎	二〇〇〇—	一九九九年開始
三四	花蓮文學獎	二〇〇六—二〇一三	
三五	大墩文學獎	二〇〇〇—二〇一〇	一九九七年開始
三六	葫蘆墩文學獎	二〇一七	第一屆
三七	藍季風青春文學獎	二〇一七—	
三八	全球華文學生文學獎	二〇一三—	
三九	舍我文學獎	二〇〇〇—	一九九八年開始
四十	中興湖文學獎	二〇〇〇—	
四一	台北教育大學文學獎	二〇一三—二〇一七	
四二	野聲文學獎	二〇一八—	第一屆
四三	教育部閩客語文學獎	二〇〇九—二〇一七	
四四	鍾肇政文學獎	二〇一五—	
四五	桃城文學獎	二〇〇九—二〇一七	
四六	東華中文青穗文學獎	二〇一七	僅一屆
四七	阿里山森林文學獎	二〇一七	僅一屆
四八	青少年學生文學獎	二〇〇七—	
四九	北二區學生聯合文學獎	二〇一六	
五十	蘭院文學獎	二〇一〇—二〇一六	
五一	后里「甜蜜心事」文學獎	二〇一六	僅一屆

五二	吳鳳文學獎	二〇〇九—二〇一一、二〇一五—二〇一六	
五三	舞劍壇醉俠國際文學獎	二〇〇八—二〇一五	
五四	六堆大路關文學獎	二〇一四—二〇一五	
五五	原住民族語文學獎	二〇〇七—二〇一七	
五六	青年世紀文學獎	二〇〇〇—	
五七	青年世紀簡訊文學獎	二〇一一—二〇一七	
五八	大嘉文學獎	二〇一三	僅一屆
五九	工人文學獎	二〇一〇—二〇一七	一九八一年開始，二〇一〇年復辦
六十	青衿文學獎	二〇〇九—	
六一	桃青文學獎	二〇〇三—	
六二	港都青年文學獎	二〇〇三—	
六三	台灣本土語言文學獎	二〇一一	僅一屆
六四	紫荊文學獎	二〇一〇—二〇一六	
六五	謝創辦人東閔先生紀念文學獎	二〇〇四—	
六六	全國高職學生網路文學獎	二〇一〇—二〇一四	
六七	中縣文學獎	二〇〇八—二〇一〇	
六八	嘉大現代文學獎	二〇〇九—	
六九	府城文學獎	二〇〇〇—二〇一〇	

七十	台北縣文學獎	二〇〇四—二〇一〇	
七一	耕莘文學獎	二〇〇七—二〇一〇	
七二	吳三連獎	二〇〇〇、二〇〇四、二〇〇七、二〇一一、二〇一三、二〇一六、二〇一七	一九七八年開始，非每年都有現代詩獎
七三	愛詩網新詩創作獎	二〇〇九—二〇一七	
七四	中台灣聯合文學獎	二〇〇四—	
七五	雲林文化藝術獎	二〇〇五、二〇〇七、二〇〇九、二〇一一、二〇一三、二〇一五、二〇一七	新詩類：每逢奇數屆辦理
七六	林燈文學獎	二〇一七	第一屆
七七	東海文學獎	二〇一一—二〇一七	
七八	野薑花新詩獎	二〇一六	第一屆
七九	喜菡文學網新詩獎	二〇〇四、二〇〇七、二〇一〇、二〇一三、二〇一七	
八十	浯島文學獎	二〇〇七—二〇一一	
八一	後山文學獎	二〇一四—	
八二	竹韻清揚文學獎	二〇〇七—二〇〇八	
八三	水煙紗漣文學獎	二〇〇一—	
八四	華岡文學獎	二〇一七—	

附表2：歷屆聯合報文學獎新詩類獲獎名單[92]

（製表：呂依庭）

屆次	西元年	獎次	得獎人及其作品
第一屆至第十二屆，未設新詩獎類			
第十三屆	一九九一	新詩獎（並列）	蘇紹連〈小孩與昆蟲的對話〉
			謝昭華〈班吉在染坊〉
			方群〈北竿島組曲〉
			張靄珠〈默劇演員之死〉
			王貞君〈嘴巴可以決定自己的存在〉
			陳思鹿〈台北週記〉
第十四屆	一九九二	正獎	于堅〈墜落的聲音〉
			羅葉（羅元輔）〈幾件衣服與裸體〉
			鍾鳴〈鳳兮〉
			虹影〈琴聲〉
		佳作	王明玉〈我遇見一個匠人〉
			蕭旭宏〈金屬二題〉
			陳大為〈尸毗王〉
			鴻鴻〈未來的時刻〉

第十五屆	一九九三	新詩獎（並列）	黃龍杰〈舞蹈課〉
			陳萬福（揚觀）〈椅子與我〉
			吳瑩〈在消失他的那個地方〉
			洪騂（洪進業）〈石龜馱碑〉
			蔡富澧〈悲愴的靈魂（三首）〉
第十六屆	一九九四	第一名	唐捐（劉正忠）〈「暗中」三首〉
		第二名	李霖生《男性精品大圖鑑》
		第三名	施夢紅（施至隆）〈在雨歇的午後聽Lipatti談巴哈〉
第十七屆	一九九五	第一名	陳黎〈福爾摩莎・一六六一〉
		第二名	彭譽之〈存在的聲音〉
		第三名	陳大為〈再鴻門〉
第十八屆	一九九六	第一名	鴻鴻〈我也會說我的語言〉
		第二名	李霖生〈詠物〉
		第三名	羅葉〈在棒球場〉

92 聯合文學獎自二〇一四年起改為聯合報文學大獎。二〇一七年聯合報文學大獎，由陳育虹以其詩集：《之間》獲獎，獎金新台幣一〇一萬元。

第十九屆	一九九七	第一名	李進文〈價值〉
		第二名	黃嘿〈海的事實裡的，船的說法〉
		第三名	裘小龍〈在異國的詩行：給光明〉
			匡國泰〈看見：山之旅回憶〉
第二十屆	一九九八	第一名	從缺
		第二名	陳克華〈地下鐵〉
			劉叔慧〈嘆息樹〉
		第三名	簡捷〈我的城堡在遠方〉
第二十一屆	一九九九	第一名	陳大為〈還原〉
		第二名	陳柏伶〈成熟的祕密：詩致一位女孩C.C.〉
		評審獎	鍾宇鵬〈公寓生活〉
			紀小樣（紀明宗）〈公寓生活〉
第二十二屆	二〇〇〇	大獎	廖偉棠〈致一位南比克拉瓦族印地安少女〉
		評審獎	馮傑〈在母語時代〉
第二十三屆	二〇〇一	大獎	羅葉〈告解〉
		評審獎	李進文〈波赫士看不見我〉
第二十四屆	二〇〇二	大獎	嚴忠政〈如果遇見古拉〉
		評審獎	蔡逸君〈百姓〉

第二十五屆	二〇〇三	大獎	洗文光〈一日將盡〉
		評審獎	陳錦昌〈炸彈小學〉 嚴忠政〈遙遠的抵達〉
第二十六屆	二〇〇四	大獎（新台幣八萬元）	達瑞（董秉哲）〈近況〉
		評審獎（新台幣五萬元）	邱稚亘〈船長之歌〉 黃茂林〈南方的甘蔗林〉
第二十七屆	二〇〇五	大獎（新台幣八萬元）	攸步〈冬之舞〉
		評審獎（新台幣五萬元）	丁威仁〈德布西變奏〉 李長青〈歡迎來到我們的山眉〉
第二十八屆	二〇〇六	大獎（新台幣八萬元）	陳羿溱〈火星文〉
		評審獎（新台幣五萬元）	王怡仁〈不能涉足的遠方〉 李長青〈六十七號的孩子們〉
第二十九屆	二〇〇七	大獎（新台幣八萬元）	波戈拉（王勝南）〈我是一只耳朵或者更多〉
		評審獎（新台幣五萬元）	曹尼（曹志田）〈同名歸途〉 丁威仁〈罌粟的真理〉

第三十屆	二〇〇八	大獎（新台幣八萬元）	蕭吟薇〈出遊：悼P〉
		評審獎（新台幣五萬元）	雷子瑛〈SW11542〉
			廖宏霖〈那些細節都走了〉
第三十一屆	二〇〇九	大獎（新台幣八萬元）	達瑞〈石榴〉
		評審獎（新台幣五萬元）	游書珣〈餐桌上的陌生人〉
			原筱菲〈四方盒子〉
第三十二屆	二〇一〇	大獎（新台幣八萬元）	林達陽〈穿過霧一樣的黃昏〉
		評審獎（新台幣五萬元）	徐紅〈彼時〉
		佳作（新台幣二萬五千元）	張繼琳〈今夏接近赤道〉
			丁威仁〈字音的流沙：致母親〉
第三十三屆	二〇一一	大獎（新台幣八萬元）	從缺
		評審獎（新台幣五萬元）	吳文超〈受詞〉
			張耀仁〈在戀人的房間裡〉
			黃胤誠〈指認〉

第三十四屆	二〇一二	大獎（新台幣十二萬元）	高亮亮〈瓶裝人生〉
		評審獎（新台幣五萬元）	吳鑒益〈寂寞喬治〉
			王雄〈識字歌〉
第三十五屆	二〇一三	大獎（新台幣十二萬元）	游書珣〈穿過葉尖的名字〉
		評審獎（新台幣五萬元）	李振豪〈動物園沒有〉
			趙韡文〈證明〉

十七劃

十八劃

十六劃

十四劃

十五劃

十三劃

十二劃

十一劃

十劃

九劃

八劃

七劃

人名索引

台灣現代詩史

2019年10月初版　　　　定價：新臺幣850元
2021年12月初版第二刷

著者	鄭慧如
叢書編輯	張彤華
校對	邴啟菁
	凌午
封面設計	謝佳穎
編輯主任	陳逸華
總編輯	胡金倫
總經理	陳芝宇
社長	羅國俊
發行人	林載爵

出版者	聯經出版事業股份有限公司
地址	新北市汐止區大同路一段369號1樓
編輯部地址	新北市汐止區大同路一段369號1樓
叢書編輯電話	(02)86925588轉5306
台北聯經書房	台北市新生南路三段94號
電話	(02)23620308
台中分公司	台中市北區崇德路一段198號
暨門市電話	(04)22312023
台中電子信箱	e-mail：linking2@ms42.hinet.net
郵政劃撥帳戶	第0100559-3號
郵撥電話	(02)23620308
印刷者	世和印製企業有限公司
總經銷	聯合發行股份有限公司
發行所	新北市新店區寶橋路235巷6弄6號2樓
電話	(02)29178022

行政院新聞局出版事業登記證局版臺業字第0130號

本書如有缺頁，破損，倒裝請寄回台北聯經書房更換。　ISBN 978-957-08-5385-8 (軟精裝)
聯經網址：www.linkingbooks.com.tw
電子信箱：linking@udngroup.com

國家圖書館出版品預行編目資料

台灣現代詩史/鄭慧如著．初版．新北市．聯經．2019年
10月．736面．17×23公分
ISBN 978-957-08-5385-8（軟精裝）
〔2021年12月初版第二刷〕

1.台灣詩 2.新詩 3.台灣文學史

863.091 108014076